SOY!
大いなる豆の物語

瀬川深

筑摩書房

大豆《だいず》。古字に菽《シユク》、和名に万米《まめ》、英名にSoy、学名にGlycine max。東北アジアを起源とするマメ科の一年草。植物としては異例なことに、成分の二割を脂質が、三割を蛋白質が占める。発酵させれば味噌や醬油に、凝固させれば湯葉や豆腐に、絞れば油脂になり、滓は飼料にも肥料にもなる。五千年にわたって人類の食を支えながらいかなる土地でも主食になることのなかった、慎ましやかな万能の種子。

目次

ブックデザイン
鈴木成一デザイン室

ＳＯＹ！
大いなる
豆の物語

第一部
無聊《ぶりよう》を託《かこ》つ若無職、原陽一郎が不承不承ながら東北の大地に旅立つまで

1

八月最後の日曜日の昼下がり、鳴りつづける呼び鈴に根負けしてソファから身を起こした原陽一郎《はらよういちろう》は、それまで見ていた夢のことを忘れてしまった。失われた夢が決まってそうであるように、心地よさだけが残り香のように漂っていた。淡い未練を感じながら陽一郎は立ち上がった。そののちもたびたびこのときのことを顧《かえり》みて陽一郎は思ったものだ、あのときあくまで呼び鈴を黙殺して惰眠をむさぼり続けていたら、俺はあのまま夢を見続けていられたのだろうか？　そしていつかは訪れる目覚めのときにも、その夢を壊れないように保ち続けていることができただろうか？

もっとも、ものごとはいつだって唐突に始まるものだ。気付いたときにはすでに運命は分岐し、決

して覆ることがない。無数の分岐は連なり、時間の流れを編み上げる。そして、ものがたりは語られはじめる。

陽一郎を惰眠から呼び覚ましたのは、配達証明の速達郵便だった。真っ白な便箋のヘッダーには社名が淡い黄色で印刷され、きちんとタイプされた本文の末尾には青いインクで直筆のサインが添えてある。仰々《ぎようぎよう》しさを怪しみながら陽一郎は目を走らせ、慌てて二度目を読んだ。三度目には熟読し、言わんとすることを理解して、啞然として天を仰いだ。

おい、これはなんの冗談だ？　人違いか、はたまた、新手の詐欺か？　とはいえ屑籠送りにしてしまうには、手紙の体裁は整いすぎていた。落ち着かない気分を抱えたままキッチンでマグカップいっぱいに水を満たしてひとあおりし、陽一郎はようやく頭の中に涼しい風が吹いたような気分になった。流し台の上にはビールの空き缶と汚れたコップとが並べられていて、不意に記憶が蘇ってくる。昨晩の乱痴気騒ぎのなごりである。

そもそもは、高校時代の悪友たちが始めた飲み会であった。武蔵野台地の一隅に開かれたかつての旧制中学を源流に持つ公立の男子校であり、陽一郎たちが華やかとは言いがたくもまずはお気楽な青春時代を過ごした揺籃《ようらん》であったが、時が来れば仲間たちはそれぞれに進路を定めてちりぢりになる。やがて弾き出された社会なる場にはあの台地には決して吹くことのなかった寒風が吹きすさんでいて、愚痴の一つもこぼしたくなればこそ、飲み会はそこそこの人数を集めて盛況を誇った。池袋に新宿に川越にといった繁華街を適当な会場に定めるのが常だったが、やがて、一人暮らしの陽一郎の自宅が舞台に加わった。池袋から東武東上線で十五分、和光市駅から歩いて十五分という立地は最上とは言いかねたが、蛮声張り上げるにも遠慮のいらぬ一軒家、なによりも立派なＡＶ機器でアニメが鑑賞できる！　そうとなれば、各人ご自慢の逸品、あるいは仲間内と酒を飲みつつ笑い飛ばす以外には消費しようもない駄作を持ち寄って、浮世の憂さを晴らすのが数ヶ月にいっぺんのお楽しみになっていたのである。

昨晩も、そういう夜であるはずだった。土曜日の午後七時、三々五々集まってきたメンバーは宅配ピザとフライドチキンのボックスと近所のスーパーで半額になった総菜パックを並べ、缶ビールを二ダース、それからこの夏に阿蘇山旅行に行ってきた一人の土産である芋焼酎。二十代も半ばを過ぎてぼちぼち若いと胸張って言うにも一抹のやましさを感じる年頃の男たちが総勢六名、陽一郎宅のリビングにゴロゴロと寝そべり、仲間の一人が持ってきた十五年前の人気アニメ「レヴェレイターズ２０５０」のＤＶＤボックスを流しながら突っ込みを入れたり笑ったり愚痴ったりしていた。プライドは高いのに小心者、能力はあるようでいて優柔不断、世界の危機を救うためにロボットに乗り込むにもグダグダと思い悩む十四歳の主人公の姿は、かつてテレビで「レヴェレイターズ」を放映していたときの自分たちの年齢に、そして大学を卒業して五年、学生の時分に抱いていた万能感も優越感も消え失せて社会の軋轢の中にもみくちゃにされている自分たちの姿に重なる。ああそうそう、この便所の中で吐くシーン、よくできてるよなあ！　誰かがしみじみとつぶやき、ヒロインのシャワーシーンをコマ送りにしてなんとか湯気の向こうにおっぱいが透けて見えないものかと一人が躍起になり、思いつきでコロコロと言うことを変える司令の姿に現在の上司を重ね合わせた誰かがブツブツと愚痴りはじめ、ビールの半分が一同の胃袋に消え、さてそろそろ焼酎を開けようかという頃合いのことだった。まさしくその焼酎を持ってきた一人が妙に抑えた、静かな口調で切り出したのである。

「あのさ。あの。俺、言おうと思ってたんだけどな」

なんだよ、一人がテレビを見据えたままつぶやく。画面の中では主人公と副ヒロインの山城カンナが修羅場の真っ最中、平手打ちを食った主人公が女々しくも逆ギレしたところだった。

「俺さあ、結婚するんだわ」

は？　え？　誰が？　俺がだよ。誰と？　彼女と。へ、ほ、おぉ。お前、彼女いたんか。一人がつぶやいたが、目は笑っていなかった。ひょっとすると阿蘇山って、彼女と旅行か。あ、うん、まあ。彼女の実家、大分なんだよな。へえ、そっか、そうかぁ。一人が溢れんばかりに焼酎を注いだ。この野郎、こんなところでモテ自慢かよ、一人が残る缶ビールを開けた。裏切り者だ！　裏切り者が出た！　一人が頓狂な声で叫んだが、誰も笑わなかった。誇り高き独身戦線から初の脱落者か……、そうつぶやいたのは陽一郎だった。一同納得できる言葉であったに違いない。決して女にモテもしなければ女に熱心でもない面々、彼女がいるかどうかも定かではない。それを飛び越えての結婚の知らせは、青天の霹靂《へきれき》以外のなにものでもなかった。そもそも二十一世紀初頭の日本国、二十代半ばの男にとって結婚はさほどリアルな事態ではなかった、はずだった、たった今、この瞬間までは。手取りが少ない、貯金がない、女がワガママになった、そもそも俺たちみたいな非モテには女はハナも引っかけない。言い訳はいくらでも用意していたのに、結婚というどうしようもなくリアルな出来事、叩いても蹴飛ばしても微動だにしない現実というものが、テレビ画面の向こう側で演じられる絵空事のさなかに闖入《ちんにゅう》してきたのである。

やけくそ気味に缶ビールが中空で打ち合わされた。ぬるくなりかけていたビールが泡を吹いてリビングの床にこぼれ落ちた。結婚を告げた色男がコップ一杯の焼酎をまたたくまに空にして喝采を浴び、酔いの進んだ一人が手当たり次第に電話をかけ、それから終電までに新たに陽一郎宅に集結した仲間は五人に及んだ。祝い酒を携えてきたのがそのうち三人、追加で取られたピザが五枚、テレビの中では一転してよりを戻した主人公と山城カンナが夕日の波打ちぎわを歩き、荘重で軽薄な音楽とともに人造湖の中から巨大ロボット発進、勢い余って割られたコップが二つ、四人が舟を漕ぎはじめ、一人が便器の中にビールと焼酎のありたけを吐き戻し、陽一郎自身もいつ眠ったものやら、まどろみの中から身を起こしてみれば感心なことにあらかたの片付けは済んでいて、メモ一枚がテーブルの上に残されたきりだった。

「お騒がせすまん　式のこととか決まったらまた連絡する」

八月が終わろうとしていた。リビングに立ってぐるりを見回せば、喧噪のなごりはどこにも見当たらなかった。陽一郎が一人住まうばかりの二階屋からは物音一つせず、あたりの事物は微動だにしていない。四〇型の液晶テレビも、オーディオセットも、ゲーム機も押し黙ったままで、ハードディスクレコーダーの時計は録画予約の午後七時を待って刻々と時を刻んでいる。ことによると俺はまだ酔っぱらっているのではなかろうな、陽一郎は濁った目でテレビの液晶画面を眺め、昨晩の酔いを取り戻してみようとする。部屋に吹き入ってきた夏の終わりの風にバタンと音を立ててリビングのドアが閉まる。それをスイッチに巨大ロボットが立ち上がる。人造湖の水面は割れ、轟々《ごうごう》と風は吹き荒び、波しぶきは飛び散り、舞い上がる二百羽の鳥たち、学園都市を駆け抜けてゆく少女、ショスタコーヴィチの第七交響曲「レニングラード」第一楽章の執拗な反復……。ゆうべゲップが出るほど眺めたアニメのショットは切れ切れに脳裏に浮かんでくるけれど、テレビ画面はなにも映し出すことはなかった。たるんだ腹周りを抱えた、だらしないおのれが姿を反射するのみであった。

陽一郎はあらためて手中の封筒に目を落とした。宛先は、まちがいなく埼玉県和光市の我が家の我が名である。裏返してみれば、封筒の真ん中に、淡い黄色で奇妙なマークが印字してあることに陽一郎は気付いた。「YY」、二つのYを重ねたように見える。その下に記された所在は港区汐留《しおどめ》のオフィスビル、Soyysoya《ソイソーヤ》なる奇妙な名前の会社のようである。あらためて見れば便箋にもまたYYのマークが透かしで入っていて、そこにタイプされた文面は、慇懃かつ丁寧に、コウイチロウ・ハラなる老人の逝去を告げていた。

「謹啓

初秋の候、原陽一郎様におかれましては益々ご健勝のこととお慶び申し上げます。

突然ご連絡を差し上げる無礼をお許しください。去る六月十日、南米パラグアイ共和国アスンシオン近郊の私邸にて、弊社前CEOであるコウイチロウ・ハラが逝去いたしましたことを謹んでご報告申し上げます。

つきましては故人の遺志を汲み、原陽一郎様にコウイチロウ・ハラの遺産管財人の労をお取りいただくことを衷心よりお願い申し上げます……」

おい、これはいったいなんの冗談だ？　最近はこんな手口の詐欺があるのか？　笑い飛ばそうとしたが、口の中がみるみる乾いていった。陽一郎はソファに腰を下ろし、なかば無意識に右手でポケットの中をまさぐった。強い風が吹いたときに帽子を押さえるように。出てきたのは、手帳ほどのサイズの携帯端末だった。手の中にやすやすと収まる薄いからだには電子の内臓が脈打ち、怜悧な脳髄が息を潜め、起動させればたちどころに息を吹き返す。液晶画面は淡く光り、生命と見まがうばかりの忠実さで訴えかけてくる。おはようございます、ご主人様、命令を！　陽一郎が厳《おごそ》かにSoysoyaなる名の検索を命じれば、携帯端末はたちどころに中空を飛び交う電波を拾いあて、通信回線へと潜入《ダイヴ》してゆく。編み上げられて地球を覆う情報網から世界の丸ごとが調べ上げられて一秒と待たずに結果は浮かび上がり、光刺激となって網膜に至り、大脳皮質の視覚野へと投射される。陽一郎は掌の携帯端末を通じて世界樹《ユグドラシル》の梢に連なっているのだ。

暗転した液晶画面にぼんやりと淡い黄色のYYマークが浮かび上がり、消えていった。かわりに広大な風景《ランドスケープ》が広がる。ここは、どこだろう？　地平線まで広がる農地だ。丈の低い緑の葉がどこまでも畝となって続いている。トラクターのかたわらで白い歯を見せてほほえむ浅黒い肌の農民。画面は切り替わって、サンドイッチをぱくつきながら摩天楼の谷間を歩く黒人のビジネスマン。証券取引所らしき映像、工場労働者、何十台も連なる貨車、おそらくは日本のどこかの青果市場、中華鍋を振る白人のコック、湯気を立てる食卓を囲むアジア系の親子の画像。そんなものが現れ出ては消えてゆき、ふたたび暗転した画面にいくつもの言語でコピーが現れ出た。むろん、陽一郎が理解したのは日本語である。

「大地から食卓へ。Soysoyaは食のグローバル・パートナーです。」

これが、Soysoyaの公式ホームページであるらしい。右上の「Español　Português　English　Deutsch　Français　Italiano　Русский　日本語　한국어　中文」の中から「日本語」をクリックすれば、画面は日本語に切り替わる。会社の沿革を流し読みして陽一郎が理解したことは、このSoysoyaはどうやら食品流通に携わる企業であるということだ。本社はブラジルのサンパウロ。世界五十八ヶ国で事業を展開し、十万人を超える従業員を擁し、日本支社の設立は一九八八年。鵜呑みにするならば、たいそうご立派な多国籍企業である。でたらめと切って捨てるには現実味のありすぎる話だった。手紙は確かにSoysoyaのヘッダーが入ったレターペーパーに綴られ、末尾には、Soysoya日本支社長の盛口崇《もりぐちたかし》なる名が肉筆で記されているのだ。しかし、こんなご立派な会社が俺のような若造になんの用事があるのだろう？　俺のような、しがない、うだつの上がらない、若造に？

まとまらない頭のままに立ち上がり、足取りがふらついていることに気付く。冷蔵庫を開け、牛乳パックに直接口をつけてひとあおり、酔いの残る腹にねっとりと冷えた液体は染み渡ってゆき、げふうとゲップをして口元を拭い、陽一郎はふたたびどさりとリビングのソファに腰を落とす。どういうつもりなんだよ、ったくよぉ、枕がわりの座布団を引き寄せて三ヶ月も散髪に行っていない汚れた頭を乗せれば、庭に向けて開け放ったガラス戸から涼しい風が入ってくる。庭では夏草がざわざわとざわめき、草のてっぺんで小さな羽虫がふわふわと飛び、陽一郎は左手に握りしめていた便箋を床の上に放り投げた。知ったことかよ、そんな言葉が頭に浮かぶ。地球の裏側で爺さんがくたばった、オーケイ、それは理解した。で、それは、俺にどんな関わりがあるってんだ？　コウイチロウ・ハラ、たぶん日系人なんだろう、奇しくもそれは自分の名前と一文字違いだ。だからといって、そこになにか意味があるとは思えない。普通に考えれば人違いだし、もしも俺の一族になにか関係ある人物なんだとしても、そこでお声のかかるのがこの俺ってことはないだろうに。

うつらうつらしながら陽一郎が思い起こすのは、社会というものからふるい落とされ、自分からも背を向け続けてきたこの三年間のことである。交通量調査、倉庫での荷探し、イベントの列整理、表計算ソフトのデータ入力、化粧瓶工場のピンチヒッター。いっときの疲労と引き替えに数千円の日当を手に入れ、後にはなにも残らず、技能も経験も積みあがらず、履歴書は相変わらず白紙の行列、そして残る時間のあらかたを陽一郎はコンピューターゲームの作成やアニメの鑑賞やはてしないネットの巡回に捧げてきた。忸怩《じくじ》たる思いもとっくに麻痺していて、いまさら揺らぎようもなかったはずなのである、つい、さっきまでは。そんな俺を、どこのアホンダラが呼び出そうとしているんだよ？もういい、放っておいてくれ！

……と、仮に叫んだところで、それを聞く相手はいない。現在この二階建ての一軒家に寝起きをしているのは、陽一郎ただ一人だからだ。

母親は、ここにはいない。今では、母は、自分の人生を歩いている。およそ二十年前、不運にも二人の子供を抱えて寡婦《かふ》となってしまった母はアパレル会社で猛然と働きはじめ、販売営業を経て企画職に抜擢され、今ではビジネス雑誌のインタビューを受けることさえあるひとかどのビジネスウーマンである。数年前からは仕事の拠点がある中国にいることの方が長く、事業を通じて出会ったらしいパートナーの男性と上海のマンションで暮らしている。正式に再婚はしていないのだが、なぜなのか陽一郎が訊ねたことはない。いつまでたっても親の手を離れたとは言いがたい自分の存在がその枷《かせ》になっていやしないか、そのことを陽一郎はどこかで気に病んでいる。五歳年下の弟の光次朗《こうじろう》も、大学進学を機に家を離れてしまった。仙台の大学に進み、歯学生として多忙な日々を送っているようだ。

では、父は？　天井を見上げれば、棚の高いところにちんまりと安置された仏壇が目に入る。父がその中に眠っているのだと、子供のころの陽一郎は信じていた。それほどに、自分に遺伝情報の半分を分かち与えた存在の消失は唐突だった。なにかの弾みにひょっこりドアを開けて帰ってくるのではないか、死という概念を理解したつもりになってからも陽一郎はときどきそう思っていたけれど、あれから二十年近い時間が流れ下ってしまえば、息づき熱を放っていた記憶の中の父の姿はすでに淡い。仏壇からこちらを見下ろしてくる遺影の父は黒縁の眼鏡をかけて穏やかな笑みを浮かべ、陽一郎の記憶よりもずいぶん若い。生真面目そうで少々野暮ったいなりだと陽一郎は思ったけれど、かつて母が言ったことには、それは父がいちばん男前に写った写真なのだそうだ。まだ学生だったころの母の前に登場した父は、それはそれは凜々しく颯爽としたロシア文学の講師だったということで、母が遠いまなざしで語る八〇年代初頭の父は、実のところ、今の陽一郎と大して変わらない歳だったはずだ。立派だったんですねえ、お父さん、陽一郎はぼんやりと考える。まだ二十歳そこそこの小娘だった母のことを口説き落として、ええこの、色男め、女誑《たら》しめ、スケコマシめ。お恥ずかしい話ですが、俺はこの歳になっても、いまだにそのへんの手管《てくだ》が分かってないんですよ。一度でいいですから、そのあたりのこと、こっちに戻ってきてお話ししちゃくれませんかねえ。ついでにお父さん、聞きたいことがあるんです。コウイチロウ・ハラとやらいう名前、お心当たりはありませんか？　お父さんの実家に関係あるんですかね？　なにがどうなってそんな爺さんが俺の生活を邪魔立てしようとしてるのか、とんと見当がつかないんですよ。

それは、私の方からご説明申し上げます。陽一郎が振り返ると、見知らぬ青年が立っている。長身な陽一郎よりもさらに背が高く、まっすぐに通った鼻筋、切れ長な目、きれいになでつけられた前髪。欧米人が夢想する東洋美そのものといった面差しで、青年は穏やかに陽一郎を見据えている。は、はあ、……その、どういったご用件で？　ええ、ですから、コウイチロウ・ハラについてです。この度はぜひ原様のご助力を賜りたく、衷心からお願い申し上げる次第でして。落ち着き払った物腰、馬鹿丁寧な言葉遣い、陽一郎はなんだか不安になってくる。あのう、それで、俺に、いったい、どうしろと？　ええ、ですから。まず、お電話に出てくだされば と存じます。電話？　電話ですか。ええ、電話ですよ。鳴っているでしょう？　確かに音は鳴り響いていた、いつも使っている携帯電話の着メロではない、もっと騒々しくて、単調で、甲高く神経に障る、電子音。

電話だ！　いつのまにか、うつらうつらしていたらしかった。陽一郎は慌てて起き上がる。この二階家を陽一郎が独占することになってからはとんと鳴ることもなくなった固定電話が、玄関先で精一杯の叫び声を上げていた。

「ヴァい、もしもし」

陽一郎は慌てて受話器を取り上げ、目覚めたばかりのがらがら声で応える。

「お休み中のところ大変失礼いたします、原様のお宅でしょうか？」

て響きわたる。

「はあ、まあ」

陽一郎は言葉を濁す。受話器の向こうでどこの誰とも知らない人物が話しているという経験、陽一郎にとっては実に久しぶりのことだった。携帯電話が普及した今、多くの日本人にとってもそうかも知れない。その落ち着いた声は、いまだ半ば眠りの中にあった陽一郎の耳を通じて、頭の中に侵入して響きわたる。

「私、Soyysoya日本支社の薗《その》と申します」

陽一郎は受話器を手にしたまま、立ちつくす。

2

のちになって分かることだが、それは、昭和という時代の最後の夏であった。

七月最初の月曜日、原一史《かずふみ》は早朝の街路を足早に歩いていた。慣れた道だったが、駅からのおよそ十分、この日はただ一人の人間ともすれ違わなかった。赤色灯の回る救急外来のドアを入り、エレベーターで三階まで上がり、一史は呼び鈴を押した。ほんの一分ほどの間が永遠のように感じられた。カーテンが動き、いかにも頼りがいのありそうな恰幅のいい看護婦が愛想のよい顔をのぞかせ、一史を中へと誘《いざな》った。その前に両手をヨードで消毒し、水色のガウンを着込まなければならなかったが。

暖かく湿った空気が頬をなでた。白い壁に囲まれた部屋は静まりきっていて、どこかの礼拝堂に迷い込んだかのようだった。いくつも並ぶプラスチックの箱形ベッド《クベース》を覗き込み、自分が幾人もの人間に囲まれていることに気付いて、一史はむしろ不意を打たれたように思った。こちらですよ、看護婦がいちばん窓に近いクベースを指さし、ブラインドを上げる。まさしく夏の早い太陽が昇りはじめる頃合いだった。陽光は窓からまっすぐに差し込み、真っ白なタオルケットを、中に埋もれている嬰児《みどりご》ごと包んだ。本当に奇蹟の一瞬だったんだ、のちになって一史は幾度となくそう語ったものだ。歓喜の感情が凶暴な力で沸き上がった。涙はたちどころに湧き上がって眼窩《がんか》を満たした。陽、陽だ、一史は天啓を受けたかのように全身を震わせた。これ以外に、考えられない。この子は、陽一郎だ。

長男なのだから一郎としよう。それは、産科医の操る超音波が羊水に漂う小さなペニスのさきっちょを認めた瞬間、閃《ひらめ》いた思いつきだった。古典的だし力強い、申し分のない名前だと一史は考えたが、いささかぶっきらぼうなようにも思われた。なにかもう一文字を付け加えよう、そうも考えて、漢和辞典をめくった。命名の本を二冊も購入した。人名辞典の密林に迷い込み、先んじて地上に生まれ出た人間の名前を手当たりしだいに検索し、それでいてなお一文字は定まらない。仕方ない、霊感に任せよう、偶然を愛そう。もとより楽天的で夢見がちな一史は逡巡の疲れに終止符を打ち、半年が過ぎた。その一文字を選び取ったのは、昭和最後の七月、一日の始まりを告げるために昇りつつある太陽であった。

足早に歩く勤め人や学生の間を縫って、一史は揚々と駅への道を歩いた。高らかに歌い出したい気分だった。赤ん坊はとても元気だ、俺も父親だ。なんたることだ、ここに我が第二の人生が始まるとはな。この先に待ちかまえる困難について深く考えることもなく、一史は高揚した気分のまま空を見上げ、太陽に目を細めた。不義理の限りを尽くしていた実家に報告して顔向けのよすがとしよう、そうも考えた。一史の生家は東北地方の北部、奥羽《おうう》山脈と北上《きたかみ》山地に挟まれた複雑な山ひだのさなかにある。遡れば王朝の御代の豪族にまでも連なるのだというのが一族の神話であり、名主などと呼ばれていた時代があったことも確かなのだが、二十世紀の末葉に至って往時の栄華は見る影もない。小作争議に入会《いりあい》権闘争に農地解放、近代というものが世界を洗うに従い、いまや数町歩の農地すら持て余すありさまである。そんな一族の血の淀みは、ときに、浮き世離れした変わり者を生む。一史が両親を喜ばせたのは優秀な成績をもって都下の国立大学に進学したときまでで、以降の歩みは岩手県の山中に生きる人間たちを戸惑わせることばかりだった。よりにもよってロシア文学なんぞを専攻と定め、ロシアと来てはアカの本拠地といったていどの理解しかない父親を嘆かせた。マヤコフスキーに憧れて詩作に没頭し、戻ってきて家を継がないかという母親の懇願をのらりくらりとかわし、大学院を出てなんとかありついた私大の非常勤講師職で得られるなけなしの稼ぎを、私家版の詩集を仕立てるために惜しみなく投じた。気ままに歩む人生を、しかしながら運命の手は、いとも簡単に絡め取る。

ユーリー・アンドロポフ、コンスタンティン・チェルネンコ、世界の半分を統べる老いさらばえた神々が相次いで地上から去っていった年の春のことだった。その年から週に一コマ受け持つことになった近代ロシア文学の授業で、誰よりも熱心に質問してくる学生がいた。面長な顔に鼻筋がまっすぐに通り、黒く濡れたような瞳はどこか少女の面影を残していて、このときの一史も、そして純子《じゅんこ》も、自分たちが三年後には夫婦となって一人の子供をもうけていようとは夢にも思わない。

ともあれ、運命はめぐる。いともたやすくめぐる。他の学生たちの目をかすめ、教師陣の目を欺いて秘められた関係が続いて二年、純子が卒業を控えた晩秋のことだった。不安が困惑に、そして確信に変わったころ、一史はみっともなくあわてふためいた。なにが悪かったのだ？　いつ、そんなことが起こった？　ぐるぐると混乱し続ける頭を絞って一史が理解したことは、時間の猶予はおよそ半年しかないという現実だった。電話口で激昂する父親に、一史は結婚の意志を伝える一方で、一張羅の背広を着込んで静岡県掛川市に赴いた。緑茶の卸《おろし》を生業にしている純子の実家は想像以上に豪奢で、気圧《けお》された一史はほとんど平伏せんばかりにしてことの次第を伝えたが、両親は拍子抜けするほど鷹《おう》揚《よう》だった。

「後先になってしまったのはアレでしたけどな、きちんと責任取ってくださる言うのですから否やはありませんな。ふつつかな娘ですが、なにとぞよしなに頼みますよ」

「ええ、ええ、本当に。なにしろ世間知らずな娘なものですから、くれぐれもよろしくお願いいたしますね」

もとより両親としても、大学を出たら親元に戻して縁談を探す腹づもりだったのだ。家業は長兄が継ぐ予定であるし、東京の大学の先生ならば人聞きもいい。結婚相手としては申し分あるまい。一史も芝居がかった覚悟を固めた。この箱入り娘のために、生まれ来る子供のために、俺は働かなくてはならぬ。ああ、青春は終わりぬ、されど人生は続く。結婚することを披露した仲間うちの酒席でそう口走り、友人たちは微苦笑をもって応えた。ま、いいんじゃないか。虎の縞は洗ったって落ちないって言うだろ、働きながら詩でも作りなよ。

運のいいことに、時代は一史に味方した。ときに一九八八年、三年前のプラザ合意を端緒として、世はバブルの狂乱に突入しつつあった。日本列島の上を空前の額の札束が飛び交い続けていた。不安定きわまりない大学講師に見切りをつけ、知己の教授や友人知人に片っ端からツテを辿ったところ、文京区白山にある学術系の出版社にあっさり就職が決まったのである。地味な分野の学術誌にさえ広告主が付く時代だった。前年より一般向けに刊行していた現代思想の解説本が予想以上の売れゆきを見せていたことから、社長が気をよくしていたことも追い風にはなった。

「ほぉ、大学で露文をねぇ。うちも昔はバクーニンやクロポトキンなんかよく売れたけど、最近はさっぱりですわ、ワハハ。ま、期待してます、がんばってくださいよ」

春の嵐の吹き荒れる宵だったが、一史は安堵しきって家路についた。安定した職は決まった、妊婦の体調も順調だ。神は天にいまし、なべて世はこともなし。

ともあれ、そのようにして陽一郎は生まれた。生下時二千六百八十グラム、少々小ぶりだった体重を埋め合わせるかのように、陽一郎はひたむきに母の乳房へとむしゃぶりついてゆく。純子もまた、この理不尽な生き物に全力を挙げて対峙した。学生時代には賄い付きの女子寮に住んで米を炊くことすらなかった純子が、いまや陽一郎をおぶって器用に離乳食をこしらえるのである。ああ、少女はふたたび母として生まれ出《いで》ぬ。一史は嘆息を漏らしたが、そんな寝言が彼女の耳に届くはずもない。その年の冬、純子はゆでたジャガイモを裏漉しして具なしの味噌汁とともに陽一郎に与えた。母という全能者の腕に抱かれながら、陽一郎はやわらかな唇で匙にしゃぶりつく。これこそがその二十七年後、陽一郎の運命に深く入り込んでくることになる、大豆なる食物を初めて摂取した瞬間だった。だが、そんなことを、生後七ヶ月の陽一郎が知るはずもない。

年が明けた。暦は平成にあらたまったが、原家の生活は慎ましく続いていた。幸福は簡単なものだ。そして、あんがい続くものだ。陽一郎が五歳のときに弟の光次朗が生まれ、独身時代から住み続けていた茗荷谷《みょうがだに》のアパートが手狭になったと判断した一史は、ついに、一国一城の主となる決意を固めた。時代の風はまたも一史の背を押していた。前年にバブルがはじけた日本経済は急速に冷え込み、金利は下落の一途にあったからだ。いまや時ぞとにらみ、一史は退職金までをあてにした二十五年の住宅ローンを組む。和光市駅から徒歩十五分という立地ではあったが、堂々たる一戸建てである。

「このたびは原様、ご成約おめでとうございます。今後とも末永いお付き合いを宜しくお願いいたします」

「こちらこそ、本当にお世話になりました」

慇懃《いんぎん》に頭を下げる銀行員に、一史は精一杯の作り笑いで応えた。これにて今後二十五年にわたる支払いの軛《くびき》がかけられただけではなく、自分の命にまで手綱がつけられたのである。池袋の銀行を出たときには夕暮れが近かった。身震いしたのは、十一月の寒気のせいばかりではあるまい。コートの襟《えり》を立てて、かつての自称青年詩人、もはや四十路の間近い一史はそっとつぶやいた。おお、マヤコフスキーよ、俺がもしもお前ならば、俺は二年も昔に死んでいる。我が愛のボートもまた、生活に衝突して木っ端みじん。順風満帆な身の上であるくせ、一史は、仰々しく嘆じてみせた。それからほんの二年ののち、当の自分もまたあっけなくこの世界から立ち去ってしまう運命を予期することもなく。

陽一郎が生まれて八年、光次朗が生まれて三年、二人の幼児を取り巻く世界は少しずつ変質しつつあった。決して愉快ではない方向に。最初は冗談めかしていた日本人たちの不況を嘆く口調は、しだいに深刻なものになり、やがて、悲壮感が漂うようになった。それは一史の会社も例外ではなかった。遡れば木下杢太郎《もくたろう》の詩画集を編纂し若き丸山眞男の論文集を上梓した栄光の歴史を持つ老舗も、一史を迎え入れた先代社長が健康問題を理由に子息に社業を譲ったころには、業績の悪化が著しくなっていた。折しもWindows95が発売された翌年のことだった。潤沢な蓄積のある自社コンテンツをデジタル化することで、活字離れ著しい世代のハートをキャッチするのではないか？　そんな思惑が若き四代目社長の胸に生まれたらしい。小さくも老舗出版社の看板とかつての人脈にものを言わせ、コンピューター会社と共同出資のかたちで「緑陰社デジタル・メディア」なる子会社を立ち上げた。四十も間近いのにこの会社では若手に属する一史に、幸か不幸か白羽の矢が立った。待遇も給料も変わらず、あくまでも出向というかたちではあったが、新会社の立ち上げに携わるとなれば明らかに雑務は増える。しかも、先方のコンピューター会社から出向いてきた若者は一日中キーボードにかじりついているくせ人とは目を合わせることもできない奇矯な性質、押しつけられた社長の老人ときてはどっかのお役所からの天下りで、コンピューターとワープロ、ファックスと電子メールの区別すらついていない骨董品である。一史は、疲れ果てたようだ。一筋縄ではいかない労苦に、生まれて初めて打ちのめされたようだ。本当のことは、分からない。深刻な疲労が心身を蝕《むしば》めば、かつての青年詩人の言葉は軋み、錆びつき、かつてのように唇から流れ出ることは二度となかったからだ。

六月のことだった。長い雨が降っていた。陽一郎は小学三年生になっており、週末の運動会が延期にならないかしきりに気を揉んでいた。一史の帰りは遅かった。陽一郎の運動会に備えて週末を空けるべくいつにもましての残業をしていたのではないか、そんな想像も成り立つだろう。タイムカードは二十二時五十二分、一史の退勤を記録している。恵比寿から山手線に乗り、池袋で東武東上線に乗り換えて、およそ四十分。一史はどこにも寄らずに和光市の駅で降りたに違いない。そうでなければ、二十三時四十五分、家路を急ぐ若いＯＬが、長い坂に横たわる人影を発見することはなかっただろう。酔っているのかと思ったが、そうではなかった。濡れた路面にべったりとうつぶせた姿は、尋常のものではなかった。手前には自転車が投げ出され、折り畳みの傘が放り出され、前輪のリムはぐにゃりとねじ曲がっていた。もはや自らの力では立ち上がることがかなわないのだと気付いたとき、不運な彼女は動転して金切り声を上げた。

長い下り坂だった。悪いことには、途中で一度大きく左に湾曲していた。濡れた路面に滑ったためか、慌ててブレーキをかけたのだろう。前輪のブレーキワイヤがちぎれ飛んでいた。まるでこの世にしがみつかんとする爪痕《つめあと》であるかのように、轍《わだち》は濡れた路面を長く横切っていた。そして、その先の電柱に遮断されるまで続いていた。

3

顧みるに、父の不在を本当に自覚したのはいつだったのだろうかと陽一郎は思うことがある。あのときはもう八歳になっていたから、通夜のことも葬儀のこともきちんと記憶している。自宅のリビングに仏壇が慎ましくしつらえられたことも、その後いくどか岩手県の山中に赴いて退屈な法要に耐えたことも、記憶に残っている。にもかかわらず、父の不在とはたまさか思い出すたぐいのものであって、率直に言って深傷《ふかで》とも長い痛みともならなかったのだ。思い返したところで一粒の涙もにじんでこないことに最初は後ろめたさを感じたが、やがて、慣れた。

しかし、のちのち、陽一郎は父から継いだ血と骨の半分を折に触れて自覚することになる。とりわけ、知性と夢想癖。この二つの資質は、明らかに父に由来して内面に刻みつけられたものだった。小中学校の勉強ではついぞ苦労した記憶もなかったが、クラスの中心に立つ気質ではない。サッカーやドッジボールに没頭するよりは、ジュール・ヴェルヌやアイザック・アシモフのジュヴナイルを図書室から借り出してきては読みふける、物静かな、ちょっと地に足のついていない少年。少年期の自分の姿はそのようなものである。しかしながら、優秀な脳味噌は、必ずしも幸福ばかりを生まない。CPUの過剰な演算速度、ハードディスクの空き容量は、不充足に不満足を作り出す。野球やサッカーで肉体を苛め、色気づきはじめた同級生の女の子にコナをかける、それでは物足りなかったのだ。あのころ、はっきりそうと気付いていたわけではなかったのだが。では、陽一郎の、知性の渇きを埋めたものは、なにか？

幸か不幸か、時代は二十一世紀に突入していた。あらゆる神話が死に絶えたとまでは言わないが、摩滅しきってしまった時代だった。戦前ならば立身出世、戦中ならば戦時国家への忠誠、戦後ならば左派思想、目の賢《さと》い少年に内省を強いてきた社会の空気は霧散して久しい。そのかわりに増殖を続けてとどまることを知らないのは、ふわふわとしたサブカルチュアである。漫画、アニメ、ゲーム、インターネット。一部の好事家連中の手すさびに過ぎなかったコンテンツは、あっというまに青少年の基礎教養へと昇格してしまったにとどまらず、日本国が経済の命運を託すべくすがりつくものになってしまった。ハードパワーからソフトパワーへの転換などと、役人や財界人までもが口を揃えて世の流れに迎合するありさまだ。コンピューターは水のように空気のように世間に浸透し、ゲーム機も電話も小型化して片手の中に収まる。電子の内臓を持つ機器は虚空へと向けて触手を伸ばし、あたかも植物が蔓《つる》を伸ばして絡まりあうかのように相互に通信しあい、いつしか情報と通信の網《ネット》は世界を覆っていた。肉体と精神とが猛烈に変化してゆく思春期の陽一郎は、そのような時代のさなかにあった。平凡きわまりなく、起伏もなければ大風も吹かない埼玉県和光市の大地に比して、パソコンの向こう側には世界の半分が存在している。この世ならぬ冒険のものがたりは、美少女とのラヴ・アフェアは、映像となって、音声を伴って、現実と見まごうばかりに生き生きとディスプレイ上に現れ出てくる。

陽一郎は常に学年で五番以内の成績を保ち、危なげなく地元の進学校に進んだ。東武東上線で和光市から西進すること三十分、そこから自転車で十五分。公立の男子校という珍しい形態のこの高校は遠く旧制中学に源流を持ち、陽一郎が今なお懐かしく思い出す幸福な租界であった。十代半ばの少年が千人あまりも古びた校舎に詰め込まれた童貞の楽園だった。ゾエ、マシュダ、カッチャン、キンタロー。いずれ賢くも胆力弱く、感受性は豊かで気は優しく、どこかしらお互い相通じるところのある彼らとの友情は、二十七歳になった現在に至るまで続いている。陽一郎は連中とつるみ、ゲームやらアニメやらインターネットやらの情報を交換しあった。美少女ゲーム「君と見た蒼空《あおぞら》」のヒロイン朝《とも》永江里華《ながえりか》は陽一郎の運命の女性《ファム・ファタル》となり、漫画とアニメとゲームの情報を満載した雑誌「コミックウィザードプラス」は一ヶ月を律する聖典となった。

惰弱な！　そう詰《なじ》られれば返す言葉もない。そうであっても、あれは確かに自由と蛮勇に満ちた時代だったのである。和光市から川越市までの二十キロをママチャリで疾走することができた。友人たちとゲームセンターにたむろし、さんざんやり尽くした格闘ゲームになお五十円玉を捧げることができた。一週間後に期末試験を控えながら、午前三時まで深夜アニメをチェックすることができた。学園祭の総仕上げに、帰りの電車のことを考えずに制服のままプールに飛び込むことができた。当然の結果として成績は下落し、アパレル会社の正社員となって家計を支えていた母親の怒りを買い、慌てふためいて池袋の予備校に通って成績を回復させ……。思い返せば、陽一郎はほとんど涙が出そうになる。あれは今となっては決して取り戻すことのできない、無闇な全能感だった。心身に気力が漲《みなぎ》っていていかなることでもできると信じられる感覚であり、多く見積もっても二十歳を過ぎるころにはヒタヒタと背後に迫り来る現実なるものに威圧されて潰《つい》えてしまう、幸福な夜郎自大だった。

アルプス山脈の麓で冬期オリンピックが開かれた年の初春、陽一郎は筑波山麓の広大なキャンパスを進学先に選ぶ。この日本でもっとも新しく築かれた都市が、陽一郎にとっては、荒天や大水から守られた最後の大地となった。二十七歳になった今、陽一郎は高校時代の旧友たちと額を突きあわせ、酒に溺れながら、ふとつぶやくことがある。

「筑波ってさあ、周りに何もないじゃん？　だからさあ、だいたい学生は三つのどっかに収まるんだよな。同棲するか、スポーツにはまるか、無気力か」

陽一郎がどの群に属するかは言うまでもない。映像文化研究会、略してエイケン、要するに漫画やアニメに没入する青年の集うサークルを自らの巣と定め、授業と実習のあいだを縫っては部室に出没して雑誌やゲームを貸し借りした。モヤシとベーコンを買って学生宿舎に帰り、粗雑な炒めものをフライパン一杯にこしらえて二日分の食料とし、浮かせた金で借りてきたＤＶＤの視聴に耽《ふけ》った。パソコンの前にどっしり腰を据えてペットボトルのウーロン茶をあおりながら、お気に入りのブログを巡回したり深夜アニメに合わせて掲示板の実況に茶々を入れたり大学でも顔を合わせた友人たちとチャットをしたりして、長い夜は更けてゆく。冴えねえなあ……とは当の陽一郎すら思うことだったが、ボンクラ学生にとってはある意味幸福な時代だった。あらゆる価値が相対化されすぎてしまった二十一世紀初頭の日本では、なにを規範とすべきなのか、ほとんどの人間は見定められなくなってしまっていたのだから。

そんなお気楽な人生の凪《なぎ》もせいぜい二十歳を過ぎるまでのこと、学生生活も後半に入ればすでに社会へのエントリー競争は始まっている。陽一郎は鼻頭に至るまで伸びていた前髪をばっさり切り、つくば市内の紳士服量販店で一九八〇〇円の吊しを買い、有楽町や有明で開かれる企業の説明会に日参した。駄法螺《だぼら》を吹き、エロ画像を収集する場であったネットが、いまや陽一郎の生命線となった。企業の説明会は回線の向こうからそっと告げられ、またたくまに締め切られるのである。不確かな噂は飛び交い、一笑しながらも腹の奥は冷え、陰気な目をしながら陽一郎たちは訊ねあったものだ。なぁ、携帯でエントリーするとパソコンよりも不利だって本当か？　あそこの会社、求人出すだけ出して一人も取る気ないって聞いたけど、どうよそれ？　姿も見えない、声も聞こえない、体温など感じられるはずもない無数の囁《ささや》きに、陽一郎たちは惑わされ続けた。あのころのことを振り返れば、個別のことはすっかり忘れてしまったが、なにかどでかくて空疎なものに翻弄されていたという印象ばかりが蘇ってくる。言葉の限りを尽くして意義と有益を説かれ、確かに納得したあとで、屁でもこきたくなるような皮肉な気分である。壮大な軽薄、世界規模の虚仮威《こけおど》し。

一つ覚えているのは、とある秋の夕暮れのことだ。ようやっとたどり着いた最終面接を都心の企業ビルで受けたあと、陽一郎はリクルートスーツのまま、久しぶりに秋葉原《アキバ》の散策を楽しんだ。行きつけのアニメショップやパソコン屋をいそいそと巡回し、裏通りの牛丼屋で牛丼を食べた陽一郎は、不意に、人気の少ない路地に迷い込む。幾度となくこの界隈を歩き回ってきた陽一郎でさえも、おや、こんなところがあっただろうか？　と訝《いぶか》しむような小径だった。雑居ビルどうしが背中を向けたあいだに挟まれて、店もなく、人通りもなく、深い影が落ちている。たった今まで網膜や鼓膜を刺激していたもろもろはすべて消え失せていた。電子音やアニメの映像、背丈よりも高く積み上げられた新刊漫画にゲームソフト、ビラを配るメイド喫茶の店員、いっさいがっさい。強い夕風が吹き抜けていった。思わずスーツの裾を押さえる。足下がよろめく。まるで世界が終焉を迎えたかのように感じながら短い路地を歩き抜けると、とたんにまた無数の音声が、映像が、雑踏が蘇ってきた。陽一郎は思わずあたりを見回し、やがて嘆息した。暴風のさなかに訪れる一瞬の凪のようであった。今になって思い返せば、あれははたして、なにかの啓示だったのではないか？　陽一郎はそう思うのである。

そうやってなんとかありついた職を、陽一郎はたった十九ヶ月で放棄した。システム管理やアプリケーションの開発に携わる大手コンピューター会社の孫会社であり、待遇だけ見るならば決して悪いものではなかったのだが、その責めを陽一郎だけに負わせるのは酷かもしれない。陽一郎が新入社員となった二〇一〇年、かつて隆盛を誇った日本のコンピューター産業は不振に喘いでいた。いったん膨れあがった巨大会社は老いた恐竜のごとくに融通が利かず、命令ははるかな高みにある親会社から降ってきて、唐突に改変された。仕様はめまぐるしく変更され、最初のミッションをこなしているあいだにその訂正がなされ、訂正に追われているあいだに訂正の訂正、もう一度の訂正を重ねればほとんど事態は最初の状態に戻ってしまう。研修期間と称したほんの二ヶ月のあいだに五百ページを超えるプログラム言語のマニュアルを読まされ、開発二課という名の部署に放り込まれて陽一郎が直面したのは、爬虫類のような面構えの上司である。

「あのさァ、原クンさァ」

彼は必ずこんなふうに声をかけてきたものだ。おかげで今なお陽一郎は、あのさぁ、というありふれた呼びかけを聞くだけで動悸が激しくなり、指先が痺れはじめる。

「ここのモジュールさぁ、ここと同じにしてくれなきゃ困るって言ったじゃん。ボク言ったよね？　一昨日の十八時半にメール出して、原クン、それに返信したもんね？　どうしてこうなってんだかボク理解できないんだけどなァ。ちょっと説明してくれる？　いや、すいませんじゃないんだよ。ンなこと言って欲しいんじゃないんだよ。原クンがいくら頭下げたってさァ、この腐れプログラム直らないじゃん？　もうこれ先方に送っちゃったじゃん？　原クンのおっちょこちょいのケツ拭うのはボクなんだよ。ヤなんだよね、同じこと何度も言うのさぁ。だからさぁ、一から説明してくれる？」

上司の話はとぎれることなく続き、陽一郎は惨めったらしさで涙が出そうになってくる。これはこの上司の得意とするやりくちで、それと定めたターゲットを徹底していじめ抜く。一種の恐怖政治を敷くかわり、気に入った部下のことは大仰に誉め、依存的な信頼を集める。集団をコントロールするにはまことに有効なやり方だった、不運にも生贄《いけにえ》となってしまった犠牲者を除いては。陽一郎に非がないわけではなかった。陽一郎の受け答えは理屈っぽいうえに歯切れが悪く、意図するところを汲み取りづらい。「AはBなの？」という問いかけにイエス・ノーで答えればいいものを、陽一郎は微に入り細を穿《うが》った理屈をくどくどと述べはじめるのである。ロジックに対しては真摯な態度だが、それが実務の世界で常に必要なものであるかどうか。そういう判断が陽一郎は甘い。

「Aなんですけど、その、Bというよりはむしろbに近くて、近似的にはBとbは同一と見なして差し支えないのですが具体的にはこれとあれとその点が異なりまして、理想的には異なる概念としてbはCという他の群に含めた方がのちのち整合性がとれるのではないかと……」

半年も必要なかった。三ヶ月で十分だった。部署の大半の人間は陽一郎を無能だと見なしはじめ、書いた始末書の数が十枚を超えたころには陽一郎と積極的に付き合おうとする人間はいなくなっていた。笑いさざめきながら飲みに繰り出してゆく同僚たちに交じることなく、陽一郎はタイムカードを押したあとも蒼白な顔をして残業に励む。目はディスプレイと仕様書とのあいだを行ったり来たり、指はキーボードの上を這い回るものの、夜が更けても予定していた仕事の半分以上が積み残されている。新宿駅から終電間近の電車に乗り、駅前のコンビニでチューハイを一本買って自宅までの十五分を歩き、自室でコンピューターの前に座るときが、陽一郎のささやかな慰撫の時間だった。ネットの向こうの無数の人間たちへと向けて愚痴を書き込み、そのまま椅子にもたれて眠りこけてしまい、朝を迎えることも一度や二度ではない。陽光の中で痛む頭と体を無理に椅子から引き剝がそうとしたとき、陽一郎は、目尻に涙の跡が残っていることに気付く。

陽一郎の体型は、陽一郎の心象そのもののように変化を続けた。始業に間に合うぎりぎりで目覚めるものだから、朝食は摂らない。相変わらず仕事は絶望的な量が積み残っていて、昼には会社の向かいのコンビニで買ってきたにぎりめし二つをお茶で流し込むのが精一杯。長い午後が果てて夜も更けてから帰宅するころには空腹がピークを過ぎていて、胃袋が食べ物を受け付けない。二十四時間営業のファストフードでハンバーガーを買い、駅へと向けて足早に歩きながら無理矢理コーラで流し込もうとしたとき、陽一郎はのどのあたりでつかえていたハンバーガーをすべて吐き戻した。しかしそれだけでは、日毎に募る心身の疲労を受け止めていた胃袋は満足しなかったようだ。ここぞとばかりに痙攣し、でんぐり返り、強酸の胃液を絞り出す。飲み過ぎたサラリーマンが醜態をさらしているなと判断して足早に歩き去る人々のかたわらで、挽肉と小麦粉とケチャップとが混じり合った吐瀉物でスーツの襟をべちゃべちゃにしながら、陽一郎は果てしのない嘔気《おうき》に苦しみ続けた。

陽一郎は痩せはじめた。大学卒業の時点では百八十一センチに八十五キロ、いささか太り気味だった体からはげっそりと肉が落ち、肋《あばら》が浮き、脂肪だけが下腹に力なくしがみつく。七十九キロ、七十三キロ、六十八キロ。飽食の都のただ中で、陽一郎は痩せゆく。

入社二年目の夏のことだった。ベッドで目覚めた陽一郎は、どうしても体を起こすことができなかった。頭が重く沈み、拭いきれない疲れが残るのは毎日のことだったが、この日はいつもと様子が違っていた。七時半に家を出なければ始業に間に合わぬ、そのためには七時に起きて顔を洗い髭を剃らねばならぬ。なすべきことは明瞭に頭に浮かぶのに、どうしても体が言うことを聞かない。無理に頭を起こそうとした瞬間、心臓は異常に早く脈打ち、指先が痺れた。二時間ほども空しい努力を続けたあげく、ついに陽一郎は入社以来初めての欠勤を会社に伝えた。縛り付けられたかのようにベッドに仰臥《ぎょうが》したまま、陽一郎は泣いた。声を上げて泣いた。俺は、どうしてしまったのだ？ 俺は、いったい、どうなってしまうのだ？

反応性の抑鬱症と診断されて数ヶ月、陽一郎は会社を辞めた。ほんの二年足らずの社会人生活だった。なにが悪かったんだろう？ 今でも陽一郎は、自分が直面して選び取ってきたさまざまな選択のことをくよくよと思い返す。もし、あのとき、筑波じゃなく早稲田を選んでたら、こんなことになっていなかったんだろうか？ もっと遊ぶ系のサークルに入ってたら彼女の一人でもできてたか？ 就活を始めるのが遅かった？ 大学院に行くべきだった？ あの腐れ会社の内定を断っていたら、今の俺はこんなことになっていなかっただろうか？　無為な日々のさなか過去への悔悟は苦くにじむが、困ったことには、どうやら決定的なミスジャッジはどこにも存在していなかったようなのである。緩やかな水の流れに押し流されるまま、いつのまにか岸辺の砂地に打ち上げられてしまった魚のように。世界は予想していたよりもなお複雑であり、考えていたよりもさらに面倒くさく、期待していたよりもはるかに冷淡だったのだ。少なくとも、陽一郎にとっては。

日々服用する抗鬱薬に支えられながら失業給付を受け取るためにハローワークに通いはするものの、そこからの職探しがおぼつかない。そもそも陽一郎はもう働きたくなどなかった、会社というハコの中に放り込まれてあらゆる理不尽を甘受することが、もう、自分には耐えられないだろうと感じた。おざなりに求人の端末をいじって目をぼんやり画面に泳がせたあと、陽一郎はコンビニでにぎりめしとスナック菓子を買って帰宅する。昼間のあいだ、眠気は病的に陽一郎を襲った。寝る気になればいくらでも寝られた。そのくせ、夜が更ければ頭は冴えわたって、疲れることがない。陽一郎は深夜アニメを見ながらパソコンにかじりつき、鬱屈をウェブ上の無数の姿なき声の中に紛れこませていった。「会社辞めた奴が愚痴を吐くスレ」「人生崖っぷちのおまいらアチマレェ」などといったネット上のコミュニティには、似たような境遇の人間がごまんと存在していた。本当かどうかはいざ知らず、苛まれているのは自分だけではないと知るのは、いっときの慰撫にはなる。会社への怨嗟をぶちまけ、社会への呪詛を吐き出し、膨れあがる負の感情はねじくれたプライドを肥大させることでバランスを取る。自分の人生が順調に進んでいたはずの大学までの学歴、心身の故障と引き替えに手に入れたプログラミングの技術、一戸建てに住んでいること、男であること、日本国籍保有者であること。それら、いじましいプライドを後ろ盾に、パソコンに向かって果てしない繰り言を続けながら、陽一郎は肥りゆく。六十九キロ、七十五キロ、八十三キロ、九十キロ。不健康に膨れ上がり続ける精神を抱え込むかのごとくに。

【あんなブラック会社に長居する気はなかったんだけどさ
無能上司が案件夕方に持ってきて
その日のうちに修正とかありえねー
とりあえずうなずいとくイエスマンばっかかわいがるんだよな
頭スカスカのお山の大将だから
だいたいやばいだろ
中韓の連中が日本の技術パクリまくって粗悪品作って
日本乗っ取る気満々なのに
その辺に対抗するプランとか戦略は絶無（笑）
トップには団塊のジジイどもがしがみついてて
あいつら脳内がお花畑だから（笑）
未だにアジアと仲良くできるとか信じ込んでるんだよな
営業戦略もゴミみてーなスペックのパソコンにスイーツ（笑）向けの
アプリ突っ込んで量販店の店員に大嘘つかせて商売してるだけじゃん？
どのみち未来ねー（笑）
死ねばいいよ（笑）
どいつもこいつも（笑）】

あれは、あまりにも長い夜だったと陽一郎は思う。今なお自分を取り巻く世界が明るく開けたわけではないが、それでもあの鬱屈した夜長に光が差したのは、結局のところは、ヒトの手によってであった。

陽一郎が若無職となって半年ほどが経過した春のことである。高校時代の友人から、同期会を開くという報せが届いた。大学院に進んだ連中が卒業を迎える春だからという名目である。池袋の居酒屋に集まったメンバーは予想以上に多く、総勢十六人。それはすなわち、今の生活に疲れているのが陽一郎だけではないことを暗示していた。不健康に肥ったのは陽一郎だけではなかった、不慣れな経理の仕事に回されて体重を十キロ落とした者がいれば、昼に夜を継ぐ接待の果て、十キロ肥った者がいた。大学院で指導教官にいびられ続け、お前なんぞが研究をやるなら日本の科学研究はお仕舞いだとまで言われたかつての友人は、言葉の途中で感極まり、泣き出した。ひでえよ、いったい、どうしたら、こうなった？　なにが悪いから、こうなったんだ？　その疑問は、十六人の青年たちが共有するものだったのだろう。自分たちがいざ放り込まれてみれば、社会というものの理不尽は通りいっぺんのものではなかった。努力不足、能力不足、根性不足、個々人を責める言葉はいくらでも用意されているけれど、それで社会に遍《あまね》く存する歪み軋みは説明できたものだろうか。あたりを見回しても、誰も幸福になっている気配がないこの社会で、いったい誰が幸福になっているというのだ？　いったい誰のために、なんのために、俺たちはこの不愉快に耐え続けなければならないのだ？　どのみち希望ねーよ、陽一郎がネットに向けて吐き出したのとまったく同じ嘆息を、青年たちは次々と漏らす。河岸《かし》を二度変えて夜は更け、終電もとっくになくなり、酒に溺れ疲れた青年たちは固く再会を約束する。一度限りで終わるはずだった同窓の宴は半ば定例の習いとなり、現在まで続いている。

この宴で、陽一郎はマシュダと再会したのである。如才なく地元の地方公務員に滑り込んだとまでは聞いていたが、大学を出て以来実際に顔を合わせるのはこれが初めてのことだった。縁遠くなっていた友人たちの消息も知った。この日は顔を見せていないカッチャンは大学を出て就職した会社をすぐ辞めて、今は池袋の編集プロダクションにいるらしい。飛び抜けて成績の良かったゾエは、今なお京都の大学院で物性の研究を続けているそうな。キンタローは一浪して新潟の歯科だっけか、この春、国家試験だったのではないだろうか。聞けばどの名前も懐かしく、たちどころに脳裏に浮かんでくる顔は高校のころのままである。陽一郎はすっかり義理を欠いていたが、連中にも、相応の時間が経っていることだろう。

「原さぁ、ケータイもメルアドも変えただろ?　ぜんぜん連絡とれなくてさ、死んでたかと思ったよ」

軽口を叩くマシュダの率直さに、ふと、こみ上げてくるものがあった。古い付き合いでなければ、決して口にできることではなかった。酒のせいだと思いたかった、陽一郎はおしぼりで顔を拭くふりをして、目尻をそっと拭った。懐かしいな、陽一郎がつぶやくと、マシュダは笑い飛ばす。浸る年でもないだろ？　次はカッチャンも呼ぼうぜ、あいつ、いま桜台で一人暮らししてんだ。うん、いいなあ、それ、陽一郎はつぶやく。酩酊《めいてい》する脳の中で巡るものは思い出ばかり、いずれも、まばゆいほどの晴天である。そんな感傷にはお構いなしに、マシュダはぐっと顔を近づけて言った。

「でさ、原さぁ。お前、プログラムとかできるんだろ？」

「え？　まあ、できるけどさ。なんで？」

真意を測りかねて陽一郎は口ごもり、マシュダはにやりと笑った。

「ゲーム作るんだよ、俺たちが」

もう決まったことであるかのように、厚かましくも俺「たち」と言ったが、このときにはすでにマシュダは数ヶ月にわたって企画を温めていたのである。かわいらしいキャラクターを描く点についてはカッチャンはひとかどの腕前。ここに、プログラマーの経験がある陽一郎が加われば、それははたして吉と出るか、凶と出るか？　やがて陽一郎は事の次第を理解し、心から安堵した。歓喜と言ってもいい感情だった。ボロボロになるまで心身を削って習得したプログラミング技術が、ここに至って初めて偽りなく他人に必要とされていることを、陽一郎は理解したのである。

　こうして、ゲームのプログラミングという一大事業が陽一郎の日常に入り込んできた。いま取り組んでいるゲームは通算四作目、目標はおよそ半年後の即売会。前作からは大幅なバージョンアップを図っているため、まだまだ手直しは必要だ。カッチャンの描く新キャラクターを待ってグラフィックデータに仕上げる仕事も残っている。しなければならないことはいくらでもあった。もちろんこれだけで生活などできはしない。父親の遺した二階屋がなければ、やってゆくことなどできなかっただろう。光熱費が今なお引き落とされている口座は母親のもので、陽一郎が変更を申し出たことはない。収入はもっぱら不定期のバイトに頼るばかりで、これでは食費と交通費を賄うのがせいいっぱい。ときに忸怩たる思いが胸をかすめることがないでもなかった。漠たる不安はいつも靄《もや》のようにあたりに漂っていて、夜更けの静寂に耐えかねたころ、そっと背後に忍び寄ってくる。

　そんなときに陽一郎がすることは悔悟に浸ることでもなければ頭を抱えて呻《うめ》くことでもなく、パソコンのブラウザを立ち上げることだった。たちどころに現れ出てくるこの世のすべてに、陽一郎は潜行《ダイヴ》してゆく。あたかも世界樹《ユグドラシル》の根本に座ったまま瞑想する行者のごとくに。この瞬間だけは、どうしてこうなってしまったのだ？　という問いかけを忘れることができた。これからどうなってゆくのだろう？　そう考えることもなかった。溢れかえらんばかりの情報に溺れかかり、恍惚《こうこつ》となりながら。

4

そうだ、ここは、水族館に似ているな。緊張のあまり陽一郎が考えていたのは、そんなことである。全面ガラス張りになったエントランスは確かに巨大な水槽を思わせた。そこには一滴の水もしたたってはいなかったのだが。

この日の夕刻、陽一郎は池袋から山手線を半周して新橋駅に降り立った。プラットフォームや駅前広場の上にはうんざりするような暑気がこもっていたが、ビルとビルとのあいだを分け入って歩けば強く風が吹いてきて、驚くべきことに海のにおいがした。どれほど鉄とコンクリートを流し込み、かつての浜辺を摩天楼で満たしたとしても、海を消すことだけはできないのだと思われた。その海を見下ろす汐留《しおどめ》の一角に、目当てのビルはひときわ高く聳《そび》え、西日を浴びてぎらぎらと輝いていた。すでに陽一郎は怖じ気づいていた。それまでの人生でただの一度も縁のあったようなところではなかった、無為な就職活動のさなかに一瞬鼻先をかすめたことを除けば。おそるおそる広いエントランスに足を踏み入れると、涼しい空気が汗のにじむ頬を撫でた。総合案内には受付嬢が三人座り、へどもどと来意を伝える陽一郎に対してすら完璧な微笑を崩さなかった。

夕暮れ時だった。ガラス張りの壁面からは夕陽がななめに差し込んでいた。出入りの多い時間帯なのだろう、天井の高い空間には靴音とざわめきが静かに響き、あたりをゆらゆらと回遊する人間たちの姿は確かにどこか魚類に似ていた。巨大に肥った初老の男はアンコウの面構えを思わせ、のっそりと泳いでゆく後ろをひらひらとリクルートスーツの連中が付き従ってゆく。すさまじい勢いでなにか外国語をまくし立てている巨軀の白人は、甲殻類がハサミを振り立てるさまにさも似ている。ソファにだらしない格好で腰かけて声高に話す中年男二人、あんなかたちの海棲哺乳類がいたのではなかったか。鮮やかな色のスカーフで統一した制服の美女が五人、陽一郎の鼻先で身をひるがえし、笑いさざめきながら泳ぎ去っていった。ここでは、ときには、毒のある熱帯魚だって泳ぐのだろう。

「原陽一郎様でしょうか」

陽一郎はぎょっとして顔を上げた。いつのまにか、岩陰から素早く泳ぎ寄っていたに違いない。銀の鱗を閃かせる、鋭い鰭《ひれ》を持った魚。やくたいもない空想の最後に陽一郎が想像したのは、そんな姿である。

「はじめまして。薗と申します」

すばらしく整った顔立ちだった。身の丈は自分とさほどかわらない長身だが、すらりと引き締まって痩せ、鼻筋はまっすぐに通っている。年のころは三十代半ばぐらいなのだろうか？　なによりも、黒く艶やかな瞳を宿す切れ長の目がとびきり印象的で、陽一郎は思わずその目を見つめ返しそうになる。テレビかなにかで見た、ヒマラヤ山麓の寺院の壁に描かれた釈迦牟尼《しやかむに》の瞳を連想する。森羅万象を見透す、無謬《むびゆう》のまなざし。

奇妙なことだった、初対面のはずなのにその顔には見覚えがあって、しかし、それが先日の夢の中で見た顔と同じだったかと問われれば自信がない。現実は、手強い。すぐそこにある薗の顔は、揺るがしようがない。頭の一隅にぼんやりと残っていた夢のかけらは、網膜から脳へと投射された現実の光像にかき消されてしまう。では、その声はどうだろう？　つい五日前、日曜日の午後、午睡の底に響いてきた電話の音、そして聞こえてきた穏やかな声。あの声の主は、本当にこの男だったのだろうか。穏やかに、丁寧に、そしてさりげなく強引に、自分を港区汐留のオフィスビルまで呼びつけたあの声。いつでも結構でございます。原様のお宅は和光市で間違いございませんか、お時間をご指定くだされればハイヤーを向かわせますが。タクシーすら滅多に乗ることのない陽一郎はうろたえてしまい、結局のところ、この日は電車を乗り継いでここまでやってきたのだ。

「お暑いなか、ご足労いただき、まことにありがとうございます」

陽一郎は我に返った。気後れしながら、差し出された名刺を片手で受け取った。「Soysoya日本支社　クリエイティブ・アンド・ディヴェロップメント・ユニット　シニア・メンバー　薗大路」。仰々しい肩書に続く珍しい字面には、「その　たいじ」とふりがなが振ってある。

「すいません、私、今日は名刺の持ちあわせが」

「ええ、もちろん差し支えございません」

薗は鷹揚に笑い、陽一郎は目をそらす。それでは、と薗は陽一郎を促して歩き出す。エントランスの一隅に並ぶエレベーターを操るには、薗が首から下げるＩＤカードが必要であるらしい。操作パネルにカードをかざしてボタンを押せば、ドアが閉まる。いやあ、お会いできて本当に光栄です。どうなることやらと思っていたんですけれどね、ぶしつけといいますか、得体の知れないお願いじゃないですか。本当に助かりました。そう言って薗は笑った。まぎれもないハンサムのくせに愛嬌まで兼ね備えてやがるな、そんなことを陽一郎は思う。三十九階から四十五階までが弊社のオフィスとなっておりまして。まずは、支社長の方からご挨拶させていただければと思います。陽一郎はどきりとした。支社長！　予期してはいたものの、やはり我が身に縁があるとは思えないような話である。すばらしい速度でエレベーターは天空へと駆け上がってゆき、階数表示はみるみる数を増し、四十三を指したところで停まった。

ドアが開いた。少々意外な風景だった。ワンフロアがぶち抜きになった広い空間のあちこちに、デスクが配置されている。どの卓上にも液晶パネルとキーボードがひとつずつ置かれていて、社員は思い思いのところに座って仕事をしているようだ。ところによりデスクワーク、ところにより議論、ところにより電話、ところによりプレゼンテーション。服装もずいぶんさまざまで、スーツにネクタイというフォーマルな装いから、ポロシャツにTシャツにサマーセーター、アロハまで。広告代理店や新興のＩＴ企業と聞けば納得もできるが、食品という手堅い業種からはやや想像しにくい雰囲気だった。

「こちらが薗さんの部署で……」

「いえ、共用オフィスです。弊社の場合、個人に割り当てられたデスクはないんですよ」

陽一郎の驚きを見透かすかのように薗は言った。もともと弊社はプロジェクトごとにチーム編成して仕事をするものですから、部署で部屋割りする理由がないんですよ。ＩＤカードで認証させれば、どのデスクの端末も自分用に使えます。データは全部回線を通じて共用のストレージにストックしてますから、どこで仕事したって一緒です。今ではペーパーレスが基本でして、慣れれば便利ですよ。書類は回線上に放り投げておけば自動的に稟議に回されて裁可が下ります。ハンコをもらいに部局回りする必要なんかないわけです。

陽一郎はあたりを見回した。薗の口調は軽やかで、いかにも慣れきっていた。これまでに何度も、この先進的なオフィスをお披露目する機会があったのだろう。ＩＴ社会の先導者を謳っているくせに、お役所めいた形式主義が横行していたかつての勤務先とは大違いだった。

「すばらしいですね」

「ま、良し悪しです」

蘭は苦笑する。内向きの仲間意識は育ちにくいですしね。いかにも日本的な情緒ですけど、そういったものがいい方向に作用することだって、そりゃあありますけど。徹頭徹尾フレキシビリティを求められていますとね、どうしてもやることが刹那的になっちゃう。私もクリエイティブ・アンド・ディヴェロップメント・ユニットなんて長ったらしい名前の所属になってはいますけど、実際は案件ごとに役回りが違うわけでして。我々はどこから来たのか？　我々はなにものなのか？　我々はどこへ行こうとしているのか？　なーんてやつです、アハハ。あくまで軽い口調の中で、蘭は奇妙なことを言う。一種の冗談なのか、それとももう少し深刻な憂鬱の表れなのか、表情から察することはできなかった。では、この俺をここに招いたのも、また、なにかのプロジェクトなのだろうか？　そんな疑問がちらりと陽一郎の脳裏をかすめる。

オフィスを抜けたところには通路があり、つきあたりには分厚い木製のドアが控えていた。蘭がノックすると、中から秘書嬢がドアを開けてくる。陽一郎は思わず目をそらす。自分の日常とはまず交わることのない、とびきりの美人である。あら、蘭さん。なあに、辞表でも出しにきた？　あ、うん、それは明日ね。蘭はぬけぬけとそんなことを言ってウインクする。ほら、例の件で、原様が。オヤジどのは、今、いかが？　ええ、ちょっと待ってね、そう言って秘書嬢はさらに奥の部屋をノックする。なにか聞き取れない会話が短く続き、ゆっくりとドアが開き、秘書は見返って実に魅力的な笑みを浮かべ、それは二人を招き入れるサインである。陽一郎はどきりとする。

「どうもどうも、原様！　はじめまして、わたくし、Soyysoya 日本支社長の盛口と申します」

大きなデスクの向こうに、初老の小男が立っていた。白髪混じりの短髪、いささかのんびりした口調とは裏腹にまぶたの向こうで素早く瞳が動き、差し出してきた厚い手を握れば熱を帯びていた。陽一郎の視界の隅で、蘭がさりげなく居住まいを正した。

「本日は本当にありがとうございます。私どもも、原様のご協力が得られれば百人力といったところですよ」

支社長は磊落《らいらく》に笑う。窓は広く、支社長の背後には、暮れかけた空を背に光を放つ汐留のオフィスビルが幾棟も立ち並んでいる。ああ、日が短くなってきたなぁ……、不安のあまり、陽一郎はよけいなことを考えようとする。

「弊社といたしましても重要な事案と位置づけておりますので、全面的なバックアップをお約束いたします。存分にお力を発揮いただければと思っております」

お力？　ご協力？　仰々しい口調で言われたところで、陽一郎にはおのれが役回りを今ひとつ理解できていない。支社長の雰囲気に飲まれ、エエ、ハア、マア、と曖昧に相づちを打つばかりである。

「詳しいことは、薗君の方からご説明申し上げます。若いがなかなか優秀な男でしてね」

支社長はデスクの上に置かれた大きな書類封筒をさりげなく薗に手渡した。なにが書かれているのかはっきりとは読み取れなかったが、アルファベットで書かれた宛先にたくさんの切手が貼られた封筒は、おそらく、遠いところからここへと飛来したに違いなかった。

「では、具体的なお話に入らせていただいてもよろしいでしょうか」

「ああ、ウン。原様、それでは、くれぐれも宜しくお願いいたしますよ」

支社長の満面の笑みに、陽一郎は気弱な微笑で応える。ささやかな社会人生活の二年間でも、これまでの人生でも、こんな場所でこんな丁重な対応をされることなど、ついぞ経験がなかった。ほんの数分のことだったのに、支社長室を出ると陽一郎はどっと疲れきった気分になった。

「それでは、ちょっと場所を改めまして。差し支えなければ、軽くお食事でもしながら」

「ええ、まあ」

「アルコールは大丈夫ですか。食べられないものなどはございますか？」
「いえ、特に」
「それはよかった」

Restaurante Sur。

エレベーターを出たところ、真向かいのドアに掲げられた一枚板には焼き印でそう記されていた。四十五階、このビルディングの最上階である。ワインを傾けるカップルひと組がいるばかりで、ほとんど言葉もない。冷え乾いた空気を潤すように、かすかにハープの音楽が響いていた。陽一郎にその知識はなかったが、アルパというパラグアイの民族楽器である。足音をたてずに近寄ってきた黒服のボーイと薗が囁くように言葉を交わせば、とびきりの眺めの席が用意された。南に向けて切られた窓の向こうには東京湾が広がり、訪れつつある薄闇の中で、湾岸の埋め立て地へとかかる橋がライトアップされた姿を輝かせている。陽一郎は、またも逃げ出したいような気分に駆られた。チェーンの居酒屋で安酒を飲み散らすのがもっぱらだった自分には、まるでなじみのない場だった。ここまでの扱いとなれば、さすがに詐欺だの騙《かた》りだのといった疑念は消え失せてしまい、しかし疑問が一つ消えずに残る。どうして、俺なんかに、こんな話が？

もとより陽一郎は社交辞令が苦手で、こういうときになにを話していいものやら、まるで見当がつかない。陽一郎はグラス越しに薗の顔を盗み見る。ずばりそう訊いてみるべきなんだろうか？　それとも無難に天候の話題あたりから？　あるいはSoysoyaの業務について？　最近の景気？　プロ野球やサッカー？　どれも適切とは思われず、すがるようにあたりを見回した陽一郎の目玉はあるものを拾い上げた。

「あ、あの。この、これ、なんですか?」

百合の花を模して折りたたまれ、グラスに飾られたナプキンである。その隅に淡い黄色で縫い取られているのは、Soysoyaからの封筒にも印刷されていた𝕐のマークだったのだ。

「弊社のロゴでしてね。イグリエガ・ドブレってのがあちらでの愛称なんです」

「はあ」

「『二重のY』って意味です。英語だとダブル・ワイですね」

「なるほど」

陽一郎は納得してナプキンを手に取った。ナプキンは思いのほか大きく、白く広がって陽一郎の膝を覆い、その一隅に𝕐(イグリエガ・ドブレ)は慎ましく輝いていた。黒服のボーイが金色に泡立つグラスを二つ運んできた。

「それでは、無事お会いできたことを祝しまして」

蘭は細く長い指でグラスを掲げた。乾杯、口ごもるように陽一郎はつぶやき、グラスを口に運ぶ。先週末の、なんとも酷いザマになった飲み会以来の酒だった。冷たく泡立ち、あまり苦くない。果物めいた芳香が鼻をくすぐり、炭酸の泡と混じり合って喉奥から胃の中へと滑り落ちてゆく。

オードヴルの盛り合わせが運ばれてきた。濃いソースで煮付けられた肉の小塊、温野菜のソースがけ、それからチーズだろうか? かしこまった場での食事には縁がない陽一郎にも、少々珍しい料理であることは理解できた。口に運べばよく煮込まれた塊はほろりと崩れ、ソースは野菜を滑らかに絡め取っている。

「いかがです?」

「ええ、まあ、おいしいです」

陽一郎は曖昧に答えた。この複雑な、手の尽くされた味をうまく褒める言葉が思い当たらなかった。

「なによりです。お口に合うかと思ったんですが」

「これ、ブラジルかどこかの料理なんですか」

「本来は南米料理の店なんですけどね、こちらは特別なコースでして。どうしようかな、タネ明かししちゃおうかな」

薗は切れ長の目を大きく見開き、まるで笑い出す寸前のように目玉がくるりと動く。まぎれもない色男のくせに、いちいち愛嬌があるなあ、陽一郎はそんなことを考える。陽一郎は自分を不細工だと認識していて、ハンサムな連中にはまんべんなく苦手意識を抱くのだが、薗の笑みはそんな警戒心をほんの少し和らげる。

「この料理、みんな、大豆なんです」

「へえっ」

「こちらはテンペですね、大豆を固めて発酵させたインドネシアの郷土料理です。台湾の精進料理にも似たようなものがあるようでして。このチーズみたいなのは沖縄料理の豆腐《とうふ》餻《よう》です。豆腐を漬け込んでコウジカビで発酵させたものです。温野菜のソースは豆乳ベースですね」

「これも大豆なんですか」

薗はうなずき、陽一郎は唸《うな》る。フォークの先で転がしたのは鶏の笹身を揚げたものとしか見えず、まっすぐに裂ける鶏肉の繊維までが模倣されていた。

「チキンナゲットと一緒ですね。あちらは肉のすり身に油や調味料を練り込んで形成したものですけれど、それを大豆に置き換えたわけです。繊維質をいかに模倣するかがキモのようですね」

ひょっとして、これも？　陽一郎がグラスを掲げると、薗は笑う。

「ご明察です。酒造メーカーの開発に弊社が協力しましてね。不思議ですが、歴史的に大豆はほとんど酒造に使われてこなかったんです。でも、だんだん洗練されてきたんじゃないかな」

陽一郎はしげしげとグラスを眺める。泡立つ液体をすかして、テーブルに並ぶ皿のかずかずが歪んで見えた。この多彩な料理も、酒も、すべて大豆に由来しているのだとは！　徹底ぶりには驚かされるばかりだが、その執拗さが奇妙にも思えてくる。

「しかし、どうして大豆なんですか？」

「大豆の可能性の一端をご紹介できればと思いまして」

薗はちょっと奇妙な言い方をした。ごらんの通りに食材としてもとても魅力的ですけれど、たとえば今お召し上がりの大豆ミートなどは、食そのものを豊かにするかも知れないと思っています。アレルギー対策やカロリー制限みたいな需要にも応えられますしね。そうそう、ベジタリアンに向けた商品にもなりますよ。たとえば南アジアには数億人規模の厳格なベジタリアンがいますから、もちろん商機にもなりますし、先方の食生活を広げる魅力的な提案になるでしょう。こんなところにまで応用の利く植物は、他に思いつかないですよ……。

ここまでを滑らかに説き、薗はちょっと言葉を切った。

「それに、なにより、大豆こそがSoysoya の出発点なんです」

「大豆の売買をしていたんですか」

「そうですね。もう少し、もう少しだけ、弊社と大豆との縁は深いんです」

大豆を練り込んで焼いたというパンを籠から取りながら、薗は、もう少し、という言葉を二回繰り返した。南米大陸のど真ん中にパラグアイって国がありまして、ご存知でしょうか。実に広くて、平たい国です。国土をパラグアイ川とパラナ川っていう大河が貫流していて、流域に広がる大豆畑が、世界第四位の大豆を産しているんです。

飄々《ひょうひょう》としていた薗の口ぶりに、ほんの少し熱がこもったと陽一郎は感じる。あの奇妙な手紙を受け取ってから、ネットでパラグアイという国を調べてはみた。日本から見れば地球の裏側、日本を上回る面積、日本の十分の一に満たない人口。ブラジルとアルゼンチンという巨人に挟まれた慎ましやかな内陸国。百科事典的な事項はいくらでも流れ出てくるが、他に出てくる事柄は数年前のワールドカップで日本と死闘を繰り広げたことぐらいか。薗がいかなる風景を脳裏に浮かべているのか、陽一郎には想像できない。

「行ったことがあるんですか」

「一度だけですけれどね。以前、サンパウロのSoysoya本社に勤務していたことがありまして」

「ブラジルのですか?」

「ええ。私、大学院がアメリカだったもんですから」

意外な経歴がさらりと語られた。本社勤務のころに、薗はお偉がたのパラグアイ行きに随伴する機会があったのだそうだ。一行の赴いた先は首都アスンシオンではなくイタプアという南部の片田舎だったが、イタプアこそは日系移民の入植地が点在する土地であった。開拓のさきがけとなった一人、原世志彦《よしひこ》なる人物が、かの地で初めて立ち上げた大豆の出荷組合が、のちのSoysoyaの前身となる。

「そこで、最晩年のドン・コウイチロウ・ハラにお目通りがかないまして」

コウイチロウ・ハラ! 陽一郎は顔を上げる。まどろみの中に、不意に冷風が吹き入ってきたような気分になる。その、自分とたった一文字違いの名前こそが、俺の人生に分け入ってこようとしている爺さんではないのか?

「ご承知のとおり、弊社の前CEOでした。世志彦氏のご長男にあたります」

「その、それはどういった……」

「ご機嫌伺いだったんじゃないでしょうかね」

　薗は苦笑する。

「あとで分かったことですが、もうご闘病中の時期でしたから」

「どんな人だったんでしょうか」

「いえ、私のような若輩者はご挨拶ていどで」

　薗はそう言ってほほえむ。物静かな紳士という印象でしたね。入植地の真ん中のお宅で療養なさっていました。あれほどの成功のあとでも、あくまでも慎ましやかな屋構えでね。あれは、なかなか印象深いところだったなあ……。薗はそう言って、口を閉じる。しかし、本当にそれだけだったのだろうか？　ふと、そんな疑念が陽一郎の胸をかすめる。一介の若造が単なるカバン持ちとしてパラグアイの片田舎にまで出向き、この大企業を統べていた立志伝中の人間を見舞うことができたものなのだろうか。

「原様、次はワインでもいかがでしょうか」

　薗は不意に尋ねてくる。焦《じ》らすつもりか、陽一郎はかすかに苛立ちを覚えながら、満面の笑みで応える。ええ、赤でも白でもロゼでも、ポートワインでもサングリアでも。それから、その、原様っての、止めにしませんか。どうも据わりが悪くてね。酒精の勢いを借りてここまで話せば、薗は目を大きく見開き、白い頬はかすかに赤く染まっていて、しかし言葉は滑らかに流れ出てくる。承知、承知です。それじゃ、原さん。アルゼンチンの赤でいきましょうか。南米のワインは侮れませんよ。メインはアサドですからね、炭火で焼いた肉にうってつけの強い味です。男のワインです。

　真っ白なナプキンをあてがってボーイが栓を抜き、赤い流れがグラスを満たしたところで、薗はあらためて口を開く。南米の中でも、パラグアイへの移民は遅かったんです。戦前に細々と、増えたのは戦後になってから。だから、今でも存命の移民一世、あるいは二世がたくさんいます。そうなんですか、陽一郎はつぶやく。移民といって陽一郎が連想するものは、大学時代を過ごした筑波山の麓の学園都市、その周辺に点在するブラジル料理屋ぐらいのものだ。ピンガという馬鹿強い酒でへべれけになり、日系四世であるらしいウェイトレスの女の子に卑猥な冗談を言ってイヤな顔をされた、そんなみっともない記憶が残るだけである。

原世志彦の移民は、もっとも早い時期だったんでしょうね。蘭はそうつぶやいてワインをひとくち。戦前の移民団の一人だったと伝えられています。ご覧になりますか？　蘭が片手を上げれば黒服がたちどころに身をひるがえし、やがて、うやうやしく布張りの本を携えてくる。三十年ほど前、晩年の原世志彦が作った私家版で、まあ、回想録のようなものです、と蘭は言う。Soysoyaに関わる回想録ですね。表紙に金箔で鮮やかに押された“La Historia de la Tierra de Soya”の文字は、陽一郎には見当がつかない。

「『大豆の大地の歴史』って意味です。まあ、ご大層な名前ですよね」

「蘭さんはスペイン語も読めるんですか？」

英語ですら不得手な陽一郎は、感心して訊ねる。学生時代から得意だったのは数学と物理、苦手だったのは語学や歴史という根っからの理数系なのだ。

「ええ、中学まではチリにいましたんで」

「チリですか！」

南米大陸の西岸にへばりつくがごとき極端に細長い国土は世界地図の中でも際だって印象深いが、どんなところなのかはまったく知識がない。いまだに読むのがいちばん楽なのはスペイン語なんですよねえ、そんな恐れ入ったことを言いながら、薗は本を開いた。

口絵に収められたモノクロ写真の中に、紋付袴《もんつきはかま》に身を包む男が立っていた。日本人離れした豊かな髭、見下ろすような挑むような目つき。中年の盛りに撮られた肖像写真なのだろう、まさしく心気満ち足りたという印象で、誰かに似ているなぁと考えた陽一郎が最初に想起したのはグリゴリー・ペレルマンの顔である。写真の下には、Yosixico Jara（1905–1988）とある。

もう一ページめくれば、こちらは印刷の鮮明なカラー写真。胸元に二つの勲章を下げた背広姿で、ぐっと時代は現代に近づく。細面の白髪をきっちりと分け、瞼がたるみはじめてはいるもののまなざしはあくまでも鋭い。実業家というよりは大学の先生みたいだなと陽一郎は思った。Coichiro Jara（1940–）、そう添えられた一行に、陽一郎は胸を高鳴らせる。

「この人が」

「ええ」

薗はうなずく。世志彦の長男です。セニョル・ドン・コウイチロウ・ハラです。

ページをめくればどこまでも連なる文字をあたかも指先で読むかのように紙面を撫でつつ、薗は語り続ける。一九三八年、原世志彦を含む日本人の一団は、パラグアイ川流域の入植地に到着した。そこにはお定まりの苦労があったに違いないのだが、薗の言葉は開墾の苦労や物資の不足をさりげなく飛び越える。稲作に固執しなかったのが成功の鍵であったようですよ、そう述べるのみだった。コーヒー、トウモロコシ、小麦、キャッサバ、そして、大豆。誰が導いたものだか、移民たちはこの作物に到達する。勤勉だったことに加え、気候も大豆に合っていた。さらには、日本人は大豆の価値を知っていた。現在の大豆は世界的な作物であるが、その歴史は圧倒的に東アジアのものであるらしい。確かに味噌、醤油、豆腐、油揚げ、がんもどきと、陽一郎にも大豆からなる食べものはすぐさま思い出せて片手に余るほどだ。ポタージュスープが運ばれてきた。それも豆乳ベースなんですよ、先回りして薗が教えてくれる。滑らかな味のどこを探っても豆の姿は浮かんでこず、舌と頬が柔らかく撫でられるようだ。

「しかしですね、困ったことが起こったようでして」

薗は本を引き寄せ、言葉をつなぐ。

「大豆の栽培はうまくいった、パラグアイ人を驚かせるほどの実りが得られた。ところが、ここで、日本人たちは困惑したわけです」

「はあ」

「日本人には、思い至りにくい悩みだったでしょうね。このせいで、日本軍もこてんぱんにやられた」

謎めいた口調に、陽一郎には閃くものがあった。とりたてて軍事マニアというほどのことはなくとも、ネットにかじりついていれば、奇妙にも、日本国の来歴にはひとかどの知識が得られるのである。

「つまり、その、兵站《へいたん》の問題というか」

薗は残るワインを飲み下す。黒服が音もなく近寄ってきてワインを注ぎ足す。

「お察しの通りです。まあ、流通ですね」

多くの日本人が気付きにくいことだが、実のところ、近代に至るまでに国内に物流のネットワークを張り巡らせていた国というのは珍しい例外に属する。日本は江戸時代という奇妙な平安のさなか、五街道に加えて南北の廻船を整備するに至ったが、これは東アジアにおける幸福な偶然だった。たとえば朝鮮半島では南北の大都市であるソウルと釜山を結ぶ街道すら十九世紀まで整備されることがなかったし、東南アジアでは王朝の衰退のたびに王道は密林へと飲み込まれていった。道とは、たとえ一千キロを整備しても、たった一メートルが寸断されていれば用をなさなくなる代物だ。望めばどこにでも行くことができ、どこへもモノを運ぶことができるというのは、実のところ、極めて近代的な発想なのである。

では、パラグアイはどうだったか。日本人たちが入植したころのパラグアイは、隣国ボリビアとのあいだに起こったチャコ戦争、続いてのパラグアイ内戦の痛手から立ち直りきっていないありさまだった。日本よりもはるかに広大な国土に日本の十分の一にも満たない人口が希薄に点在し、それらを結ぶ陸運も水運も十分に整備されていなかった。そんな土地では、いかに豊潤な実りがもたらされようとも、自分たちで消費する以上の価値を持たない。収穫して運んで売るための費用は、作物を売って得られる収入を軽々と上回ったからだ。山一つ川一つを越えれば町があって市《いち》が立つような、日本ならば中世以来当然のことであった土地のありさまが、かの地ではこれから訪れる未来の中にあったのである。これは、ブラジルの密林やボリビアの荒野を拓いた多くの日本人たちもひとしなみにぶつかった壁であった。狭隘《きょうあい》な土地と貧困な実りのために日本を出た移民たちは、地球の裏側では、広大な土地と豊潤な実りに悩まされなければならなかったのである。

そういった事情があったからなんでしょうね、考え込む陽一郎に薗は言葉を続ける。原世志彦が、いろいろと行動に出たようなんです。大豆を作る日系人たちをまとめて回って、生産調整と、価格の安定に努めた。つまりは、協同組合の設立ですね。それが弊社の出発点なんです。

不意に、焼け、焦げ、弾けるにおいが鼻の奥をくすぐった。振り返れば、黒服が炉を乗せたワゴンを押してきた。炉の中には炭火が音もなく盛り、ぶ厚い肉を炙っていた。焼き加減はいかがいたしましょう、黒服の言葉に陽一郎がミディアムと答えれば、包丁は滑らかに肉に分け入って赤いしたたりが炭火の中でジュッと音を立てる。肉は皿の上に切り分けられ、薄桃色のソースとクレソンが添えられる。

「それも大豆ですか」

「さようでございます」

黒服が滑らかに応じる。

「豆乳をベースにオリーブオイル、ワインビネガーなどを加えて仕上げました当店のオリジナルソース、サルサ・デ・ラ・パンパでございます。お試しくださいませ」

口へと運び、陽一郎は目を見開く。赤肉はフォークの先で漲り、前歯の間に柔らかく解《ほぐ》れ、線維と細胞とのあいだから肉汁を迸《ほとばし》らせた。強い肉のにおいはソースの中に絡め取られ、丸められて、口腔を満たした。陽一郎はグラスを取り、ワインに後を追わせた。のどを濡らすけだものの脂《あぶら》は発酵した葡萄に拭い取られ、胃の奥へと流れ落ちていった。思わず陽一郎は息を漏らした。ステーキという名に付帯していた感動や羨望は二十世紀の終わるころにはずいぶん色褪せてしまい、街道筋のファミレスや雑居ビルに入ったチェーン店でステーキと名の付く食物を口にすることは、いまや陽一郎にとっても珍しいことではない。そうであっても、この一皿が図抜けた味わいを持っていることは、陽一郎にも理解できた。さすがにこれは大豆じゃないですがね、と薗は冗談めかして言う。

「アルゼンチンの牛肉なんです。どうも質より量、そんな悲しい誤解が囁かれますのでね、弊社としても少々踏ん張りました。脂にモノを言わせるばかりが肉ではないようですよ」

薗の口調には満足が窺《うかが》われた。この落ち着き払った男にしては、ほほえましく感じられるほどだった。今は大豆だけじゃないんですか？　陽一郎が訊ねれば、薗はうなずく。そうですね、現在の業務は食品流通の全般に関わっておりまして。元々はパラグアイ大豆の販売にとどまっていたんですが、契機になったのは八〇年代ですね。

いわく、八〇年代とは、パラグアイにとって、のみならず南米にとって、激動の時代であった。独裁とインフレと政情不安、今なお日本人が抱きやすいステロタイプな南米の姿は、実はこの時代に大きな変革を迎えているのである。ブラジルでもアルゼンチンでもチリでも、軍政や独裁が相次いで終焉を迎えた。冷戦が終結へと向かうにつれ、もはや北の巨人の忠実な番犬をもって任じるばかりでは、いびつな政体を維持することはできなくなっていたのである。ニカラグアのソモサ、ハイチのデュバリエ、アルゼンチンのビデラ、ボリビアのバンセル、チリのピノチェト……。パラグアイも例外ではなかった。一九八九年、三十年以上にわたりパラグアイに君臨してきた巨軀の独裁者アルフレド・ストロエスネル大統領は、腹心のクーデターによって、あっけなくその座を追われることになる。

　老いた族長たちの退陣によって、南米に新しい風が吹きはじめた。鉄のカーテンの崩壊という驚天動地を経験した欧州には及ばずとも、南米もまた、新しい時代に向けての道を模索しはじめる。ストロエスネル大統領の失脚からほんの二年後、まさにパラグアイの首都アスンシオンで南米共同市場《メルコスール》という名の経済共同体が産声を上げ、加盟国間の関税障壁の撤廃が謳われた。さらに、メルコスールの成立に先駆けること六年、パラグアイの近隣国ウルグアイではウルグアイ・ラウンドの開始が宣言されている。自由貿易の拡大、とりわけ農作物の自由取引をもくろんだ交渉の開始である。この貿易自由化の流れは、その数年後に終結する冷戦によって出現した旧東側の市場や、事実上「赤い資本主義国家」となってしまった中国やベトナム、購買力をつけつつあるサハラ以南のアフリカ諸国をも巻き込み、モノとゼニカネの流れで地球上を染め上げてゆくことになる。

　まさに激動の時代だったのだろう。一九八八年生まれの陽一郎は、時間的にも地理的にも心情的にも遠いかなたの世界のものがたりを、極上の赤肉を貪りながら聞く。こうした歴史があればこそ、いま自分が口に運んでいるビーフもワインも、地球の裏側から日本にまで運び込まれる時代になったわけだ。半世紀前ならばおがくず入りの木箱に詰められて日本に運ばれ、栓を抜くまでにさんざん勿体をつけられたワインは、今ならば十ドル、十ユーロ、千円も出せばお手頃な一本が手に入る。ありがたいことなんだろうな、陽一郎は素直にそう考えつつ、またもグラスをひとあおり。もちろんこちらのワインは、その何倍もの値段が付けられているのだろうが……。

このとき、不意に、薗は耳慣れない名前を口にした。こうした有為転変の中で、Soysoyaが大きく成長するきっかけとなった事件の名なのだという。

「マルビナス戦争というのがありまして」

マルビナス？　怪訝《けげん》な顔をする陽一郎に、フォークランド紛争とも言いますね、と薗は言い足す。知らない名ではなかった。陽一郎が日がな一日を漂っているネットの海にはときおりフォークランドの名が亡霊のように浮かび上がってくるのだが、それは、中国と、韓国と、台湾と、ロシアと、日本近海の小島を巡る領土問題が吹き上がったときと相場が決まっている。まずは結論の見え透いている小競り合いであっても、にわかな愛国心に駆られたネット上の魑魅魍魎《ちみもうりょう》は、フォークランドを忘れるな……、そんな文言を繰り返すのだ。そして落とし込まれる結論と言えば、国防の備えなければ国土の一体なしといったあたりだ。陽一郎は律儀にも、そういった文言に共感する。隣国と仲良くなんてことは絵空事に過ぎないのだ、誇り高い日本の独立を守るには軍事力は不可欠なのだ、と。

じっさい、一九八二年に起こったこの大西洋上の孤島を巡る紛争は、英国・アルゼンチンの両国に深い遺恨を遺した。とりわけ敗者の側となったアルゼンチンでは、その後の長い政治的・経済的混乱のきっかけとなる深傷《ふかで》であった。この混乱に乗じ、小商いながら堅調な業績を上げていたSoysoya、正確にはその前身であったEl instituto comercial para soyas Paraguayas（パラグアイ大豆貿易組織）は貿易部門を独立させ、Soysoyaの社名のもと、アルゼンチンのいくつかの穀物流通会社の買収と統合に乗り出すのである。世界有数の農業国であるアルゼンチンの小麦や食肉の流通に足がかりを作ったという意味で、この吸収合併はSoyysoyaが世界企業へと脱皮する布石となった。八〇年代から九〇年代にかけてSoyysoyaはアルゼンチン、さらにはブラジルの食料流通会社の買収を繰り返し、本社をサンパウロへと移す。

「大躍進ですね」

思わず陽一郎はそんな言葉を漏らす。皮肉に聞こえたかも知れないな、陽一郎がそっと窺うと、薗は微笑を浮かべている。ええ、まあ。運がよかったんだと思いますよ、これが二十年、いや、十年ずれていたってこんなことはできなかった。食と経済がこれだけグローバル化してゆく時流に、ちょうど合致していたんでしょうね。気が付けば、ワインのボトルが底を見せていた。どうでしょう、もう一本ぐらいいきましょうか。色白な頬を赤らめた薗は、陽一郎の返事を待たずに黒服に手を挙げる。またしても赤い流れ、豊かな流れ、今度はチリのワインであるらしい。カリフォルニア、メキシコ、チリ、アルゼンチン。かつて旧大陸から冷笑を持って迎えられ、やがて連中を唸らせ、瞠目させるに至った新大陸のワイン。いささか酔いの回ってきた陽一郎は、お冷やのようにぐいとワインをあおり、薗に向き直る。この段になってようやく陽一郎は、他人の目と向き合う気力が湧いてくる。

「薗さん。Soyysoyaのことはよく理解できました。で、どうなったんです、肝心の話は」

「ええ、はい。ちょっと道草を食いすぎました」

薗は小さく笑った。黒服が陽一郎の前からあらかた空になった皿、ナイフとフォークを取り去り、小さなブラシでパンくずを掃き落とす。ワイングラスが二つ残るばかりとなったテーブルに、薗はさきごろ支社長から手渡されていた書類封筒を取り出した。

「こればかりはペーパーレスじゃないんですね」

陽一郎のさりげない皮肉に、薗は鷹揚な微笑で応える。

「さすがにそういうわけにはいかないですね」

「そうなんですか」

「遺言状なんです」

陽一郎はどきりとする。ゆいごんじょう、幾度も耳にしたことのある言葉だが、それはおおむねミステリ小説の中に存在するものだった。薗の細く長い指は巧みに動き、YY（イグリエガ・ドブレ）のロゴが印字された封筒の中から二つ折りの台紙をつまみ出してくる。台紙には二枚の紙が貼り付けてあって、一通はペン字の縦書き、もう一通は横文字のタイプである。

「ドン・コウイチロウの肉筆です。こちらはご自身が訳されたスペイン語のタイプですね」

「スペイン語」

「パラグアイの公用語なんです」

コウイチロウ老人の筆致はさながら飛翔するかのごとくに流麗であり、陽一郎の目にすらそれは明らかだった。古希に及び我が家族そして親愛なるSoyysoyaの諸君に以下の如く言い遺す。そんな書き出しである。社主は暫定的に我が長男マウリシオ・ハラに託す。役員會を経て正式な社主を決定のこと。陽一郎はここまでを流し読んだ。問題は四行目から、コウイチロウの私財についてのことである。餘《よ》の私財については別状に仔細を示す、顧問辯護士ヤマシタ君より餘の死后一箇年の后公開されるであらう。先駆けて餘は以下五名を遺産管財人に指名する。妻ヨシノ・ハラ。長男マウリシオ・ハラ。顧問辯護士タケオ・ヤマシタ。秘書イサベラ・タケダ＝イグレシア。日本國岩手縣《けん》、原家直系の嫡男。

陽一郎の肌がざわりと揺れ動く。最後の文言に目が吸い付く。

「この遺言状は、コウイチロウの死後直ちに検討されました」

薗は淡々と語る。現在、弊社の暫定ＣＥＯはコウイチロウの長男であるマウリシオなんですが、そう言いながら、薗の細く長い指は封筒からもう一枚の文書をつまみ出してくる。こちらはずっと即物的な、レターペーパーにタイプされた文書である。こちらは社内文書なんですが、と薗は言う。

「だいたいこういう内容ですね。……ええと、『二〇一五年六月三十日、臨時役員会議において決定された事項は以下の通りである。……周知の通り、過日、弊社ＣＥＯコウイチロウ・ハラが逝去した、その最終的な遺志は、法的に正当たることを証明された遺言状において確認された……』」

これですね、薗はそう言ってコウイチロウ・ハラの遺書を指す。「臨時役員会議は、その遺志が遅滞なく遂行されるべきであると判断する、それゆえ決定した、全社を挙げての協力を、当該各部局の協力を強く期待する」……とまあ、こんな具合でして。薗はナプキンで口元を拭い、あらためて陽一郎に向き直る。

要するに、原家の本家、その嫡男に当たる人物を捜し出して遺産管財人の労をお取りいただくよう依頼せよ、と。そういう文書です。本社勅令のプロジェクトなんですよ、滅多にないことなんです、そんな仰々しいことを言って薗は笑う。陽一郎は押し黙ったまま、コウイチロウ・ハラの遺言状、そして外国語の羅列された社内文書を凝視する。英語と、スペイン語と、あとはポルトガル語なんだろうか？　文字は目に入ってくるが、連なり合って文章にならない。意味が立ち上がってこない。俺は酔っているんだろうな、陽一郎は考える。本家、長男、嫡男、嫡子、生まれてこのかた、かけらほどの縁もなかった単語ばかりが頭の中で反響する。生まれたのは茗荷谷のアパート、育ったのも現在の所在も埼玉県和光市の一戸建て。これまでの半生はすっぽりと首都圏の周辺地域に収まり、地縁や血縁といった言葉と関係があるはずもなかった、俺はそういう人生を歩いてきたはずだ。陽一郎はそう思い込んでいた。それは、本当に、この俺のことなんだろうか？

　蘭はふたたび“La Historia de la Tierra de Soya”の表紙を指し示す、なんとも曖昧な笑みを浮かべながら。この手の回想録にしては珍しいことだと思うんですが、原世志彦はあまり自分のことを語っていないんですよ。そもそもが大豆栽培を始めたころからの語り起こしであるうえ、“Nosotros（我々は）”という言いかたが非常に多いんです。我々は開墾した、我々は栽培した、我々は会社を立ち上げた、そんな具合です。謙虚なお人柄が忍ばれますがね、身元調べには少々手間取りました。岩手県の出身であるらしい、生家はそれなりの家格だったらしい、それは世志彦を直接知る人たちの証言が一致しています。だけど、郷里を逐電した理由がよく分からない。生家との確執があったのかも知れないんですが、実子のドン・コウイチロウにすらはっきりしたことを言っていないんですね。ですから、あとは、出生地とおぼしきあたりをしらみつぶしに……。

「蘭さんが調べたんですか？」

「ええ。だいたいこのテの面倒くさい案件には、お声がかかるんです」

　冗談めかした口調でそう言いながら蘭はカバンの中を探り、中からはまたも書類が一枚。戸籍謄本のコピーだろう。さすがは日本のお役所ですね、百年前の書類がきっちり残っていました。蘭は陽一郎の前に書類を広げる。

「この四《し》郎《ろう》という人物がおそらく世志彦であろう、というのが私どもの判断です」

　陽一郎は、書類を凝視する。罫線紙に毛筆というひどく古い体裁だが、なんとか陽一郎にも読むことができる。四郎。明治参拾八年五月弐日生。続柄四男。

「理由は三点あります。一つは、生年が世志彦と一致している。もう一つは、世志彦が断片的に語った故郷の像と合致していることですね。岩手県の、戦前までは山林地主であった家柄」

なるほど、陽一郎はつぶやく。

「でも、原なんてわりと珍しくない苗字ですよね。原敬《はらたかし》だって岩手の出身です。それに、岩手って相当広いですし」

そうでしょうね、薗はうなずく。岩手一県で四国と同じぐらいの面積がありますからね。だけど、運がいいというかありがたいというか、人口の少なさに救われました、そう言って薗は笑った。原という姓は、岩手県では決して多くはないようですよ。電話帳での話ですが、二百世帯を超えないでしょう。そこで、山間部にお住まいで、しかも旧家となれば、おのずと対象は絞り込まれてきます。

「なるほど」

陽一郎は、感心していた。手並みの鮮やかさには多少の恐怖を覚えるほどだった。薗は賢明なやり口で、地球の裏側に没したとある日系人の百年を軽々と遡ったらしい。それにもう一つ、三つ目の理由があるんですよ、と薗は言う。南米ですと洗礼を受けるんで、生まれた人の名は教会で確認することができるんですけど、日本はそうもいかなくて。でも逆に、物故した人の名は、辿ることができるんです。過去帳というものがありますね。

確かに薗の言うごとく、キリスト教世界では生から人の来歴を辿ることができる一方で、日本では死から人の系譜を辿ることができるようだ。薗は原家が檀家となっている寺に出向いて、どう取り入ったものだか、過去帳から原家の人間たちの死の年を一世紀にわたって調べ上げた。そこで薗が確かめたことは、死の記録における四郎の名の不在だったのである。過去帳にも、墓碑にも、四郎の名は残されていなかった。

「だからこそ、私は、世志彦がこの四郎なる人物であると考えました」

それは、あたかも、原家の系譜からぬぐい去られたかのような空白であった。事情は私も存じ上げておりませんが、ご実家と疎遠だったことは確かです。確認できる範囲では、世志彦はパラグアイに移住して以来、一度も日本に帰りませんでしたから。

「その故郷って、どこなんですか」

「それは、岩手県の」

蘭は話しつつ、ゆっくりと視線を陽一郎へと移してゆく。

「岩手郡、四戸《しのへ》町です」

ご存知でしょう、と言いたげな顔だった。知らないわけではないですよ、陽一郎も目で語ろうとする。この四郎の長兄に当たる人物が一太郎というかた、十九世紀末に生まれています。一太郎の長男が肇《はじめ》さん、一九二五年のお生まれです。そしてそのご長男が一史さんです、一九五七年のお生まれで、つまり。蘭はまっすぐに陽一郎を見ている。陽一郎は困惑しながら小さくうなずく。ええ、僕の父親です。

蘭は笑う。切れ長な目の奥に黒い瞳が動き、冷静なまなざしにちらりと喜ばしげな色が閃く。いや、よかった。調べた甲斐がありましたよ。

「ただ、お気の毒なんですが、一九九七年でしょうか」

陽一郎は思わず顔を上げた。薄気味の悪い感情が這い上がってきた。この蘭という男の目は、自分に連なる血脈をどこまでも調べ尽くしてきたのだろうか。自分などは父方の実家についてたいした知識もなく、今となっては父が生前から祖父と折り合いが悪かったことをおぼろげに感じ取るのみだ。蘭の言うとおり、父が亡くなった一九九七年からこれだけ時間が経てば、いっそう岩手県の山中に向ける足などなくなる。父の名は一史、祖父の名は肇、その先の父祖の名など聞いたこともなかったのに、いまや陽一郎の頭の中には暗闇に浮かび上がる輝線のように四代にわたる系譜が描かれ、そして、輝線の先端にあるのは、我が名、陽一郎なのである。

　陽一郎はワインを一息にあおる。二本目の瓶も底が見えてきた。頭がぐらりと揺らぎそうになる。降って湧いたような話を前に、酔いの勢いを借りて、冷静沈着な薗に一矢報いてやりたい気分に駆られる。

「で、でも、すいませんけど、それ、本当に確かなことなんでしょうか？」

　ろれつの回らなくなりかけた舌で、陽一郎は、くだくだと言葉をつなぐ。け、結局のところ、かか確証はないんですよね。それっぽいってだけの話なんですよね。どうなんでしょうね、そういうの。薗は穏やかにほほえむばかりだ。ええ、その通りです。薗は陽一郎を見た。切れ長な目をまっすぐに据えた。

「私どもの集めた情報が十分ではないこと、それは、おっしゃる通りでしょう。しかし、この原四郎なる人物が世志彦ではないという証拠も、どこにもないんです」

「ばかな」

　陽一郎は呻く。

「いいですか、原さん」

　抑えた口調で薗は言った。テーブルの上で細く長い指をそっと組み替える。

「真実と見分けがつかないものごとは、真実と見なして差し支えないんですよ」

　陽一郎はぎょっとして薗を見つめた。出会ったときから一貫して慇懃《いんぎん》な物腰を揺らがせないまま、この男はたった今、ぎらりと光る刃を閃かせたのではないか。

「蓋然性ある推理で空白を埋められるのならば、私どもは、世志彦の血統が辿れたと判断します。私どもは自信を持って、原さんが弊社前ＣＥＯコウイチロウ・ハラの遺志に叶う人物であると報告するでしょう」

「そ、そんなことを言われたって困る」

「いえいえ、まあまあ。これは原さんにとっても、ご損のない話だと思うんです」

蘭は、不意に声音を和らげた。これから大切なことを言うのだから、聞き漏らしてはもったいないですよと思わせるような響きである。お手間を取らせる点はまことに心苦しいのですが、と蘭は言う。存じ上げているかぎりでは、幸いなことに、原さんはお時間の自由が利きやすいのではと存じます。いかがでしょう、そのほんの一部を、私どもにお譲りくださると考えては？　弊社も、原さんにとってかけがえのない時間に値する、最大限の誠意でもってお応えしようと思っております。せいい、という言葉がかすかにアクセントを帯びて響いた。陽一郎はふたたびぎょっとした。この蘭という男は、自分の無為徒食の生活までも調べ上げていたらしい。

「つまり、どうしろと……？」

「コウイチロウの死後一年、つまりは来年の初夏ということになりますが、コウイチロウの残した遺産の使途が公開されるでしょう。そのときに原さんにパラグアイまでお運びいただいて、管財人になっていただきたいのです。平たく言えば、遺産分けの立会人ですね」

陽一郎の頭がよろめく。想像を絶する地の果てとしか思われないうえ、遺産管財人という大役にも、自分の気力ならびに能力は応えられそうにない。

パラグアイはいいところですよ、蘭は言った。静かですし、食べものはおいしい。人も気候も温和です。少々遠方ではありますが、ファーストクラスの空の旅をご提供いたしますよ。ホテルも、弊社の威信に賭けてとびきりのところをご用意いたしましょう。よろしければ、世界一の瀑布、イグアスの滝にご案内することもできます。どうでしょう、原さん、ぜひ、私どもに、お力をお貸しいただけないでしょうか？　薗は穏やかな笑みのまま、淡々とした語り口を崩さない。しかし、その言葉はひたひたと我が身にまとわりついてきて、深淵に追い込まれてゆくように陽一郎には思われた。

「い、いやだ、いやだ」

ワイン二本の勢いを借りて、思わず陽一郎は叫んでいた。そんな遠いところになんか行きたくない！　外国なんかいやだ、飛行機に乗ったこともないし、本州を出たことすらないんだ。だいたい、僕がそのなんとかいう爺さんの親戚かどうかだって、まともな証拠なんかないじゃないか。いいかげんにしてくれ、そんなばかげた話を俺の人生に持ち込もうとするのは！

陽一郎はそこまで一息にしゃべり、グラスに残っていたワインを一息に飲み干した。薗はほほえみながら、取り乱す陽一郎の言葉を聞いていた。それが想定の範囲内であったからなのか、職業的に落ち着き払った態度を鍛えてきたからなのか、はたまた生まれ持った性質なのか。薗はボーイを呼んだ。とろりと色濃い褐色の酒が丸いグラスに注がれ、アルコールの揮発するにおいが鼻を突いた。食後酒なのだろう。そんなふうに飲むべき酒ではないのだろうが、陽一郎がガバリとあおれば、黒服はたちどころにおかわりをグラスに満たした。燃え広がろうとしている炎が爆風で吹き消されるように、強い酒がむしろ感情を鎮めた。ひとしきりわめいたのち、椅子に深く身を沈め、陽一郎はぼそぼそとつぶやいた。

「ダメだ。無理です、とても。遺産管理だって、なにをしていいのかさっぱり分からない」

「ご心配は無用です」

薗は笑った。

「実務的なことについてはいくらでもスタッフがいますからね。ヤマシタ先生は長らくコウイチロウの顧問弁護士でしたし、マウリシオも元は法務畑でした。実際に原さんのお手を煩わせることはないかと思いますよ」

「では、なぜ、僕なんかが」

蘭はあいまいにうなずいた。

「そればかりは、なんとも。なにか具体的な話があるかも知れないし、なにか象徴的なお立場を期待しているのかも知れないんですが……」

「象徴だって？」

象徴、しばしば耳にはするものの、我が身の上と関係あるとは思えないような言葉である。「国民統合の象徴」なんぞといったように、実体があるようでいて、権威が伴っているようでいて、しかしなにを指し示しているのかはぼやかされてしまう、奇妙な言葉。この俺ごときが、本当に、なにかのしょうちょうたり得るというのだろうか……？

「それを見届けることができるのは、原さんご自身なんですよ。原さんにお出ましいただいたところで初めて、遺産目録と使途の子細を示したもう一通の遺言状が公開される手はずになっております。それこそが、コウイチロウ・ハラの遺志《ラスト・ウイル》なんです」

どうでしょう、面白いことだと思いませんか？　蘭の黒い瞳が、そう語りかけてくるように思われた。すばらしいサプライズが待ち構えているかもしれませんし、功成り名遂げた大物の驚くような秘蹟が語られるかもしれませんよ。長い人生の中にこれほどの驚きが、あと、幾度のこされていることでしょうね？　蘭のまなざしは揺らがず、交渉役の職分にとどまらない蘭自身の熱を帯びているかのようで、陽一郎は耐えきれずに目を伏せた。強くまっすぐな熱、それこそは、陽一郎がなによりも苦手とするものだからだ。

「原陽一郎さん。これは一つの提案なんですが」

陽一郎は顔を上げる。薗が初めて自分のことをフルネームで呼んだことに気付く。

「私は、原四郎さんがのちの原世志彦であることに、八割がたの確信を抱いています。もっとも、直接の証拠がない以上、疑問を持たれても致し方ないところでして。なにより、原さんのご納得が得られなければどうしようもありませんからね」

そう言いながら、薗はさりげなくカバンを開ける。

「どうでしょう。そのあたりを、心ゆくまでお調べいただくというのは」

「僕が、ですか」

「お身内の立場からであれば、部外者が探りを入れるよりもたやすいのではと思いますよ。なにかズバリの証拠が得られれば、私どもにとっても大助かりですからね」

「逆に、否定的な証拠が出てきたらどうするんです？」

「そうであったら大変ですけれどね！　これは私にとっても、賭けなんですよ」

大仰に言ってはみせるものの、まるで楽しむような口調である。終始揺らぐことのない落ち着き払った物腰に、陽一郎は軽い苛立ちを覚えた。

「へえ。それは面白いな」

負けじと落ち着いた口調でそう言ったつもりだった。この色男を慌てふためかせてやればさぞ痛快だろう、そんな考えが頭をかすめた。

「ちょっと探りを入れてくればいいってことですかね」

薗は満面の笑みを浮かべた。

「探偵ごっこというわけだ」

「真実の探求と言ってくださっても構いませんよ」

薗はすました顔でカバンを開けた。それでは本件、私からの内々のお願いということにいたしましょう。もちろん期待しておりますけれど、なにも分からなくても文句などは申しませんのでね、まあ、お気楽に……。すべては、すでに、織り込み済みだったのだろう。カバンの中から出てきた純白の封筒にはなにも記されていないかわり、その一隅にもまた、YYの紋様が淡い黄色で浮かび上がっていた。

「取り急ぎ、経費としてご用意させていただきました。私の裁量で動かせる分でして、要は、領収書のいらないおカネというやつです」

薗は目くばせしてみせるが、陽一郎の目は大きく見開かれたまま、動かない。小切手なるものを生まれて初めて目にしたからだ。額面の欄には1の次に0が六つ、それは無職の、よく言ってフリーターのおのれが年収に近い。

「必要であれば、遠慮なくお申し付けください。三倍ぐらいまでなら私の裁量で上積みできます」

陽一郎は生唾を飲み込んだ。カネというどうしようもなくリアルなものが、冷静でいたつもりの足もとをあっけなくよろめかせた。小切手を封筒にしまいこんで封をするとき、指が震えるのが分かった。薗は立ち上がり、握手を求めてきた。原さん、どうもありがとうございます。本件につきましては私が全面的にバックアップさせていただきます。今後とも連絡を密にしてゆきましょう。なにとぞ、宜しくお願いいたします。黒い瞳がくるりと動き、ぴたりと陽一郎に止まった。見計らったかのような間合いで、黒服がコーヒーと食後のデザートを運んできた。

「そうそう、いちばん大切なことをお伝えしておりませんでしたね！」

コーヒーに口をつける前に、薗は言った。実際にパラグアイにおいでくださった際には、きちんと謝礼をお支払いせよとマウリシオより命じられております。限度なしでとも言うのですが、なにぶん弊社の内情もございまして、百万レアルていどということでご理解いただければ……。

「レアル、と言いますと」

「ブラジルの通貨です。現在のレートですと一レアルがだいたい五十円ですから」

薗はいったん言葉を切り、陽一郎を見上げて、ふたたび満面の笑みを浮かべる。

「日本円で五千万円ていどですね」

陽一郎は大きく目を見開く。またも頭がぐらりとかしぐ。腰から力が抜けていくようだと思った瞬間、陽一郎は本当に昏倒《こんとう》し、椅子ごとひっくり返ってカーペットの上へと崩れ落ちていった。

5

未明、窓から吹き入ってくる涼しい風に目を覚ました陽一郎はリビングの床に転がって寝潰れていたことに気付き、同時に胃のあたりに塊のようなつかえを感じた。目覚めてしまった不運を呪いながらトイレまで這っていってわずかの胃液を便器に吐き戻し、ようよう二階の自室に上がってベッドに潜り込んだ。体中に汗がにじんでいた。陽一郎は昨夕の深酒を呪いつつ、眠りがふたたび体を休めてくれることを祈った。

気が付いたときには、晩夏の太陽がもう空に高かった。陽一郎はぼんやりした頭を枕から引きはがした。夢は見ていなかったような気がする。心地よさの残り香はどこにも漂っておらず、かわりに憂鬱と倦怠とが生乾きの服のように体にまとわりついて、頭の中にも目の前にも霧がかかっていた。

陽一郎はのろのろと階下に降りていって、昨晩の顚末を目の当たりにした。そこここに脱ぎ捨ててある服、飲もうと思ってひっくり返してしまった麦茶。うら寂しい気持ちでそういったものを片付けてゆき、放り投げてあったバッグを拾い上げて携帯端末を取り出したところで、指先が止まった。一通の封筒。表面にはなにも記されていなかったが、裏面にはなにが書いてあるか陽一郎には分かっていた。淡い黄色で刷られたYY（イグリエガ・ドブレ）の刻印。

たちどころに靄が晴れた。深酒のかたわらで語られた文言が蘇ってきた。震える指で封筒を覗けば、確かに小切手はそこに入っていて、急に腹の底が重たくなった。思わぬ大金に浮かれるような楽天性など陽一郎は持ちあわせておらず、むしろ、高く分厚い壁に取り囲まれた隘路《あいろ》に追い込まれたかのような気分になる。やっぱこれ要りませんわ、つって突っ返してくるわけにいかねえかなぁ……、たかが一枚の紙切れに心臓の裏側をちくちくと突っつかれているような気分になりながら、陽一郎はソファにどさりと身を横たえた。

向き合いたくない現実から目を逸らすかのように、陽一郎は携帯端末を呼び覚ました。たちどころに液晶は淡い光を帯び、中空に飛び交う電波を拾い上げる。この「ＥＣＨＯ《エコー》」というアプリケーションは、立ち上げたその瞬間から、通信回線に吐き出された無数のテキストを画面上に羅列してゆく。名乗りを上げ、誰かへと狙いを定めて話すこともできる一方で、名無しのゴンベエの仮面をかぶって誰へともなく発言することも可能だ。

【飲み過ぎでげろりんぐ】

陽一郎はつぶやく。

【ウコンのめ、ウコン】

誰かが応じる。

【栄養ドリンクは？】

【チキンスープだな。コンソメでもいいし】
【茶粥がいいと聞いた。茶ッ葉から煮出すのが正統だけど、冷や飯にお茶ぶっかけてレンジでもいい】

また、誰かが応じる。どこかの誰かが気まぐれに放った言葉は、どこの誰とも分からない無数の谺《こだま》によって応えられる。この駄法螺が、陽一郎には心地よかった。多くの場合は独り言でしかなく、声は通信回線の狭間に消えて谺すら帰ってはこない。しかし、それでよかった。なんの責任も伴わない放言。どこかの世界からの、ここから近いか遠いかすら分からない、そもそも真実かどうかすら分からない言葉の群れに、しばし陽一郎は没入していった。

茶粥の話は胃もたれの話を誘い、ピロリ菌の話題を呼び、胃癌と紀州の話に分岐した。中上健次、五新線、カンヌ国際映画祭、ノーベル医学生理学賞、身内にいる癌患者、日本人、オーストラリアのメシのまずさ、成人病検診、千年の愉楽、百年の孤独、限界集落、カリブ海から吹き寄せる湿った風、サエンス＝デ＝ラ＝バラ、片田舎を舞台にした美少女ゲーム、そのノベライズ、その映画化、その新人女優の大根ぶり、とある総合病院の医療事故と不祥事、家父長的に君臨していた奇怪な病院長、話題は無数に分岐して決して終着点を持たず、断片的であるばかりの文字の群れを陽一郎は目で追い続けた。一貫した脈絡などなく、得られるものもなく、肩と首筋にこわばりを感じて顔を上げれば太陽はいっそう沖天に近い。視界のすみをふたたびWのシンボルを刻んだ封筒がかすめた。弛緩《しかん》しきっていた精神がふたたび冷水を浴びせられたように感じられ、陽一郎は封筒をバッグに突っ込み、大きくため息をついた。三十分を経て、世界は微動だにしていなかった。目を凝らして見たところで、かすり傷一つ負ってはいなかった。

「腹が減った」

陽一郎がこの日初めて実際に唇から放った言葉である。もっとも、その言葉を聞く人間はいなかった。台所に行ってマグカップいっぱいの水をあおれば、空っぽになった胃袋にぬるい水が落ちて染みわたった。

鍋に水を満たし、煮干しの頭とワタをちぎって放り込み、コンロにかける。ラップにくるんで冷凍しておいたメシをレンジに放り込む。湯が沸き立ったところで火を弱め、味噌を入れ、木綿豆腐の半丁を切って入れる。油揚げは湯通しすべきなのだろうが、面倒なので手でちぎってそのまま放り込む。少し火を強めて一煮立ちさせれば完成である。手慣れているのも当然のことで、陽一郎が自炊を始めたのは学生時代、主に経済的な必要に駆られてのことだが、痛ましくもその状況は二十七歳の現在まで続いている。ないものはカネ、ふんだんにあるものは時間と来れば、食べるためには自らの手を動かした方がいい。解凍したメシと味噌汁をよそい、残り半丁の豆腐に醤油とカツブシをかける。他になにかないかと冷蔵庫の奥を探り、もやしのナムルと、賞味期限が五日ほど前に過ぎている納豆のパックを見つけ出した。一汁三菜、思いのほか豪勢である。昼餉《ひるげ》としては申し分ない。味噌汁が湯気を立てて鼻の奥をくすぐった。陽一郎は嬉々として食卓に座った。どんなやっかいごとのさなかにあっても、空腹を満たす直前と閨《ねや》ごとに挑みかかる刹那には、人間には小さな忘我が訪れるのだろう。少なくとも後者については、陽一郎にはとんと縁がないのだが。

まずは味噌汁をすすった。不摂生に荒れた胃袋に、アミノ酸と塩分が満ちた。次いで冷や奴を箸で切り分け、ナムルと納豆をごたまぜにかき混ぜて湯気立つメシの上にのせて頰張りながら、陽一郎は昨晩我が身に降りかかった数奇を思い出していた。これまでの人生でついぞ立ち入る縁のなかったようなオフィスビル、巨大な食品流通会社。地上から遥かな高みに掲げられたレストランでの、これまでの人生で経験したことのなかったような食事。あの菌とかいう、不思議な物腰の色男。パラグアイ、大豆、そして、原家の人びと。俺と本当に縁があるのか？　いや、薗の言うごとく、大切なのは真偽ではないのだ。これは本当と見なしてよい物語なのか、どうか？

メシと豆腐を咀嚼し、味噌汁で流し込みながら、だんだん腹の底が重たくなってくる。予想のつかない面倒ごとに直面しているという恐怖もさることながら、そもそも省みるに、自分には他人からなにかを期待されて行動することじたいほとんど経験がなかったのではないか。しかもこのたびのこれは口先のエールなどではない、現ナマという堅固な価値に裏打ちされた期待なのである。

不意に食欲が失せてきた。食事の途中なのに陽一郎はごろりと寝転がり、枕がわりの座布団を引き寄せると、またもYYを刻んだ封筒が視界に飛び込んでくる。陽一郎はいらいらしてバッグを引き寄せ、口を閉じてしまおうとしたところで、もう一つの紙片が目に入った。普段ならばまず手に取らないような手書きのチラシ、これはいったいどこから？

陽一郎は身体を起こす。昨晩の酩酊の霧を、もう少し晴らそうとする。そうだ、たしか昏倒して椅子から転げ落ち、頭をしたたかに打って、しばらくバックヤードに寝かせられ……。あの薗とかいうイケメンが車を回してくれるというのを片意地に固辞して、歩いて帰ってこようとしたのだっけ。あれは、どの界隈だったのだろう？　新橋、御成門《おなりもん》、あるいは虎ノ門か。

すっかり日が落ちていた。熱気だけがアスファルトの上に淀んでいた。桜田門か永田町の駅まで歩けば乗り換えなしで帰れるはずだ、汐留からさまよい歩いてきた陽一郎は酔った頭で判断し、順調に道を間違えていった。

都市の深奥の夜は光と闇だけからできあがっていて、中間がない。まばらな街路灯は足下を照らすにも薄暗いのに、オフィスビルを見上げればどの窓からも煌々《こうこう》と灯りが漏れてまばゆいばかり、不夜城とはまさしくこのようなものを指すに違いなかった。陽一郎は皮肉な笑みを浮かべた。この界隈は、よれよれのシャツをひっかけた若無職と縁があるようなところではないのだ。ここいらのビルディングに詰め込まれているのは政治家だの官僚だの商社マンだの金融マンだの、要するに連中の指先が膨大な人間の命運を左右する、現世における神々である。もちろんさっきまで差し向かいで飲み食いしていたSoysoyaの薗だって、つまるところは神々の眷属《けんぞく》なのだろう。この時間、運よく残業から免れた神々は、地上へと降《くだ》り来て街路に群れをなしていた。家路を急ぐか、どこかの窖《あなぐら》で酒に疲労を紛らせていくか、それともすでにほろ酔い気分なのか、むやみに騒がしいくせに誰も彼もがくたびれきっていて、潑剌とした雰囲気とだけは無縁だった。

だからこそ、その姿はあたりからは浮き立って見えたのだろう。いいかげん徘徊を繰り返して酔いの醒めかけてきた陽一郎の目に、思いがけないものが飛び込んできた。闇でも光でもない、もう一つの輝き、のちになって陽一郎はそんなふうに思い出したものだ。高校生か、さすがに大学生か。オ願イシマース、ドウゾゴ覧ニナッテ下サーイ、そんなことを叫びながら、その娘はなにかを手渡そうとしている。神々どもの大抵はけんもほろろだ。あやしげな中年カップルなど露骨に顔をしかめ、これからの逢瀬に水を差すなと言わんばかりの表情だが、彼女は揺るがない。いくらでも現れ出てくる新たな人間へと狙いを定めて声を張り上げるのである。

なんだありゃ？　バイトにしちゃ熱がこもりすぎている。ライブのチラシでも撒いているのか、政治団体か、それとも宗教？　この大都会にいればいくらでも行きあうたぐいの現象だったし、そういったものに冷笑的にふるまう作法を陽一郎はすでに心得ていた。熱のこもった前向きな姿勢はなによりも陽一郎が苦手と感じ、無縁と信じているものなのである。夜も更けたってのにご苦労なこった、オッサンどもに金切り声張り上げたところで耳を傾けちゃくれまいに、そんなふうに考えながら陽一郎が思い出して重ね合わせていたのは、かつて見たアニメの映像なのである。宇宙飛行士である主人公は、まさしくこのような夜の街の一隅で、浮世離れした少女の姿を見たのではなかったっけか。信じる古い宗教の教えをかたくなに守り、手書きのビラを配りながら、人の原罪と神への帰依を訴え続ける少女。星の数ほどあるアニメの中でも際だって独自性の強い……というか偏奇なヒロインであることは間違いなく、アニメ好きのあいだでは今なお語りぐさになるほどである。まさかあの娘が配っているチラシも、そういったもんじゃないだろうな？　人ハ誰シモ罪ヲ負ッテイルノデス、人ガ神ノ教エニ背ヲ向ケタソノ日カラ、アニメのヒロインのセリフがフラッシュバックしてきて、つい陽一郎はにやついた表情になる。耳ヲ傾ケテ下サイ、神ノ怒リヲ忘レテハナリマセン、無事にロケットの打ち上げに成功したアニメの終結部に至っても、雪のちらつく繁華街で少女はビラを配り続けていた……。そんなことを思い出していた陽一郎の鼻先に突きつけられたものは、テレビ画面の向こうにあるものではなく、現実のチラシだった。それを受け取ろうとしたのか、それとも身をかわそうとしたか、その瞬間のことは、酔った頭にはきちんと記憶されていない。

「そういうの、興味あります？」

彼女はすでに眼前に立っていた。ウェーブのかかったショートヘア、大胆に裁ち落としたカットジーンズ、鮮烈な色を散らしたTシャツ。陽一郎はうろたえた。そもそもこんなふうに声をかけられることがめったにないうえ、彼女のアクティブな雰囲気は、率直に言って陽一郎がもっとも苦手とするところだった。

「口元がほころんでましたよ」

陽一郎はむっとした。大昔のアニメを思い出してにやついていたなどとは言えないにせよ、初対面の娘から向けられるにしては不躾な言葉だった。

「別に、そういうんじゃないよ」

「お兄さん、あんまりこのへんで見ないタイプですよね。どうですか、そういうの」

言葉を重ねてくる娘に、陽一郎は意気地なく押し黙る。陽一郎のでかい図体には及ばなくとも背はすらりと高く、まっすぐにこちらを見つめてくるまなざしは挑むようでもあり、からかうようでもあり、手招きをしてくるようでもある。どうと言われてもなあ……、そうつぶやきながら陽一郎は手元のチラシに目を落とす。

「関税撤廃を許さない！　人・食・大地を守る百姓たちのネットワーク」

いちばん上には、そんなふうに大書してある。背景には畑の前に立つ若者たちやじいさんばあさんの写真が散りばめてあり、その上に連ねられている文章はどこまでも丁寧で生真面目だった。酔っぱらった脳髄で文脈を辿るには、少々煩雑すぎた。

「農産物の関税問題ってご存知ですか？」

「まあ。それなりにね」

このところ日本の政界を賑わしている問題だから、知らないわけではなかった。日がな一日ネットの海を漂っていれば、いつしか聞きかじりていどの知識は身についている。真面目に論じることなどはできないにせよ。

「いちど審議見直しになったはずなのに、またこの秋の臨時国会に提出されるって話があるんですよ。ひどいと思いません？　私たち、そういう政府やお役所の強引なやり方には、積極的に反対の声を上げていこうと思っているんです」

娘は臆さず言葉を重ねてきた。陽一郎がうろたえるほど、率直だった。

「その、なんだ、つまり、キミは、農家なの？」

気の利かないことを陽一郎は訊ねる。女の子に声をかけるのにキミはどうかとも思ったが、それ以外の二人称を思いつかなかった。

「違いますよ、私はまだ大学です。農業関係のＮＰＯやってるんです。お仲間はいろいろですけど」

そう言って娘が指す道のはす向かいに、陽一郎は奇妙なものを認めた。ビルとビルのあいだに挟まれた猫の額のようなスペースに、テントが張られているのだ。どういう名目の土地なのかは分からなかったが、テントの中からはキラキラと光が溢れ出ていて、折りたたみの事務机を囲んで若い連中がたむろし、楽しげに笑いさざめいている。彼らのラフな格好は、陽一郎と同じぐらいにこの界隈には不釣り合いだった。テントの中から出てきた青年が娘と陽一郎の姿を認めて手を振ったが、その声はここまで届いてこなかった。

「あそこがベースキャンプで、いろいろ関税撤廃に向けて反対のアクションを起こしてるんです」

手を振り返しながら、娘はそう説明した。官公庁に陳情したり、こういうのに理解のある議員の先生と会ったり。やっぱり直接会わないと始まりませんからね、こういうの。夏休みのあいだは私もヒマしてるんで、長居してます。休日にはデモも定期的にやってます。どうです、お兄さんも参加しません？　陽一郎はたじろいだ。彼女の瞳は大きく、黒く、陽一郎を捉えて放そうとしない。言葉は滔々《とうとう》と語られて迷いがなく、熱がこもりすぎている。陽一郎は生唾を飲み込んだ。その目から逃げるかのように手元のチラシに目を落とし、ふとその一隅に目を留めた。そこには、陽一郎にごく親しい土地の名が記されていたからだ。

「あれっ。キミ、大学、筑波なの」

「そうですけど。なにか？」

「俺、ＯＢなんだよ」

「えーっ！」

娘は大仰に驚いてみせた。え、マジですか？　すごい偶然じゃないですか？　そうなんですよ、こういう活動のときは東京出てきてるんです。やだもう、センパイにタメ口きいちゃったなー。ひとたび砕ければ、娘の口調はごく率直、年相応の楽しげなものだった。もっとも、センパイと呼ばれるような筋合いはなにもないなと陽一郎は思った。学科も違えば世代も違い、同じキャンパスに時代を違えて通っていただけのことでセンパイ面をしたがるほど陽一郎は厚かましくない。なにより、彼女がこんな活動に熱を込めていたのと同じ年頃に自分がなにをやっていたかと思い返せば、陽一郎はなんとも面はゆくなる。

「ぜひ来てくださいよ。東京でもいろいろイベント企画してるんです」

「そうなんだ」

「学内では『アグロつくば』って名前でやってます。ネットで情報発信もしてますから」

陽一郎はすかさず携帯端末を取り出して検索をかける。情報回線の向こうからたちどころに情報が呼び出されてきて、娘は感心した顔で液晶を眺める。

「あ、これですこれです。検索早いですねえ、お兄さん」

「そう？　普通じゃない？」

手足の次ぐらいに自在に扱っているものだから当然だと思っていたことだが、妙な褒められかたをしても悪い気はしない。

「わたし、アンドウモモです。ＥＣＨＯもやってます。分かんないこととかあったらコール飛ばしてください」

「モモ？」

「百って書いてモモですよ。百姓の百なんです」

そういささか誇らしげに言うと、安藤百《あんどうもも》なる娘は、何種類ものチラシを陽一郎の手に押しつけてきたのだった。それは慌ただしく陽一郎によってカバンに突っ込まれ、小切手入りのSoysoyaの封筒と背中合わせになって電車に揺られ、この和光市の一軒家まで運び込まれてきた。

「風と大地のマーケット　秋の大市《おおいち》開催！」

陽一郎はチラシを眺める。いかにも若い子たちが作ったチラシである、手書きの文字の合間合間に丸っこい絵柄のイラストが並んでいる。無農薬米に野菜の販売、雑穀レシピのお料理教室、胚芽パンの販売。アコースティックバンド「我樂多《がらくた》樂團《がくだん》」「なんきん商會」ライブ、創作講談「新黒船物語」。酔っ払った頭で理解していた以上に、盛りだくさんな内容である。大したもんだ、陽一郎はつぶやいた。結構なことだ、陽一郎はつぶやいた。本当にもう、恐れ入りましたとしか言いようのない感情である。

このチラシを眺めていると、安藤百の勢いと熱のこもった言葉が蘇ってくる。初対面の年上の男にも恐れを知らない態度で、おのれの信じるところは驚くほど揺らぎがなかった。生意気な小娘め！陽一郎はつぶやく。ああいうマジメ系のキャラはちょっときついわ、そんなこともつぶやく。そういう意識の高い連中は、そういうのどうしで寄り集まって、いろいろやってくれりゃいいんじゃないかな。まことにもって、ご立派なもんだ。陽一郎は頭を振って、体を起こした。ぼんやりと目の前が霞んでいる。本当のところは、無農薬野菜も健康食品も、どうでもよかった。日本の農業政策についても、関税がどうなるかについても、一顧だにするところはなかった。

携帯端末を取り上げ、陽一郎はふたたびＥＣＨＯを立ち上げた。ただし、いつものように名無しのゴンベエではなく@yo-1haraという登録名を付して、しかもいつものように誰とも知らぬ回線上の有象無象にではなく、はっきりと狙いを定めてつぶやいたのである。
【@yo-1hara to @MOMO100: どーも、ゆうべはお世話になりました】
【@yo-1hara to @MOMO100: 農業問題とか興味あったのでとても感心しました】
【@yo-1hara to @MOMO100: 風と大地のマーケット楽しみです、ぜひお邪魔します！】
そうタイプしたところで、陽一郎は苦笑した。普段の陽一郎を知る友人たちが見れば、脳が故障したのではないかと思うのではなかろうか。安藤百。安藤百。安藤百。あの生意気な小娘。初対面の人間にもずけずけと言葉を重ねてくる、賢《さか》しらな態度。イヤだね、ああいう出すぎた女は。俺の好みじゃないな……。しかし、陽一郎は送信した。多少の胸の高鳴りを覚えつつ。携帯端末を置くと、残りの昼食を食べてしまおうとした。味噌汁は冷めつつあったが、あまり気にはならなかった。米、煮干し、味噌、豆腐、油揚げ、ナムル、醤油で構成された食物のすべてをはらわたの中に落としてしまい、舐めるように食器をきれいにしてしまってから、もういちど陽一郎は床に寝転がって携帯端末をチェックした。返答は、すでにつぶやかれていた。
【@MOMO100 to @yo-1hara: 昨日はお疲れ様でした！　あの携帯端末のお兄さんですよね？】
陽一郎は目を見開いた。いかにも紋切り型な返信ではあるが、オンライン上で @MOMO100 の二つ名を持つ人間は、陽一郎の呼びかけに即座に応答してくれていた。
【@MOMO100 to @yo-1hara: 私たちの活動に関心持ってくれて嬉しかったです！】
【@MOMO100 to @yo-1hara: 風と大地のマーケットぜひ来て下さいお待ちしてます！】
陽一郎は立ち上がった。食器を流しに運ぼうとした。湧き上がってきた感情は存外に烈《はげ》しく、不健康な脂をしがみつかせた巨軀がまるで軽やかに歩いているような気さえした。ほとんど歌い出したくなるような気分で洗い物を始めた陽一郎の手が止まった。

平凡なできごとをあらためて振り返ってみれば、その無造作な堆積に、鮮やかな紋様が浮かび上がっていることがあるものだ。偶然と片付けるにはあまりにも見事なので、そこになにか重要な意味が含まれているのかと考えずにはいられないような。それが本当であるかどうかなどは、誰にも分からないにせよ。このの ち陽一郎が幾度となく感じ取ることになる啓示の、これは、最初の瞬間だった。今まさに陽一郎の腹中で熟《こな》れつつあるこの日の昼餐は、米と煮干しの他はすべてが大豆からできあがっていたのである。

6

数日が過ぎた。九月にはなったもののなお強い日差しを窓の外に眺めながら、陽一郎はぼんやりとパソコンの前に座っていた。立ち向かわなければならない面倒ごとを抱えていることを自覚しつつも、そのために立ち上がる気力は心身に宿らず、手すさびのようにゲームのプログラミングに向き合ってはみるが身は入らず、窓の外の夕陽を眺めながらこの日数十度目の生あくびをかまし、そろそろ夕メシでも買いに行こうかなと思いながらぼんやりと二階の自室でパソコンに向き合っていた陽一郎は、不意に鳴らされた呼び鈴にどきりとする。またもなにかが、俺の生活を脅かしにやってきたのだろうか？　つい先日、惰眠の中を漂っていた自分のことを呼び覚ました呼び鈴と同じように。自室を出て階下に降り、この日初めて外に出れば、思いのほか涼しい風が頰をなでた。熱暑を誇った武蔵野の台地にも秋が訪れつつあるらしかった。

陽一郎を呼び立てたのは、またも、配達証明付の速達郵便だった。大判の封筒を裏返せば予想通り、そこには淡い黄色でⓎⓎ（イグリエガ・ドブレ）の紋章が記されている。恐れ入ったことには中身は梱包材でぐるぐる巻きにしてあって、カッターナイフを探さなければならなかった。いかにも外国で梱包されたらしい無骨で頑丈なビニールテープは、自分を鬱々と思い悩ませながらもほったらかしにしていた厄介ごとを象徴しているかのようであった。

中から出てきたものは、「Soysoya　その歩みと発展」と題された大判の冊子である。封筒の底からは便箋が一枚落ちて、なかなか達者なペン書きの字が薗からの伝言を伝えていた。日本的慇懃さで固められた文体は、あの謎めいた男とはいかにも不釣り合いだった。

「先日はご来社を賜りまことにありがとうございました。あの折りお渡しできなかったのですが、弊社の邦人向け冊子が本社より送られて参りましたのでお送りいたします。ご笑納を賜れば幸甚です。時節柄ご自愛下さいますよう。薗大路」

広報資料にしてはずいぶん立派な作りだった。表紙にも本文にもふんだんにカラー写真があしらわれ、ちょっとした写真集のような体裁である。表紙をめくれば見開きには広大な平原の風景写真が淡く印刷され、丸い囲みの中には、忘れもしない、コウイチロウ・ハラが謹厳実直な笑みを浮かべている。

「弊社は一九五五年パラグアイ共和国に設立された日系人による農業組織を前身とし、半世紀にわたる歴史を築いて参りました」

かたわらには、そんなふうに記してある。

「農作物の管理・出荷を旨とする農民たちの自主管理組合に端を発し、やがて南米の、そして世界中の豊かな大地の生み出す『食』を広く流通させる企業へと発展を遂げて参りました。これもひとえに皆様のご支援ご厚情のたまものと深く感謝申し上げます」

穏当な挨拶の文言と、添えられたサイン。陽一郎はページをめくる。

最初の章は「日系社会のあけぼの　移住と混乱」と題されている。この冊子は、かの地の日系社会の黎明《れいめい》から話を起こしているようだ。当時の雰囲気を伝えるのは、数枚のモノクロ写真である。あたかも海のごとき大河に浮かぶ移民船は、甲板に人を満載している。どこかの平原、掘っ立て小屋のような建物の前に「入植團々結式」の幟《のぼり》が立ち、居並ぶ数十人の人間たちは誰もが緊張した面持ちでレンズの方を見据えている。陽一郎は胸を衝かれたような気分になる。この群衆の中に自分の縁戚がいたのだろうか。年譜とキャプションに先日の薗の言葉を重ね合わせて陽一郎が再認識したことは、パラグアイとは、日本人が移民していった中ではもっとも遅い地域に属するということである。

「十九世紀は移民の世紀でありました」

文章は、そのように始まっている。欧州からも、インドからも、中国からも、人間たちが新たな労働の地を求めて世界規模の移動を開始した時代である。「明治維新と開国を経て、日本人もまた世界へと雄飛していったのです」そう文章は続く。二世紀半にわたる鎖国ののち、余剰の労働力を世界に播種《はしゅ》すべく、日本人たちもまたあたかも奔流《ほんりゅう》のごとくに世界へと向けて流れ出ていった。ただし、その流路は、時勢につれて刻々と変化した。ハワイへの流れは十九世紀末には飽和した。北米への流れは二十世紀初頭には細った。移民が増えれば、排斥が始まる。安手の労働力は、世界のどこでも最初は歓迎され、やがて疎まれ、最後には閉め出されるのであり、今日までその構図に大きな変化はない。次なる日本人の移民先は南米と定まったが、しかし、昭和の初期にはブラジルへの移民にもまた制限がかけられつつあった。日本が満州と呼ばれた土地に権益を築きつつあったことと無縁ではなかったのである。皮肉にもそれは、日本政府が満州移民を推奨したことは、それまで優良な移民として日本人を受け入れていたブラジルの不興を買い、そして危惧を抱かせた。中華民國に対した如くに、大日本帝國にはブラジル侵略の意図ありや？　あまたの日系人は侵略の尖兵《せんぺい》には非《あら》ずや？　杞憂と言い切るのは難しい時代だった。情報の伝達は今よりもはるかに遅く、一方で硝煙のにおいは世界中に満ちていた。一九三四年、ブラジルの議会はついに日系移民を制限する法律を成立させる。その結果として浮上してきた新たな移民先が、パラグアイなのである。

「日本人移民には、パラグアイ社会の再生の期待がかけられていました。相次ぐ戦争によって国土は疲弊し、特に労働の担い手である成人男性の大半を失っていたからです」

そう冊子は説明している。陽一郎は首をかしげる。戦争といって陽一郎が漠然と思い浮かべるのは、太平洋戦争や日露戦争である。ベトナム戦争や第一次世界大戦を加えてもいい。いずれも日本の近辺か欧州大陸で起こった戦争であり、パラグアイの戦争ときては陽一郎の知識の外側にある。陽一郎は携帯端末を取り直すと「パラグアイ　戦争」あたりのキーワードで検索をかけ、吐き出されてくる情報を流し見して、事情を察した。なるほど、このパラグアイという国の歴史は、どうやら、ただごとではないようだ。

スペイン王国の植民地統治からパラグアイ共和国が独立を宣言したのは十九世紀の初頭、一八一〇年のこと。お定まりの混乱ののちに、聖職者上がりのとある人物が国内をまとめ上げる。その名もホセ・ガスパル・ロドリゲス・デ・フランシア、またの名をフランシア博士《ドクトル・フランシア》。「博士《ドクトル》」の独裁者というのも奇妙に響くものだが、彼の採った政策はその肩書きに増してエキセントリックかつ奇怪なものであった。その一世紀後のポルトガルに出現したやはり博士号持ちの独裁者、サラザール博士《ドトール・サラザール》が君臨したエスタド・ノヴォという国家体制にも似て、鎖国と交易制限、教会の閉鎖と修道院の破壊、高等教育の廃止、既存の権威と知的エリートを徹底して抑圧するやり方である。のみならずドクトル・フランシアは、先住民のグアラニー族と白人の婚姻を半強制さえしている。これなど他国ならばあり得そうにない話で、むしろ異族間の通婚は忌避されそうなものだが、どうもこれは白人エリート層の勢力を削ごうとするものであったらしい。彼はその死まで三十年にわたり独裁者の座にありつづけ、結果としてパラグアイは南米では珍しくも先住民の言葉と文化が優位に残る国家となった。神経質そうなフランシア博士の肖像画を眺め、陽一郎は、なんだか声の甲高そうな男だなという印象を抱く。アクション映画ならば、物語の終盤で有能な手下に裏切られるタイプの悪役といったところか。

ところがフランシア時代というのは功罪相半ばするもので、少なくともこのときのパラグアイは南米有数の豊かな国家であったらしい。他国に百年先駆けて保護貿易を行うことで、フランシア博士は国内産業の発展を促し、十九世紀初頭のパラグアイに中産階級を創出したのである。没落の契機は、戦争にあった。フランシアの没後、日本が明治維新を間近に控えた一八六四年のこと、隣国ウルグアイの内戦に干渉したパラグアイは、二国を南北からはさむブラジルとアルゼンチンという巨人を相手に、三国戦争へと突入してゆく。六年にわたったこの戦争の被害は、尋常ではなかった。失われた領土は国土の四分の一、戦死者は四十五万人の人口のうち三十万人。ことに、生き残った成人男性はたったの二万人というありさまであった。十九世紀の新旧大陸でこれに匹敵する国難は、アイルランドの人口を半減させてしまったジャガイモ飢饉ぐらいしか類例が見つからないらしい。こののち、長い停滞を強いられたパラグアイは、半世紀後の一九三二年にふたたび凄惨な戦禍を経験する。隣国ボリビアと領土を巡ってのチャコ戦争である。日本人の移民がパラグアイに招き入れられたのは、このような時代のことであった。

「一九三六年、首都アスンシオンにパラグアイ拓殖組合（パラ拓）の事務所が設置され、ラ・コルメナに入植地が設けられました。これが日系人移民の嚆矢《こうし》であります。弊社の創立者である原世志彦も、もっとも早い時期にこの地に開拓の鋤《すき》を入れた一人でありました」

冊子はそう説いている。ラ・コルメナは蜂の巣という意味なのだそうで、アスンシオンから百五十キロほど南東に位置する。漠然と草原のような土地を想像していた陽一郎には意外だったが、掲げられたモノクロの写真にはざわざわと亜熱帯の樹木が生い茂っている。それに並んで「現在のラ・コルメナ」、こちらは色鮮やかなカラー写真だ。緑深い端正な田舎町といった印象である。あの途方もない樹木の連なりを、日系人たちは、半世紀かけてここまで整えたのだろうか。

移民先を求めた日本と労働力を求めたパラグアイ。双方の利益はかみ合っていたのに、不幸にも、第二次世界大戦が水を差した。パラグアイが与したのは連合国側であり、日本はいわば敵国となったからである。アメリカのように日系人の収容所が設けられるようなことはなかったが、危うく開墾した土地が没収される瀬戸際であった。日本人移民たちは故国と遮断された格好で、潜在的敵国民と見なされつつ、自らの土地を耕さなければならなかったらしい。干魃《かんばつ》、虫害、そしてパラグアイ内戦！ほんの一行の文章に、十年分の苦難が濃縮されていた。陽一郎はしみじみと思いを馳せる。たしかコウイチロウ・ハラが生まれたのは一九四〇年、このような厄介な時代のパラグアイということになるはずだ。日本からの移民が再開されるのは、戦争が終わってすべての海外領土を失った日本が大量の引き揚げ者を迎え入れ、ふたたび過剰な労働力に悩まされるようになってからのことである。

「戦後、一九五三年から日本人移民が再開されました」

パラグアイへの入植は、年月とともに漸増した。すでに手狭となっていたラ・コルメナだけではない。イグアス、ラパス、チャベス、ピラポ……。初めて目にする土地の名が、遠いところで印刷された日本語の中で語られていた。かたわらに付された地図によれば、それらの入植地は主にパラグアイの東部に散在し、首都アスンシオンからは遠い。当然だろう。便利な土地であるならば、旧来の住人が放っておくはずがないからである。十六世紀まではグアラニーその他のインディオの土地であったパラグアイには、やがてポルトガル人探検家が、次いでイエズス会士が、さらにはヨーロッパの入植者がやってきた。日本人など、広大なパラグアイ平原のもっとも新参の住民なのである。

冊子によれば、現在のパラグアイにおける日系人はおよそ一万人。隣国ブラジルの百四十万人には比べるべくもないが、パラグアイ全体の人口が六百万人であることと、移民の時期が新しく日系人どうしの結束が強い事情を考えれば、これは決して希薄な勢力ではないらしい。他国では結局のところ農地開拓よりも都市部で成功することの多かった日系移民が、パラグアイでは多くが入植地にとどまり続けていることも珍しい特徴であるようだ。

「移住地は熱帯林に覆われ、開拓には多大な労力を必要としました。しかし、日本人移民たちは勤勉に開墾を続け、パラグアイ東部に多くの農地を拓きました」

記述は簡素だが、添えられている写真は強烈だ。「入植地の朝」とキャプションが打たれ、鬱蒼と茂る樹木の下に小さく身を屈めたかのような掘っ立て小屋と、そのかたわらのテーブルで鍋に覆い被さるようにしてメシを食っている人間たちの姿が写る。一人だけ、顔を上げてこちらを見ている。表情は硬く、怒りも喜びも読み取れない。白黒写真のせいか、その目だけがやけに白く光っている。陽一郎は胸に迫る思いがした。そもそも陽一郎はこのような、艱難辛苦《かんなんしんく》の果てに栄華に至る話に弱い。それが同胞のことであれば、なおさらだ。明治維新の若き志士や、メイド・イン・ジャパンの工業製品開発に心血をそそいだ日本企業のように。

「開拓地では、さまざまな作物の栽培が試みられました。当初は綿花やコーヒーが換金作物として栽培を奨励されましたが、続いて、ぶどうをはじめとする果樹栽培が始まりました。牛肉料理が主であるパラグアイの食卓にワインは欠かせないものですが、当時のパラグアイはワインを全面的にアルゼンチンからの輸入に頼っていたためです。一九五〇年代にははやくも醸造が開始され、今日まで生産が続けられています」

菌に勧められて痛飲したワインのことを陽一郎は思い出した。あれはたしかアルゼンチンだったか、チリだったか。いずれにせよ、これまでの人生で口にしたいちばん高い酒であったことは間違いない。

「さまざまな作物栽培の経験を経て、日系移民は、パラグアイの風土に適するばかりではなく高い栄養価を有し、商品作物としてもきわめて価値の高い植物の栽培を始めました。それこそが、大豆だったのです」

大豆！　陽一郎の目が留まる。冷静な筆致が、ここでは明らかに熱を帯びている。一九五〇年代になって、パラグアイ東部のイタプア県に拓かれたサンイシドロ入植地において、大豆の試験栽培が始められた。もっとも、その規模は慎ましやかなものであったらしい。当時の日系移民を囲む状況は良好とは言いがたかったからである。増えゆく移民数に入植地の受け入れが追いつかず、それでいて過酷な労働は多数の離農者を生んだ。悪いことには、日系移民を多く受け入れていたコーヒー農園が破産したのもこの時期である。そのような時期の大豆栽培には、日系移民の切実な期待が込められたようであった。

幸いにも、大豆栽培は順調な滑り出しを見せた。もともと干魃にも冷害にも強い頑丈な作物である。原生林を拓いたばかりの肥沃な土壌など、栽培環境としては申し分がない。しかし、思いがけない、日本でならば想像する必要もなかったような問題が、豊かに実る大豆の前に立ちふさがったのである。

まず、当時のパラグアイには、大豆を食べるという文化がなかった。油脂や肥料の原料にしようとしても、パラグアイ国内には搾油機械がなかった。では輸出をと考えても、パラグアイには海がなく、アルゼンチンの港まで運ぶ交通もなかった。そもそも入植地どうしを結ぶ道路すらきわめて貧弱で、それぞれの農家の生産を取りまとめる機関も存在していなかった。このようなありさまでは、いかに目の前の畑で大豆がたわわに実ろうとも、それは我が家の味噌や豆腐にする以外には役立てようがなかったのである。日本であればあり得ないような悩み、つまり、せっかくの実りを商うことができないという問題である。あの日、Soysoya日本支社のレストランで薗の語ったことが、この冊子の中でもういちど繰り返されていた。

「一九五五年末、日系人営農者が中心となって、弊社の前身となる組織であるサンイシドロ大豆生産出荷組合が結成されました。これは大豆の量産と販路確立を目的としたものであり、弊社前CEO原世志彦をはじめとする日系人有力者が設立に携わりました」

あの名前が出てきて、不意に実体を帯びたように感じられた。実際、かたわらには紋付袴に身を包む原世志彦の立像が掲げられていて、それは確かにSoysoya日本支社で見た本の口絵と同じものだった。原世志彦が四郎と本当に同一人物であるならば、この当時の年齢は五十歳前後。社会で重きをなすには十分な年頃だろう。冊子によれば、サンイシドロ大豆生産出荷組合は大豆の生産指導を行ったばかりではなく、いまだ劣悪であったパラグアイ国内での大豆の流通に心血を注いだようである。なにしろパラグアイ東部の日本人入植地と首都アスンシオンが道路で結ばれたのは六〇年代に入ってから、電気が通ったのは七〇年代も末のことというありさまだった。出荷組合の面々は出資しあい、大豆脱穀機やトラックを融通した。狭軌鉄道を敷設し、パラグアイ川までの流通を拓いた。そして結果として六〇年代初頭、パラグアイは、大豆の日本への輸出を成功させている。

「一九六一年、日本では大豆の輸入が自由化されました。以来、パラグアイ産の大豆は日本の輸入の多くの割合を占め、食用・工業用ともに消費を支えています」

陽一郎は読み流したところだが、この一行の意味するところは大きい。日本国において、戦前はほぼ十割、戦後も七割ていどには保たれていた大豆の自給率は、七〇年代半ばには一割前後にまで激減してしまう。これは、一九六一年に成立した農業基本法によるところが大きい。端的には、「日本は狭いんだから買った方が安い作物はよそから買う」という発想のもとでの、農政の大転換である。以来、現在に至るまで、日本の大豆の自給率は一割から二割といったところ。それを補っているのは、アメリカの、ブラジルの、アルゼンチンの、そしてパラグアイの、大豆なのである。

パラグアイの大豆輸出は勢いを増してゆく。ここには、日本政府の政策と援助、それから、時の為政者ストロエスネル大統領の意向が働いたようである。サンイシドロ初の搾油工場の設立記念式典とキャプションの付いた白黒写真が掲載されていた。ワイシャツにネクタイの日系人たち、その中には原世志彦もいるのだろうが、陽一郎には見分けがつけられない。そして、彼らに取り囲まれて満面の笑みを浮かべるひときわ長身の白人男性、それこそが、アルフレド・ストロエスネル大統領なのであった。国内初のこととはいえ、片田舎の搾油工場の立ち上げに国家元首が臨席することじたい、破格の厚遇と言っていい。

陽一郎は立ち上がった。小腹が空いてきたので、買い置きのチョコクッキーを三枚ほどかじり、冷蔵庫を開けてアイスコーヒーをマグカップに満たした。陽一郎はふたたび携帯端末を手に、問い質《ただ》してみる。アルフレド・ストロエスネルとはいかなる人物であるか？　と。

かくして呼び出されるストロエスネル大統領の来歴、これはまた、陽一郎の想像を超える人物であった。一九五四年から長期政権を維持したパラグアイ共和国の大統領。軍人上がり、百八十センチを超える長身、頑強な反共主義者。戦争を重ねてきたパラグアイに安定と経済成長をもたらした一方で、宗教弾圧に人権侵害をためらわなかった苛烈な独裁者。このような人物に、しかし、日系移民は愛されたらしい。ここにまつわる挿話は、少々超自然的である。

明治四十五年、一九一二年の七月末日のこと。この日、天皇の崩御を以て、明治なる時代は幕を閉じた。それからほんの三ヶ月後、地球の裏側のパラグアイ共和国で一人の赤ん坊が産声を上げる。その三十年後には日系人が開拓の鋤を入れることになる、イタプア県のエンカルナシオンという小邑《しょうゆう》でのことだ。父親はヒューゴ・ストレスナー、当時のバイエルン王国を出奔したのち世界中を放浪し、恋に落ちた女性を運命と定めてパラグアイに定住した半生を持つ、いかにもゲルマン的なロマンチストである。長子の生誕に歓喜したであろうことは、想像に難《かた》くない。生まれ落ちたときにはドイツ風にアルフレート・ストレスナーと呼ばれたかも知れない赤ん坊、この子こそがのちのアルフレド・ストロエスネル大統領であり、しかもその誕生日は明治天皇と同じ十一月三日であった。この偶然から、ストロエスネルは、自分が明治帝の転生であるとの信念を抱いていたようなのである。これには思わず、陽一郎も画面を凝視した。二十世紀のできごとに、古い時代の信仰が忍び入ってきたような印象を受けた。

もちろん、それだけではない。広大な熱帯林を拓いて農地としてきた日系移民は、その篤実な勤勉さによって大統領の信頼を勝ち得る。日系人がパラグアイに根付いていった時代とストロエスネル時代とはほぼ一致する。そしてそれはまことに奇妙なことに、日本の「戦後」とも一致するのであった。ストロエスネルがクーデターによって大統領の座に着いたのは一九五四年、クーデターによって三十五年にわたった独裁の座を追われたのは一九八九年。天皇が崩御して昭和なる波瀾万丈と高度成長の時代が終わり、平成なる混沌の時代が幕を開けたほんの一ヶ月後のことであった。

陽一郎は顔を上げる。日は陰りつつあった。部屋の中は薄暗かった。網戸の外では夕風が吹き、庭では枯れかけた夏草がざわめいた。それはあたかも草原を走る風のように聞こえ、パラグアイという地球の正反対にある土地の風景を幻視したように陽一郎は思った。パラグアイ川のほとりの広大な平原が、まるで日本の陰画のように陽一郎には感じられた。絢爛《けんらん》と言ってよいほどの二十世紀後半の発展の陰で、日本国は大豆の生産を事実上放棄する。そのかわり、はるかかなたのパラグアイから、大豆はあたかも奔流のように日本へと到来する。その手を尽くしたのは、日本を後にした移民たちであり、明治帝の転生を称する独裁者であり……。因果！　そうとしか思われず、陽一郎は慄然とする。ふらりと立ち上がり、スイッチを入れれば、蛍光灯はまばゆくリビングを照らし出して、いっさいの風景が消失した。

のめり込みすぎたな、そう感じ、陽一郎は首を振る。電気の光の下では、パンフレットの写真はそれぞれのページに行儀よく収まっていた。日本への大豆輸出の成功をきっかけに、パラグアイにおける大豆の価値は高まっていった。七〇年代初頭、穀物価格の事実上の指標となるシカゴ市場で大豆価格が高騰したことが追い風ともなった。サンイシドロ大豆生産出荷組合はパラグアイ大豆出荷組合とその名を改め、事業の手を広げてゆく。大豆の耕地面積の拡大、生産指導、品種改良、農業機器の貸し付け、流通の改善、販路の拡大、搾油施設の経営、農業学校の開校……、つまるところは、農協と商社の合わさったような組織へと発展してゆくのである。これを母体として、一九八〇年、パラグアイ大豆出荷組合から貿易部門を発展的に独立させた格好で誕生した会社が、他ならぬSoysoyaだったようだ。首都アスンシオンに本社を置き、社長に就任したのが原世志彦。ただし、ほんの数年でコウイチロウ・ハラへの権限委譲が行われている。年齢のこともあろうが、ことによってはこれは原一族による一種のクーデターだったのかも知れないな、そう陽一郎は想像する。

その後も、Soysoyaは慎重かつ大胆な勢力拡大を続けていったようだ。パラグアイのかつての宿敵であり、そののち経済的に隷属していたアルゼンチンは、八〇年代初頭には国家がほとんど破綻のきわにあった。フアン・ペロンの時代、エビータの時代、軍政の時代、天文学的インフレという南米のステロタイプをすべて経験したかのような混乱期を経て、一九八二年のフォークランド紛争がとどめを刺した格好である。この混乱期に、Soyysoyaはアルゼンチンのいくつかの穀物会社と水運会社を買収している。内陸国たるパラグアイから海に出るためには、パラナ川にラ・プラタ川といった巨大河川の航行が不可欠だからだろう。伸びゆくSoyysoya、躍進するSoyysoyaの歴史が、色鮮やかなカラー写真とともに語られていた。アルゼンチンの食肉流通会社を買収し、先方の社長と笑みを浮かべて手を握る原世志彦の写真。八〇年代末には南米の最大都市であるブラジルのサンパウロに本社を移転し、記念のレセプションで音頭を取るコウイチロウ・ハラの写真……。

「この時期、弊社は大豆の流通から穀物全般の、そして食品全体の流通を手がけるようになってまいりました。生産者の視点を原点として、安全で確実に食の流通を確保することが、弊社の社是に定まりました」

「『ラ・プラタをミシシッピのごとくに』当時弊社CEOであった原世志彦の提唱した理念です。ミシシッピ川を大動脈として活発な農作物の輸送が行われているアメリカ合衆国を範として、実り豊かな点では北米に優るとも劣らない南米大陸に、潤滑な食の流通をもたらそうという発想でした」

穏当な公式見解の文章に、陽一郎も察するところがあった。これは単なるマネーゲームではない。Soyysoyaが南米という巨大な食料供給地に広くネットワークを巡らせ、世界の食料庫の倉庫番に名乗りを上げる過程だったのである。

九〇年代、Soyysoyaはさらに成長を遂げる。ウルグアイ・ラウンド、そして南米共同市場《メルコスール》の創設は、南米の穀物流通を緩やかに統合しつつあったSoyysoyaにはまさしく追い風となった。それからもう一つ、重要な要素があった。Soyysoyaは中華人民共和国と独自のコネクションを築いていたらしい。冊子にはサンパウロの本社で在ブラジル中国大使と並ぶ晩年の原世志彦の写真が掲げられている。現在でこそ生産地としても消費地としてもきわめて重要な国だが、反共を国是としていたらしい当時のパラグアイ国内では困難なことだったのではないだろうか。

　冊子の最終ページには、Soyysoya の社勢がまとめられている。現在はサンパウロに本社を置き、擁する従業員は十万人を超える。世界五十八ヶ国に散らばる支社の所在地は世界地図の上に突き立つ旗で示され、取引のある地域は淡い黄色に塗られていて、それは南極以外のほとんどすべての地上を覆っている。大豆の色を連想させるこの黄色は Soyysoya のシンボルカラーらしく、ロゴやパンフレットはすべてこの色が基調となっている。大豆一粒から始まった Soyysoya は、世界の津々浦々にまで広がってゆこうとしているのである。

　冊子を閉じれば、裏表紙の真ん中には YY のロゴがやはり淡い黄色で印刷されていて、先日 Soyysoya 日本支社で目にしたものと同じ、「弊社創業者　原世志彦翁」の肖像写真が掲げられていた。たいしたもんだ、陽一郎は思った。文字通り裸一貫パラグアイのジャングルに鋤を入れた日系人たちの立ち上げた営農組織は、いまや世界を覆う大企業へと成長していた。このことに陽一郎は率直に感動する。しかもその最高責任者が、ひょっとすると、自分の縁戚だなんて！　サムライの血統であることを自慢したがる手合いの心理を、陽一郎はちょっぴり理解できたような気分になる。

　陽一郎はごろりとリビングの床に寝転がった。まばゆい蛍光灯を見上げながら、陽一郎は考える。美しく組み立てられたサクセス・ストーリーの酔いから醒めてみれば、そこここには薄暗く曖昧な部分が残り、目を凝らしても、そこになにが書いてあるのかは判然としない。結局のところ、原世志彦とは誰なのか？　どこから、どうして、パラグアイに渡り来たのか？　そのことだけは、どこにも書かれていない。もちろん、原四郎の名など、出てきようもない。ふと陽一郎は考える。この原世志彦という人物、本当に、俺の縁戚なのだろうか。どこかでなにかの手違いがあったのならば、少々残念ではあるけれど、これほど俺にとって気楽なことはないのだが。あらためて紋付袴に身を包む肖像写真をためつすがめつしても、そこに自分と同じ血統が潜んでいるのかどうか、陽一郎には分からない。むしろ、グリゴリー・ペレルマンみたいな日本人離れした豊かな髭面に、陽一郎は阿弖流為《アテルイ》とやらいう夷狄《いてき》の族長を想像する。かつて東北の地に君臨しながらも肖像画一枚残すことのなかった、墳墓の位置すら定かではない、歴史の波間に消えた悲運の英雄。

もう一つ、分からないことがある！　陽一郎はガバリと身を起こした。外はすっかり薄暗くなっていた。風が吹き、ガラス戸の外の庭では枯れかけた夏草がざわめいていたが、もうパラグアイの草原の幻は立ち上がってはこなかった。そもそも、なぜ、Soysoyaは作られたのだろう？　大豆の滞りない出荷を目していたはずの農業組合は、なぜ、ここまで大きくならねばならなかったのだろう？パラグアイの一隅の農業組合の枠を踏み越えようとしたのは、誰だったのか。原世志彦が、そのための種を蒔いていたのか。

知っているか？　お前はそのことを知っているのか？　陽一郎はふたたび携帯端末の向こう、広大なウェブの世界に問い質してみる。もちろん公的には、Soysoyaの冊子以上の情報などは出てくるはずもない。南米に初めて生まれた巨大な食品流通会社としての、あるいは日系人の築いた大会社としての、あるいは大豆を主力商品とした初の穀物メジャーとしての。ただし、上の方に目立って出てくる情報に比べて、下の方に群れをなして積み重なる情報になればなるほど砂礫が入り交じり、精度はあやしくなってゆき、肯定よりも否定の、真実よりも虚偽の、賞賛よりも罵倒の割合が増えてゆく。流し読みする限りでも、Soysoyaへの異議やら論難やらは限りなく目の中に飛び込んできた。これほどの大会社ならばむしろ少ないぐらいにも思われたが、それは日本での知名度が低いせいなのだろう。普通ならば人は自分たちの食物をどこから誰が運んで来たのかなど、いちいち注意を払わないものだ。

Soyysoyaは巨大で独占的な資力を恃《たの》みに、食というものを恣《ほしいまま》に操作している。連中はあらゆる人類に必須である米や麦や大豆を土地や証券のように投機の対象へと変えて、民衆の飢餓や農民の破綻と引き替えに巨万の利を得ているのだ。云々。Soyysoyaは第三世界に発した穀物メジャーという立場を忘れ、いまや発展途上国から買い叩いて先進国に高く売る商業主義の権化へと堕した。商品作物を作る巨大農地を拓くために途上国の農民の土地を奪い、既存の農業を破壊し、農民たちを小作農へと転落させている。云々。Soyysoyaは遺伝子組み換え作物を世界中にばらまいている。種子を残さず、遺伝形質に合わせた農薬と肥料を使わなければ実らない作物を通じて、Soyysoyaは農民たちを軛《くびき》に繋いでいるのだ。云々。陽一郎はときどき首や指の関節をボキボキ言わせながら液晶を凝視し、文字の列を追い続け、やがて、疲れ果てた。情報はとめどない一方でその多くには既視感があった。おそらくその半分は真実で、半分は誇張なのだろう。ごくわずかの真実は、大量の虚飾に希釈される。この汚泥をすくい続けたところで、本当に、指のあいだに砂金は残るのだろうか？

うあぁ、陽一郎は大きく伸びをした。慣れないことに頭を悩ませて、ひどく疲れたと感じた。腹が減ったな、なんか買ってこようか。朝の残りのメシがあるから、ちょっとおかずがあればいい。手をかけんのはめんどくせーし、葱を刻んで、ラー油と一緒に豆腐の上にでものっけようか。半熟卵を添えたっていい、キムチはたしか買い置きがある。近所のスーパーでは、そろそろ売れ残りの豆腐が半額になる頃合いだ。豆腐一丁が一〇五円、運がよければ五三円。一食の値段としては申し分なく安い。その豆腐も、ことによっては、パラグアイからSoyysoyaが運んできた大豆から作られたものなのかも知れないな。

そのときのことだ。突然、携帯電話が身を震わせはじめた。見慣れない電話番号に陽一郎はどきりとした。03から始まる固定電話の番号は、普段ならばめったに受けるものではない。意を決して着信ボタンを押すと、かなたからの声が陽一郎の耳へと飛び込んできた。

「どうも原様、お忙しいところ失礼いたします。Soysoya日本支社の薗大路です」

予感が的中した。あの夏の宵、レストランで向き合った薗の色男づら、わけても切れ長の目がこちらへと向けてくるまなざしのことがまざまざと思い出されてくる。

「先日はどうもお疲れさまでした。わざわざのお出まし、あらためて御礼申し上げます」

いえいえ、どうも、と陽一郎は口ごもる。仮にも大の大人が招待先で昏倒するという事態は、あまり思い出したいことではなかった。

「それでですね、先日、弊社の資料をお送りしましたが、お手元に届いておりますでしょうか」

陽一郎は驚愕した。まるで自分が読み終わるのを待っていたかのような、それをひっそりと眺めていたかのような、絶妙のタイミング。

「エエ、はい、お陰様で」

陽一郎はほとんど機械的に口を動かしていた。早速拝読いたしました、Soysoyaの概要について理解を深めることができました。ご配慮に心より感謝申し上げます。こういった身のないスカスカな言葉の群れを、陽一郎はごく短く無残な失敗に終わった社会人生活のあいだに詰め込まれていた。イエイエ、お役に立てまして幸いです。また今後とも宜しくご高配賜りますよう。その点については薗も変わらなかった、あのどこかしら奇妙な雰囲気の男は、器用にも日本風のビジネスマナーを肌着みたいにぴったりと身につけている。

「まあ、そういうことでですね、先日お願い申し上げたこと、なにとぞ宜しくお願いいたします。原様のお力添えをぜひとも期待したいところですので……」

最後の最後になって、薗はふとそんなことを言った。陽一郎はふたたびどきりとする。そうだ、結局自分があのSoysoya日本支社に出向いていったのも、あの豪勢な晩餐をふるまわれたのも、この冊子が送られてきたのも、すべては、あの一件のためなのだ。いまだに封筒から出す気になれない小切手が、カバンの中に潜んでいるのも。それではどうも失礼いたします、あくまで慇懃に電話を切ってから、陽一郎はどっと疲れた気分になった。先延べにしてきた面倒ごとをあらためて眼前に突きつけられ、尻を叩かれたような気分だった。

そうとなれば、行かなければならないんだろうな……、陽一郎は考える。故郷と言うほどの接点すらないのに、確かにおのれが源流《ルーツ》をたどることのできる、北方の地まで。

第二部

化外《けがい》の民は王道楽土の夢を見る

7

原陽一郎《はらよういちろう》は飛翔していた。高度三千メートルの天の高みを、時速二百五十キロメートルで、北へ。

眼下には東北随一の都会である仙台の街並みが広がっていた。指を一振りすれば、まなざしはぐっと地表に寄る。青葉城址、広瀬川の流れ、定禅寺通りのビルの一つ一つ、国分町の路地裏までを見分けることができる。高みに飛び上がることだって簡単だ、指先の一振りで市街地はあっというまに遠ざかる。かわりに広がるのは仙台の平野であり、名取川の流れであり、一つの視界に収まる蔵王連峰から太平洋までの景観《ランドスケープ》である。

掌中にあるのは、いつもの携帯端末である。ここから送られる位置情報は上空二万キロメートルに静止する人工衛星の位置情報と掛け合わされて、今この瞬間に陽一郎のいる場所を正確に液晶画面上に描出してみせた。陽一郎がこの「Vistavia《ビスタビア》」というアプリの存在に気付いたのはほんの十五分ほど前のことで、謳い文句によれば、自分の今いる場所の地図をリアルタイムに描出してみせるのだという。タッチ一つでVistaviaはダウンロードされてきて、ほんの三十秒で陽一郎は神の視座を獲得した。要するにこれはカーナビとフライトシミュレーターが合わさったようなアプリケーションであり、単に地図を描写するだけではなく、視点を自在に切り替えることが可能なのである。地表を見下ろす視点から目を前へと向けた三次元の視点にゆっくりと切り替えてゆけば、地図には凹凸が生まれ、画面には奥行きが生まれる。かなたには地平線が描かれ、聳《そび》える山々が立ち上がり、消失点《ヴァニシング・ポイント》へと向かってまっすぐに伸びる線路が次々に液晶画面に浮かび上ってきて、この瞬間、時速二百五十キロメートルで疾走する新幹線の車中にいる陽一郎の視点に重なり合う。

すげえな、陽一郎はつぶやく。コンピュータープログラマーの末席を汚していたこともあった陽一郎はこのアプリが結構な出来映えであることを見抜き、開発に相応の時間と苦労がかかったであろうことを予想し、そしてこれがタダで配布されていることに感嘆せずにはいられなかった。とはいえインターネットであれば、このような気前のよさは珍しくもないことだ。作ったのはどこかの企業か、あるいは物好きなオタクか、ともあれ無料でばら撒かれるプログラムは回線上にごまんと存在する。それが巡り巡ってどこかの誰かの利益にはなる仕掛けが、この世の中にはできあがっているのだろう。ヒトの目から鳥の目へ、そして神の目へ。液晶画面上を滑る陽一郎の指先は世界を投影する映像に直結し、あたかも全能者のごとくに、世界の風景を変容させて動き続ける。

九月半ばの日曜日のことだった。陽一郎は珍しく早起きに成功し、八時前には和光市の自宅を出て、池袋経由で大宮まで行って青森行きの新幹線に乗車した。サンドイッチを缶コーヒーで流し込み、漫画雑誌を流し読みする途中でうつらうつらし、目が覚めてみれば早くも仙台が間近い。陽一郎は少々驚いた。東北という地域に漠然と距離を感じていたのだが、少なくとも仙台という街はさほど遠くない。距離にして三百五十キロ、名古屋とほとんど変わらないのである。時間にして一時間半、これは名取川を渡ったあたりで車窓に増えはじめるマンションを眺めながら、陽一郎は携帯端末を取り出してインターネットに接続した。どこかにあるサーバーからどこかにある通信網を介して、仙台にまつわる情報がずらずらと吐き出されてくる。東北一の都会にして唯一の政令指定都市、人口は百万人ちょっと。陽一郎は液晶の画面から顔を上げ、窓の外に建ち並ぶビルディングを眺め、仙台も結構な都会じゃん、そんなことを考える。

新幹線は仙台駅に停まってどっと人が降り、ふたたび走りはじめ、液晶画面に浮かび上がる地図は刻々と変化し続ける。トンネルを一つ抜けたところで窓の外には広大な水田が広がった。古川ってあたりか、陽一郎はつぶやく。九月も半ば、稲穂はまさに時満ちたと言わんばかりに重たく膨らんで頭を垂れ、豊かに波打ち、仙台平野を埋め尽くさんばかりである。画面上の地図によれば、新幹線はほどなく県境を越えて岩手県へと入るはずだ。

ヒトの目からふたたび鳥の目へ、視点は空高く舞い上がり、陽一郎はこれから向かう土地を見渡そうとする。栗駒《くりこま》、一《いち》ノ関《せき》、水沢江《みずさわえ》刺《さし》。まもなく通過する場所を先んじて辿りながら、陽一郎はあることに気付く。仙台近辺の広大な平地は、岩手に入って急速に狭められてゆくのだ。消失点《ヴァニシング・ポイント》へと向けて伸びる新幹線のレールに、液晶画面上では三次元の凹凸に描かれる山々が、右からも左からもひたひたと押し寄せてくる。左の山塊は奥羽《おうう》山脈であるらしい。右は北上《きたかみ》山地ということになるようだ。北に向かえば平野は二つの山並みに左右から狭められてゆき、真ん中を流れるのは北上川、流れに沿うように水沢、北上、花巻《はなまき》といった小都市が点在している。そして、流域の最大都市である県都盛岡《もりおか》を過ぎたあたりで、平地はついに山へと飲み込まれてしまう。画面上でどれほど広大な北東北の大地をさまよっても、盛岡から三陸《さんりく》海岸までの東西百キロ、大船渡《おおふなと》から八戸《はちのへ》までの南北二百五十キロにはほとんど平地が見当たらず、奥羽山脈と北上山地とが身を寄せ合い混じり合って作るごつごつした陰影に満ちた山塊が広がるばかりである。いかに日本が山国であっても、ここまで山が集中する土地は、まれだ。そして、父の実家があり自分の本籍地でもある岩手県岩手郡四戸《しのへ》町とは、この途方もない山々のあいだにひっそりと座している小邑《しょうゆう》なのである。

「うへェ」

陽一郎は嘆息する。顔を起こして神の目鳥の目から離れてみれば、目に映るのは東北新幹線の車内、前席でスポーツ新聞を広げているオッサンの後ろハゲであり、陽一郎はなんだか幻惑されたような気分になる。

端末で「四戸町」を検索すると、職員の手作りとおぼしき素朴なホームページが引っかかる。「町の沿革」のコンテンツでは、古い時代の栄華が慎ましやかに語られていた。それによれば、四戸の町は奥州道から分岐して盛岡と八戸を結んでいた脇街道の途上に拓かれた宿場町であり、古くは沿岸部と内陸の交易で栄えたらしい。武家の時代には盛岡藩の支藩が置かれた、この一帯の中心地でもあったようだ。駿馬を産することでその名を知られ、のちに林業が取って代わり、明治天皇の東北巡幸の際には大久保利通《おおくぼとしみち》だか岩倉具視《いわくらともみ》だかに名産の蕎麦の味がお褒めにあずかったのだとか。

では、現在は？　トップページに記された謳い文句に、陽一郎は肩をすくめたくなる。

「四戸町は森林資源に恵まれた、自然豊かなエコロジー・タウンです」

要するに山ぐらいしか誇るものがないというのが実態のようで、温泉も湧かなければスキー場もない。「町へのアクセス」のコンテンツをクリックして陽一郎はさらに気分が盛り下がる。最寄りの駅は東北新幹線のいわて沼宮内《ぬまくない》駅ということになるが、そこから自家用車で山道を四十分、公営バスならば一時間。このバスが一日たった三本というのだから、念が入っている。これまでは浮き世の義理を果たすためだけにまれに帰省していたかの町は、あらためて調べればまぎれもない僻地だ。よくもまあ俺の親父はこんなところから東京に出てきたもんだなというのが、生まれも育ちも首都圏である陽一郎の率直な感想だった。

　気晴らしにまた携帯端末を取り上げ、指先でなにごとかを呼び出そうとするが、気分が盛り上がらない。見れば新幹線は新花巻の駅を通過したところ、数十分後には陽一郎はいわて沼宮内の駅に降り立って、ここ十年ほどは賀状を交わした記憶もない叔父と対面するという現実が待ち受けている。行きたくねえなあ、めんどくせえなあ……。陽一郎はふたたび嘆息する。その叔父がどんな人物であったかの記憶も、実は淡い。名前は原恵三《けいぞう》、陽一郎の父の三歳年下の弟、憶えているのはそのていどのことでしかない。にもかかわらず、先ごろ電話をかけた折りには、この恵三叔父は大いに愛想がよかったのである。

「ナァニ、陽一郎さんか？　あらら、ナンタラハァ、ご無沙汰だったもんゃ」

　長きにわたる不義理を詫びたときにも、恵三叔父はまことに鷹揚《おうよう》なものだった。マァズ、構わないんだ、遠慮しないでおでゃんせ。その声に陽一郎が思い出すのは、二十年近くも前、父の葬儀を終えた夜のことであった。かの地に残るお逮夜《だや》という風習で、故人を偲ぶ夜を徹しての宴会が開かれるのである。そこで、ビール瓶を片手に寡婦となったばかりの母に近寄ってきた中年男が、今にして思えば恵三叔父だったはずだ。

「いやいや義姉《ねえ》さん、このたびはドウモドウモ……」

　愛想良く笑みを浮かべてほとんど酒を飲まない母のグラスになみなみとビールを注ぐこの叔父に、

子供だった時分の陽一郎は、直感的な嫌悪を抱いた。てろりと広い額を赤く染め、たっぷり酒を飲んでたばこをふかす。大口を開けて笑い、無遠慮な大声で話す。それまで身の回りにいたどんな大人とも異なる雰囲気であることが、その理由だったのかも知れない。

「本当にハァ、とんだことでござんしたなス。でもハ、兄貴もまァ好ぎなことばりしてきだったからハァ、マンツ結構な人生でしたなゃ」

思い出すに、あれは絵に描いたような田舎の中年オヤジの姿だった。良くも悪くも、最期まで永遠の文学青年といった雰囲気を漂わせていた線の細い父とはあまりに対照的だったのだが、あらためて記憶を整理して陽一郎は驚くべきことに気付く。父親の享年が四十二歳なのであのときの恵三叔父はおそらく三十八〜九歳、今の自分と十歳ぐらいしか離れていないのである。なんだかなあ、陽一郎はつぶやく。あの若さで、ずいぶんアクの強いオッサンだったんだなぁ。さて、では、その恵三叔父は現在どうしているか?

そのことについては、インターネットの方がはるかに詳細な答えを出してくれた。「原恵三　四戸」あたりのキーワードで検索した結果が教えてくれたのは、すっかり田舎名士に成り上がった恵三叔父の姿である。意外にも最初に出てきたのは原恵三個人のホームページなのだが、そんなものが存在しているのは、恵三叔父が町会議員の二期目を務めるれっきとした地方政治家であるかららしい。でっぷりと肥った腹を三つ揃いの中に押し込めてポーズを取る肖像写真に陽一郎は思わず失笑する。葬儀の夜に出会った恵三叔父の顔を二十年分老けさせたら、こんな具合になるのだろう。のみならず、恵三叔父は「奥州ミレット」なる会社の社長でもあり、他にも商工会議所だの保守政党の県北支部長だの青少年健全育成がどうとかいう委員会だの、どのていど身のあるか分からない肩書きが五、六個もくっついている。

この恵三叔父の躍進ぶりを、自分はおろか、母親も把握していたかどうか。それほど、父の死後、山深い父の故郷とは疎遠になっていたのだった。去る者は日々に疎しとは単なる俚諺《りげん》ではなく、地の上に生きるものの実感である。生活を支えるために母は文字通り孤軍奮闘していて、訪れても身の置きどころのない亡夫の生家に足を向ける余裕などなかったはずだ。陽一郎自身も、大学生のころに父の十三回忌に訪れたのが最後だろう。あのとき、恵三叔父となにか話をしたか、陽一郎にはまったく記憶がない。あのころ町会議員に立候補しようとしていたんだろうな、そう想像しながら、陽一郎は新幹線の座席に身を深く沈める。憂鬱がひたひたと忍び寄ってきて、できればこのまま寝過ごして青森あたりまで行っちまいたいなあ、陽一郎はそんなことをくよくよと考えている。

まもなく盛岡駅である。さらに二十分ほどで、新幹線はいわて沼宮内の駅に着く。

8

原恵三が岩手県岩手郡四戸町町会議員に初当選したのは二〇〇九年の晩秋、八期連続という度外れた年数を議会に居座ってきた長老議員の急逝にともなう補欠選挙でのことだ。田舎の議会にありがちなオール与党体制であるうえに対立候補は革新政党の一人と泡沫候補が一人といったありさまだったから、半ば織り込み済みの勝利ではあったものの、このときに恵三がしつらえた宴席はいささか大仰《おおぎょう》な、過大な、そしてひどく気前のいいものだった。古い時代には仙台から津軽へと連なっていた街道に面した料亭の大広間を借り切り、詰めかけた親類縁者に友人知人にタダ酒狙いの馬の骨を前に、恵三はかすかに緊張の残る面持ちでカラオケセットのマイクを握ったのである。

「このたびはマンツハァ、ドウモドウモ……、私、原恵三が男を上げることができましたのも、ひどえに、お集まりの皆さんのご尽力あっだればこそであります！　このとおり、心から、深ぁぐ御礼申し上げる次第でございます」

恵三は深々と頭を下げ、乾杯を待ちかねた面々からは盛大な拍手が湧き上がった。粗宴ではございますが、皆々様方の心意気に報いようと存じまして設けさせていだだぎぁんした。マンツハァ堅苦しいことは抜ぎにして、存分に飲み食いしでくなんせ。拍手の音はいっそう大きく、いいぞぉ！　いよう、社長！　そんなかけ声も混じり、恵三はようやく安堵した顔であたりを見渡し、乾杯の音頭をとるべくビールのグラスを取る。乾杯！　蛮声張り上げるさなか、宴席の片隅では老婆たちが声を抑えてひっそり笑いあった。マンツほれ、恵三ちゃんも、ジョンジョとして……。ホニ持だせるもの持だせるもんだなス。

揶揄とばかりは言い切れなかっただろう。客人たちのあいだをめぐりビールを注ぎ交わす恵三当人にしたところで、かつてならば自分がこんなふうに脚光を浴びることなど考えたこともなかっただろうし、周囲の人間たちも、こんな具合に諂《へつら》った笑みを浮かべて恵三に握手を求めることなど予想していなかっただろう。それほど、恵三の青年期であった二十世紀最後の十五年と、中年期にあたる二十一世紀の最初の十五年というのは激動の時代であり、日本中に、そして世界中に莫大な水が流れて濁流となってあらゆるものをかき混ぜ続けた三十年だった。そのさなか、劣等感と自己嫌悪とに苛まれつつもみっともなく浅ましく足掻《あが》き続けたからこそ、恵三は今になっての栄光を摑み取ることができたのだと言うことはできるだろう。

おそらく血液型やホロスコープなどよりも、どのような兄弟の中に生まれ出るかということは、人間の気質にはるかに強い影響を及ぼす。恵三が誕生した一九六〇年、原家にはすでに二人の男児がいた。二人の兄たちはわずかに恵三の先を歩きつつ、それぞれ実に個性的な生き方を選び取ってゆく。そして若き日の恵三は、気の毒にも、二人の兄たちがそれぞれに岩手県山中の小邑で神話となってゆくさまを目の当たりにしながら成長していくのである。

三歳年長の長兄である一史《かずふみ》は、どういったことか、おそろしく勉強ができた。塾に行くでもないのに、全県統一の模擬試験において盛岡の附属中学あたりの秀才どもを向こうに互角以上の成績を叩き出し、かつて金田一京助や米内光政を輩出した名門高校に軽々と合格した。対照的に二つ年上の次兄、嗣治《つぐはる》は、美丈夫と古風な言い方をしたくなる面持ちに加えて家族の誰とも似ていない美声を持ち、それはまさしく天からのたまわりものであった。器用にギターをかき鳴らし、悪びれもせずに取り巻きの女の子たちとつるむ次兄は、いっぱしの不良と受け取られていた。昭和四十年代当時の岩手の片田舎にあっては、それはほとんど革命的な出来事だったからだ。こんな兄たちが相応に受け入れられていたのは、ひとえに「原さんどごの童《わらす》コだがら」ということに尽きる。農地解放からたかだか四半世紀、四戸の原家と言えばなお、かつて所有していた数百町歩の山林や農地とともに語られる栄華の名前であり、そこに麒麟児と言うべきか驕児と言うべきか、とまれ人並み外れたものが生まれ出ることはまったく不思議なことではなかった。しかし、かように個性的な兄たちを持つのがいかなることであるのか、それはおそらく当人でなければ本当に分かることはないのだろう。

若き日の恵三は兄たちを常に意識し、後ろ姿を盗み見て、いささか過剰な劣等感に悩まされた。普通ならばなんら悪いことではない、むしろ平穏に生きるための条件であるはずの平凡という資質を、恵三はあてどなく憎んだ。自分は自分なんだからそんな必要ないでしょなどとは、赤の他人だからこそ言えることだ。なによりやっかいなことには、恵三はとりたてて兄たちに虐められることも蔑まれることもなかったのである。お定まりの兄弟間の確執があったならば、恵三は遠慮なく兄たちのことを憎むことができただろう。しかし、残念ながら四戸の原家はカラマーゾフ家でもブッデンブローク家でも楡《にれ》家でもなかった。その衰亡の運命が似通うのみであって、恵三がどれほど記憶を掘っても思い出されるのは、それぞれに鷹揚でマイペースな、つまるところは自分のことにしか興味のない兄たちである。

長兄一史は名門大学に進学するべく上京していった。ロシア文学を専攻し、新進気鋭の研究者として将来を嘱望されたものの、結局は中堅どころの出版社に就職して小難しい学術書の編纂に携わるようになる。いっぽう次兄嗣治は高校を中退して上京し、アングラ劇団に潜り込む。端役に脚本書きに舞台美術に劇伴の演奏にと小器用にさまざまな役をこなしてゆくうち、演劇公演のプロデュースといったあたりに自らの才覚を見いだしていったようだ。バブル真っ盛りのころに派手派手しいミュージカルの公演に携わったことをきっかけとして嗣治は渡米のチャンスを摑み、現在に至るまでアメリカの苛烈なショウ・ビジネスの世界で生き続けている。

では、恵三はどうか？　一史兄のように勉学に邁進することなどできなかった、地元の商業高校に行くのが精一杯だった。嗣治兄のような激情の気性と天与の色香はどこにも見当たらなかった。野球部に入りかろうじて県大会に出場してもちっとも女の子たちには騒がれず、ギターを買っても吉田拓郎のへたくそなコピーをやったあたりで飽きがくる。そもそも恵三自身、なにごとにも執心することのない気質だった。傍目には良家のおっとりした三男坊と見られないこともないが、それが単なる無気力と考え足らずの結果であることは当の恵三がいちばん分かっていることだった。せめて東京に出てみようかと考えたものの、浪人の末に引っかかったのは二流どころの商科大学だけであり、巣鴨の安アパートで下宿生活を始めたころが、恵三のもっとも思い出したくない人生の一節だった。一九七九年、原恵三は十九歳。東北新幹線の開業にはまだ三年の間があり、岩手県北部から上野までは十二時間もの時間を要した。中卒の子供たちを束ねて都市部へと送り込み日本の高度成長期を支えてきた集団就職、その最後の回が行われたのは一九七五年、たった四年前のことだったのである。東北の片田舎は途方もなく遠く、「田舎っぺ」を揶揄する言葉は現在よりもよほど潤沢だった。おどおどと通いはじめたキャンパスで恵三は都会の学生たちに圧倒され、そして努めたことは、とにかく口を開かないことだった。二重母音や鼻濁音をふんだんに使用する岩手県北部の言語が漏れ出ることを恐れてのことである。いかに恵三が「標準語」らしき言葉を操っているつもりでいても、東京都や神奈川県、あるいは埼玉県出身の同級生の屈託のない疑問は、恵三へのなににも増した残酷な問いかけとなった。

「えっ、なになに？　今、なんつったの？」

　恵三は押し黙る。もごもごと口ごもり、足早にその場を立ち去ろうとする。実際どうであったのかはともかくとして、恵三はキャンパスには自分の居場所などないと思い込んだ。

　不幸なことには、理想の旗が急速に色褪せる時代でもあった。ほんの数年前ならば熱を帯びていたはずの左派思想は田舎者の学生をオルグするにはぴったりの装置だったが、それは繰り返される拙劣《せつれつ》なテロリズムのために、急速に説得力を失いつつあった。「俺たちはなにかをしたいんだ」という熱を抱きつつなにをしてよいのかが分からない若造たちは精神的飢餓に悩むばかり、ぼんくら学生がうろつくキャンパスには無気力と倦怠感とが満ちる。結局、若者たちの精神の隙間は商業的な種々《くさぐさ》によって埋められ、それはその後の数年、十数年、数十年、現在に至るまで続いている。恵三もなにをしてよいか分からない点については例外ではなかった。下駄履きや薄汚いジーンズが急速に流行らなくなってゆく時代ではあったが、恵三にはまだぞろりと伸びた長髪を切る勇気がなかった。出たところでさっぱり理解できない商法やらマクロ経済やらの授業からは足が遠のき、三本立ての映画で時間をつぶすにも、紫煙に巻かれパチンコ玉を弾くにも飽きたころ、恵三がのめり込んでいったのは、テレビゲームという新時代の娯楽である。

日本中を席巻したインベーダーゲームの興奮が冷めやらぬ時期だった。驚くべきことには、この柳の下には二匹目、三匹目、それ以上のドジョウがうようよしていて、それは恵三の通い詰めた神保町や巣鴨のインベーダーハウスに続々と入荷されてきた。ギャラクシアン、ドンキーコング、バルーンボンバー、クレイジークライマー……。中でも恵三は、パックマンというゲームにのめり込んだ。パックマンとは、丸いピザから一片を取り去ったような、黄色い円盤のかたちに描かれるキャラクターである。パックマンはモンスターたちの追撃から身をかわしつつ、迷路の中に並ぶエサを貪食してゆく。すべてのエサを食べ尽くしたところでステージクリア、次なる迷路には新たなエサが充填されて、このゲームにはフィナーレというものが存在しない。パックマンの無尽蔵の食欲と無限の体力に支えられてブラウン管の上に描出される、果てしなき逃走、終わりなき飽食。この簡素なゲームに、恵三は、どれほどの百円玉を捧げたことだろう。半年ほどが過ぎれば恵三はくわえたばこに百円玉一枚で数十分のプレイを続けるテクニックを身につけるに至り、それはおのおののゲームセンターで指折りではあったのかも知れない。しかし、それは、なんの勲章にもなりはしなかった。時はなにしろ一九八〇年である。繁華街のド真ん中にあってカップルや女子高生が気兼ねなくプリクラを撮影できるような明るいゲームセンターなど、この地上には存在していなかった。たいていは名曲喫茶やジャズ喫茶が拙速な商売替えをしたような場所で、薄暗い半地下の店内にテーブル型ゲーム機が並んで穴ボコの空いたビニール椅子が散乱し、くたびれきったサラリーマンや学校をサボる不良がもうもうとふかすタバコの煙の向こうに耳障りな電子音とどぎつい色使いの電子映像が明滅する、そんな世界だった。ゲーム台の前に背を丸めた恵三がふと顔を上げれば、視界の隅っこ、便所と公衆電話のあいだの隙間で、野暮ったい面構えの高校生がトッポいアニキになにやら絡まれている最中。うまく逃げ切れなければ、数分後には彼のお小遣いの百円玉はチンピラのゲーム代へと消えてゆくことだろう。当時ゲームセンターにたむろする人間の多くはそんな手合い、つまるところは逃避者かアウトロウでしかなかった。そういう時代だった。都市の魔窟であり、消費社会の行き止まりだった。

恵三の東京生活は、三年で終わりを告げた。単位の未取得に留年を繰り返し、ついには学費までをゲーム代につぎ込んでしまったことから、除籍通知は恵三の下宿と実家の両方に送られてきたのである。実家からかかってくる電話を黙殺し続けることでまたも事態から逃避しようとしていた恵三は、下宿の玄関先で、うつむく母親と対面した。都落ちの途上、母親はほとんど口をきかなかった。恵三自身、反省も悔悟も謝罪も口にすることはなかった。すっからかんになってしまった頭の中をいくら探っても、言うことなど、本当に、思いつかなかったのだ。上野駅を発った列車は赤羽を経由する。荒川を渡る直前で大きく右にカーヴし、ここで東京は去りゆく人間に最後の全容をさらけ出す。一九八二年の初春のことだった。恵三は薄ぼんやりとした目で川霧に煙る町並みを眺めつつ、この東京のどこかには長兄一史と次兄嗣治も暮らしていることに思い至った。そして、この三年のあいだ、二人と東京で顔を合わせたことは一度もなかったことを、いまさらのように思い出していた。

父の肇《はじめ》からは、叱責の言葉すらなかった。一瞥《いちべつ》したきり顔をしかめ、ぼそぼそとなにかつぶやいただけのことだった。尻の落ち着かない気分のまま、四戸町での生活は、三年前の上京の折に停止していた時間がまた流れ出したかのごとくに再開する。恵三が子供のころからうすうす感づいていたことなのだが、父親は秀才の長兄とも美丈夫の次兄とも折り合いが悪かった。奇妙にもその愛情は、もっぱら恵三に向いていたのである。恵三にとって幸運なことかどうかは分からない、兄弟の中でいちばんの不出来であることを自覚しているだけに、理由の見えない偏愛はかえって居心地が悪い。それは結局のところ、父の執着するものが原家の名に尽きるからではなかろうかと恵三が気付くのは、ずっと時間が下ってからのことだ。ごく若いころから存分な才気を放っていた二人の兄にとって四戸の町は山深すぎただろうし、イエを継ぐという発想なんぞ逆さにして振っても出てきそうにない。もっとも、原家の家名なるものにカビが生えかけているとは、恵三すら気付いていたことだ。いまさらそんなものに拘泥する父の姿がなんとも時代離れしたものに感じられたものだが、ずっと後になってから、恵三はその執心が故なきことでもないと知ることになる。

原肇が生まれたのは、大正末期のことである。不幸な時代だった、それは東北北部の寒村にあってはいっそうのことだった。凶作と昭和恐慌という二つの凶事が、原肇が少年期を過ごした昭和初頭の時代背景である。後者が一九二九年ウォール街における株価の大暴落に端を発するとはいまや教科書にも書かれることだが、このことは、明治維新からおよそ半世紀を経て、岩手県北部の寒村までもが世界経済の枠組みに取り込まれていたことを意味していた。米価のみならず繭価《けんか》の大暴落は、絹の生産を数少ない現金収入の手立てとしていた農民たちに深刻な打撃を与えた。なにしろ翌三〇年の生糸相場は、前年比で半値以下にまで暴落したのである。これに追い打ちをかけるかのごとき三四年からの凶作を重ね合わせれば、今日に至るまで続く、東北なる土地の負のイメージができあがる。出稼ぎに身売りといった、供せるものは人力しかない貧困地帯の姿である。「竈返《かまどけ》した」と土地の言葉で言われるような財産を失っての一家離散は、少年期の原肇にとって珍しいものではなかった。

そんな激動の時代、四戸原家の名はかろうじて保たれていたが、それも敗戦までの命運だった。一九四四年、敗戦の前年に召集された原肇は千島列島に配属され、ソ連軍の捕虜となってシベリアで五年間の抑留生活を過ごす。一九五一年にようやく引き上げてきた原肇が見たものは、地所のあらかたを失った生家の姿であり、残されたものは十分に曲がらない右足首と、薬指と小指を欠いた左足だった。そのことを原恵三が知ったのは肇が一度目の脳溢血のあと、介護が必要となって自宅で入浴をさせていたときである。父親がびっこを引くことは知っていたが、それがシベリアでの凍傷へのずさんな治療の結果なのであると恵三は五十歳を超えて初めて知ったのである。それほどに肇は寡黙《かもく》であった。多くを語らなかった。見聞や思惟は禿げ上がった額の中に蓄積され、渦を巻き、濃縮されて、いったいどのような形へと発酵し変容しているのか余人に察することはできなかった。

都落ちをしてしばらくしてのことである。冬の間近いころだった、掘りごたつに寝そべってテレビを見ていた恵三は、ソヴィエトのブレジネフ書記長が物故したことを知る。恵三にとってはどうでもよいニュースだったが、その耳は小さな舌打ちの音を捉えた。振り向けば、父がのっそりと立ち上がろうとしているところだった。

「アカが」

かすかなつぶやきが聞こえ、恵三は驚愕した。それほど、父が心中を吐露するのは珍しいことだったからだ。肇のコミュニスト嫌いはシベリアに端を発し、原家の地所の大半を召し上げた農地改革によって増強される。のみならず肇は、戦後繰り返された小作人との法廷闘争や、戦後日本社会に漠然と共有された左派的思想の中で、原家のごとき旧地主階級が有形無形の悪意に晒されていることを感じたことだろう。

そうは言ったところで原家に残されたものは数町歩の田畑と山林ていど、原肇は身体の不自由を押してこの貧相な土地に向かい合わなければならなかった。もとより耕作に、わけても稲作に向かない土地である。陽一郎も気付いたことだが、なによりこの一帯には致命的に平地が少ない。焼き畑農業という古代の農法が、岩手県の山間部では二十世紀の半ばまで残存していたほどなのである。さらには寒冷な気候が、わけてもひどく低い水温が、亜熱帯を原産とする水稲には適さない。一九五〇年代の岩手県北部の稲の収量は、全国平均の三分の一にしかならなかった。にもかかわらず、戦後の米価は国家が定めた一律のものであって、いかに実りに乏しかろうとも米を作ることは奨励され、じっさい一定の価格で買い上げられる米を作ることはゼニカネと結びついたのである。

原肇が原家の家長として農業に向き合ったのは、そんな時代である。それなのに、原家に残された農地がなんとか安定して稲穂を実らせるようになったころには、日本国は減反という政策を始めていたのである。原肇は、なにも言わなかった。泣き言も恨み言も吐かなかった。四戸原家の矜持《きょうじ》を腹蔵しつつもそれを表出せず、地区長や消防団などの役回りを厭わず人の世話を焼いた。堅忍不抜《けんにんふばつ》を絵に描いたような肇は、人生の後半生、二十歳を過ぎても手のかかる末子の恵三を育て上げることに注力する。ツテをたどり、岩手県一戸市で商売をやっている知人のところに職を見つけた。同様にして縁談を探し回ったが、これについては、肇自身が生涯最大の当たり籤《くじ》だと自賛するほどの実りがあった。一九八四年、恵三は千榮子《ちえこ》という名の娘と結婚した。半世紀前ならば原家との縁談など考えることもできなかったような家格、つまりは元は小作の家の娘ということになるのだが、「マァズ恵三さんには出来過ぎたような話なんだ」というのが土地の人間たちの率直な感想であった。盛岡市内の短大を出たのちに栄養士をやっていた千榮子は恵三の一つ年上、愛嬌のある穏やかな顔をして、朗らかで、それでいて軽口や冗談の中に鋭い機知の刃を忍ばせるのである。いくつになっても身体に一本芯が通っていないと見なされていた恵三が曲がりなりにも背筋を伸ばすようになったのは、この連れ合いあったればこそだろう。

これは今になっても真相が定かではないのだが、結婚してまもないころ、千榮子は恵三のテレビゲームを壊してしまう。ストーブのヤカンをひっくり返してしまって本当に申し訳ありません、心底すまながる彼女を前にしては恵三も強いことを言えなかったのだが、現在に至るまで彼女がこのような粗相をしたのは、ただこの一度きりなのである。ゲームを買い直しにはるばる盛岡市のデパートまで出向くことは、いかな恵三でもはばかられた。そもそも父親のコネで押し込まれた職場の給料は慎ましく、お遊びに大枚をはたくのも後ろめたい。「一戸百貨店」というご立派な看板を掲げてはいるが、その実態はよろず商いの荒物屋で、恵三が主に任されたことは農村地帯を車で回っての御用聞きであった。

　慣れない営業活動にくたびれはてた恵三の愚痴を、千榮子は忍耐強く聞いた。そのうえで、さりげない一言を返した。たとえば、この季節に必要とされる物品のことや、これから農家が欲しがるであろう商品のことなどを。そんな都合のいい商品があろうかと訝《いぶか》しみつつ、恵三が東京や大阪の問屋に電話をかければ、どんぴしゃりのしろものの試供品を手に入れることができる。そんなことが、一度や二度ではなかった。時は八〇年代、ネット通販などあろうはずもなく、ホームセンターが街道筋に居並ぶにもまだ間がある時代のことだった。いつしか恵三は、信じがたいことに、自分が有能な商売人であると見なされていることに気付く。渋々ながらに自分を受け入れていた店主や専務が、穏やかな目を向けてくるようになる。「なんだかんだ言って原さんどごは畑が違うんだなス」と、口さがない土地の人間たちも囁《ささや》くようになる。恵三は生まれて初めて、自分の能力が前向きに評価されるという経験をした。幸運なことに、恵三が劣等感を抱く二人の兄たちは、めったに帰省することもなかった。かくして恵三は三十七歳の独立まで、家の畑を手伝いながらこの商店で精力的に働き続けた。

　いまや恵三は五十歳を過ぎて、還暦も間近い。思い返せば、自分が独立を考えたときも、そののち事業を立ち上げたときも、町会議員選挙に出馬を決めたときも、千榮子夫人は実に巧妙に自分のことをおだて上げた。尻を叩き、そっと頭の向きを変え、当人がそうと気付かないぐらい大胆に突き飛ばしていた。微苦笑とともに恵三は千榮子に感謝せずにはいられず、現状の幸運をありがたく思わずにはいられない。商売は順調であり、町議会はこともなく、長男はなかなかの知恵者に育って自分の片腕となりつつある。老いさらばえた父親は寝たり起きたりの生活だが、自分の代で四戸原家の面目がつぶれなかったことはなにより父を安堵させていることだろう。

人生順風満帆と言ってまったく差し支えない恵三には、しかし、たった一つの気がかりがある。根源的な、しかし日々の生活の中ではいちいち意識するようなことではないその問題を、恵三はひょんなきっかけで思い出すことになる。

夕暮れのことだった。北東北の山間では涼しく乾いた風が吹く頃合いだった。帰宅した矢先に玄関先で鳴り出した受話器を取って、恵三はしばし困惑する。聞き取りづらいぼそぼそした電話の声が、いたずら電話ではなく、昨今はやりのナントカ詐欺でもなく、長兄一史の遺児である甥っ子のものであると気付くのにはしばらく時間がかかった。腹も減って夕餉《ゆうげ》と晩酌とを楽しみにしていた恵三は、それでも辛抱強く話に付き合い、ようやく相手の意図するところを汲み取って電話を切った。

「どなたから?」

千榮子が振り返って訊ねた。

「東京の陽一郎さんだじゃ。ナンタラマンツ……」

9

関西に遅れること二十年、新幹線が大宮駅と盛岡駅とを連結して開業を迎えたのは一九八二年のことである。東北という広大な鄙《ひな》は、ここでようやく高速鉄道の恩恵を受けた。膨大な赤字を抱えていた当時の日本国有鉄道がどこまで本気だったのかは分からないが、いずれは盛岡から青森へと延伸し、みちのくを縦貫して北海道へと至る、北方の大動脈となる絵図面が描かれていた。しかしその先、盛岡から八戸までが開通するのには二十年、八戸から青森に至るにはさらに十年を要したのである。レールが伸びゆくには、北東北はあまりにも人跡まばらに過ぎ、地形は峻険に過ぎるのかも知れない。

新幹線が盛岡駅を発ってしばらくして、このことを原陽一郎は身をもって知った。新幹線がトンネルに入って掌中の携帯端末の電波が途切れ、陽一郎は小さく舌打ちした。今回の帰省のことをウェブ上に書き込もうとしていた矢先だったからである。長いトンネルだった、抜けて一瞬車窓が明るくなったのもつかのま、新幹線はまたも次のトンネルへと飛び込んでゆく。山がまた山に連なる北東北の大地を最速で駆けるとなれば、まっすぐに伸びる線路はひたすら地下を走り続けることになる。

【岩手に来てみたら東北新幹線が地下鉄のごとき】

陽一郎は、携帯端末に向けてそうつぶやいた。あながち的外れな感想ではなかったのだろう。まもなく、通信回線の向こうのどこかの誰かから谺《こだま》が返ってきた。

【盛岡以北はトンネルが七割だからな】

【基本平地ないし】

これだけのことを書き込むのにもずいぶんな手間がかかった。地下深くにまで電波は滅多に達せず、陽一郎はいらつきながら携帯端末を宙にかざした。

【行きたくねえな】

陽一郎はつぶやいたが、返ってくる谺はなかった。

【マジで。超イヤだ】

窓の外の長い闇のように、やはり返ってくる言葉はなかった。地底から解放されてようやく陽光が窓の外に降り注いだときには、新幹線はすっかり速度を落としていた。陽一郎はようやく最後の一言を携帯端末へと向けてつぶやく。

【深きところより出でてみちのくに至る】

かくして、陽一郎は岩手県の大地に降り立った。およそ八年ぶりのことである。自分の他には降りる人影もまばら、閑散とした構内は開業十年以上を経てもどことなく新しげで、どうも陽一郎にはしっくりこない。陽一郎の印象に残るのは、まだ小学生のころ父の葬儀のために訪れた、古びた沼宮内の駅舎である。

もっとも、周囲の様子はさほど変わっていないのだろう。駅の東側にはすぐそこまで山の斜面が迫り、動かしようもない。駅舎もロータリーも市街地もすべては西側にあって、それとてまことに慎ましやかなものだった。タクシーが二台、眠たげに客待ちしていた。正午が近かった。寄る辺ない気分であたりを見渡したところで、ぷぁん！　派手なホーンの音が響く。黄色いフィアットから顔を出している青年を陽一郎は認めた。

「あぁどうも、すいませんわざわざ」

ぺこぺこ頭を下げて駆け寄りながら、恵三叔父が迎えに来るものとばかり思っていた陽一郎は少々気後れしていた。たしか恵三叔父の長男、自分のちょっと年上で名前は、ええと、大輔《だいすけ》でよかったんだっけか……？

「すいません、お忙しいところ」

車に乗り込んで陽一郎がそう言うと、あぁどうも、ハンドルを握る大輔青年がつぶやく。細い眼鏡の向こうで眼球が動いた。ほんの一瞥だったが、陽一郎の総身を走査《スキャン》していた。助手席に座れば、予告もなく車は走り出す。居心地の悪さを感じつつ、陽一郎も視界の端でこそこそと大輔の顔を盗み見た。くっきりした眉に大きな目鼻立ちは確かに恵三叔父を思わせるが、率直な感情の表出に乏しく、考えていることが読みがたい。陽一郎はほとんど直感的に、これは自分の苦手なタイプの人間だと感じる。腹の内を容易に探らせず、自分と相手の力関係を正確に判断し、立ちふるまいを精妙に変化させてゆくことができる手合いである。自分はこういう人間から見下されやすいのだ、陽一郎はそう考えていた。被害妄想とばかりは言いきれない。社会に出たばかりの陽一郎をいじめ抜いたのは、まさしくそのようなタイプの上司だったからだ。陽一郎が経験から学んだことは、このような人間の前では軽口を叩かないことの一点に尽きる。

「あのさぁ」

陽一郎は不意に動悸を感じた。まだ新入社員だったころ、あの四十男、爬虫類のような面構えの上司は、必ずこんな具合に声をかけてきたのだった。あのさぁ、原クンさあ、ちょっと来てくれる？　一昨日投げたメールの返信が意味分かんないんだけどさぁ、ちょっとここ来て、一から説明してくれるゥ？

「あのさぁ、陽一郎クンさあ。今、なにやってんの？」

陽一郎はようやく我に返り、かたわらでハンドルを握っている大輔を横目で見る。従兄弟とはいえ、馴れ馴れしさが鼻につく口ぶりだと陽一郎は思う。

「あのぅ、なにと言いますと」

小心者の陽一郎は、結局のところ卑屈に笑う。

「仕事」

陽一郎は答えあぐねる。三年近く前にコンピューター・ソフトウェアの会社を辞めてから定職に就いたことはないが、この従兄弟にうかうかとさらけ出していいことかどうか、陽一郎にはためらわれた。あ、あのう、コンピューター関係で。ふぅん、大輔はつぶやいた。たいした興味もなさそうな口調だった。車は小さな市街地を抜けて右折し、街道へと入っていった。左右に居並ぶ山々は道へと向けてひたひたと迫り、平地を細長く狭めつつあった。

「俺も、やってたんだよね」

大輔が口を開いた。は、なにをですか？ コンピューターとか。前は仙台でSEやってたんだけどさ、営業がバカな案件しか取ってこなくってさぁ。くっだらねえ。今は独立してるけどな。独立ですか、すごいですね！ ここぞとばかり、陽一郎は相手の言葉にぶら下がった。経験上陽一郎が学んだのは、このような手合いは、要するに自分のことにしか興味がないということである。読みは外れてはいなかったようだ。大輔は相変わらず表情をゆるがせにしないまま、その言葉は滑らかさを増してゆく。

いい加減バカの下で働くのイヤでさ、いろいろ試してさぁ。陽一郎クン、株とか外貨取引とかやったことあるぅ？ アレでちょっと小銭稼いで、まぁ五百万ぐらい貯めたとこで独立してさァ。今は仙台で企業コンサルの会社やってんだわ。ははぁ、なるほど。すごいですねぇ。陽一郎は大仰《おおぎょう》に相槌を打つ。今、いちばんの大口の顧客がうちの親父でさ。なんか十年ぐらい前に会社立ち上げてたんだけど、基本田舎モンだから会社経営とかよく分かってねえんだよな、まあそのへん、俺がいろいろコンサルっていうか、サポートしてさ。もうちょいで年商大台になるんじゃねえかな。大台と言いますと？ 九ケタ。一億。へえッ！ それはすごい！ 陽一郎が頓狂な声を上げ、大輔はようやくかすかな、しかし満ち足りた笑みを浮かべる。ま、ね。人件費も地べたも安いところだしさぁ、あとは適正な企業管理っていうかさァ。は、成程《なるほど》。左様《さよう》で。仰《おつしや》る通りでございます。陽一郎は際限なくうなずき、幾度となく相槌を打ちながら、じわじわと這い上がってくる疲労に次第に耐えがたくなってきた。ずっと登り通しだった山中の街道は、平坦地を過ぎ、下りへと転じた。峠を越えたものと思われた。

「あのう、あとどれぐらいで着くんですか」

口を挟んだ陽一郎に、大輔は露骨に不快な顔をした。あとちょっとだよ、言い捨てるなり、車はバウンと一発大きく空ぶかしをして坂道を速度を増して駆け下る。

陽一郎もすでに携帯端末で調べていたことだが、原恵三が経営しているのは、雑穀の販売を主たる業務とする「奥州ミレット」なる会社だった。卸《おろし》にネット通販にとそれなりに手広くやっているらしい。それでも、妙な商いだなというのが陽一郎の率直な感想だった。画面上に描出されるヒエやキビの写真には肩をすくめたくなった。トリのエサにしか見えなかったからだ。もっとも、陽一郎に限らず、現代のほとんどの日本人にとって、雑穀にはそのていどの印象しか持ちようがなかっただろう。だいたい雑穀の一大産地であった岩手県に生まれ育った恵三でさえ、奥州ミレットの立ち上げを決意するまでは、似たような見識しか持っていなかったのである。

爾来《じらい》、岩手県北部の風土は、徹頭徹尾稲作との相性が悪かった。高地はどこまでも連なって平地を生まず、肝心の土壌も水持ちが悪い。谷が深ければ日照時間は短く、水も大気も寒冷である。雅名を瑞穂《みずほ》と名乗るほどに根深いコメ信仰を持つ日本国において、ここまで米作に適さぬ土地は、文字通り化外《けがい》の地であったのかも知れない。

都から見れば夷狄《いてき》の住まうに等しい土地は、近世以降の政治システムの下でさらなる苦渋を強いられる。土地がいかなる価値を持つのか、その物差しに、中世以降の為政者はコメをもって当てたからである。どれほどのコメがとれるのか、そのことがその土地を、その領邦を評価する基準となった。

たとえば仙台伊達藩の六十万石に対して盛岡南部藩の十万石、この歴然とした差がおのおのの領邦の実力差であり、経済規模の差である。それゆえ南部藩は躍起になって畑から水田への転換を奨励、というか要するに押しつけるのだが、結果として、凶作はおよそ五年に一度というすさまじい頻度でこの土地を襲った。この、飢餓と常に隣り合わせにあった過酷な風土であってもよく育ち、人々の命をつないできたものこそが、雑穀の数々である。アワやキビといった穀類に加えて黒豆のような豆類、ドングリやトチノミといった有毒性の木の実までが常食された。中でもヒエは、この土地の生命線であった。寒さに強いからである。ちょっぴりのコメにたっぷりのヒエを混ぜたヒエめしが、この地の長きにわたる常食であった。今でこそ田舎料理として珍重もされようが、当時の人間たちは生まれてから死ぬるまで他の選択肢なくヒエを食い続けたのだ。かの地に生きる人間たちの「白いメシを腹いっぱい食いたい」という根源的で切実な願いが叶うのは、二十世紀も中葉を過ぎてようやくのことなのである。原恵三が生まれた一九六〇年ごろになって、冷害に強い品種の導入や土地改良事業によって急速に水稲の作付面積は拡大してゆき、入れ替わるように雑穀の栽培は減少してゆく。今日なお岩手県は日本有数の雑穀の産地ではあるが、その作付面積は百年前の一パーセントにも満たない。

　だから恵三にしたところで、アワやヒエには古い時代の貧しさといった印象しか持ちようがなかった。戦前生まれの老人たちが細々と山間で育て、まれに口にして懐古に浸る作物でしかなかったのである。その雑穀を売り物にしようというのだから、当然、恵三は反対した。奥州ミレットを立ち上げる、さらに五年ほども前のこと。東京の日比谷公園で東北各市町村の物産展を開催するという話が持ち込まれ、当時地区長を務めていた恵三もこの企画に加わることになった。ここで千榮子夫人は、なんと雑穀の販売を提案したのである。ナァニ、あったなんまぐねぇ《あんなまずい》もの！　恵三は言って捨てたのみだったが、千榮子夫人は穏やかに笑っていた。穏やかな笑みのまま、短大の同級生であった栄養士仲間に電話をかけ、自ら車を駆って自分の両親を含めた旧知の老人たちを訪ねて回った。当時高校生の大輔少年をおだてたりすかしたりして、まだ目新しいオモチャであったマッキントッシュのパソコンで文章をタイプさせた。千榮子夫人と仲良しのおかみさん連中が原家の広い客間に集まって、笑いさざめきながらお茶を飲み、世間話に花を咲かせ、しかしながら口と同様に指と手はとどまらず動き続けて二週間、三週間、一ヶ月が経ったころだろうか。恵三は、自分が想像することもなかったかたちの雑穀を目にする。ヒエにアワにキビに黒豆といった雑穀は一合ずつ小さな袋に小分けされ、半透明の包装紙でラッピングされ、添えられた薄桃色やモスグリーンの小さなカードには穀類の説明と栄養価が記されていた。驚くべきは、かわいらしいイラストと写真をふんだんに添えたリーフレットで、雑穀なる未知の糧秣《りょうまつ》の食し方を懇切丁寧に解き明かしていた。たとえば雑穀米の炊き込みごはんを作るために、大豆、ハトムギ、ヒエ、アワ、キビを一袋ずつ買えばいいということが分かるのである。実は、このあたりは大輔少年の細工だということで、恵三は反抗期真っ盛りの倅《せがれ》が備えている技量を初めて知った。

あの手を尽くした雑穀がその後に訪れる成功のすべての礎であったのだと、今になってようやく恵三は思う。日比谷公園のフェスティバルの会場でレジの後ろにふんぞり返っていた恵三は、やがて驚嘆した。若い女性たちが雑穀にいたく興味を示しているのである。問いかけに千榮子夫人は愛想よく答え、自宅のファックス番号を教えて追加注文に応じていた。あまたある東北各地の物産の中でも雑穀は珍重されたようで、最終的には見込んだ量の倍以上を売り上げた。繁盛してよかったわねぇ、帰りの新幹線の中で千榮子夫人は穏やかにほほえみ、恵三は憮然としつつも喜びを抑えきれなかった。あったなんまぐ《まずい》ねぇものという言葉はどこかに霧散していた。遅まきながら恵三が気付いたことは、飽食の極みにある人間たちが雑穀に抱く印象とは健康であり、無農薬であり、低アレルギー食品であり、ダイエット食品であり、低カロリー低脂質であり、実態はさておきひっくるめてまとめれば「健康」「自然食」「エコロジー」といったあたりのキーワードに収斂するらしい。雑穀と表裏一体の存在であったはずの、苛烈な風土、絶望的な貧困、どこにも残されてはいなかった。なんという時代だ、当時不惑を過ぎたばかりの恵三は思った。これが都会か、そうも思った。かつて自分が三年ちょっとの年月を暮らし、なんら得るもののなかった、ただ無為の日々ばかりが思い出されてくる東京という都会に、恵三は初めて違った一面を見いだしたのである。連中が金を払うのならば、俺は売ってやろうじゃないか。そんな気概が、一戸百貨店で十年余の商人生活を送った恵三の腹中に沸き立ちはじめていた。

恵三が決意を吐露したとき、千榮子夫人は泰然と笑っていた。穏やかな笑みのまま決心を褒めちぎり、自信を鼓舞し、それでいて逸《はや》る夫の手綱を精妙に締めた。慎重な下調べを徹底したのである。結果として、試験販売を経て雑穀を定期的に商うようになるまでには二年の、奥州ミレットが会社登記を果たすまでには三年半の時間がかかっている。それでよかった。少数ながら手堅い客と誠実な商売をこなすことで、奥州ミレットの雑穀を扱う店は次第に数を増やしたからだ。本格的な商いに移るのはお互いがお互いをどのていど信頼できる相手であるのか探りあい、怪《あや》しからぬ相手であると見定めてからのことであり、ここで眼球となったのは千榮子夫人である。痩せた小柄な体をくるくると走らせて幾度となく上京を厭わず、下北沢や高円寺や中目黒の食料品店を巡った。まるで世間話をしにいくような調子でジビエを売り物にするレストランに売り込みをし、意欲的な製品開発をしている食品会社と商談のアポイントを取った。それが信頼につながり、定期的な取引を続けるに値すると信じさせるまでには年という単位の時間を必要としたのだが、それでよかったのである。

現在、奥州ミレットと契約を結んでいる農家は二十数軒に及ぶ。契約と言えば仰々《ぎょうぎょう》しいがなにしろ小さな町のこと、いずれもよく顔を見知った相手ばかりで、恵三の旧知であったり千榮子夫人の縁戚であったりする。そうでないのは農業を志して盛岡市と神奈川県からそれぞれやってきた若夫婦の二世帯ぐらいのものだ。そして、若者と言えるのも彼らぐらいのもので、あとは軒並みが年寄りである。還暦を超え、古希を経て、喜寿に至り、傘寿、米寿、あるいはそれ以上！　驚嘆すべき星霜を重ねてきた老人たちは、貧困と飢餓とに迫られて雑穀を育て食した最後の世代である。彼らあるいは彼女らは、今なおよちよちと山道を登り、山間の畑まで歩き、半世紀以上昔の作法でヒエやアワを蒔く。一九六六年にようやく水田となったこの畑は、一九七八年には減反のあおりを受け、長らく耕作が放棄されていたのだった。なんじょしたら《どうして》こったなんまぐねぇ《こんなにまずい》もの……、かつて若く美しかった老婆は、乾き皺の寄った唇でそうつぶやきつつ、かつて若く美しかったころにそうせざるを得なかった、それ以外にやりようのなかった作法を長い時間の中からすくい上げて、山際に開かれた畑の上に取り戻してゆく。ヒエを、アワを、キビを。乾き皺の寄った唇にはかすかに笑みが浮かぶ、この皺くちゃ面がつい先だって写真に撮られたからである。ヤンたこと、そったなごとおしょす《はずかし》ぐでわがね《だめな》んだぁ。そう言って恥じらう老婆の肖像を、原さんとこの大輔青年はデジカメに収めて帰っていった。それはやがて自分が収穫したヒエに添えられて販売されるのだというのである。齢八十五の彼女がついに一度も訪れたことのない、東京や横浜の食料品店で。

「やあっぱり、原さんどごは大したもんだなス」

　老人たちは囁き合う。想像もつかないことだが、自分たちが時代の進歩とともにようやく手放すことができたはずの雑穀はいまや立派な換金作物であり、品種によっては反あたりコメ以上の収入をもたらす。買い上げられた雑穀は倉庫に集められ、袋詰めにされてどこへやら送られるのだが、その先の理屈は老人たちの理解を超える。ウェブを利用したオンデマンド形式の販売、そんな文言は老人たちになにも語りかけはしない。しかしながら、この小回りのよさが奥州ミレットの成功の一因であった。うまいかどうかも分からない、食べ方の見当もつかないヒエやアワをキロ単位で送られても、たいていの消費者は困惑する。そもそも雑穀に興味を示しやすいのは食と生活とに満ち足りすぎた、つまりは都市部に住む単身者であるから、大袋いっぱいに詰めて割り引くよりも複数種の雑穀を少量から買えた方が重宝されるし、もちろんそれはウェブを通じて手軽に注文できなければならない。もっともこのあたりのシステムは恵三にも、千榮子にさえもよく分かってはいなかった。千榮子夫人にあるものは「こうであれば便利なはずである」という漠然とした確信であり、それがために十年ほども前、彼女はわざわざ仙台まで出向いていって大輔青年にあれこれを持ちかけたのだった。

私大の工学部を出てシステム管理会社に入社したばかり、口を開けば仕事への不平不満が漏れ出てくる息子に辛抱強く付き合ったのち、千榮子は、業務として奥州ミレットのホームページ管理を依頼した。自身はマウスの扱いかたすら理解していない彼女の注文はシンプルなものである。まず、操作方法が簡便であること。そして、なにか心躍るモノが伝わること。この二点である。心身の健康、大地の恵み、環境への配慮。そういった、平成の世情にほどよく合致したキャッチフレーズが伝わったうえで、肝心なのは、「雑穀を食べることで自分になにか新しいものがもたらされる」という期待を抱かせることである。大輔青年は、この、簡潔でありながら困難な依頼に応えた。

「うん、いいわ。すごくいいんだけど、ここだけ、ちょっと違うような気がするのよ」

千榮子夫人は穏やかにほほえみながら、幾度でもそう言ったものだ。その言葉はほとんどの場合は外れていなかった、とは今だからこそ言えることで、大輔は、漠然とした言葉づかいのくせに自分がかすかに気にしていた瑕疵《かし》を的確に言い当ててゆく母親の言葉に振り回された。腹立たしくも認めざるを得ないことは、このしちめんどくさいミッションが自分にもたらしたものは思いのほか大きかったということである。奥州ミレットのウェブ管理を任されて二年、母親は唐突なことを言い出す。あんたのところ、そろそろ、個人会社にしてみたらどうかしらね。私もよく分かんないんだけどね、税理士の寺尾先生がそんなこと言ってたのよ。法人格って形にしとけばいろいろ税金節約できて便利らしいのよ、どう、一度話でも聞いてみたら。かくのごとくして、大輔は弱冠二十五歳でウェブデザインやシステム管理を主業務とした法人を立ち上げ、三十の歳で独立を果たす。相変わらず奥州ミレットの業務が大口を占めている個人会社ではあるにせよ、ここに大輔青年は一国一城の主となったのである。

今でも大輔は数ヶ月おきに故郷に帰り、奥州ミレットの業務打ち合わせをしている。季節に合わせて、取扱商品やサイトのデザインを変えていくためである。細やかに手をかけた奥州ミレットのサイトは評判がよく、「雑穀」「通販」で検索をかければおおむね二番目か三番目に表示される知名度を得るに至った。このころ、恵三は次第に変貌しつつある倅の面構えに驚き、そして感嘆した。ああ、これは、俺の顔だった！　鏡でとっくり眺めた記憶はなくとも、あてどない不安と不満に満ちた無為徒《むいと》食《しょく》の日々から半身を起こし、自らの人生を自らの手で切り開こうという気負いが沸き立ちはじめたときに、俺もまた、こういう顔をしていたのではあるまいか。

この九月も、大輔は久しぶりに四戸町に帰郷しているところだった。ただしこれは仕事の打ち合わせという以上に、恵三が呼び寄せたようなものだった。サイトの手直しと通販雑誌に送る記事の執筆が控えてはいたが、それは必ずしも急ぐことではない。むしろ恵三は、自分以外の目が欲しかったのだ。一にも二にも頼りにしている千桑子夫人は、商談で東京に赴いていた。ここ十年近く故郷に顔も見せていなかった東京の陽一郎、長兄一史の遺児が、いったいどうして唐突に帰省するなどと言い出したのか、その理由が恵三には測りかねている。いくらお彼岸だからと言って、これまで年賀状の一枚も寄越さなかった甥っ子が線香一本を手向けるために四戸くんだりまでやってくるものだろうか。恵三はかすかな不安を感じずにはいられなかった。よもやとは思うが、この奇妙な甥っ子の来訪は、自分の順風満帆な生活を脅かすものではなかろうかと。

庭先に車の音が聞こえてきた。黄色いフィアットが見えた。鏡の前で恵三はネクタイを直した。錠が開き、ドアの開く音がした。

「いやいやマァズマンズ、遠いところをどうもようこそお出でゃんした」

恵三は満面の笑みを浮かべて玄関へと出て行く。

10

街道は峠を越して長い下り坂へと転じ、同じく山から走り下る沢筋と並ぶ。雨水や湧水を集めて激しい沢は、幾条もが合して幅を増してゆき、谷あいに至ったあたりでようやく川と呼ぶにふさわしいゆるやかな流れへと変じる。両岸の平地には、慎ましい町並みが広がっていた。ここそが、四戸町の中心地である。黄色いフィアットは市街地の途中で枝道に入り、緩やかな坂を上って、停まった。いわて沼宮内の駅からきっかり一時間の道程だった。いささかの感慨を抱えて陽一郎は車から降りた。思えば、十数年ぶりの訪問である。父親の七回忌や十三回忌の法要は寺で営まれ、こちら、本家の敷居を跨ぐことはなかったからだ。自分にとってはほとんどなじみのないこの家で、かつて父の一史が生まれ育ってきたのだろうし、祖父の肇や曾祖父の一太郎だってそうだっただろう。遠く武家や王朝の時代に遡る父祖までがこの土地でそうやってきたのだろうし、場合によっては自分だってここで半生を送ってきた運命があったのかも知れないと考えると、陽一郎はなんだか複雑な気分になった。

「いやいやマァズマンズ、遠いところをどうもようこそお出でゃんした」

唐突に、でかい声が響いた。恵三叔父が満面の笑みを浮かべてこちらへと歩いてきた。スイマセンどうも、お休みの最中に……。大輔は陽一郎に声もかけずに家の中に入っていってしまったが、恵三叔父は予想以上に人好きのする印象だった。ナァニ身内なんだから遠慮するごどぁないのス、ゆっぐりしでってくなんせ。恥ずかしいようなしもた屋でゃんすけど……。謙遜してはみせるものの本心からそう思っているようには見えず、じっさい、あたりの様子からは四戸原家が有していた権勢を至るところに窺い知ることができた。山林を背にした広い敷地である。台地の斜面は石垣で堅牢に固められ、四戸の小邑をまさに城のごとくに眺めわたす。敷地の中央に本宅はどしりと据えられていて、今様に改築されてはいるものの、その堂々たる屋構えには確かにかつての豪農宅の面影が宿っていた。

「こういうの、南部の曲《まが》り家《や》と言うんでしょうか」

陽一郎は訊ねた。はるか昔に社会科の授業で習った単語が思い出されてきたからだ。家屋と厩舎《きゅうしゃ》とがL字型に連結された北東北独特の建築様式、テストに備えて記憶したことがらはなお脳裏に残ってはいたが、自分の故地に対して有する知識はかように他人行儀なものである。ご存知でゃんすか、私の生まれるごろまでは馬《んま》コも飼ってでだったけど、恵三叔父は恥じ入るように笑った。さすがに今はそったらこどはしねえのス。なんども改築さしてきだけんど、あの地震のとぎに、思いきってまぁた全面リホームしてなハ。恵三叔父の言葉に、陽一郎は不意を打たれたように思う。確かにあの地震はほんの四年前の三月……、途方もない力で、この一帯を襲ったのではなかっただろうか。

「あのう、こちらは大丈夫だったんでしょうか」

いまさらにもほどがあると思いながら、陽一郎は訊ねる。ずいぶん揺れだったけど、おかげさんで。海の方さ行げばまぁだ大変なことでゃんすけど。もどもどこのあだりは地震は多いのス、三陸のホレ、プレートの関係でなハ、まあ、おろおろしでも仕方ながぇと思っていっそ直すところは直したのス。いづまでも古ぐさいままではハァ、みっだぐなぐでわがらねぇもんゃ。補助金が出ましたがらなハ、ソーラーパネルも設置しましたもんゃ、エコロジーったらいうやづでゃんス。余剰電力のセントラルヒーティングでなす、町の広報誌にも載りましたもんゃ。アレですか。アレは蔵で……いえいえ、あぢらはハァ大したもんでァないのス、養蚕小屋があったったけど、だいぶ放っておいだのに手を入れでなハ、今は奥州ミレットの倉庫なんですゃ。お陰さんで手狭になりゃんしたもんで、今はハ、四戸の町役場そばに会社事務所も移しましたもんゃ。

気前よく四戸原家のようすを案内しながら、恵三叔父の口調は誇らしげだった。あれほどの未曾有の災害のあとであっても、如才なくこの旧家の舵取りをしてきたことへの矜持がにじみ出ているものかと思われた。都会の人間が半端に抱く古いものへの憧憬など、どこにも感じ取ることはできなかった。招き入れられた家の中も完璧に整えられていて、広い居間とダイニングキッチンは真新しく、都心の新築マンションと見まごうばかりである。にもかかわらず、注意深く子細を眺めれば、あからさまな現代のあちこちに古い時代が息を潜めていた。この床暖房が入っているリビングの真ん中に、かつては囲炉裏《いろり》が切られていたのだろう。天井は吹き抜けのように高く、天頂には天窓がしつらえられていて太陽をかたどったステンドグラスがはめ込まれているが、あのあたりがかつての煙抜きであったに違いない。

今日は家内が出でましてハァ、お構いもできませんで、そう言いながら恵三叔父は手ずからお茶を淹れてくれた。いえいえどうも、ごちそうさまです。あのう、叔父さんお元気でしたか。いえまあ、おかげさんで。私も親父も息災でゃんす。陽一郎さんはいかがでゃんした、だいぶご無沙汰してましたもんゃ。いえまあ、その……、そこそこです。ぼちぼちやってます。お仕事なにしでらっしゃるんでしたっけが、なんかコンピューターでしたか。え、ええ、まあ、そんなところです。そおぉですか、いや、うぢの倅もたいしたもんじゃないんですが、そういうアレでゃんすから、奥州ミレットの仕事もずいぶんハァ任せぎりにしだって、今時分は便利なもんですゃ。如才のない叔父の言葉を聞きながら、陽一郎はだんだん疲れが増してくる。なにごとによらず陽一郎はこういうお愛想が苦手で、すべてをかなぐり捨てて逃走してしまいたい気分に駆られる。せっかぐのお出ましでゃんすから、泊まっていがれではいかがでゃんす、マァズ田舎町でなにもありませんが。恵三叔父がそう言うのも単なる社交辞令なのか、それともなにかもっと素直に受け取るべき親切心なのか、判断がつけられない。

それでハァ、今日はお寺さんにお参りするどいうこどでしたか。不意に恵三叔父が話題を変え、一郎は口ごもる。ええ、まあ、その……。自分の抱えてきた奇妙きわまりない探索のことを、いったいどこまで正直に伝えるべきなのだろうか？

「ええ、お彼岸なので、しばらく御無沙汰しちゃったもんですから、オヤジの墓参りに」

陽一郎はようやくそんなことを言う。ハァ、そうでゃんすか、と恵三叔父も中途半端な笑みを浮かべる。

「実は、母がいま仕事で中国にいるんですが、ちょっと墓参りしてこいってシリを叩かれまして……」

母親の中国滞在以外は嘘であるが、これが、道中ずっと頭を巡らせてきてどうにか陽一郎が思いついた言い訳である。ハァ、あの純子《じゅんこ》さんが！ 驚いたことには、恵三叔父は陽一郎の母親の名前を正確に記憶していた。ええ、その、アパレル会社の、今は幹部でして。そうでゃんすか、お仕事で中国ったら大したもんだなス。兄貴が亡くなった折にはもう泣ぎの涙で、何如《なんじよ》するべかと心配しでだけんど、ハァ、良《い》がったんだなス。兄貴もハァ若ぐしてとんだことだど思っておりゃんしたが、ハァ、人の縁には恵まれた人生だったんだなゃ……。恵三叔父はしみじみと慨嘆し、陽一郎は言葉を重ねかねていた。この場で本来の目的、つまりは遠い昔の縁戚のことを持ち出すのは、いかにも見当違いなことに思われた。

そのときのことである。ふと人の気配に気付いて顔を上げた陽一郎は、不意を打たれた。音もなく、祖母がリビングの戸口に立っていた。小さくなった！　それが最初に感じたことだった。八十年を超える年月を重ね、水も脂も抜けきったかのごとき祖母の姿は、おそらくは実際の身の丈よりも小柄に見えたのだろう。アララララ、陽一郎ちゃん、息の漏れるような声を上げて祖母は近寄ってきた。指先は、硬く、冷たく、しかし存外な力で陽一郎の手を握りしめた。ナンタラマンツハァ、こンたに《こんなに》おがってェ《おおきくなって》……。ああ、俺はこの言葉を、聞いたことがあるぞ！　陽一郎は震える。死蔵されたままになっていた古い記憶が、揺さぶり起こされたように感じる。あの遠い昔、父がみまかってまもない日のこと、祖母はこうやって子供の俺を抱きしめてくれたのではなかったか。陽一郎はうろたえた。成人して以来、こんなふうに感情をまっすぐにぶつけられることなど、久しく、なかったことだった。年を経た人間の、いくぶん抑制を欠いた、率直な愛情だった。

恵三叔父が驚いたことには、祖母は、陽一郎たちの墓参りにもついてきた。幸い足腰は達者ではあるものの、今では文字通りの隠居部屋でテレビに対面して長い時間を過ごすのが常であるらしい。ナァニ陽一郎さん来て張り切ってるんでないの、そんなからかいにも祖母はにこにこと笑うのみだった。いい日和だった。恵三叔父によればお盆過ぎには早くも涼しい風が吹きはじめるということだが、この日は陽気に恵まれ、川と街道に沿って細長く広がる慎ましやかな四戸の町にも存分に陽光が満ちていた。大輔の運転するフィアットは小さな商店街へと乗り入れていき、花屋に寄って仏花を買った。四戸銀座だなス、恵三叔父の言葉に陽一郎は苦笑した。フィアットは橋を渡り、川を挟んで四戸原家の土地の反対側に位置する丘を登っていった。ここに四戸原家の菩提寺があるらしい。もう少し行ったところには、盛岡藩の支藩の城趾も残っているという。

墓地は寺の裏手に広がっていた。幾度か訪れたところではあった。陽一郎の脳裏に、記憶は幾層にも重なって蘇ってきた。自分がまだ幸福な全能感を保持していることのできた二十歳のとき。自分が自分のことにしか興味のなかった十四歳のとき。世界がまだ自分の外側で渦巻き波だって進行していた、十歳のとき。陽一郎は確かにこの墓所に立っていたはずなのだが、今は二十七歳、転落も喪失もひと通りに味わった陽一郎は眼前の風景をまたずいぶん違った印象で捉えていた。墓所のかたわらはすぐに急峻な斜面に連なり、秋の汗ばむほどの陽気の中、眼下には四戸の町並みが見渡せる。

——ここの人間たちは
谷の底に住み
かつて親しかった者たちを
天の高みに掲げていた

ふと、そんな詩句のことを陽一郎は思い出した。どこで聞いたか記憶にないが、これは、父がときおり諳《そら》んじていたものじゃなかったか。この詩のごとく、山に山を継ぐこの一帯ではここがもっとも日当たりのよい土地であるらしい。山腹の墓所には陽光がさんさんと注ぎ、陽一郎が相対している原家累代之墓、それはかつての権勢を誇るかのように他の墓石よりもひときわ大きい。真新しい花が添えられ、線香の煙が漂い、祖母、恵三叔父、従兄弟大輔が手を合わせるさなかそっと陽一郎が墓石の横に目をやれば、そこには一族の歴史がもっとも切り詰められたかたちで刻みつけてあった。原義一　大正十三年九月十五日、原フミノ　昭和八年十月十五日、原一太郎　昭和三十一年十月三日、原弥栄子　昭和四十年二月五日、そこに連なるもっとも新しく彫り込まれた文字をあらためたとき、不意に腹中にしめった感情が湧き上がった。原一史　平成九年六月十八日。水が湧くがごとくであった、とどめようもなく鼻の奥が痛み、陽一郎はうろたえつつそっぽを向いて洟《はな》をかんだ。我がことながら、意外すぎた。大の大人のふるまいじゃないだろう、そう考え、ハンカチの陰に隠れて目元を拭った。巨軀の陽一郎はうつむきながら谷の底を向き、祖母の手がその背中に添えられ、恵三叔父と大輔はあっけにとられて陽一郎を眺めた。

感情の発作が静まって陽一郎が現実へと引き戻されたのは、墓前に備えた線香があらかた燃え尽きてからである。恵三叔父と大輔はとっくに車へと向かって歩き出していた。もう、良《い》がスか？　祖母だけが辛抱強く待っていて、そっと囁いた。陽一郎は少々恥じ入りながら祖母のあとを追った。ちょうど庫裡《くり》から出てきた住職に、祖母は陽一郎を紹介した。どぉもご無沙汰しておりぁんした、うぢの孫息子、一史の倅の陽一郎でござんす。東京に住んでおりぁんすからながなが墓参りにも来られなぐて、まことに不調法なことでござんした。ほう、ほう、住職はそうなずきながら、不意に驚いた顔になる。なんと、一史さんのご長男でしたか。どうにも子供のころの印象が強いもんで、とんだご無礼を。ご立派になられて。私、中学校で一史さんの二つ下だったんですよ。大した優秀な先輩でねえ、本当に、惜しいことで……。如才のない住職の言葉に陽一郎は恐縮し、同時に、感慨も覚える。父が生きていたら、今はもうこんな年になっているのだろうか。剃髪しているから気付きにくいが、眉には白いものが混じり、目尻には皺が刻まれ、恰幅《かっぷく》のいい住職の姿にはかすかな老いが忍び寄っている。

老いを知らずに父は死んだのだ、そう考えて、陽一郎はふたたび感傷的な気分になった。

それでも優れた人は死して名を残すものですからねえ、住職はそんなことを言った。先だってもわざわざ、出版社のかたが訪ねてこられましてね、ありがたいことですよ。シュッパンシャ？　唐突な話に陽一郎は小首をかしげた。そちらにはまだ話が行っていないでしょうかな、なんでも一史さんは詩作もなさっていたそうでね、その、ロシアの……、なんとやらいう詩人の絡みでね、専門家には評判なんだそうで。まあそういったわけでね、文芸雑誌に記事を書くということで、わざわざ。死後有名になるなぞと聞くと、まるで宮沢賢治《みやざわけんじ》や石川啄木《いしかわたくぼく》のようですなあ！　住職はまるで我がことのように満足げな顔でうなずくが、陽一郎はどうにも腑に落ちない。父が詩を書いていた、それは確かなことだ。じっさい私家版の分厚い詩集は父の形見として実家の書棚に収められてはいるものの、ついに今に至るまで一度も手に取ったことがない。しかもそれは、大した稼ぎもなかった当時の父が豪華な造本にばかげた金額を投じた結果であるというのが母のからかい半分の見立てであって、玄人衆の評判を取ったような話は聞いたこともなく……、そこまで考えたところで、ふと陽一郎に閃《ひらめ》くものがあった。あの、その出版社の人、父の話とか聞いていったんですか。そうですとも、と住職はうなずいた。幻の詩人という評判なのだそうですよ。来歴などもあまり知られていなかったということでねえ、多少なりともその来し方に光が当てられればということなんだそうですよ。私も、微力ながらお力添えできたかも知れませんな。それ、この夏のことだったでしょうかね？　ええ、そうですとも。最近のことですよ、八月だったか、七月だったか。

ぼんやりと漂っていた違和感が、不意に、結像した。陽一郎は口をつぐんだ。ひょっとすると、それは、薗《その》ではないのだろうか？　信じがたい手管だ。身内である俺ですらほとんど忘れかけていた、父がこの世に残したわずかな名残の一つである詩集を手がかりにして、あの男はこの布袋《ほてい》顔の住職に取り入ったのだろうか。薗の、黒い瞳を潜ませた切れ長の目のことが思い出されてきた。あの釈迦牟《しゃかむ》尼《に》にも似たまなざしははるか東京から飛来し、いつしかこの北上山地に抱かれた寺の壁にも貼り付き、今この瞬間にも俺の一挙手一投足をじっと眺めているのではなかろうか？　そんなことまでをも空想し、陽一郎は慄然として立ちつくした。


四戸町立病院の面会時間は午後一時からという決まりになっていて、祝日ということもあってか、駐車場には結構な車列ができている。大輔はときおり苛立ったようにエンジンを空ぶかしし、五分ほど経ってようやく車を押し込む隙間が見つかった。

「五年ほど前に建て替えたんですや。県北では一二《いちに》を争う大きさでなス」

「ははぁ、なるほど」

　上機嫌な口調で説明する恵三に導かれて陽一郎は病院の玄関口をくぐり、あっけにとられてあたりを見回した。外来診療の待合室である一階のホールは、クレオソートやエタノールではなく食べもののにおいで満ちていたからだ。面会の家族はソファに陣取り、あちこちで持ち込みの弁当やらおはぎやらが広げられ、入院患者をダシにした即席の宴会といったありさまである。土地の言葉はかまびすしく、寝間着を着た年寄りは恍惚の表情でなにやらうなずき、走り回る子供たちが陽一郎の膝頭に衝突しそうになる。良く言えば祝祭的、悪く言えば粗野、自分が半年ほど前まで通っていた都内の大学病院の心療内科ならば考えがたい風景だった。

　エレベーターで四階まで上がれば、とっくに顔なじみであるらしい看護師たちが恵三に声をかけてくる。もう六回目だか七回目だかの入院ということだから、当然のことだろう。陽一郎としては不義理を恥じるしかないのだが、祖父の原肇は七十五歳のときに一回目の心筋梗塞を起こしたのを皮切りに、二回の心筋梗塞と一回の脳溢血、大腿骨骨折、胆石と大腸ポリープを経験しているらしい。漫然と高い血糖値やときおりの気管支炎に至っては、今年で九十歳という年齢を考えれば、もはや医者連中の興味を引くことすらないようだ。病気のデパートのようでありながら、シベリアで五年を過ごし、北東北の風土と一世紀になんなんとする格闘を続けてきた肉体は、なお、その生命を支えて倒れようとしない。病室に入ったときに陽一郎が嗅ぎ取ったのは、薬剤とか消毒薬とは別のもう少しなまぐさいなにか、つまるところは、生者が肉体から放つにおいだった。

ああドウモドウモ、まぁずオンツァンもお元気そうで……。恵三は同室の年寄りたちにも愛想良く声をかけながら、四人部屋のいちばん窓側のベッドへと歩いて行く。秋分の日の太陽が傾きかける頃合いだった。窓は半開きになっていて、涼しい風がカーテンを揺らしていた。

「ホレ、親父さん、東京の陽一郎さんだじゃ」

耳元に口を寄せて、恵三は大声を出す。

「ご無沙汰しておりました、あの、一史の息子の陽一郎です」

布団の中に埋もれたかのような肉体は微動だにしなかった。たるんだ瞼の向こうで眼球がかすかに動き、鈍い光を宿した。口元がわなわなと震えるが、なにかを言おうとしているのか、呼吸を整えようとしているのか、分からない。言葉を継ぎあぐねていると、祖母がそっとあいだに割って入った。

「ナニナニ、お父《ど》さん、なんじょした？　……ハァ、んだなス、んだなス」

小柄な祖母はさらに腰を屈め、祖父のかさついた唇に耳朶《じだ》はほとんど接しているかのようである。息の漏れるたびに大きく相槌を打ちながら、祖母の耳は、ほとんど呼気の中に溶解してしまっている祖父の言葉を丹念に拾い上げようとしていた。丸まった背中を見ながら、初めて陽一郎の胸にちくりと痛みみたいなものが突き刺さる。記憶の中にいちばん鮮やかな祖母の姿は、まだ小学生のころの、父の葬儀のときのものである。あのとき、長男を喪《うしな》った悲しみを押して自分や弟になにくれとなく世話を焼いてくれた祖母の姿は、他に縋《すが》るものもない父の実家でのことだっただけに、いっそう心に残った。思えば、あのころの祖母はまだ六十代だったのであり、子供の目には老婆であってもまだまだ身体にも所作にも張りがあったはずだ。あれから二十年近くが経ち、さすがに寄る年波は覆いようもない。なにかをしておけばよかったというような具体的な後悔はないにせよ、なにかをし損ねたのではなかろうかという曖昧な痛みを陽一郎は感じる。老いた祖母に報いられるような、なにごとかを。

ようやく話が終わったのか、祖母は顔を上げて笑顔で囁く。

「お父さんご機嫌だわ、陽ちゃん来て、うれしいんでないの」

「はあ、その、どうも……」

アリガトウゴザイマス、陽一郎はぼそぼそと口ごもる。自分の今の体たらくを思えば恐縮するほかないが、運よくと言うべきなのか、今の祖父にはそのあたりの子細を語っても伝わるかどうか怪しいように思われた。恵三は怪訝《けげん》そうな顔を微笑で覆い隠し、大輔はつまらなげなあくびをかみ殺した。

「陽一郎さん、私ちょっと事務方に用事がありぁんすからちょっと失礼」

恵三は愛想よくそう言うと、立ち上がった。大輔は携帯とタバコを手に父親のあとを追った。確かに恵三は一階まで降りていって医事課になにやら書類を渡し、医療費のことで少々の相談をしたが、せいぜい数分のことである。んでァハ、一服しでぐか。そう言って振り向いた恵三は率直な笑みを浮かべていて、大輔青年は苦笑したくなる。つくづくうちの親父どのは小芝居が下手くそだ。病院の裏口を出たところが喫煙所になっていて、結構な人数がもうもうとタバコをふかし、中には点滴を携えた入院患者までもが混じっている。一本つけ、深々と吸い込んで、ふうぅ、息をついたついでのように恵三はつぶやく。

「な、アレ、どうだべ?」

「いやぁ……どうもこうも」

大輔は肩をすくめる。父の心配が回りくどすぎて、本当になにかの芝居を打っているようにさえ思えてくる。数時間前、わざわざ沼宮内駅まで出向いて顔を合わせてみれば、従兄弟の陽一郎の雰囲気は記憶に残る姿からはずいぶんかけ離れていた。あれはもう七年も前のことになるのか、一史伯父の十三回忌でのことだ。二流どころの大学を出たあとなんとか就職した会社にこき使われていたころであれば、一流大学の学生であった秀才の従兄弟がまばゆくも見えれば劣等感も感じたものだが、時間が流れ下ってしまえば、なんと、こんなもんだったか! 大輔は失笑したくなる。不摂生のにじむ風体におどおどとした所作、どれも三十路間近の男のものとは思われなかった。コンピューター絡みの仕事ということだが、名刺の一枚も出ないところを見れば大した会社でもないのだろう。そんな陽一郎がどうして唐突に四戸くんだりまでやってきたのか、釈然としないのは確かだが、それはもうどうだっていいことなのではないか。墓参の最中に不意に涙ぐんだのだって、あの図体ばかりがでかい青年が打てる芝居ではなかろうというのが大輔の見立てである。

「マ、結構なことでねぇの。墓参りだって言うんだから」

大輔はタバコを揉み消してつぶやく。どういう気まぐれなのかは分からないが、あの陽一郎青年は墓参りと祖父の見舞いを済ませれば、とっとと帰路についてしまうらしい。思惑は測りかねたが、いずれ原家の将来に関わろうとは思えない点、恵三と大輔の判断に変わるところはなかった。

「んだべな。お彼岸のアレだすけなァ」

恵三は率直な笑みを浮かべる。んデァハ、そろそろ戻っぺし! その声色は軽く、大輔青年は肩をすくめる。大輔がとっくに気付いていることだが、恵三の抱える心労はただ一つ、王朝の正当性に類することにあった。四戸原家の正式な嫡男が自分ではなく、長兄の一史と陽一郎であるという点である。嫡男なぞとは現代においてはほとんど廃語に等しいのだが、しかし、イエを継ぐとはそういうものではないのだというのが肇の揺るがしがたい考え方であるらしい。二十一歳のときに都落ちをして以来、恵三が山深い田舎町で両親に忠実に田畑を守り、事業を興して盛り立て、地区長や町議を務めて田舎名士としての名を上げ、そうまでしたところで肇の根本にはかすり傷一つ付かない固陋《ころう》なものが横たわっていて、恵三は苛立ち、呆れ、最後にはひっそりと嘆息した。マンツハァ、オヤジ殿も、ホニホニ、まったく……。

もっとも、原肇の思惑がどんなものであろうと、恵三が四戸原家の本家を守ってきた事実は動かしようもない。だったら、老いぼれには好きにさせておけばいいと恵三は思うようになっていた。今際《いまわ》の際に余計なことでも言い遺しはしないだろうなという心配が残ってはいたが、もはや今の肇にそんなことができるのかどうかも危ぶまれた。老いと闘病と数度にわたる入院は、原肇の頑強な肉体と精神の両方を少しずつ摩耗させてきた。表情はほとんど動かず、声は漏れる息となってほとんど言葉にならない。恵三と大輔が出て行った病室で、陽一郎は長い時間をもてあましていた。祖母が「通訳」する自分の言葉も、祖父はどこまで飲み込んでいるのか分からなかった。お父《ど》さん体はハァもうわがねけんど頭《だめだ》はシャンとしてるから、と言う祖母の言葉も、どこまで本気にしてよいのか分かりかねた。母のことを、弟のことを話し、自らの東京での生活のことを虚飾を混えて語ってみたが、祖父のまなざしが動くことはなかった。

そうやって話しながら、陽一郎は、自分が遠回りをしていることは自覚していた。わざわざ岩手県の深奥にまでやってきて、根性の悪い従兄弟や老獪《ろうかい》な叔父のふるまいに耐えてまで自分がしなければならないことはなにか、よく分かっているにもかかわらず、陽一郎はなぜか一歩を踏み出すことができないでいた。いったん放ってしまった言葉が取り返しのつかない失敗を招き寄せることを、恐れていた。幾度となく口を開きかけては息を飲み込み、ぐずぐずとためらい続けていた陽一郎は、そのとき、不意に甘いにおいをかいだ。言い当てることはできないが、絶対に自分が知っているにおいだった。言語ではなく、映像でもなく、肉体の古層に刻みつけられて保持されている記憶。陽一郎は顔を上げた。祖母が穏やかに笑いながら、タッパーウェアを開けていた。

「ほれ、陽ちゃん、おぁげんせ」

陽一郎は大きく目を見開き、祖母がタッパーの蓋に乗せて差し出す緑色の餅を眺めた。爪楊枝に刺して口に運べば緑色の餡はほろりと崩れ、口いっぱいに広がる甘さとかすかな青くささ、上品で奥ゆかしい甘みが鼻の奥に立ち上り、味は、においは、二十年近い昔の記憶を軽々と蘇らせた。子供ながらに大人たちの動揺と張り詰めた雰囲気を感じ、慌ただしさに振り回され、自分の人生を転変させたあの六月の葬儀の夜に、祖母はやはりこうやってこの緑色の餅を勧めてくれたのではなかったか。土地の言葉では「ずんだ」、枝豆を湯がいて薄皮を剝きすりつぶして砂糖を加えて餅にまぶしてこしらえる、大変な手間の果ての食物であることを知ったのは、それからずいぶん時間が経ってからのことだった。

「おばあさんが作ったんですか?」

「んだのス、餅も豆も四戸産だのス」

ああ、そうだ、陽一郎は啓示を受けたかのごとく天を仰いだ。そうか、これもまた、大豆なのか。大豆と米の和合とでも言うべき、食べものなのか。陽一郎は祖父に向き直る。枕元にかがみ込む。しなびきった肌の中でもそこだけは薄桃色に若々しい血色を保つ耳介に口を寄せ、囁こうとする。すいません、おじいさん。ちょっと、お訊ねしたいことが。祖父が頭をわずかに動かした。息がかすかに漏れたが、呼気であるのか声のはしきれであるのか、判じかねた。

「あの、原四郎さんって、ご存知ですか。おそらく、お祖父さんの、叔父さんにあたる」

陽一郎がはっきりと、言葉を舌に乗せたそのとき、祖父はかすかに震えた。それが痙攣であるのかなにかの動作のし損ないであるのか、分からなかったが、祖母は即座に祖父のかたわらに寄った。ナァニ、お父《ど》さん、起ぎるのすか？　祖母がリモコンを操作すると、かすかなモーター音とともにベッドが動きはじめた。

　祖父の上体はゆっくりと起き上がっていった。窓からは、彼岸の日差しがななめに差し込んできた。かさつき皺の寄った肌、固く黄色い爪、まばらに髪の毛が残る頭皮、剃り残しの顎鬚《あごひげ》、濁りつつある眼球、それらいっさいを包む。まばゆい陽光の中、齢九十の原肇は、王朝の御代から脈々と現世《いまよ》に連なる四戸原家当主の矜恃を似て、厳かに陽一郎を睥睨《へいげい》する。

「そ、そっだらなまえ」

　かさついた声が漏れた。え？　おじいさん、なにか仰いました？　陽一郎がきょとんとした顔で祖父に耳を近づけたとき、肺腑《はいふ》に残るわずかな息を絞り出すようにして言葉が続いた。

「くぢにしでは、わがんねぇんだ」

え、なにを言った？　それは、どういうことだ？　陽一郎は呆気にとられ、たった二言を言葉にして放った対価に祖父はゼイゼイと荒い息をつく。すきま風のような音を立てて長く長く息を吸い込み、唇がわなわなと震える。祖母は慣れきった態度で祖父の肩を叩き、吸い飲みから水を含ませ、ゆっくりとベッドを倒していった。それ以上の言葉など聞けるはずもなかった。陽一郎は事態を理解しかねて立ちつくしていた。

「どうしたオヤジ珍しいごど、起ぎてるのすか」

大きな声が響いた。恵三叔父と大輔が病室に戻ってきた。陽一郎さん、そろそろ、どうでゃんすかね。遅ぐなりぁんしたけど、昼餉《ひるげ》でもいかがでゃんすか。沼宮内に戻る道《みち》すがら、美味《ンま》い蕎麦屋があるのス。恵三叔父の言葉に陽一郎は慌てて携帯をあらためる。あ、ええ、あの、じゃ、そろそろ。んだバ親父さん、また来てけるがらな、恵三叔父はそう言うと上機嫌にきびすを返し、陽一郎がカバンを取り上げて肩にかけたそのとき、祖母が囁いた。長身の陽一郎は、体をかがめないと祖母の口に耳が届かないほどだった。

「徳吾《とくご》さんのどごに行ってみなんせ」

え？　どなたです？　勘の鈍い孫に、祖母は、ゆっくりと語った。まるで、あの遠い六月に、まだ幼かった陽一郎にそう語って聞かせたように。

「仙台の、原徳吾さん。弁護士先生でなス、北仙台の駅近ぐに、事務所があっがら。行ってみなんせ」

11

仙台へと戻ってきたころには日が暮れかけていた。四戸町からいわて沼宮内駅まで車で一時間、そして新幹線で一時間半。三時間足らずの行程にもかかわらず、時間が半世紀も流れ下ったように感じられた。山々のあいだにひっそりと眠ったような四戸町の鄙びぶりに比べれば、仙台という都会はなにもかもが過剰である。駅前のロータリーとデッキを囲んでビルが居並び、ひっきりなしに出入りするバスやタクシー、パチンコ屋のスピーカーががなり立てるやかましいアナウンス、そして気ままに歩き回る家族連れやカップルが夕刻の街をざわつかせていた。雑踏に押し流されそうになりながら、陽一郎はあわてて駅前のカフェに逃げ込んだ。手のひらが粘つく汗で濡れていた。見ず知らずの人間たちに囲まれている状況がなによりも陽一郎は苦手で、他人の視線がちりちりと肌に焼き付いてくるような錯覚を抱く。アイスコーヒーを頼んで一息つき、ようやく陽一郎は祖母がひそやかな息づかいで囁いた名前のことを思い出す。

　掌中の携帯端末は、ほんの数秒で原徳吾という人物の詳細を探り当てた。祖母の言ったとおり、確かに北仙台に事務所を構える弁護士であるらしい。さんざん逡巡したのち、陽一郎は電話をかけた。しょっちゅう言葉につっかえながらなんとか意図するところを伝え、ようやく取り次いでもらった徳吾は、実に気さくな人物だと思われた。しわがれた声は年相応と思われたが、口調は速く言葉づかいは軽快、こちらを身構えさせることがなかった。陽一郎が原家の縁戚だと伝えれば、電話の向こうから感嘆の声が聞こえてきた。なんと、まあ！　そういうご縁でしたか。いいでしょう、お役に立てることがあればなんなりとお話しいたしましょう。あなた、お住まいはどちら？　東京？　仙台にはいつまでご滞在ですかな。なるほど、今日は愛宕《あたご》橋のあたりにご宿泊、と。それじゃね、明日、ええと十二時から来客があるのでね、午前中にしましょ、十時。いかがですか？　オーケイ？　はい、じゃお待ちしてます、北仙台の駅からすぐ。地下鉄一本で来られますからね、分からなかったら駅から電話をね。はい、ええ、いえいえこちらこそ。それではごめんください。みるみる速度を増してゆく言葉に圧倒され、陽一郎はようやく電話を切ってため息をついた。

　我に返ってみれば、あたりはすでに暗い。陽一郎は生まれて初めて仙台市の地下鉄に乗り、愛宕橋という駅で降りた。弟の光次朗《こうじろう》が伝えてきたとおり駅に間近いアパートはすぐに見つかったが、部屋の主は不在である。ポストの中の鍵を頼りに部屋に入ってぼんやりテレビを眺めていると、八時近くになってようやく光次朗が帰ってきた。休日というのに遅い帰宅だが、大学の終わらない課題に手を入れていたのだという。

「おう、お帰り」

「悪いね、遅くなって」

光次朗は思わず苦笑した。テレビの前に海棲動物のようにごろりと寝転がってテレビを眺めている兄は、相変わらず飄々《ひょうひょう》としてのんきそうである。ともあれ大いに腹の減る頃合いだった。光次朗は陽一郎をアパートにほど近い焼き鳥屋へと案内した。

「焼き鳥丼がうまくてさ。たまにサークルのツレとかとメシ食いに来るんだわ」

「へえ。すっかり地元民だな」

串焼きを数本頼んでビールのジョッキをあおり、光次朗は大きく息をついた。

「忙しいんか」

「まあ、実習とか」

多忙は言葉のアヤではなく、夏休みが明けてから歯科技工の実習が始まった歯学部の学生を等しく襲った運命である。未熟は作業時間をずるずると引き延ばし、実習室はさながら不夜城のごとく、秋の夜長に煌々《こうこう》と明かりが灯りつづける。もっか光次朗を悩ませているのは石膏からの歯の模型の削り出しであり、そのことをかいつまんで説明すれば、陽一郎は率直に感嘆した。

「大変だなぁ、デンティスト。俺ダメだなそういうの、ぶきっちょだから」

「まあね、結局は慣れだけどさ」

そう返しつつも、光次朗は、ぶきっちょという言葉にかすかなざらつきを感じる。気の毒ながら、この言葉は漠然と兄の現状を言い当てているように思われる。元来そうだったわけではない、大学時代までの兄の姿はもっと輝いて見えたものだ。賢く如才なく、小回りがきいて、地元の名門高校に通ってたくさん友人を作り、人生を楽しみながら軽々と難関大学に合格する。陽一郎が放っていた才気は余人にそうたやすく真似のできるものではなく、だから光次朗は意図して兄の後ろを歩かないようにしてきた。兄ほど頭脳明晰ではないことを自覚すればこそ、名門高校を避けて、実績作りに汲々《きゆうきゆう》としている新興私立高校の特待生枠を狙った。いわば牛後とならず鶏口となったわけだ。思惑が当たり、光次朗は合理的にカリキュラムの組まれた高校で成績を向上させ、弱小であるにせよサッカー部で主将を務めた。おまけにサッカー部のマネージャーであるかわいらしい後輩をちゃっかり彼女にした光次朗は、文武両道であるうえ、色恋沙汰までを器用にこなす俊才と見なされるようになっていた。当人にも意外なことではあったが、秀でていると見なされることは、人に実力以上の仕事をさせるものだ。母子家庭であることを自覚していればこそ、収入に直結しそうな歯学部か薬学部を志望に定める。浪人を避けるためには都落ちも厭わない。かくして光次朗が見事合格を勝ち取った十八歳の春、二十三歳となった陽一郎は社会人の一年目を終えようとしていた。いつも度を過ぎた多忙に追われ、太り気味だった体からはげっそりと肉が落ち、病的な雰囲気が傍目からも感じ取れるようになっていた。そんな兄を一人残して実家を離れるのは光次朗にも気がかりだったが、じっさい陽一郎はその後一年足らずで会社を辞め、現在まで社会へと復帰する気配もないのだから、人生とは分からない。学歴などなんら人生の後ろ盾になる時代ではないことは分かっているにせよ、光次朗には、兄の現状が歯がゆくも痛ましくも感じられる。口を出すのは差し出がましいだろうと思いつつも、兄貴ならなんとかできるんじゃねえかなぁ、光次朗は祈るような気持ちでそう考えている。

「どうなん、最近」

「まぁ、別になぁ。変わんねえな」

陽一郎はつぶやき、ビールを口に運ぶ。

「バイトとかは？」

「ぼちぼちな」

陽一郎はビールをすすり、一杯目のジョッキはははやくも底が見えかけていた。分厚いガラスの向こうに、弟の端正に整った顔が歪んで見える。明らかに母親似である自分に比べ、弟の風貌は若いころの父の面差しを忠実に受け継いでいるようだ。すべての物事をそつなくこなす色男、勉強も、スポーツも、女のことも。人生の荒波を器用に泳ぎ抜けてゆく弟のふるまいに、人生の大波に溺れかけている陽一郎は漠然とした引け目を感じていたが、いまや嫉妬する気も起きない。俺はもうアレだけど、お前はせいぜい頑張ってくれや、これから未来が開けているんだから。陽一郎が抱くのは、いささか鬱屈した、捨て鉢な感傷である。

「で、どうしたのさ、急に」

「ちょっとな。オヤジの墓参りにさ」

光次朗は怪訝な顔をする。そんな律儀なことを言い出すような兄貴であったとは思えないのだが、父の実家に行ってきたことは確からしい。なんのつもりか図りかねるが、この気まぐれな兄になにか思うところがあったのだろうか。店員を呼び止めてジョッキを二つ追加し、岩手かぁ、俺も久しく足を向けていないな、光次朗はつぶやく。三歳のときに亡くなった父親の記憶は陽一郎よりもさらに淡く、北東北の山中に抱く感慨も特に持ちあわせていない。ほぉ、原クンのご実家は岩手か。あっちで開業したらどうだ、感謝されるぞ？　指導教官の軽口にも、光次朗は苦笑で応えるのみである。次から次へとやってくる課題やら実務やらをこなすのが精一杯で、自分の未来をしっかり実態を持って思い描くほどには光次朗は歳を取っていない。

で、どうなん、明日は早いの？　ん、まあ。早めに出るわ。なんか用事？　ん、まあ。知り合いに会うんだ。そう言う陽一郎の顔はずいぶん赤く上気し、この店の看板メニューであるハツの塩焼きをうまそうに頬張った。酔いに浸されはじめた点については光次朗も同様で、疲労は、若さの盛りにある兄弟二人の頭をゆっくりと鈍らせてゆく。串焼きが十五本、鶏刺し一皿、青ネギとレバーの煮込み、大根サラダ、焼き鳥丼。帰路につく二人の腹にはこれがすべて収まって、三杯のビールと日本酒二合を混ぜ合わせてほどよい発酵が始まっていた。日中は汗ばむほどであっても、日が落ちれば肌の上に寒さを感じる、東北の、仙台の、広瀬川沿いの、夜の道でのことである。

12

六時、原徳吾は起床する。梅肉エキスを茶碗に入れ、お湯を注いで飲み下す。そののち上半身裸になって体操と乾布摩擦を行う。今でこそ室内でのことだが、以前は厳冬期でも庭に出ていたのである。徳吾の信じる独自の健康法はほとんど半世紀の長きにわたって続けられていて、それが支えているものがおのれの肉体であるのか、精神であるのか、それとも生きてきた時間そのものなのか、もはや徳吾自身にも判じることができない。

六時半、原徳吾は朝食を摂る。五年ほど前に妻を亡くして以来、米は自分で炊いている。三分突きの玄米に味噌汁に香の物といった簡素な朝食だが、規則正しい食事は健康の源であると徳吾は強く信じていて、それはあるていど事実なのだろう。七十六歳になる原徳吾の、脳髄にも肉体にも衰えは窺えない。

七時、原徳吾は家を出る。よほどの荒天でない限り、仙台市青葉区東照宮の自宅から北仙台までのおよそ一・五キロを歩いて徳吾は「北仙台法律事務所」に出勤する。七時半、事務所はいつでも徳吾が一番乗りである。ホワイトボードに書かれた今月と本日の予定を確認すると、徳吾は応接室を兼ねた所長室にこもる。実のところいまや徳吾が実際に手を動かす実務はほとんどなく、優秀な所員たちに任せておけばなんら心配はない。徳吾が抱えるのは所員たちが苦笑混じりに「オヤジの道楽」と囁く案件ばかりであり、しかし徳吾はそれら絶対にゼニカネに結びつきそうにない仕事に情熱を燃やして飽くことがなかった。現在抱えているのは、仙台市湾岸地区の倉庫管理会社から半年分の賃金未払いのまま一方的に解雇を突きつけられてしまった派遣社員の案件と、明らかな過積載を匿名で告発したところ勤務先の運送会社から冷や飯を食わされているトラックドライバーの案件である。ボス、オヤジどの、シャチョー、徳吾将軍、大統領閣下、正義の戦士、不屈の民。所員たちが口にする数限りない二つ名をどこまで徳吾自身が耳にしているかは定かではない。そんなことはどうでもいいことだった。我ら法曹の民は社会正義の側にあるべきであって、そして社会正義とは民衆の側に存する。かような、いささかシンプルな信条を徳吾は固く奉じていて、それは半世紀以上のあいだ揺らぐことがなかった。

それは、徳吾が法律家を志した時代の空気と無縁ではなかったのだろう。岩手県北部の旧家に生まれた徳吾は兄弟の末子であり、長兄である原肇とは十四歳もの年齢差があった。この年齢差は、長兄と末弟とのあいだで、世界をまなざす目を正反対と言っていいほどに違えさせる。原肇が昭和恐慌のただ中に生まれ落ち、大戦に青春を摩滅させた世代であるならば、徳吾の少年期と青年期は、戦後の世間がこぞって民主主義を標榜しはじめた時代に重なった。農家の末っ子なればこそイエの束縛も薄く、抱いていた率直な社会正義の精神のままに法律家を志した徳吾は、大学在学中にゼミの教授を介して人生の方向を定める訴訟に立ち会うのである。それはよりにもよって、岩手県北部の山間に深く根ざす事件であった。四戸原家と直接の関係はないにせよ、直接間接の知人や縁者の名前はいくらでも見つけ出すことができた。

四戸町から北上する街道は、山々のあいだを曲がりくねってどこまでも走る。車でおよそ四十分、距離にして二十五キロ、運転に疲れはじめたころにたどり着く二升内《にじようない》は、四戸町と同様、八戸に至る脇街道筋に拓かれたささやかな集落である。ここの山間を舞台に、かつて、百年戦争と揶揄されるほどの長く混乱した訴訟が起こされていたことを記憶する人間はもはや多くはない。民衆側からの異議申し立てとして歴史的にも法学的にも象徴的であったいわゆる「二升内事件」は時の流れとともにその名を風化させ、いまや似たような土地問題や労働問題に苦しむ若者にその話をしても、きょとんとした顔を返されるだけだ。それでいいのだ、自らの青春を費やし、一九六八年に結審、一九八一年に和解に至ったこの事件が歴史に残した爪痕は小さくなかったのだから。今となっては徳吾はそう信じている。その結果として四戸原家に仇なす者と見なされ、父親や長兄の逆鱗に触れて半世紀近くが経った今日まで生家の敷居を跨《また》ぐことがなくとも、それはやむを得ぬ自らの運命であり星回りなのだ、とも。司法に携わる人間にしてはと言うべきか、だからこそと言うべきなのか、徳吾の堅固な信念を支えているのはあんがいロマンチックな心根かもしれない。良くも悪くも徳吾は老いたる青年であり、古き良き時代の理想主義者なのである。

九月の彼岸を過ぎたあるよく晴れた日の朝、徳吾はいつものように所長室に入って大きく深呼吸をした。このありふれた一日が自分の人生における重大事になるかも知れぬ、この日のことを自分はのちになって幾度も振り返ることになるのかも知れぬ、徳吾はそんなことを考える。これまでの人生を振り返れば幾度もそういうことがあったのだ。昨日の夕刻にかかってきた思いがけない電話、あれもまた過去と現在とを複雑に結びつけて予想だにしていなかった未来を切り開くものなのではなかろうか？　そんなことを空想して居ても立ってもいられなくなった徳吾は所長室の革張りの椅子から立ち上がり、窓の外になお強い陽光を睨みつけて、ふん、ファウストめ、メフィストフェレスめ、そんなことをつぶやく。出勤してきた事務員の中年女性にとっては徳吾のこんな感情の昂《たか》ぶりは珍しいことでもなく、あのゥセンセ、一段落ついたらお茶コでもいかがです、そう徳吾の背に声をかけて忍び笑いを覆い隠した。

昨日の夕方、陽一郎からの電話を最初に受けたのはこの女性である。そもそも法律事務所であるうえ、徳吾が宮城県近辺の労働問題にかけてはちょっとした顔であることから、見知らぬ人物からの電話がかかってくることは珍しいことでもなかった。ぼそぼそとした滑舌の悪い青年の声に、彼女はあァまたセンセイ絡みの仕事だなぁと当たりをつけた。たとえば若者が失職し、家賃が払えなくなってアパートを追い出される寸前、切羽詰まってこの事務所を頼ってくるのは珍しいことではない。しかし、よくよく話を聞けば、電話の向こうで言葉に詰まる青年はうちの大ボスの関係者らしいことにようやく気付き、電話は所長室へと回され、そしてその五分後、ドアを開けた徳吾の顔はいつにも増して紅潮して見えたのだった。高揚した気分のまま徳吾は事務所二階の物置部屋まで駆け上がり、みっしり本のつまった段ボールを手ずから下ろしてこようとして、居合わせた若手弁護士たちを慌てさせた。この段ボールは長い長い時間じっと息を潜めて明日ここに来るはずの人間を待ち構えていたのだ、そう説く徳吾に青年弁護士たちは肩をすくめ、ともあれ段ボール箱は所長室の一隅へと運び込まれた。約束の刻限は本日朝十時である。徳吾はあらためて手洗い場で鏡を覗き込み、ネクタイが曲がっていないかどうかを確かめた。

そんなことを、陽一郎は知るよしもなかった。

朝、目覚めてみれば、光次朗の姿はすでにない。時刻は九時をだいぶ回っており、陽一郎は慌ててアパートを出た。東京よりも本数の少ない地下鉄を苛立ちながら待ち、北仙台へと向かった。地上に出てみれば九月下旬の陽光は肌に柔らかく、あたりを見回して陽一郎は奇妙な感慨を抱く。そもそも出不精な自分がこの見知らぬ街角に立っていることが、なにかの間違いのように思えてくる。昨日の今ごろはまだ和光市の自宅を出たばかり、北仙台という地名すら頭の中にはなかった。予想だにせず因果はめぐり自分をこの土地へと招き寄せたのだ、そう考えると、陽一郎は意を決して歩きはじめる。掌の中の携帯端末は陽一郎の位置情報を取得し、現在立つ場所の地図を正確に描出する。あれがコンビニ、それが銀行、次の辻を、左に。繁華街と住宅地のはざまといった雰囲気の界隈で、騒々しさは消え失せ、かわりに秋の日差しがひっそりと細い街路に影を落としている。キンモクセイが強くにおう。そして顔を上げれば、眼前に「北仙台法律事務所」の看板が白く輝いていた。

「お待ち申し上げておりました」

確かにそう言って、原徳吾なる老人は陽一郎のことを迎えたのだった。

13

二十世紀の前半、日本国は実に熱心に戦争をした。先進国の国盗り合戦に遅まきながら加わっていった結果であり、それは一九四五年八月、すべての誇大妄想が水泡に帰するまで続く。もっともそんなことは、中学三年生当時の陽一郎には意識されなかった。彼のごとき優等生にとっては、歴史とは年表の中にまず記憶されるものだからだ。一八九四年日清戦争、一九〇四年日露戦争、一九一四年第一次世界大戦。奇しくも十年おきに勃発した戦争を陽一郎は正確に暗記し、来《きた》るべき高校受験に備えた。これらの戦争が巡り巡って、自分のルーツである岩手県北部の命運を左右したことを知ることもなく。一九一八年シベリア出兵。一九二八年張作霖《ちょうさくりん》爆殺。一九三一年満州事変。一九三七年盧溝橋《ろこうきょう》事件。一九四一年太平洋戦争開戦……。

かなたの豪雨がこなたの生活を揺るがすかどうかは、水が足下に迫るまで分からないものだ。岩手県北部の山中に住む人間たちにとっても、地の果てでの戦争が我らの生活を揺るがすことになろうとは、誰も予想していなかったことだろう。村の青年たちが出征していった朝鮮半島、遼東《りょうとう》半島、いずれも理解の外の土地だっただろう。しかし、遠くのあらしを感知して微気圧計が動くように、因果は絶えまなく巡って雲雨を出来《しゅったい》させるものだ。絶えまなく続いた戦《いくさ》は、それまではまともな貨幣経済の枠内に組み込まれてさえいなかった本州の中でもっとも人口の希薄な一帯の村々を、ゼニカネの果てしのない運動、つまりは経済なるものへと否応なく絡め取ってゆくことになる。蝶の羽ばたきが海を隔てた大陸に豪雨をもたらすように、岩手県岩手郡四戸村の村人の箸の上げ下ろしさえもが世界の誰かと無縁ではいられない、二十世紀という膨大な連鎖の時代の幕開けであった。

きっかけは、やはり物流である。戦争とは膨大な量のヒトとモノと糧秣と火薬と弾丸と死の運搬であり、そこには莫大な運動エネルギーがついて回る。ときに二十世紀の初頭、ヘンリー・フォードによる自動車の大量生産すらまだ軌道に乗っていない時代だった。石炭も化石燃料も原子力も足の強い駿馬には及ばず、戦場における輜重《しちょう》はもっぱらを馬に頼っていた。かくのごとくして、米もろくすっぽ実らず、しかし古来名馬を産する点のみにおいて珍重されてきた岩手県北部の山並みが、歴史上初めて金銭的価値を持つことになる。

明治維新を経て新興の近代国家へと脱皮した日本国は、慌ててその体裁をヨーロッパの基準へと近づけようとしていた。日本列島のありとあらゆる地べたには所有者が割り振られ、相応の地価が定められることとなった。その山ひだに住まう質朴な人間たちの知ったことではなかっただろう。御世が将軍《ショーグン》から帝《ミカド》へと移ろおうと山は揺るがずに存在し、村人たちの取り決めに従ってその実りを共有できるものだったからである。しかし、陸軍省が軍馬を育成したがっているという噂は、たちどころに地価を上昇させた。投機を呼び込み、土地は密やかに買い占められては売買され、所有者はめまぐるしく変わった。一九〇六年、明治三十九年の初夏のことである。岩手県北部山中の二升内集落の人間たちは、突如、古くからの習いのままに薪を斬り山菜を摘み小動物を狩ってきた二升内山の立ち入りを禁じられた。このとき、彼らは初めて、この山が東京に住む資産家の所有物となっていることを知ったのである。

「これがのちの世に言う『二升内事件』の発端だったのですナ」

「……はァ」

陽一郎はつぶやく。応接セットのソファに座る原徳吾老人は物腰柔らか、しかしながら語気と眼光は鋭い。「北仙台法律事務所」の玄関をくぐって以来、陽一郎は気圧《けお》されっぱなしだった。彼岸とはいえまだ暑さの残る気候であるにもかかわらず、徳吾は痩身をきちんとスーツで包んで陽一郎を出迎えた。思わず後ろめたさを感じるほどの、丁重な応待だった。所内では忙しく立ち働く青年たちが会釈をしてきて、陽一郎は所在なく曖昧な笑みを返す。その奥、所長室に招き入れられ、応接セットのソファに座り込んで原徳吾老人は満面の笑みを浮かべた。

「驚きましたナ。なんとも、運命を感じる」

「は、アノウ、どうも」

大仰な言葉遣いに、陽一郎はへどもどするばかりである。そもそもなぜ自分がここに座っているのか、徳吾にもはっきりしたことを伝えていないばかりか、当の陽一郎にも理解しきれていないのだ。そもそもこの原徳吾が自分の大叔父に当たることさえ、昨夕交わした電話で初めて分かったことだ。つまりは祖父である原肇の弟ということになるのだが、その祖父を病院に見舞ったことを口にしたところ、徳吾老人は苦笑混じりにつぶやいた。兄貴ですか。ハァ、すっかり疎遠になってしまいました。死に目に会えることもないでしょうが、長らえているのならば幸いと言うべきでしょうナ。初対面の人間から打ち明けられるには、いささか強烈な内容だった。作り笑いを浮かべる陽一郎に、原徳吾は語る。二升内事件、岩手の寒村の名を全国に轟《とどろ》かせた訴訟のことを。

根っからの理科系である陽一郎には縁がなかったが、仮に文系の学部に進んで法学の授業を取っていたならば、二升内事件の名は必ずどこかで耳にすることがあっただろう。村人たちが土地を共同利用する、入会権《いりあいけん》なる権利について争われた象徴的な事件だからである。千年も昔から生活の糧を得てきた二升内山の立ち入りを禁じられたことで、二升内集落の人間たちは半世紀以上に及ぶ法廷闘争を開始したのだった。原徳吾が携わったのは、幾度か提起された訴訟の最後のものである。学生時代に所属していたゼミの教授が二升内事件を支援していたことをきっかけに、徳吾はこの訴訟に携わってゆく。しかし、このことは、実父である原一太郎と長兄である原肇を激怒させたのだった。四戸原家とは直接関係のある争議ではなかったにせよ、このような地主と民衆とのあいだの争議は二十世紀初頭の東北一円に数多く起こっていた。広大な地所を所有してきた四戸原家の名を誇る父や長兄の心情は、明らかに土地所有者の側に与《くみ》していたのだろう。時に一九六〇年代の半ば、農地解放と新憲法の発布から二十年を経ても、彼らの価値観は戦前のままに保たれていたのかも知れない。

これ以上「小作」の側に立つならば、二度と生家の敷居は跨がせぬ！　激高する肇に、徳吾は悠揚と応えたものだ。ハァ、結構でゃんす。我は民草《たみくさ》とともに生きていぎぁんすから。マンツ父さんも兄さんも、お達者で。原徳吾、二十七歳の反骨である。司法研修を終えたばかり、二升内事件を担当する胆沢《いさわ》弁護士事務所にほとんど無給で勤める新米弁護士に過ぎなかったが、社会正義と未来への希望は身中に満ち渡っていた。結局徳吾は一九六八年の結審、一九八一年の和解成立に至るまでの長きにわたり、この事件に寄り添い続ける。徳吾の人生にも相応の風が吹いた。とりわけの大風は、弁護士事務所のボスであり、尊敬する先達でもある胆沢弁護士の娘が短大を卒業しタイピストとして働きはじめたことである。春一番の突風。粒の細かな雨が降り、温い風が吹き、春雷が轟く。雲は切れて陽が差し、鳥は啼き、花が開く。かくして徳吾は胆沢弁護士の愛娘と結婚し、岳父の片腕として働きつつ弁護士としての実績を重ねていった。

社会がまだまだ荒っぽい時代だった。高度成長の影響は東北随一の都会である仙台市にも及び、ヒトとカネがめぐるたびになにかしらの軋みが生じた。出稼ぎと蒸発の問題、染色工場の水質汚染の問題、地下鉄工事に伴う立ち退きの問題、先物取引と計画倒産の問題、あからさまな暴利を貪って恥じないサラ金の問題、外国人労働者と賃金搾取の問題、地上げと違法建築の問題、違法風俗と性的搾取の問題、偽装派遣と賃金不払いの問題……。徳吾が見聞きし、ときに携わるあまたの事件は二十世紀後半の世相を反映し、人口を増やし市域を拡大し新幹線が走り抜け政令指定都市となった仙台市の膨張を暗示しているかのごとくであった。こういった事件に向かい合うたびに、徳吾はほとんど職務を離れて憤った。すべての人間には平和に生きる権利があるはずだ。かつて二十七歳だった若き弁護士の原徳吾は率直にそう思っていた。四十六歳になり、岳父の死をきっかけに独立して北仙台法律事務所を開いたときの徳吾も、本気でそう思っていた。現在七十六歳、徳吾はなおも心からそう思っている。

そんな徳吾は、一度だけ政《まつりごと》に携わったことがある。一九七〇年代末、左派政党から担ぎ出され、市議会議員を一期だけ務めたのだ。残念ながら、オール与党体制の市議会では弱小政党の声など力にはならないことを徳吾自身認めざるを得ない議員生活ではあった。徳吾は一期で議員バッジを外して弁護士の職分に回帰するが、この議員生活が徳吾に突きつけたものは、人とこの世界の複雑である。いささか愚直に人民の意思と力を信じていた徳吾は、しかし、その民意なるものが茫漠として曖昧模糊《あいまいもこ》、気まぐれでどっちつかずなものであることを思い知るのである。

議員の責務から解放されたころから、徳吾は、弁護士業のかたわら図書館や市の資料室に通いはじめた。この仙台という街の近現代史を調べ尽くすことで、徳吾は仙台における民意の萌芽を、市民の誕生を見いだそうとしたのである。もっとも、これは最初のもくろみに過ぎなかった。深く広い仕事がたいていそうであるように、徳吾の探求もまた、思いも寄らぬところへ徳吾を運んでゆく。仙台という地方都市は宮城という県に連なり、かつての伊達《だて》の藩領に連なり、その先の土地に連なっていた。奥州街道や羽州《うしゆう》街道に陸前《りくぜん》浜街道といった陸の道、廻船や川舟のような水の道は、かつての奥州において人をモノを縦横に運び、ただ山がどこまでも連なっていると自身も思い込んでいた東北が実はあたかも大陸のごとき広がりを持っていることを、徳吾は幾度も学び直し気付き直すことになった。過去への逍遥《しょうよう》は続けられる。資料は積み重ねられ、文字は紙面を埋め、三十年あまりのあいだに作成されたノートは二十七冊に及ぶ。長い道程の終着点は那辺にあるのか、もはや徳吾にも分からなかった。ただ、この仕事を誰かに語り、可能ならば次の世代に託すことを淡く期待するのみであった。そこに突如として現れた陽一郎という青年を、徳吾は驚きをもって迎えた。原家の本家とは絶縁して久しかったから、甥っ子である一史が結婚したことも、二人の子をもうけたことも、風の便りに聞いたきりである。その子が、こんなに大きくなっていたとは！

「まこと、驚きですな」

徳吾はあらためて繰り返す。

「で、アレですかな。昨日その、お電話でお聞きしましたが」

「あ、ハア、その……」

陽一郎はここで、一瞬頭を巡らせた。この初対面の大叔父に、俺はいったい、なにを訊ねるべきだろうか？　自分にとっても降って湧いたような話、地球の裏側の大企業、Soysoyaの名を初対面の老人に告げてもいいものだろうか？

「徳吾さんの叔父さんにあたるかたかと思うんですが、原世志彦さんのことについて、なにかお話を聞けましたら」

陽一郎はわざと世志彦の名を使った。カマをかけてみたのだ。

「失礼ですが、なにか理由がおありですか」

徳吾はかすかに首をかしげる。やせた顔の奥に埋め込まれたかのような眼球がきょろりと動いてまっすぐ前に定まる。陽一郎はうろたえるが、それは訝《いぶか》しむというよりは楽しんでいるかのようなまなざしである。

「あ、あの、それは」

口べたな陽一郎は、なんとか言葉を絞り出す。昔、父が言っていたんですけど、面白い親族がいたって言ってて、ずっと気になってたんですけど、もう父が亡くなっちゃってて。あんまり実家の方でも話が出なくて、ちょっとボク歴史とか興味があって、ちょっと調べてみたいなぁとか思ってましたら、祖母が、徳吾さんのお名前を教えてくれまして。ひどい口調だが、なんとか陽一郎はそういうことを述べた。亡父に責任をおっかぶせたわけであるが、意外にも徳吾は笑みを浮かべる。ほう、なるほど。一史くんが。義姉《ねえ》さんが。なるほど、よく分かりました。原徳吾は厳かにうなずく。

「それは私の叔父、四郎のことでありましょう。私の親父である原一太郎の末弟。名のごとく、四男ということになりますナ」

陽一郎ははっとして顔を上げる。ようやく、初めて、原四郎の名が現実に語られるのを聞いたからだ。私も末っ子の五男ですから、似たような立場におったわけです、と徳吾は言う。マ、戦前ならば、一族の冷や飯食いだったでしょうナ。軽い口調だが、それがどこまで本気なのか、陽一郎には見当がつかない。暗闇に浮かび上がる輝線のように、陽一郎の脳裏にふたたび家系図が描かれる。それは確かに、Soysoyaの菌が語ったことと符合する。

「しかし、驚きました。一史くんが四郎の名を知っていたとはね」

「え、どうしてですか」

どきりとしながら陽一郎は問い返す。

「原家の禁忌《タブー》であったからですよ」

「タブー……」

「さよう。四郎とは、決して口にされることのない名前でありました」

なんだか大袈裟な話になってきたぞ、と陽一郎は思う。それは、祖父の発したあの奇妙な一言と、はたして符合するものなのだろうか。

「私が四郎の名を知ったのも、まったくの偶然でありました」

それは徳吾が年齢を重ね、仙台という町の歴史に深入りをするようになってからのことである。調べもののさなか、大正年間に発行された雑誌や政治活動家の私信に、徳吾は原四郎の名を「発見」する。やがて、その名が四戸原家の縁戚であり、しかも拭い去られて決して語られることのなかった空白を埋めるものであることを確信して以来、徳吾は、生家に残る四郎にまつわる資料を可能な限り収集してきたのだと言う。

もっとも、長らく絶縁している身の上、表だってそんなことができようもない。マ、蛇の道はヘビですナ。まじめくさった徳吾の顔に、かすかに笑みが浮かぶ。この才気煥発な異端児を支えてきたのは実母、やがては義姉……つまり、陽一郎の祖母であったらしい。たまさか沼宮内や一戸のような近隣の町で徳吾は彼女たちと落ち合い、短く消息を交わしたのだそうだ。なるほど、陽一郎はうなずいた。別れ際に祖母が囁いた言葉は、ここにつながってきたのだ。

徳吾はおもむろにソファから立ち上がった。所長室の一隅に置かれていた段ボール箱を開ければ、うっすらと積もった埃が初秋の陽光にキラキラと舞い、中からは古びたノートや冊子が続々と出てきてテーブルの上にうずたかく積まれた。

「話しましょう。今、この瞬間のために、私はこれを用意しておったのです」

陽一郎は戸惑っていいのか笑っていいのか判断に困る。徳吾老人のまなざしはあくまでもまっすぐで、所作にはいちいち気合が入りすぎていて、どこまで本気なのかが分からないのだ。

14

原四郎が四戸原家の末子として誕生したのは、一九〇五年のことである。日露戦争勃発の翌年、バルチック艦隊と日本海軍が砲火を交えた年であり、サンクトペテルブルクでは民衆が軍隊の砲弾に倒れ、オデッサでは水兵が反乱を起こし、因果は巡り巡って翌年には二升内事件の発端となった二升内山への立入禁止が通告されている。

徳吾はソファから立ち上がると、件の段ボール箱からいくつか紙封筒を掴み出してきた。古い時代のノート、そしてハトロン紙に包まれた写真が数枚。そっと開いてゆけば、粒子の粗いモノクロ写真の中、人々の顔は白く浮き立ち、眼窩《がんか》は黒く陰を宿してこちらを注視してくる。紋付袴《もんつきはかま》に身を包み髭を生やした中年男を中心に、和装の婦人、老爺老婆、子供たち。全員きちんとした身なりで、おそらくは一世一代の写真撮影に臨んでいるのだろう。ここはやはり、ほんのつい昨日に訪れた原家の土地なのだろうか？　これが私の親父の一太郎です、徳吾は洋装の青年を指す。周囲の人間は軒並み和装であるなか、その姿はひときわ目立つ。

「これが一太郎の両親、当時の原家の家長ですナ。ご覧なさい。こちらが四郎でしょう」

徳吾が指し示す先を陽一郎は注視する。絣の着物のくりくり坊主、小学生ぐらいだろうか。その面構えは緊張しているようにも、なにかに憤っているようにも見える。この面影が先日Soysoya日本支社で眺めた原世志彦の肖像写真に潜んでいたかどうか、陽一郎には判断がつけられない。ノートを開けば、いかにも子供めいた偏った文字が几帳面に書き付けられている。

「吾ハ男子デアルカラ學問ガハカドルナラバ博士ニナラウト思フ。良イモノヲ發明シテ世ノ爲メニナラウト思フ。サウデナケレバ兵隊ニ行ツテ大將ニナラウト思フ。」

十歳ごろの作文でしょうかな、そう言って徳吾はほほえむ。まずは、典型的です。家を継ぐような立場でもなければ、軍隊に行って出世でもするよりなかった。それが当時の民衆の姿であったのですよ。そんなものかね、陽一郎は聞き流しつつ、あらためて四郎少年の顔を眺める。なにごとかに挑みかかるかのようなその目は、ほぼ一世紀前に、写真機のレンズを注視したまなざしである。

「四郎は盛岡市の中学を出て、仙台市の旧制高校に進学しております」

数枚の写真を示しながら、徳吾は語る。もちろん、優秀だったのでしょう。しかし、なによりも、原家が富裕階級だということが大きかったのでしょうな。農家の四男坊がそんな進路を取ることじたい、当時としては異例でした。ハア、なるほど、陽一郎は漫然と相槌を打つ。富裕階級などという時代離れした言葉が実際に語られるのを、陽一郎は初めて耳にしたように感じる。ともあれ、資力と知力の両方に恵まれた四郎は晴れて仙台市に上った。十八歳、十九歳、あるいは二十歳。気力心身に満ち、蛮勇にも無鉄砲にも駆られる年頃のことだ。末は博士か大臣か、そのような言葉がまだ生きていた時代、彼はまぎれもなく一族の期待の星だっただろう。しかし、そんな麒麟児《きりんじ》の運命を大きく変じたのもまたこの仙台という土地であった。とりわけ、寄宿先の主《あるじ》であった大根田《おおねだ》という人物が鍵だったのだろうというのが徳吾の見立てである。

「なかなか興味深い人物です。名を虎次郎《とらじろう》、のちに泰山《たいざん》と号しました。仙台城下に長く続く呉服商の生まれ、まずは裕福な暮らし向きだったようですな。かつては、仙台における自由民権運動の熱心な活動家でありました」

「ジユー、ミンケン」

陽一郎はオウム返しのようにつぶやく。自由民権運動、確かにそれは学校で学び、なお記憶に残る言葉である。しかしその中身についてはとんと心許なく、板垣退助《いたがきたいすけ》という名前を反射的に連想するぐらいのものだ。まして、仙台の自由民権運動と来ては、陽一郎の想像を超える。怪訝な思いを読み取るように、徳吾は続ける。ご存知ないですかな。かつて、東北にもそういうものがあったのですよ。なにしろ我ら東北人は明治維新の負け組であり、朝敵であり、政府に弓引く側でありましたからな。

戊辰《ぼしん》戦争というもの、あなたもご存知でしょう。ええ、まあ……。知っては、います。頼りなげに陽一郎は答える。これまた自由民権運動と同様、脳裏の年表に淡く刻まれた出来事でしかない。ご覧なさい、これは仙台の地方新聞です。この紙名、なんと読むかわかりますか。カワキタ、ですか？　いえいえ、これで河北《かほく》と読むのです。これは、「白河以北一山百文」、白河の関より北の山野なぞハシタ金の価値しか持たぬという東北への蔑称を敢えて用いた、気骨に満ちた紙名なのですよ。かような東北の民衆が、薩長のごとき西南人士に牛耳《ぎゅうじ》られた明治の政界に自分たちの声を届けるべく自由民権の旗を掲げたこと、むしろ、必定でありました。

徳吾の語気に、陽一郎は気圧される。それと同時に、引っかかりを感じる。我らとは、まさかこの俺も勘定されているんじゃないよな？　二十一世紀にもなってなお明治維新のころの出来事を根に持っているあたり、そもそも陽一郎には気にくわない。時代の趨勢を読み切れなかった田舎者が、考えもなく抵抗を試みただけのことだったのではないか？　それになぜか、陽一郎は、自由だの民主主義だのといった言葉にもまた漠然とした反発を感じるのである。こういう耳触りのいい言葉は、なにかにつけて社会のありように楯突く連中の隠れ蓑になっているのではないか？　自由が保障されているのをいいことに、社会に身勝手な欲求をぶつけるわがままな連中。自分もまぎれもない社会的弱者であるくせに、異議を申し立てて抵抗を試みる人間たちの姿に、なぜか陽一郎は共感できないのだ。

ともあれ徳吾が語るところによれば、仙台における自由民権運動には二つの素地があった。一つは、仙台が古くから学問の気風に富んだ土地だったことである。伊達家が藩校を作り、幾多の学者を生み、明治以降も多くの教育機関を抱え、仙台は東北随一の学都であり続けた。豊富に存在した知識人は明治期以降に流入してきた西洋思想をもよく吸収し、民に権利ありとの概念は早くから受け入れられていく。もう一つは、明治以降、仙台がキリスト教各派の布教の拠点となったことである。東方正教会、カソリック、プロテスタントの各派はそれぞれに教会を建て今日まで続く学校を作り、キリスト教流のヒューマニズムを流布し、のちには吉野作造《よしのさくぞう》のような人物を輩出することになる。

この二つの基盤のもとに育まれた仙台の自由民権運動に重ねられたもう一つの層《レイヤー》、それこそが、東北という地域性であった。東北なる「蒙昧の」「貧困の」「後進の」地域を開化し、政治的経済的に西の諸地方に伍するべし。それこそは、戊辰戦争から明治維新に至る深い敗北の痛手を負った東北という土地において政治運動に携わる人間たちの切願であり、件の大根田泰山もまたそのような人物であった。東北における自由民権運動の牽引者であった河野廣中《こうのひろなか》の設立した東北七州自由党に参加し、豊かな資力を背景に物心両面の援助を惜しまなかった。明治維新からおよそ二十年が経った一八八〇年代には、東北地方が一致団結することで自由民権を訴えてゆこうとする動きが盛んだったのである。

もっとも、この政治運動が順調に実を結ばなかったことは、残念ながら、後世の歴史が証明したことである。

「大同団結するには東北という地域は広すぎ、思惑は多すぎたのかも知れないですな」

徳吾は静かに語る。その口調は、百年以上昔の理想の失墜を本気で惜しんでいるように感じられて、陽一郎は呆気にとられる。田舎者どうしが我を張り合っただけなんじゃないの？　そう皮肉に想像するが、沈黙を保つ。

徳吾の見立てでは、東北の自由民権運動は早すぎた動きであった。なにしろ、江戸幕府が倒れ明治の新政府が成立してほんの二十年、日本という国のイメージそのものがまだまだ曖昧模糊としていた時期なのである。津軽だの越中だの備前だのといった旧来のオラがクニと、近代国家としての日本国とをどう関連づけるか、はっきりした回答はまだ誰の胸中にもなかった時代である。

一方、東北という概念も、実のところは急ごしらえだったのである。現在の東北六県だけではなく、新潟や北関東、北海道南部までが含まれたり除かれたりして、ときに「東北十三州」などとむやみに広大な言葉までもが使われるありさまだった。つまるところ当時の東北人士たちは、自らの住まう郷村への愛着と、東北という地域への連帯感と、日本なる国家への忠誠を、それぞれに位置づける必要に迫られていた。国家主義《ナショナリズム》と地域主義《リージョナリズム》とが異なるものであり、併存し得るものであるとは今でこそ理解されることであって、当時としては先鋭すぎる概念であった。民族がそれぞれに決定権を持って国家を運営すべきであるという民族自決という思想すら、目新しい主張に過ぎなかった時代である。かくして東北という地域への愛着は、いつしか、国家への帰属心に絡め取られてゆく。東北人は西南人士に劣らぬ気概似て自立し、国家臣民として後れを取ってはならぬ。それが、十九世紀末という混乱と激動の世界の片隅で成立してゆく近代国家日本、その一地方が負った運命であった。

しかし、徳吾が察するに、大根田は明らかに国家主義者ではなかった。なによりも自由主義者であり、いささか素朴な愛郷者であった。このような大根田の思想は、明治維新から三十年以上が過ぎ、日清・日露戦争を経て二十世紀初頭には強まる一方であった国家主義的空気の中では、すでに異端のものだったのだろう。皮肉にも、かつて私淑した河野廣中も結局は中央の政界に打って出て一大派閥を築き、老いては大アジア主義を唱える民族派団体の設立にまで関わっていたらしい。そんな姿を大根田はどのように見ていたんでしょうな、そう言って徳吾は深々とため息をついた。

時代は移ろい、潮流は変わるが、人生は続く。ほとんど政治には関わらなくなった後半生、大根田は在野の思想家、市井の一知識人として生き、青年たちの啓蒙に情熱を燃やす。仙台市支倉町《はせくらまち》あたりにあった家屋敷を開放して下宿生を抱えた。地方新聞に論説を執筆し、「進取東北」なる雑誌の編纂に携わった。「青少年ノ親睦ヲ圖リ學徳ヲ函養《カンヨウ》シ東北精神ヲ高揚ス」ることを目的として、一九〇九年に仙台市で設立された青年団の会報を母体とした雑誌である。今日で言うオピニオン誌のようなものであり、マスメディアとしてはラジオすら存在しなかった明治末期から大正期において、東北の青少年にはそれなりに読まれたようだ。

「この雑誌に、四郎は投稿しておりました。これですな」

徳吾は紙封筒から薄手の冊子を何冊か取り出す。表紙に「進取東北」と題字があって目次を兼ね、それは編集主幹の大根田泰山の執筆。そ学会誌のような体裁である。表紙をめくると巻頭言があり、これは編集主幹の大根田泰山の執筆。そののちに論文が数編掲載され、小説や詩歌が続く。後半四分の一ほどが読者投稿のページであり、前半の生真面目さに比べてこちらはぐっと砕けた雰囲気である。投書に加えて川柳や戯れ歌、小咄なども掲載され、同志募集や人生相談の欄まで設けられている。第一次大戦後の世界秩序を大上段から論じる投書があれば、「輕佻浮薄《ケイチヨウフハク》ナル昨今ノ風俗」を嘆く投書があり、「兩親ノ定メタル許嫁ニ見ヘ隠レスル男ノ影」に苦悩する投書がある。流し読むに、陽一郎にも多少の感慨が湧いた。テレビはおろかラジオもなく、インターネットなど夢物語としてすら語られなかった時代、こういった媒体は切実なコミュニケーションの場であったに違いない。文体の古めかしさを取り除いてみれば、若者は今も昔も大して変わり映えしないもんだなと陽一郎は思った。

四郎は「進取東北」の熱心な読者であったらしい。進学を機に仙台に上って大根田宅に下宿を始め、以来、その名は大根田の日記にも見え隠れするようになる。四郎は学校に通うかたわら、「進取東北」の編集を手伝うようになった。本人の手記は残されていないのだが、下宿先のオヤジさんへの義理立て以上の熱意が宿っていたことは確かなようだ。徳吾が確認した限りでは、四郎は四年間で「進取東北」に寄稿すること七回、うち二回は読者投稿ではなく論説という体裁の文章を書いているのである。

もっとも古い投書は一九二三年十二月発刊「進取東北」のもので、そこには確かに「岩手縣　原四郎」の名が末尾に記してあった。四郎は社会正義に燃える青年であったらしい。「大震災を哀悼す」と題されたその投書は、被害甚大なる帝都に我ら東北人は義捐金《ぎえんきん》を送ろうではないか、そのような呼びかけである。関東大震災のことだろう。時代背景が垣間見られる他は目新しい主張でもないなと陽一郎には思われた。「西国の志士に後るることなく」という言い回しがちょっと目を引くていどであった。深い興味もなくその投稿を眺めていると、徳吾は楽しげに笑った。

「なかなかの論客でしょう。おそらくこのころ十七、八ぐらいでしょうな」

「ええ、まあ、そうですね」

陽一郎は曖昧に笑う。確かに、四郎が結構な筆力の持ち主であることは間違いがなさそうだった。ハッタリと修辞の効いた文章でありながら、論旨は明快であり、そして一貫している。賢かったのだろうし、情熱も持ち合わせていたのだろう。すっかり黄ばんだ紙に組まれた活字のあいだに、社会というものに挑みかかろうとしている青年の姿が透けて見えた。同じぐらいの年頃の自らを振り返ってみれば、大学で自堕落を極めた生活を送っていた記憶しか蘇ってこないのだから、陽一郎は苦笑するしかない。

それでも、すれっからしの陽一郎には、四郎の文章を手放しで賞賛する気にはなれない。というのも、世界がインターネットというものに覆い尽くされてこのかた、意見表明という行為じたいはなんら特別なことではなくなってしまったからだ。老若男女を問わず、オンライン上の一筆啓上は絶え間なく続き、なんと世間にはこれほど一言《いちげん》居士《こじ》が埋もれていたものかと感嘆したくなるほどだ。十五世紀にグーテンベルクが活版印刷を発明してから二十世紀までに印刷されたすべての本、それに匹敵する量のテキストが、今ではたった二日間でウェブ上に吐き出される。陽一郎が浸っているのは、そんな飽和の中である。ほぼ一世紀前の若きご先祖様が抱いていた情熱に払えるものは、条件付きの敬意といったていどのものだ。

「たいしたものですね」

「そう思います。論客であったことが、四郎の運命だったのでしょう」

陽一郎のお愛想に、しかし徳吾は、感に堪えないといった表情でつぶやく。

「仙台二高で、四郎は文科に進みました。大過なかりせば、私のように法曹の道に進んでいたかも知れませんな」

「と、言いますと」

徳吾は重々しくうなずく。眼窩の奥でぎょろりと目玉が回転し、陽一郎に焦点を定める。

「弾圧です」

なんと大時代な、と思いはしたが、徳吾の目は微動だにせず、やむなく陽一郎は居住まいを正す。

かの、悪名高き治安維持法です。大正時代というのは、さまざまな政治運動が林立したのですよ。それを、権力が抑え込もうとしたのでしょうな。陽一郎などは「大正デモクラシー」「プロレタリア文学」などといった言葉をかろうじて思い出すていどだが、この当時の社会運動は実に幅広くさまざま、よく言えば豊か、悪く言えばまとまりがなかった。共産主義や社会主義を標榜する政党が結成されるいっぽうで、キリスト教的な人道主義を説く団体が現れ、同和運動や労働運動も声を上げはじめた。農村の貧困解消を訴える農本主義を抱げる団体や、無政府主義を標榜する団体までもが結成された。これらのほとんどが、苛烈な弾圧の果てに消滅あるいは転向し、戦後まで息を潜めることとなったのは確かに徳吾の言うとおりである。原四郎の命運が大きく転変するのは、このような時代であった。

一九二六年、昭和元年にして大正の末年、突如、大根田宅に官憲の捜査の手が入った。そして、おそらくは治安維持法違反の嫌疑で「進取東北」は発行禁止を言い渡されてしまう。老齢にさしかかっていた大根田泰山は数ヶ月間を拘留され、原四郎には放校という処分が下った。そんな「危険人物」である四郎を四戸の旧家たる原家が見限ったのは、この事件がきっかけだったのだろう。徳吾が生まれたときにはすでにその名は厳然たる禁忌《タブー》となっていた。原一太郎には末弟などおらぬというのが原家の公式見解であり、その名前は執拗に拭い去られ、決して口にされることがなかった。ああ、そうだったのか！　陽一郎は、つい昨日、初秋の陽光の中に老いさらばえた体を支えた祖父の姿を思い出す。あのかすれかけた息づかいは、ほとんど一世紀近い時間を隔ててなお、四郎の名が纏《まと》っているケガレを伝えていたのだ。

「筆禍とは、さようなものです」

静かな口調で、徳吾は述べる。一行の文章が、一語の言葉が、権力者の逆鱗《げきりん》に触れること、歴史を紐解けばいくらでも拾える事実です。我らは、いささか自由に慣れすぎているのかも知れませんな。

少々鼻につく物言いだとは思ったが、陽一郎は沈黙を守る。

それに、彼自身にも思い当たることはあった。もっともそれは政治権力による弾圧などではなく、インターネット上でときおり吹き上がる騒ぎである。たとえば、誰か有名人がささやかな失言をしたとする。すると、そのことがどこかの誰かの気に障り、共感を覚える連中が声を上げはじめ、非難、怨嗟《えんさ》、罵倒の声はあたかも燎原《りょうげん》の火のごとくに燃え広がり……、追い詰められた有名人はカメラの前で釈明に追われたり、あるいは頭を下げて謹慎を申し出たりする。そんなことが二十一世紀に入ってからこっち、何度でも繰り返されたものだ。「祭り」「炎上」などと称されるこの現象が、陽一郎にとっては、言論弾圧という言葉の実感に非常に近い。もっとも、弾圧する側にいるのが誰かと問われれば、それは陽一郎をも含む、嬉々として石を投げる無数の善男善女なのだが。

「なにがあったんでしょうね」

陽一郎はつぶやく。ネット上では数限りない揚げ足の取り合いを目撃していて、口は災いの元というのを実感してはいても、同時に思い起こされるのは人の噂も七十五日ということわざである。なにか一つの出来事が執念深く人生を狂わせ続けるという事態が、陽一郎には身に迫って感じられない。なにをやらかしたら、そこまで面倒なことになるんでしょうか？

徳吾はうなずく。

「きわめて普遍的な問題です。古今東西、いかなる時代であろうとも、この問題に寛容であった権力は存在しないのです」

ピンとこない顔の陽一郎を、徳吾はまっすぐに見据える。

「東北独立。それこそが、原四郎の抱いていた理想でありました」

15

南北問題、この言葉が陽一郎の知識の中に入り込んだのは高校のころだっただろうか。平たく言えば、豊かな先進国は北に、貧乏な発展途上国は南に偏っているという地理上の問題である。社会科の授業で学びはするものの、この言葉から連想されるイメージは紋切り型であるうえに漠然としている。照りつける太陽、肌の黒い人間たち、手つかずの自然と豊富な資源、政治の腐敗と貧富の格差、戦争に紛争に犯罪に貧困、こういったものは一緒くたに連想されて「南」という言葉にずさんに集約される。それがメラネシアであろうが中近東であろうが中米地峡であろうが、そんなことはどうでもいいのである。二十一世紀に入ってこれらの国々が世界経済の中で重きを置くようになっても、「南」に貼り付いたレッテルは容易にはがれようとしない。「腰ミノを着けて槍を持って踊る土人」のような安易なイメージは、驚くべきことに、日本人が南方雄飛などという言葉を夢想していた「冒険ダン吉」の時代から一世紀近い長命を保って現在に至る。

興味深いことに、このような南北の格差は、小さくは欧州や北米にも存在する。たとえばアメリカの北部諸州と南部諸州、イベリア半島やイタリア半島、あるいはフランスやベルギー。しばしば語られるものは、開発の立ち後れた貧しい南を工業化の進んだ豊かな北が支えるという構図である。

ところが、この構図は東アジアでは反転する。中国、ベトナム、タイ、朝鮮半島は言うに及ばず、いずれも富と人口は南に偏るのである。「貧しい北を養っているのは俺たちだ」という怨嗟の声はむしろ南から上がる。そしてこれはまた、日本にも当てはまる図式なのだ。経済の重点が東京以南にあることは疑いようがない。なにしろ東北と北海道の生産を合計しても、日本のＧＤＰの一割を占めるに過ぎないのだ。少ないのは人と産業とおカネ、豊かなのは自然と山と農地、東北に漠然と抱かれるイメージはそんなものである。

「あなたも、そうお思いになりますかな」

突如話を振られて、陽一郎は返答に困る。ええ、まあ、否定しづらいですねえ、陽一郎はもごもごと口ごもって卑屈に笑う。否定しづらいどころか、生まれてこのかた首都圏住まいの陽一郎が東北に抱くのは、なんとなく寒そうで薄暗そうな土地といったていどの印象だ。そうでしょう、そうでしょうとも、徳吾は言う。

「しかし、それはあくまで、近代以降の影なのです」

徳吾が語気を強めた。いいですか、誤解をしてはならない。東北とは、本来、豊かな土地なのですよ。たとえば江戸時代、もっとも石高の高い藩は加賀《かが》の百万石でありました。では、二番手はどこか、ご存知ですか？　は、え。ええと。陽一郎は戸惑う。大阪ですか？　徳吾老人はそっとほほえむ。息を漏らすように、かすかに笑う。

「ここです。ここ。仙台藩の六十二万石、実際の石高は九十九万石。仙台こそが、江戸時代の日本では二番目に豊かな藩だったのです」

「はー」

陽一郎は気の抜けたような返事をする。秋田藩と会津藩の実高はおよそ四十万石、米沢藩は三十五万石、弘前藩は三十万石。盛岡藩ですら二十五万石でした。近世までの東北は、決して他の地域に比べて恥じることなき内実を持っておったのです。徳吾の口からは滑らかに数字が流れ出てくる。長い時間をかけて、繰り返し記憶に刻みつけた事柄である。へえ、そうなのか！　意外ではあったが、あんがい妥当な数字じゃないかなとも陽一郎は思う。科学や工業が未発達であった時代ならば、農作物の収量はおおむね耕地面積に比例するだろうし、広さの点では東北は申し分がないからだ。

この直感はあながち間違いではなかった。豊臣秀吉がいわゆる太閤検地を行い、史上初めて日本の地べたに同一の基準で値段が付けられたときには、まだ、東北には広大な処女地が広がっていた。つまり東北とは、江戸時代における開発の最前線《フロンテイア》でもあった。新田の開発は積極的に行われ、低地や湿地は干拓されて新たな実りをもたらした。実りは運ばれる、海の道を経て、江戸へ、上方へ。米のみならず、山の実りに海の実りまでも。江戸や京から見れば文字通りの道《みち》の奥《く》、かなたの北の果てであっても、そこには認むべき幸《さち》があったのである。それが、徳吾の見なす近世東北の姿である。少なくとも、明治維新という動乱までは。

「これは誤解されがちなことですが、東北とは、方角ではないのですよ」

徳吾の目は、北仙台法律事務所所長室の壁に貼られた日本地図に向いた。つられて地図を眺める陽一郎は、日本列島はどことなく腰掛けた人の姿に似ているなと感じる。小学生のころに地図帳に落書きをして以来の感想なのだが、北海道を頭と見なせば、腰のあたりが東京、足と膝が近畿、中国、九州。四国は座布団に見えないこともない。されば東北はその上半身、奥羽山脈が日本の背骨と言えそうなのだが、ここで陽一郎は徳吾の意図に気付く。きわめて単純なことだが、東北地方は、実は、東北にあるわけではないのである。東京から青森を見ればその方角はほぼまっすぐに北。南北方向には六百キロメートルあまりも離れているのに、東西方向には百キロていどしか離れていない。しげしげと日本地図を眺める陽一郎に、徳吾は言葉を重ねる。

「なぜ、東北は東北と名付けられたか、ご承知ですかな」

いいえ、どうですかねえ、言葉を濁す陽一郎に徳吾は言った。

「東北とは、東夷《とうい》北狄《ほくてき》を約《つづ》めた名であります」

東夷、北狄、西戎《せいじゅう》、南蛮《なんばん》。中華思想において辺地に住む野蛮人を指した呼び名であること、ご承知でしょう。それを京都あたりのやんごとなき連中が猿真似をして、われら北の人間を夷狄なんぞと呼んだわけです。冗談めかした口調ではあるが、眼鏡の向こうで目が笑っていないことに陽一郎は気付く。そもそも東北は、北海道と琉球を別にしては、もっとも遅くヤマトなる国家に組み込まれた土地でありましたからナ。かつて蝦夷《エミシ》と呼ばれる民族が広く住みなした、強大なる集権国家の存在せぬ平和の土地でありました。えっ、中央集権国家がなかったことと平和はイコールじゃないだろう？　陽一郎は疑問を感じるが、首をかしげるにとどめる。野村胡堂《のむらこどう》をご存知ですか？　銭形平次の作者ですよ。ああ、あの……、陽一郎は曖昧にうなずく。投げ銭の岡っ引きの姿を漠然と想像することはできても、実のところは一冊も読んだことがない。岩手の出身なんですな、野村胡堂は。小説の他に音楽評論もやっておったのですが、その際のペンネームが、あらえびすなのですよ。

話しながら徳吾は、応接テーブルの上にあるメモを一枚取って数字を記してゆく。「802」「1189」「1590」「1868」、ここまで書いて徳吾はちらりと陽一郎を見上げる。分かりますか？

その目はいたずらっぽく問いかけていて、たぶん西暦だろうなと陽一郎は察したが、子細は分からない。徳吾は顔を上げ、ペンの先で数字を指し示した。

八〇二年、これは、東北敗北の年であります。坂上田村麻呂《さかのうえのたむらまろ》に敗れた阿弖流為《アテルイ》が刑死した年ですな。事実上、この敗戦をもって東北はヤマト朝廷に下ったと私は見ております。蝦夷の頭目であった阿弖流為の名、ご存知でしょうかな？　陽一郎はうなずく。かなり荒唐無稽な漫画作品を通じてのことではあるが……。

「以来、東北はヤマトの中にありながらヤマトに蔑まれ、されど独自の道を歩もうとしてきたのですよ」

これは、徳吾の希望的観測とばかりも言えない。ヤマトの勢力下に入ったとはいえ、東北すなわちかつての奥州は、ミヤコからはあまりにも遠かった。朝廷から地方行政のトップが派遣されはするが、行政刷新があったからと言ってただちに庶民の生活が激変するわけでもない。奥州には、奥州の作法が連綿と保たれていたことだろう。ダキアやルシタニアといった古代ローマの属州にも似て、中央の作法は土地の作法と混じり合い、新たな作法を生む。ミヤコのやんごとなき血はあたかも貴種落胤《らくいん》のごとく、あらえびすの豪族と交わり合う。このような混交の果てにあるのが、かの奥州藤原氏なのである。彼らは決して単なる山出しなどではない。奥州藤原氏はミヤコに恭順を示しつつも、奥州なる広大な土地に覇を唱えた。ミヤコの人々が辺地と見下げた奥州は、実は、ヤマトとエゾ・カラフト・沿海州といった北アジアを連結する土地に当たる。北方の文物は奥州を通じてヤマトと行き交い、奥州に富をもたらす。奥州藤原氏の都である平泉を流れる衣川《ころもがわ》は、ローマと属州とを分かつルビコン川のように、ヤマトと北方世界の境をなす。

されば、ルビコン川を渡ったのは、誰か？

源頼朝《みなもとのよりとも》である。源義経《よしつね》の悲劇的な最期、弁慶の立ち往生なども合わせて長く人口に膾炙《かいしゃ》してきた奥州征伐を北方の視点から見れば、これは、侵略戦争に他ならない。夷狄とヤマトの貴人の混血たる奥州の豪族たちは領土を追われ、かわり、支配層に座ったのは関東武士である。この功績をもって、源頼朝は征夷大将軍に任じられた。爾来、明治維新に至るまで、この「蝦夷を征する兵隊の親玉」は日本国における事実上の最高権力者の称号であり続けた。言ってみれば、正当な国家的軍事力を有することを認められたわけであり、異族を伏《まつろ》わしめた功績をもって王を称する発想、たとえば、プリンス・オブ・ウェールズやプリンシペ・デ・アストゥリアスなどという称号によく似ている。坂上田村麻呂の阿弖流為討伐から四百年が経ち、またも「北」は「中央」に敗れた。徳吾はペン先で「１１８９」の数字を指す。「８０２」と「１１８９」のあいだに「４００」の数字が書き込まれた。

「鎌倉幕府の開闢《かいびゃく》に先駆けること、三年。武家社会の始まりは、奥州の栄華の終焉でもあったわけですな」

「１１８９」と「１５９０」のあいだにも、徳吾のペンは「４００」と書く。たった三つの数字の中に、四世紀にわたる時間が集約されていた。鎌倉幕府の成立と終焉、足利尊氏《あしかがたかうじ》と室町幕府、応仁の乱。織田《おだ》信長《のぶなが》の登場を待つまで、小権力の乱立状態は百年ほども続いた。いわゆる戦国時代である。しかし、この名前からたとえば第二次世界大戦の欧州戦線のようなものを想像すると、少々実態とズレが生じる。なにしろ、耕す者と戦う者との区分が曖昧な時代であり、ケンカのさなかにも野良を耕さなければ米も豆も育たないのだ。ましてミヤコからはるかに隔たった奥州は、帝《ミカド》や将軍《ショーグン》の諍いなどとは縁が遠かった。奥州藤原氏の滅亡後に東北を統べた関東武士は時を経て土着し、すでに緩やかな平衡状態に至っていた。いくつかの小競り合いの果て、頭角を現した伊達という氏族の下に従属関係が結ばれ、戦乱の世と言うには奥州は存外のどかなものであった。

この平穏に闖入してきたのが、天下人、太閤秀吉《ひでよし》による奥州仕置である。小田原を落とした余勢を駆ってか、秀吉は奥州の内的秩序に武力もて異を唱え、奥州の従属を確認するとともに天下統一を完成するのである。これは同時に、「日本」なる国家の支配が本州北端にまで及んだ瞬間でもあった。

徳吾の講釈を聞きながら、陽一郎は奇妙な既視感を感じていた。似たような話を、至るところで耳にしてきたような気がする。交易と耕作を生業とする平和な小国に攻め入ってくる大国、そう聞いて陽一郎が連想するのは、ネイティブアメリカンの迫害やアステカの滅亡などではなく、ファンタジー小説や漫画に描かれる部族の抗争である。アーサー王伝説や北欧神話あたりを原材料とし、トールキンやル・グウィンあたりの小説を鋳型として、今なおファンタジーという領域は漫画にアニメにゲームに小説にと無数の類似作品を生み続けている。実のところ陽一郎のごとき今どきの青年にとっては、史実などよりも映像上の虚構の方がよほど身に迫って感じられるのである。

「歴史の転換期、東北はいつも最後に敗れる。新たなる権力は、東北を征服することによって正統を誇るのです」

「そういうもんでしょうか」

「ご覧なさい」

徳吾のペン先はあらためて数字を指してゆく。「802」、阿弖流為刑死。「1189」、奥州藤原氏滅亡。「1590」、秀吉の奥州仕置。そして「1868」。それぞれの数字の間には、400、400、300、そう数字が挟み込まれ、徳吾は語る。どうです、このように、東北は、数百年ごとに敗北する歴史を有しているのです。

最後の１８６８という数字、これは戊辰戦争の年であった。西南戦争を除いては、日本の歴史上最後に起こった内戦である。新政府に対立した会津藩と、それを守るべくして結成された奥州諸藩の同盟に対する攻撃は、旧来の政治権力を否定し尽くすかのごとくに苛烈にして容赦がなかった。白虎隊の悲劇や箱館戦争における土方歳三《ひじかたとしぞう》の死は今なお広い人気を誇る逸話だが、死者は英雄となって記憶されるものの、残された者たちの運命はめったに顧《かえり》みられない。東北の諸藩はことごとくが朝敵と見なされ、軒並み減封や藩主・家老の処刑が行われた。この戊辰戦争における徹底的な敗北が、その後の東北が政治的に、経済的に、そして文化的に、他地域に後れをとる遠因となり、そして、今に至るまで日本国の大枠に影響を与え続けている！　……というのが、徳吾の見立てである。

「もう、お分かりでしょう。東北という地がいかに汚辱にまみれているか。そもそも東北という呼び名、きわめて新しいものです。かつてならば奥州、そう呼んでことは足りた。東北の名が広く用いられはじめたのは、明治からのことでありました。新政府に弓引く化外の民を教化し、平定せねばならぬ、そのように、時の権力者は考えたのでしょうナ」

徳吾は一息に語った。陽一郎が呆気にとられるほどの語気だった。

「いいですか。我ら東北の民は、負《フ》の歴史を負うているのです」

一どきに押し寄せてきた情報が、陽一郎の頭の中でぐるぐると巡り続ける。いや、まてよ、しかし。過去に何度も戦があった、その都度敗北を重ねた、オーケイ、それは事実だろう。しかし、それを今に至って恨みがましく蒸し返すなんてことに、意義があるんだろうか？　問い返したいことはいくらでもあったが、背筋を伸ばして座る徳吾に敢えて異を唱えるのは、陽一郎にはためらわれた。

そのとき、ドアがノックされた。

「失礼いたします」

事務員の女性が顔を覗かせた。お茶のおかわりと菓子皿を載せたお盆を携えていた。

「おや。どうしたの、これ」

「こないだの安達さんですよ、わざわざお礼に」

「ああ、そう。ありがたいね」

徳吾が相好を崩す。

「どうぞどうぞ、一息入れて。このへんの名物でして、なかなかうまいもんですよ」

促されるままに口にしてみれば、白餡をパイ皮で包んだような体裁の、和洋折衷の菓子である。クルミが混ぜ込まれ、バターがかすかに薫る上品な甘さである。美味しいですねえ、陽一郎が言うと、徳吾は静かに笑った。支倉常長《ファシクラツネナガ》にちなんだ菓子でしてね、ご当地ものですな。私の好物なもんでね、たまに、差し入れてくださるかたがいらっしゃる。徳吾は熱弁をふるった口でお茶をすすり、皿の上のお菓子をつまんだ。指で四等分にして、その一かけらを口に。悲しいことですがね、どうも最近は、食い過ぎると胃にもたれるんですなあ。昔は依頼人が持ってきてくれて、案件の相談聞きながら、二人で一箱空にしちまうなんてことも、あったんですがねえ。

「ところで、あなた、何年のお生まれですか」

「昭和六十三年です」

なるほどね。二十七ですか。お若いですなあ……、即座に計算して、徳吾はつぶやく。

「私は一九三九年の生まれです。太平洋戦争の二年前」

「はぁ」

「これはね、どうも、その……、どう言ったらいいかよく分からんのですが」

能弁な徳吾が珍しく言い淀んでいて、陽一郎は少々驚く。その表情は、はにかんでいるようにすら見える。

「ひとりの人間の見渡せる年月というものが、思いのほか狭いと感じられてならんのです。なんと言いますかな、はっきり実体として思い描ける空間と言いますか、世界そのものと言ったらよいか」

訥々《とつとつ》とした、生硬《せいこう》な口調だったが、徳吾の言わんとすることをまとめてみればこういうことだった。人の物心がつくのはおおむね三、四歳のこと、ものごとを記憶して客観的に語れるようになるのは早くても十歳前後ということになるだろう。一方で人生の終末期、個人差が大きいにせよ、いずれ心身には衰えが忍び寄る。頭脳は曖昧になり、新たなるものごとは理解できず、過去の記憶は摩滅してゆく。それは七十のときか、あるいは八十、九十になってか。他人事じゃありませんな、徳吾は苦笑する。陽一郎の見るところ当分のあいだ元気そうな爺さんではあるが、ともあれ、人間が実体験として時間の流れを摑み取れるのはせいぜい半世紀分ていどの長さなのではないかと徳吾は考えている。当年とって七十六歳という年齢のせいだけではなく、膨大な書物の中に過去への逍遥《しょうよう》を繰り返してきたからこそ抱く実感なのだろう。これほどさまざまな情報に気軽にアクセスできるご時世では見誤りがちなことだが、人間は誰しも時間という一定の速度で一方向にしか進まない列車に乗っていて、本当に体験できることというのは、この一瞬一瞬の堆積でしかない。いかに過去のできごとを精妙に蘇らせる記録装置があったところで、結局のところ我らが肉体は時間という名の列車から飛び降りることはできないのだ。

そんなことを、徳吾はしゃべった。ゆっくりと菓子をつまみ茶をすすりながらで、結局のところ文倉焼きは四分の三が消えていた。同じく陽一郎は一個半を食べながら、徳吾の奇妙な言葉に戸惑う。意図するところは分からなくもないのだが、なんでいきなり、そんなことを。確かに、今の世の中、ヴァーチャルに追体験できるものごとが多すぎるとは陽一郎の感じていることでもある。自分のもっとも古い記憶と言えば幼稚園のころに弟の光次朗が生まれたあたりのことで、実際に自分が体験した記憶の堆積は、せいぜい二十年。ついさっき俯瞰《ふかん》した奥州一千年の歴史も、結局のところは、書物の中から再構築された観念的なものでしかない。

「しかし、だからこそ、個人的な体験というものはバカにできんと私は思うわけです」

陽一郎はうなずく。このエキセントリックな老人がなにを言い出すにせよ、それがなにかの理屈の下に繰り出されていることが、ようやく陽一郎にも察せられてきた。

「私は四郎の個人的な経験が知りたくてならんのです」

陽一郎は顔を上げる。唐突に、話が戻ってきた。大転回ののちの回帰である。

「私は、東北の負《フ》の歴史なかりせば、四郎が官憲に追われることはなかったと思っている。しかし、これは遠因なのです」

「はあ」

「もっと近いところに、四郎を駆り立てる出来事があったのではないでしょうか。怒りであったか、憤りであったか、不充足であったか。そういうものがなくて、世界に異議を申し立てることなど、ありましょうかな?」

問いかける口調ではあったが、徳吾の中では答えの出ていることなのだろうなと陽一郎は思う。

「私は、それは、貧困であったと見ております」

菓子皿と茶碗を寄せて、徳吾は段ボールからまたいくつかの紙封筒を漁《あさ》り、応接セットのテーブルに積み上げる。新たな「進取東北」を何冊か、そして、古びたノートが二冊。昔のノートである。厚紙の表紙はすり切れて印刷された題字もかすれかけていたが、徳吾の細く節くれだった指がページを開いてゆけば、中の紙は百年近い時を経てまだみずみずしいクリーム色を保っていた。万年筆で几帳面に綴られた筆致が鮮やかに残り、それはあたかも乾ききったかに見えた木材に刃をたてたとき、新鮮な断面が顔をのぞかせて強く匂い立つ様子を思わせた。

「四郎の生まれたのは一九〇五年です。明治維新からおよそ四十年が過ぎ、このときには、東北の構造的な貧困はほぼ完成されていたのですな」

１９０５、またも徳吾のペンは数字を書き付ける。これは、東北に大凶作のあった年でもあります。四郎の生まれ育った時代の背景でありましょうな。当人は富裕な地主の家に育ったとはいえ、身売りに物乞い、一家離散、そういった悲劇を若き四郎は間近に見ていたでしょう。そう語りながら、徳吾は１８９１という数字を書く。この年、上野と青森を結ぶ鉄道、のちの東北本線が全通しております。東北のその他の開発に比べ、鉄道の敷設ばかりは異例に早かった。人口は希薄であるにもかかわらず、です。これが意味するところ、お分かりでしょうかな。開発に必要だったんでしょうかね、陽一郎が当てずっぽうを言えば、徳吾は深くうなずく。しかり。その通りであります。けれどそれは、東北に恵みを運び来るものではなかった。人を、資源を、土地の恵みを、運び去るものでありました。

徳吾の言には相応の裏付けがある。明治初年、東北の開発は鉱山から始まったからである。小坂《こさか》の銅、釜石《かまいし》の鉄、磐城《いわき》の石炭、これらの資源を運び出すために、鉄道の敷設は焦眉の急であったに違いない。欧米に比べれば後れてやってきた新興国に過ぎない日本は、殖産興業の道をひた走る。軽工業を中心とした未熟なものであったにせよ、都市圏は余剰の労働人口を集めて肥大する。この人集めにも鉄道は大切な役割を果たした。以来、東北の大都市圏への出稼ぎは現在に至るまで続いている。そしてまた、東北は資源と人とを都会に提供する一方で、都市の食料供給地にもなった。鉄道は、都会の人間を養うための食料をも運んだのである。

陽一郎は徳吾の話を聞きながら、似たような話を最近耳にしたなと考え、そうだ、パラグアイだと思い至る。鉄道はおろか、道路すら未整備であった地球の裏側の広大な国。いかに実りがあろうとも、運ぶことも売ることもできない土地。なによりもそのことに世志彦は、コウイチロウは、頭を悩ませていたはずだ。

「流通ってのは大切なんですねえ」

ふと陽一郎が口にすれば、徳吾は大げさなぐらいにうなずいてみせた。

「その通りですな。私は、これを、東北の半植民化の過程であったと捉えております。資源と労働人口とを収奪する一方で、食料供給地としての地位を事実上強制したのですから」

「まあ、そうかも知れませんが」

陽一郎は曖昧に言葉を濁す。

「それでも、市場が用意されてることは悪いことじゃありませんよね？　モノを作っても、売れなければ意味がないんですから」

付け焼き刃の知識でそんなことを言ってみれば、徳吾の目が大きく見開かれた。

「さよう。確かにそれは一面。しかしながら、植民地的農業と商業的農業経営との間には歴然とした差がありますな。経済的に自立できるか否かという点です」

「それは、まあ」

「明治の新政府は地主と小作の差を拡大した。土地に値段を付け、重税を課せば、零細農民が土地を持ち続けることは不可能となります」

徳吾は薄く笑った。四戸の原家などは、そこで身上を増やした側であったわけです。私の生家であり、あなたのお父さんの生家であり、四郎の生家でもあった、ね。かような体制の下、農民の自主性など、尊重されたでしょうかな？　徳吾は語気を強める。つまるところ、東北の農民は、外部からの要請によって不利な作物を作れと強いられたわけであります。なんだかお分かりですか？　首をかしげる陽一郎に徳吾は言った。

「私は、米が東北の農民を殺したと思っております」

「米……」

「さよう。米はヤマトの民の常食であります。なにしろ雅名に豊葦原瑞穂国《とよあしはらみずほのくに》、稲穂実ル豊カナ国と、米の名を入れ込むほどですからな」

言われずとも、陽一郎のみならず、ほとんどの日本人が漠然と共有する観念であるに違いない。実のところ二十世紀の後半から米の消費量は減少の一途をたどっているのだが、それでもなお「日本はコメの国」という曖昧な物言いは世間に浸透している。高温多湿の風土に合ったとか連作が可能であるとかいった理由が挙げられるだろうが、見落としてはならないのは、コメがひどくうまいという点である。コメにムギにマメにイモにトウモロコシ、人類が主食とする作物はさまざまだが、もっぱらそのままの形で食されるのはコメだけだ。碾《ひ》いて粉にせずとも精米して籾殻《もみがら》や糠を取り除くだけでよく、加熱によって適度に粘るデンプンが心地よい食感を作り出す。うま味成分であるアミノ酸や糖類も豊富である。煮て塩をかけただけでも、コメは充分にうまい。この「うまさ」を強みに、たとえばインドネシアや中部アフリカやミクロネシアで、コメは旧来のイモ食を駆逐する勢いで普及してしまった。そしてまた日本にあっても、いつでもコメを不足なく食いたいという欲求は為政者から下々の者までが等しく抱く欲望であり、コメの増産は長きにわたる日本の国是であった。だからこそ食料基地たることを運命づけられた東北で、米作が従前に増して奨励されてきたのは、半ば必然のことだったのだろう。

しかし、不運にも、コメは東北の風土には半分適し、半分適さなかった。降雨降雪量が多く水が豊富である点は米作に向くのだが、一方でその気温と水温はコメの発育にはほんの少し低い。夏場の気温が低ければ、米の収量はてきめんに低下してしまうのである。これに加えて、品種改良した種籾や化学肥料や農薬などといったさまざまな工夫は、コメの増産に寄与した一方で、農民に新たな支出を強いることになった。それでいてコメの収穫は年に一度きり、つまり現金収入はこの一瞬にあるばかりなのである。

結果として、暦が改まり政体が変わり、日本国というシステムが多大な変化を遂げてからも、凶作は頻繁に東北を襲い続ける。殊に岩手県においては、凶作は明治の四十五年間に四回、大正の十五年間に一回、昭和の二十年間に四回。実にこの頻度で、農民たちは飢饉に耐え続けなければならなかったのである。

「私の歳でもかろうじて記憶にあるのですよ。まあ、村ではましな暮らし向きだったこともあって、物乞いが家に来るのですな。大人たちはホイド稼ぎなどと悪く言うのですが、この言葉、ご存知ないでしょう」

「はい」

「今でこそ放浪芸なんぞと言いまして、結構なものだったと考える向きもあるようですが、たぶんあいうものとは、別のものです。凶作で金も食べるものもない、さりながらただのオモライに行くにはなにか、おそらくはわずかな尊厳が、許さなかった。人間とは、そういうものです。そういう百姓たちが門口に立って、歌だの踊りだのをやるのですね、まあ、子供心にもみっだぐないど思うよぅな、話にもなにもならねァというような芸をね」

陽一郎は顔を上げた。ずっと流暢な、いわゆる標準語を話していた徳吾の言葉に、かすかに東北の言葉の響きが入ったからだ。見れば、徳吾はそっと顔を背け、ハンカチで目尻を拭う。

「さような悲惨、それこそが、四郎の原風景であったと私は考えます」

きっぱりと徳吾は断じ、目元はかすかに赤く、陽一郎は驚く。それは四郎ばかりではなく、徳吾老人の原風景でもあったのではないだろうか？

徳吾は四郎の残したノート、それに「進取東北」をめくった。原四郎が仙台二高に入学した年、「農村の窮民を憂ふ」の題の投書が掲載されている。第一次世界大戦の終結と関東大震災によって日本が長い不景気に入りつつあった時代であり、東北地方ではなおさらのことだった。いったん都市部に吸い上げられた労働人口は、経済の不況によって行き場をなくす。都市の最下層にとどまるのでなければ故郷に帰るよりなく、しかしそこにも余剰人口を食べさせる手立てなどはなかった。このような悲劇を目撃した四郎は、故郷の現状を憂え、「糧秣を荒天に備へ郷村に産業を興す」べきことを訴えている。新味に乏しい主張ではあるのだが、さまざまな作物を輪作して気候の変動に耐えることを説いているあたりで、陽一郎は、かつて勤務していたコンピューター会社でしばしば言われた「システムの冗長性」という言葉を思い出す。一通りしかないやり方では失敗したときの回復ができなくなってしまうので、多少の無駄を承知で、複数のやり方を確保しておくのである。要するにリスクヘッジの発想である。

さらに同年末、「東北は餘國に比肩すべけんや？」そのように書き出される四郎の投書は興味深いことを述べている。昨今の不況下、東北の経済振興が必要であることは論を待たない。しかし、その方策は東北の実情を見据えたものであるだろうか？　東北には東北にふさわしい発展のモデルがあるのではないか？　そのような主張である。「餘の本貫たる奥羽山中」が寒冷で痩せた土地であることを示した上で、「徒《いたづら》なる米作への偏執」が度重なる凶作を招いてきたことを指摘している。それよりも「古来産したる穀類の数々」を育成することの方が東北の風土に適しているのではないか？　そう四郎は提起しているのである。「稗粟《ヒエアワ》等雑穀の食味米に劣ると雖《いへど》も寒冷地の風土に適《かな》ふこと疑いを容れず」と四郎は書く。さらに続く文章に、陽一郎の目は吸い寄せられる。

「愚考するに商用作物は大豆が適するであらう。油脂蛋白等を豊富に含み滋養に富み食用云ふに及ばず農業工業に亦有益であり、而《しか》も東北大豆の品質、北海道或《あるい》は北支産の其等《それら》に比肩し得るであらう」。

大豆！　陽一郎は、遠い過去の人物と、自らの追い求める人物とがかすかに重なり合ったような錯覚を覚える。大豆か！　思わず陽一郎がつぶやくと、徳吾はうなずいた。大豆ですな。たいそう優秀な作物なのですよ、寒冷地でも荒地でもよく育ちますからね。想像しづらいでしょうが、私が子供のころは、まだ、豆腐がごちそうでした。田んぼの畦《あぜ》に大豆を蒔いておいて、実れば豆腐屋に持って行って豆腐にしてもらうのですな。畦ですか？　陽一郎が聞き返せば、徳吾はそっと笑った。若いかたはご存知ないでしょうな。大豆とは、元々、そうやって育てたものなんですよ。米と大豆、これこそは、日本の食の二本柱であったのです。熱量を米で摂取し、蛋白を大豆で補うことで、日本人は世界にも類例のない一千年以上にわたる菜食文化を築いてこられたわけです。

原四郎の投書は、これが最後である。しかし、この翌年「読者諸賢は蘇格蘭《スコツツラント》を知り居るや？」そんな書き出しで始まる署名入りの記事、その筆者の大原泰南《おおはらたいなん》なる人物が、徳吾の見立てでは四郎の変名ではないかという。それまでの四郎の主張とよく似ておりますな、そう言いつつ徳吾が指すのは、びっしりと書き付けられた四郎のノートである。生真面目に整った鉛筆書きの文章は至るところに削除や挿入があり、文章を練った跡が生々しく残されていた。

大原泰南の論文は、主にヨーロッパの事例を紹介しながら、東北という一地方が持ち得る主体性について論じたものである。大英帝国に対するスコットランド、スペイン王国に対するカタロニア、イタリア王国に対するサルデーニャなどの例を挙げ、あくまでも日本という国家の枠組みの中で、一地方が独自性を保つことの重要性を論じているのである。「斯学《しがく》の大家陸羯南《くがかつなん》先生宣《のたま》ひし如く、餘は東北の日本に於ける蘇格蘭たらんことを願ふ」。当時としては目新しい主張だったんだろうなと思われた。しかし同時に、気がかりなところもあった。たとえば泰南は、ソ連を新たな国家モデルとして紹介している。国家を構成する各共和国の主体性を認めたうえで単一の主権国家を構成するという建て前は、地方の視点から見れば魅力的な概念であったのかも知れないが、これが戦前の日本では少々「危うい」主張であったことは陽一郎にも察しがつく。連邦制国家の一例としてアメリカやカナダの例と併置しているのだから、とりわけ政治思想的な意図があったわけでもないようなのだが。

　さらに数ヶ月後、この大原泰南の論文が新たに掲載されている。こちらは先の論文よりもいっそう踏み込み、東北人は「帝國臣民たるを旨とし」つつも、自らの郷村文化に矜恃を抱き独り立つ気概持て、との主張を展開しているのである。東北人よ、貧困に甘んじてはならぬ。労働を資源を農産物を収奪されてはならぬ。忘る勿《なか》れ、夫《そもそ》も東北は國土の三割を占める廣大な大地に勤勉實直な人士を育み、良質なる港灣を有し米を産し林野を有し鑛物を産す。見よ、歐羅巴《ヨーロッパ》には東北に遙かに及ばぬ地力人力の小邦が数多《あまた》獨立《どくりつ》を保つてゐるではないか！　……いささか扇情的に、大原泰南なる人物はそのようなことを訴えている。このちに大原は具体的な数字を挙げ、東北経済の自立の可能性を探っている。現状では投資の多くがむしろ北海道に向いていることを嘆きつつ、細倉の鉛や八幡平の硫黄《いおう》といった資源に触れ、「斯《かく》の如き東北の富を東北の爲《ため》に先づ消費するのであれば東北は餘人《よじん》の羨む王道樂土と成りぬ可《べ》し」と論じている。「域外税」なるものを導入し、東北の産物をそれ以外の地域に出荷する際に課税を行い地方の歳入とせよ、といった主張も行っているのだ。あくまでも「大和民族國家團結の下」、とくどいほどに念を押してはいるのだが、これが事実上の東北独立を志向している、少なくともそう読解されても仕方のない内容であることは、陽一郎の目にも明らかだった。

「先駆的すぎたのでしょうな」

徳吾はつぶやく。

「時期も悪かった。日本が軍国主義へと向けて突き進む、暗黒の時代の幕開けでありました。国家主義がもてはやされる時流、かような地方独立の意見が容認されることはなかったのでしょう」

「はあ、まあ。なるほど」

陽一郎は曖昧に相槌を打つ。いかにもこの世代の老人が口にしそうな物言いだ、そう思いながら。

「まあでも、実際は難しいのかも知れませんよね」

「そうお考えになりますか」

「ええ、まあ。結局地方の独立って、経済的に自立できなければ、どうしようもないじゃないですか」

「なるほどね。なにか、ご存知ですか」

眼鏡の向こうで徳吾の目が細くなった。笑っているようなまなざしだった。

「今の日本ですと、だいたい東京近辺がＧＤＰの三割、中京と京阪神を合わせて五割を占めてますよね。結局このへんがあるからこそ日本の経済が回ってるわけで。東北だけだったらたしか、ＧＤＰの五パーセントぐらいにしかなってないですよね」

「博識ですな」

徳吾はほほえむ。

「たとえば沖縄が独立するとか、たまにニュースになりますけど、あれって実際難しいと思うんですよね」

「なるほど」

「結局日本とか米軍とかの支援があって経済が回ってるわけですから」

「なるほど、なるほど」

「変な分離主義みたいな考え方って、僕はあんまり賛成できないんですよねえ」

勢いに乗って話すこれらの言葉は、陽一郎が一人で練り上げたものではなく、ほとんどはウェブ上のあちらこちらに書き付けられたテキストなのだ。それを幾度となく目にしたものだから、あたかも自分自身が考え出したのではないかと陽一郎自身も錯覚しそうになるほどである。

「だいたい現代の日本で独立なんて現実的じゃないじゃないですか。声のでかい連中が騒いでるだけで、まあたいていの普通の人は、現状維持、今のままの日本を望むと思うんですよね。まあ百年も前のことですから事情は違うのかも知れませんけど、やっぱり夢物語だったんじゃないかなあって感想は否めないですね」

「なるほど、なるほど」

徳吾は、またもうなずく。よく学んでいらっしゃいますな、そう付け加える。ご説ごもっともです。結局のところ東北の経済が脆弱であること、否定はしません。四郎の時代など、さらに著しかったことでしょうな。なかば独り言のように徳吾はつぶやき、冷めかけたお茶をすすり、顔を上げた。

「陽一郎さん」

徳吾老人はここに至り、この大甥を初めて名前で呼んだ。

「あなた、四年前の三月、どちらにいらっしゃいました」

「四年前、ですか」

ちょっと考え、陽一郎も顔を上げる。あの三月のことを指しているのだと気付き、徳吾の顔を注視する。

「私は仕事で福島に出かけておりましたな。丸々三日、仙台に戻ってくることができなかった」

「それは……」

いまさら見舞いの言葉でもあるまいが、なんと言うべきか、陽一郎は言葉に詰まる。確かに四年前のあの三月、日本近現代史上最大の自然災害は、ここ東北を中心に東日本全域を襲ったのだった。まだ新宿の会社に勤めていたころのことだった。激しい揺れにオフィス内は騒然となり、古いオフィスビルの中では什器がいくつもかき回され、書類やコンピューターが次々に崩落していった。あの四戸原家にもその爪痕は明らかであったことだろうが、率直に言ってそのことにはまるで意識が向かなかった。突然電源の落ちたコンピューターのデータが消し飛んでいないか、ただそのことを気にしているばかりだった。なにが起こったのか、あのとき把握できていた人間は誰もいなかった。外房で大規模な火災が起きているらしい、三陸が津波に襲われたらしい、曖昧な噂が混雑を極める回線の隙間から漏れ聞こえてくるばかりだった。だいぶ経ってから、あちこちの支社やデータセンターの被害がのろのろと伝えられはじめた。さんざん待たされて、日が暮れるころになってようやく自宅待機の指令が下り、まったく交通の麻痺した都内を六時間歩いて陽一郎は和光市の自宅まで帰り着いた。

あの年のうちには陽一郎は会社を辞めていたが、それでも、数ヶ月にわたる断続的な停電や物資の不足、流通の不十分、それらはコンピューター会社の業務をしばしば混乱させた。たとえばソフトウエアのパッケージに用いていた特殊な用紙が手配できなくなった、そんな思いがけない理由で。日本の経済が想像する以上に密に連携し合っていることが、図らずも証し立てられたようなものだった。確かに、GDP比ではたかだか五パーセントを占めるに過ぎない東北の経済だが、そこが混乱を来せば製造や物流は至るところで停滞することになったのである。金額にすればほんの五パーセント、しかしそこに独自の技術を持った一社が含まれていれば、それはかけがえのない五パーセントなのである。

「こちら、大丈夫だったんでしょうか」

「幸い、うちはたいしたことがなかったんです。モノが落ちたぐらいでね」

　こんなオンボロの建物でも、あんがい丈夫なもんです。徳吾はあたりを見回して笑った。なにしろこういう生業《なりわい》だもんですから、持ち込まれる案件も急増しました。あのとき七十二、ぼちぼち隠居しようなぞと考えていた気分が、吹っ飛びましたな。それは決して口先だけのことではなかった。あれから四年、不動産にまつわること、雇用に関わること、人の生死や相続に関わること、あの大過の影響は今に至るまで尾を引いていて、それはこの北仙台法律事務所の抱える案件とて例外ではない。

「むしろ私は、あの三月、なおも東北が負《フ》の歴史を抱えていることを、あたかも立ち上る黒い影のごとくに見たものです」

　徳吾は、ひどく深刻な、そして芝居がかった口調でそうつぶやいた。そして、先ほど数字を記したメモ用紙に、新たな数字を付け加えたのである。８０２、１１８９、１５９０、１８６８。その下に、２０１１。

「あの三月が浮き彫りにして見せたことは、東北が今なお豊かさからは遠い土地だということであったと、私は考えます」

　そう徳吾は言った。あの被災者たちは、多くは、海山のあいだに生きる人間たちでしたな。おそらくは、日本の繁栄から最も遠いところでたつきを立てている人間たちでした。その多くは年寄りであったこと、これは、決して偶然ではない。もとより、あれらの土地は、逃れがたい過疎が進行していたからです。

そしてまた、そういう人間たちの土地を汚染したのも、あの震災であったわけです。分かりますか、陽一郎さん。現代日本の繁栄を支えるための、犠牲は、東北が負うていたのですよ。人を収奪され、資源を収奪され、食料を収奪された。そして、さらには、電気を生み出すモノ、そのためのケガレもまた、東北が負わされていたのです。ご記憶でしょう、あの途方もない爆発を。操ることも抑えることも適わなかった事故を。いつのまにかあの土地に発して至るところを、土壌の中を、水の中を、動物の中を、作物の中を、ニンゲンの中を、穢《けが》していた、あの事故のことを、ご記憶しておられないわけではありますまい、陽一郎さん？

いつしか徳吾の目は、大きく見開かれていた。静かに抑えられた口調でありながら、目は炯々《けいけい》と輝き、瞬きすら憚られる威容を以て陽一郎に対峙していた。息が詰まりそうになりながら、陽一郎の脳裏には、確かにあの遠い三月に端を発した事態、その映像が、さまざまに浮かんでは消えていった。これまでのいかなるツクリゴトよりも高く広く無慈悲に大地を襲った海嘯《かいしょう》、「根こそぎ」と言うより他に言葉の見当たらないあらゆる建物の倒壊と崩落、重なり合い連なり合ってどこまでも続く瓦礫の山、そして、あの、爆発。噴出。発熱。拡散。制御不能。冷却不能。聖職者のごとくに真っ白い衣で頭までを包んだ人間たち……。

直ちに影響はありません、そう口ではつぶやきつつ、多くの人間は西へと向かって遁走した。少しでも東北という「ケガレ」の土地から遠ざかるために。医学的に有意な影響などあり得ない、そう自らを欺きつつ、都市の人間たちは東北の食べ物を忌み、バカ高い外国の水を飲んだ。がんばろうニッポン！　と口にするだけならばタダのお題目を唱えつつ、日本経済の屋台骨と持ち上げつつ、しょせん他に地域振興の手立てなんぞなかったと嘯《うそぶ》きつつ、悲劇の地への金は出し渋った。すべては完璧にコントロールされています、誠実さのかけらもなく大見得を切りながら、やったことはかの地への支援ではなく、かの地の問題を訴える声を抑えつけることだった。あのときの影響は今なお、有形無形に社会のあちらこちらに残っていて、それは思いもかけない形で可視化されてくる。

都市の人間たちが忘却したがっているかつての災いは、東北にあっては、今なお進行する事態として、人の、天地《あめつち》の、かたわらにあるのですよ、そう徳吾は言った。

「さればこそ、私は、百年前の理想を嗤《わら》う気にはなれんのですよ」

不意に口調が和らいだ。冷めたお茶の残りを干し、鷹揚に笑った。

「すいませんな、どうも私、少々話にのめり込むもんで」

「ええ、その……」

勢いに呑まれた格好で、陽一郎はぼそぼそとつぶやいた。

「原四郎という我らが父祖が、東北独立を唱えたこと、私は密かに私の誇りとしています。それは、今なお、否、今だからこそ、一種の現実味を帯びる思想ではありませんかな?」

そう言いながら、徳吾はテーブルの上のノートや「進取東北」の冊子をまとめはじめた。陽一郎は慌てる。その四郎がどうなったか、それこそが自分の聞きたいことであったはずだ。気が付けばお昼が近く、このまま話がきれいに畳まれてしまうような雰囲気である。

「あの、それで、四郎さんは結局どうなったのでしょう」

徳吾は笑みを浮かべつつ、首を振った。

「確実なところは」

「え。分からないんですか」

「仙台二高を放逐され、大根田泰山が拘留されて以降、四郎の足取りは途絶えるのですよ」

徳吾は満足げに笑うが、陽一郎はハシゴを外されたような気分になる。この老人の繰り言に辛抱強く付き合って分かったことは、原四郎なる人物が姿を消してしまった、その一点だけだということか？

そのとき、所長室のドアがノックされて、事務員の女性が顔を出した。所長、ちょっと失礼します。あの、岩沼の野村さんからお電話ですけど、大丈夫ですか。ああウン、回してくれる？　デスクの上の内線電話が鳴り、徳吾は例によって熱のこもった早口で話しはじめる。

「ああどうも、ご無沙汰です。どうですその後。……え、ま、そうでしょうナ。先方もこちらの出方待ちみたいなところはあるでしょう。まあそのへんのところ、お会いしたときにでもね。ええ、ええ、分かりますとも」

陽一郎は立ち上がった。長く座っていて、腰がみしみしと痛む。廊下の突き当たりにトイレがあった。木製の扉にタイル張りの床というクラシックな造作である。薄暗い空気は冷たく湿り、スイッチを入れれば照明はまばゆく目の奥に刺さり、陽一郎はぐらりとよろめきそうになる。三杯もお茶を飲んで膀胱はパンパン、いったん迸《ほとばし》り始めた小便は、太く長く、とどめようもない。恍惚のような呻《うめ》きを漏らしながら、陽一郎は、混乱する頭をもういちど整理しようとする。

あの饒舌な大叔父から聞かされた膨大な情報、その余分をこそげ落としてしまえば、残るものは、原四郎という人物の筆禍と消失、ただそれだけである。原家の血統に連なる四郎と、Soysoya の創業者の原世志彦とを結ぶ線は、どこにも探り当てることができないままだ。釈然としない気分のまま所長室に戻れば、徳吾は机の上に広げられた資料を片付けにかかっていた。

「いや、すいませんな。お昼もご一緒できればと思ったんですが、十二時から来客がね」

徳吾は資料を段ボール箱にまとめて突っ込み、恥じ入るような、しかし誇らかな笑みを浮かべて言った。

「困ったことに、こんな箱が、あと十箱以上もあるのですよ。今日はお話しできてよかった。なに、東京なら近くです。ぜひ、また、おいでなさい」

この率直な老人がこう言うからには、これは決して社交辞令などではないのだろう。しかし、これほどの時間を費やしながらもものごとの核心に踏み込めなかったという憾《うら》みを、陽一郎は感じる。本当だったら真っ先に聞いておくべきことを、変な遠慮深さと度胸のなさのために、またも俺は逸してしまったのだろうか。

「あの。すいません」

陽一郎が絞り出すように声を上げると、徳吾はきょとんとして手を止めた。

「恐縮なんですが、四郎さんが、どうなったのか、その見込みだけでも、教えて、いただけませんか」

「ほぉ」

徳吾は陽一郎に向き直る。

「それがいちばん聞きたかったことのようですな」

「その通りです」

「なんとまあ、回り道が過ぎましたかな」

陽一郎は大いに恥じ入り、徳吾は笑った。屈託のない、軽やかな笑いである。結構ですとも。一週間ぐらいお時間いただけますか？　必要な資料をコピーしてお送りしましょう。そう言いながら、徳吾は陽一郎の住所と電話番号をメモした。

「私は、四郎は大陸に渡ったと考えております。傍証だけですが、そう信じるに足りる蓋然性があると私は思います」

慎重な物言いだったが、陽一郎は、思わず顔を上げた。

「大陸と言いますと、あの、その。南米でしょうか?」

「いやいや」

徳吾はそっと笑う。

「満州。かつて王道楽土と喧伝された、欺瞞の大地であります」

第三部

TAKAMAGAHARAという名の電脳神話

16

我に返ってみれば、陽一郎《よういちろう》には陽一郎の日常が待ち構えていた。長大に思えた東北への探訪も、実はたった二日のことだ。いわて沼宮内《ぬまくない》駅に大輔《だいすけ》青年の迎えを受けて四戸《しのへ》原家の恵三《けいぞう》叔父に対面してから、仙台の光次朗《こうじろう》宅に一泊してあの強烈な大叔父の徳吾《とくご》との長い対話を終えるまでの長い歴程も、ほんの二十四時間に収まってしまうのである。徳吾から語られた時間と歴史の物語に幻惑され、酩酊したような頭を抱えて新幹線に乗ってしまえば、ものの一時間で首都圏の猥雑が周囲に戻ってくる。大宮駅で埼京線に乗り換え、車窓から見える予備校だのパチンコ屋だのラブホテルだのの看板に、陽一郎はなぜかほっとしたような気分になった。池袋でいったん駅を出て、アニメの美少女がほほえむポスターが所狭しと貼られた書店で新刊の漫画を買い、家電の量販店で携帯端末とノートパソコンの新機種を流し見て、立ち食いそば屋に入って大盛りたぬきそばに二百九十円を払ったあたりで、日常は完全に回復していた。

池袋からふたたび電車に揺られながら、陽一郎は今回の旅にかかった費用を概算してみた。岩手県との往復にかかった三万円、恵三叔父に手土産の菓子折が千五百円、父の墓前に手向けた仏花が二千円、光次朗との飲み代三千円、食費その他諸々。四万円を超える出費は、陽一郎のごとき無為徒食《むいとしょく》の輩には少ない金額ではない。かつて心身を故障させながら会社に勤めていた二年足らずのあいだには、給料は使うアテのないまましずしずと預金口座の中に積み上がっていったけれど、それもその後の三年間ですっかり目減りしてしまった。Soysoyaからの百万円をアテにするほど陽一郎は図太くもなれない。もう駄目だとなったときにはカネを突っ返して遁走しようという意気地のない目論見のもと、陽一郎はあの小切手には手を付けられないままなのである。

結局、陽一郎はこれまでそうしてきたように、しばし短期のバイトにいそしんだ。ひとたび登録しておけば、携帯端末を通じてお呼びのかかる一日限りの取っ払いのバイト。マネキンの搬出、秋期限定商品の棚出し、ハロウィン向けのおもちゃの梱包といった刹那的な労働で支払われるのは半日で四千円、一日で九千円。不景気なのにと言うべきか、不景気だからこそと言うべきか、都市は使い捨ての労働力をいくらでも求めている。彼岸が過ぎれば、いまだ居座る残暑をものともせず、せっかちな小売業界はとっとと深まる秋を演出したがっていた。お彼岸はハロウィンへと衣替えされなければいけなかった。その日、陽一郎たちアルバイトは夜八時半に池袋の雑居ビルに入るアパレルショップに集まり、九時の閉店後ただちに衣類の総入れ替えにいそしんだ。奇しくも、陽一郎の母親が幹部として働く会社の子会社である。陽一郎は皮肉な笑みを浮かべた。この秋物カジュアルの新商品の企画と製造ライン確保と販売期間策定に関わったのは母かも知れないのだが、その段ボール箱を抱えて自分のポンコツ息子が追い回されているとは思わないだろうし、レジの向こうから偉そうにバイトたちを監督している社員にしたところで、ジャック・オ・ランタンの飾りをショウウィンドウに並べているバイト君の母親が親会社の幹部であるとは思いもしないだろう。思えば当然のことで、陽一郎の立場はいくらでも交換可能な低賃金労働者に過ぎない。必要とされる技能など、段ボール箱を右から左へと動かす体力と、最低限の日本語に唯々諾々と従う従順さていどのものである。首からぶら下げたIDカードに記されている登録番号13‐17736さえ一貫性を保っていれば、仮に陽一郎が他の誰かに入れ替わったところで、アパレルショップにもバイト派遣の会社にもなんら不都合など生じはしないのだ。

そんな日々がしばらく続いて、暦が一枚めくられた。懐も少々暖まった。もうちょっとバイト入れとくか、それともめんどくせえしやめとくか、Soysoyaへの義理立てはどうするべ、徳吾が約束通りに原四郎の情報を送ってくれればいいんだが、腹減ったからそろそろ買いものに行ってくるか。そんなことをぼんやり考えながらも実際はどれも行動に移すことなく、リビングのソファにごろりと寝転がってあてどなく携帯端末をいじり回していた夕暮れのこと。不意に、かなたからの声が飛び込んできた。肉声ではなく、携帯端末のECHOというアプリを通じてである。

【@mashda to @yo-1hara @kaccahng: れんらく　そろそろゲームの進捗詰めたいんで暇な日教えて】

陽一郎はどきりとした。高校時代からの旧友、マシュダの声である。このところはすっかりないがしろにしていたが、マシュダと組んでのゲーム作りは陽一郎が無職の身の上となってからいちばん注力してきたことであった。次なる完成時期を来春と定めている以上、のんびりしていられないことは確かである。さてもどう返すべきか……、液晶画面を眺めながら陽一郎が思案していると、新たな声が飛びこんでくる。

【@kacchang: 週末にして】

ゲーム作成仲間のカッチャンである。知らなければぶっきらぼうと思われかねない一言だが、それはいつもと変わらない彼の流儀で、むしろ簡素な文字列からはカッチャンののんびりした口調が響いてくる。

【@mashda: 10／10か17の土曜日でどうよ?月末は俺忙しい】

そうこうしているうちに、マシュダからはてきぱきと返信が帰ってきて、陽一郎はうろたえる。この抜け目のない実務家は相変わらず反応が早い。陽一郎はしばし思い悩む。プログラミングが滞っている以上、できるだけ先の方がありがたいのだが、さて、どうしたものか……。無駄に思慮を巡らせたあげく、いつまでたっても返事をせずに相手を怒らせることも陽一郎には少なくない。

【@MOMO100 to group_agrotsukuba: みなさんお元気ですか!リマインドです、10／10は風と大地のマーケット　秋の大市です!】

またしても携帯端末にメッセージが飛びこんできた。関係者に向けていっせいに送ったメッセージではあるが、陽一郎はどきりとした。

【@MOMO100 to group_agrotsukuba: 予定あけておいてくださいね〜!】

見覚えのあるIDから陽一郎は、あのSoysoya日本支社を訪れた夏の晩のことを思い出した、ビジネス街の一隅、雑踏の中でビラを撒く女の子の姿を、猫の額ほどの公園に貼られたテントのことを思い出した。初対面の人間にも臆することなくその目を見据えてくる、すらりと背の高い彼女。あの不敵な、生意気な態度。暗い夜道で立ち話をしただけのことで、思い出そうとすると安藤百《あんどうもも》の姿はおぼろげになってしまうのだが、その瞳ばかりは記憶の中からも陽一郎のことを見つめてきて離そうとしない。あの小娘が、また、東京までやってくるのか。
またも携帯端末が光った。
【@kacchang: 10にして　17はダメ】
カッチャンからの返信が、よりにもよって十月十日に割り込んでくる。
【@mashda: 俺も10でＯＫ　原はどうよ　ヒマこいてんだろ?】
【@yo-1hara: あー…………10日はなーちょっとハワイ行く用事があってなー】
【@mashda: うるせえ。10でいいな?】
【@yo-1hara: ……夕方からならいいよ。日中はちょっとダメ】
【@kacchang: もういいよそれで】
また、カッチャンからの言葉が割り込んできた。
【@mashda: 前に打ち合わせた通りだけどカッチャンは新キャラの設定よろ。原はエクストラカードの追加な　後は微調整】
【@mashda: ＯＫ。場所とか決めとくわ】
【@mashda: 分かってると思うけど完成目標は来年の「陽春タカマガハラ大祭」だから。巻いていこうぜ】
マシュダからのメッセージを最後に、会話は途切れた。五分足らず、互いにどこにいるかも分からないが、言葉は虚空を飛び交って来週の邂逅《かいこう》を約束する。便利であるということを意識する間もないぐらいに当たり前になってしまった作法である。
「TAKAMAGAHARAかぁ……」
陽一郎はそう声に出してつぶやく。しばらくのあいだほったらかしにしていたこと、自分が深く関わってきたもう一つの巨大な世界のことが、急速に思い出されてくる。プログラム進めとかなきゃなあ……。時間ばかりは有り余ると思っていた身の上に、このところ急速にいろいろなできごとが降りかかってきて、考えなければならないことは少しずつ積み重なり、陽一郎はあてどない焦燥を感じる。Soysoyaのことと、ゲーム作りのことと、それから……。

陽一郎は再び携帯端末を手にした。普段よりもよほど慎重に、なにか致命的な過ちを犯してはいないか、一文字一文字を吟味しながら。

【@yo-1hara: お誘いありがとうございます！こないだお会いした原です。風と大地のマーケット楽しみです、ぜひ顔出します】

【@MOMO100: あ、携帯端末のお兄さん！ありがとうございますぜひきてくださぃ！】

たちどころに返事が返ってきた。陽一郎は液晶を眺めた。文章を追い、何度も目を走らせた。ありがとうございます！　ぜひきてください！　実際に口に出して、そうつぶやきさえした。

17

TAKAMAGAHARAという名のゲームが初めてこの世に産み落とされたのは、二〇〇四年の冬のことである。このとき、陽一郎はまだ高校二年生。親のスネをかじりつつ、スネをかじっていることに自覚的にすらならず、お気楽な人生を謳歌していられる時代のことであった。

パソコン上で稼働する、いわゆる格闘ゲームである。プレイヤーは数あるキャラクターの中から好みの一人を選び、相手キャラクターと対戦するのだ。パンチにキックに投げ技に関節技、ときには目からビームを放ち念動力で岩をも動かし、超常的な力をも駆使して。コンピューターを相手に一人で遊ぶこともできたし、インターネットの向こうにいる他のプレイヤーと対戦することもできた。もっとも、こういったゲームじたいには取り立てて目新しさなどはない。原型を辿れば八〇年代の半ばまで遡ることができたし、類例はいくらでも存在していた。あえてTAKAMAGAHARAの特徴を挙げるならば、名のごとく、日本神話から舞台やキャラクターを借りてきている点だろう。作中に登場するアマテラスやらサルタヒコやらオモイカネやらといったあらゆるキャラクターは美少女として（!）描写され、その造形は陽一郎に連なる世代の青少年の心を確かに捉えた。しかし、本当にユニークな点はそこではない。TAKAMAGAHARAはどこのゲーム会社が作ったものでもなく、そもそもは、そして今なお、とある一人のアマチュアが製作して頒布しているソフトウェアなのである。

　オオクニヌシと呼ばれるその名すら、ネット上のハンドルネームが定着したに過ぎない。おそらくはまだ若い青年で、本業はどこかのコンピューター会社のＳＥ、あるいはサーバー管理者、あるいはウェブコンテンツ制作者、ともかくそのへんである。このオオクニヌシなる人物は気前よくインタビューなどに答えるものの、その内容は毎度毎度巧妙に変化してどこかに大ウソが混ざるものだから、今では「オオクニヌシさんの素性を知りたがるのはご法度」というのがユーザー間のお約束になっている。

　最初にリリースされたときのTAKAMAGAHARAは、お世辞にもいい出来映えとは言いがたかった。キャラクターの動きはぎこちなく、スペックの低いパソコンで動かそうとするとしばしば停止《フリーズ》するようなシロモノだった。しかしそこには、なにか人を惹きつけるものがあったのだろう。端的には、それは、愛嬌というものなのかも知れない。ＢＧＭは安っぽかったがなぜか耳に残って口ずさみたくなったし、いかにも素人の描いたキャラクターは稚拙だけれどかわいらしかった。しかもオオクニヌシはあげつらわれる不具合に腹を立てず、愚直なまでに丁寧な手直しを繰り返した。結果として、TAKAMAGAHARAのゲームは改訂ごとに長足の進歩を遂げてゆくのである。ゲームとしての操作性はもちろんのこと、キャラクターは飛躍的に増加したし、グラフィックは抜群に可愛らしいものへと進歩していった。BGMも長大かつ流麗なものが何曲も用意された。ネット上での対戦成績はランキング化され、リアルタイムでウェブ上に公開されるようになった。

ただし、これらの進歩は、オオクニヌシの手だけによるものではない。その一部は、いや、大半は、オオクニヌシのファンを自称する暇人どもが勝手連的に行ってきたサポートの結果なのである。このTAKAMAGAHARAのサポーターたちは防人《サキモリ》と自称したが、それがいったい何人いるのかは誰にも分からなかった。ネット上に形成された社会《ソーシャル》を介したつながりであって、ほとんどの場合はお互いの本名すら知らないのである。まったくのアマチュアからプロのクリエイターまで、多彩な人材が含まれていることは確かだった。ある者はグラフィックを手直しし、ある者は自作の楽曲を提供した。ある者はゲームシステムの改訂を提案した。あるていどの叩き台ができたところでオオクニヌシがディスカッションに加わり、問題点は作品へと吸い上げられた。これらはいずれもまったくの手弁当の活動だったにもかかわらず、彼らあるいは彼女らは、いずれ原作者に劣らぬ熱意をもってこのゲームに携わっていった。仮にオオクニヌシが採用するに至れば、TAKAMAGAHARAの製作に貢献できたという事実は他に代えがたい勲章となったのである。折しも、ネット上にあまたのコミュニティが生まれる時期のことだった。防人たちは実際に顔を合わせることもないまま、競い合うようにしてTAKAMAGAHARAのゲームを磨き上げてゆくことにのめり込んでいった。

そして防人たちのみならず、TAKAMAGAHARAのゲームそのものに魅了された青少年たちもまた、原作者に劣らぬ熱意をもってTAKAMAGAHARAの二次的な創作に乗り出していったのである。かわいらしいキャラクターを使って漫画を描き、ゲームの一シーンから妄想を膨らませて小説を書いた。プログラムが組めるものは新たにゲームを作りさえした。面白いことに、オオクニヌシは、これらのすべてを鷹揚《おうよう》に許容したのである。血気盛んな青少年たちのこと、それがときにあからさまなポルノグラフィになったとしても。

ただし、オオクニヌシは厳然と一本の線を引いた。それは、TAKAMAGAHARA世界を自由にしていいのはあくまでも「アマチュアが非商業ベースで活動する限りにおいて」という掟である。とある二流どころの出版社がTAKAMAGAHARAの盛り上がりに便乗するかたちでゲーム雑誌の増刊号をこしらえようとしたときには、オオクニヌシは即座に抗議の文書を送り、結果として出版を取りやめさせている。小ずるい儲け話に敢然と背を向けたオオクニヌシの態度は、防人たちの喝采を浴びた。彼らは誇りをもって言い合ったものだ。TAKAMAGAHARAの世界に介入できるのは、そこいらの企業でもなくメディアでもない。オオクニヌシさんと、他ならぬ我々だけなのだ！

最初のリリースから十年あまりが過ぎた。いまやTAKAMAGAHARAのシリーズは、陽一郎のように虚構世界に熱意を注ぐ青少年ならば知らぬ者はいないほどの知名度を誇るコンテンツへと成長したが、ここにはいまだにいっさい企業のクチバシが挟まれていない。アマチュアの手のみによって管理され続ける一大コミューンなのである。高度に資本主義化された現代社会においては類例のない、奇跡的な現象だった。

かくして、TAKAMAGAHARAに連なる物語は膨れ上がり続ける。原作を元にして新たな創作物ができあがり、その創作物を元にしてまた新たな創作物ができあがり、副次的に生まれゆく事物は相互に連関して巨大な体系を作りだし……。そのさまは、一粒の種子が芽吹き、根を張り、花を咲かせ果実となって新たな種子を大地に撒き、荒野に殖えはびこってゆく様子を思わせた。その群生する植物は、陽一郎の足もとの土地にまでも、その長い根を伸ばしてきたのである。

きっかけは、マシュダだった。あの初春の同窓会で再会を果たしたときには、彼はすでに、ゲームの素案を作り上げていたのだ。簡単に言えば、TAKAMAGAHARAのキャラクターを用いたカードゲームである。大富豪などと呼ばれるトランプゲームのルールを下敷きに、コンピューターならではのアクションの要素と派手派手しい演出を加えるのだ。

「カッチャンとも話してたんだ。あいつが絵ェ書いてくれるってさ」

マシュダはそう言って携帯端末を探ってみせた。ふむぅ、陽一郎は呻《うな》った。液晶画面上に呼び出されてきたのは、シャープペンシルで描いたラフなものではあるが、TAKAMAGAHARAのメインヒロインの一人、サルタヒメである。もともと器用にイラストを描いてきたカッチャンの技量は、いつのまにか飛躍的に上達していたらしい。こりゃ、いいな、陽一郎はつぶやいた。グッと来るわ。これなら、いける。

「あとはプログラムなんだ。なんでもいいんだ、ＪａｖａでもＰｅｒｌでも」

当然のことであるかのように、マシュダははっきりとした言葉で言ったものだ。あの瞬間のことは、今も鮮明に記憶に残っている。社会での居所を見失い、長い薄暗がりを歩いているかのような自分が他人に必要とされていることを知るのは、予想をはるかに超えた強い喜びだったからだ。

「マシュダさあ、だいぶTAKAMAGAHARAに入れ込んでただろ。一朝一夕で出てくるアイディアじゃねえよな、これ」

「まあな。俺、防人だしな」

「えッ。マジか」

陽一郎は驚いた。防人を務めるということは、いまや、TAKAMAGAHARAを愛好する人間たちのあいだでは一種のステータスになっていたからである。

「最近?」

「もっと前。大学二年ごろか」

もっとも、マシュダは絵が描けるわけでもプログラムに長けているわけでもない。彼がこなしたのは、明らかな不具合からささやかな不自由まで、実際にゲームをプレイして出てくる問題点をまとめ上げる役割であった。地味だが面倒の多い仕事だった。なにしろ口さがないプレイヤーたちや我の強い防人たちの手前勝手な意見を調整してゆくのだから、慣れも忍耐も執念も必要である。不満はぶつけられやすいが、感謝されることは少なく、そのくせ傍目からはなにもしていないように見える。血気盛んな連中ならばたいてい忌避したがる裏方の仕事を、しかしマシュダはあんがい嬉々としてこなした。なによりそういったことが自分の性分に合っているという自覚があった。現場であくせく立ち働くのではなく、少し離れた高みに立ってシステムを管理し、枠組みを操作すること。その方が、結果としては強い影響を及ぼすことができる。生まれ持ってのものか、それとも少々特殊な……常よりも恵まれすぎた……生い立ちに磨き上げられたものなのかは分からないが、そんな老獪《ろうかい》な考えかたを、マシュダは若くして早くも身につけていたのだ。

18

「皆さん、はじめまして！　よろしくおねがいします！」

二〇〇三年四月八日の、よく晴れた朝のことである。マシュダは自分の二つ名が定まった日のことを、今なお記憶している。

「東第一中学から来ました、ま、まま、マシュダヒデヒコです！」

教室に詰め込まれていた少年たちは、いっせいにどっと笑った。気合いを入れたつもりの挨拶が、台無しになった。以来、益田《ますだ》秀彦《ひでひこ》はマシュダである。最初はからかい半分に投げかけられたこの名を、やがてマシュダは平然と自称するようになった。「ヨゴレ」をあえて被ることでイジられることを回避し、愛嬌のあるキャラを演じよう。そう見越しての行動であったには違いないのだが、のちに、あの瞬間こそがおのれが星回りであったのだとマシュダは思い定めるに至る。踏ん張ったところでどうせ空回りする、それなら道化に徹し、笑われていながら、周囲を冷静に見回している方がいい。若者にしてはいささか諦念が過ぎるかも知れない。しかし、これは、少々風変わりな家庭の中で前半生を過ごしたマシュダがいつしか辿り着いていた自己認識でもあったのである。

人間誰しも、最初は、自分が生まれ落ちた環境を疑わないものだ。マシュダももちろんそうだった。川越市の旧街道に面した豪奢《ごうしゃ》な家がおのれが揺籃であったことを、奇異にも思うこともなかった。お手伝いさんが掃き清めた広く明るいリビング、通信カラオケを備えて宴会にも使える大広間、サウナを備えた地下室、なじみの庭師が定期的にやってくる広い庭、市の重要文化財にも指定されている古い土蔵。そういったものはごく当たり前に身辺にあるものだったし、この家にしばしば出入りする無数の大人たちも、それが当然であるかのようにふるまっていたからである。

古い商都であった。マシュダの一統は十七世紀の半ばにはすでにこの地に住み着いていたようだし、酒の卸《おろし》という現在の事業を興したのも大正年間にまで遡ることができる。もっとも、その商いが今日のように成長したのは、父親の豪腕あってこそだっただろう。マシュダが生まれるよりもずっと前、酒についての嗜好と消費が多様化する昭和の後半期、父は大きく事業を拡大した。地酒を醸す小さな蔵のとりまとめという静かな役割であったところを、より大規模な卸と流通へと転換し、川越市から武蔵野の全域へ、北関東へと商売の手を広げていった。それはあたかも、武蔵野台地の北端に座する川越の地から関東平野の全域に商売の網の目を広げゆくがごときであった。抜け目なく立ち回る一方で、地元の商売人との付き合いも欠かさない。日本のいかなる地方都市も免れることのできない衰亡の運命に甘んじず、この歴史の重い町を飾り立てて観光客にお披露目することに大きく貢献した。唯一の不幸は妻に早世されたことだったが、後添いに迎え入れたのは二十歳近くも年下、いっとき宝塚の舞台に立っていたこともある長身の美人である。社交好きで押し出しがよく、少々独善的ではあるが誰に対しても惜しみない愛情を注ぐ。成功者たる父親のトロフィーとしても、中小企業の社長夫人としても、申し分なかった。彼女がマシュダの母親である。

マシュダは、そんな、いささか恵まれすぎた家の末子として生を受けた。異母兄は十二歳年上、母を同じくする姉ですら五歳年上である。家には従業員や商売相手やお手伝いさんなどがひっきりなしに出入りする。つまり、マシュダは、大人たちのあいだで育った子供だった。社長の坊ちゃんが下に置かれることなどあろうはずもなかったが、父親が五十を過ぎてから生まれたマシュダは実際ずいぶんかわいがられたし、マシュダ自身も大人たちを喜ばせるのが上手な子供だった。母親譲りの整った目鼻立ちに加えて、なかなかに利発、当意即妙にませたことを口にしては笑わせる。これが天与のものであったのか、常に自分よりも年上の人間たちに囲まれていることで身につけた渡世の術《すべ》だったのか、今となっては分からない。そういう才知は、学校という場に上がってからも有効に作用した。口は達者で人当たりは良く、勉強、運動、友達付き合い、いずれも如才なくこなす。しかし、こういう利発さが時間と共に鈍るか、輝きを増すか、それはまったく運としか言いようがない。

予兆は、中学のころには現れていた。決して悪くないが、地元でいちばんの進学校に合格するには心許ないというのがマシュダの成績だった。模擬試験の判定は最良でもB判定、ダメでも他の高校があるさ、のっけから担任もそんな言い方をする。塾でも家庭教師でもいくらでも付けることのできる資力はあったが、それだけで補いきれるもんじゃないと感じていたのは誰よりも当のマシュダだった。相応の努力と幸運の結果、なんとかマシュダは合格を果たすが、このときに感じていた予感は、この後に出会うことになる鬼才異才たちによって裏付けられる。

思春期とはまことに奇妙な時間である。子供時代の穏当な均衡を捨て去るかわり、なにか得体の知れない胆力に支えられてそれぞれの才覚を発揮する人間が現れ出る時間である。そのような旧友たちに囲まれてマシュダが認めざるを得なかったことは、自身の力量がどの方面においてもクラスで五番目以上のものにならないという冷厳な事実であった。麒麟児《きりんじ》が凡庸さを自覚する瞬間である。しかしマシュダは、意外なぐらいに落胆しなかった。嫉妬も湧かなかった。坊ちゃんらしい諦めの良さとも言えたが、それだけでもない。むしろおぼろげに感じていたことは、刻苦勉励して人よりも抜きんでることは性に合わないし、実際向いてもいないということである。それよりも、旗頭になるような人間のかたわらに立つこと。猛然と回転する歯車ではなく、それらを滑らかに継ぎ動かすための潤滑油となること。幼いころから漠然と感じ、高校のころに自覚し、大学から社会に出るに至って確信した、おのれが星回りである。

もっとも、こういう複雑な心情は、親しい友人たちにも軽々しく打ち明けられたものではない。長く付き合ってみればさまざまな鬱屈も察せられようが、そこにわざとらしく同情や共感を示すほどには、マシュダは、そして友人たちは、年を取っていなかった。若い時代、人は、実にくだらない理由で睦み合う。ハラにマシュダ、最初は単に出席番号が近いということで、次には同じ卓球部に入ったということで、なによりも同好の士ということで、原陽一郎はマシュダの無二の親友となった。加えるに、同じ卓球部仲間のカッチャンにゾエにキンタローといった、容色冴えず、胆力弱く、しかしながら知力には優れた少年たちは、目的なくつるんでは駄法螺《だぼら》を吹き、ゲームセンターに通い、マシュダの自室にたむろする仲となる。なにしろマシュダは高校に入学したご褒美に、キッチンにバスルームまでが付いた二階屋の離れを丸ごと自室として与えられていたのである。親の目が届かない個室と言えば思春期の後ろめたさを隠蔽するのにうってつけだが、マシュダや陽一郎たちがやったことは女の子を連れ込むことでも、タバコにシンナーといった悪徳に耽《ふけ》ることでもなかった。だらだらと漫画を読み耽り、まだ高価だった薄型テレビとDVDプレイヤーでアニメを鑑賞し、最新型のパソコンでエロ画像を漁ることだったのである。マシュダが端々《はしばし》に漂わせる鬱屈も、目の賢《さと》い少年たちならば嗅ぎ取ることができた。しかしゾエもカッチャンもキンタローも、もちろん陽一郎も、なにも言わなかったし、憂鬱を共有してやろうというポーズを取ることもなかった。それは、彼らが冷淡だったからではなく、自分の人生を自覚しはじめた年頃の少年たちにとって、他人の人生とはそう易々と介入できるものなどではないと感じられるからだろう。そう単純に割り切れるものでもないのだと気付くのは、もう少し、時間が必要である。

ともあれ、彼らの中でマシュダは、あくまで気のいいボンボンだった。潤沢な資金で惜しげもなくアニメのDVDを買い漁《あさ》る、ありがたい存在でもあった。もちろんそれだけであれば、友情は長くは続くまい。マシュダは人付き合いに長けた男だった。近隣の女子高の学園祭に遊びに行って漫画研究会の女の子たちと仲良くなり、カッチャンにイラストを描かせて合同の同人誌をでっち上げるようなことは、とても陽一郎にできた芸当ではない。陽一郎が人生で初めて女の子たちとカラオケに行ったのも、マシュダのおかげである。マシュダは独善的であるように見えて、甘えるのが上手かった。不遜なように見えて、愛嬌があった。当人に抜きんでたものはなかったかわり、他人のことを褒めるのが上手だった。陽一郎やゾエの学業成績、カッチャンの画才、キンタローの文才、いずれもマシュダが率直に褒めたことで、おのおのはあらためて自らの才覚に気付いたようなものである。

進学も就職も、マシュダは如才なかった。進学先はいくつか合格した中から、いちばん名前の知られている私立大学を選んだ。偏差値だの研究実績だの指導教官だの、一顧だにしなかった。いったん社会に出てしまえば幅をきかせるのは学校の名前だけであって、聞いたこともない大学が地道な研究をしていようとも俺の人生にはなんら彩りを添えるまい、そう考えたからだ。父親のコネに頼ることなく、地元の市役所に就職を決めた。いかに私企業が現在の業績を誇ったところで、十年後にはどうなっているか分かるまい、そう考えたからだ。数ある選択肢の中から半ば直感的にもっとも安定したものを選び取る堅実さは、マシュダがその前半生でいつしか身につけていた能力のようなものであるらしかった。

だから、マシュダがTAKAMAGAHARAの世界に足を踏み入れていったのは、彼なりの必然であったのかも知れない。マシュダにとってTAKAMAGAHARAは、絶対に振り解くことができないほど強固に自分の血肉に絡み合ってしまっている生家や川越の土地や人間関係から遠く隔たった、しかし確かに存在するもう一つの世界である。オオクニヌシなる一人の造物主が作り出した虚構という枠を超えて、無数の人間たちの手によって、TAKAMAGAHARAは広大無辺に拡がり続ける。キャラクターとアクション、その背後に控える時間の流れと巨大な地図とが絡み合って紡ぎ出される無数のものがたり。そこに自分もまた根ざしているという自負がマシュダにはあった。TAKAMAGAHARAの世界に生起する揉めごとを調整してきた経験を誇らしくも思っていた。その、舞台裏に控えてものごとを差配する立場から、表舞台に出てきて自分が主役となってモノを作ること。予想不能な現実の世界に対して、自分自身の創作物を問うこと。陽一郎やカッチャンの存在を触媒として、マシュダは慎重に決意を固めた。

事態は常に想像よりもゆっくりと動くものだ。首尾よく陽一郎とカッチャンの承諾を取り付けてから、完成までの時間は当初の見込みを大幅に上回って一年を要したが、その春に開かれた即売会で初めてリリースされた彼らのゲームは、予想以上の好評を博した。カッチャンの描くキャラクターが魅力的であることが大きかったことは確かだが、陽一郎のプログラムもまたよく期待に応え、プレイしていてストレスを感じることがなかった。

気を良くしたマシュダは直ちに改訂版の企画を立て、完成したのはその年の秋。大幅なヴァージョンアップを施した三作目は翌年の春。矢継ぎ早にリリースしたこれらの続編もまた、好意的に迎えられた。幸運にも恵まれた。件のオオクニヌシがブログでマシュダたちのゲームに言及したのである。面識こそないものの、防人としてよく働いていたマシュダへのリスペクトだったのかも知れないが、これはTAKAMAGAHARAに関わる人間たちに絶大な宣伝となった。マシュダたちの知名度は格段に上昇し、ゲームの売り上げはちょっとした小遣い以上の収入をもたらした。のみならず、おのずと次回作への期待は高まる。

ここでマシュダは、賢明にも手綱を締めた。マシュダ流の直感的な堅実さで、拙速な乱発を戒めたのである。製作期間は長めに取って完成予定を一年先と定め、満を持した四作目の製作を企画した。大幅なルールの改定とキャラクターの追加を目標とし、入念に企画を練ってカッチャンと陽一郎に仕事を割り振る。時間に追われずに作業ができるのはいいことではあったが、おのずとスケジュール管理はおろそかになりがち、気が付けば既に世界は秋に突入している。そろそろ中締めでもしないとな、そうマシュダは考える。
彼岸を過ぎてめっきり涼しい風が吹きはじめた九月の末、いつもより早めに仕事を終えたマシュダは駅近くの繁華街まで赴き、夕食がてらの一杯を愉しもうとした。すでに何度か訪れている小料理屋は店の口開けと言ったところ。カウンターに座って顔なじみの大将と言葉を交わせば、今日は三浦からトビウオの新鮮なのが入っているとのこと。箸つけとともに運ばれてきた冷酒をすすり、マシュダは携帯端末でECHOを立ち上げた。
【@mashda to @yo-1hara @kaccahng: れんらく　そろそろゲームの進捗詰めたいんで暇な日教えて】
冷酒をひとすすりしたところで、早くもカッチャンからの返事が届いた。
【@kacchang: 週末にして】
【@mashda: 10／10か17の土曜日でどうよ?月末は俺忙しい】
【@kacchang: 10にして　17はダメ】
しばしカッチャンとやりとりしたが、陽一郎からの返信は返ってこなかった。三人の中では誰よりもヒマであるうえ、ウェブ世界に淫している点でも人後に落ちないあの男から。辛口の冷酒と完璧な相性を見せるキリリと締まったトビウオの歯触りを楽しんでいるところで、ようやく陽一郎からの言葉が届いた。
【@yo-1hara: あー……………10日はなーちょっとハワイ行く用事があってなー】
【@mashda: うるせえ。10でいいな?】
マシュダは苦笑しながら返答する。この男の言葉は、いつだってむやみにくだくだしい。さらにいくつか言葉のやりとりののち、ようやく日時が定まる。
【@mashda: 分かってると思うけど完成目標は来年の「陽春タカマガハラ大祭」だから。巻いていこ

うぜ】

そう送り、マシュダは携帯端末から顔を上げた。来年三月に予定されている、大規模なTAKAMAGAHARAのイベント。ここで、満を持したお披露目をすることを目標に、すべてのスケジュールは逆算して策定されなければいけないのだ。マシュダは一息ついた気分になった。レンコンとギンナンと小エビのかき揚げが運ばれてきたころになって、またも携帯端末が光った。なんだよ原のやつ、まだなにかヨタを飛ばしたりないのか……?

【@yo-1hara: お誘いありがとうございます!こないだお会いした原です。風と大地のマーケット楽しみです、ぜひ顔出します】

うん? 小さくつぶやいて、マシュダは首をかしげた。まかり間違っても自分に宛てての言葉ではあるまい。では、誰に? 普段の原ならば絶対に使わないバカ丁寧な言葉遣い、とても興味が向くとは思えない風と大地のナントカ。おそらくは送信先の指定を間違えたことで届けられたたった二行のメッセージが、奇妙なにおいを立てていた。人と人とのあいだなればこそ、立ち上るにおいが。この男、お察しな事情により、アサッテの方向に興味を向けはじめているんじゃなかろうな?

おちょこに手を伸ばしたところでまた携帯端末が光った。カッチャンからの、こちらは正確に、自分だけに宛てたメッセージである。マシュダは苦笑した。自分ならば決して口に出さないことを、カッチャンは率直にあらわにするのである。

【@kacchang to @mashda: なあ、なんだよ原のさっきのアレ。女でもできた?】

19

十月十日、土曜日の昼。千回目か一万回目のこと、マシュダはまたも池袋に降り立った。それまでにそうしてきたように、所用と時間つぶしを兼ねて、池袋駅の半径一キロメートルの中をせせこましく歩き回った。自室のプロジェクターを新調したいところだったので、まずは大型家電店に行ってオーディオルームを覗いた。ネットで評判のいいとんこつラーメン屋に並んだ。書店をハシゴして漫画を買った。夏のあいだに観に行けなかったアニメ「レヴェレイターズ２０５０」の新作を観た。大いに充実した午後を費やして映画館を出れば、秋分を過ぎて早くなりゆくいっぽうの落日が迫っている。マシュダは池袋の東側から西側へと足を速めた。

ロサ会館にほど近い、学生時代から愛用している安居酒屋である。桜台で一人暮らししているカッチャンの家からも和光市在住の陽一郎宅からもまずまずの距離であるうえ、大食漢の陽一郎にも偏食の多いカッチャンにも対応しやすい。いつも時間より十分は早く行動するのがマシュダの常であり、ちびちびビールをすすりながら携帯端末をいじってこれから打ち合わせるべきことを反芻《はんすう》していると、ほぼ時間通りにカッチャンが店に入ってきた。

「おつかれー」

「おー」

しばしばウェブやメールを通じてやりとりする間柄であっても、直接に顔を合わせなければ話さないようなことはいくらでもある。どうよ、最近？　いやー、九月から臨時採用の子が来てさー、かなり天然の子でさぁ、いやー大変だわ。かく言うカッチャンの話しぶりもいつものようにマイペースで、のっけから頼んだのも、デキャンタの白ワインと湯がいたツブ貝である。こんな具合に、カッチャンはいつも食べると定めたものを大量に食べるのだ。陽一郎は？　遅刻？　いつも通りだろ、なにやってんだあのバカ。無職の分際で遅れるたぁ太《ふて》ぇ野郎だ。

【@mashda: はやく来いよばかやろう】

マシュダは陽一郎の携帯端末へと向けてそう言葉を投げる。だらだら話しながらツブ貝をほじり、デキャンタが半分も空になった頃合い、ようやく陽一郎が入ってきた。

「いよぅお疲れ、勤労者諸君」

マシュダはじろりと一瞥《いちべつ》をくれる。陽一郎の少々馴れ馴れしい軽口に慣れっこになってはいたが、釘を刺すことは忘れなかった。

「原さあ、お前さあ。いちばんヒマこいてんだから遅れんなよ」

「いや失敬。本日は諸般の事情でね」

まるで反省のこもらない口調で陽一郎は肩をすくめてみせる。カッチャンは三つ目のツブ貝をほじりにかかりながら、黙って陽一郎を観察する。もともとハイなときとロウなときの寒暖の差が激しい男ではあるけれど、本日は思い切りの晴天、高気圧、最高の陽気であるようだ。運ばれてきたビールに口をつける前からこのありさまである。

「なにやってたんだよ。訊いて欲しいんだろ」

ほとんど阿吽《あうん》の呼吸のような会話だが、陽一郎はにやつくのみ、黙ってナップザックを漁るとなにかを摑み出す。これ、諸君におみやげ。食って健康に気ぃつかってくれ。マシュダもカッチャンも、このとき初めて怪訝《けげん》な顔をした。みやげを持ってくるような律儀さも、そのみやげの内容も、陽一郎には無縁のものとしか思えなかったからである。

「へえ」

「そりゃ、どうも」

いささか反応に困りながら、マシュダは野菜チップスの袋を眺めた。編集プロダクション勤めのカッチャンでなくとも、素人細工のラベルだと見えた。

「有機野菜チップス〜太陽と大地の恵みがギュッ！とつまったニンジン、ジャガイモ、レンコン、インゲン、アスパラガス、などなど……!?を、遺伝子組み換えでないコーン油でカラッ！と揚げてみました。お子様のおやつにも最適です！」

整理が足りていない宣伝文句も、かわいらしいけれど不揃いなイラストも、いかにもシロウトの細工だった。おそらく家庭用のパソコンとプリンタを使って仕上げたものなのだろう。

「なんだよこれ。『なめがたグリーンワークス』っての、お前なんか関係あんの？」

「まあな、ちょっとな。そういうイベントに行ってきてな」

「イベント？」

「農業とかさ。食いもんのバザーとかさ」

「へえぇぇー」

カッチャンが間延びしたような声を上げた。驚いたとも面白がっているともつかないような、奇妙な声で。

「あー、アレか。風と大地のナントカ。こないだ、ヘンテコなメッセージ飛ばしてきたやつ」

ちょうど対面に座っていた陽一郎の耳介がさっと赤く染まるのを、マシュダは見逃さなかった。

「これ。誤配信だろ?」

カッチャンは携帯端末を取り出してメッセージを示し、原は押し黙る。で、どうなん? 女関係? その娘《こ》、かわいいの? カッチャンの即物的な問いかけにも、陽一郎は黙りこむばかり。

「これか。これでしょ」

カッチャンはまた携帯端末に子細を誰何《すいか》し、ものの数秒で安藤百《あんどうもも》の写真を探り当ててきた。

「仕事早いな」

「『なめがたグリーンワークス』で検索かけただけだよ。若めの女つったらこの娘じゃない?」

カッチャンが示す液晶画面には、畑の前に集合する青年が十人あまり。ひときわ若い安藤百の姿は、その中では確かに目立っていた。ふーん、わりとかわいいんじゃね? でもちょっと派手めじゃない? 原、こういう娘って好みだったっけ? へえ、茨城の営農団体。なに、この娘、農家なの? いやいや、まだ学生っぽいぜ。筑波だってさ。なんだよ陽一郎、お前の後輩じゃん。大学に女コマしにでも行ってきたんか? 学生ってさあ、原ァ、ちょっとは控えた方がいいぜえ? 口さがないマシュダとカッチャンに陽一郎はうなだれ、なんとも苦しげな声が唇から漏れ出てくる。……イヤ、そういうんじゃ、ねえんだけどさ。

「俺なりに考えるところがあったわけよ。自分が狭い世界で生きてることを自覚する瞬間があってさあ」

「ほうほう」

「そこに、こう、外の風が吹き入ってくるとさ。俺も考えるわけよ。これからの食糧事情とか、農業の抱える諸問題とか、環境汚染とか、いろいろだ。宇宙船地球号の乗組員としては当然の意識だろ?」

「まあ、聞いとくわ。好きなだけ喋れ」

マシュダもカッチャンもニヤニヤ笑う。折良くビールのおかわりが運ばれてきて、間抜け一人を肴に飲むにはいい頃合いである。カッチャンはまたも携帯端末で検索をかけて風と大地のなんとやらいうイベントを探し出し、あきれたような声を上げた。

「えー？　なに、豊洲くんだりまで出かけてったの？　原が？」

確かにその場所からして、とても陽一郎と縁があるとは思われなかった。なにか余計な下心でも抱かない限りは。

この日の昼下がり、陽一郎は池袋から長々と地下鉄に揺られ、都心の地下を袈裟懸けのように斜めに走り抜けて湾岸地帯の一角に辿り着いた。都心最後の開拓地であるこのあたりには超高層マンションが林立し、敷地も間取りも贅沢、緑地に噴水がぬかりなくしつらえられていて、そのさなかの広場で「風と大地のマーケット」は開かれていた。農業物産展を開くにはご立派すぎる会場のように思われたが、意外にも、マーケットの後援にこの一帯を開発した大手ディベロッパーが名前を連ねていることが、入り口の看板に記されていた。陽一郎にも、ようやくこのイベントの概要が見えてくる。確かにいくつもの営農団体が集うバザーではあるのだが、そのパッケージは周到に整えられていて、想像していた学園祭めいたものとはまるで異なっていた。会場の雰囲気は小奇麗でしゃれていた。鮮やかな縞模様で統一されたテントはヨーロッパあたりの農民市《ファーマーズ・マーケット》を連想させた。要は、目の肥えた豊かな消費者を満足させる体裁をしっかり保ったイベントであり、営農団体にとっても割高になりやすい農作物を商う絶好の機会であり、さらにはこういう「意識の高い」イベントが定期的に開かれていることは宅地そのものの風格にもプラスに働くという、三方に損のない計算が働いているのだろう。

じっさい、驚くほど会場はごった返しており、安全と品質を気にする客たちに、値の張る野菜が順調に売れていた。その一隅に「なめがたグリーンワークス」のブースはあった。トマトにピーマンにズッキーニ、山と積まれた野菜の前で店番をする安藤百は、陽一郎に手を振りさえしてくれたのだった。

「あー、携帯端末のお兄さん！　お久しぶり！」

「や、どうも」

陽一郎も手を振り返しながら、めったにない事態にどうふるまうべきか、考えを必死に巡らせていた。堅苦しくなく、はしゃぎすぎず、慌てず、相手を飽きさせず、ごく普通に話すこと。たったそれだけのことができるかどうか、すでに陽一郎には自信がない。結局陽一郎は、なんとも気の利かないことを訊ねる。

「これ、大学のサークルなの？」

「いえいえ、こっちは地元の営農団体です。私もバイトがてら勉強させてもらってるんです」

「盛況だね」

「びっくりしましたよ。このイベント、うちは二回目なんだけど、前よりもずっと反応いいですね」

「モモちゃん、知り合い？　ちょっと座ってもらったら？」

テントの奥から快活な声がした。あっそうですね、どうぞどうぞ！　ちょっと休んでってくださいよ、彼女は陽一郎を招く。汗ばむぐらいにいい陽気の日だったが、太陽を遮るテントの下はぐっと涼しい。や、どうもどうも、初めまして！　長机を前になにか書類書きをしていた青年が立ち上がって握手を求めてきた。日に焼けた肌にすっきりとした笑顔、見たところ自分よりも五、六歳年上といったところだろうか。

「どうも、はじめまして。比良井《ひらい》と申します」

青年は名刺を差し出してくる。名刺などに縁のない人生を送っている陽一郎は、あ、どうもその、名刺持ってきてませんで、原と申します……、そんな苦しい嘘をつく。比良井紳一《しんいち》、そう記された名前の肩書きには「なめがたグリーンワークス　専従職員」の文字。まあ要するに、茨城県でやってる農業団体なんです。美味しくて安全な野菜作るのはまあ当然として、なんとかそれを商売にしていこうってことでね。ええと、原さんでしたっけか、百ちゃんのお知り合いで？

「こないだ、霞ヶ関でビラ撒いてるときに捕まえたんですよ。関税撤廃反対の」

冷えた麦茶を注いでくれながら、安藤百はそんなことを言う。あ、そうですか！　そりゃありがたいな！　比良井は満面の笑みを浮かべる。いやあ、正念場なんですわ。心強いですよ。少しでもこの問題についてご興味お持ちのかたが増えるとね。ぜひ、一緒に反対の声を上げていただければ。

「正念場？」

「今月からまた臨時国会が始まりますからね。多国間自由貿易協定の審議、どうなりますやら」

「あ、ええ、アレですね」

「私らみたいな規模の小さい農業生産者にとっちゃ、深刻な問題なんですよ。付加価値商品の開発なんて言われましても限度がありますから」

「ええ、ええ。困ったもんだなあ」

聞きかじり以上の知識はないくせに、もっともらしい顔をして陽一郎はうなずいてみせた。

「だから、私たちも積極的に動いていこうと思ってるんですよ。どうです、一緒にビラ配りとかしませんか？」

不意に安藤百から話を振られ、陽一郎はうろたえる。机上の空論、とりとめのない妄想が、急激に現実となって飛び込んできたような気分になる。

「ええ、まあ……」

陽一郎は意気地なく押し黙る。このときに脳裏を駆け巡っていたのは、関税を巡る是非などではない。安藤百と行動を共にできるということと、街頭に立ってビラを撒く自分の姿との衝突である。素浪人の身の上、時間ばかりはありあまっているのだから、いい格好を見せるにはもってこいじゃないか……という判断に、どうしても陽一郎は踏み切れない。

そもそも、率直なところ、安藤百や比良井青年は決して陽一郎が得意とするタイプではない。それどころか、漠然とした嫌悪感を抱くと言った方が正しい。だいたいこういうことをするのは、自分たちの権利ばかりを声高に述べ立てる鬱陶しい連中なんだよな、と陽一郎は思う。世の中の動きに対していちいち文句の多い、声のでかい、空気を読まない連中。こんな見方は陽一郎の発明ではなく、ウェブの至るところに書き付けられているもので、陽一郎もまたものごとへの不満は一通りならず腹蔵しているくせに、そういった冷笑に甘やかに共感してきたのだ。まあ、その、この安藤百もそういう感じなのかどうかまでは、俺は知らないけど……。

「エエ、まあ……、機会があったら、声かけてください」

陽一郎は意気地なくも、曖昧な言葉で態度を保留した。これが千載一遇のチャンスというわけでもあるまい……、そう自分をなぐさめながら。

「とりあえず、仲間内に宣伝しときますよ」

中途半端に見栄を張って陽一郎が持ち帰ってきた数枚のビラは、確かにその後、マシュダとカッチャンとの飲み会にも持ち込まれた。

「はぁ。こういうのもやってんのか」

マシュダが大した興味もない目でチラシをつまみ上げる。

「うん、まあ。知ってるけどさ」

カッチャンの言うように、農作物に対する関税撤廃問題、しかつめらしく言えば多国間自由貿易協定はこのところの国会でたびたび審議されていて、昨今メディアのあちこちに顔を見せている。しかしそれ以上に、そういった問題は、ウェブ上でも熱心に議論が交わされていたのである。ただしその内容は日本の農業を憂えるところに留まらず、しばしばナショナリズムや排外主義と抱き合わせて語られやすい。明治の開国、第二次大戦の敗戦に次ぐ、これは第三の黒船なのである！　日本の独立を護るためにも、それは、断固阻止しなければならないのである！　ネット上でそんな文言を見るたびに陽一郎はむやみに勇ましい気分をかき立てられてきたものだ。

「まあねえ、外国のやばい食べ物とか、あんまり入ってきて欲しくないもんねえ」

カッチャンはつぶやく。彼が熱心にほじっているツブ貝は千葉県の産、とりあえず心配の対象ではなさそうだ。

「こんな安居酒屋で食の安全に気ィ使うのもナンセンスだけどな」

マシュダは苦笑する。

「まあ、そんなことよりさ。どうなん？　その娘、彼氏いるの？」

またもカッチャンは即物的なことをずばりと訊ねてくる。いや、違ぇよ、そういうんじゃねえんだよ、と陽一郎はぼやく。ああいうさあ、マジメにまっすぐに生きてる若い子見ると、思うところあるじゃん？　俺はダメ学生だったからさあ、なんていうかその、輝いて見えるなぁ……。感に堪えない、そんな口調で陽一郎はつぶやき、マシュダは肩をすくめた。カッチャンはほとんど笑い出す寸前といった表情。

「マ、寝言はそのへんにしとけ」

予想通りに浮き足立ちはじめていた陽一郎をマシュダはいなす。

「そろそろ進行のこととか打ち合わせようぜ。そのために集まってんだからさ」

「えー、いきなりぃ？」

早くも顔を赤くしているカッチャンに構わず、マシュダは携帯端末を操作する。やることなすことがズボラな陽一郎や、興味の向くこと以外には徹底して心を向けないカッチャンをまとめあげるのは、マシュダのこういった根気強さである。

「お前ら、酒入ると話聞かなくなるじゃねえか」

「陽一郎の女の話は？」

「付き合ってるわけでもないんだろ。きっちりモノにしてここまで連れてきたら、話の一つも聞いてやるよ」

三十歳手前にして夢見がちな、というよりは夢しか見ていない陽一郎は痛いところを突かれてしょんぼりとうつむき、ちびちびビールをすすりにかかる。

「原さあ、大体メールで分かってると思うけど、大きな変更点は新キャラの導入とエクストラカードの一新なんだけど」

「……ああ、うん」

「進捗どうよ。プログラム、まだいじる余地あるか？」

「全然大丈夫。ルールも変えるつってたよな」

「できればエクストラカードの特性、ちょっと変えたいんだよな。いつもあそこでバランスが崩れるだろ」

マシュダはジョッキを片手に携帯端末をいじり、ああこれこれ、とつぶやいた。

「ちょっと仕様いじったんだ。送るぞ」

「あいよ」

ようやく現実世界に戻ってきた陽一郎は、その気になれば仕事は速い。端末をあらためるとマシュダからのデータが届いていて、ざっと流し見て内容を確認する。ゲームの微調整部分の設定である。

「そういや、どうなってんだよ新キャラ。なあ、おい、カッチャンさあ」

二人の会話には耳も貸さずに、カッチャンはまたもツブ貝をほじくっている。マシュダが小突くと、カッチャンは夢から醒めたような顔であたりを見回す。

「んが。うん、マー。ぼちぼちな」

カッチャンもまた携帯端末を取り出す。こちらは陽一郎のよりも二回りほど大きく、ちょいちょいと液晶をつつけば、カッチャンの筆が生み出すキャラクターはダイナミックに画面上へと浮かび上がってくる。

「おおおぉ」

「いいじゃんいいじゃん」

陽一郎とマシュダは声を揃えた。この気まぐれな男の描くキャラクターは、しかし、抜群にかわいらしいのだ。陽一郎たちのゲームが堅調に売れているのも、半分以上はカッチャンの筆力のおかげだろう。まだ仕上がったイラストではないが、ざっくりとした鉛筆画で描かれたキャラクターの名はアメノワカヒメ、くるりと身を翻した躍動が画面に残り、長いお下げ髪がふわりと虚空に舞っていた。

「うん、いいなあ。実にいい」

マシュダが深く感動した様子でつぶやいた。この世慣れた実務家は、実のところ、結構な情熱とロマンチシズムとを持ち合わせている。ときに独善的なぐらいに尻を叩いてくるコイツが鬱陶《うっとう》しがられないのはこの率直さのためだろうな、と陽一郎は思う。カッチャンは続けて数名の美少女を画面上に呼び出し、さっそくマシュダが細かな注文をつける。飽きられないように奇抜に、しかし置いてきぼりにしないていどには保守的に。かくして、虚構の世界の美少女たちは電脳世界に増殖を続ける。カッチャンの携帯端末からマシュダの、そして陽一郎の携帯端末へ。企画と宣伝の一切を引き受けるマシュダの手によって、この日の夜半過ぎにはこれらの美少女たちはブログ上で宣伝され、ウェブを通じて世界へと解き放たれることだろう。

「いちおう時間切っとこうか。カッチャン、どんなもんだ」

「校了一個入るからなあ。十月半ばぐらいでいい？」

「オッケ。原は？　いちどプログラムの動作、ざっくり確認しときたいんだけどさ」

「こんなん、すぐだよ。一週間あれば」

「そっか。助かるわ」

予定をちょいちょいと携帯端末に記録し、マシュダは満足した顔で電源を落とす。これで、肝心の打ち合わせは終了である。それぞれに個性的ではあるが、この仲間は自身の資質を存分に活かしてくれていて、だからこそ安心して仕事を任せられるのだ。どうもお待たせいたしました、そう言って店員がいくつか皿を運んできた。コーンバターにフライドポテトに若鶏の天ぷらに焼き鯖の棒寿司、カッチャンはなんと追加で頼んだ新たなツブ貝をほじりにかかった。今日はそういう気分であるらしい。

「そういや原さあ、連休はどこ行ってたん？　それも例の女か？」

「いや、こっちはもうちょっとマジメなアレで」

急にマシュダから話を振られ、陽一郎はまともな顔に戻って、しばし言い淀む。

「……ちょっと、岩手にさ。親父の墓参りに」

「へえぇ」

「ほら、お彼岸だし」

マシュダは首をひねったし、陽一郎自身もそう思った。もともと出不精で、池袋や秋葉原あたりに出向くのさえおっくうなうえに、不肖と言わざるを得ない我が境遇を思えばいかにもとってつけた話にしか響かないのだが、東北の山深い父の実家のこと、それに連なるSoysoyaのこと、そして自分の負う奇妙な使命《ミッション》のこと、親しい友人といえども気軽にひけらかすようなことではない。

「ま、いいけどさ」

マシュダはそれ以上追及せずにビールをすすった。陽一郎もフライドポテトをつまんで口に放り込み、ビールをすすり、酔いに満たされつつあるときのやけに優しい気分で仲間たちを見つめていた。十年に及ぶ交友があればこその油断した付き合いである。幸福なことだ、このとき、陽一郎は本当にそう思っていた。思い返せば紆余曲折だらけの人生ではあるが、こういう仲間たちに恵まれているのはなにものにも代えがたい財産なのだろう。

実のところ、この日の午後に訪れていた農業団体のバザーでは、ここまで落ち着いた気分にはなれなかったのだが、それも仕方のないことだろう。安藤百と言葉を交わして幸福な気分に浸るのが精一杯、むしろそのあとリーダー格の比良井から農業にまつわるご高説を聞いていた時間の方が長かったぐらいなのだが、そうやって時間を共有することが大切なことなのだ、そう陽一郎は思うことにする。陽一郎が知っている女の子と仲良くなるためのプロトコールなど、そのていどのものだ。

そんなことよりもまずは、腰を落ち着けてゲームを作ろう、陽一郎は思った。とりあえず、東北での使命《ミッション》も一段落ついたのだ。俺の仲間たちに、せめて俺のできるやり方で、報いよう。そんなふうにも、陽一郎は考えていた。

20

またも一通の書類封筒が陽一郎の人生に闖入《ちんにゅう》してきた。日が暮れかけていたころだった。スーパーで食材と半額の総菜を買って家に辿り着いた陽一郎は、郵便受けからはみ出る大きな封筒に気付く。宮城県仙台市青葉区、北仙台法律事務所、原徳吾。仙台から帰京して三週間ほどが経過していたが、あの律儀な大叔父は陽一郎との約束を忘れてはいなかった。陽一郎は二階の自室に上がると、パソコンデスクの前に腰を下ろし、封を切った。あの涼しく冷えた所長室で語られた長大な歴史の残り香を、陽一郎は、封筒の中に嗅ぐことになる。

「前略　原陽一郎様　原四郎の私信等を『コピー』しましたので送ります　お役立て下されば幸甚」

便箋には、クセのある字でそうしたためてあった。封書の中には、大叔父が長年にわたり収集してきた原四郎の私信のコピーが何枚も束ねてある。ほとんどが葉書である。旧字体旧仮名遣いであるうえに筆書きの崩した筆致は少々読解に苦労するが、古い時代の古い文字は、確かに四郎の息づかいを伝えていた。

コピーのわきには、徳吾の字で添え書きがある。「↑一九二七年の筆です　放校の翌年」とあり、これがおそらくいちばん古い葉書であった。宛先は仙台市の大根田《おおねだ》泰山《たいざん》宅だが、四郎の住所は「東京市京橋區月島」としか書いておらず、もちろん差出人の名前もない。消印は京橋局である。

「先生！　御變り御座居ませんか、小生の軽率が御苦勞おかけしたこと慚愧《ざんき》の念に堪へません」

葉書はそう書き出されている。四郎の筆禍に連座したかつての恩人、大根田泰山への謝罪の言葉らしい。続けて、「幸い頗る意氣軒昂です　此處で商賣の眞似事をしてゐます」とある。おそらく四郎は東京に出て、生活のすべを見つけたのだろう。

陽一郎を驚かせたのは「↑一九二八年　かつての学友に宛てた葉書です」と徳吾の添え書きがある葉書である。「萬事順調　商いに追はれてゐるがたづきを立てるには充分だよ」と書き出され、住所は書いていないが、消印は横浜。それに続く文面に、陽一郎の目は吸い寄せられる。

「まツたく大陸の生産には恐れ入るよ　想像して見給へ、大豆粕の円盤が次ぎ次ぎと入港して倉庫の天井迄山積されてあるのだ」

大豆！　この言葉に、陽一郎は脳裏に火花が散ったように感じた。原四郎がどうやら大豆の商売に関わっていたらしいことは察せられた。そして、残る数枚の葉書は、そんな陽一郎の想像を裏打ちするのである。

一九二九年、ふたたび大根田泰山への葉書。消印は同じく横浜。「恐慌足下に及ぶを痛感してゐます　いツそ狭苦しい日本なんぞ見限つてしまいませうか、雌伏の日日なれど雄飛を夢見てゐます」とある。いわゆる昭和恐慌のころのことであろう。そして、大根田に宛てた最後の葉書。

「拝啓御變り御座居ませんか、宿願叶つたと云ふべきか判りませんが　小生先づは安堵してをります。氣力心身に満ちると云つた心持です　先生呉々《ママ》も御達者で。」

なにごとかが起こったようでいて、それがなんであるのかは分からない。そんな文面である。しかし、ここに徳吾は重要な添え書きをしてくれていた。「↑留意下さい」と書かれた消印は、突如首都圏から大きく離れた門司《もじ》のものなのである。しかもその日付は一九三〇年五月。これは、四郎が葉書の文末に記した日付と二ヶ月もの隔たりがあるのだ。

陽一郎にも閃《ひらめ》くものがあった。たしか、当時の門司は外国航路の発着地であったはずだ。もちろん門司に用務の向きがあったのかも知れないが、そうとすれば、日付の隔たりの意味が分からない。これは、誰かに投函を頼んだのではなかろうか？　四郎が一種のお尋ね者であったならば、居所を明かすような郵便は出すまい。誰かに手紙を託したことが、結果として門司の消印に残っているのかも知れぬ。空想癖のある陽一郎は、この推察にぞくりと身震いをした。古典的なミステリーのトリックのようだが、なにしろ時は昭和初期、エルキュール・ポワロやドルリー・レーンがまさに活躍していた時代ではないか。

じっさい、徳吾からの手紙はこのように結ばれている。

「爾後《じご》私信の確認できず足跡を辿る術はないのですが四郎が日本を離れ大陸に渡った可能性は高いのではないかと考えております」

落胆すべきところなのだろうが、陽一郎は、むしろやる気をかき立てられていた。いいじゃん、そんならやってやろうじゃん。ちょっと腰据えて調べれば、原四郎の尻尾ぐらいなんとかならあな。珍しいことに、へんに威勢のいい気分が湧き上がってきたのだが、それは、なにか謎めいたものごとが解き明かされるかも知れないという予感に興奮していたからなのかも知れない。

取り急ぎ、陽一郎は北仙台法律事務所に電話をかけた。先日よりはもう少しまともな受け答えになったことだろう、ほどなくして電話は原徳吾へと回される。

「どうもどうも、東京の陽一郎さんね。そうですか、封筒着きましたか、それはよかった。手持ちの資料はあの程度なんですがね、まあ、ご参考まで。エエすいません今ちょっと接客中なもんでね、なにか疑問などありましたらご遠慮なくお訊ねくだされば」

相変わらずの早口に気圧《けお》されながら、陽一郎はかろうじて言葉を差し込む隙を見つけた。

「他に、手がかりなどはないでしょうか。大人になってからの四郎さんの写真ですとか……」

「ないんですなあ、残念ながら」

そう徳吾は言った。

「やはりね、タブーでしたからな、四郎の存在は。四郎も、二度と故郷には戻ってこなかったんでしょう」

予想通りの答えではあるものの、陽一郎は落胆する。その写真の一枚があれば、すべては簡単に解決することだろうに。

「すいません、あと一つだけ確認したかったんですが、四郎さんは結局、中国大陸に渡ったっていうふうにお考えなんでしょうか？」

「あ、あれねえ。そのあたりが、蓋然性の高い推理ということになりましょうなあ」

とたんに、徳吾の声のトーンが変わった。先日、北仙台法律事務所の所長室で幾度となく聞いた、なにか気合いを入れるときの口調である。

「折しも、日本で軍部が暴走を始め、中国大陸に侵略を始めていた時期ですからね。陽一郎さん、満州、いわゆる『満州国』はご存知ですかな。中国東北部に打ち立てられた、カイライ国家であります」

「ええ、まあ」

陽一郎は曖昧に言葉を濁す。

「侵略の片棒を担いだ感がなきにしもあらずですが、当時、日本の商人たちが中国東北部で旺盛に商売をしていたのは、事実ですからな。大豆貿易に手を染めていたらしい四郎にとっても、新天地になったのではないかと思うのですよ」

接客中であるらしいのに、徳吾は強い口調で話し続ける。陽一郎さん、私はここにもまた、一つの縁を感じます。東北を愛し、東北を追われた四郎が、中国大陸におけるもう一つの東北に渡ったところに。日本の東北と中国の東北、それは単に字面が一致しているというだけではなく、中央に対する辺縁であった点、よく似ていると私は思います。これ以上四郎の足跡を辿れていないのはまことに残念ですが、大陸での成功を祈らずにはいられませんな……。

ええ、まあ。了解いたしました、ともかくどうもありがとうございました。そう言って電話を切り、陽一郎は大きく息をついた。侵略の片棒ねえ……、そう実際に口に出して、つぶやいた。満州事変、リットン調査団、日本の国際連盟脱退……。歴史の授業で習ったフレーズが、断片的に思い出されてくる。もともと日本が権益を築いていた地に、軍部が満州事変という難癖をつけて成立させた「国家」が満州である。それが五族協和を唱えつつも関東軍の後ろ盾がなければ立ちゆかなかった「国家」だったのは事実で、それはまあ、認めるとしよう。それにしたって、満州は対ソ連の橋頭堡《きょうとうほ》として大日本帝国の生命線、北東アジアの軍事バランスを保つ大切な緩衝地帯であったわけだ。それに、日本は国内に勝る投資を行い、大陸に今日にも残る壮麗な都市をたくさん築いてきたではないか……！　などというような見解は、今どきネットを探ればすぐに出てくるものであるし、陽一郎にもおおむね異存はない。いろいろ考え方はあろうけど、新天地で一生懸命商売してきたのは事実なんだし、今になって侵略なんぞと言うのは見方が一面的なんじゃないか……、などと考えながら陽一郎は掌中の携帯端末を立ち上げ、「満州」「大豆」といったキーワードについて問いかけてみる。

徳吾がいちいち言い直したように、「満州」という言葉は一種の政治性を抜きにしては語れなくなってしまったが、あくまで地理的な概念に限るならば、それは万里の長城の東の広大な地域を指す。徳吾の言葉のとおり、中国の中央から見ればまぎれもない東夷北狄《とういほくてき》の地であり、じっさいにあまたの民族が勃興した地でもある。その中の一つ、かつて女真《ジュルチン》と呼ばれた騎馬民族はのちに満州族を自称し、この土地自身を満州と名付ける縁起となり、そして、この土地自身の運命をも決定づけることになる。

十六世紀末、満州族の一氏族たる愛新覚羅《アイシンギョロ》氏に生まれた豪傑ヌルハチは民族を統一して可汗《ハーン》となり、満州の地に後金を建国した。ヌルハチの子ホンタイジは明朝の衰退に伴って万里長城《ワンリーチャンヂャン》を越え、中原《ちゅうげん》の地まで攻め入って広大な中国大陸を統一する。清朝の成立である。有名な史実であり、陽一郎もすでに知っていたことだ。このような経緯のため、皇帝の故地である満州は清朝における聖域となり、異族の移住や入植は厳しく制限されていたらしい。これは陽一郎も初めて知った。ここに漢民族の入植が進むのは、十九世紀、清朝の弱体化に伴ってのことだ。当時、華中・華南の中国人たちが海外に流出していったのとは対照的に、華北の小作農たちは満州へと流入していき、歴史上初めて満州の地は大規模に農地として拓かれる。農民たちが耕し実らせたのは、高粱《コーリヤン》や粟のような雑穀であり、玉《トウ》蜀黍《モロコシ》であり、そして大豆であった。二十世紀前半には、満州は世界の大豆の七割を産するまでに至っていたのである。アメリカ、ブラジル、そしてもちろんパラグアイが大産地となるのは、第二次大戦後のことだ。

大豆か！　陽一郎は考える。大叔父の徳吾によれば、荒地でも寒冷地でもよく育つ作物である。決して温暖とは思えない満州の土地にも適しているのだろう。原四郎と満州とを結びつけたものが大豆であることは、容易に想像できる。しかし、ここまでだった。そのようなごく私的な情報は、ネットの膨大な情報のどこにも書き込まれていない。さらに半時間ほどを検索に費やし、陽一郎はごろりとリビングの床に寝転がった。

陽一郎のようにどっぷりネットに浸っていればこそ感じることだが、このシステムは決して万能ではない。簡単に言えば、ネットには、似通った情報がどこまでも堆積し続けるのだ。たった今この世の中に生起しているものに対しては、ネットは驚くほど鋭敏である。ほんの半日前に北アフリカで起こった連続テロのこと、二ヶ月前に発売されたスクーターの不具合のこと、先ごろ離婚を表明した芸能人カップルの顚末、地方選挙に臨んで候補者の絞り込みに苦労しているイタリアの革新政党、最近マスコミで問題にされている大手外食チェーンのサービス残業の実態、バラエティ番組でアナウンサーがやらかした重大な失言の真相、この十月から始まるアニメの突然の声優交代の理由、そういった事柄に対しての情報はネットの海に溢れかえっている。発言者の顔が見えないテキストはいくらでも存在し、複写と貼付《コピー・アンド・ペースト》を経て無限に増殖する。もっともそれが、どのていど確かなことなのか、どのていどの内実を伴っているのか、それは分からない。え？　それは本当ですか？　と正面きっての問いかけに、まともな答えが返ってくることは滅多にない。

おいおい、ここまで言えば分かるだろ？　空気読めよ。

その一方で、これは陽一郎がしばしば身をもって感じることなのだが、あるラインを越えたとたん、ネット上に現れ出る情報は激減する。そのラインがどこに引かれているのか表現することはできないが、しかし、ラインは厳然として存在するのだ。そこを踏み越えたとたんに、ウェブの名のごとく世界中の情報を相互に結びつけて編み上げているはずの網の目は、魚一匹拾い上げることもなくむなしく海水を滴らせるばかりとなる。陽一郎が耽溺《たんでき》する漫画やアニメにしたところで、ラインは存在する。たとえばほんの二十年ほど前、まだ小学校のころに近所のお兄ちゃんに読ませてもらったきりその漠然とした内容しか覚えていない漫画をもう一度読みたいと願ったとき、陽一郎はラインの存在を痛感することになるのだ。どうやらその作品は連載ではなく、とっくに廃刊になった週刊誌に掲載された読み切りの作品であること、その漫画家自身は芽が出なかったか、ペンネームを変えたか、商売替えをしたか、ともあれこの世に残した痕跡は数編の作品でしかないことなどをどうにか摑み取ったところで、それがどんな作品であったかを窺い知ることはできない。これ以上の情報がどうやっても出てこないことを悟った陽一郎は、なかば意地になってわざわざ国会図書館まで赴き、ようやく記憶の中におぼろげであった漫画作品に対面したのである。決してうまくもなく、決して面白くもない、へっぽこプロレスラーの漫画をコピーに取りながら、陽一郎は感慨に耽らずにはいられなかった。人とこの世界の広さと、それを絡め取る情報の広さと、浅さと。

そんな経験が、陽一郎を駆り立てたのは事実である。

晴れ渡る秋の日、珍しく早起きをした陽一郎は自転車に跨《また》がった。運動するにはうってつけの天気だった。この台湾製のクロスバイクは、車もオートバイも持っていない陽一郎が扱える唯一の移動手段である。電気も化石燃料も要らず、しかも日頃の不摂生や肥満傾向は陽一郎の気に病むところであって、ときおり発作的に自分の肉体を酷使したくなるのである。この日もそういう日だった。

和光市の自宅を出てしばらくは光が丘あたりの裏道を走り、南下する街道へと入り、やがて環状八号《カンパチ》道路へと流れ込んでゆく。このあたりでいつも陽一郎は感傷的な気分になった。かつて、父親が運転する車が通過するところだったからである。父親はしばしばハンドルを握って家族を買い物や食事へと連れ出した。そういったかたちで、平日の多忙を埋め合わせていたのかも知れない。あのころ、環状八号道路はまだ工事中だったはずだ。いつでも工事中の看板は掲げられていて、鉄柵に囲われた工事予定地のショベルカーが幼い陽一郎や光次朗を喜ばせ、ときに渋滞を作っては父親に舌打ちをさせたものだ。

「ねえお父さん、なんで混んでるの？」

「道路工事してるからだな。道路を作ってるんだ」

「どうして道路を作るの？」

「どっかの誰かが儲かるからだろ」

「お父さんが？」

「俺じゃないよ。どっかの、誰かだ」

幼児に応えるにはずいぶん皮肉な物言いだったが、あのときの父は実は、それから二十数年後の息子になにかの啓示を残していたのではなかっただろうか？　今になって陽一郎は、ふとそんなことを思う。半世紀も昔にこの環状道路が立案されたころ、一帯はまだ東京西部の辺地に過ぎなかった。緩慢に進む工事をよそに、しかし、都市は急速に膨れ上がる。建設途上の環状道路の際まで迫り、あっさりと乗り越え、広大な武蔵野に広がってとどまるところを知らない。人は増え、土地の値段は跳ね上がり、遅々として捗《はかど》らない工事が今世紀に入ってようやく仕上げられたときには、かつて文人墨客が逍遥して多くの詩歌にその名をとどめ、もののけが現れるとも狐狸に化かされるとも噂された武蔵野の面影はどこにも残ってはいなかった。父の面影がおぼろになりつつあるように、この街道が建設途上だったころのようすはしだいに思い出せなくなりつつある。重機が放置され雑草が生い茂っていた工事用地は片側三車線の巨大な幹線道路となり、両脇には隙間なく建物が建ち並ぶ。ファミレス、コンビニ、ファストフード、驚くほどありふれた隊列は、自宅近くの川越街道沿いとも、陽一郎が学生時代を過ごした筑波学園都市を走る街道沿いの風景とも、なんら変わるところはなかった。どっかの誰かが儲かるからだろ、俺じゃない、どっかの、誰か、父親の放った言葉がふたたび耳に蘇ってきた。それは俺でもないですよね、お父《と》っつぁん、自転車を漕ぎ回しながら陽一郎は考える。俺ではないどこかの誰かが築き上げて広がり続ける世界の隅っこを、俺は、コソコソと自転車で走り抜けるのが関の山だ。

しゃにむに自転車を漕いだからだろう、予想していたよりもだいぶ早く、陽一郎は環状八号道路から井の頭通りへと入った。ホールケーキを切り分けるナイフのように、円周から中心へ、陽一郎の駆る自転車はまっすぐに都心に向かって疾走してゆく。それが汗だくな肥満気味の肉体を乗せた、たかだか時速二十キロの自転車に過ぎないのだとしても。街道は続き、建物は途切れず、車両の数はいや増す。なだらかな下り坂と、谷底を流れる溝《どぶ》のようになってしまったかつての川は、ここが武蔵野という無人の大地であった五百年前のかすかな名残である。和光市の自宅を出ておよそ一時間半が経過していた。道は上り坂へと転じ、陽一郎はゼイゼイと息を切らし、汗は頰から顎へと伝って滴り、最後のひと踏ん張り、長い坂を登り切ったところで、不意に風景が途切れ、都心には珍しい広い空が現れた。陽一郎は汗だくの顔を上げた。これまで訪れたことのない、広い公園だった。一面の芝生が遠くの雑木林に遮られるところまで広がっていた。

陽一郎は目を見張った。初めて目にする威容だった。紅葉しつつあってきらきらと火花のように輝く雑木林の向こうに、真っ白な塔が、秋の抜けるような青空に向かって聳《そび》え立っているのを認めたのだ。

第四部

満州の巨大な影は大地に落ちる

21

陽一郎《よういちろう》はあたりを見回した。静かだった。壁は白く、高い窓から日差しが斜めに差し込んでいた。抑えた声が囁《ささや》き交わすようにかすかに響いていた。なにか厳粛なものを連想させる空間だった。僧院とか、礼拝堂とか、そういったような……。書物を収集して蓄積する点、確かにここはかつての寺社や教会に似ているのかも知れない。その知が占有されているか、開かれているかの違いはあるが。

そういえば、この建物の造作もどことなく浮世離れしていた。円筒形であり、地上八階が開架の書架や閲覧室やその他もろもろ、地下五階が閉架の書庫になっている。見上げれば、陽一郎の頭上は高く吹き抜けとなって最上階までを貫き、天窓がはるかかなたに見える。吹き抜けを囲むように螺旋《らせん》階段が二本、つまり二重螺旋となって、地上から天上階までを連結している。まるでバベルの図書館だなと陽一郎は思った。あの図書館はこの円筒形の建物が無限に連結されたようなかたちをしていて、膨大な情報に絶望した司書たちが図書館の中心を貫く換気口に書物を投げ棄て、ついには我が身を投じたんじゃなかったっけか？　陽一郎は、太陽の模様のタイルの上に立つあの有名なポートレイトを模して、吹き抜けの虚空をじろりとやぶにらみの目で睨んでみせた。

　膨大な群書の案内人は、閲覧室の一隅にひっそりと設置されていた。検索端末、要するにイントラネットに接続されたコンピューターである。読み取り機にＩＤカードをかざせば、端末は知の扉を惜しみなく開く。たとえば「大豆」と単語を入れて検索をかけてみれば、数秒ののち、端末は二千二百件に及ぶ結果を吐き出してくるのである。もっとも、すべてがすべて大豆に詳しい本というわけでもなく、むしろその逆である。植物学に農業、料理に穀物貿易、園芸に農芸化学、エッセイ、小説、民俗学、宗教、はては著者の姓が「大豆生田《おおまみゆうだ》」であるというだけの本に至るまで、大豆をキーワードとした網にかかる本の数はあまりにも多い。「大豆」に「満州」「貿易」などといったキーワードを加えても、端末はさらにまた無数の書物の情報を呼び出してくる。

　次に陽一郎は「原四郎《しろう》」で検索をかけてみた。はたして、該当件数は三件。一瞬胸が高鳴るが、いずれも北仙台法律事務所で目にしたのと同じ「進取東北」のバックナンバーである。もっとも、これぐらいのことは織り込み済みだ。今から百年近くも前に、歴史にほとんど爪痕を残さないまま失踪してしまった二十歳そこそこの若者について詳述する書物があるとは、陽一郎も考えてはいない。一方、「原世志彦《よしひこ》」の名でかけた検索の当該件数は、二十八件。ざっと見るところ、穀物ビジネスの本が半分ぐらい、南米の日系移民を扱った本が三分の一ぐらいだろうか。日系移民としてはまぎれもない成功者であろうから意外な結果ではないのだが、それは輝かしき日系移民の業績を触れ伝えるものや世界を覆うアグリビジネスの現状を解き明かすものであって、原世志彦の実像に迫るようなものではなさそうだ。

あらためて、陽一郎は検索端末に向き直る。ここからが真骨頂、あたら若い時間をパソコンの前に捧げてきた経歴が生きるときである。「原四郎」「原世志彦」、それから「大原泰南《おおはらたいなん》」、このあたりの名前をばらばらにする。「原」「世」「志」「彦」「喜」「與」「士」「泰」「南」、これらの文字に加えて、大豆、岩手、仙台、満州、パラグアイ、Soyysoya、そして原四郎の私信やSoyysoyaのパンフレットに書かれたさまざまな固有名詞、つまりはこの一ヶ月ばかりの間に陽一郎が直面してきたさまざまな文言を手当たり次第に検索に放り込んでみたのである。

これらの手がかりをわずかでもかすめる書物は、次から次へと画面上に呼び出されてくる。その書物の、さらに関連書物も。膨大すぎる検索結果に愕然とすることもあれば、これほどの情報の中であっても、釣り糸がぴくりとも動かないこともあった。陽一郎は端末の前にどっしり腰を下ろし、書物のあいだを逍遥し続ける。最初はゆっくりと、やがて早く、深く、長く。自分でも意外なぐらいに、陽一郎はこの作業にのめり込んでいった。平日の昼間であれば、端末はほぼ独占することができた。陽一郎が連想したのは今から三十年近くも前に作られた冒険活劇アニメの名作である。青い光を放つ秘石を太古の石版にかざせば、古代の超常的な技術の詳細が次々と現れ出てきたのではなかったか。あの悪漢に成り代わったような気分で、陽一郎はＩＤカードを片手に検索端末をまさぐり続け、この瞬間にもまた新たな情報が出てきて陽一郎に語りかけてくる。「資料請求」をクリックすれば、情報は地下深い無人の書庫へと伝えられ、眠りのさなかにある本は選び取られてバスケットに放り込まれ、モーターは動きベルトは身を震わせ、リフトは白い塔の深奥を静かに上昇して、一階カウンターまで汲み上げられてくるのである。

「原さん」

原陽一郎さん、もう一度名前を呼ばれて陽一郎は我に返った。

「資料のご用意ができました」

カウンターで、女性職員が職業的な笑みを浮かべている。

「ア、はい、どうも」

陽一郎はぺこぺこ頭を下げながら、カウンターの上に積まれた本を受けとった。両手で抱えてもずしりと重い。陽一郎はそっと螺旋階段を昇り、三階の閲覧室に入った。全部が全部役に立つわけじゃないんだろうな、とは思った。むしろほとんどは役に立たないかも知れないという覚悟もあった。そこがウェブでの検索との際だった違いで、書物には常に冗長さがつきまとう。求める情報一つを掴み出すために数百ページの本を繰ることだって珍しくはなく、必要なところだけを抜き出して提示してくれるほど書物は親切ではない。それでも、書物というものには独特の存在感があるなと陽一郎は思った。「情報」という言葉がもてはやされる当世では忘れがちになるが、物から影だけを切り出すことができないように、情報もまたなにかの物体なくしては存在することなどはできない。たとえそれが紙の上のインクであろうとも、電子機器の画面の上にひらめく光であっても。そして今、陽一郎の眼前に積まれたふた山の書籍は、求める情報をどこかに隠し持っているかも知れない謎めいた物体《マテリアル》なのだ。

いちばん上に置かれた一冊を陽一郎は手に取ってみる。役立つとはまったく思っていないその本を書庫から請求してみたのは、それが検索してきた中でもっとも古い本だったというささやかな好奇心のためである。発行はなんと明治四十五年、一九一二年のこと。百年以上も昔の書物である。駒井《こまい》徳《とく》三《ぞう》という著者名、カメラ會という出版社、いずれ知っているはずもない。『滿洲大豆論』と題されたその本は、駒井氏の東北帝国大学農科大学の卒業論文を出版したものだった。布張りに箔押しという大仰《おおぎょう》な体裁は、いまや珍しくもない大卒という学歴が百年前には持っていた威光を体現しているがごときである。紙は淡く黄ばみ、古い時代のインクはなお色濃く、そっとめくれば指先がかすかにざらつく。

「滿洲産《マンシウサン》大豆及其製品《オヨビソノ》タル大豆粕ハ啻《タダ》ニ滿洲貿易品中ノ大宗トシテ之《コ》レガ豐凶《ホウキヨウ》及輸出ノ消長ハ同地
經濟界《ケイザイカイ》ノ伸縮ニ多大ノ關係《クワンケイ》ヲ有スル巳《ノミ》ナラズ大豆粕ハ本邦稻作《イナサク》ノ一重要肥料トシテ其價格《ソノカカク》ノ一昂一落《イツカウイチラク》
ハ我農業界《ワガノウゲフカイ》ニ影響ヲ及ボス所決シテ尠《スクナ》カラズ」

旧字旧仮名遣いであるのはもちろんのこと、地の文はカタカナ書きである。現代日本語に嚙み砕いて要点を書けば「大豆と大豆粕は満州の貿易品目の要であって、満州経済と深い関係があるだけではなく、稲作の肥料ともなって日本の農業にも多大な影響を及ぼす」というようなことだろうか。序文を拾い読みしてかろうじて理解したことは、これは二十世紀初頭、満州における大豆を主に経済産業の観点から概説したものであるらしい。日本が権益を広げようとしていたかの地にまつわる、もっとも早い研究の一つであったに違いなかった。その二十年後にはそこに満州国なる「国家」が建設されることなど、若き駒井氏は予想だにしていなかったことだろう。ましてや、そしてその初代長官に自らが就任することなど……。

それは陽一郎も知らないことだった。むしろ陽一郎は、徹底して馴染みのない体裁でありながら、堅苦しい文体から不意に感じられる駒井氏の息づかいのようなものに感じ入っていた。

「滿洲《マンシウ》ノ經濟《ケイザイ》事情ハ錯雜ヲ極メ、不可解ニ屬《ゾク》スル事多ク豫輩ノ淺學《センガク》ヲ以テ輕々ニ論斷スルガ如キハ衷
心竊《ヒソカ》ニ忸怩《ジクジ》タル所ニシテ嘲笑ヲ買フノ結果ニ終《オハ》ラン事ヲ恐ル、然《シカリ》ト雖《イヘド》モ亦翻《マタヒルガヘツ》テ滿洲ニ於ケル帝國經
濟的勢力ノ伸張ガ刻下ノ急務ナルヲ想ヒ而《シカ》モ本問題ニ關スル先人ノ著書甚《ハナハ》ダ稀ナルヲ見テ憂慮禁シ難

ク遂ニ刊行ノ意ヲ決ス」

しかつめらしい文体ではあるが、今風に煮崩すならば「満州の経済って超複雑でしょ？　あんまり勉強してない俺が適当書いたら笑われると思うんですけど、大日本帝国の経済が満州に影響強くしなきゃいけない時期ですし、他に本もあんまり出てないんで、思い切って書いてみました！」あたりに落ち着くはずである。北仙台法律事務所の所長室で読んだ「進取東北」のように、遠い時代にあっても若者の言葉には熱がこもるのだろう。そしてそのような声は、陽一郎の眼前に積み上げてある本の中から本当に響いてきたのである。奇妙なことだが、音声も映像も伴わない文字だからこそ、著者の肉声はかえって強く感じられた。

たとえばこの『産業鉄道近代史』という一冊。初版は二〇〇一年、著者は高根沢《たかねざわ》昌紀《まさのり》という助教授の先生で、執筆当時は四十代半ば。今はもう還暦近いはずで、どこかの教授にでもなっているだろうか。肩書きに違わず堅苦しい内容ではあるのだが、随所に現れる熱い筆致に陽一郎は思わず微笑を浮かべる。近代日本の産業発展に鉄道が果たした役割を冷静に論じようとしながら、高根沢先生は、ときに鉄道に対する偏愛を隠しきれなくなっているのだ。

「鉄道とは、単なる移動手段にとどまるものではありません。陸路に長距離かつ大量の輸送をもたらした、人類史上の革命だったのです」

高根沢先生は力強く宣《のたま》う。もちろん、鉄道が経済産業に及ぼしてきた影響が多大であることは間違いない。このところ東北やパラグアイの話を付け焼き刃で耳にしてきた陽一郎には納得のいくところだが、どうしてこんな本が検索に引っかかってきたのだろう？

「第八章植民地・海外領土における鉄道敷設」にその答えがあった。ここで高根沢先生は、かつて日本が植民地とした、実効支配していた、あるいは信託委任統治をした、朝鮮半島、台湾、ミクロネシア諸島、そして満州の鉄道のことを述べているのである。

「満州の鉄道は、ロシア帝国が建設したシベリア鉄道より分岐する、東清鉄道に端を発しております」

そのように、高根沢先生は陽一郎に語りかけてきた。

「日露戦争の敗戦とともに、長春から大連へと至る南満州の鉄道権益は、日本に譲渡されました」

「あ、それ知ってます」

陽一郎は口を挟みそうになる。一九〇四年、日露戦争、日本海海戦、ポーツマス条約、三国干渉、遼東半島《りようとう》における鉄道権益の譲渡。かつて、歴史の授業においてひと連なりに暗記した事柄である。アジアの小国が大国ロシアに勝ったという歴史を愛する日本人は今なお少なくない。「不凍港を求めるロシアの南下政策に対抗して大陸の権益を守るのは大日本帝国の生命線であった」といういささか教条的なストーリーが、陽一郎の理解するところである。しかし高根沢先生によれば、事態はもう少しさまざまなものごとが絡まり合い、そう単純なものでもないのだった。

北東アジアにおける日本とロシアとの小競り合いは、日本が満州に進出してゆくきっかけとなった。満州国が成立するより三十年も前のことである。いちばん最初に韃靼《ダッタン》海峡を渡ったのは、まずは一匹の蝶々であり、次いで日露戦争に出兵していった日本兵、そして彼らを相手とする商人や娼婦たちであった。次いで、獲得した満州の鉄道のために官僚や技術者たちが渡ってゆく。南満州鉄道株式会社、世に言う満鉄本社が大連《だいれん》に置かれたのは、一九〇六年、日露戦争のすぐ翌年のことである。かつて鉄道権益の譲渡という言葉を習ったとき、陽一郎が漠然と想像したものは、国鉄がJRに切り替わったような経営陣の交代だった。

「それはもちろん間違いではありません。ロシアが敷設したレール幅五フィートの広軌路線を、満鉄はただちに四フィート八・五インチの国際標準軌に改軌し、朝鮮半島や中国大陸の線路との接続を図っています」

でも、それだけではないのですよ、と高根沢先生は宣う。ここが少々面白いところなのです、まあ、言ってみればパワーゲームの落とし子ですね。

つまり、鉄道権益の譲渡とは、レールと機関車にとどまるものではなかったのです。列車を動かすための一切合切の権利なのであって、そこにはもちろん、駅舎や操車場が含まれます。蒸気機関車の時代であるから、石炭庫や給水場も必要ですね。採炭するには炭鉱が、電力供給には発電所が必要。駅員や機関士には宿舎が要ろうし、奥様には商店が、子弟には学校が必要だ。病気になったらなんとする？　病院が必要だ。火事になっては？　消防署が要る。不逞の輩を引っ捕らえるには警察だって必要ではないか！　……と、かようにして、鉄道にまつわるものどもは、際限なく膨れ上がり続けたのです。

えげつないなぁ、と陽一郎は思った。これらすべてをひっくるめた概念として、「鉄道附属地」という言い方があったようである。それはほとんど世界の半分に達するのではないかと思われた。鉱山を経営し、鉄や石炭を運び、農作物を運び、ホテルや農場を経営し、満州の経済を一手に引き受ける満鉄は、鉄道屋の職分を大いに超えた怪物的企業へと成長してゆく。陽一郎が漠然とその名を記憶していた「鉄道の権益」とは、実は、それほどの内実を持っていたのである。

本の口絵には、満州国時代の鉄道路線網が描かれていた。巨大な幹線である満州鉄道や満州国鉄に加えて、私設鉄道、市街軌道、工場や鉱山や港湾への無数の引き込み線に至るまで、高根沢先生の鉄道愛は水の漏れるところがない。それは遼東半島の突端にある大連から、中国東北の広大な大地に目の細かい網を打ったかのごとくであった。陽一郎の連想は、ふと、南米のパラグアイに飛ぶ。あちらでは日系移民が流通の不足に悩まされ続けたのと対照的に、こちらでは流通は国家に支えられ、鉄路というかたちで大地に刻みつけられていた。

「大豆も、なんか関係してたんかなあ」

「もちろんですとも。満州大豆を国際的な流通に乗せたのは鉄道でしたからね」

陽一郎がもっとも気になる疑問にも、高根沢先生は言及していた。大豆は広大な満州の大地から大連へと集積され、そして積み出される。日本へ、朝鮮半島へ、中国各地へ、ヨーロッパへ。もっとも、その大豆貿易がどのようなものであったのかまでは、高根沢先生の筆はつまびらかにしていない。先生のご興味はあくまでも貨車や機関車、電気機関車やディーゼル車、アプトやスイッチバック、時刻表や駅舎にあるのであって、大豆がいかに商われたかについては先生の職能の範囲を超える。

「それについては、老生がいささかの知識を持ち合わせているかと存じます」

そう言わんばかりに、もう一冊の本が語りかけてくる。書名は『大豆産業総説～その栄光の歴史』と、気負っているうえになんだか堅苦しい。著者の谷田市郎《たにたしろう》氏は一九一七年の生まれ、泉南《せんなん》中央油脂なる会社で長年技術者を務めていたという経歴を持つ。出版は一九九一年であるから、定年後の一仕事であったのかも知れない。これは植物としての大豆の概説に始まり、大豆栽培の歴史、そして現代の大豆産業を概説しようという熱意に満ちた著作なのであった。

「大豆は、商品作物の、王者なのであります」

のっけから、谷田翁は断言する。

「重量当たり三十五パーセントを蛋白が、三十パーセントを炭水化物が、二十パーセントを脂質が占める。これは、奇蹟的に『バランス』良く、他の作物に見られない特質であります。反《たん》あたり油脂生産量は、落花生に次ぎ、蛋白は他の穀類に比肩すべきものなく、それこそが、大豆の、特質であります」

谷田翁の筆は、文章を書き慣れていない人がどこまでも生真面目に綴った雰囲気があった。どこかユーモラスな高根沢先生の筆とは対照的である。技術者っぽいなぁ、と陽一郎は思う。にもかかわらず本邦に於ては専《もっぱ》ら食用に用いられ、油脂や蛋白原料としての価値が認められたのは明治期を待たねばならず、意外の感あると言わざるを得ません、と谷田翁は言う。契機となったのは、十九世紀に発明せらるる近代的搾油法《さくゆ》であります。これを以て、欧州並びに、本邦で、大豆油脂生産は、いっそう盛んになったのであります。

「近代的搾油法？」

「そもそも大豆は、油脂成分が豊富であるため、高圧によって絞れば、油が取れるのであります」

陽一郎の疑問に、谷田翁は懇切丁寧に言葉を重ねてくる。近代に入り、螺旋《ネジ》式や水圧式等、様々な手法が開発されて参りましたが、なんと言っても有機溶媒を用いた脂質溶出法の発明によって大豆搾油は飛躍的進歩を遂げたのであります、ということになるらしい。

「この画期的な『ベンヂン抽出法』を工業的実用化したのは、かの、満州鉄道でありました」

満鉄が！　陽一郎は驚く。日露戦争を経て満鉄が成立すると、大豆は、鉄道に積み込まれて輸出港の大連まで運ばれるというルートが完成する。高根沢先生の言ったとおりである。ところが谷田翁によれば、満鉄は大豆輸送に関わっただけではなく、大豆の効率よい製油のためになんと研究所と工場を設立してしまったらしい。満鉄の多角経営ぶりはその最初期から発揮されていたようだ。

「此れは、どれほど誇っても、誇り足りぬことと、言わざるを得ないのであります」

いささか過剰な熱のこもった言葉で谷田翁は述べる。ともあれ、満州における鉄道の伸長とともに大豆の栽培地は広がっていった。大豆貿易に関わる日本商社は三井・三菱の財閥系から個人商店まで二十数社が林立し、昭和初頭に大豆三品は満州の輸出総額の六割を占めるに至ったらしい。

「大豆三品？」

首をかしげる陽一郎に、谷田翁は言葉を補う。

「大豆そのもの、大豆油、そして豆粕のことであります。大豆の一部は、油房と呼ばれる工場に、送られて、搾油に供されたのであるが、搾油後の豆粕は、此れを『脱脂大豆』と云うが、蛋白を豊富に含有し肥料や飼料に至適、油脂に劣らぬ重要な商品だったのであります。脱脂大豆は巨大な円盤形に固められ『丸粕』『玉粕』等と称せられ、大豆や大豆油と共に輸出されていったのであります」

ああ、あの……！　陽一郎はまたもや声を上げそうになった。確か、原四郎が私信の中で言及していたはずだ。横浜の近辺で原四郎が目にしたものは、おそらくこの大豆粕の円盤だったのだろう。それは、はたして満州大豆であったのだろうか。そして、彼の足跡は満州と交わり、その商いに関わっていたのだろうか？

確かにこの時期、大豆の需要は世界的に高まりつつあった。もともと畜産の盛んな欧州では脱脂大豆が飼料として重宝されていたが、これに加えて、一つの戦争と一つの巨大工事が大豆油の需要をも押し上げたらしい。まず、大豆油はマーガリンの原料となった。マーガリンはバターの供給不足による第一次大戦下の欧州のカロリー不足を補い、銃後の生命を支えた。一方で大豆油はダイナマイト製造に要するグリセリンの原料ともなった。ダイナマイトはパナマ地峡の岩盤を破壊して太平洋をメキシコ湾へと導き、西部戦線では炸裂してあまたの兵士たちを殺し、ジョニーの手足と眼球を奪った。

ふぅむ、陽一郎はうなる。またも、戦争である。日露戦争の終結からほんの二十年で、早くも、大豆の奔流はとどめようがない。逆に言えば、現在世界中で栽培され利用されている産業作物としての大豆の歴史は、たかだか百年に過ぎないということになるのだ。

谷田翁は言う。多年大豆産業に携わった一老生として、今一度強調しておきたいのは、「満州」とは、大豆を、商品作物として利用した魁《さきがけ》の地だったことであります。かの地における日本人たちの奮闘は特筆に値すると思うのであります。旧来満州における大豆の商いは旧弊な商慣習に縛られるところ甚《はなは》だ大きく、率直に言って終《しま》えば「テンデバラバラ」「シッチャカメッチャカ」であった満州の地に分け入り大豆を購《あがな》おうとした日系商社の苦闘と勇躍、近代的製油法を確立した満鉄の偉業、そして農民たちの苦労、今日顧《かえり》みられて良いように思うのであります……。

「まあ、なかなか。現場にいればそう単純なものでもなかったんですけどね」

そう語るのは、また別の本である。『我が心の満州・那須《なす》商會物語』と題されたその本は、実際に満州において大豆貿易に携わっていた人物の回想録であった。著者の小村孝志《こむらたかし》なる人物は一九〇〇年生まれ。戦後は満州から引き揚げて自ら貿易商社を興し、本書の出版は一九八一年。功成り名遂げた後の刊行である。谷田翁よりもずっと年上であるのに、筆致は若々しく、なによりも読みやすい。ひょっとすると、無名のフリーライターを雇ってでっち上げた「自伝」なのかもしれないな、と陽一郎はうがった想像をする。

小村氏が立志伝中の人であったことは間違いない。生まれは鹿児島、当人によれば生家はそこそこの家格の武家であったようなのだが、明治維新後にはお定まりの没落が待っていたようで、ことに西南戦争の混乱が拍車をかけたものらしい。小村氏も中学を途中までで切り上げ、知人のツテを頼って博多の商家に奉公に出るという苦労を味わった。一九二〇年、第一次大戦後の株式市場の暴落と奉公先の破産といった混乱をむしろ契機として小村氏は大陸に渡り、大豆貿易に関わってゆく。

ここで小村氏が勤めたのが、書名にもある那須商會という名の貿易会社であった。大連の大豆貿易においてはむしろ後発の、新興商社であったらしい。しかし、浮沈の激しい大豆相場において第二次大戦終結まで堅調な業績を上げ続けたこと、しかも資力に勝る財閥系の商社ではなくまったくの個人商店であったこと、その二点で那須商會は際だった存在であったようだ。

「那須商會は、どこかしら自由で懐の広い社風でありました」

そのように小村氏は回想する。算盤一挺《そろばんいっちょう》を武器に三界《さんがい》を渡ってきたのだと豪語するビジネス・マンがいれば、満鉄エリート社員の家庭に生まれたお坊ちゃんがおりました。社会主義への傾倒を隠そうとしない学士崩れなんぞもおりましたな……、と、小村氏はほとんど目を細めんばかりにして懐かしがるのである。那須商會叩き上げのベテラン社員となっていった小村氏は関わりのあった社員のことを次々と回想してゆくのだが、その中で、陽一郎は気になる人物を見つける。「H君」と称されているその社員は、小村氏よりも少々年下、「寡黙《かもく》なれど鼻っ柱は強い」青年であったらしい。

「内地でも大豆の商売をしていたという自負があったようで、なかなか素直に言うことを聞かないのですな。奴が東夷《あずまえびす》ならば俺は薩摩隼人《さつまはやと》だ、負けてなるものかと半ばムキになって、ずいぶん議論をしたものです」

陽一郎は生唾を飲み込んだ。東夷、内地で大豆を商売していた経歴、「H」というイニシャル。どれも原四郎の特徴に合致するではないか……！　と逸《はや》りかけて宙を仰ぎ、図書館の白い天上が目に飛び込んできて、陽一郎はふと我に返る。

思えば、原四郎は実に多彩な変名を使用しているのだ。それがぜんぶ同一人物とするならば、だが。大原泰南も原世志彦も、そうだ。該当するイニシャルはH、O、S、T、Yと五つもある。アルファベットが二十六文字としてもQやXなどはまずは日本語の表記に使わなかろうから、イニシャルになり得るのはざっと二十文字ぐらいだろう。その中だって、BやZあたりがイニシャルになる確率はかなり低そうだ。つまり、偶然にしたところで、四分の一以上の確率で原四郎あるいはその変名とおぼしき名前と合致してしまう。ここは、下手に浮かれない方がよさそうだぞ。もともと数学が得意だったうえにプログラマーの端くれだった前歴も手伝って、陽一郎は、こういった分析が好きだ。

ともあれ、小村氏はH君を買っていたようだ。議論をすればそれだけの理解をする、中国語の上達も早い、付き合うのには骨が折れますが得るものも大きい若者でした、と振り返っている。これが単なるリップサービスではなかった証拠に、小村氏はH君を配下に大仕事をしているのである。大体にして、大陸は広い。単に大豆を買い集めてくるということだけでも並大抵の仕事でないことは、陽一郎にも想像がつく。そのあたりの事情を、小村氏はこのように語る。

糧桟《リャンザン》と呼ばれる中国人商人がいたのですな。農民たちから直接大豆を買い付けるのは、この糧桟なのです。糧桟にも大商いと小商いをしているものがおりまして、村を回ってきた糧桟は町の糧桟に大豆を売る。町の糧桟は、大都市の糧桟に大豆を売る。そこで大豆には等級が付けられて、国内向け、あるいは輸出向けに振り分けられる。ここで大豆はようやく鉄道に載せられ、大連まで運ばれてくるのですよ。しかも今どきのように電信電話が発達しているわけでもないご時世でして、一旦契約してから大豆が到着するまで何日も待たされる。農民と直接に接触しているのは糧桟ですから、強気な商売に出てきます。目方や等級のごまかし、違約、破約、日常茶飯事の出来事でしたなあ……。不可思議、非合理、非効率的なことがらをいろいろ並べ立てたうえで、小村氏は言う。

「大陸なにするものぞという蛮勇が胸にあったことは否定しませんが、大豆の商売はまた、魑魅魍魎《ちみもうりよう》跋扈《ばつこ》する世界だったのですよ」

「じゃ、糧桟なんぞに頼らず、直接買い付けに行けばいいんじゃないんですか?」

陽一郎はそう訊ねたくなる。もちろん、誰もがそう思ったのだろう。一九二〇年代後半、社長の特命を受け、小村氏は件のH君をお供に満州各地を遍歴しているのだ。新規の大豆買い付けルート開拓である。軍閥に馬賊に抗日勢力が跋扈する不穏な時代だった。大陸は内地のようにはいかんのだぞ、一丁揉んでやろう、そんなふうにH君を脅したものですが、かく言う私自身ヒヤヒヤしながらの旅でありました、と小村氏は打ち明けている。大連から鉄道に乗って、北へ。奉天《ほうてん》、長春《ちょうしゅん》、あるいはハルビンで乗り換えて、西へ東へ。鉄道とその周辺は鉄道付属地であるから、がっちり日本の主権が及んでいる。日本語も日本円も通用するし、日本人向けの食べ物だって買える。しかし、支線へ、さらに支線へ、拓殖鉄道へと乗り継いでゆくに従い、血管が細るがごとくに日本的なものの一切は遠のいてゆき、かわりに近づいてくるのは中国人が住まう世界と中国語の響きであった。大豆が実るのは、そんな土地でのことだったのである。

結果として、この試みは失敗に終わった。小村氏自身が認めていることだ。当時の満州は法律も税制も未整備のうえ、度量衡も統一されていなかった。中でもいちばん拙《まず》かったのは貨幣すら統一されていないことでした、そう小村氏は指摘している。

貨幣というのは確かにそれだけでは紙くずに過ぎず、なにか権威が価値を保証することで初めて力を持つ。ところが、当時の満州には統一した貨幣の価値を裏付けるような政府は存在していなかった。かわりに流通していたのは、銀行が独自に発行していた通貨である。しかも、日本系の銀行は金建《きんだて》で、中国系の銀行は銀建《ぎんだて》で、それぞれ貨幣を発行していた。日本人は日系銀行の貨幣を、中国人は中国系銀行の貨幣を好んだため、それぞれの貨幣には価値の差が生じ、金と銀の相場によっても為替の差が生じる。さらには、張作霖《ちょうさくりん》のような軍閥までもが独自に紙幣を発行して、それで糧桟に大豆を買い付けさせる。なにからなにまでが混沌としていた。刹那的な損益は計算できても、総じて利益がどれほどになるのか、誰にも把握できていなかったのではないか。小村氏の語る満州大豆の商いの実態とは、そのようなものであった。

なにより農民というのは非常に保守的でして、突如やってきた日本人なぞには決して胸襟《きょうきん》を開いてくれないのです、と小村氏は言う。多少ボられようが騙されようが信じるのはなじみの糧桟のみ、こちらがいくら割のいい値段を提示しても聞く耳持たない、そんな農民がたくさんおりました。……小村氏が奮闘すること数年、さしもの那須商會も農民との直接取引を諦めざるを得なかったようだ。なるほどね、と陽一郎は理解しつつも、ふと思うところはあった。しかし満州には日本人も開拓に行っていなかっただろうか。万事が頑固で保守的な中国人よりも、日本人の農民を相手にした方が、なにかとやりやすかったのではなかっただろうか?

「それはもうちょっとあとのことだね」

陽一郎の疑問には、また新たな声が応えてきた。

「日本人の農業移民が満州に入植するのは、満州国が成立してからのことだよ」

「そうなんですか。いつでしたっけ、それ」

「昭和七年、つまり一九三二年だね。五・一五事件のあった年だ」

声の主は小村氏よりもずっと若い。高遠義文《たかとおよしふみ》氏は一九五二年生まれ。自分の父親の世代だな、と陽一郎は思う。地方紙の新聞記者である高遠氏は、かつて満州に移民した農民たちを訪ね歩いて話を聞き、記事を書くという仕事をしているのである。『引き上げから半世紀~満州移民の足跡』という書物は、その連載をまとめたものであった。時に八〇年代末から九〇年代初頭、昭和が平成に移り変わるころであり、生き証人たちが耄碌《もうろく》する前に話を聞く、事実上のラストチャンスであったかも知れない。

高遠氏がこのような仕事に取り組んだきっかけは、移民教導所と呼ばれる施設がかつて地元にあったことを知ったのが発端であったようだ。それは名のとおり、満州に移民する農民たちのためにレクチャーを行う一種の職業訓練校だったのである。その内容は大陸の気候風土から生活慣習、大陸風の農業指導まで、多岐にわたった。

「そんなものがあったんですか」

「そうだよ」

高遠氏は言う。

「満州移民ってのは、まぎれもない国策だったからね」

その語調は谷田氏とはまた違って、親しげにも馴れ馴れしくも感じられる。新聞という場で、多数の読者に広く語りかけた文章だったからなのかも知れない。

22

二〇一〇年秋期に実施された第十九回国勢調査は、一九二〇年に調査が開始されて以来初めて日本の人口が減少に転じたことを示した。災害や疫病などによらず人口が自然減を示した点で、これは、後世に記憶される日本史上の事件となるかも知れない。有史以来、日本の人口は、基本的には増加の一途を辿ってきたからだ。

江戸時代初期にはおよそ一五〇〇万人だったと推定されている日本の人口は、江戸時代中期までにほぼ倍増した。農業技術の発達や新田の開発によるもので、要するに食べるものが増えたのである。その後、人口は三〇〇〇万人前後で横ばいを続けた。ヒトとモノの流動性が乏しく近代科学の恩恵にも浴さなかった江戸時代に、日本列島の土地が養う頭数はこのぐらいが適正であったのかも知れない。

この人口が急増するのは、明治以降のことである。明治維新のころ三五〇〇万人であった人口は、栄養状態の改善や医療技術の発達などによる死亡率の低下から、半世紀も経たない二十世紀初頭には五〇〇〇万人に達していた。日本に限らず、近代化を迎えた社会が直面する現象である。ところが、にもかかわらず、農村人口はおよそ一五〇〇万人のまま江戸末期から二十世紀半ばまでほとんど変化することがなかったのだ。この差し引き、つまり農村における余剰の人口こそは、近代日本の百年を繁栄させてきた要因であると同時に社会を悩ませてきた問題ともなったのである。

日本の社会では、長く、家を継ぐのは長男の役割とされてきた。土地と財産を引き受けるかわり、家にまつわる諸問題に対して責任を持つ立場である。それは封建的な常識に沿った考え方だっただろうし、じっさい戦前の民法も長男が家督を相続すると定めていた。次男坊以降は農作業などでは体のいい労働力とはなっても、最終的には自ら食い扶持を求めなければならなかったのである。

……と、そんな具合に高遠氏は説いていて、まぎれもない長男である陽一郎はどきりとする。総領の甚六《じんろく》という表現がぴったりな身上ではあるが、自分がわざわざ地球の裏側のパラグアイからお呼び立てを食らっているのは、まさしくその嫡男であればこそなのだ。

ともあれ、明治以降、農村の余剰人口は仕事を求めて都市へと流れ込んでいく。人の移動と居住が自由化され、交通インフラが発達した、それだけの理由ではない。都市に集積しつつある産業は、労働力を求めていたからである。産業はそれまでの日本社会が経験していなかった規模のカネの流れを産み、経済を浮沈させ、人間そのものの運命をも左右する。景気が好転すれば労働者は不足し、悪化すれば余る。もちろん、余った人間をどこかにストックしておくわけにもいかない。この余剰人口という不安定要因はその後も存在し続け、フリーターという新しい生き方によって解消されるまで存在し続けたのである。

……と高遠氏は述べ、陽一郎はまたもどきりとする。この本が出版された平成の初頭、確かにフリーターは目新しい存在であったに違いない。しかし、複数のアルバイト募集サイトから配信されてくるメールに応じて日銭を稼いでくる自分の姿は、結局のところは「余り」の労働力に過ぎないのだろうな、と自嘲気味に陽一郎は考える。

「明治維新以来、日本が海外に労働力を送り出し続けた理由の一つも、そのあたりにある。社会の工業化は不十分で、どこにでも働き口があるという時代じゃない。海外に生きるすべを求めたというわけだ」

あのSoysoyaの冊子が述べていたことと同じじゃないか、陽一郎は思う。確かに日本人たちは相次いでハワイへ、北米へ、そしてブラジルへと雄飛していったはずだ。これらに次いで満州への移民が後押しされていったきっかけは、昭和恐慌であったと高遠氏は言う。ニューヨーク株式市場の大暴落に端を発する恐慌である。株価は暴落し、産業は縮小し、失業者は激増した。農村を出て都市労働者となっていた余剰人口は行き場を失った。しかし故郷の農村は、都市以上に疲弊していたのである。なにしろ当時、日本の輸出額の三分の一を占めていたのは生糸であった。そこに、繭価の大暴落が襲ったのだから。陽一郎の記憶には大昔に習ったモノカルチャー経済という言葉が今なお残っているが、当時の日本経済はまさしくそれである。都市の余剰人口を食べさせてゆく方策は、農村でもとっくに尽きていたのだ。この現実は社会階層や主義主張によらず、多様な立場の人間たちを揺さぶったらしい。社会問題に敏感な左派勢力のみならず、国家主義者や青年将校といった右派に属する人々、さらには各種の宗教から独自の生活改善運動に至るまで。この中で、高遠氏は、ある思想運動に焦点を絞ってゆく。

「農本主義って言葉を知っているだろうか?」

高遠氏はそう問いかけてくる。首をひねる陽一郎に、高遠氏は言う。

「国家の根幹を農業に置くという思想でね。農民諸君は粛々と先祖伝来の土地を耕して生産を上げ、社会のために尽くすべし、という目標を掲げた、いわば受忍と滅私奉公を基調とした労働ノススメであるわけだ」

いかにも日本的な根性主義だなぁと陽一郎は思った。農民をサラリーマンに置き換えれば、似たような物言いは今日でも至るところで弄されていることだろう。じっさい農本主義は、当時の施策とも非常に相性が良かった。疲弊する一方だった農村に対して政府が打った手は、助成金を交付して産業の振興と自立更生を促すという曖昧なものでしかなかったのだが、農本主義という根性論はこの漠たる施策を裏打ちするには格好だったのである。

まあ、そうは言っても限界はあったんだ、と高遠氏は言う。旧来の地主と小作という構造を批判するどころか、自作農の既得権を積極的に温存しようとしたから、いくら精神論で小作農のケツをひっぱたいたところで本質的な農村の救済にはならなかった。なるほどな、と陽一郎は考える。経営者には手厚いくせに派遣社員やアルバイトには過剰な努力を強いるようなもので、これもまた今でもそこかしこで見られる現象じゃないか。日本の社会は悪い意味で代わり映えしないなあ、と陽一郎は皮肉な笑みを浮かべる。

昭和恐慌後、農村の荒廃があからさまになれば、農本主義はお百姓さんの宥和を唱える微温的なものから次第に過激なものへと変質してゆく。政府の無策がいかんのだという反体制的なものから、社会の近代化が農村を疲弊させたのだという反近代的なもの、農村の自治を唱え国家権力の廃絶を目指すアナキズムまで、非常に幅広くね。五・一五事件にまで農本主義者の団体が加わっていたことは知っているかな？　そう問いかけられ、そういえば、と陽一郎は思い出す。大叔父の徳吾が熱い口調で語った二升内事件《にじようない》、あれもまた、古い農村の制度が原因になった争議だったんじゃなかったっけか。

「この打開策として出てきたのが、満州移民だった」

そう高遠氏は断じる。しかし、それに続く言葉はあまり景気が良くない。

「そもそも満州に移民したところでうまくいくだろうかという疑問は、当初からあったんだ。しかも、矢内原忠雄《やないはらただお》や橘樸《たちばなしらき》のような経済や中国の専門家からだ。不慣れな中国大陸で、しかも人件費が激安の中国人と競って農業をやっても、利益を生むだろうか？　というしごく当然の疑問で、要するに、ソロバン勘定が合わないだろうという見立てだった」

怒りと呆《あき》れのにじむ、高遠氏の言葉である。にもかかわらず、移民は推奨された。「移民は無理だ」という意見へのカウンターは、「移民は可能だ」ではなく「移民は必要だ」だったのである。その理由は、現に農村に貧窮者が溢れかえっているからであり、彼らの行き先をなんとしてでも確保せねばならぬからで、つまり満州移民は不可避の国策となっていたのだ。

「満州移民を後押しした、二人のカンジがいる。一人は加藤完治《かとうかんじ》。農学者であり、剣道の達人であり、皇道を奉じる農本主義者でもあった」

見事なあごひげを蓄えた眼光鋭い加藤完治の写真が挿入されていて、月並みな印象だが、古武士のような外見だなと陽一郎は思う。加藤はきわめて熱心に満州移民を推進した。早くから農民教育に携わってきたがゆえに、農村を救済しなければならないという熱意は強かったに違いない。しかし一方で、やはり移民の採算性や効率などは勘定に入っていなかった。言ってみれば、気合いと根性で土を耕せば農民は食っていくことができるという楽天的理想主義である。もちろんそれでは、いくらなんでも現実味がないだろうと陽一郎も考えてしまう。熱意溢れる善人なんてのは、だいたい悪人よりもタチが悪いものなんだろうな、と。ここで高遠氏は問いかけてくる。

「いかに加藤氏の熱意があれど、もう一人のカンジなくしては満州移民は実現しただろうか？」
それこそは、かの石原完爾《いしはらかんじ》。当時の関東軍参謀であり満州事変の首謀者でもあった満州の闇将軍に、加藤はわざわざ渡満して奉天《ほうてん》まで出向き、移民の必要性を訴えているのである。石原完爾は加藤完治に賛同し、陸軍将校である東宮鉄男《とうみやかねお》を引き合わせ、ここに満州移民の立役者が揃った。

満を持して、熱心に加藤は政府に満州移民を説いていった。のみならず、加藤は時の東大総長にも働きかけ、いわば学閥の頂点から、移民反対を唱えていた農学者たちを翻意させてしまう。これは陽一郎にとっても少々意外だったのだが、アカデミズムのお堅い集団までもが、こうやって移民を支援する体制に組み込まれていったのだった。古武士めいた風貌とは裏腹に、加藤自身も実は東京帝大の農学科を出たインテリであり、移民推進のためとあらば、さまざまな搦《から》め手を使うことも厭わなかった。最終的に掲げられたのは、二十年間で百万戸、総数で五百万人を移住させるという壮大すぎる目標だった。この数であれば満州の人口の一割を日本人が占めるだろう、されば圧倒的多数を占める中国人に拮抗して満州利権を強固にするだろう。そんな誇大妄想めいた計画が、当時はまかり通っていたのである。

この大規模な人間の移動のために採られたのは、移民を希望する村の全部または一部をまとめて送り込むという「分村方式」であった。この候補者たちが集められて移民のためのレクチャーを受けた施設が「移民教導所」であり、高遠氏がこのルポルタージュを書くきっかけとなったところでもあった。教導所は当時の拓務省によって全国数ヶ所に開かれ、農民たちを満州に送り込む役割を果たし続けたのだという。

陽一郎は驚く。なんて、手厚い待遇なんだ！　たとえばパラグアイに移民していった人間たちに、そんなものが用意されていただろうか？　その疑問に応じるように、高遠氏は言う。

「満州移民は、確かに、国策でなければできない大事業だっただろう。なにしろ、日本の農村を丸ごと満州の大地に移し替えてしまおうとしたのだから。困窮する農村を救済するという目的だけで、国はここまでの巨費を投入しただろうか？」

否、満州移民は農業移民である以上に国防移民だったのだ、というのが高遠氏の見立てである。農業移民を進めるのならば、農耕への適否によって入植地を選ぶべきなのは当然である。なのに、そもそも移民団は自分たちが満州のどこに送り込まれるかを知らされなかった。それは、防衛上の極秘事項だったからである。高遠氏が示す当時の満州国の地図には、移民たちが入植していった土地がプロットされていた。その過半数は満州国北方の国境地帯に配置されていることが、陽一郎の目にも見て取れた。

こういった配置が多大な犠牲を出した原因の一つだっただろう、と高遠氏は述べる。終戦直前のソ連の対日参戦と、満州国の崩壊。このときの引き揚げの甚大な苦労は、繰り返し語られてきた。岸壁の母、尋ね人の時間、中国残留孤児、流れる星は生きている……。陽一郎ですら漠然としたイメージを持ち合わせているほどだ。しかし、その遠因の一つは、当の日本人による施策であったこともまた事実だったようなのである。

「私が満州に渡ったのは昭和八年のことでありました」

高遠氏はかつての開拓農民にも多くの話を聞いている。

「私は尋常高等小学校を昭和六年に卒業して以来家の畑を手伝っておったのですが、なにしろ八人兄弟の六番目なものですから満州に渡って独立した方がいいと思ったのです」

森田《もりた》晋《しん》氏、七十三歳。これは一九九一年当時のインタビューだから、ざっと逆算して陽一郎は驚く。森田氏が満州に渡ったのは、たかだか十六歳かそこらのことではないか。

森田氏は両親の反対を押し切り、教導所で数ヶ月の訓練を受けたのち、満州に渡った。半世紀も昔の一ヶ月近い行程を、森田氏は驚くほど克明に記憶していた。同郷の青年たちと移民団を結成し、汽車で敦賀へ、船で朝鮮半島へ、ふたたび汽車で満州国へ。最終的にはウスリー川を船で北上したというのだから、森田氏が入植した村は、まさしくソ連との国境に間近い。

「当地には先遣隊の諸先輩方が出迎えてくれて大変心強い思いをしたものです。私共移民団は総勢四十一名、初年度は五十町歩の畑に春まき小麦、燕麦、コーリャンを植えまずまずの収穫があったことが懐かしく思い出されます」

おや？　さすがに、ここで陽一郎の目が留まった。いくらなんでも、それは、話が早すぎないか？　満州に渡ると、そこに村があり、農地があり、その年にはすでに収穫がもたらされている。それがあまりにもできすぎていると感じたのは、つい先ごろ、陽一郎がSoysoyaからの冊子に記されたパラグアイ移民の壮絶な開拓の様子を見ていたからに他ならない。あのジャングルと草原のさなかに入り込んでいった日本人たちがまともな実りを得て、大豆を輸出するに至るまで、たしか十年以上の年月が必要だったはずだ……。

「それはそうだ。開拓団は、現地の農民が拓いた農地を『買い上げた』んだから。しかし、中国の農民側に、断る選択肢があっただろうかね？」

そう高遠氏は問いかけてくる。そんなもんなんだろうか。高遠氏のどことなく押しつけがましい語調に、陽一郎は漠然とした反感を抱く。ちょっと、一方的な物言いじゃないだろうか？　確かに満州移民にいろいろな問題があったことは認めよう、現代の価値観から見れば、無茶と言わざるを得ないような部分も多々あったことだろう。だけど、それでも、先人たちの苦労をこんなふうに否定するのは、なんだか良くないことではないのだろうか？　そういうふうに、日本の歴史を当の日本人が悪く言うのは、いかにも裏切り者っぽい。いまさらそんな大上段に構えた「正義」を振りかざしたところで、なんの得にもならないだろうに……、まとまりなく陽一郎はそんなことを考える。生まれてこのかた、とりたてて社会が自分に手厚かったとも思えないのだが、陽一郎は国家や社会への恭順をあまり疑ったことがない。

陽一郎は、他の移民たちの話もいくつか流し読んでみた。高遠氏がインタビューしたのは総勢三十五名。開拓農民やその花嫁、農業技術者や医師にまで証言を拾っている。彼らがさまざまな志を抱いて大陸に渡ったことは確かなようだ。森田氏のように自ら耕す土地を求めた人もいれば、郷村の求めに応じてという人もいたし、恵まれた自作農の境遇を捨ててまで国家的事業に身を投じたという人もいた。しかし、どの言葉も、開拓のいちばん重要なところをするりとくぐり抜けてしまっているように陽一郎には思われた。彼らの姿は、無人の荒野を裸一貫で切り開くといったような想像からは少々かけ離れている。彼らが入り込んでいったのは、結局のところ、十九世紀以来開拓を続けてきた中国人や朝鮮人入植者による既耕地だったのだろう。

ところが、そうまでして手に入れた農地を、開拓民は持てあましたらしい。そもそも満州の気候や風土は日本と大きく異なるうえ、農業の主体は畑作だった。いくら日本で農業経験を積んでいたとしても、稲作中心のそれがそのまま役に立つわけではないことは陽一郎にも分かる。それに、機械化の進んでいない農業では、広大な農地にはそれに比例した人手が要る。そのくせ、夏の短い満州では収穫期はごく短期間に限られ、その時期にだけ集中して人手が不足するのである。

「だから、農地を収奪されて苦力《クーリー》と呼ばれた日雇い労働者に身を落としていた現地の農民を、あらためて季節労働者として雇い入れなければ農業が成り立たなかった。満州開拓とは、そういうものだった」

高遠氏の言葉は、どことなく不機嫌な声色を帯びる。農業移民の足跡を辿れば辿るほど矛盾は至るところに噴出し、高遠氏の言葉は渋く、眉間の皺は深まるばかりなのである。陽一郎自身も、一つ奇妙なことに気付いた。農業移民と言いながら、開拓者は農民ばかりではない。商売に行き詰まった時計職人や失業した工員のように、あまり農業に縁がなさそうだった人間たちまでもが加わっているのである。

これは皮肉なことに、満州移民が軌道に乗った昭和十年代には日本本国の農村経済はむしろ回復基調にあったからであるらしい。しかも日中戦争に太平洋戦争と相次いで戦争が始まり、若者たちは戦地へと送り込まれてゆく。

「にもかかわらず、満州移民は送り出され続けたんだ。これは、とても重要な問題だ」

そう高遠氏は言う。確かに戦時中となれば、働き盛りの男手は不足するに決まっている。なのに、そもそも窮民救済の目的で始まった満州移民はいつしかお上《カミ》の推進する国家的事業となり、移民そのものが自己目的化してしまう。それはこの移民がもはや農業のためではなく、満州という複雑で不安定な土地を維持するための施策に組み込まれてしまっていたからに他ならなかった。しかし、満州の治安がいっこうに安定しない原因の一つは、土地を追われた中国人や朝鮮人の農民が至るところで抗日勢力に合流して彼らの活動を支えていたからでもあったのである。

なんだかなぁ、陽一郎はため息をつく。やたらに既視感がある話である。甘い見通しのままに事業を進め、当然出てくる問題点や矛盾を先送りしているうちに、手が付けられないぐらいに傷口が悪化してしまう。ネットで目にする無能な上司への愚痴から、無駄な公共事業につぎ込まれた莫大な税金まで、今なお日本社会の至るところに見られる現象ではないか。なにより、自分自身が二年足らずで辞めたコンピューター会社でも、そんな死の行軍のようなプロジェクトはあちらこちらで進行していて、陽一郎を含む何人もの人間の心身を破壊していたのだから。

もう、お分かりだろう？　と高遠氏は言う。

「満州移民の本質は、端的に言えば過剰な農村人口を、大陸侵略の尖兵《せんぺい》に振り向けることだった。彼らが耕したのは、元はと言えば中国の農民が耕した土地だった」

これには陽一郎も驚いたのだが、この「移民」は、なんと敗戦の直前まで続けられているのである。移民たちはまったく事務的に、官僚的に、負け戦が誰の目にも明らかだった一九四五年の七月まで満州へと送り込まれ続けた。誰もが知る、その後の悲劇の直前まで。

「満州にソ連が攻め入ってくるのは、ご承知の通り、八月九日のことだ」

そのように、高遠氏は言葉を結んでいる。

陽一郎は、慄然《りつぜん》として本を閉じた。とたんに、あたりの風景が元に戻ってきた。ここは、戦前でもなければ満州でもない。陽一郎のかたわらに立ち、古い時代に綴られた言葉を語り直していた高根沢先生や谷田翁、小村氏や高遠氏や森田氏といった人間たちの姿はたちどころにかき消え、二十一世紀初頭の都下の図書館の閲覧室があるばかりである。時計を見れば時刻はもう二時近く、陽一郎は没入していた時間の長さに驚いた。陽一郎は読み終わった本を重ねて抱え、立ち上がった。腰がみしみしと軋み、呻き声が漏れそうだった。

ふたたび足音をしのばせて螺旋階段を下りつつ、陽一郎は考える。さて、どうしようか。半ば予想していたことではあるけれど、半日を費やして、なお原四郎のシッポを摑む手がかりは得られていない。それでもさらに探索を続ければ、この巨大な塔が内包する書物のどこかに原四郎の名を発見することがあるのだろうか？　気が遠くなるような話だ。窖《あなぐら》のような書庫で、たった一冊の禁書を探して彷徨《さまよ》う修道士にでもなったような気分だった。

「あの、原陽一郎さんでよろしかったですか」

閲覧していた本をカウンターに返したところで呼び止められ、陽一郎はうろたえた。考えてみれば、社会から半ば取り残された現在の生活では、他人からフルネームを呼ばれることじたいがほとんどないのである。

「こちらの資料をご請求なさっていたかと思うんですが」

「は、ええ、はあ」

女性職員はディスプレイ上の書籍情報を指し、事態が飲み込めない陽一郎は間の抜けた返事をする。『人生曠野八十年　ある老歯科医師の足跡』とあるが、請求したかどうか記憶にない。思えば、今朝から端末を叩いて呼び出してきた資料は三十冊を超えているのだ。画面上だけで流し見した書名など、その数十倍に上るだろう。

「こちらの本、館内在庫がございませんで……。書誌情報は残っているんですけれど、遺失扱いになっているんです」

「そうなんですか」

女性職員は、とてもすまながってみせた。慣れきったふるまいなのかも知れないが、自分のような若造に向けるには丁重すぎる仕草だと陽一郎は思った。彼女はキーボードを叩いて画面を切り替える。

「分かる範囲ですと、名古屋と九州の歯科大学に蔵書があるようですが。お取り寄せいたしましょうか」

「はあ。どうしようかなあ」

「インターネットをご利用できる環境でしたら、ご自宅から書籍検索や請求も可能ですので、ご利用ください。全国の公的図書館の情報が検索できます。アドレスはこちらです」

女性職員から手渡された名刺大のカードを手に、陽一郎は外に出た。この半日、ごく狭い空間の限られた光だけを眺めていた眼球に秋のまばゆい日射しと広大な空間がいっぺんに飛び込んできて、目の奥が痛いほどである。公園では小さな子供たちが群れをなして遊んでいる。ジョギングスーツに身を包んだ初老のカップルが軽快なストロークで陽一郎のかたわらを走り抜けてゆく。自販機でリンゴのソーダを買った。炭酸が口の中で強く泡立ち、喉と鼻のあいだではじけながら胃へと滑り落ちてゆき、陽一郎は思わず身震いした。長い過去に溺れかかっていた頭に、涼しい風が吹き入ってきたような気分だった。

さすがに腹が減ってきていた。コンビニでもないかな、ツナか焼きシャケのにぎりめしでも食べたいなあ、そんなことを考えながら陽一郎は携帯端末を取り出し、カードのアドレスにアクセスして、著者の「小松谷修二《こまつだにしゅうじ》」で検索をかけてみた。確かに名古屋と九州の大学らしき名前が出てくるのみである。便利だね、これは、そう独り言を言いながら、今度は陽一郎は同じ名前をウェブサイトの全域に呼びかけてみた。すると驚いたことに『人生曠野八十年　ある老歯科医師の足跡』の書名は、そこここに浮かび上がってくる。在庫切れになってはいるが、ネット書店や自費出版業者のデータベースに登録があるのだ。その次の情報に陽一郎は目を留める。

「デンタルオフィスこまつだに」

世田谷区の弦巻というところにあるらしい歯科医院である。東北へ向かう新幹線の中でいじり倒したVistaviaを久しぶりに立ち上げてみれば、自分がいま立っている図書館と弦巻とは思いがけない近さである。著者と関係があるのかな、同じ名前だしな、どうしたものかな、陽一郎はしばし逡巡する。偶然検索に引っかかってきた本に過ぎないのだろう。弟の光次朗《こうじろう》が歯学生なので歯科医という職業が気にかかっただけなのかも知れず、しかし、気まぐれなマウスのワンクリックはこの本を陽一郎の視界へと引っ張り出してきた。天啓を感じ取るべきなのか、単なる偶然と考えるべきか。いずれにせよ運命の骰子《さいころ》は気まぐれに振られるものであるようだ。

「お電話ありがとうございますデンタルオフィスこまつだにです。恐れ入りますが午前中の受付時間は十一時半で終了となりましたので……」

陽一郎の掌中の携帯電話がデンタルオフィスこまつだにつながったとたん、立て板に水の勢いで女性の声が流れ出てきて、陽一郎は呆気にとられた。自動音声で対応されているのかと思ったほどだった。

「あ、あの、すいませんがその」

「はぁ？」

陽一郎の言葉も酷いものだったが、マニュアルトークを遮られた女性の声も大概だった。陽一郎の要領悪い説明を、受付嬢がどのていど理解できていたか分からない。ちょっとぉー、せんせーい、なんかおきゃくさんなんですけどおー、そんな声が聞こえてきて、ようやく電話がどこへやら転送される。

「ああどうも、お電話替わりました。小松谷ですが」

落ち着いた声が聞こえてきた。中年の、あるいは初老の男だろうと思われた。

23

デンタルオフィスこまつだにを出たのは、中途半端な時刻だった。太陽は傾きつつあったが、十月の太陽はまだまばゆい。世田谷通りを自転車で流しながら、陽一郎は自分がこんなところを徘徊している不思議を感じていた。東京近郊でありながら一度も訪れることはなく、ほんの数時間前までは自分に縁があるとも思っていなかったところである。陽一郎にしてみれば異例の行動力だった。図書館からそのまま自転車を走らせ、道玄坂を上り、立ち食いそば屋でかき揚げうどんをかき込み、玉川通りをひたすら西進して世田谷区に至ったのである。

白衣姿の小松谷氏は、クリニックの入り口まで出てきて対応してくれた。初老の紳士といった風貌だった。たまにこういうご依頼があるんですよ、と小松谷氏は言った。公立図書館にすら収蔵がなかった件の『人生曠野八十年』は、しかし、デンタルオフィスこまつだにまだ箱一つぶんの在庫が残っていた。本の著者である父親はもう十五年ほど前に亡くなっているのだが、今でもときおり研究者だの学生だのから本についての問い合わせがあるのだという。まあ、シロウトの手すさびだと思うんですけど、それなりに資料にはなるんでしょうなあ。オヤジの道楽もちょっとは役に立ってるようで、嬉しいですよね。小松谷氏はしみじみとつぶやき、陽一郎は恐縮した。この本がいかほどのものかは陽一郎にも見当がついておらず、ここまで出張ってきたのも結局のところ、時間ばかりは売るほどあるという身の上ならではの酔狂としか言いようがないのである。

しばらく自転車を流し、陽一郎は慎ましやかな駅のかたわらに広がる小さな商店街を発見した。路面電車《トラム》がこのあたりを走っていることも初めて知った。とりあえず入った喫茶店は、東京にはめっきり少なくなってしまった地域密着型である。店主のおばちゃん手作りのピロシキはたっぷり具が詰まって、実に気前がいい。あたりを見回せば、学生のカップル、週刊誌に目を落とすサラリーマン、スポーツ紙を片手にうつらうつらしている年寄り、勉強にいそしむ女子高生、いずれもごく自然に店に溶け込んでいるようで、陽一郎はちょっとした疎外感を感じてしまう。

ついさっき手に入れたばかりの書物を手に取る。小松谷修二著、『人生曠野八十年　ある老歯科医師の足跡』、書肆青雲舍、一九八五年発行。書籍コードも付いていないところから見るに、自費出版なのだろう。自分よりも年上のこの本は廃棄を免れ、デンタルオフィスこまつだにの段ボール箱の中で三十年のあいだ息を潜めていたのだ。

　予想通り、これはまったくの回想録だった。しかも、かなりとりとめのない部類の。腕白だった少年時代、甲府市街にあった生家の幸福な思い出、青雲の志を抱いて上った東京の歯科医専。興味深い箇所は、その先にあった。若き日の小松谷氏は、歯科医になってほどなく大連に渡っているのである。これはどうやら、当地で商売をしていた義兄の招きによるものであったようだ。一九二九年のことである。満州国建国の三年前、日本がかの地に着々と権益を及ぼしている時代だったな、付け焼き刃の知識で陽一郎は思い出す。

「当時、本邦の歯科教育は黎明《れいめい》期にあった。朝鮮、台湾、満州等、外地に於ける歯科医養成機関は存在しなかったのである」

　陽一郎はなんとなく歯科は医科とワンセットのように考えていたが、歯学教育が大学の学部として整えられたのは戦後になってからのことらしい。当時の大連は人口およそ五十万人、そのうち日本人は一万人。そこに不足する歯科医師として小松谷氏は大連に赴き、歯科医院を構えたようだ。

　ここから本書は「回想・満州生活十余年」という章に入る。小松谷氏の思い入れがひときわ強い部分だったと見え、紙幅も本のおよそ半分を占めている。若き小松谷氏は闊達《かったつ》であったようだ。義兄の人脈や歯科医師という職分を頼みに、臆することなく付き合いの輪を広げた。逆算すればこのころの氏は今の自分の年齢と大差ないことに気付き、陽一郎は驚く。自分を逆さにして振っても出てきそうにない社交性である。領事館員だの商社マンだの軍人だのといった満州人士の名をいささか誇らしげに小松谷氏は並べたてるものの、それはいかにも遠く過ぎ去った時代の栄華であって、陽一郎は微笑を浮かべたくなる。そして、その中に、その名前は埋もれていたのだった。

「萩原泰世《はぎわらたいせい》君の思い出」

陽一郎は目を大きく見開いた。その名は、おそらくは原四郎の筆名である「大原泰南《おおはらたいなん》」を連想させる。しかもそのイニシャルは、Hだ。

「萩原君は大連日本人青年会で知り合ったと記憶している。青年会と云ひつつ実態は禿頭の紳士迄含まれ、大陸生活の長きをカサに横柄な手合いもあり閉口したが、萩原君とは年齢が近しく程なく付合いを深めた」

小松谷翁の回想は二ページ半に及んだ。萩原なる人物と気が合ったことは確かなようで、社交辞令を超えた親密な交流があったらしい。惜しかったなあ、と陽一郎は思う。まだご本人が生きていたなら、この人物のことを聞くこともできただろうに。

「萩原君は当時飛ぶ鳥をも落す勢いであった那須商會に奉職していた。ズボラでザックバランな小生と好対照、萩原君は万事慎重で物静かであったが、思慮深く然《しか》し時に驚くほどの豪胆を見せ、成程相場なる鉄火場で生き抜くのはかような人物であると感じ入った次第である」

胸が高鳴った。残るコーヒーをすすり、口の中を湿らせた。あの小村氏が勤めていた那須商會だろう。この萩原泰世とは、あのH君なのだろうか？　仙台の旧知に数枚の葉書を残したきり消息の知れない、原四郎《しろう》と同一人物なのであろうか？　続くこんな記述にも、陽一郎は目を奪われる。

「萩原君は実業のみならず文学の徒でもあった、小生も下手の横好き俳句をひねり『文藝大連』誌に度々投句して居た、教師であった横見順《よこみじゆん》君が執筆の傍ら編輯の労を執り、宇田吉祥《うだきつしよう》君が健筆を揮い、満鉄社業の傍ら参加していた千石太郎《せんごくたろう》君、仲村夏雄《なかむらなつお》君、紅一点田辺篤子《たなべとくこ》女史など闊達に寄稿して居た。

萩原君を誘ったところややもして大豆相場に取材した小説を上梓したのに驚かされた、大変な才人であると感じ入ったものだ」

　挙げられた人名にはいずれも覚えがないが、携帯端末で検索をかけてみれば、たとえば横見順はモダニズムの詩人であったらしい。宇田吉祥（本名・亙《わたる》）は新感覚派に分類される短編の名手。千石太郎は満鉄から戦後は鉄鋼業界に転じ、サラリーマン歌人としてちょっと知られた名前であったようだ。田辺篤子は松根東洋城《まつねとうようじょう》に私淑していた女流俳人。陽一郎には意外だったが、軍人から官僚から鉄道技師から農民から、まことに多種多様、有象無象の日本人が去来する満州という土地にもまた日本語の文学は生まれ、育ちつつあった。それは結局は日本文学の一つの移植に過ぎず、たまさか混じる大陸的な要素は一種の異国趣味に過ぎなかったのだという批判もあるようだ。数十年という時間は長いようでいて、日本語という枠が溶解して周囲の文物や文化と混じり合い、ピジン、そしてクレオールといった新しい言語表現を産むには短かすぎたのかも知れない。それでも、文壇という権威もなく検閲や思想統制の枷《かせ》もさほど厳しくなかった「外地」において、人々は闊達に大胆に言葉を探り、文章を編み上げていた。萩原泰世なる人物も、その中の一人であったようだ。

「爾来《じらい》萩原君との交友は続いた、途中小生伴侶に恵まれ、萩原君はまだ独り者であったが家人含め親しい行き来は続いていたが満州国建国翌年の晩秋のことであったと思う」

　小松谷氏はそのように回想している。一九三三年だな、と陽一郎はあたりをつける。

「日も暮れたころになって前触れなく萩原君が訪ねてきた、酒瓶を二本携えていた。聞けば近々大連を去ろうと思いますと云ふことで魂消《たまげ》た。全く急のことであったがさもありなんという思いもあった、小生は新国家の歯科医療に身を献げんと意気軒昂であったが、萩原君の態度には時に憂愁が漂い今にして思えば商売の前線に立つ萩原君は満州国の矛盾を余人よりも目の当たりにして居たのかも知れぬ。

たれをも悲しませぬ商いがしたいものですなあ、酔いが深まると萩原君は時にそんなことを口にして居た。詳《つまび》らかを聞き漏らしたのが悔やまれる、その後の戦局の混乱に、萩原君の行方を辿ることは叶わずあのような戦禍なかりせば今尚親交が続いていたかも知れぬと思うと何とも胸の塞がる思いがすることである。

凩《こがらし》の吹き去り朋輩《とも》の姿なく　修二」

こんな具合に、この章は唐突に終わっている。え？　これで終わり？　陽一郎は呆気にとられた。またも、正体を摑みかけた人物がするりと指の間から逃げ出してしまったような気分になる。ざらつき、黄ばみかけた古い時代の紙の中に、それ以上に萩原の足跡や息づかいをかぎ取れるものは残っていない。なんてめんどくさいんだ、陽一郎は思った。これじゃ、まるで、追いかけっこじゃないか！

萩原泰世は消失してしまったが、小松谷氏の回想は続く。次なる章は「戦後復興と経済大国日本の歩み」と題され、敗戦前後の出来事と、日本に引き揚げてからの生活が綴られている。大日本帝国の敗戦と満州国の瓦解によって大連生活には当然終止符が打たれるが、軍属にもコネがあったらしい小松谷氏はさほどの苦労もなく日本に引き揚げている。母校のツテをたどって神田駿河台で雇われ歯科医をやったのち、まだのどかな農村地帯であった世田谷で小松谷歯科医院を開業した。これが今に至るまで続いているのだから、まずは堅調な後半生だったのだろう。小松谷氏は一九七二年の日中国交正常化を待ちかねるように、大連を再訪してさえいる。かつての満州人士と連れだってツアーを組み、大連や旅順の街を歩き、旧知との再会を果たし……。老人の中で、過去はあくまでも美しい。満州という壮大な虚構の国家を、日本人が美しく磨き上げた大連の町並みを、情感たっぷりに回顧するばかりである。そこには、満州国という「外国」における外国人としての視点と、結局のところは支配者層であった日本人の視点が入り交じっている。それぐらいの察しは、陽一郎にもつく。そのような悔悟が書き込まれているわけではないのだが。

「総てが水泡に帰した今となっては何を言うのも空しいが、我々が青春を賭して新国家建設に生きた彼の地を忘れ難いのも、又、事実である」

「曾《かつ》てのロシヤ町から愈々《いよいよ》大広場に至り、屹立するヤマトホテルや中国銀行の威容些かも減じていなかったのを見るに、老生一掬《いっきく》の涙を禁じ得なかった、思うに、我が半生は、この街と共にあったのである」

「批判は甘んじて受けねばならぬのであるが、我らが遺した物的人的財産は満州の地に根を張り、尚今日の中華人民共和国の繁栄を支えているのではないか等という思いを否定しきることは、難しい。未来的発展的思考の下、満州が今後日中友好の礎とならんことを、心より、祈念する次第である」

本書は、そんなふうに締めくくられていた。なんとも幸福な大団円だ。あの複雑極まりない、毀誉《きよ》褒貶《ほうへん》に満ちた満州という土地に深く関わった半生を送ってきながら、結局のところ小松谷氏は個人的な経験から読み出したものがたりを大切に抱き、安泰な一生を終えたに違いない。

ほんの少し前までならば、陽一郎もまた小松谷氏の言葉に甘やかに共感したことだろう。過去には瑕疵《かし》などあって欲しくなかった。日本という国に関しては、なおのことそうだった。マ、迷惑かけたかも知れないが、充分いいこともしたじゃねえか。半世紀以上も前のこと、いまさらガタガタ抜かすな。ナ？

しかし、今の陽一郎の頭の中には性急に詰め込まれたさまざまな言葉が溢れかえらんばかりで、それらは互いに衝突し合って軋轢《あつれき》を生み、たった今読んだばかりの小松谷氏の言葉ともまた衝突して火花を散らしていた。それらはつまり、人間一人一人が紡ぎ出したものがたりである。ものがたりは無数に存在する。事実なるものが一つしか存在しないにせよ、人の身なればそのすべてを網羅することなどはできず、百億の人間がいれば、それぞれの目玉と脳とから百億通りのものがたりが生成するのである。この小松谷修二からも、あの原徳吾からも。百年前の若き農学士であった生駒正徳からも、鉄道マニアの高根沢昌紀助教授からも、謹厳実直な油脂科学技術者の谷田市郎からも。満州大豆貿易の生き証人であった小村孝志からも、硬骨漢のジャーナリスト高遠義文からも、かつて満州に移民して土を耕していた森田晋からも。そして、もちろん、原陽一郎からも。

陽一郎は本から目を離し、あたりを見回した。向かいの席で勉強中の女子高生が参考書から顔を上げてちらりとこちらを見たが、陽一郎は意に介さない。なにかの啓示を受けたような気分だった。そうか、つまるところ俺は、原四郎のものがたりを追っているのではないだろうか。彼が紡ぎ上げたはずのものがたりを見つけ直さなければならないのではないか。陽一郎は携帯端末を取り出し、萩原泰世について検索をかけてみた。ほとんど情報らしい情報は出てこず、植民地文学に絡めたお堅い研究者のサイトが見つかるていどである。では、どこかにこの「文藝大連」誌は現存しているのだろうか？　那須商會の社史や社員名簿は、どうだろう？　陽一郎は辿った、情報の中を、書誌情報を、古書店のサイトを、図書館情報を。しばらくの時間をかけた探訪ののち、少々意外な文字列が液晶画面に浮かび上がってきた。

筑波！　陽一郎は目を見張った。なんと自分の母校の図書館に、数十冊に及ぶ「文藝大連」誌が収蔵されているのだという。あり得ないことではなかったが、意外な偶然だった。故地東北を出奔して以来、東京から横浜へ、おそらくは満州へ。原四郎は大原泰南と名乗り、ひょっとすると萩原泰世と名乗り変え、いつしか南米に渡って原世志彦として新たな人生を歩んでいたのかも知れないが、そこここに残された断片的な足跡をつなぎ合わせる確実な証拠はまだ見つかっていない。その失われた連鎖《ミッシングリンク》を埋める手がかりが、こともあろうに、あの土地に眠っていたとは！

陽一郎は顔を上げた。変に腹が据わった気分だった。原四郎だか世志彦だか知らねえが、逃げるなら、俺が追いかけてやろうじゃないか。追うほどおぼろげになってゆくその姿に、くらいついてやろうじゃないか。心の中でつぶやいたはずの言葉は唇から漏れ出ていたらしく、女子高生がふたたび顔を上げ、困惑したまなざしは宙に散った。

そのときのことである。突然、携帯電話が騒々しく歌いはじめた。アニメ「レヴェレイターズ２０５０」のエンディングテーマは女性ヴォーカルの鼻声をメロウに響かせて店内の客たちの注目を集め、あたふたと店の外に出て、画面上に浮かび上がる名前を見て陽一郎はぎょっとする。まるで俺が『人生曠野八十年』を読み終わるのを知っていたかのような、それをひっそりと眺めていたかのような絶妙のタイミングで、あの男は俺にまたしてもボールを投げてきたのだ。手の中で携帯電話は歌い続け、ようやく意を決して陽一郎は着信ボタンを押した。

「どうもお世話になっております。Soyysoya日本支社の薗《その》です」

聞き覚えのある声が、滑らかに流れ出てきた。

「涼しくなってきましたねえ。ご無沙汰しておりましたが、どうですか、このところ」

ええ、まあ、おかげさまで、あたりさわりのない相槌を打ちながら陽一郎はあたりを見回した。好天に恵まれた長い一日だったが、街路の上を吹く秋風はすでに冷たい。

「ちょっと時間が空いちゃいましたけどね。例の件、どんな具合かなーなんて思いましてご連絡を差し上げたんですが」

「あ、ええ……」

陽一郎は口ごもる。あの晩夏、Soyysoya日本支社に赴き、奇妙きわまりない約束を交わして以来、およそ一ヶ月半。無数の情報が自分の中を通り過ぎたようでいて、事態はなにも変化してはいない。曖昧な話はいくらだってできるけど、確証と言えるようなものは、まだ、なにもないのだ。いったいなにをどこまで打ち明けるべきなのか、陽一郎にはとっさの判断がつかない。

「その……、一応父親の実家に行きまして、親戚にも話を聞いてきたりはしたんですが」

「それはそれは。順調ですね」

「原四郎が家を出たということまでは分かりました。いろいろあって、仙台から、東京に」

「なるほど」

「そこで大豆の貿易に携わっていた。それは、確かです」

「ほう！　興味深いですね」

薗が声を上げた。

「それが、のちのち弊社の設立につながると考えていいんでしょうかね？」

陽一郎は答えあぐねる。そうなのか、そうではないのか。満州で大豆を商った萩原泰世、地球の裏側へと渡って大豆を育て、やがてSoysoyaという怪物を作り上げた原世志彦。二つの事実はいかにもよく似ていて、それらしい関係をほのめかしてはくるのだが、それは、本当に結びつけてよいものなのだろうか？　本当にそうであったとしても、では、どうして、そんなことを？

「薗さん、これはむしろお訊ねしたいことなんですが」

「ええ、どうぞどうぞ」

答えながら、汐留《しおどめ》のSoysoya日本支社、地上二十九階のオフィスの一隅で、薗は受話器を持ったまま首をかしげていた。窓の外には夜が迫っていた。ここから見えるオフィスビルの窓という窓は、訪れつつある闇にあらがう明かりを煌々《こうこう》と灯してはいたが。

「どうして、原世志彦はSoysoyaを作ったんでしょうね？」

「どうしてと仰いますと。創立の理念と言いますか……」

「違います。そんなんじゃない」

陽一郎自身も予期していなかったぐらい、声は鋭く響いた。そんな社訓みたいなことを聞きたいんじゃないんです、と陽一郎は言った。いったいどうして原世志彦は、地球の裏側くんだりまで行ったんでしょうね？　地の果てまで流れていって想像を絶する努力をして、大豆長者として成り上がったんだから、大変結構なことですよ。でも、問題は、そのあとなんだ。お百姓の互助組合を作って満足しなかった理由が、僕には、分からない。どうして、こんな巨大なものを築き上げようとしたんでしょうね？　原世志彦は神の指でゴーレムよろしく巨大な立像を組み上げて、そこにどんな魂を入れようとしたんでしょうね？　薗は受話器を持ったまま、じっと陽一郎の話を聞いていた。普段のおどおどした口調とはうって変って、言葉に迷うこともなく、まくし立てることもなく、原陽一郎の言葉は正確に連なりあって強く響いて聞こえた。

「原陽一郎さん。一つ、ご提案なんですが」

久しぶりにフルネームを呼ばれた、そう陽一郎は思った。どこかで聞いた言い回しだとも思った。近いうちに、いちど、お食事でもいかがでしょうか？　電話でお伺いするには、少々込み入ったお話のようですしね。いい店があるんです。目と舌を楽しませる点ではうってつけだと思いますよ……。陽一郎は沈黙した。電話の向こうの世慣れた男は、真っ向から向かってきた力を巧みに受け流し、捌《さば》き、予想外の方角へと目を向けさせようとしている。

「それに、原さんにとっても、ご損のない話だと思うんです」

そう言って、薗は言葉を切った。

「原世志彦が入れようとした魂、それをお答えできるかもしれませんから」

魂？　魂だって？　本当に、そんな答えを持ちあわせているとでも言うのか？　陽一郎は身震いした。日はほとんど暮れかけていた。あたりはすっかり薄暗く、不意に冷たい風が吹いてきた。手短かに再会を約して、陽一郎は携帯電話から顔を離す。頬は火照り、掌はじっとりと汗をかいていた。含羞《がんしゅう》と悔悟とが押し寄せてきて陽一郎の頭の中を巡った。

図らずも長広舌をふるって思うところを滔々《とうとう》と述べ立てた陽一郎の脳裏に浮かび上がっていたのは、なんと、アニメの一シーンなのである。十五年前のヒット作であり、今なお絶大な人気を誇り続編やスピンアウト作品が作り続けられているアニメ「レヴェレイターズ２０５０」。宇宙からの侵略者に立ち向かうべく少年少女達の乗り込む巨大ロボットは、作中では生体自律機械《バイオオートマトン》と言い換えられている。ネジやブリキではなく生合成された有機物で組み上げられて半ば自律的に挙動するバイオオートマトンは、ロボットと言うよりは異形の巨人と言った方が似つかわしく、肉体のすべてを備えていて生命の内燃だけを備えていない。エネルギーとして投じられるのは、オートマトンに乗り込む少年少女の生命そのものなのである。彼ら彼女らの肉体はオートマトンに連結され、戦闘に勝てば心身が超人的に磨き上げられてゆくのと引き替えに、敗北すれば急速な老化と死が待っている。オートマトンは超自然的な破壊力で侵略者を薙《な》ぎ払う一方で、ときに暴走しては人類へも牙を剝き、甚大な被害をもたらすのだ。

オートマトンは本当に人類の救世主なのか？　オートマトンを作り上げた天才科学者が腹中に秘めていた意図は、なんだったのか？　そのことは、実は、「レヴェレイターズ２０５０」の最後まで明かされない謎として残った。その解釈を巡っては、ウェブ上で多くの批評家から好事家までが意見を戦わせ、陽一郎もいっぱしの論客ヅラでその議論に加わっていったものだ。そのときの経験を陽一郎は思い出していた。複雑きわまりない現実は、アニメの構図に当てはめることで急速に明解な姿になってゆく。少なくとも、陽一郎にとっては。自分の発した言葉を自分の耳で聞き、陽一郎はようやく自分が求めているもの、漠然と抱いていた疑問に光が当てられたような気分になる。

あたりはすっかり薄暗くなっていた。道ばたで熱弁をふるうには少々長すぎる時間だった。たそがれの風が頰を撫で、陽一郎は身震いした。急速に世界が戻ってくる。夕方のラッシュアワーは始まったばかり、目の前の街道にもすでに車列が長い。ここばかりではなく、なにかをどこかからどこかへと運ぶための無数の車は首都圏一円の都道にも環状線にも群れをなし、ヘッドライトをまばゆく点《とも》しているることだろう。その中を縫って、明らかにイレギュラーな存在である自分の自転車はよたよたと走らなければならないのだ。ここからはおそらく二十キロメートルは離れた自宅へと向けて。

24

ちょうど一週間後の夕刻、原陽一郎は池袋から山手線に乗り、駒込で降りた。長く首都圏で生きてきたが、初めて降りる駅だった。

ホームからの階段を上がり改札口が視界に入ると、券売機のかたわらに長身の男が佇んでいるのが見えた。あの晩夏、巨大なオフィスビルの水族館のようなロビーでさっと泳ぎ寄ってきた鋭い鰭《ひれ》の魚の姿が一ヶ月半ぶりに蘇ってきて、陽一郎はどきりとする。向こうに気付かれずに眺めていられるのは一瞬のことだった。薗はたちどころにこちらを察し、切れ長の目を向けてきたからだ。

「や、どうも。原さん、今日はわざわざありがとうございます」

そんなことを言いながら、薗は陽一郎をタクシー乗り場へと誘《いざな》う。陽一郎は落ちつかない気分で後部座席に乗った。タクシーに乗ることじたい、滅多にないことだった。駅前の雑踏を過ぎて枝道に入れば、あたりはたちどころに静まりかえった。住宅が連なり、公園や学校が挟み込まれ、ときに、目を引くような屋構えの洋風建築が大樹の下に佇んでいた。窓を開ければ、いっせいにキンモクセイがにおい立つことだろう。このあたりが本来の「山の手」なんですよ、と薗は言う。昔っからの高級住宅地ですね、この先には大和郷《やまとむら》や、古河《ふるかわ》男爵の旧邸もあるぐらいでして。なるほど、と陽一郎はつぶやく。東京や埼玉県の西部、自分の住む和光市なども含めて広がる広大な武蔵野台地が尽きるのは、まさにこのあたりなのだ。台地の縁《へり》は上野や日暮里《にっぽり》あたりの崖となって現れ、そこに沿って走るのが山手線なのである。思えば、ほとんど馴染みのない一帯だった。東京近辺に長く生きてきても、ほんのちょっと町を隔てれば、こんな古びた優雅さが息を潜めているものらしい。しかし、ほんとうに、こんなところに？

怪訝《けげん》に思ったところで、タクシーが停まった。降りれば冷えた風が襟元《えりもと》を撫でてゆく。秋の宵は暮れるのを急ぐ一方、西の空は息を呑むような橙色に染まり、澄んだ大気の中、遠いところからまるで谺《こだま》のように電車の音が響いてくる。

「どうもお疲れさまでした。さ、どうぞ、中へ」

薗は愛想よく陽一郎をうながす。陽一郎は少々戸惑いつつ、あとに従う。そもそもこれを、店と言っていいものなのか、どうか。門口に焚かれた本物の篝火《かがりび》、「葛《くず》の花」と一枚板に墨書された看板がなければ、これもまたたいそうな邸宅の一つとしか見えなかったに違いない。トンネルのような入り口をくぐって中庭に至り、陽一郎はようやくこの建物の構造に気付く。ほぼ正方形の敷地の四方に建物が配され、中庭を囲んでいるのだ。中庭の真ん中には枯れ葉の浮く水盆がしつらえられ、真ん中で噴水が小さく水を噴き上げていた。北京の四合院《しごういん》のようにも、回廊《コリドール》を備えた南欧の家のようにも見えた。

「高名な建築家の設計だったそうで。十年ぐらい前までは、ここに四世帯がお住まいでした」

疑問に答えるように、薗はそう説明してくれた。

「戦後まもなくの建築なんですよ。最新型の集合住宅だったようですね。当時はね」

そうは言うものの、陽一郎の目には古い時代の未来は今なお新しく映った。過剰な装飾は断固として排除され、建物のあらゆるラインは大胆な直線と円弧で構成されていて、意匠の統一感は門灯や郵便受けにまで及ぶ。簡素かつ斬新という困難な課題がここでは見事に解決され、あらゆるところに、モダニズムこそが鮮烈であると信じられていた時代の作法がにおう。かつて真白く輝いていたであろう漆喰の壁が長い時間を経て色をくすませ、苔や蔦の侵食を許していても。

薗は、中庭を挟んで真正面の建物へと入っていった。かつてはここも、アパートの一区画であったに違いない。今は間仕切りを抜いて広いホールがしつらえられ、中庭に向けて窓が大きく切られている。テーブルはたったの五つ。緩慢な動作でナイフとフォークを扱っている一組の老夫婦がいるばかりだったが、残るどのテーブルにも燭台が灯され、炎を小さくゆらめかせている。薗の誘いがなければ決して立ち入ることなどないような奇妙な店だったが、席について、陽一郎はここもまたSoysoyaの版図に含まれていることを確信する。テーブルの上に畳まれていたナプキンの一隅に、YY（イグリエガ・ドブレ）が淡い黄色で縫い取られていたからだ。陽一郎の向かいで、薗の細く白い指は地図を広げるかのように慣れきった手つきでナプキンを広げてゆく。陽一郎は緊張を覚える。さて、この男は、今日はいったいどんな手札を切ってくるんだろうか？

「あらためまして。原さん、私どもの仕事にお骨折り下さいましてありがとうございます」

「あ、いえ……」

丁寧な言葉ではあるが、その口調は快活だった。本日はお礼も兼ねまして、いろいろ飲み食いして楽しんでいっていただければと思うんですよ。先日の弊社のレストランよりは、ずっと気さくです。おまかせでいろいろ持ってきてもらおうと思っておりましてね。

菌が慣れた態度でウェイトレスに囁くと、やがてグラスが運ばれてくる。白く濁って泡立つ酒。まさかこれも、大豆じゃないでしょうね？　陽一郎が訊くと、菌は小さく笑う。

「武蔵野エールというんですけど、ご存知ですか？　埼玉の地ビールでして」

「あぁ、そういえば」

陽一郎にも思い当たるところがあった。だいぶ昔、マシュダの家でご相伴にあずかったことがある名前だ。埼玉県西部の入間《いるま》のあたりで地ビールを作っていたメーカーが、酒の卸《おろし》問屋であるマシュダの家に持ってきていた試作品である。日本ではまだ珍しいんだけどさ、ホワイトエールってやつだ。白ビールとも言うかな。そんなことをマシュダが言っていたことを思い出した。苦みは控えめなかわりにほんのり酸っぱく、かすかに甘く、果実酒のようにも濁り酒のようにも感じられる。

「いかがでしょう」

「美味しいですねえ」

やがて、前菜が何皿も運ばれてくる。こちらはジュンサイとトンブリの和え物でございます、秋田県三種《みたね》町の産でございます。こちらは青森県陸奥《むつ》湾《わん》のホヤを使用いたしましたバクライでございます。こちらは北海道陸別《りくべつ》町の牛乳を利用いたしましたブルーチーズでございます。それぞれに手の込んだ皿の秘密を、ウェイトレスのお姉さんは懇切丁寧に解き明かしてくれた。この建物のたたずまいにも似て、食卓は和洋を兼ねて広げられていった。写真に撮っておきたいと思うほどの細やかさだった。次に出てきた岩牡蠣は、能登《のと》蛸島《たこじま》の産であるらしい。ああ、こりゃ上等だ。辛めの日本酒と合わせましょうか……、愛想よく薗は言うと、ウェイトレスに切り子ガラスの徳利《とっくり》に入った日本酒を持ってこさせる。きりりと冷えた辛口、青森県黒石市の蔵なのだとか。生真面目なコース料理であった先日の饗応とは対照的、食卓としては破調なのだろうが、どれを取っても文句のないうまさである。どこまで分け入ってもメイン・ディッシュの出てこない、日本風の混沌である。

「こちらのお店、御社となにか関係が？」

そう訊ねながら、陽一郎は百年ぶりに御社などという言葉を口にした気分になる。

「ええ。弊社の出資したプロジェクトなんです」

「薗さんも関わったんですか？」

薗は一瞬手を止め、切れ長の目に潜む黒い瞳を陽一郎に向け、ほほえんだ。

「ご明察です」

私が携わったのは立ち上げの段階なんですけどね、と薗は言う。クリエイティブ・アンド・ディヴェロップメント・ユニットのメンバーであるということは、Soysoyaにおいて企画立案ができる立場にあることを意味するらしい。あの巨大な会社では、アイディアは常に募られているのだそうだ。アイディアには意見が付与され、議論され、コストや利益が試算され、実現の可能性が探られる。人員は内容に応じて呼集され、ユニットを形成し、空想は文書に、文書は現実へと変じ、そしてこの奇妙なレストランが開店した。およそ三年前のことだという。

「コンセプトはシンプルなんです。日本の食の豊かさをお届けすることですね」

薗の言葉は明解だった。そもそも私どもの業態は食品流通ですからね、より良いものを世界中から食卓へとお届けしてきたという自負はあります。その次のステップ、安定性の次の多様性です。決して大量生産・大量消費に向かかない食材、本来ならばそれぞれの土地でだけ消費されてしまう食べものを、無理のないかたちで持ってきて提供しようということなんです。

少々大袈裟な言いかたになりますが、二十世紀、社会は統合的に動いていたんです、と薗は言う。みんなで大きい社会を作って、みんなで幸せになろうという発想です。それは結構なことでした、お金もヒトやモノの動きもグローバル化して、じっさい大量生産・大量消費社会はそうやって一つの完成に至りましたからね。いろいろ批判もありますが、すばらしい成果だったと思うんですよ。誰もが食べるに困らない社会を用意してきたんですから。欧米先進国がまずそうなりました。日本があとに続いた。韓国や台湾もそうなった。東南アジアや東欧、トルコだってまもなくそうなるでしょう。弊社の本社があるブラジルだって、都市部はそうなりつつある。この趨勢を止めることは、できないでしょう。

ただし、それだけでいいのか？　という視点ももちろん出てくるんです。ネクストワン、アナザーワンってやつです。人間は飽きっぽいですから、マスプロダクトのものばかりじゃそっぽを向かれてしまいますよね。

「まあ、そうでしょうね。なんとも、結構なことです」

陽一郎は皮肉な笑みを浮かべる。ふだん陽一郎が口にするものと言えば、まさにその、大量生産《マスプロダクト》のものでしかないからだ。どこかの工場やセントラルキッチンで大量に調理されてコンビニやら外食産業やらに送り届けられる、低廉で均一な食品である。ことさらに美食家を気取るつもりはなくとも、それ以外の選択肢に手が伸びる立場じたいが、陽一郎にとっては羨望の対象でしかない。

「じっさい、二十一世紀に入ってからは、確かにマッスの対極にあるものへの期待も生まれているわけです」

陽一郎の皮肉に気づかなかったか、それとも看過したのか、薗の口調は揺らがない。こと食べ物に関しても、スローフードですとか地産地消ですとか、そういうキーワードで語られることが増えてきました。自分たちの足下にあるものを見直そうっていう機運です。私どもも、そういったローカルな食の動きもお手伝いできないものかな、と、大きくはそんなことを考えてるんですけれどね。生産者と消費者のお互いの顔が見える距離感というやつです。

「顔の見えるってのは決して比喩じゃないんですよ」

そう薗は言う。調味料まで含めて、食材のプロファイルはすべてトレースできるんです。お見せいたしましょうか？　ちょうど、牛肉のローストが運ばれてきたところだった。なにごとかを囁かれたウェイターが申し分のない物腰で持ってきたのは、週刊誌ほどの大きさの液晶端末である。たとえばこれ、本日お召し上がりいただいたものですが、と薗がちょんちょんとパネルをタッチすると、たちどころに本日のメニュー、その食材、その産地、生産者……そういった情報が次々に現れ出てきた。恐れ入ったことには、塩や味噌といった調味料、果ては水まで、すべてである。その、こういったことがオンラインのデータベースに？　落ちこぼれプログラマーの矜持《きょうじ》で陽一郎は訊ねてみる。現時点では内部のイントラネットですけどね、と薗は言う。広く発信する準備もしているんですよ。最終的には、弊社が提供する食べ物すべて、あらゆる情報をフリーアクセスにするってのが目標でして。

「あらゆる情報を、ですか？」

「そうです」

それは途方もないことなのではないかと思われたが、薗は落ち着き払ったものだった。黒い瞳にも、ほとんど動くところはなかった。たとえばこのビーフですけど、岩手県奥州市の牧場で肥育された三歳牛ですね。生誕の日付はこちら、出荷はこちら、精肉加工はこちらで。管理者権限があれば、それぞれの責任者にダイレクトに連絡が取れます。ローストにはオリーブオイルが使われています。小豆《しょうど》島《しま》産ですね。ソースには醬油とビネガーを使っていて、大豆は丸森市、塩は宮古島の塩田。醸造の場所は茨城県の土浦市、温度に湿度に発酵期間に使用した麴、その他の条件も記載してあります。薗の細く長い指は軽やかに液晶画面の上を走り回り、確かに、目の前の一皿の来歴をすべて探り当てようとしていた。

「うわぁ」

陽一郎は絶句する。

「こんなことまで！」

「食を扱う以上、いずれ打たなければいけない布石だとは思っていました。食べずに生きていける人はいませんからね」

陽一郎もあらためて気づいたことだが、食は生命に直結している。生きるためには食のエネルギーが必要であり、そこから逃れることのできる人間はいない。同時に人は、食に飽くなき欲望をぶつけ、手を変え品を変えて新たなものを求め続けるのである。必須のものでありながらどこまでも贅をこらすことができる、そんな相矛盾するものは食以外にはあり得ないだろう。

「だからこそ、食については誰もが鋭敏にならざるを得ないんです。どんなに無頓着を装う人だって、必ず、そういう部分を持っているものです」

薗は謎めいた言い方をした。

「僕はそこまでこだわらないけどなあ……」

「それも、一つの選択なんです。こだわらないという」

薗は細く長い指をさっと眼前に走らせ、陽一郎ははっと顔を上げる。それは単に液晶端末の電源を切っただけだったのかも知れない。

「食には無限の選択肢が用意されていますけれど、勝負から下りる、勝負を拒むという手だけはあり得ないんですよ。賭け続けなければいけないんです」

陽一郎はどきりとする。この男は穏やかな言葉のまま、またも、なにかぎらりと光る刃を閃《ひらめ》かせたのではないか？

だからこそ、可能な限りのリクエストにお応えしたいと思うわけです、と薗は言う。どんな人だって、食べたいものと食べたくないものがあります。安全と安心は別ですからね。最先端の科学で安全を証し立てたところで、イヤなものはイヤなわけです。食のタブー、宗教的タブー、環境に対する考え方、好き嫌い、個人的な思い入れ、理由はいろいろでしょうが。ムスリムのかたにハラル認証食品を、完全菜食者《ヴィーガン》に乳製品フリーの食品を。遺伝子組み換え作物がイヤだというのも、放射性物質に過敏になるのも、一つのご判断です。尊重したい。それを分からず屋と切って捨てる側には、私どもは、立ちたくない。多様な選択肢を提供したいと思うわけです。そうとなると、情報の集積は必須です。可能な限り公開して、共有することで、信頼が得られますからね。そういう割り切ったところは、弊社の社風だと自負しております。

「そうなると、先ほど仰っていたこととの整合性はどうなんでしょう。食も、これからはグローバルからローカルなものになっていくという」

「一方的な変化ではないでしょうね」

薗は落ち着いた態度で応える。併存してゆくだろうというのが私どもの読みですし、おそらくは間違いのないところです。これまでにあったものを否定して新しいものが生まれ出てくるような、もはやそんなシンプルな変化は人の世に望めないですよ。ローカルな食も、グローバルな経済との相互作用なしにはやっていけないですからね。肥料は工業製品ですし、飼料の穀類もほとんどが輸入に頼っていますから。農機具やハウス栽培には化石燃料だって必要でしょう。農業といえども、つまるところは経済行為であって、人里離れた無人の荒野で畑だけ耕してるってわけにはいきませんからね。無数に存在するローカルな事象が相互に連結されて、グローバルな全体像を形作っていると理解した方が正しい。私どもの仕事は、言ってみれば、その連結のお手伝いなんでしょうね。

私見ですけど、結局のところ重視すべきは、作る側と食べる側の相互の信頼だと思っているんですよ。お互いに敬意を払い合う関係ですね。実は、この店名の「葛の花」、折口信夫《おりくちしのぶ》の歌から取ったんです。この山道を行きし人あり、というわけですね。そういう、日本の津々浦々に生きている人たちと、こういう都会で生きてる人間たちとが、食を通じて結びつきあえるといいなと思うんです。

「完璧だ」

思わず陽一郎はつぶやいた。いつのまにか唇から漏れていたのである。

「そうとまでは。試行錯誤の繰り返しですからね」

「いえ、完璧です」

その言葉は、陽一郎自身が予期していなかったほど明瞭に響いた。

「Soysoyaという生体自律機械《バイオオートマトン》は、巨大なこぶしを振り下ろすばかりではなく、太い指先で羽毛をつまみ上げる精妙さをも兼ね備えているようですね。これを完璧と言わずして、なんと言えばいいのか」

「バイオオートマトン?」

「そういうアニメがあったんです」

「ああ、レヴェレイターズ２０００とかいう」

「２０５０ですよ。ご存知なんですか？」

「名前ぐらいは。最近パチスロにもなったじゃないですか」

そう言って薗は笑った。穏やかに笑いながら言った。

「面白い喩えかも知れません、確かに弊社の図体は大きいですからね。ところで一つ教えていただきたいんですが、バイオオートマトンというのは脊椎動物という理解でいいんですよね」

「……おそらくは。人工的に生成された疑似生命体という設定でしたけれど」

陽一郎は訝《いぶか》しげな顔をしていたに違いない。

「脊椎動物は脳という巨大な中枢神経を持っていて、その指令は背骨の中にある脊椎という大伝導路を伝って全身へと行き渡りますよね。逆に、末端の感覚は、やはり脊椎を通じて脳へとフィードバックされる。トップダウン・ボトムアップの体系であるわけです」

「そうでしょうとも」

「私どもは、そうではない。むしろ、無脊椎動物の自在さに近いのではないかという印象を持っています」

奇異な比喩を臆面もなく口にしながら、薗の態度は落ち着き払っていた。無脊椎動物も確かに脳を持ってはいるのだが、身体は要所要所に配置された神経塊によっても制御されている。粗雑な喩えをするならば、中枢の命令を待たずとも、現場の判断ができるということになる。良くも悪くも即応性に富んだ体系であるわけだ。

「ネットワークということですか」

「そう、そう、仰るとおりです。いわば、神なきネットワークですね」

我が意を得たとばかりに薗はほほえむ。

「そもそも、食の世界はトップダウンで大なたを振るうようになどできてはいないんですよ。穀物の商いってのはきわめて利ザヤが小さいですから」

「そうなんですか」

「動く金額が大きいからか、しばしば誤解を招くんですけれどね」

そう言って薗は笑った。食物の価格を陰で操る秘密結社のようなイメージを抱かれることもままあるんですが、そんな力があるはずもないんですよ。扱う量が莫大なだけなんです。粗利としてはブッシェルあたりコンマ数セントって桁に過ぎませんから。

そもそも農作物、ことに穀類のような流通量が膨大な品目の流通は、投機的にならざるを得ないのだと薗は説く。これら農産物の特徴は、実際に現物ができあがってから値段が付けられるのではない点にある。小麦やトウモロコシが実ってから収量を計算し、値段を付けていては、流通に間に合わないのだ。買い付け量や価格はそれよりもはるかに前、年の単位で遡って決定される。流通会社は前例にならって綿密に価格を予測し、損にならないていどの上乗せをして価格を決めることになる。それとて天候や豊作や不作、先進国の経済状況や購買力を高める発展途上国の動静、戦争や政情不安や恐慌や天変地異などといった無数の要素に左右されるのであり、食品流通会社の一存で価格を操作することなどできるはずがない。それはすさまじい速度で回転し続ける巨大な独楽《コマ》を止めようとするようなもので、弾き飛ばされるのがオチだろう。独楽の動きを妨げてはならぬ、こちらが深傷《ふかで》を負ってはならぬ。それが商売の大原則である。大博打の打ちようなどない、慎ましやかな、静かな商売なんですよ……、というのが、薗の説明である。

見事な語り口だった。これもまた、完璧だった。ほとんど幻惑されると言っていいぐらいだった。

しかし、それでも、本当に、それだけなのだろうか？

「これが一つのお答えになっているんじゃないかと思うんですが。いかがでしょう」

　不意に薗が口を開いた。

「答えというと」

「原世志彦が入れようとした魂について、お訊ねではありませんでしたか？」

「Soyysoyaという名の巨人にですか」

「バイオオートマトンと言ってくださっても結構ですよ」

　そう言って薗は笑う。

「あれは要するに、人造人間ってことなんですよね？　誰かしらパイロットが乗り込んで、操縦してやらなければいけないんでしょう」

「そうですよ。作中では共動者《コラボレイター》と言っていましたが」

「それでしたら、お分かりでしょう。魂なんか、どこにもないんですよ」

　陽一郎は沈黙する。薗のご高説に理ありと思いつつも、なおなにか一つ、疑問が引っかかって残る。物事が順調で間違いなく進むときにむしろ心をかすめる、ざらついた違和感である。巨人の身体を統べているものが神なきネットワークだとして、では、食というもの全体をまさにまるごと飲み込んでしまわんばかりの巨人は、どこに向かって歩いてゆこうとしているのか。

　デザートが出てきた。徳島県佐那河内《さなごうち》村に愛媛県宇和島市に宮崎県日南《にちなん》市、日照に恵まれた土地の柑橘類を混ぜ合わせてこしらえたシャーベットということである。銀の匙で口に運べば、甘く、すっぱく、口の中の汚れを拭い去ってゆくかのようである。酔いに霞んでいた頭の奥が、冷えた。ナプキンで口元を拭ったとき、YY（イグリエガ・ドブレ）の縫い取りがふたたび目に入った。もしも

Soysoyaがバイオオートマトンであるのならば、もっとも目立たずいちばん重要なところ、たとえば頭蓋の内側とか心臓の内腔に、この紋章は刻印されているに違いない。黒服が二人、すばらしい手際でテーブルの上を片付け、小さなカップにお茶を注いでいった。すすれば、手間をかけて発酵させたお茶の複雑なにおいがした。

さて、原陽一郎さん、そう言って薗はテーブルの上で細く長い指を組み替えた。お願いしておりました件、多少はお話ししていただけるんでしょうか？　切れ長の目に潜む黒い瞳がこちらへと向き、陽一郎は射すくめられたような気分になる。ええ、その……、まだ、曖昧な部分が多いんですが……、言葉を選びながら陽一郎が思い出していたのは、北仙台法律事務所の所長室で相対していた大叔父、徳吾《とくご》の姿だった。あの熱のこもった態度と鋭い眼光は、いま眼前にいる落ち着き払った薗のまなざしに、唯一拮抗できるものではないだろうか。では、なにから、なにを、どのぐらいまで、話すべきなのか？　陽一郎は居住まいを正した。遂に一度もそのまっすぐに伸びた背筋の崩れることがなかった、徳吾のように。

残念なんですが、原四郎という人物についての情報は僕の実家にはほとんど残っていませんでした、そう陽一郎は言った。ただし、事情を知る親戚に会うことはできまして、多少おぎなうことはできたと思います。原四郎がなかなかの麒麟児《きりんじ》で、まあ、農家の四男坊だったんですが、仙台に上って学校に入っていたこととか。地方雑誌に熱心に投稿していたとか、そういうような……。陽一郎はしばし言い淀む。徳吾からは膨大な量の言葉を聞いたようでいて、いざ思い返そうとなると、あちこちが曖昧なままだ。東北うんぬんといった挿話も、重要なようでいて、話しだしてみると薗の求めに応えるものではないように思えてくる。薗はほほえみながら聞いている。ときおり小さくうなずくが、口はつぐんだまま。まあいろいろトラブルがありまして、放校となり、東京に出てきていたようです。そして、大豆の貿易に携わっていたようです。ここには、私信も残っていました。そのあと、どうやら、大陸に渡ったのではないかという可能性が……。

「南米ですか」

「いえ、満州です」

「ほお！」

蘭は声を上げた。表情が初めてはっきり動き、黒い瞳がくるりと動いた。いや、それは興味深い。さすがですね、原さん。ご依頼申し上げた甲斐があったなあ！　今の時点で考えられるのは、原四郎がいくつかの偽名を使って大連で働いていたということです、と陽一郎は言った。おそらくは当時、大豆の売買をしていた商社で。なるほど、北南米が席巻する前の二十世紀の前半、大豆は旧満州の独壇場でしたからね。さすがに蘭は、大豆の歴史についてひとかどの知識を有していた。そこでどういったことがあったのか、今、調べているところなのですが……、それなりに有能な社員であったようです。独自に買付ルートの探索を任されるぐらいの……。ほう、ほう、蘭は満足げにうなずく。なるほどね、そういったご経験があったとは！　これは大発見だ、弊社の黎明期に新たな一ページを書き加えるものですよ。いえ、まだ断定はできないのですが……、慌てて陽一郎は留保をつける。その隙間を埋めていこうと思うんです、もう少し資料を辿ることができると思います。

「それは、楽しみだな」

蘭は言った。

「しかし、なぜ、満州からパラグアイに渡ったんでしょうね？　しかも古い名前を捨て去り、新しい名前を名乗ってまで？」

陽一郎は口をつぐむ。難しい問いかけである。そこはまだ埋められていない歴史の断絶なのだが、薗の疑問は図らずも自分の抱いている疑問とも一致する。なぜ、そんなことを？　他者の執念を本当に理解することなどはできまいが、その概略を知って想像することまでは許されるだろう。

「嫌気がさしていたんじゃないかと思うんです」

「なににですか？」

「おそらくは、満州そのものに対して」

薗がかすかに首をかしげた。はっきりしたことは、まだ、言えないんですが、原四郎は、故郷を追われた人物なんです。なんと言いますか、熱のこもった社会正義のために。東京で大豆の商売に関わりはじめたのも、最初は生きるためだったのかも知れませんが、やがてそこになにかの希望を見いだしたんでしょう。そうでなきゃ、単身満州になんか渡りゃしない。だけど、その希望がまた裏切られたんじゃないかと思うんです。満州という複雑な、とても複雑な大地で。薗はもう一度、今度ははっきりと首をかしげた。

「原世志彦が社会主義思想に傾倒していたという話は、聞いたことがないですね」

「ちがう。ちがうんです。そんな簡単な話じゃない」

陽一郎はきっぱりと言った。王道楽土、あるいはそれに似たなにかを、本気で実現しようとしていたんじゃないかと思うんですよ。土地の実りが、本当に世界を平和にするというような。王道楽土ですって？　それこそは、満州じゃないですか。ええ、まさに、そうです。最初、原四郎は、心の底からそういった理想に共鳴していたのかも知れない。だけど、現実がそうじゃなかったことぐらいは、薗さんもご存知でしょう。そういったメッキがはげて見えたとき、原四郎は、満州からも遁走する決意を固めたんじゃないか。

薗が細く長い指を組み替えた。熱を帯びた態度はいつのまにか影を潜めていて、かわりに、いつもの冷静な慇懃さがふたたび全身を覆っていた。なるほど、と薗はつぶやいた。なるほど。興味深い推理ですね。ええ、そうです。確かにこれは推理に過ぎない、想像と言ってくれたっていい。だけど、そう考えると、すべてはぴたりと着地するんです。

「どこにです?」

「Soysoya にです」

ほう、薗が小さくつぶやいた。続く言葉は、少々意外なものだった。

「ぜひ、お続けください。なにか、驚くべき事実が明らかになるかも知れません」

なにかの諧謔《かいぎゃく》かとも思ったが、薗の表情からそれを読み取ることはできなかった。しかし、陽一郎の見るところ、黒い瞳ばかりは抑えきれない感情を欺くことができず、目の奥で零《こぼ》れ落ちそうに輝いていた。

もういちど陽一郎がお茶に手を伸ばしたところで、黒服が足音を立てずに近寄ってきて薗に耳打ちした。

「おなごり惜しいですが、時間のようです。お車の準備ができました」

外は暗く静まりかえっていたが、店の前ではなお篝火が煌々と夜空を照らし、ハイヤーの黒塗りのボンネットにも炎の影を揺らめかせていた。乗り込んだところで、窓越しに薗が声をかけてきた。またご一緒しましょう。引き続き、進捗を期待しております。では、お気を付けて!

車が走り出した。ハイヤーに乗るなんて初めての経験だった。普段ならば落ちつかない気分になるところだが、多少の酔いのなか、陽一郎は深々とリアシートに体を預けた。古びた住宅街のあいだを縫う細い街路は街灯すら慎ましやかで、驚いたことには、路面電車《トラム》の走る線路といちど交差した。都電のたてるゴトゴトとした響きはいかにもあたりの雰囲気に似合っていて、喧噪ばかりが広がる東京にも、ちょっと視点をずらせばこれほどの静けさが埋もれているらしかった。

窓の外に流れる暗い街路をぼんやり眺めながら、陽一郎は今しがたのことを思い返していた。先だってのSoysoya本社のレストランに勝るとも劣らずに磨き抜かれたあの晩餐は、こんなことでもなければ、無為徒食の身に縁のあるようなものではなかった。要するにあの店は、Soysoyaの完璧なショウウインドウだったのだ。完璧な建築、完璧な食材、完璧な調理、完璧な給仕。貧しさと豊かさの両方が蔓延しつづけて中間が抜け落ちてしまったこの社会には、ああいった贅沢を軽々と楽しめる人間がいくらだっているに違いない。恐れ入ったことだ！　どこをとっても文句のつけようのないあの店、それじたいがメッセージだったのだ。申し分ない物腰で、菌は、Soysoyaそのものを披瀝してみせた。

図らずもSoysoyaを「レヴェレイターズ２０５０」のバイオオートマトンに喩えることになったが、あの喩えは悪くなかったはずだ。自分にとって、この厄介な現実そのものよりも、テレビ画面の中で縦横に動き回る巨人の姿の方がずっと明瞭に思い描けるからというだけではなく。バイオオートマトンの超常的な力と全能者のごときふるまいは、まさしくSoysoyaそのものではないか。そうだ、本当にSoysoyaが巨人の名に値するなにものかであるのならば、そこに乗り込む人間のことなんてどうだっていい。大切なのは、動機なのだ。この巨人を組み上げ、立ち上がらせようとした原世志彦がまなざしていたものは、なんだったのだろうか？　そして彼は、本当に、原四郎なのだろうか？

ハイヤーが街道筋に走り出た。池袋が近いようだ。店舗の明かり、車列の明かり、道行く人々。とつぜん窓の外に閃いたまばゆい明かりと雑多なものたちに陽一郎は幻惑され、思わず目をつむった。そのときのことだ。急激にとある考えが湧き上がってきて、頭の中で結像した。まさしく啓示と言っていいような、突然のことだった。

そうだ、ひょっとすると、そのことこそが、コウイチロウ・ハラの遺志《ラスト・ウイル》の指し示そうとしていることではないのだろうか？　この俺をわざわざ呼び立ててまで公開しようとしているのは、彼の抱いていた秘められた意思なのではないだろうか？　思わず陽一郎はシートから身を起こし、目を見開いた。この俺、正確には四戸《しのへ》原家の嫡男という立場がなにかの象徴であるならば、それは原世志彦とコウイチロウ・ハラのルーツそのもの、大きく言えば、彼らが捨て去った日本そのものであるに違いないのだ。

「お客様、池袋から川越街道で宜しゅうございますか？」

バックミラー越しに、丁寧な物腰の運転手と目が合った。

「ご指定の経路がございましたら、なんなりとお申し付けくださいませ」

陽一郎は恥ずかしくなり、ふたたび体をシートに預けた。ハイヤーは陸橋を越えて川越街道の夜の闇へと流れ込んでゆき、時速七〇キロメートルへの加速が陽一郎をシートへと沈める。手すさびに携帯端末を取り出し、ＥＣＨＯからいつものように無数の無駄話を流し見てみたが、そこにはなんの啓示も現れ出てはこなかった。いま自分がSoysoyaに対して訝しんでいることを書き込んだところでなんの反応もないんだろうなと陽一郎は思った。川越街道から脇道へ、枝道へと運転手は迷うことなく車を操ってゆき、ぴたりと陽一郎宅の前で停車した。

真っ暗な家に入って電灯を付けたとたん、蠢《うごめ》いていたさまざまな考えは急速に色褪せてゆき、慌てて思い返そうとしてもすでにあいまいになってしまっていた。顔を洗って熱いシャワーを浴びれば、よけいな空想は完全に洗い流されてしまって、かわりに疲労がじわりと這い上がってきた。寝てしまうか、それとも一仕事しようか、迷いながらバスルームから出てきた陽一郎は携帯端末に届いていたメッセージに気付いた。
【@MOMO100 to group_agrotsukuba: みなさんおげんきですか！モモです！リマインドですよ　来週末はアグリマルシェです！ぜひ来てくださいね～】
陽一郎は食い入るように液晶画面を眺めた。関係者に向けての一斉送信ではあったが、この半日で見聞きしてきたものとはまったく種類の違うものごとがこの世にあることを、不意に思い出したような気分だった。
【@yo-1hara: こんばんは　原です　アグリマルシェってなんですか?】
迷いながらようやくこれだけの文章を打つ。しばらく反応はなかったが、やがて液晶画面が光った。
【@MOMO100: こんばんは！携帯端末のお兄さん！（わらい）　アグリマルシェはバザーとかシンポジウムとかやるイベントです！】
【@shin1hirai: らいしゅうの土曜日ですよー】
【@taka-yatagai: 第4回アグリマルシェ　食と大地の祭典で検索！】
【@KazuFukuda: お待ちしております。新作の梨持って参加しますよ！】
安藤百の言葉に連なって、そんな言葉が流れてきた。彼らもまたおそらく、安藤百の関係者であるに違いない。学生か、あるいは営農団体の連中か。ひょっとすると、あの永田町のテントや豊洲のマーケットで顔を合わせていたのかも知れない。陽一郎は穏やかに笑った。あくまでも気のいい青年たち、彼らの明るく前向きな気質は、陽一郎がこれまでほとんど触れてこなかったたぐいのものだったかも知れない。その中の一つに陽一郎は目を留めた。
【@saharasabaku: 秋の実り用意して待ってます！有明で僕たちと握手！】
【@yo-1hara: え、有明なんですか!?】

【@MOMO100: そうなんですよ！今回はなんと有明でやるんですよ！会場大きいです☆】
【@yo-1hara: 楽しそうですね、是非お邪魔しようと思います】

陽一郎もそんなことを書いたが、お愛想というわけでもなかった。いま自分の抱く複雑な心情は親しい友人に打ち明けたところで理解してもらえるとは思えないが、ここにならば、なにか呼応するものがあるかもしれない、なにか伝えることができるかも知れない。そんな予感がしたからだ。メッセージを放り投げ、思わぬことに胸の高鳴りを感じながら陽一郎は息をつき、最後に大きく笑顔を見せた。一人きりの家ではあるが、にやつく顔を抑えようともしなかった。口元がほころんでましたよ、そんな安藤百と初めて出会ったときの第一声さえ、懐かしく思い出されてきた。

【@MOMO100: アグリマルシェぜひ来てくださ い！だいかんげいです☆】

25

玄関を出たときに冷えた大気が頬を撫で、安藤百はゴアテックスのジャケットのジッパーを喉元まで上げた。ウェーブのかかった髪を軽く束ねてヘルメットをかぶり、スクーターのセルモーターを回す。エンジンが低くうなりをあげ、アクセルを開けば、早朝の静まりかえった住宅地にスクーターはまるで蜂の羽音のような細やかな振動音を響かせた。路地と四つ角だらけの宅地では慎重に走らざるを得なかったが、道が県道に合流したあたりで、安藤百は大胆にアクセルを回した。長身の体は、スクーターをよく馴致《じゅんち》された駿馬のように軽々と操った。スクーターは朝ぼらけの風を突いて走り、土浦の市街地はみるみる退いていき、陸橋が線路を跨《また》ぐその頂《いただき》であたりには広大な風景が広がった。刈り入れを終えた水田となお収穫の途上にある蓮田《はすだ》、その向こうに見える広い水。朝靄《あさもや》が立ちこめ、対岸はわずかにかすむばかりで、凪ぎわたった海の姿を思わせた。狭霧《さぎり》消ゆる湊江《みなとえ》の、舟に白し朝の霜……、古い時代の古い歌が口をついて出た。安藤百はここの風景が好きだった。わざわざ早く家を出てまで遠回りになるこちらの道を選ぶのは、そのためだった。

県道から右へと曲がれば、枝道は広い水へと近づいてゆき、やがて湖畔を走る。日本で二番目に広い湖、二百平方キロメートルに及ぶ霞ヶ浦である。半世紀ほど前までは水は間近い海と往き来し、塩水と淡水とが入り交じる広大な汽水域であったところだが、その時代のことを安藤百は知らない。当時ならば湖のいたるところで魚を漁《すなど》っていた、白く大きな帆を張る船のことも知らない。そもそもヨソモノに過ぎない彼女は、この土地のことはよく知らない。しかし、それはどうでもいいことだった。アクセルを回せばそれだけ速く走り去ってゆく風の流れと、朝霧が晴れるにつれて広がる水の風景を、ただ、楽しんでいた。陸が水面に岬のように突きだしているカーブを曲がるとき、左手のかなたに筑波の山容が現れた。秋の太陽が昇りつつあり、山肌にくっきりと刻まれる影がここからでも明らかだった。安藤百は思わず身震いした。寒さだけのせいではなかった。普段は目に見ることのできない、自分を包み込んでいる大きなものたちが一瞬その姿をあらわにし、その一端が自分の肉体に入り込んできたかのように感じられたからだった。同年代の人間に比べてもたくさんの風景を見てきた彼女にして、これは、得がたいと感じられる瞬間だった。

安藤百が生まれたのは二十一年前の初夏、カナダのトロントでのことである。マクロ生物学を専攻する父親が研究職をカナダに得たためであった。そのため、当人にはまったく記憶がないにもかかわらず、安藤百はカナダ国籍を有している。その後、まだ一人で歩くこともできないうちに彼女は大西洋を越えてミュンヘンに移り住むが、それは理論物理学者の母親の研究のためであった。以来、両親の研究に付き従って安藤百は京都へ、シンシナティへと生活の場を変え、フィラデルフィアでは最長の七年を過ごした。筑波嶺の麓に居を定めた十五の春にはすでに地球を二周していながら、日本ではたった二年しか暮らしたことがなかったのである。両親の慎重な教育が功を奏して日本語を問題なく操れていながらも、安藤百は日本に対してどこかよそよそしいという印象を抱き続けていた。学園都市にある私立高校はいわゆる帰国子女に向けたコースを設けていたから「外国帰り」は特別な存在でもなかったのだが、それでも、安藤百にはさまざまなものが息苦しかった。神経質な観察眼が至るところに張り巡らされていて、それはふとしたはずみに自分のささやかな挙動にも向けられるのではないかと感じられた。安藤百は外へ外へと出て行こうとした。同学年の女の子たちとつるむよりも、両親がたまさか家に招く大学院生や研究者たちと話すことを好んだ。めったに両親にものをねだらない百が珍しく我を通したのは、スクーターを買ってもらうことだった。それは、彼女自身が身を囲むいろいろなものから解き放たれたと感じる数少ない瞬間だったのである。空と広い水のさなかに騎《の》り出してゆき、どこまでも走ってゆくこと。

　彼女の闇雲《やみくも》な遍歴は、思いがけないところに着地した。高校二年生の夏休みのこと、父親の研究仲間の紹介で、筑波にほど近い行方《なめがた》の地にある営農団体でアルバイトをしたのである。近いとはいえ、霞ヶ浦を挟んで西と東に座する筑波の学園都市と行方の農村地帯は、ほとんど別世界のように土地の来歴が異なっていた。かたや石器時代から人が生活を営む古い土地、かたや日本でもっとも新しく開基された人工都市。安藤百は霞ヶ浦の東岸に来て初めて、一つの土地に生まれて同じ土地に死んでゆく生活のあり方を目の当たりにした。良いにせよ悪いにせよ、小さな世界で循環し完結する生活のありかたが、初めてリアルな実像として安藤百の目の前に立ち上がってきたのである。

もっとも営農団体の側では、彼女を受け入れることについてはちょっとした議論があった。なにしろそれまでにも小遣い稼ぎをアテにした近隣の高校生や、農業に一方的な憧れを抱いた都会の大学生が門を叩いてきたものの、たいていは想像を上回る労働量に音を上げ、早々に遁走してしまうことが珍しくなかったからだ。どうする？　女の子け？　まーたハンバーガー屋のバイトみたく思ってんだっぺ。無理だんべや。

　そもそもこの「なめがた《N》グリーン《G》ワークス《W》」は、この一帯の農家の中でも独自の販路を築こうという意気込みに満ちた連中が寄り集まってできあがった営農団体で、メンバーは二十代から四十代、日本の農の現場にあっては異例なぐらいに若い。未来を切り開いていこうという心意気は強く、農業にかけては真剣である。最終的に決断したのはＮＧＷ理事長の中年男、神向寺《じんこうじ》であった。さまざまな思惑をまとめ上げて経営を軌道に乗せたのは、見聞も広く手腕も巧みな神向寺あればこそとは衆目が認めるところ。農業を志すヨソモノにも門戸を開き、インターンの学生を招き入れて農への啓蒙を図るなど、茨城の片田舎の営農団体と侮るわけにはいかない内実がＮＧＷには満ちていた。
マ、ここはやってみっぺ。教育《エデュケイション》にも啓蒙《エンライトウメン》にも農業《アグリカルチャ》にも手間は付きものだからよ。そのように高邁なことを言いながら、神向寺はＮＧＷの新人職員《ルーキー》、比良井《ひらい》青年に満面の笑みを向けたのである。
「そういうことだからよ、比良井クン、一つ揉んでやってくれや。教えることは教えられることだべ、ナ。勉強と思ってよ。分がっぺ？」

　一同は苦笑した。比良井青年は神奈川県出身で農業とはまったく関わりのない家庭に生まれ育ちながら、学生インターンを経てＮＧＷ専従職員となった最若手である。そういう気安さもあってか、理事長殿はしょっちゅう厄介ごとを押しつけてくるのだ。

スイカやカボチャが旺盛な細胞分裂を繰り返して果肉を肥らせ種子を宿し、まるで地球のようにむくむくと膨らみつつある夏の朝のことだった。ＮＧＷ本部と称する倉庫で首都圏のスーパーに直送する葉野菜を箱詰めしていたメンバーたちは、蜂の羽音のように細やかな振動音を耳にした。顔を上げた比良井青年の目撃したものは、まっすぐな農道のかなたから、まるで飛来するかのごとくに軽やかに走り来るスクーターだった。ひらりと舞い降りた少女の長身は、居合わせた五人の男たちの中でも二番目に高かった。ヘルメットを取れば、軽くウェーブのかかった栗色の髪がまるで炎のようにまろび出た。小豆色のジャージに長靴の野暮ったいなりは、言われてきた格好を生真面目なまでに墨守してきたのだと思われた。おはようございます！　はじめまして、お世話になります。アンドウモモと申します！　……お、おう。理事長はどこ行った？　ションベンか？　一人が慌ててタバコに火をつけながら言った。モモってのは、果物の桃け？　一人が気の利かないことを訊ねた。違いますよ、数字の百、百姓の百と書いてモモと読むんです。そう言って働き盛りの男たちを臆せずに眺め渡した生気に満ちたまなざしは、五年を経た今も変わらず安藤百の瞳に宿り続けている。

一夏のあいだ、安藤百は律儀にＮＧＷに通い続けた。カボチャやメロンの箱詰めを手伝い、ナスやトマトを収穫した。やがて神向寺は、寛大にも、試験的に栽培を始めていたツルレイシの一畝を任せた。夏の気候そのもののように爆発的な生命力を示すツルレイシに、安藤百は恋をするかのごとくに向き合った。間引いてどれぐらい残せばいいんですか？　ちょっとこの株は元気がないんですけど、乾燥ですか？　それとも水やりすぎて、根が温まっちゃってるのかな。追肥した方がいいですか？　これ、もうちょっと大きくなるかなあ……。明日まで待った方がいいのかな。安藤百は矢継ぎ早な質問を投げては、当人も農業を始めてたかだか三年目の比良井青年をうろたえさせた。背丈を軽々と超える蔓をこまめに剪定《せんてい》した。飛び回るミツバチに恐れを抱くこともなく、この聡明な昆虫が雄花と雌花の仲立ちとなって受粉を手伝い、雌花が果実となって育ちゆくさまをほとんど奇蹟のように喜んだ。それがすなわち、一年草であるツルレイシがその遺伝情報を冬を越して翌年に届ける作法なのだと気付いたとき、安藤百はわざわざその感動を伝え、比良井青年を驚かせ、老獪《ろうかい》な神向寺を喜ばせた。

「おう、どうだいモモちゃん。面白《おもし》ぃけ?」

「すごいですね、これ。なんかもう、すごいんですよ、これ」

安藤百は神向寺の顔をまっすぐに見て、そんな言い方をした。大地の上で夏の一ヶ月を経たその顔は、いかに厳重に日差しから身を守ろうとも、淡い褐色に色づいていた。

今ここにある土地から、耕し、育て、実りを得ること。今ここにあるものをわが身とわが手を使ってより良くしてゆくという即物的な経験は、たった十六歳だった安藤百の心に消しがたい刻印を残した。漠然と興味を抱いていた環境問題や自然保護問題とも重なって、響き合った。いらい安藤百は定期的に行方を訪れては農作業にいそしみ、農業について経験を重ねるだけではなく、NGWメンバーにも、そして地元の農家の暮らしそのものにも馴染んでいった。この経験が、長く根無し草《デラシネ》であった安藤百にとっての錨《アンカー》となった。彼女は進学先を学園都市の大学に定め、今も常総《じょうそう》の農地に関わり続けている。

土浦市内の自宅を出てからスクーターを飛ばしておよそ三十分、霞ヶ浦に架けられた大橋を渡り、太陽が顔を出し切るころ、安藤百は行方地区にたどり着いた。霞ヶ浦と北浦、二つの大きな水域に挟まれたなだらかな丘陵地帯の一隅に「なめがたグリーンワークス」の本部はある。実際は、NGW理事長である神向寺の家の庭先に過ぎないのだが。

「おはようございまーす」

やー、おつかれ、モモちゃん。大がかりなイベントの朝とあって、いつになく多くの人間たちがあたりで立ち働いていた。NGWのメンバーたち、その家族やお手伝い、あるいは安藤百の所属する学生団体のメンバー。モモちゃん早いじゃない、ちゃんと寝てきた？　モモちゃん、今日は売り子やんだろ？　先に朝メシ食っときなよ。まだいいですよう、私も手伝いますよ。女の子は無理しないでもいいべや、おとなしく座っとけー。あーもう蛯原《えびはら》さん、すぐそういうこと言うー！　こういうのは、みんなでやった方がいいじゃないですか。男たちの軽口を軽く受け流しながら、安藤百は一団に混じってサツマイモの箱をトラックに積み込んでいく。

「いよう、モモちゃん。グッモーニン」

でかい声が響いた。この赤ら顔の中年男が神向寺である。

「おはようございまーす。他にお手伝いすることありますか？」

「あー、今日は結構来てッからよ。比良井クンに訊いてくれっけ」

「モモちゃん、おはよう」

洗い場で泥つきレンコンを新聞紙にくるんでいる比良井紳一《しんいち》が手を振った。

「とりあえずさ、積み込み終わったら、炊事場のほう手伝ってくれるかな」

「イモですか」

「うん、イモ」

この一帯の特産でもあるサツマイモはこれから収穫の盛りを迎える。その糖度は十五から二十と図抜けて高く、それと知らずに食べさせればサツマイモであることに気付かないほどだ。農産物を扱うバザーではあっても、結局出足がいいのは手軽に食べられるものである。たかがイモ、されどイモは、都会の人間の目を引くにはうってつけだ。炊事場で手を動かしているのはNGWメンバーやその家族に学生たち、大釜一つで茹で上げたサツマイモを片っ端から一口サイズに切り、バターのひとかけらとゴマを一振りしたのち、総菜用のプラスチック容器に詰めていく。安藤百はいつのまにかそちらへと混じり、てきぱきと手を動かしていた。その様子を見ながらしみじみと神向寺は嘆じたものである、なあ、比良井クン、農は人なりだべなァ。人を育てるとはなににも勝る実りである、と、ナア。比良井紳一は苦笑する。ご高説はのちほど承ります。理事長、まずはイモ積んじゃいましょうよ。日曜日なんだから、湾岸道路混みはじめますよ。

ようやくこの秋の実りがそれぞれに積み込まれたところで、人間たちは車に乗り込んでいった。男女八人が詰め込まれたワゴンはたちどころにおしゃべりで満ちた。ハンドルを握るのは比良井である。学生たちと大人たちとをつなぐ年齢である比良井は、ときおり向けられるからかいにも機嫌よく応じた。

「六時半。まずまずだなぁ」

助手席に座る神向寺が言った。

「お客さん、来ますかねえ」

「そうだなぁ。なんとも言えねえべ、まだ三回目の試み《サード・トライアウ》だからなぁ」

安藤百の問いかけに、神向寺は首をかしげて応じた。

「マァこういうのはよ、商業主義《コマーシャリスム》一辺倒になってもいげなかっぺ。あぐまで俺だち生産者《ファーマー》と消費者《コンシューマー》をより密接《クローズド》な関係にしてぐっつうかよ、ま、本義は広告《アドヴァタイズィン》だべ」

これは神向寺の口癖である。いかにして耕すことで生きていくか、それは単なる根性論などでは扱いきれない、冷徹な判断の積み重ねなくしてはなしえない事業なのであるということだ。農を扱うのみならず、農を商い、農にて我が身を養うべし。なめがたグリーンワークスの不文律はその点に尽きる。

そっか、お嬢ちゃん、土浦住みけ。地元このへんじゃねえな？　そしたら言って聞かせるけどよ、このへんはよ、茨城《えばらき》っつうよりマズな、東京の周辺地域《サバービア》だな。十把ひとからげに田舎《カントリーサイド》って考えたっくれ、いろいろ見落どすからよ、そこは心得違いしちゃなんねえな。まずよ、そういう大量消費地《メガ・マーケッ》の隣接地域《クローズド・エイリア》っつう地の利《ロケーショナオ・アドヴァンテージ》はよ、得がたい価値《ヴァリユ》だかんな？　そおゆう特性《エイトリビュート》をどう活用《レヴァレッジ》して商品売買《マーチャンダイズ》するかがよ、まず俺ら百姓《ファーマー》が心得ることだな。いいか？　お嬢ちゃん、農業《アグリカルチャ》やるっつうのはよ、そういうことだべ。な、イイ頭でちっと考えてみろ？　せっかぐよ、イイ教育受けてんだからよ。

初めてなめがたグリーンワークスに足を踏み入れた夏のこと、たかだか十六歳の小娘に、神向寺は切々とそう語って聞かせたのだった。安藤百は呆気にとられながらも感嘆していた。これまでに出会ってきたいかなる大人とも違った人間と向き合っていると感じた。以来、神向寺は安藤百にとって、親や教師とはまた違った方向での人生の導師《メンター》でありつづけている。

神向寺や安藤百を乗せたワゴンが湾岸地区の巨大な催事場に辿り着き、一同が荷下ろしに汗を流していたころ、原陽一郎はようやく長い惰眠から身を起こした。むくんだ顔が鏡の中に覗き、我ながら絶望したくなる面構えだった。せめて髭をあたって眉毛ぐらいは整えないとなと陽一郎は考え、鏡の前でいじましい努力にしばし時間を費やした。陽一郎がようやく家を出たときには時刻は十時を回っていた。

池袋でＪＲに乗り換え、都市のただ中を南下する。陽一郎が生まれたころには新宿までで折り返していた電車は、陽一郎の成長に合わせて南進を続けた。渋谷まで、恵比寿まで、大崎まで。気が付いてみれば線路はいつのまにか地下へと潜り込んで海を渡り、都心と湾岸地帯とを直接に結びつけている。ここまで交通機関が稠密に網の目をなして相互を結びつけている首都圏にあっても、なお、ネットワークは広がる余地を残していたらしい。陽一郎はこれまでに何度もこの路線に乗車し、今日と同じく湾岸地区の巨大な催事場を訪れてはいたのだが、その目的はまるで違っていた。

かの催事場は、しばしばアマチュアの青少年たちが集っては同人誌だのゲームだのを売りさばく市場《マーケット》へと姿を変え、そこに陽一郎たちも参集しては例のTAKAMAGAHARAに関わるゲームを販売していたからである。こういったイベントの黎明《れいめい》期は半世紀近く前にまで遡り、今も昔もアマチュアの集まりという原則に変わりはないのだが、その規模は巨大化の一途を辿り続けている。アマチュアにプロにセミプロになにやら怪しい有象無象、漫画にアニメにゲームといったコンテンツを供給する企業も絡み合って、直接に間接にこの世界で金を回し合っている人間の数はおそらく数万から数十万人の規模になるだろう。鉄鋼も船舶も自動車も電気製品も、日本企業が目新しいものを作り出して商う力を失いかけているのに比して、この方面ばかりは、まだかろうじて日本の独自性が気を吐いていた。

会場もよりの駅を出て陽一郎はあたりを見回し、さっきから感じていた違和感の正体に思い当たった。いつもならば駅の通路やエスカレーターの壁にべたべたと貼ってあるアニメやゲームのポスターは一枚も見当たらず、催事場前の大広場を埋め尽くす途方もない数の参加者たちもいなかったからだ。そのかわりに、催事場の入り口にはトウモロコシとトマトを擬人化したらしいオブジェがゆらりと頭を秋空へと向けて屹立させ、二人は仲良く「第7回　アグリマルシェ　食と大地の祭典」の看板を支えていた。

ホール入り口のゲートで千円を払い、入場パスを首からかけ、パンフレットを一瞥《いちべつ》し、陽一郎にはようやくこのイベントの全貌が見えてくる。農業に酪農に畜産業に漁業、さまざまな第一次産業の生産者団体が集まり、長机を並べて各自のブースを作り、おのおのの産品を販売するのである。あえてこういった場所に出かけてくるからには、相応に目的意識を強く持った生産者ということになるのだろうか。多くは関東一円から甲信越といったあたりだが、はるばる北東北や紀伊山中、南九州からやってきた団体もある。いずれ、今日の日本国では冷遇されがちな第一次産業をきっちりメシのタネとすべく、手を変え品を変え、そのやり口は実に多彩だなと会場をそぞろ歩きながら陽一郎は思った。

無農薬野菜や有機農法といった付加価値を付けた農作物、あるいは食肉、このあたりは大いに想像できた。無農薬のサツマイモをたっぷり食べてほくほくと肥った豚さんたちの写真と、そのお隣りに並べられたベーコンにソーセージ。思わず陽一郎は笑みが漏れてしまう。直販や通販といった販売のやり方は、思えば、あの恵三《けいぞう》叔父が経営している奥州ミレットとよく似ていた。一都三県を中心に無農薬野菜の宅配を行う団体も出店している。那須連山の麓に本拠地を構え、サルナシやコケモモやガンコウランといった珍しい山の果実を通販している団体もある。

あげくのはてに陽一郎は、奇抜な格好をしている男と目が合ってしまった。長髪を髷《まげ》のように束ね、髭は濃く、派手派手しい紋様の衣服は明らかになにかのコスプレのようである。

「これはどうもお立ち寄りありがとうございます」

陽一郎がきびすを返すよりも速く、男はさっと名刺を差し出してくる。「縄文どんぐり王国」とあり、所在は長野県の伊那谷《いなだに》。驚いたことには、ここはどんぐり全般を販売する企業なのだという。

「どんぐりって、食べられるんですか」

「はい、渋抜きなどを要しますが、東日本や北海道などでは伝統的に食されて参りました。千年ほども遡れば日本列島の気候は現在よりも寒冷でありましたから、穀類のみにて日々の糧を得るのは困難だったのかも知れません」

「はぁ……」

「団子はシト、粥はシタミと申します。お隣の韓国でも寒天のように加工した食品がムクと申しまして、広く食べられております」

男が試食させてくれたのは、ソバの実を入れてどんぐりの粉で焼き上げたクッキー。素朴な味わいである。

「ところがですね、昨今は食用としてよりも装飾品としてのお求めのかたがはるかに多うございまして、私どもといたしましても嬉しい悲鳴と申しましょうか」

ディスプレイ用品や懐石料理の彩りに、木の実というのはあんがい需要があるものらしい。色合いやかたちを求めに応じて取りそろえ、いまやこちらの方がはるかに商売になっているのだという。

「あの、ところで、その格好は」

「どんぐりと言えば縄文人ですので、営業の一環として頑張っております」

男の口調は生真面目で、冗談なのか本気なのか判断ができない。陽一郎は困惑しつつも笑い出しそうになる。ご縁がありましたら何卒ご用命下さいとパンフレットを手渡されて、ようやく陽一郎は偽縄文人の営業マンから解放された。

思いのほか時間を食ってしまった。時計を見れば時刻は昼に近く、客の数もだいぶ増えてきた。業者らしきスーツの集団もちらほらといったところ。だんだん歩きづらくなる通路を縫いながら、ようやく陽一郎は目当てのブースを探し当てる。緊張と胸の高鳴りを押さえつつ近づいていくと、はたして、安藤百は長机の前に座って店番をしていた。彼女の他に若手数名、ブースの奥にオッサン連中、机の上には野菜がずらりと並べられている。

「あ、携帯端末のお兄さん！　わざわざ来てくれたんですか！」

「ちょっとね。今日はヒマこいてたんで」

「いえいえ、お疲れさまです」

すらりと長い足をジーンズに包み、作業着のようなジャケットを羽織っただけの姿だが、思わず陽一郎は安藤百の姿に見とれそうになる。

あ、その。売れ行きはどう？　言葉に詰まり、陽一郎は気の利かないことを訊ねる。結構いいんですよー、私らこれに出るのは三回目なんですけど、常連さんも結構いて。やっぱり東京だから、わざわざ遠くから来るお客さんも結構いるんですよねー。まったく他愛のない会話に過ぎないのだが、陽一郎はこの上ない充実感を感じる。そもそも普段の陽一郎には、こういうたぐいの会話を交わす機会が絶えて久しいのだ。

「百チャン、知り合いけ？」

ブースの奥から、赤ら顔のオッサンが声をかけてきた。こちら、うちの理事長の神向寺です、と安藤百が紹介してくれる。

「理事長、原さん、霞ヶ関でのビラ撒きでお会いしたんですよ」

「ほぉ、それはそれは」

「何度か関連イベントに来て下さって。農業とか食の安全とかに関心の深いかたなんですよ」

安藤百の過分な紹介に、陽一郎は曖昧に笑って沈黙を守るが、神向寺なる中年男は大仰に喜ぶ。

「いやぁ、ありがたいことですなァ。よかったら一休みしてってください」

安藤百が冷えた麦茶を注いでくれた。お昼まででしたらつまんでってくださいよ、と安藤百が勧めてくれるのは、長机の上に所狭しと並ぶ料理を詰めたタッパーである。おむすびに野菜の煮付け、麦味噌と赤カブ、味噌漬けに糠漬け。いかにも農家の昼ごはんといった雰囲気である。

昼メシ代が浮くなぁと思いながら、適当に紙皿に取り分けて口に運んで、陽一郎の箸が止まった。目が見開かれた。レンコンとニンジンを甘辛く煮付けたもの、それだけのものであるはずなのに、なにが起こった？　そう我が身に問いかけたくなるような味わいだった。レンコンの歯触りは切り出したばかりの果物のように新鮮、ニンジンは餡菓子のように甘く口の中で溶ける。人目がなければ、深々とため息をつきたいほどだった。

「ンまいでしょう」

神向寺は楽しげに笑った。根菜に葉物はうぢのメインコンテンツですワ、ま、言わば、看板商品《フラッグシップ》ですなぁ。したら、こっちが新製品《ブランニュー》。そう言って差し出してくるのは小さな赤カブだが、ちょっとの塩を付けてかじると、辛みはほとんどないかわりにとても香りがいい。これもそろそろマーケットに出すべと思ってるんだけどね、まだネーミングがねえ、と神向寺が言う。俺のベスト・リコメンデーションの「初恋ラディッシュ」はどぉも若手には評判悪くて、なぁモモちゃん。いや、それはちょっとイケてないですよ、と安藤百は苦笑する。原さん、なにかもうちょっとマシなのないですか？　ゲームとか作ってるんですよね。お、そりゃあアイディアマンだ、神向寺は笑う。そういうクリエイティビティ、ぜひお借りしたいですな。なんかこう、グッとハートをキャッチするネーミング、ないですかね。やはりインプレッシブなパッケージングは不可欠ですからねェ。

「その、神向寺さんは、安藤さんの上司なんですか？」

「上司って言うか、まあ、私たちの農業の師匠ですね」

ぶわははは、と神向寺なるオッサンは大口を開けて笑う。そういう封建的な呼称はちょっとアレだべや。俺としてはマーケティング・プランナーとかよ、チーフ・エグゼクティブとかよ、そっちの方がいいなぁ。はぁ……、思わず陽一郎が苦笑する。安藤百も苦笑しつつ説明してくれる。神向寺さん、元々外資の営業マンやってたんですよ、繊維商社のデュアメルの。大学出てから四十までは遊ばしてもらいました、と神向寺。結局は農業もビズニスですからねえ、キャッシュフローのフィーリング鍛えるには良《い》がったですなあ。茨城《えばらき》南部っつうのはなんつっても東京近郊っつう代えがたいロケーショナォ・アドヴァンテージがありますからねえ、あどはマーケッティンリサーチとコモディティバリュをエヴィデンスにしたコンテンツのセレクションですな。おかげさんで、うちみたいな小さい営農団体でも、カツカツやってけてますわ。

陽一郎は少々呆気にとられながら、この独特な話し方をする中年男の話を聞いていた。さしずめ、熱意溢れる農家のオッサンの外套に抜け目ないビジネスマンの姿を覆い隠しているってところだろうか。

「理事長、屋内原《やないばる》さんがご到着です」

振り返ると、見覚えのある青年が立っていた。あの、風と大地のマーケットで紹介された、比良井とかいう名前だったか。向こうも見覚えがあったのだろう、比良井は軽く陽一郎に会釈する。

「ややや、どぉもどぉも」

青年が伴ってきた中年男に、神向寺は大仰な握手で遇した。はるばるお疲れさんでございます。今日は宜しくお願いします、なにとぞヒトツ。同じぐらいの年の頃なのだろうが、太めで赤ら顔の神向寺とは対照的に、屋内原なる中年男はは受け口気味の細面、ニコリともしない表情で軽く握手を返すのみである。こんな面構えのひどく痩せた哲学者の肖像画が美術の教科書に載っていたような気がする。

お邪魔だろうか、そう思ったところに比良井が声をかけてきた。どうもご無沙汰です、前にお会いしましたよね。わざわざありがとうございます。お時間あったら是非これも聞いてって下さいよ、と比良井はチラシを取り出した。このあいだのとは違ってプロが作ったらしいきれいなカラー印刷である。

「どうする？　どうなる？　徹底討論・関税撤廃！」

そんなタイトルのシンポジウムのようだ。背後には、広がる農地と筑波山の写真。陽一郎も名前を聞いたことのある経済評論家、農政族らしい代議士、農学博士の先生。現場の代表としてパネリストに名を連ねているのが、この屋内原と神向寺ということになるようだ。主催は「アグリマルシェ実行委員会」だが、協賛には新聞社と農協の名も連ねられていることから、相応に本気のイベントなのだろう。

「百ちゃん、悪いんだけどさ、これ追加で五十枚ぐらいコピーしてきてくれないかな。白黒でいいから」

「このへんコンビニありましたっけ」

「二階にあったかなあ。そうでなきゃ事務所かな。領収書もらっといて」

ひらりと身軽に安藤百は出て行ってしまい、陽一郎はその後ろ姿を未練がましく視界の端に捉えていたが、やがてあきらめて手元のチラシに目を落とす。

「ま、私は大した話もできねえべと思ってるんですけどね。屋内原センセイには負けてられねえかな」

冗談めかした口調にも、屋内原はニコリともしない。ええまあ、私はいつも通りですから、とその声はほとんどつぶやくようである。

「マ、ともかくお疲れさんでした。どうです、まずは駆けつけ」

神向寺が長机の下の保冷バッグから、白濁した液体の詰まったペットボトルを出してきた。蓋を開ければ、プシュッとガスの抜ける音がする。いいんですか理事長、これから話すんでしょ。ナァニ、ガソリン入れなきゃ話せなかっぺ。ささ、原さんも、どおぞ。お車じゃありませんよね？　神向寺はペットボトルから紙コップに飲み物を注ぎまわしてきて、おそるおそる口をつければ、かすかに甘く、かすかに酸っぱく、かすかに炭酸が舌先で弾ける。思わず顔を上げると神向寺は喜色満面、さてなんだか分がっか？　と言いたげな目を向けてきた。濁酒《どぶろく》ですよ、比良井が囁く。屋内原はほとんど表情を変えず、しかしほとんどひとくちで飲み下してしまい、これは上等、と小さくつぶやいた。

「どおです最近、屋内原さんところは？」

「変わりませんな。いずれウチは、米一本ですから」

神向寺に水を向けられて、屋内原は静かに話す。なめがたさんとこみたいに手広くはできません。神向寺さんみたいな商才もないしなあ。またまたご謙遜を、そう言いつつ神向寺は屋内原に濁酒をつぎ足す。これはどうも、と屋内原はすいすいと濁酒を口に運び、それでいてさほど愉快そうな顔もしていない。そういう地顔なのだろうかと陽一郎は思う。

「屋内原さん、前々からお付き合いのある営農団体のかたなんですよ」

比良井がそう説明してくれる。

「あのう、どちらから……」

「北陸の三瓶潟《さんべがた》です」

陽一郎の問いかけに屋内原が出してきた名刺には、「三瓶潟ファーム　代表　屋内原道夫《みちお》」とある。親父の代で三瓶潟干拓事業に入ったんです、と屋内原は言う。そういえばそういったことを、小学校か中学校の社会科で習ったような。汽水湖を淡水化して干拓し水田にする、そういう事業だったはずだ。かつてはテストのためだけに暗記した事項だが、付け焼き刃の知識を積み上げてきた今の陽一郎ならば、食糧増産が急務であった戦後まもなくの計画だったのだろうなと推測する。たしか八郎潟の干拓ってのがいちばん大規模な例だったはずだ、霞ヶ浦では淡水化をして塩害を防ぎ、農地を拡大し、鹿島地区のコンビナートに工業用水を供給するといった目論見もあったんだっけ。高度成長期のまっただ中の日本は、そんな大胆な国土改良にどでかいカネを投じる余裕があったんだろう。でも、そうやって拡大した水田も、結局はコメ余りや減反みたいな政策に翻弄されることになってしまったんじゃなかったか？

「さてね。どうでしょうかねえ、屋内原センセイ」

陽一郎の控えめな疑問を神向寺が引き取り、屋内原に水を向けた。

「そんなおカミの意向に付き合う必要なんかないですよ」

屋内原は言い切った。簡単なことです。コメを商品として成立させるためにはどうすればいいか？その方程式を解けばいいだけのことでしょう。つまらなげな表情は揺るがないまま、突然、屋内原の言葉に熱気が満ちた。余るから作らせないなんていうのは、帳簿上の数字だけを見た愚論なんです。食管法の残滓を引きずってるような農水省に任せておいちゃ、農家は絶対に自立できません。いいですか、コメは、スケールメリットを享受できる作物だ。農地をまとめて大規模にやるほど効率もいいし原価も下げられる。日本の農家が所有する水田の平均は一ヘクタール前後ですが、うちのファームでは合計五十五ヘクタールの水田を耕作しています。この規模で耕作すると、生産コストはキロあたり半額近くまで削減できる。そのうえ、日本のジャポニカ米の品質は最高だ。つまり、電気製品や自動車を輸出するように、コメは大いに輸出コンテンツとなり得るんですよ。屋内原の舌鋒に陽一郎は少々たじろいだ。ついさっきまでの物静かな様子とは裏腹の、強い語調だった。

では、なぜそれができないか？　簡単だ。農家のやる気とアメリカです。農家は農業を事業化するよりも、小規模な農地を抱え込んでおいて補助金を貰った方が楽ですから。保守政党も農家という一大票田を怒らせたくないから、農地の再編には及び腰だった。ろくに作付けしないくせに先祖代々の田畑だけは手放したくないってのが百姓根性ですからね。それに、日本の農業が競争力をつけないということはお役人の、ひいてはアメリカの意にも添うんですよ。連中は七〇年代以降の対日貿易赤字がトラウマになってる。日本の農業は高コストで生産量が低く、とても国際競争力など持ち得ないという「結論」ありきで、農作物については高関税の保護貿易的なやりかたを勘弁して貰うかわり、牛肉やオレンジみたいな品目を部分的に開放したわけです。こんなやり口でいちばん割を食ってるのは、高値で農産物を買わされることになる消費者ですよ。

立て板に水のごとく流れ出る言葉に、陽一郎は呆気にとられていた。屋内原さんは理論肌なんですよ、という比良井の囁きをも屋内原は逃さなかった。いや比良井さん、農業でやってゆくつもりなら、これぐらいの知識と経営感覚は必須です。神向寺さんの下で鍛えられてるんだから分かるでしょ。まあまあ、これからだべなあ、と神向寺は苦笑する。で、どうです屋内原さん、最近のご経営のご塩梅は？

「まずまずです」

屋内原はまたつまらなげな口調に戻って答える。

「ようやく中国向けの輸出が戻りました」

「戻ったと言いますと」

「二〇一一年以前の水準に」

「あぁ……」

神向寺と比良井は小さく嘆息し、陽一郎も一瞬遅れてその数字が意味するところに思い至る。あの未曾有の災禍、そしてそれに引き続く甚大な汚染の影響をいちばん強く被ったのは、こういう人たちであったに違いない。「おそろしい」と見なされるということは、そういうことなのだ。なにを食べるか選ぶときには、結局は数値や理屈を感性や直感が上回るのだから。

「中国に輸出してらっしゃるんですか？」

「うちのいちばんの取引先ですよ」

屋内原は驚くべきことを言った。富裕層が育てば、差別化を図った商品は売れる。ことにアジアの富裕層は、食べ物にコストを惜しみません。他に台湾、香港、韓国、シンガポール、最近はヴェトナムの販路も開拓しつつあります。すごいでしょう、世界有数のコメの輸出国に、日本のコメを輸出するんですよ。このとき、一貫して変化に乏しい屋内原の表情に、かすかに笑みめいたものが浮かんだ。

「だから、私は関税障壁の撤廃には賛成。完全自由化、大いに結構。半導体や自動車のように、農業も世界中を相手に商売すればいいだけのこと」

「ああ……、ま、そのへん、僕たちとは立場が違うかも知れませんね」

比良井は苦笑して言葉を濁した。陽一郎は思わず屋内原の顔を見る。ずいぶん過激だな、このオッサンは。彼の向き合う比良井青年など、関税撤廃に反対する側じゃないか。

「マママ、まぁず屋内原さん、もうちょっと……」

濁酒をつぎ足して神向寺は苦笑する。屋内原さんはケンカも上手だからなぁ。お役所や農協相手に全面戦争仕掛けてきただけのことはありますな。商品価値やら差別化っつうあたりは、大いにご説の通り。でも俺はまぁ平和主義だから、アタマ下げて回る作戦だなあ。小規模に、コツコツと、商売してくんですわ。こちらはいろいろと複雑ですしね、と比良井が言葉を挟む。あちらとは違ってなにしろ古い土地ですから、仲良くしていかなきゃいけない相手も多いですし……。陽一郎はうなずきながら、ふと、恵三叔父が興した雑穀販売会社、奥州ミレットのことを思い出していた。あの山間の寒冷地では、屋内原が言うような広大な水田など拓くべくもない。かといって神向寺の言うように多種多様な品種を栽培し、都市近郊型農業を志向することも難しそうだ。なにしろあの土地は、日本のあらゆるところから遠いのだから。結果として恵三叔父は、米でもなく野菜でもない第三の道を選んだということなんだろうか。

「本当だったら僕みたいなヨソモノがやってくことすら難しいですからね、農業ってのは」

比良井はちらりとそんなことを言う。なにかと小うるさい田舎の秩序を極力軋ませないようにしながら多様な商売のやり方を模索しているタフな調整役が神向寺であり、一方で日本国の農政に真っ向からケンカを売って大規模農業と国際的競争力の向上を指向しているのが屋内原ということになるのだろう。この中年どもは両極であるとともに典型なのだ。ついこのあいだ「葛の花」で薗が懇切丁寧に案内してくれた日本の食の背後には、数限りない神向寺や屋内原がいるんだろうな、と陽一郎は思った。じっさいに神向寺や屋内原もまた、どこかで薗と、あるいは数限りないSoysoyaの代理人《エージェント》と丁々発止のやりとりをして、腹の奥でアカンベをしつつ握手を交わしたのかも知れない。なるほど、どんなやり方であっても、耕すだけではダメで、運んで売って金に換えてということまでを考えなければ農業なんて成り立ちゃしないんだ、それは行方であっても三瓶潟であっても、パラグアイであっても……！　思えばごく当然のことだが、そういったことは今まで誰にも教えられなかったな、と陽一郎は思う。

「でも、比良井さん。これだけは自覚しておいた方がいい」

屋内原は比良井に向き直って言った、神向寺にではなく。

「日本国内にだけ目を向けていたら、早晩、私らの商売は行き詰まりますよ。国内市場は縮小する一方ですから」

「ええ、まあ。少子化ですからね」

屋内原は小さく笑う。

「その通り、だけど、それだけじゃない。高齢化が進むと、消費カロリーが下がるんです」

そうなるべなぁ、神向寺がつぶやいた。あ、そうか！　比良井が小さく叫んだ。少子化はもはや不可避の運命でしょうが、日本の人口が一億人を切るのは二十一世紀後半以降のことでしょう、そう屋内原は言う。しかし、高齢化は年ごとに進んでいく。モノを食べない老人の割合が増えていくんです。単純計算で、老人の必須カロリー量は成人の三分の二程度にまで減少するから、同じ一億人の人口であったとしても、社会全体の消費熱量はじわじわと低下していくでしょうね。不可逆的な人口減が訪れるのは、そのあとのことですよ。

屋内原の話を聞きながら、陽一郎は下腹に冷たいものが走ったような気分がした。それは、社会全体の黄昏《たそがれ》とも言うべき、長く緩やかな衰亡の運命なのではなかろうか。学生のころに学んだ熱平衡という言葉が連想された。新たな熱量を生み出さない閉鎖系の中では、熱は高きから低きへと流れ続け、乱雑さは増加の一途を辿り、ついにはまったく熱の動きがなくなる状態に達する。エネルギーという観点から見た一種の死である。ひょっとすると、屋内原が仄《ほの》めかしたのは、そういう長きにわたる緩やかな死の端緒なのではなかろうか。関税を撤廃するとは閉鎖系に穴を開けることであり、つまり他の系と熱のやりとりをすることであり、それこそは、長き死を免れるためにこのオッサンが示した処方箋なのではないだろうか？　陽一郎は慄然として天を仰いだ。ホールの高い窓からはななめに陽光が差し込み、細かな埃がきらきらと舞い、それはあたかも一種の閉鎖空間に新たなエネルギーが投入されて内部の分子運動を励起しているかのように思われた。紙コップ一杯の濁酒を口にしただけなのに、すっかり酔ってしまった。よく分からない、と陽一郎は思う。なにが正しいとも言い切れない。いっぺんに入ってきた情報は頭の中で、すさまじい勢いでエントロピーを増大させていた。安藤百は戻ってこない。水を一杯所望して、陽一郎はようやく立ち上がる気分になる。

「スイマセン、長居しまして。そろそろ失礼します」

「あれ、もう行かれますか。シンポジウムも聞いていってくださいよ」

「まぁ、大した話もしませんわ。いま話したのが予行練習みたいなもんです」

そう言って神向寺が指すホールの一隅には仮設ステージがしつらえられ、着々とシンポジウムの準備が進められていた。

「どうも、お疲れさんです。また来てくださいね」

比良井は愛想よく手を振った。

せめて会場をもう一回りだけしようか、陽一郎は酔った頭で考えた。未練がましく偶然を装って、安藤百にもう一度会うことはできないものか。あたりを見回して、陽一郎はどきりとする。安藤百の姿のかわりに、よりにもよって、こんなところで、天高く掲げられたYY（イグリエガ・ドブレ）の紋章を認めたからである。

黄緑色の巨大な球体に、淡い黄色で描かれた紋章。中空に浮かぶその風船こそは、そこがSoysoyaの領土であることを指し示していた。仮設ステージと反対側の一隅は、協賛企業の出展ブースとなっているらしい。会場の大半を占める営農団体や生産者団体の出展はどこまでも手作りの雰囲気が漂うのどかなものだが、こちらは一転してきちんと手のかけられた看板やパネルが掲げられ、自分たちの商売を抜け目なく売り込んでいる。たとえば種苗会社、農機具のリース会社、有機農法野菜の宅配業者。それらの中に、Soysoyaのブースもまた肩を並べ、巨大な風船を浮かべていたのだった。背後のパネルには一面に広がる大豆畑の空に「大地から食卓へ」というSoysoyaの教義《ドグマ》が浮かび上がるポスターが掲げられ、机の上には取り扱いのある食品サンプルが所狭しと並べられていた。笑顔のコンパニオンから手渡されたパンフレットには、Soysoyaがいかに食の流通に心を砕いているかが簡潔に解き明かされていた。入念なやり方だった。Soysoyaはこんなところにまで出張ってきては、志の高い生産者と顔をつなぎ、情報を交わし合い、新たな食を探索しているに違いない。たまさか眼鏡にかなう農産物があれば、それは交渉を経てSoysoyaの取り扱うところとなるのだろう。調べられ、情報は集められて蓄積され、電子情報となって回線に乗り、食品は流通の経路に乗せられ、求める人間のところへと送り届けられるのだろう。じっさいブースの前では、Soysoyaの社員が営農団体の関係者らしき男と笑い合いながら名刺交換をしている。その快活な口調や丁寧な物腰、見ようによっては挑発するかのような笑みには既視感があった。菌である。それは偶然なのだろうか、それとも、それもまた、Soysoyaなる巨大企業の仕込む作法の一つなのだろうか。

不意に、陽一郎は不安な気分に駆られた。ひょっとすると菌も、この会場のどこかに足を運んでいるのではないだろうか？　のみならず、名前も顔も知らない無数のSoysoya社員たちも会場に拡散し、自分の挙動に目を凝らしているのかも知れない。陽一郎は思わず後ずさった。振り返りもせず、足早にその場を去った。なんら根拠があるわけではない、かたちの見定められない不安。酔いのせいだと思いたかった。それでも、陽一郎はできるだけ目立たないように人混みの多いところを選んで歩いた。出口からホールの外へ、そして催事場の外へと走り出た。強い陽光に一瞬目がくらみ、慌てて閉じたまぶたをおそるおそる開けば、非の打ちどころのない秋晴れが広がっていた。

そのただ中に、陽一郎は、ふたたび安藤百の姿を認めた。催事場に隣り合う広場を歩く人混みのさなか、安藤百は堂々と声を張り上げていた。すらりと高い長身が秋空へと向けてまっすぐに立っていた。あの晩夏、Soysoya日本支社からの帰り道、暑気の残るアスファルトの上に声を響かせていたのと同じように。先ほどコピーしたチラシを配っているところなのだろう。陽一郎は安藤百を見つめた。この距離からならば、遠慮なくその姿を目の中に収めることができた。

「あ、お疲れさまでーす」

安藤百は陽一郎を認め、手を振ってきた。もう一方の手の中には、チラシがまだ束になって残っていた。

「帰っちゃうんですか？　せっかくだから、シンポジウム聞いていってくれればいいのに」

「ああ、うん、まあ……」

陽一郎は答えあぐねる。

「そのかわり、チラシ配り、手伝おうか？」

思いがけない言葉が陽一郎の口から漏れていた。え、俺は今なにを言った？　自分でもそう思うぐらいだった。思わず胸が高鳴ったが、安藤百は率直な笑みを浮かべた。

「マジですか！　助かりますよー、開会まであと一時間なんで、巻いていきたかったんです」

じゃ、遠慮なく、そう言って渡してきたチラシの半分には、まだ安藤百の掌のぬくもりが残っていた。

「なんて言えばいいんだろう」

「簡単ですよ」

安藤百は言う。中身について言わなくたっていいんです、お願いしまーす、見てってくださーい。それだけなんですよ。ほんのちょっと注意をこちらに向けてもらう、それだけでいいんです。ま、ぶっちゃけ、十人に一人受け取ってくれればラッキーぐらいなんで、気長にですね。

陽一郎はうなずいた。太陽は午後に傾き、街路を歩く人々は数を増しつつあった。安藤百は早くも、一枚目のチラシを手渡している。予想だにしていなかったことだった。よもや、自分がこんなことをしようとは！　よろしくおねがいしまーす、シンポジウム、このあと三時から開催でーす！　張りのある安藤百の声をすぐ近くに聞きながら、陽一郎はおずおずと声を出す。あのう、すいませーん、見てってくださーい。

「お兄さん、もっと勢いつけていきましょう！　カラダ大きいんだから！」

安藤百の軽口に、陽一郎は苦笑する。わかった、やってみるよ。あとその、お兄さんってのは止めてくれないかな。覚えているかどうか知らないけど、僕は原陽一郎と言うんだ。オッケー、了解です！　じゃ、原さん、陽一郎さん、がんばっていきましょう！

望外の喜びが足下から這い上がってきた。そもそも自分が安藤百のすぐかたわらでその手助けをしていることじたいが、一つの奇蹟のように陽一郎には感じられた。陽一郎は腹に力を込める。せめてその声が、安藤百に頼りなく聞こえないように。

「お、おねがいしまーす！」

第五部

股旅《またたび》一座パラグアイより来たる

26

実のところは多くのものごとがそうであるように、またも運命の扉が開かれたのはささやかな偶然によってである。運命と言うのが大げさならば、人生の分岐点と言ってもいい。宵っ張りな陽一郎《よういちろう》が珍しくも早朝の池袋の街路に立っていたのは締め切りぎりぎりで深夜の短期アルバイトに滑り込んだからだったし、一度も入ったことのないカレーショップに入ったのも、バイト先からの送迎バスから下ろされて始発が出るまでの時間を潰すつもりだったからだ。

そもそも、初めて目にする店だった。駅にほど近いその雑居ビルには、陽一郎が初めて一人で池袋に遊びに来たころは時代離れした喫茶店が入っていたはずで、中学生ごときが立ち入れる雰囲気ではなかったのだが、高校のころには小綺麗なコンビニに入れ替わっていた。次いでハンバーガーショップ、牛丼屋、讃岐うどんの店と看板はめまぐるしく掛け替わってゆき、この朝に陽一郎が見たのは「シャングリラカレー」とやらいう最近急速に店舗数を増やしているカレーショップであった。通常価格二百九十円の「目ざめの朝カレーセット」が開店キャンペーンでなんと百九十円、あんパンと缶コーヒーを買ってコンビニ前にたむろするよりも安く上がってしまう。店内には、若いとも中年とも言いがたいような年頃の男ばかりが五、六人、どんよりとカウンターに居並んでいる。これからどこかに働きに向かうのか、陽一郎のように深夜労働の疲れをカレーに紛らせているのか、はたまたどこにも行き場などはないのか。リノリウムとガラスと合板でこしらえられた店内はつるつる、ぴかぴか、まるで携帯電話販売店のように清潔で、カレーのにおいすらほとんど漂ってこない。ラードや骨付き肉やスパイスの調合は、はるか遠くのどこかですでに済まされているに違いなかった。ぼんやりと眺めていれば、ごはんもスープもきっかり計量する機械から器へと盛られ、中国人らしき店員が手を汚す余地もなくカレーは陽一郎の前へ滑り出てきた。

新聞を手に取ったのは、いつもならばメシを食いながらだらだらネットサーフする携帯端末のバッテリーが切れてしまっていたからだった。カレー、スープ、ミニサラダを胃袋に流し込むあいだの時間つぶしに、陽一郎はテーブルの下に突っ込んであった新聞を手に取ったのである。それが前日付の埼玉版であったのも、池袋という土地柄のおかげだったのだろう。政治面にも経済面にも国際面にも、さほど興味はなかった。社会面のベタ記事と四コマ漫画を読み、文化欄を経由して到達した埼玉ローカル面を読むに至り、陽一郎の目玉はある固有名詞を捉えた。ほんの数ヶ月前までは人生に一度も関わってくることのなかった、そして今となっては世界でもっとも気にかかる国名、パラグアイの五文字である。

「さいたま人物録」という囲み記事である。隈取《くまど》りを強調して髷《まげ》を結った青年の写真の下に「南星凜太郎《なんせいりんたろう》さん（二八）川口市在住」のキャプションが添えられている。

「『あぁこれが、せめて見て貰う駒形の、しがねえ姿の土俵入りでござんす～』。長谷川伸《はせがわしん》の名戯曲『一本刀土俵入』の終幕。凜ちゃん！　座長！　観客席からは口々に声援が飛ぶ。劇団南星一座の座長を襲名してから五年、地道な活動は確かにファンの心を捉えてきた。」

いっぽんがたなどひょういり、その名前だけは陽一郎の知識にもあるが、その他はまるでなじみのない風景である。

「広島県出身の祖父母を持ち、南米パラグアイ共和国に生まれた日系三世。演歌歌手のデビューを誘われて九年前に来日したが、芸能プロダクションが倒産。支援者に紹介された劇団で役者のキャリアを積みはじめた。」

「『子供のころから芝居はよく見ていたんです』と笑う。パラグアイの日系人社会には、今でも、芝居、盆踊り、カラオケといった日本流の娯楽が息づいている。芸事が好きな祖父の手引きで、たびたび舞台に上がったこともあったそうだ。」

こういうこともあるんだな、と陽一郎は思った。確かに、半世紀前までは送り出す一方であった移民を、昨今の日本社会はふたたび呼び戻していたのだ。陽一郎が生まれてまもないころ、有史以来の最大の好景気を背景に、いわゆる日系人を合法的に労働力として迎え入れる体制を整えたのである。多くは単純労働者として、ときにサッカー選手や芸能人として。そのことは漠然と知っていたが、その後、こんな変わり種までもが来日していたとは。

「四年前に一座を旗揚げした。現在ではパラグアイから呼び寄せた弟の裕次郎《ゆうじろう》さん（二四）と従姉妹のべに花《か》さん（一九）を一座に加え、精力的に公演を続けている。」

「パラグアイの日系人社会には、人情や努力といった日本の古き良き価値観が残っていると感じている。『まだ日本人にはなじみの薄いパラグアイに興味を持ってもらうきっかけになれば』。今月末の座長襲名五周年公演を前に、稽古に余念がない。」

ぼんやりと記事を目で追っているあいだに、いつのまにかカレーのあらかたは陽一郎の胃袋に滑り落ちていた。腹が落ち着くまで残りの福神漬けをかじりつつ、陽一郎はあらためて南星凜太郎の色男づらを眺めた。おそらく公演の合間に楽屋かどこかで撮られたのだろう、背後には公演のポスターが貼られ、羽織袴《はおりはかま》の若武者の出で立ち。テレビの時代劇すらめったに観ない陽一郎はたいした感慨もなくその写真を眺めていて、はっと息を呑んだ。羽織の胸元、本来ならば家紋を配すべき場所に染め抜かれているのは、あの、YY（イグリエガ・ドブレ）のロゴではないだろうか？ 羽織の皺と襟元を押さえる手に遮られていて、確証は持てないのだが……。

粒子の粗い写真は、それ以上なにも語りかけてこない。陽一郎は顔を上げた。迷いながらも記事を破り取ってポケットに突っ込み、立ち上がった。歩きながら、ふがいなくも沈黙したきりの携帯端末をポケットの中でなぶった。

劇団南星一座とは川口市を本拠地にした大衆演劇の一座であるというのが、そののちに分かったことである。かつての鋳物工場跡地に作られた倉庫を稽古場にしているらしい。その南星一座が凜太郎なる座長の襲名五周年を記念して、川口を皮切りに、十条、大宮、春日部、川越、秩父のホールや劇場を回る公演を打つという。

「一座の十八番『南洋国性爺《なんようこくせんや》』を引っ提げて川越初お目見えと相成ります、何卒御贔屓《ひいき》に！」

ホームページには、そんなことが書いてあった。ホームグラウンドである劇場や健康ランドなどを離れて打つ公演を出張公演と称するのだということも、そのホームページが教えてくれたことである。

しかし、それ以上のことは、なにも記されていなかった。もちろん南星凜太郎の羽織の胸元に染め抜かれていたかも知れないWの紋章についても、なにも語りかけてはこなかった。

薗《その》に聞いてみれば、分かることだろうか？　携帯端末からメールを打ちかけて、しばし迷い、結局陽一郎は思いとどまる。あの老獪《ろうかい》な男のことだ、たちどころに答えてくれるばかりか、招待券を贈ってくれさえするのではないか。しかし、なにかが引っかかる。こちらの動きをあちらに悟られることで、なにかいちばん重要なことが隠蔽されてしまうのではないだろうか。この俺が希求していて、連中が秘匿したがっていることを。もしもこの劇団が本当にWの名の下に興行を打っているのならば、こちらのことを気付かれないようにしながら、あちらがどうふるまうのか見定めるべきではないのか。そうだ、これは、観測者問題とかいうやつだ。そんなことを考えながら、陽一郎は、箱の中の猫を覗き込んでいるような気分になる。

およそ十日後、十一月に入って最初の日曜日のことだった。いい陽気の昼下がり、陽一郎はまたも自転車を駆って川越街道を西進した。酔狂なツーリングだが、高校時代には、何度か勢いに任せて試みたことでもある。先だって都心の図書館まで足を伸ばしたときには太ももとふくらはぎの筋肉痛に悶絶したものの、陽一郎は自分の体力に自信を取り戻しつつあった。まだ二十代の後半、多少の無茶にも体は軽々とついてくる。それに、多少なりとも体を絞って腹を引っ込めなきゃな……、そんな下心もある。

途中の休憩を挟んで二時間弱、陽一郎はたっぷり汗をかいて川越市に到着した。高校時代の三年間、日々通った街には、至るところにノスタルジアが潜んでいた。目的地の川越文化ホールは旧市街のただ中、母校にもほど近いあたりに位置している。十年前のさまざまなできごとが、さながら年代記のように蘇ってきた。あれから我が身を襲った転変を思えば、感傷的にならざるを得ない。陽一郎はゆつくりとペダルを漕ぎ進めた。

　ホールの脇に自転車を停めて中に入れば、ロビーは想像以上にごった返していた。圧倒的に多いのはばっちりおめかしをしたうえで観劇に来ている中高年の女性だが、むしろ陽一郎は、若者の多さに驚く。揃いの紫の法被《はっぴ》をしつらえてはちまきを締めた親衛隊らしき一団は、染めた髪をきりりと束ねて濃いアイラインに目力を添え、ヤンキー風というかギャル風というか、ともかくこれまでの陽一郎の人生に一度も関わってこなかったタイプの若い女の子たちである。一方で、奇抜なシルエットの服を選んでまとう洒落っ気のある連中もいて、こちらはほぼ例外なく彼氏彼女を連れている。言ってみればチンドン屋や見世物小屋と同じように、大衆演劇を一種のサブカルチャーとして消化する手合いなのだろう。

　陽一郎はどのグループとも違っていた。チノパンに長袖シャツという野暮ったい出で立ちが、今さら気恥ずかしく感じられた。追いやられたような気分でロビーのソファに腰掛け、入り口で渡されたリーフレットを眺める。

　本日の演目「南洋国性爺」は、近松門左衛門《ちかまつもんざえもん》の「国性爺合戦」を下敷きにした芝居であるらしい。今から五百年ほども前、明朝滅亡に際して台湾に独立政権を築いた英雄、鄭成功《ていせいこう》に取材した浄瑠璃である。鄭成功の二つ名、国姓爺をもじって付けられたタイトルであるらしい。また、大衆演劇にいくつも名戯曲を残した長谷川伸も鄭成功を題材に小説「飛黄大船主《ひこうだいせんしゅ》」を書いており、こちらからもネタを拾っているのだとか。率直に言って、陽一郎には興味も薄ければ素養にも乏しい分野だった。遠い昔、学校の授業で近松門左衛門や鄭成功という名前が頭をかすめたことをおぼろげに記憶するのみである。もっとも、その成り立ちには興味を引かれた。一つの史実を元に作品が生まれ、その作品を土台に次なる作品が生まれ、作品どうしが癒合してさらなる虚構世界を生み……といった連鎖は、あの

TAKAMAGAHARAのありようによく似ていたからだ。

　開演までのあいだ、陽一郎は手持ち無沙汰なままにあたりを見回した。物販のコーナーでは一座の名入り饅頭や手拭いのようなファングッズを販売しているが、それよりも陽一郎の興味を引いたのは、ロビーの壁に並べて立てられた幟《のぼり》である。驚いたことに、今様の幟は看板代わりにとどまらず、それぞれが奇抜な趣向を競い合っていた。いちばん手前の幟には「劇団南星一座　特別公演」、パラグアイ日本人会からの寄贈であるらしい。これなどはおとなしいものだが、お次の「南星凜太郎座長　襲名五周年」の文字は大漁旗を模したデザインで派手派手しく、いちばん下には「南星ファンの会」の文字。中には写真を印刷した幟まであって、南星凜太郎がコンピューターで描かれた逆巻く波の絵柄を背負い、プリクラもかくやと言いたくなるようなキラキラした星々をまとって見得を切っているのである。日が落ちてからの繁華街で見かけるどぎつさを連想し、陽一郎は気後れした。「タケちゃんwith 川口親衛隊」とあるのもまた、ファンからの寄贈ということなのだろうか。そんな中では逆に目立つかと思われた、地味な幟に陽一郎は目を留めた。

　濃紺の布地に「南洋国性爺」と淡い黄色の勘亭流で太く記され、「なんようこくせんや」とルビがある。その下には「飛黄大船主其後《そのご》御《お》見《み》立《たて》」と少し小さな文字で続く。今日のこの演目のためにしつらえられたものなのだろう、並ぶ幟の中でもそれはひときわ真新しかった。俺はやっぱこういうシンプルな方がいいなあ、晴天の秋空の下にはためいていたならば、さぞ映えただろうに……、そんなことを考えながら幟をあらためて眺め渡した、そのとき、陽一郎は息を呑んだ。やはりあの記事の写真は、見間違いなどではなかったのだ。幟には、タニマチの名も後援団体の名も見当たらなかった。そのかわり、片隅には、YYの紋章が慎ましやかに染め抜かれていたのである。

27

「ァ本日はお忙しいさなかご来場ゥを賜り、ンまことに、ゥありがとう存じます〜」

陽一郎が席に腰を落ち着けたあたりで、若い女声のアナウンスが流れた。言葉の切れ目切れ目が鼻にかかる、独特の発声である。見渡せば客の入りもまずまず、七分の入りといったところだろうか。

「ォ本日は南星凜太郎の座長襲名五周年記念公演と銘打ちまして、ン南洋国性爺、拙《つたな》い芸ではございますが精一杯務めさせていただく所存でございます、ア川越の皆々様、埼玉県の皆々様、日本全国の皆々様、世界各国の皆々様、何卒、ン何卒、最後までご観覧賜りますよう、」

幕がゆっくりと開いてゆく。舞台には座員たちが正座をしていて、観客を見据えると一斉に手をついて頭を下げた。

「お頼《たの》、申し上げまするゥ〜」

陽一郎は思わず舞台を凝視していた。歌舞伎すら見たことのない陽一郎には、初めて見る作法だった。

「イやいやいやい！　ここであったが百年目！」

突然後ろから大声が聞こえ、陽一郎はぎょっとして振り向いた。凜ちゃぁんッ！　即座に声援が上がる。客席後方にスポットライトが当たり、旅装束の長身の男が客席通路を走り抜けて舞台に駆け上がった。

「我が父鄭芝龍《ていしりゆう》のにっくき仇、劉香《りゆうこう》よ、憤怒の刃《やいば》しかと受け止めよォ」

舞台に揃っていた役者たちがさっと散った。一人立ち上がって相対するのは同じぐらいに長身の、しかしまとうのは昇竜を刺繡した中国風の衣装という好対照。男はホホホホーッと甲高く哄笑のような声を上げた。

「これはどサンピン和藤内《わとうない》！　やまと仕込みのなまくらがたなで、この劉香に傷の一つでも負わせらりょうと思うてか」

細身の日本刀を構える和藤内に対して、劉香がぎらりと閃《ひらめ》かせるのは肉厚幅広の青竜刀、まるで雰囲気の違う二通りの刃が切り結ばれた。和藤内の怒りの切っ先が喉元をかすめる、その瞬間、劉香はひらりと舞台袖に飛び退《すさ》った。

「勝負はお預けじゃ和藤内」

「逃げるか劉香ッ」

舞台に取り残された和藤内はしばし憤怒の目で劉香の逃げた方角を睨んでいたが、やがて向き直り、刀を納めて見得を切った。

「さてもこの和藤内、今は長崎平戸に無聊《ぶりよう》を託《かこ》つ身の上ではあるが、父の仇を片時たりとも忘れたことはござらぬ。いつの日か、アいつの日か、この海原を渡り憎き劉香の首を、父の墓前に、捧げてみたい、ものよのう」

幕が降り、一斉に拍手が起こった。陽一郎は唐突な展開と会場の熱気に少々気圧《けお》されながら舞台を見ていた。いかにもクサく大仰ではあるものの、思っていた以上に率直な迫力に満ちていたからである。

もっとも、これは一種のオープニング、あるいは予告編、ここからが本当に第一幕ということになるらしい。ふたたび幕が上がり、芝居が始まった。

史実の上での鄭成功は十七世紀の前半、中国人の鄭芝龍を父に、日本人の田川松《たがわまつ》を母に、長崎の平戸に生まれている。奇異な生い立ちであるようでいて、実のところ不思議はなかった。往時、東アジアの海上世界は地中海にも似て、すでに数百年にわたるヒトとモノとカネとの行き交いがあったからだ。明朝《みんちょう》は海禁、すなわち貿易を厳しく制限する政策をとっていたが、それだけで押しとどめられるものではない。ときに正統に権力のお墨付きを得て、ときにあらごとのかたちを取って、人々は海上に交わり続けた。中でも倭寇の名は広く知られているが、これが単なる海賊かと言えばさにあらず、商人と輸送業者と兵隊とやくざものを兼ねたような海民であったというのが近年の理解である。鄭芝龍もまたこのような複合的な海民だったのであり、さらには官吏と開拓者をも兼ね、混乱が新たな秩序を生みつつある十七世紀東アジアの混沌を体現したかのごとき存在であった。日本では徳川幕府が成立したが、海禁の徹底にはまだまだ間があった。日本に対して港を開かない明国との中継貿易基地として、遠く安南山脈の麓《ふもと》やチャオプラヤ川のほとりでは、ホイアンやルソンやアユタヤの日本人町が最後の栄華を誇っていた。鄭成功が生まれたのは、このような時代のことである。

鄭成功は少年期にさしかかって父母とともに福建《ふっけん》に渡り、明朝末期の科挙を受験して下級官吏まで務めているのだから、どちらかと言えば実力者の坊ちゃんだったのだろう。しかし、それはあくまでも現実世界のできごとである。近松門左衛門描く「国性爺合戦」では鄭成功は和藤内の二つ名を与えられており、その立場は長崎平戸の漁民に過ぎない。この乖離を埋めるために「南洋国性爺」が施したアレンジは、大胆にも、父たる鄭芝龍を亡き者としてしまうことであった。福建商人として旺盛に交易し、後半生では台湾の開拓にも乗り出した鄭芝龍は、志半ばにして、かつての部下でありいまや南蛮人の手先に成り下がった劉香に殺されてしまったのだ。
劇の冒頭は、浜辺に佇む和藤内の独白から始まる。
和藤内「む、波が立ってきたな、まもなく時雨《しぐれ》るかもしれぬなあ。ここ、長崎平戸の浜から見えるものときては松の数本に朽ちかけた館がせいぜいだが、澪《みお》のかなたに目をやれば、海路は三界《さんがい》に通じておる。それにつけても思い出されるのは親父殿の悲運よ、にっくき劉香なかりせば、今ごろ台湾は我らが一族の拓く楽土であったろうものをのう。ひるがえって今の俺は船の一艘も持たぬ、海蛮くずれの不逞の輩と蔑まれ、日本《やまと》にも唐土《もろこし》にも暮らしの定まらぬありさまだ。しかし、見ていてくだされ親父殿、この俺は、和藤内は、必ずや劉香の首を挙げ、親父殿の墓前に捧げてご覧に入れましょうぞ」
和藤内は夕暮れの浜に佇んで今は亡き父を思い、日本（和）でも中国（唐）でもない、和藤内（わとうない）の名が体現する身の上を切々と嘆く。そこに、和藤内の妻の小睦《こむつ》が迎えに来る。
小睦「お前さま、何をご覧になっておいでです。そろそろ帰りましょう」
和藤内「いや、見てみよ。あれはなんだ、唐土の船ではなかろうか」
二人は奇妙な船が浜に寄せてくるのを目撃する。中には色鮮やかな着物に髪飾った艶《あで》やかな美女が気を失っていて、まるで天女の姿を思わせる。
和藤内「なんとまあ、コリャ、楊貴妃の幽霊かと思っちまったぜ」
そこに、美女が目を覚まし、奇妙な言葉で語りかけてくる。
美女「おいえ、えすとらんひえろ！　どんでえすたあき、えすといむえると？　えすぱらでぃーそおいんへるの？」
和藤内「の、えすたしえるためんてびば。あいえすはぽねす、うんぷえぷろでなんがさき」
和藤内は即座にそれに応じる。父に教えられた唐人詞《とうじんことば》である。やがて美女ははらはらと泣き崩れ、和藤内もまたその体を支えてもらい泣きするのである。
小睦「あらッ。まあまあまあ。イヤだこと、お前さま、いくら中国人とのハーフだからって中国人女性にデレるおつもりですか」
和藤内「いやいや、まあ待て。眼《まなこ》見開いてよく見てみるがいい。このお方こそは畏れおおくも大明国皇帝の妹君、梅檀皇女《せんだんこうじょ》であらせられるぞ」
　和藤内の訳すところによれば、こういうことである。皇女の故国である大明帝国は、臣下の裏切りにより北方の蛮族たる韃靼《ダッタン》人に攻め込まれ、存亡の危機にあった。追われた皇女たちは海に難を逃れようとするが、波濤の先の台湾もまたすでに南蛮の手中に落ちていた。かつて鄭芝龍が拓き、明の版図にも加えられた台湾は、いまや南蛮人の東亜侵略の橋頭堡となっていたのである。捕らえられて奴隷の身に落とされるところを辛くも逃げのびた皇女は、小舟一艘の漂うまま、幸運にも長崎に流れ着いたというのであった。顚末を聞き、和藤内の母もまた涙ながらに同情しながら、毅然と顔を上げて言う。
母「和藤内や、そなたの骨太な身体も比類なき強力《ごうりき》も、父上譲りの立派なもの。その父上が南海に雄飛したのも、思えば、皇帝陛下の御心あればこそのこと。今こそ皇帝陛下のご恩に報いるときではありませぬか」
和藤内「母上のお言葉通りと存じます。某《それがし》平素より兵事軍術の修練を怠らなかったのも、まさしくいずれかような日が来ようと思っていたからでありました。父上の語り給いし言葉を思い返すに、明には我が腹違いの姉、錦祥女《きんしょうじょ》がいて、甘輝《かんき》なる勇猛果敢な武将と夫婦《めおと》であるとの由。天の思し召しも地の利にはかなわず、地の利も人の和には敵《かな》わぬと申します。吉凶を決すは人であって、日和をうかがう利はありませぬ。今こそは船出の時でありましょう」

母「ああ、なんと潔くも頼もしいこと。さすがは我が亡夫、鄭芝龍の一人息子。一粒の種は泥の中に朽ちず、大樹に育ち千年の年輪を刻むとは、かようなことを云うのじゃなあ」
小睦「道理はその通りと分かりつつも、割り切れないのは我が心。親子の縁は断たれずとも夫婦の縁は断たれるもの。お前さまが、お義母様が、唐土に渡るのならば、いっそ我が命を断ってくださいませ」
和藤内「たわけたことを申すでない。小睦よ、お前にこそ預けるは、畏れおおくも梅檀皇女の身の上じゃ。国治まればまた必ず、船にて皇女とお前を迎えに来よう。頼んだぞ」
　和藤内と小睦、涙の別れのシーンである。梅檀皇女もすすり泣きを漏らすなか、和藤内は母を伴い、ひらりと船に飛び乗って叫ぶ。
和藤内「風じゃ、風じゃ。いざ旅立たん、やまとの国よ、しばしの別れじゃ……」
　ここまでが第一幕。ざっと拍手が起こった。まだ派手な立ち回りもない、序盤と言ったところだが、陽一郎はすっかり舞台に釘付けになっていた。上手か下手かなどは分からない、筋立ても取り立てて凝っているわけではない。むしろ、ベタな、コテコテなといった言いかたの方がよほどふさわしいだろう。にもかかわらず、生身の役者が演じているさまは、やはり妙に身に迫る説得力があったのである。
　もともと陽一郎は、同年代の男たちに比べても、はるかに架空の物語に淫してきた手合いである。戦うヒロインであるとか一途なヒーローであるとか、魑魅魍魎《ちみもうりょう》跋扈《ばっこ》する異世界での冒険譚であるとか未来の国盗り合戦であるとか、長ずるに従い思春期やら社会生活やらといった洗礼の過程で次第に脱ぎ捨ててゆく虚構への偏愛を、陽一郎はまだふんだんに持ち合わせている。思えばそれらはいずれも、現実世界とは一枚の薄皮を隔てた向こう側に展開されるものだった。昨今、産毛のそよぎまでを再現してしまうコンピューター・グラフィックスは軽々と生命を模倣するのだが、それは決してディスプレイの薄膜を通り抜けてこちら側にやってこないのである。その薄膜が、ここにはなかった。舞台と客席は同じ空気をまとい、役者の吐息や声はその空気を響かせてこの空間に満ちる。いま自分が生きている世界と虚構の世界とが隙間なくつなぎ合わされているのだ、そのように思い至ったとき、陽一郎は奇妙な驚きにとらわれた。これまでにない経験だった。

ふたたび幕が上がった。和藤内と母親の乗った小舟が流れ着いたのは、一面に丈の高い青草が茂る野原である。和藤内は母親を背負いつつ、青草のさなかを歩き続ける。
和藤内「なんとこれは広い野原じゃ、十里二十里と歩いてもちっとも果てが見えませぬ」
母「和藤内や、これこそは砂糖黍《さとうきび》でありましょう」
和藤内「(刀を抜き、スパリと青草の一つを切り取って口にする) 甘いッ。母上の申すとおり、これは砂糖黍でございますな。ああなんと、かつて我が父鄭芝龍が台湾を拓き植え付けた砂糖黍が、これほどまでに育っているとは……」

和藤内は刀を右手に、砂糖黍を左手に、慨嘆するのである。ユーモラスな挙動に客席からは笑いが上がる。そこに、突如、鉦《かね》や太鼓の音が響き渡った。和藤内は驚く母親を舞台袖に下がらせて叫ぶ。
和藤内「母上、お気をつけくださいこれは祭りでも葬儀《ジャンボン》でもございませぬ、異国の虎狩りでございましょう」

その瞬間、砂糖黍の密林から一頭の虎が躍り出て和藤内に襲いかかった。虎は着ぐるみではなく獅子舞に似ていて、巨大な頭はどことなく中国風の意匠である。和藤内は刀を抜く間もなく、虎と素手で組み合い転げ回る。

母「和藤内や、しっかりなさい。産土《うぶすな》を離れても、そなたの身には大和魂が満ちているでしょう」

和藤内「まことに。その通りでございますな！」

和藤内は虎を組み伏せると、虎の体を覆っていた風呂敷のような大布をむしり取り、前に掲げてすっくと立つ。その姿はまるで闘牛士《マタドール》である。客席がどっと沸いた。音楽もがらりと切り替わってスパニッシュ・ギターのフラメンコ風。照明はどぎつい原色となって、一面の砂糖黍畑が、せつな、イベリア半島の白昼に転じた。猛り狂い、大頭を振り立てて襲いかかってくる虎を躱《かわ》してひらり、いなしてふらり、ついには日本刀を一閃《いっせん》、峰打ちにて大虎を転がし召し捕ってしまう。そこに虎狩りの一行が追いついて、生け捕られた虎を目にした役人がわめき立てる。

役人「や、いずこの風来坊ぞ！　貴様が足蹴《あしげ》にするは劉香将軍に献じようとしていた虎じゃ。とっと引き渡せ、さもなくば叩ッ殺してやるぞ」

和藤内「なに。劉香とな。劉香だかエテ公だか知らねえが、虎が欲しくば雁首ここに差し出しゃがれ」

劉香の名を出されて逆上した和藤内は、苦もなく役人を切り捨ててしまう。お供の兵隊たちは震え上がって命乞いをするのだが、和藤内が彼らを赦して配下に引き入れるくだりが面白い。

和藤内「口先だけなら何とでも言える。まこと心より従うならば、月代《さかやき》剃って、名も日本風にあらためるのだぞ。お前は東浦塞右衛門《かんぼじあえもん》、お前は呂宋兵衛《るそんべえ》、お前はじゃがたら太郎……」

そう名指しされるや、兵隊たちはそれまでかぶっていた辮髪《べんぱつ》風のカツラをぽいぽいと脱ぎ捨て、その下にチョンマゲが現れた。観客はふたたびどっと沸いた。軍勢とお供の虎を従え、和藤内は道を急ぐ。目指すは義理の姉の嫁いだ、甘輝将軍の獅子が城である。一瞬舞台が暗転し、一枚書割が取り払われれば数日の時間はまたたくまに飛び去り、和藤内と一行は大河のほとりに築かれた獅子が城の前にいた。和藤内は城壁の上に立つ錦祥女と初めて異母姉弟として相まみえ、邂逅の喜びを語る。

しかし、折り悪く甘輝将軍は不在であって、一行は城内に入ることができない。そこで和藤内の母が人質となって入城し、甘輝将軍を説得することになった。

錦祥女「母上殿の御身は責任を持って預かります、ご安心くださいませ。夫の甘輝を説き伏せて、必ずや味方として参らせましょう。もしも承諾したならば、城の堀に白粉《おしろい》を流します。万が一願いが叶わぬならば、紅《べに》を流します。吉凶は白妙《しろたえ》と唐紅《からくれない》の流水に現れましょう、お見逃しなきよう……」

帰城した甘輝将軍に和藤内の母と錦祥女は和藤内の味方となるよう説得するが、甘輝将軍はおいそれと首を縦に振らない。確かに自分は大明帝国の遺臣なれど、今は国を失い台湾に逃れ、南蛮に仕える身。それを女房にほだされてあっさり翻意したとあってはあまりにも義がないと、家臣なりの筋を通そうとするのである。錦祥女は夫と弟の板挟みにあって、苦悩する。

城外の堀の流水が、さっと赤く染まった。和藤内は天を仰いで絶叫する。

和藤内「南無三《なむさん》！　紅が流れた！　我が望みもこれまでか！」

激昂した和藤内はひらりと堀割を飛び越え城壁を乗り越え、城内に攻め入って甘輝将軍と相対する。

和藤内「やい、甘輝なるヒゲダルマとは貴様のことか。我が母の縄打たれてまでの願い、さらには貴様が女房の願い、いずれも無下にするとはなんたる薄情よ。大和無双《にほんにならぶものなき》の和藤内が直々に頼む、これが最後じゃ、さあ返答は如何に」

甘輝「貴様が大和無双ならば、我は唐土稀代《もろこしにもまれなる》の甘輝じゃ。女房の情に絆《ほだ》されて主君を裏切る下郎にはあらぬわ」

双方刀を抜いて激しく切り結ぶが、いずれ劣らぬ手練れであって、雌雄は容易に決しない。幾度かの鍔《つばぜ》競り合いののち、ふたたび間合いを計って睨み合う、そのときに叫んだのは錦祥女である。

錦祥女「お待ちくださいませ、何卒、何卒」

城内の中庭には渾々《こんこん》と泉が涌いて水盆から溢れ、流れを作り城外の堀へと流れてゆく。そこにさらさらと流れる唐紅の源は、なんと、錦祥女の真っ赤に染まる胸元ではないか。

錦祥女「女の浅知恵とは知りながら察しまするに、妾《わたし》が甘輝殿の妨げとなっているのはなによりの悲しみ。妾が恥、甘輝殿の恥、なによりも唐土の国の恥。さればこの命、なにを惜しむことがありましょう。甘輝殿、何卒我が弟和藤内の助けとなり、我が父鄭芝龍の仇を討ち、大明帝国再興を果たしてくださいませ」

甘輝「おお、なんたること。そなたが命、決して無駄にはすまいぞ」

どうと泣き崩れ、和藤内の前に膝を折って忠誠を誓う甘輝将軍、ここまでは陽一郎にも想像のつく展開であった。しかしながらここで、和藤内の母が予想を上回るふるまいに出る。

母「天晴《あっぱれ》れや我が娘錦祥女、義理の縁《えにし》とはいえど、絆の深さは実の親子に勝るもの。初めて相まみえてから斃《たお》れるまでわずかなれど、千年に長じる日々でありましたわいな。我が娘、錦祥女よ、そなたを一人で行かせはしますまいぞ」

そう叫ぶや、母は錦祥女が胸元を突いた短刀を抜き取ると、おのれが喉元に突き立てて絶命するのであった。和藤内と甘輝は二人の骸《むくろ》に取りすがって男泣きに泣き、あらためて南蛮の打倒と明朝の再興を誓う。ここまでが第二幕。幕が降り、短い休憩が入った。

陽一郎は立ち上がった。ぼんやりした頭のまま観客の流れに乗り、ロビーに出て夕陽をガラスの向こうに眺め、ようやく幻惑から醒めたような気分になる。荒唐無稽と言えばまぎれもなく荒唐無稽、仮にこれがアニメや漫画であったならば、自分も「超展開」などという言葉で辻褄の合わなさやご都合主義を揶揄していたことだろう。しかしここでは、想像以上に力強く説得力を持った、ひとつらなりのものがたりとなっていたのだ。

それに、素直な目で眺めればこれはなかなかに面白い芝居じゃないか、と陽一郎は思う。長崎平戸の一介の漁民に過ぎなかった和藤内が海を渡って八面六臂《はちめんろっぴ》の活躍をする、それは確かに小気味のいいものがたりだ。スサノオ神話からハリー・ポッターに至るまで、無数の変種を生んだ貴種流離譚の一種と言えなくもない。日本人が中国に攻め入って活躍し、「わるいやつら」を追い払って新たな国を打ち立てようという筋立ては、このところ浸りきっていた満州の話とどこか通じるものがある。さらには、和藤内が蛮民を服従させて与えた東浦塞《かんぼじあ》、呂宋《るそん》、じゃがたら……といった名前はいずれも東南アジア各地の地名であり、敵対する勢力は南蛮人だ。となると、和藤内の行動は、まさに原四郎《しろう》の時代の大東亜共栄圏なんて発想と重なり合うな……、そんなあたりまで空想に耽《ふけ》り、陽一郎は、にわかにこの舞台に興味が湧いてくる。

ブザーが鳴った。休憩終了である。

28

幕が上がると、斬新な舞台装置が現れ出た。背景を描いた書割がなく、張られているのは真っ白なスクリーンのみ。その前に老翁が二人座り、ぱちりぱちりと碁を打っている。そこにやってくるのは、梅檀皇女を伴う小睦。ただし出で立ちはがらりと変わり、長い髪を大髻《おおたぶさ》に結い羽織袴に大小を差したその姿はまるで若武者のごとし、言ってみれば男装の麗人。和藤内からの報せがないのが気がかりで、海を越えて台湾までやってきたのである。
小睦「申《も》し、そこなご老体。なにゆえ、かように深き山中にて碁の勝負をなさっているのでしょう」
老翁1「碁盤と見れば碁盤、碁石と見れば碁石じゃな。さりながら碁盤は大地にも喩えられる」
老翁2「碁盤の目は十九かける十九の三百六十一目、一目一日と数えれば一年の日数《ひかず》。碁の盤面に世の移ろい、春秋の巡り、天地の理《ことわり》を読み取るのも可能じゃわいな」
小睦「なるほど。されば、二人が相対するのはなぜでございましょう」
老翁1「物事は陰陽揃って相整うからのう」
老翁2「石の白黒は昼夜の別じゃ」
禅問答のような老翁と小睦との会話のさなか、客席がどよめいた。
老翁1「日本《やまと》より渡り来たるは、和藤内なる大将軍」
老翁2「はるかかなたのことではあれど、その有様をご覧《ろう》じろ」
舞台の明かりが次第に落ちてゆく一方で、背後のスクリーンに映像が浮かび上がってくる。敵とおぼしき武将を相手に立ち回る和藤内の動画である。燃えさかる炎を、あるいは轟《とどろ》く雷光を背に、和藤内が刀を一閃させれば、殺気そのものが残像となって残ったかのように軌跡がきらきら輝く光の筋となって残る。敵の武将が振り下ろす大鉾《おおほこ》、和藤内がひらりと躱《かわ》せば、大地に突き立って小爆発が起こる。和藤内が斬りかかれば刀傷から青白い炎が上がり、敵は苦痛に顔を歪ませる。座長ォ！　後ろ、危ないッ！　観客席からも切迫した声が上がった。
陽一郎はあっけにとられていた。要するにこれは、実写をコンピューター・グラフィクスで飾り立てた動画なのだ。ついさっきまですぐ目の前で演技していた役者がコンピューター・ゲームの画面にはまり込んだかのようで、そちらの方面には潤沢な知識を持ち合わせている陽一郎も驚かずにはいられなかった。芝居がこんな趣向を凝らすとは思いもしなかったからだ。しかも、このきわめて現代的な趣向に寄り添うのは、老翁二人による古い時代の日本語なのである。

老翁1「鉄砲《てつぽう》高麗《こま》矛槍《ほこやり》長刀《なぎなた》」

老翁2「大旗《おおばた》小旗《こばた》靡《なび》き合い」

老翁1「吹抜《ふきぬけ》幟《のぼり》馬印《うまじるし》　翩翻《へんぽん》と翻《ひるがえ》り」

老翁2「天も五色《ごしき》に染めなせば」

老翁1「藤も躑躅《つつじ》も山吹《やまぶき》も　共に移ろう色見せて」

老翁2「春の日数《ひかず》は盤上の　石の数とぞ積もりける」

七五調に整えられた言葉の調子は古典になんら造詣のない陽一郎の耳にも快く、祝詞《のりと》のようにも声明《しょうみょう》のようにも聞こえた。声に伴われ、和藤内たちの八面六臂の活躍はスクリーン上に刻々と切り替わる。小睦は夫の勇姿に打ち震え、思わず駆け寄ろうとして老翁に引き留められる。

老翁1「待ちなされ。和藤内が勇姿、間近に見ゆれど、百里を隔てたさきのこと」

老翁2「かの合戦を眺むる間に、五年の春秋を経ていたとは気付くまじ」

老翁1「我は汝の忠あり誠ある心の鏡に映り来た影、先祖《せんそ》高皇帝《こうこうてい》」

老翁2「我は青田劉伯温《せいでんりゆうはくうん》」

老翁1、2「日出づる国の神力によりて、必ずや大明の再興はなることじゃろう」

老翁たちに落ちるスポットライトはしだいに暗くなり、スクリーン上で敵の武将と切り結ぶ和藤内の姿は次第にズームアップされてゆき、その瞬間、観客がアッとどよめいた。スクリーンの映像に被さるように、舞台に躍り出て敵の武者と切り結ぶ現実の和藤内の姿があったのである。辛くも切っ先が喉元をかすめたところを、敵の背後より小睦の一刀がズバリと切り捨てた。陽一郎は固唾《かたず》をのんだ。

はたして映像の虚構より和藤内が飛び出してきたのか、あるいは、小睦がスクリーンの向こうに入り込んでしまったのか……？

和藤内「や、これは！」

斃れた敵を前に我に返った和藤内は、小睦の姿に気付いて叫ぶ。五年ぶりの夫婦の再会である。二人は抱き合って涙にむせぶ。おっつけ甘輝将軍に手下の者たちも合流し、一同はいよいよ最終決戦の時が来たのを悟る。

短い幕間に場面は切り替わり、緞帳が上がれば、和藤内とその一行は巨大な城壁の門前に立っていた。南蛮の侵略者どもの本拠地、ゼーランディア城である。群れをなして襲いかかる敵兵を、和藤内たちは当たる端から薙《な》ぎ倒してゆく。ここでは舞台の上での剣劇と同時に、背後のスクリーンにもふたたびコンピューターで飾り立てられた動画が映し出され、乱戦をいっそう強調した。それは酸鼻を極める殺戮の連続でもある。敲《たた》き挫《くじ》き打《う》ち毀《こわ》し、捻曲《ねじま》げ押曲《おしま》げ折砕《おりくだ》き、脚《あし》に障《さわ》れば踏殺《ふみころ》し、腕《うで》に触《ふれ》れば捻殺《ひねりころ》し、騎兵《きへい》は馬《うま》ごと手玉《てだま》に馬礫《うまつぶて》、人礫《ひとつぶて》、石《いし》の礫《つぶて》も入交《いりまじ》り、さながら人間業とは思われない戦いぶりに落城も目前と見えたところで、和藤内は高い城壁を仰ぎ見て叫ぶ。

和藤内「ヤア劉香よ、いざ尋常に勝負せよ。南蛮に魂売り渡しし汝《うぬ》は我が父が仇、大明帝国が仇、全亜州《すべてのアジア》が仇」

ホホホホーッと甲高く哄笑が響き渡った。姿は見えず、しかしそれは確かに劉香の声である。

劉香「和藤内よ、和とも唐ともつかぬ半端者よ。小国日本に落ちぶれていながらヌケヌケと異国の地を荒らし回り、貴様の狼藉《ろうぜき》の果てになにが残った？　これなるを見よ和藤内」

和藤内「アッ」

城壁の上に歩み出たのは劉香、そのかたわらに立つのはまぎれもなく、亡父鄭芝龍その人ではないか。
和藤内「父上！　あなたは本当に父上なのですか、生きておられたのですか」
鄭芝龍「まこと、そのとおり」
和藤内「劉香めに囚われの身であったのでしょうか、逃げることが叶わなかったのでしょうか」
　鄭芝龍は悲しげな顔を背け、和藤内を見ようとしない。ふたたび甲高く劉香は哄笑する。
劉香「たわけめ、いまだ分からぬか。名にし負う和藤内の頭の回りはそのていどか。和藤内よ、血を分けた倅《せがれ》の元から逃げようとする親がどこにいる」
和藤内「そらごとを申すな！」
劉香「されば、父上はなぜここにいる？」
　和藤内は絶句し、天を仰いで呻《うめ》く。仇と信じていた劉香は自らの異母兄であり、亡くなったと信じていた父・鄭芝龍は、いまや南蛮に加担する側なのである。
劉香「和藤内よ、今ならば貴様が狼藉も見逃そう。やまとなる幻想を捨てよ、大明再興なるたわごとも忘れよ」
　おもむろに口調を変え、劉香は述べる。それまでの嘲るような声色ではない、重々しく圧するような言葉に、和藤内は押し黙って苦悶の色を浮かべる。
劉香「南蛮が治下の秩序はいまや地の上を余すところなく覆っておる。それが次なる人の世の習いじゃ、理《ことわり》じゃ」
　陽一郎は思わず劉香の顔を凝視した。南蛮の秩序？　次なる世の習いだって？　おい、劉香、異母弟に仇《あだ》なした裏切り者よ、お前はいま、いったいなにを言ったのだ？
和藤内は、劉香の畳みかけるような言葉に、截然《せつぜん》と顔を上げて叫ぶ。

和藤内「お断り申す。兄上、お断り申す。父上、お断り申す！」

劉香「ならば、死ね！」

劉香はひらりと城壁から飛び降り、巨大な青竜刀を抜いて和藤内に相対した。ゼーランディア城の書割は退いてゆき、相対する二人の影は背後の真っ白なスクリーンの上に黒々と落ちた。息を詰めんばかりの緊張が舞台に走った、そのとき、観客がどよめいた。スクリーンに落ちる和藤内の影が、じわりと動いたからだ。和藤内が動いたからではない。影は主《あるじ》たる和藤内の体を離れ、ズバリと劉香に斬りかかろうとするではないか。その動きをむしろ後追いするかのように、和藤内は刀を振りかざす。劉香も同じことだった、不即不離であるべき実体と影は、奇妙にも追いつ追われつ、お互いにお互いの動作を少しずつ裏切ってゆく。それは、このカインとアベルにも似た数奇な運命に翻弄された兄弟の葛藤を暗示しているかのごときであった。

ここで陽一郎はようやく、影と見えていたものが、実はコンピューター・グラフィックスで描かれた動画であることに気付く。先ほどの映像とは打って変わって、大胆にも黒一色で描かれたそれは、本物の影と見分けがつかない。ときに現実の動きよりもはるかに大きく剣は振りかぶられ、切っ先が肩を掠めれば血しぶきのごとくに黒い飛沫が飛ぶ。劉香の劣勢を見て取ってか、鄭芝龍もまた城壁から飛び降り、刃はみつどもえとなって閃きあった。

「凛ちゃあんっ！」

「座長ォ！」

口々に声援が飛んだ。日本刀と青竜刀とが打ち合わされ、背後の影には黒一色の火花が散り、切っては結び、斬り合っては離れ、それは三人の動きを追うようにも先んじるようにも見え、一方で三人もまた、虚構の影を追うようにも先んじるようにも見えた。

乱戦が膠着状態へともつれ込んだかと思われたその瞬間、陽一郎は息を呑んだ。和藤内の影が、不意に身体を抜け出て、刀を振りかざすや、ズバリと劉香を袈裟懸けに切り裂いた。わずかに遅れ、実体の和藤内が返す刀は、鄭芝龍の体軀をも貫き通す。異母兄と父はどうと舞台に倒れ伏し、とたん、降り注ぐ血しぶきか、はたまた生命そのものであったか、二人の骸《むくろ》からは吹き上がるように黒い飛沫が飛び散った。飛沫はスクリーン一面をまたたくまに漆黒で埋め尽くし、立ち尽くす和藤内の姿を闇で覆い隠すかに見えたところで舞台は暗転する。真っ暗な場内に怒号のような拍手が起こった。陽一郎もまた、いつしか無我夢中で手を叩いていた。

鳴り止まぬ拍手のなか、幕が開く。舞台挨拶かと思いきや、意外にも、背景に広がるのは青空の下に広がる港である。一同勢揃いしてはいるが、大団円というわけではない。なにしろ、ここで和藤内は股旅《またたび》姿、まさに小舟に乗り込もうとしているところなのだ。

小睦「お前さま、どうしても行ってしまわれるのですか」

甘輝将軍「まこと口惜しきこと、貴君はいまや血を分けた兄弟にも勝る固い契りで結ばれた仲」

梅檀皇女「何卒、何卒、お考え直しを」

和藤内「皆々の心遣い、まこと心に染みいる。勝ち戦の旗は秋風に翻れど、我が言葉は翻らず。大義のためとはいえ、父と兄を弑《しい》した我が手は血塗られておるのだ。この平穏の島には無用のものじゃ。小睦よ、甘輝将軍よ、梅檀皇女を戴《いただ》き、この地にとこしえの平和を守るよう、伏してお頼み申す」

取りすがる一同を振り払うように、和藤内は船に乗り込む。

小睦「お前さま、いずこへ」

和藤内「分からぬ。潮路は四海に通じておるからなあ」

甘輝将軍「東夷《とうい》北狄《ほくてき》西戎《せいじゅう》南蛮《なんばん》、四方に広がるは蛮民住みなす荒野ですぞ」

和藤内「ばかな。いずれ、天地の落ち着く先さ」
兵士たち「万歳！　和藤内将軍、万歳！」
小睦「お前さま、いずこへ」
和藤内「そうさな、南へ。鳥のごとく魚のごとく、南へ」
　船がゆっくりと動きはじめた。ちぎれんばかりに手を振る一同と和藤内にかぶさって幕が下りてゆく。拍手が起こり、座長を、座員を讃える声が口々に上がった。拍手は会場いっぱいに広がり、客席に明かりが戻ってからも鳴り止まなかった。

　陽一郎はしばし呆然としながら、ことの顚末を反芻していた。なにか、不可思議なものを目の当りにしたと思えてならない。月並みなものと想像していた芝居は、予想よりもはるかに面白かった。至るところに現代風の趣向が凝らされてもいた。しかし、それだけだったんだろうか？　なんだろう、俺の感じている違和感の正体は？

　入場の際に手にしたリーフレットに書かれていた国姓爺合戦のあらすじとは、よく似ていて、なにかが大きく異なっていた。敵の韃靼《だったん》人は南蛮人に、舞台は中国大陸から台湾へと置き換えられていて、その不思議な換骨奪胎の理由はどこにも語られていない。

　アジアの民衆を従えて南蛮に立ち向かう和藤内の姿は、まるで、かつて大日本帝国が抱いた誇大妄想みたいじゃないか、そんなことを陽一郎は思い返した。しかし、結局大航海時代以来の南蛮人が築いてきた秩序は現実のものとなって、ヨーロッパ人の一人勝ちを許してきたわけだ。今に至るまでそうだ、グローバリズムとかいうやつだ。通貨に物流に情報が世界中を覆って連携しあう現状そのものだ。まさしく、この劇団のタニマチの、Soysoyaそのものみたいに！

……などと空想を巡らせていて、陽一郎は気付く。じゃあ、なぜ、クライマックスで和藤内は南蛮人ではなく父と兄を殺したんだろう。どうして、大団円ののちに一人出奔してしまったんだろう。それが、分からない。肉体を裏切るかのように、彼の影は確かに彼の血族を屠《ほふ》った、俺にはそう見えた。あれは単に舞台受けを狙ったアレンジに過ぎないんだろうか、それとも、この奇妙な戯曲を書いた人間が、あの終幕でなにかを仄《ほの》めかそうとしていたんだろうか？

陽一郎はやおら立ち上がった。ホールを出ると、ロビーは観客で溢れかえっていて、出口には一座のメンバーが並んで帰りゆく客の一人一人に頭を下げていた。「送り出し」と呼ばれる儀礼である。陽一郎は列の最後尾に並んだ。いちいち役者の手を握りくどくどと感激を述べている老婦人が、早く列を進めてくれないかなと念じながら。じりじりと列は進んだ。本日は本当にありがとうございます、そのような丁重な紋切り型の言葉を聞きながら、陽一郎はようやく座長、南星凜太郎の前に立った。長身の陽一郎よりも、さらにすらりと背の高い色男である。

「とても面白かったです」

「どうも、ありがとう存じます〜」

「とても良かったです、あの、その」

陽一郎はへどもどと言葉をつないだ。すっかり頭に血が上っていた。そもそも自分がなにを訊ねようとしているのか、自分でもよく分かっていない。南星凜太郎はとてもよく訓練された、鷹揚《おうよう》な笑みを浮かべて応えた。長く芸事の世界にいれば、少々へんてこなファンへの応対など珍しくもないことだからなのだろう。

「あの、わたくし、原陽一郎と申しまして。あのう、その、Soysoya の……」

幾度かつっかえた末に陽一郎がそう言ったとき、南星凜太郎はさっと顔を上げた。

「え。その。お客様、原様と仰います？」

まじまじと見つめられたので、陽一郎はどぎまぎした。濃い化粧に隈取られた、まぎれもない色男のまなざしが陽一郎を捕えて放さなかった。

「失礼ですが、ハラ・コウイチロウ様とのご縁のかたですか」

陽一郎はどきりとした。高鳴る胸を押さえ、一片の逡巡を覆い隠し、小さくうなずいた。なんと、そうなんですか、これはわざわざ……、南星凜太郎はつぶやいた。

「もしもお時間がおありでしたら、ぜひ休んでいってください。きっと、喜ぶと思います」

いったい、誰が？

陽一郎はそのときは、疑問に思うこともなかった。またも俺は一歩を踏み出したのだ、頭の中を占めていたのはそんなことだ。事態はぎしりと軋みをたてて動き、興奮と緊張で腹の奥が冷えた。

29

楽屋にはまだ誰も戻っていなかった。公演さなかの慌ただしさのまま、至るところに衣装や小道具や化粧道具が散らばっていた。

「いや、驚きました」

南星凜太郎は陽一郎に椅子を勧め、ポットからお茶を注いだ。

「本当に光栄です。まさか、コウイチロウさんのご縁のかたが見に来てくださるとは！」

「あの、直接の面識はないんですよ。ただ、遠縁だとは聞いてまして……」

慌てて陽一郎は言った。もちろん私もないんですけれどね、と凜太郎は笑った。

「祖父がコウイチロウさんとご縁が深かったんです。昔、ずいぶんお世話になったようで」

「そうなんですか！」

「私どもの地元はパラグアイのイタプアというところなんです」

陽一郎には、確かに聞き覚えのある地名だった。そここそは、かつて日系人たちが開墾の鋤《すき》を入れ、大豆栽培を開始したSoysoya揺籃《ようらん》の地ではなかったか。

凜太郎によれば、祖父、田山茂《たやましげる》が広島県からパラグアイ共和国イタプア県に移民してきたのは、今から半世紀以上も前のことであったという。折しも試みられはじめていた大豆栽培について教えを乞うた周囲の日系人たちの中に、移民の中ではすでに古株であった原世志彦《よしひこ》と、その息子のコウイチロウがいたということになるらしい。

「しかし、つい先だってのことでしたか」

不意に凜太郎の口調が変わった。表情にもさっと影が差したように見えた。

「まことに不幸なことでございました。葬儀にお伺いできなかったことが残念でなりません。心からお悔やみ申し上げます」

南星凜太郎は沈痛な口調でそう言った。まだ化粧を落としていなかったので、そのようなセリフではないかと思ってしまうほどだった。

「もう少ししたら祖父も戻ってきますので、ぜひ、話を聞いてやってください」

「えっ」

「会っていただければ喜ぶと思いますよ」

よもやコウイチロウ・ハラを知る人間に接触できるとは！　なんと南星凜太郎の祖父は、この特別公演に合わせてはるばるパラグアイから来日しているのだという。齢《よわい》八十、地球の裏側からの大旅行である。のみならず、さっきの舞台にも端役で出ていたのだというではないか。

「もしかして、あの、碁を打っていた」

「そうなんです」

陽一郎が感嘆すると、まあ素人なんですが……、と凜太郎は苦笑する。もともと芸事好きなんです。日系人の親睦を図り団結を強めるんじゃ、というタテマエなんですが、なんのことはない、本人が好きなんですよ。昔から、集住地《コロニア》の村芝居だの、のど自慢大会だの、率先してやりましてね。

凜太郎の祖父が移民してきたころの入植地は、拓かれたばかりの、マコンドのようにごく若い土地だった。敗戦後の混乱期、日本のあちこちから集ってきた移民たちはお互いの言葉が理解できず、モノの名前が分からないときには、それを指し示して話をしなければならなかった。そんな新天地での歌舞音曲は、移民たちの数少ない共通言語であったらしい。

〽あのやくざなじじいのなかりせば、俺が海路を数千里、かなた故郷の日《ひ》の本《もと》で、
　股旅に身を窶《やつ》すこたぁなかったのやも、知れねえなあ……

不意に、凜太郎は声色を変える。虚空に走らせる凜太郎の目線に思わず陽一郎は誘導されるが、そこには楽屋の天井があるばかり。驚いて陽一郎が凜太郎を見直せば、ヤクザってのは冗談ですよ、冗談、と表情も声色もたちどころに元に戻る。

「まあ、その。お祖父さんのご縁で凜太郎さんもお芝居を？」

「いや、それが。カラオケなんです」

「カラオケって言いますと、あの、歌を歌う」

「ええ。日本人が生み出した中でも、もっとも偉大な発明です」

凜太郎は笑い、陽一郎は怪訝《けげん》な顔をする。おそらく幾度となく繰り返してきた、軽妙な返答なのだろう。

「パラグアイにも、カラオケがあるんですか」

「もちろんです。カラオケは世界中にあります」

凜太郎はいささか誇らしげな顔でうなずく。その通り、カラオケが発明されたのは七〇年代の初頭、日本人がエコノミックアニマルと揶揄されながら世界に打って出て外貨を稼ぎ集めていた時代のことだった。「銀座と同じサービスです」そう日本語で書かれた広告は、世界中の夜の街に掲げられた。アトランタ、モントリオール、リオデジャネイロ、ソウル、香港、バンコク、シンガポール、ジャカルタ、ベルリン、ミラノ、バルセロナ……。日本と同じビール、日本と同じ枝豆、そして日本と同じカラオケセット。日本人企業戦士《ジャパニーズ・ビジネスマン》が播種した奇抜な夜の慰撫は、変容して世界の各地に根を張ってゆく。Karaoke, караоке, καραοκε, 卡拉ＯＫ, 가라오케, คาราโอเกะ, კარაოკე, كاريوكي……。表記の方法はさまざまであっても、これほど世界中どこでも同じ音が同じ意味を示す語というのは、実のところ、まれだ。パブの片隅に置かれてビールの合間にジュークボックスのように一曲分の歌を歌ってそれきりという国、律儀に順番に一人ずつマイクを回し黙って手拍子を打つというのが不文律の国、一つのマイクに群がって歌いバックコーラスまで付ける国、夜のお楽しみの前菜として派手派手しい服を着た娘がかたわらに付き添う国、カラオケのかたちは実にさまざまである。

〽イヤ、お待たせのあいだのお慰み、パラグアイはカラオケことはじめの、一幕でござんす～。

またも声色を変えて凜太郎は唸《うな》る。

入植地における初めてのカラオケは、いちばん近いフラムの町の食料品店が故障したジュークボックスのかわりに据えたものだったのだそうだ。凜太郎が生まれるよりも少し前のことである。パラグアイにとっては最新の、しかし世界全体から見ればずいぶん遅い到来だった。しかし、ひとたび火のついたカラオケ熱は、あたかも燃え広がるかのような勢いで日系人社会に浸透してゆく。もちろん歌い楽しむためではあるのだが、それと同時に、カラオケで歌われる日本語の歌は遠い祖国とのかすかな接点でもあった。生真面目な日系人たちの中には正しき日本語と正しき歌唱を目指し切磋《せっさ》琢磨《たくま》すべきであると考える手合いもいたし、となりの大国ブラジルの日系人社会では、競い合い高め合う場としてのカラオケ大会はすでに頻繁に開かれていたのである。そんな新時代の娯楽に、もとより芸事好きの凜太郎の祖父が目を向けないはずもなかったのだが、そのためだけに車で小一時間の距離があるフラムまでちょくちょく出かけてゆくわけにもいかない。存分にカラオケの稽古をしたいというのは、祖父の、そして近隣に住む日系人たちの宿願であった。

夢は、ひょんなかたちで叶ったのだという。地球の北半球では原陽一郎が、南半球では南星凜太郎が産声を上げ、よちよち歩きを始めていたころのことだ。空前の好景気に沸き、あらゆる職種で労働力が不足していた日本社会が、いわゆる日系移民の二世や三世に労働力としての門戸を開いたのだ。かくして、南星凜太郎……本名は田山タカシ……の父親、田山ヒロシは妻子を残し、神奈川県の電気機器工場にデカセギに行くこととなる。

〽さても南米パラグアイ、ラプラタ川の畔《ほとり》にて、
汽車を待ちたるおさなごは、遠きむかしのわがすがた。

凜太郎は声色を変え、ひとくさり唸る。

「あのころ、まだ、エンカルナシオンって町までは鉄道が来てたんです。蒸気機関車だったんですよ」

凜太郎の言うエンカルナシオンはパラナ川沿いに拓かれた人口数万人の小邑《しょうゆう》に過ぎなかったが、イタプア県の県都にして近隣随一の都市であった。自宅からいちばん近い都会でもあったが、そこまであちこちが未舗装の道を七十キロも走らなければいけなかった。祖父がどこからかトラックを借りてきましてね、と南星凜太郎は言った。私はまだ小さかったんですけど、父親に会いたかったというか、まあ、町に行きたかったんですよ。祖父のわきに乗って、ずいぶん時間がかかったと思います。飽きたなんて言ったら怒られるんで、黙っていましたけれど。

エンカルナシオンの駅で、田山タカシ、のちの南星凜太郎の父は疲れも見せずに立っていた。よお、タカシ！　わりゃも来たんか！　満面の笑みを浮かべる父に抱き上げられながら、幼い田山タカシはうろたえていた。伊達男風に分けていたはずの父の長髪は短く刈り上げられ、鼻の下に整えられていた髭はすべて剃り落とされている。父の足元には大きなボストンバッグが二つ、そして、段ボール箱が三つ。父はこれを、四百キロ離れた首都のアスンシオンから、さらにはブラジルのサンパウロから、その前には地球の裏側のナリタから、その前にはサガミハラというどこことも分からないかなたの土地からここまで運んできたのである。ボストンバッグはぽんぽんと荷台に放り上げられたが、段ボールは、祖父と父が慎重に担ぎ上げて荷台に載せた。恭《うやうや》しくと言いたくなるほどの気の使いようだった。

「どこの機械じゃけんか」

「クラリオンじゃ」

「日本製か」

「ほうじゃ。一流メーカーじゃけん。ヨコハマまで出かけて買うてきたんじゃ」

慎重に運転しながら、父の口調は実に誇らしげだった。家に着いたころにはすでにとっぷり日が落ちていたが、父はまさしく歓待された。宴のテーブルには、九〇年代の初頭にはまだ貴重品であった日本酒《サケ》の一升瓶が置かれた。三年ぶりの帰国だったのだから当然ではあっただろうが、あの歓迎は父にだけではなく、それにも増してあの段ボールの箱から出てきた装置に向けられていたのかも知れない。クラリオン社製の家庭用カラオケの装置はビニールの包装をかぶせたまま床の間に置かれ、熨斗《のし》紙を付けた一升瓶はなによりもまずその装置の前に捧げられたのだった。あの機械こそは、タカシが思い返すに、そののちの自分の人生を大きく変じるきっかけであった。

「なによりじゃ。デカセギに行った甲斐があったのう」

祖父はカラオケセットに目をやってつぶやいた。

「ヒロシ、これは何曲ぐらい入っちょるんじゃ」

伯父が父に訊ねた。

「ほどほどにせんとイケンよぉ」

祖母が顔をしかめてつぶやいたが、はたして事態は祖母の危惧したとおりに運ぶ。かねてからの祖父の芸事好きは、カラオケに対しても存分に向けられたからだ。それだけではなく、近場に住む伯父一家や従兄弟たち、知人友人は、休日ともなればカラオケを目当てに田山家に集まってきたのである。

それからも父のヒロシは何度か日本にデカセギに行き、数年おきの帰国のたびに新曲のカセットを抱えて帰ってきて、置き土産のようにタカシの弟妹をこしらえていった。父親が最後のデカセギから帰ってきたのはタカシが十五歳のときのことである。すでに父親の背丈を追い抜いていたタカシはカラオケについても頭一つ抜けた存在になっており、その噂は他の集住地《コロニア》にも伝わっていたのだった。タカシの歌を磨くことに執念を傾けていた祖父の尽力が実ったことは間違いがない。

〽読書算盤《よみかきそろばん》放り捨て、歌い踊るに現《うつつ》を抜かし、
　小娘どもと乳繰りあって、荒事厭《あらごといと》わぬ親不孝。

そう唸り、凜太郎は照れたように笑う。確かに、田山タカシは歌うことについては熱心だった。身の入らぬ勉強よりはよほど楽しかったし、恵まれた体格と美声、しかもカラオケ大会のヒーローと来ては女の子が放っておくはずもない。枯れた噴水の陰で女の子といちゃつき、上級生と喧嘩をして自宅謹慎を食らう、そんないっぱしの悪童となっていたタカシ少年の歌唱は、すでにイタプア県では敵なしというレベルにまで辿り着いていたのである。

もっとも、祖父の判断はあくまで冷厳であった。

「集住地《コロニア》で天狗になっちょってもどがいもならん」

エンカルナシオンにカラオケ教室があると聞けば、数時間ハンドルを握ってタカシを送迎した。国境を越えてブラジルのパラナ州まで出向き、高名なボイストレーナーのレッスンを受けさせたことさえある。かの地に生まれ、歌謡大会の賞を総なめにして渡日し、八〇年代日本のポップスターとなったカルロス・トシキは、タカシと祖父の誇りであり憧れであり目標であった。

そんなタカシと祖父を、両親が快く思っていたわけではない。兄や姉のように大学や専門学校に行

き、法律家や会計士、あるいは教師かエンジニア、ともかく手に職を付けて欲しいというのが両親の願いであったから、首都アスンシオンで開かれた歌謡コンテストで少年の部の優勝を勝ち取って初めて、渋々ながらタカシの歌を認めるに至ったのである。たいした賞金でもなかったが、ここで撮影された動画は世界へと向けて公開された。時に二〇〇六年、ブロードバンドの回線がインターネットを支えつつあり、ようやく動画配信のサイトがサービスを始めた時期であることを考えれば、目端の利いた企画と言ってよかった。パラグアイ社会にもインターネットはゆるゆると普及しつつあったが、祖父はもちろんタカシにもまるで馴染みのない装置であり、アスンシオンでの歌謡コンテストがいったいどういうカラクリで地球の裏側の日本まで届けられたか、田山一家では誰も理解できていなかった。

「突然、東京の芸能事務所から電話があったんです。どうしてそんなことになったのか、あのときは全然わかりませんでした」

「すごいですね」

「いえいえ、いいことは続かないものでして」

そう言って南星凜太郎……かつての田山タカシは苦笑した。タカシの歌った、どことなく異国の響きを思わせる森進一が東京の芸能事務所のワンマン社長のお眼鏡にかなったのだそうだ。社長宅に住み込みでレッスンを受けさせてくれるというやり方は、東京に縁故のないタカシにとっては好都合だったが、いかにも時代離れしていた。

「社長が急死しちゃったんですよ。もともと小さい会社だったから経営もガタガタ、私のデビューなんてすっかり宙に浮いちゃいまして。困り果てました」

おそらく想像に勝る苦労があったことだろうが、凜太郎は慎ましくほほえむばかり。結局のところ、支援者の一人が紹介してくれた大衆演劇の一座にわらじを預けることになる。

「こういうところですから今日はやりませんでしたが、演芸場や健康ランドなんかでは、お芝居の前に歌謡ショーをやるんですよ。歌ったり踊ったり、コントみたいな趣向を凝らしたり」

「そうなんですか」

「歌う方には自信がありましたからね、そちらは良かったんですが。ちょうど若いのがトンズラこいちゃって、なし崩しに芝居もやらされることになりまして……」

凜太郎とは、その逐電してしまった若衆の芸名だったのだそうである。なんともおおらかな話だが、劇団とは離合集散激しく、来る者は拒まず去る者は追わず、あらゆる手管で芸を舞台にかけてゆく世界であるらしい。歌と踊りはそれなりに仕込まれていたものの、芝居についてはほとんど一から、昔気質な座長に厳しく仕込まれたのだそうだ。


〜かくして五年、名を南星に、名のり変えての、しがねえ一座の、旗揚げでござんす〜。

またも凜太郎はさっと声色を変え、目だけで見栄を切ってみせた。陽一郎がはっとしたときには凜太郎はもう笑みを浮かべていた。濃い化粧をしていること以上に、この青年の表情は即座に移ろい、そしてたちどころに元に戻る。それが役者という生業ならではの所作なのか、本来の資質なのか、分からない。陽一郎はなんだか不安な気持ちになってくる。このあまりにも正確な微笑はひょっとすると自分一人に向けられた礼儀なのではなく、なにかを覗き込もうとした者に対する慇懃な拒絶なのではないだろうか？

そのとき、外からざわつく声が聞こえてきて、勢いよくドアが開いた。座員一同が戻ってきたのだ。間仕切りの向こうで、着替えに化粧落としの騒ぎが始まった。日本語とスペイン語の響きが入り交じる不思議な歓談である。

祖父はまだですかねえ、凜太郎がつぶやく。陽一郎は居住まいを正す。聞くべきことはいくらでもあるはずだった。たったいま目の当たりにしてきた舞台の、ぬぐいきれない違和感について。舞台を台湾に置き、敵を南蛮人と置き代えたことについて。和藤内の兄殺しと父殺し、あのとき彼の体を抜け出たがごとき黒い影の正体について。和藤内は、なぜ、太平の世が訪れた台湾を出奔してしまうのだろう？　そしてなにより、立ち並ぶ幟にひっそりと染め抜かれたYY（イグリエガ・ドブレ）の紋様について……。自分でも整理しきれない数々の疑問はいたずらに頭の中を巡り、陽一郎は緊張のあまり残りのお茶を一息に飲み干す。

「あの、そのう……、すいません、一つお訊ねしたいことが」

「なんなりと」

「き、今日のお芝居の作者は、どなたでしょうか」

「うーん……」

南星凜太郎は苦笑した。作者、作者ですか。どうだったかなあ。

「実はこれ、地元で昔からやってた芝居なもんですから」

「え。パラグアイでですか！」

陽一郎は、思わず声が裏返りそうになる。

「では、作者は、イタプアの……」

"¡Oye, Yujiro!"

凜太郎は突然誰かを呼んだ。間仕切りの向こうからすぐに声が返ってきた。

"¿Que?"

"¿Conoces el guion de Nan-you-kokusen-ya? El invitado quiere verlo."

陽一郎はまじまじと凜太郎の横顔を眺めていた。舞台衣装のままの凜太郎はまぎれもない若侍の出で立ちだが、その口から流れ出るのは滑らかなスペイン語なのである。間仕切りの向こうから、劉香役をやっていた背の高い青年が顔を出した。

「こちら、弟の裕次郎です」

あの、水を差すようですが、と裕次郎が口を開いた。

「これは人を楽しませるために書かれたものですよ。恐怖映画なんかと同じこと。文学なんてもんじゃない、意味はないんです。セガワシンはシェイクスピアなんかじゃない」

「セガワシン？」

裕次郎は書類キャビネットのいちばん上の引き出しを開けた。陽一郎に手渡してきた冊子の表紙には「南洋国性爺　飛黄大船主其後御見立」と確かに書いてある。そのかたわらに「サンイシドロ大豆出荷組合芸能部出版会　著者ハセガワシン」の文字。

「作者は長谷川伸なんですか？」

凜太郎と裕次郎は苦笑した。

「『著者は、セガワシン』と読むんですよ。長谷川伸先生にあやかった洒落なんでしょう」

陽一郎は表紙をめくった。そのとたん、おびただしい数の文字がいっぺんに陽一郎の目に飛び込んできた。

無数のテキストの重層だった。いちばんの基層は、旧字旧仮名遣いの古い活字で組まれた脚本である。何度もコピーを取ったようで、背景がまだらに汚れている。あとから挿入されたらしい異なった書体の文章もところどころに見られ、あちこちに切り貼りや修正が施され、さらにはおびただしい書き込み、書き込みの訂正、訂正のまた訂正。あまりにも数多い変貌を経て、なにが原型とも見定められなくなっているように陽一郎には思われた。困惑しつつ眺めていると、南星凜太郎が笑った。すごいでしょう。ぶっちゃけ、私らももうほとんど見てないんですよ。だいたい覚えちゃってますからね。

「セガワシンって、どういう人だったんでしょうね」

「どういう人だったでしょうねえ。大昔のことでしたから」

「シェイクスピアぐらいに大昔です」

南星兄弟の口調に陽一郎はやきもきした。とてもよく訓練された慇懃で穏やかな微笑を見ていると、なぜか不穏な気分になってくる。このよく似た兄弟は、自分に向けているかのような微笑の下で、そっと目配せを交し合っているのではないだろうか？ ¿Donde esta el abuelo? No se, pero le puede recibir a invitados... 二言三言、二人はスペイン語で囁《ささや》き交わし、陽一郎の不安は募った。

「祖父なら分かるかも知れませんよ」

凜太郎の言葉に、陽一郎は我に返る。

「しばしお待ちを」

はたして数分後、楽屋にふらりと老人が入ってきた。小柄だが、しゃんと伸びた頑健そうな立ち姿で、それは確かに舞台で碁を打っていた老人の一人、先祖《せんそ》高皇帝《こうこうてい》の姿である。

「じいちゃん、こちら、原陽一郎さんじゃ。コウイチロウさんのご親戚じゃけん」

「なんと！」

老人の目が大きく見開かれた。

「なんと、まあ、これはこれは……」

老翁はほとんど天を仰がんばかりにして嘆息し、握手を求めてくる。小柄な体格からは予期しにくい強靭な力である。

「パラグアイから参りました田山茂と申します。あちらではコウイチロウさんにはそれはもう大変なご厄介になっておりましたもので。先だってはまことにご不幸なことでございました。衷心よりお悔やみ申し上げます。こんな大変な折りに駆けつけてくださいまして、なんとお礼を申し上げてよいものか、恥ずかしいような田舎芝居ですのに……」

老人のとめどない言葉に、陽一郎は少々困惑した。芝居の衣装と化粧のままに取りすがられると、自分が舞台の中に入り込んでしまったような気分になった。いえいえ、すごく良かったです、迫力もありましたし、展開も意表を突かれましたし……、くどくどとそう言葉を連ねたあとで、ようやく陽一郎は言いやすいことを思いつく。自分にもっとも親しいジャンルのことである。

「CGがすごかったですね。あの、私、プログラムとかが専門なもんですから」

どうもありがとう存じます、と凜太郎は頭を下げる。

「私の従兄弟がサンパウロのCG製作の会社にいて、コマーシャルフィルムとかPVとかの下請けをやってるんです。最初はおふざけで、劇団の宣伝で動画をサイトにアップしておいたら、従兄弟がそれをゴテゴテいじりましてね。目からビームを出したり、刀から雷光を走らせたり。モーションキャプチャって言うらしいんですけど、ご存知でしょうか」

陽一郎にとってはありふれた知識である。実際の動画をCGで加工してゆくその技術は、最近では携帯端末のゲームにすら用いられているほどだ。しかもそれらは通信網の発達に支えられ、いまや、地球の裏側とさえもやりとりしながら虚構の世界を飾り立ててゆくことが可能なのだ。

「だんだん面白くなってきたんで、今は従兄弟といろいろ試しています。なにぶん発展途上でして、お客様の反応は賛否相半ばというところですねえ」

「いや、すばらしいですね。ああいうことまでするとは知らなかったので、驚きました」

陽一郎は率直に賞賛するが、田山老人は薄く笑う。

「いえいえ、あんなもの、派手派手しいばかりでして」

「ほれじいちゃん、原さんはコンピューターやっとりなさるけん良し悪しが分かるんじゃ」

いささか得意げな凜太郎の言葉にも、田山老人の表情は揺るがない。

「道具立てだけじゃったら珍しくもないけんのう。お前ら知らんじゃろうが、あがいなもん、わしの子供んころからあったんじゃ。連鎖劇ちゅうてなぁ、舞台の前にスクリーン貼って、舞台じゃやれんようなところは映画で見せるんよ。ええか、たとえばこう、和藤内が大海原を船で渡っちょるところは映画で映しての、いざ立ち回りとなれば映画に映っちょった役者が舞台に上がってチャンバラするわけじゃ。凜太郎は一人で思いついたごた顔しちょるけど、天の下、地の上に、そうそう新しいものなんぞありゃせんのよ」

おそらくこれまでに幾度となく繰り返してきた老人の小言なのだろう。凜太郎は笑っていなすが、老人の熱弁はとどまろうとしない。

「じゃけえ見てみい、奇を衒《てら》おうとするけぇあがいなヘタ打つんじゃ。大トリのところ、すっかりズレてしもうたじゃろうが」

「分かった、じいちゃん、分かったから」

陽一郎は思わず顔を上げた。いえ……、お恥ずかしい話なんですが、と南星凜太郎は苦笑する。

「ちょいと演技とタイミングがずれちゃいまして」

「えっ」

陽一郎は思わず凜太郎の顔を見つめる。失敗したというのは最後の大立ち回りのことらしい。映像に合わせての所作というのは難しいものであるらしく、映像と演技とのあいだにかなりのズレが生じてしまったのだとか。すると、あのいかにも謎めいて見えたラストシーンはなにかの意図があってのことではなく、単なる偶然の結果だったってことなのか？

「じいちゃん。それよりぃ、原さんがわざわざ来てくださったんよ。今日の芝居のことでお訊ねがあるけん」

「は。さようですか」

さっと田山老人は陽一郎に向き直った。

「つまらん芝居ですが、私に分かることでしたらなんなりと」

「あ、いえ、大したことじゃないんですが」

陽一郎は口ごもって「南洋国性爺」の台本を示し、あの、これのことなんですが……と訊ねてみる。

なんと、そんな、お恥ずかしいようなものをお目にかけるとは。この台本はですな、ええと、アスンシオンで日本語新聞を出しとったかたがおりましてな、活版印刷機をお借りして、わざわざ版を組んだのですよ。その、どなたがお書きになったのか、ご存知ですか？　ええ、もちろんでございます、田山老人は妙に力強く答えた。

「それこそ、世志彦さんですよ。原さんところの」

「ええっ！」

陽一郎の驚愕には気付かないまま、田山翁はまるで自分のことのように誇らしげに胸を張ってみせる。

「世志彦さんは、まこと、傑物でしたからな。なにをなさっても一流でした。サンイシドロの繁栄も、いやいや、パラグアイ日系社会の繁栄も、思えば原さんのご尽力あったればこそです。私が向こうに渡ったのは昭和三十二年……、いや違う、皇太子様ご成婚の前年でありましたから……」

「ええがな、どっちでも」

混乱しかけた老人の過去を、やんわり南星凜太郎がいなす。

ともあれ、若かりし日の田山茂がパラグアイに移住したのは、パラグアイの日系移民たちが苦労のはてに大豆という作物を選び取った時期と重なっていた。田山一家の入植地はサンイシドロの近隣……とはいえ数十キロの距離を隔ててはいるのだが……であったから、大豆栽培のノウハウの多くはサンイシドロに学んだ。ここで、数少ない戦前からの入植者であり、サンイシドロのリーダー格であった原世志彦との交流が始まる。特に、世志彦の長男であるコウイチロウはほぼ同世代であることもあって、親しい付き合いがあったようだ。交流は農業のみにとどまらず、芝居もその一端であったということになる。パラグアイでの生活が軌道に乗りはじめたころ、日系人社会のあいだで演芸会を企画し芝居を打とうという話が持ち上がったとき、なにを上演するかで、一同はハタと困ったという。現代からは想像することも難しいが、当時、パラグアイからの日本はあの世よりも遠いところにあった。インターネットはおろか、テレビもラジオもなかった。そもそも入植地には電気も電話も存在していなかった。日本語の書物も、移民たちが渡航時に行李《こうり》の中に忍ばせてきたものがあるばかりだった。そこで、腕に覚えのある者が、携えてきた日本語の書物や記憶を頼りに何本かの台本を書いたのである。「南洋国性爺」はその中の一編ということになるらしい。

「世志彦さんにはうってつけだったでしょうなあ。なにしろ、サンイシドロでは唯一の学士様でした」

「そうなんですか？」

「帝大を出られたと聞いておりましたよ。そのうえ、小説も書かれていたそうで」

陽一郎は、生唾を飲み込んだ。はやる心を抑えるようにして訊ねた。

「東北帝大だったでしょうか」

「さて、そこまでは」

「どうして国性爺合戦をネタにしたんでしょうね」

「誰でも知っておりますからな。ちょうどよかったのでしょう」

田山老人は何気なく答えるが、陽一郎にとってはそのヒーローの名前も、この日まではおぼろげに記憶するばかりだったのである。かつて広く人口に膾炙《かいしゃ》しながら、いつしか忘却されて久しい物語やキャラクターは数多い。蝦蟇《がま》の上に変化《へんげ》する児雷也《じらいや》、森《もり》の石松《いしまつ》、赤城《あかぎ》の山と国定忠治《くにさだちゅうじ》、清水次郎長《しみずのじろちょう》、南総里見《なんそうさとみ》の八犬士《はっけんし》、朝比奈《あさひな》三郎義秀《さぶろうよしひで》の島渡り……、物語は事実上忘れ去られ、その名前もしくはビジュアルをかろうじてとどめるばかりのヒーロー、ヒロイン、アウトロウ、その他諸々。彼らの名前を押し流したのは時間なのか、時代なのか、戦後の日本か、テレビジョンか、アニメーションか、インターネットか、グローバル・スタンダードなる怪物か、分からない。責任はそれらの一部ではなくて、すべてにあるのだろう。

ともあれ、一九六〇年代当時のパラグアイの入植地には、古い時代の日本が濃密に保持されていた。正確には、更新するすべがなかった。だから、和藤内の名は誰だって知っていた。原世志彦はこの豪傑を題材と定め、田山老人によればほとんど独力で「南洋国性爺」の台本を書いた。

「当時ラ・コルメナのパラ拓事務所に日本の古新聞がまとめてあって、その中に長谷川伸先生の『飛黄大船主』が連載されていたというのですな。どうも、そこからネタを拾ったのではないかと……」

「いや、じいちゃん」

南星凜太郎が口を挟んだ。

「こっち来て『飛黄大船主』の原作読んだんだけどぉ、似ても似つかんでぇ。だいたい、和藤内が活躍する前に、尻切れトンボで終わっちょる」

「なんじゃ？　ほうかの。……まあ、そういうこともありましょうな」

田山老人はすました顔でとぼけて見せた。

「さればこそ、其後御見立なのですな」

「では、舞台を台湾にしたのはどうしてだったんでしょうね」

「分かりかねますが、受けはよかったですよ。私どもは開拓民ですから、鄭芝龍が台湾を開拓した話と重ねて、巧みな換骨奪胎をなさったのでしょう」

そう言って、田山老人はちょっと声を潜める。

「入植者はさまざまでしたからな。日本から直接渡った者もおれば、ブラジルでいろいろあってパラグアイに来た者もおって、皆、さまざまに前歴持っておりますから、ガイジンにいろいろと複雑な感情を持つ者もおるわけです」

陽一郎は漠然と事情を察する。にわか仕込みの知識によれば、パラグアイの移民は一九三〇年代、ブラジルからの移民締め出しを一つの契機として始まったはずだ。一種の転倒だが、ここでのガイジンとは西洋人やブラジル人、場合によっては移民のライバルだった中国人も指すのだろう。「南洋国性爺」から感じ取れるそこはかとない攘夷の雰囲気は、そんな事情を負っているのかも知れない。和藤内が南蛮の手先をなぎ倒してゆくさまは、きっと異国の地の日本人たちから喝采を浴びたことだろう。

それに、と田山老人は、つぶやくように付け加える。

「パラグアイで中国ちゅうのは、いろいろ難しかったんじゃろうなあ」

「そうじゃったんねぇ？」

「そりゃほうじゃ。タカシは知らんじゃろうが、ほれ、先の大統領閣下は……」

確かに、南星凜太郎が生まれてまもなく権力の座を追われてはいたが、かつての独裁者ストロエスネル大統領は軍人上がりにして筋金入りの右派、徹底した反共政策《アンティコムニスモ》を採り続けた政治家だった。だからこそ、冷戦のさなかにはアメリカの覚えめでたく三十五年という度はずれた期間をパラグアイに君臨していることができたのだろう。そしてパラグアイは現在に至るまで一貫して中華民国を正統の政府と見なし、二十一世紀に入ってからも南米大陸でただ一国、いまだに中華人民共和国を承認していないほどなのだ。そんな極端な社会で、いくら過去の絵空事とはいえ移民たちが中国で活躍するような物語を演じることには憚《はばか》られる雰囲気があったのかも知れず、「南洋国性爺」が台湾を舞台とした理由の一つがここにあるのかも知れない。

しかし、するとやはり、ラストシーンの奇妙さが際だって感じられてくる。南蛮人を追い払って台湾に新天地を築き、そのままハッピーエンドとすべきだったのではなかろうか？　和藤内に父と兄を殺させ、そして出奔させたことは、いったなにを意味していたのだろうか？

「その方が泣きが取れるからじゃないでしょうかね」

凜太郎が言う。

「クサいけど、その方が受けるんですよ」

裕次郎が言う。そしてひっそりと笑い合う。完璧な、一閃ののち一瞬で消失する微笑。しかし、陽一郎の漠然とした疑問を、田山老人は感慨深げな顔で聞いた。そうですなあ……、と首をかしげて思案した。

「世志彦さんも中国でご苦労なさってパラグアイにおいでだったようですから。楽天的に幕を引くのは憚られたのかも知れませんな」

陽一郎はどきりとした。

「え。その、中国とは、ええと、満州というか……」

「当時はそうも言いましたな」

田山老人の知るかぎりでは、原世志彦の前歴が多く語られることはなかった。あれほどの成功者であるにもかかわらず、その過去は秘匿されてめったに漏れ出てくることがなかった。かつての満州、いまや赤化してしまった中国大陸で働き多くの知己を持っているという前歴は、パラグアイという社会では公にしづらいものだったのかも知れない。

「本当に、満州にいたんでしょうか」

「ご存知ないのですか。私も人づてに聞いた限りなのですが」

陽一郎は落胆する。この老人が知らないのであれば、他の誰にも分かるまい。

陽一郎はあらためて台本をめくった。膨大な文字と文字との間を泳ぎ抜けたところになにかがありはしないかという気分だった。原世志彦の逡巡は、どのように和藤内の運命を変えさせたのだろうか。父を殺し、兄を殺した「南洋国性爺」の和藤内は平定しかけた土地から遁走し、どこへと向かったのか？　舞台で南星凜太郎が見得を切った、補陀落渡海《ふだらくとかい》を思わせるかのようなあの口ぶりとは裏腹に、和藤内には、はっきり目指すところがあったんじゃないのか？　半ばそう確信しながら陽一郎は文字を追った。なにかヒントがありはしないか、終幕「ゼーランヂヤ城決戦」のあたりを読もうと苦心していると、田山老人が目を細めた。

「おう、懐かしいなあ。コウイチロウさんの字だ」

不意に田山老人がつぶやき、陽一郎は思わず顔を上げた。

「世志彦ではなく?」

「ええ、ええ。これはコウイチロウさんの字です。見覚えがある」

そう言って田山老人は指で台本を辿る。独特の崩しかたをするんです、たとえばほら、このサンズイ、点三つをほとんどつなげて。ああ、懐かしいですな。陽一郎は思わず身を乗り出す。その文字は、幾人もの人間たちによって幾星霜《いくせいそう》ものあいだに幾重にも加えられてきた文言の中に、密やかに混じり合っていた。そういえば、確かにこのような流麗な筆跡を、あの晩夏、Soysoya日本支社で見せられたコウイチロウ・ハラの遺言状の中に認めたような気がする。自分を地球の裏側にまで呼び立てようとしている、あの一通の書面の中に。すると、この芝居の顚末にコウイチロウもまた手を入れたということになるのか? 親子二代にわたる筆は、南方に雄飛した英雄の命運にどのような変化を加えたというのだろうか。

世志彦の字はありますかね、そう訊ねてみるが、老人は首をかしげる。さて、どうでしょうなあ、世志彦さんの字はどんな具合だったでしょうかな。私の父がしばしば代筆を頼んでおったのは確かなのですが、さて……。これかな。このへんがそうかも知れませんな。田山老人の指が覚束《おぼつか》なくも指し示すあたりを陽一郎は凝視するが、コウイチロウの文字とは違い、それははっきりとは浮かび上がってこない。さらに古い時代に書かれた文字は、複写に複写を重ねられて、長い時間の中に埋没してしまっていた。なにしろそのあたりはラストシーンに近く、脚本にはすさまじい頻度で修正が施されている。旧字旧仮名遣いで組まれた初稿のあちこちに紙が貼られ、新字体の活字や手書きの文字で修正が加えられ、二重線で取り消され、かたわらに長い台詞が書き込まれた上にさらにバッテンが付けられ、元のセリフに「イキ」と書いてあり、物語終盤の和藤内は、おびただしい修正の中にその運命を翻弄されていた。

「あの、これ、写真撮ってもいいですか。その、ちょっと記念に……」

いかにも奇妙な申し出ではあったが、南星凜太郎はよく鍛えられた微笑で応じた。ええ、ええ、どうぞ、ご遠慮なく。陽一郎は携帯端末のカメラを起動し、田山老人に「このへん」と言われたページを中心に数枚の写真を撮った。

「どうもありがとうございました」

そう言って陽一郎は立ち上がった。一刻も早く家に戻りたいところだった。いま携帯端末に記録した写真の中には、おそらくは原世志彦の肉筆が埋もれているに違いない。そして、それは、ハガキの上に残された原四郎の筆跡と一致するのではないだろうか。陽一郎は半ばそう確信していた。

「お帰りですか。本日は本当にどうも、お運びありがとうございました」

田山老人は陽一郎の手をしっかりと握った。気の急《せ》いている陽一郎を引き留めるかのような、強い力だった。まことに、光栄なことでございました。原さんたちはあれほど偉くなられましたが、それでもこうやってご親戚のかたが訪ねてくださるとは。人の縁とは不思議なものでございますなあ……。

「Soysoya のことですか」

「さようでございます」

老人は深くうなずいた。陽一郎は Soysoya と自分との接点については明かしていない。初対面の人間たちにひけらかすには複雑すぎる間柄である。

「結局のところ、原さんのご一族はサンイシドロとともにあるのだと私は信じておるのです。大きな仕事をする人間には相応の風当たりもありましょうけれど、つまらん人間はつまらんことを言うものですからな」

老人の言葉が芝居がかり、分かりづらくなった。凜太郎が小さく肩をすくめた。

「そがいんこと、言わんでもええじゃろう」

「大切なことじゃ。せっかくご縁のかたが来んさったんじゃけん、申し上げた方がええんじゃ」

田山老人は、陽一郎に向き直った。

「今、私の農場は長男一家に任せておるのですが、Soysoyaの契約農場でして、大豆をお買い上げいただいておるのです」

「そうなんですか」

「私どもだけではございません、あちこちです。原さんたちを良く言わんような心根の者がおったにもかかわらず、そのお心がパラグアイから離れることはなかったからでしょう。私は、本当にありがたく思っておるのです。こうやってコウイチロウさんとご縁のかたにお会いできたのも、巡り合わせなんでしょうなあ」

老人はあたかも陽一郎がコウイチロウであるかのように深々と頭を下げた。

「それに私どもも、今でも、Soysoyaからご支援をいただいているのですよ」

凜太郎がそう言い足した。曖昧にうなずきながらも、陽一郎の胸は高鳴る。それは確かに、すでに予期していたことだった。

「こんな田舎芝居の公演にまでご足労くださいましてな。本当にありがたいことです」

「えっ」

まさにそのとき、楽屋の中にノックの音が響いた。陽一郎は思わず振り返り、楽屋のドアを凝視した。

30

「これはどうも！　原さん、いらしてたんですか」

開口一番、薗はそう言った。驚きはすぐさま穏当な笑みの下に覆い隠されたが、そんな器用さは陽一郎にはない。ええ、まあ、どうも……。曖昧につぶやきながら目を伏せるばかりである。

「わざわざのお運びまことにありがとう存じます。立て込んでおりまして申しわけございません」

南星凜太郎は深々と礼をした。すかさず裕次郎が座席を作り、田山老人がお茶と焼き菓子を運んできた。

「失礼ですが、原様とご面識が？」

「ええ。ちょっと仕事でお付き合いがありまして」

「なんと、これはすばらしい偶然ですね！」

凜太郎は大仰《おおぎょう》に驚いて見せた。なかなかの入りでしたねえ、と薗は言った。幸先がいいじゃないですか、これから埼玉各地で公演なんでしょう。恐縮です、拙い芸ですのにありがたいばかりのご贔屓でございます。そうだ、こういうの、おひねり投げたりなんてのはないんですかね？　ほら、お札を着物に貼り付けたりとか。テレビで見ましたよ。いえいえ、こういう場ですので、いちげんのお客様も多うございますから……。

南星兄弟は、よくしつけられた所作でかけがえのないスポンサーを饗応するやりかたを心得ていた。

堅苦しくはないが決して不作法にならない、丁寧な口調で。一方で田山老人の歓喜は溢れかえらんばかり、いささか抑制を欠き、手に取りすがって涙を流すかと思われるほどだった。ほんとうにほんとうにありがとう存じます、と田山老人は言った。わざわざパラグアイから出てきた甲斐がございました、これでもう思い残すことはございません。なによりの冥土のみやげができました。薗は苦笑したが、一同の中で掛け値なしの率直さをあらわにしていたのはこの老人だけだったに違いない。

「まこと、凜太郎は、裕次郎は、果報者でございます。Soysoya の皆様からご支援いただいているばかりではなく、コウイチロウさんのご縁のかたにまでお運びいただけるなんて！」

このとき、初めて薗はちらりと陽一郎に一瞥《いちべつ》を向けた。陽一郎はどきりとしたが、その視線もまた、すぐさま穏やかな微笑の下に隠れてしまった。

「原さん、お帰りはどうなさいます？」

不意に薗が声をかけてきた。さんざん名残を惜しまれながらいとまを告げて、外に出たところでのことである。

「よろしければ、お送りしますよ」

一瞬ためらったが、陽一郎はうなずいた。このどうにも気の許せぬ色男に、今ならば一矢報いてやることができるんじゃないか、そんな思いがあった。なにしろ、たった今、さまざまなパズルのピースがピタリとはまったところじゃないか！　その一つがついさっきの芝居であったことに、薗は気付いていないだろう。愚かな！　啓示からは正しくメッセージを読み出さなくてはならないのに！　駐車場を歩けば冷えた大気が頬を撫で、見上げると、深まる秋の夜空に星々が煌《きら》めいていた。そうだ、この静寂《しじま》の中に煌めく奇《くす》しき光を正しくつなぎ合わせて神々の姿を顕現させた、古代人たちのように。

陽一郎を乗せて車は走り出した。武蔵野台地指折りの都市ではあるが、更ければあたりは暗い。城下町の面影を至るところに残す曲がりくねった小路をゆるゆると進み、やがて、川越街道の奔流へと流れ込む。無数の車のヘッドランプとテールランプのまばゆい光が、陽一郎の眼球へと飛び込んできた。

「それにしても、奇遇でしたね」

ハンドルを握りながら、薗は口を開いた。

「僕も驚きましたよ。薗さんはお仕事ですか」

「ええ、まあ。顔つなぎみたいなもんです」

薗は苦笑した。南星さんたちもパラグアイの出身ですからね、ささやかですがお手伝いしているというわけです。もともと弊社は南米の企業ですしね。文化事業の一環でタンゴやフォルクローレ楽団のスポンサードなんかはよくやるんですが、こういう古典的と言うか、ベタと言うか、グッと砕けたやつもたまには面白いでしょう。ああいうお涙ちょうだいが地球の裏側で生き残っているってのも妙な話ですよね。コテコテな話だったんで、今のお客様のお気に召したかどうか分からないですけどね、ハハハ。暗闇の中で、薗は多弁だった。しだいに車の流れが鈍くなってきた、川越街道の混雑を紛らわせようとするかのように。

「原さんがこんなのにご興味がおありとは予想外でした。お声がけしなくて申しわけなかったですね、チケットなんて簡単に融通できましたのに」

「いえ。十分、金を払う価値のある公演でしたよ」

薗はちらりと陽一郎を見た。

「そんなもんですか」

「実に面白い舞台でした。元ネタの国性爺合戦をとても巧みにアレンジしていましたから」

へえ……、小さく薗がつぶやいた。それは、意外。

興味の乏しそうな口調にも、陽一郎は臆さず言葉を重ねた。

「舞台を台湾に移し替えたのも面白かった。そのかわり、大明帝国の再興という原作のテーマはあいまいになっちゃってましたけどね。まあ、当然です、それが描きたいことではなかったはずだから。敵役の劉香を南蛮の手先としたのも、最後に実の父親と対決させたのも、みんな、意図があってのことだったんでしょう」

ほお、ふたたび薗はつぶやく。

「すばらしい想像力ですね。さすが、ゲームをお作りのことはある」

「デマカセじゃありません。あの芝居には、作者の半生が重ね合わせられていたんですから」

「作者？」

「原世志彦です」

「えっ」

薗が息を呑んだ。

「南洋国性爺の脚本は原世志彦が書いていたんですよ」

「本当ですか！　それは、驚いたなあ……！」

「南星さんたちにお伺いしたことですからね。確かです」

陽一郎は今にも溢れ出そうな言葉を抑えるのに苦労する。上調子にならず、薗の驚きを逸らさないように。そういう事情が分かったうえであの舞台を反芻すると見えてくることがあるんです、と陽一郎は言った。なにしろあの筋書きは、僕の調べてきた原四郎の半生によく似ていましたから。故郷を追われて渡った先は満州でした。芝居では台湾に置き換えられてたけど、どちらもかつての日本の植民地であり開拓地であるわけです。失意の中にあった青年が心機一転、新天地に渡って理想郷を築こうとする流れは、原四郎の実体験に裏打ちされていたんじゃないでしょうか。ここで敵対するのが劉香ですが、彼を敢えて南蛮の手先としているあたりが面白い。これまた、満州で大豆の商売をしていたらしい四郎の経験が重ねられているんじゃないか。東亜の魁《さきがけ》と、世界戦略とが衝突するわけです。半世紀前に予言されていたグローバルスタンダードですね。

「ほう。弊社のような立場ですと、どちらを応援すべきかためらわれますね」

薗は小さく笑ったが、陽一郎は応えなかった。その劉香を敢えて異母兄としているところも、あの舞台の興味深いところでした。単に敵役として描くのではなく、自分も同じ根《ルーツ》っこを持っていると解釈できるんでしょうかね。しかも、その異母兄を、最後には父もろとも葬り去ってしまう。なんとも刺激的でした。あれこそは、原四郎自身の抱いていた葛藤の暗示だったんでしょう。プライベートな面でも、抽象的な意味でも。その証拠に、これにて幕とはならず、和藤内は出奔したんですから。戦いに勝ちはしたものの、そこもまた、約束の地じゃなかったんだ。これこそは満州での原四郎の実感だったんじゃないかと僕は思っています。そうでなければ、あの奇妙な幕切れが説明できない。では、鳥のごとく、魚のごとく、向かった南とは？　それが答えだというわけです。

しばらく返答はなかった。長い沈黙のあと、すばらしいな、そう薗が小さくつぶやいた。ようやく、陽一郎はしてやったりという気分になる。この男が本心から驚いているのを見たのは、これが初めてではないだろうか。

「これは、原さんにお願いした甲斐があったなあ」

薗は意外なぐらいに喜びをあらわにしていた。これはもはや原世志彦の出自を辿るにとどまらず、弊社の前史をも解き明かす重要な発見になりそうですよ、と薗は言った。大地から食卓へ、ご存知でしょうが、それが弊社の社是ですからね。大げさに聞こえるかも知れませんが、「あらゆる食を滞りなく」というのは、本気で我々が共有している理想なんです。原四郎、そして世志彦の生涯は、その動機を過不足なく裏打ちしているじゃありませんか！　原さんが疑問に感じておられた、原世志彦がSoysoyaというバイオオートマトンに入れようとしていた魂、それこそは、まさにこれだというとになるじゃありませんか？

ええ、そうです、その通りなんです。この如才ない男を掛け値なしに感心させたという喜びに浸りながら、このとき、なぜか違和感がちらりと陽一郎の胸をかすめる。そう、そうだ、その通りなんだ。そうだよな？

ぜひ、弊社の社史にも反映させたいところですね、と園は言った。あの芝居をウェブコンテンツに仕立ててもいいかもしれないな。もっとぐっと今風にして。そうだ、南星さんたちを南米にご招待して、スペイン語で上演していただくというのもありかも知れませんねえ。これに勝るアドバータイジングはないですよ。弊社設立四十周年のあたりで、大々的に企画するのも悪くないな……。上機嫌な薗のかたわらで、陽一郎は考える、そうだ、その通りなんだ。原四郎が、原世志彦が追い続けた理想の結実がSoysoyaなんだろう。日本でも満州でもパラグアイでもない、超国家的な理想の具現……。俺の見立ては間違っちゃいまい、なにしろ、この俺もまた、まぎれもなくSoysoyaの恩恵をこうむっている一人なんだから。それで、いいんだよな？

「でも、これで終わりではありませんよ」

もったいを付けて陽一郎は言った。

「近々、僕は筑波に行くつもりです」

「筑波にですか？」

「今日の芝居でほとんどのことは分かりました。ただ、一つだけピースが欠けている」

「ほお」

「僕の母校に資料が残っているという情報があります。それが、最後の失われた連鎖《ミッシングリンク》をつなぎ合わせるはずです」

「すごいな、万端じゃないですか。この調子でしたら、年内に正式なご報告を頂戴できそうですね」

菌の率直な賞賛を聞きながら、陽一郎はまたも不安な気持ちになってくる。大丈夫だ、もう一息ですべての証拠は揃うはずだ……、そうしたら……、と、唐突に、陽一郎は大切なことを思い出す。

「あっ、まずい！」

「どうなさいました？」

迂闊《うかつ》にも陽一郎は、川越まで自転車を漕いで来ていたことをすっかり忘れていた。

「自転車ですか。明日でもよろしいですか」

しかし、菌はこともなげに言った。ちょっとお待ちください、そう言うと菌は車を減速させていった。前方には渋滞のしっぽが見える。どういう理由か、深夜の川越街道に多数の車がスタックし、赤いテールランプで路面を埋め尽くしていた。菌は車のダッシュボードに置かれた携帯端末を取り上げ、すいすいと手繰っていく。ほの暗い車内では、液晶の上に菌の細く長い指ばかりが浮かび上がった。

ああ、あったあった。こりゃいいや。

「明日の十時までには、ご自宅にお運びできます」

「え。それは」

「流通業者のリンクなんです。暫定的にSoysoya rápidaって名前で始めた試みで」

菌は携帯端末をダッシュボードの上に戻した。車列がゆるりと進んだ。

「いろんな運輸業者さんに登録をお願いして、今どこに車があるか、どう動くかの予定を把握できるようにしたんですよ。全国規模の大手からトラック一台で切り回しをしているところまで、さまざまです。明日は月曜日ですから東京方面の車も多いだろうと踏んだんですけど、案の定でした」

「どうして、そんなことを？」

「流通の手段を増やしたいというのが一つですね」

　ゆっくりと車を進めながら薗は言う。先日ご招待いたしました「葛の花」みたいな、リージョナルな食の営みには小回りのきく流通が不可欠ですからね。業者さんも空荷で車を動かすのはもったいないでしょうから、お互いｗｉｎ－ｗｉｎの関係になるんじゃないかと。それから、流通の冗長性を確保するというもくろみでもあるんです。例の大地震も問題提起になりましてね、いかなる時でもモノを運べるように、選択肢は可能なかぎり多様に、ということです。今のところは一都三県の規模ですけど、来春からは関西地区でもスタートの予定です。

　陽一郎はダッシュボードの上の携帯端末を覗き見た。数行ごとに区切られた文字列が、ある車がどこからどこへと向けて走っているという情報だけをそっけなく伝えている。不思議な光景だった。携帯端末がコードにつながっているのは充電のために過ぎないのだろうが、それはカーナビに接続されて連動し、なにかたった一つの操作でテキストの羅列は地図上へと重ね合わせ《インポーズ》されるのではないかと思われた。不意に、車が流れ出した。交差点近くの故障車が原因だったらしい。密集していたテールランプの赤い輝点は待ちかねたようにと先を急ぎ、速度を上げて街道筋に拡散していく。今またこの瞬間、画面はスクロールして新たな数行を増やした。また一つ運動を拾い上げたのだろう。「坂戸↓新座／車両ＩＤ３８１２０／車種３／２２０５発／空有」。それは眼前の車列の、どこかを走っているトラックなのかも知れない。武蔵野の広大な大地を動き続ける運動は、文字列となり、輝点となって、液晶画面の地図上を蠢《うごめ》きつづける。個別には有限の運動は、総体としては無限である。膨大な多変量を積分すると、どうやらそこには無窮動が生まれるものらしい。川越から和光まで。和光から筑波まで。筑波から四戸《しのへ》まで。四戸から仙台まで、仙台から月島まで……横浜から門司《もじ》まで……大連《だいれん》まで……パラグアイまで……イタプアまで……サンイシドロまで……。

ご興味おありですか？　アクセルを踏み込みながら薗は言ったが、陽一郎は押し黙り、じっと携帯端末の文字列を眺めていた。今のところはまだ社内的な動きですけどね、将来的には一般顧客への利用を視野に入れていますから、その節にはぜひお伝えいたしますよ。薗の社交辞令にも、エエ、どうも、と小さくつぶやくきりであった。いったん流れれば、夜の街道は速い。線路を一つ、川を一つ跨《また》ぎ、和光市が近づいてきた。

「ご自宅、そろそろですかね。どのへんから入ればいいですか？」

「あ……。どうしようかな」

陽一郎は我に返った顔で顔を上げた。

「メシ食って帰りたいんで。駅に入るあたりで降ろしていただければ」

「お食事、まだだったんですか。ご一緒できればよかったですね」

車の流れが切れたところで、薗は車を寄せた。じゃあ、進捗を期待しております。ご報告楽しみにしておりますよ。それでは！

一人取り残されれば、外は思った以上に肌寒かった。駅へと続く県道のかたわらには、夜が更けてなお眠らない店々の看板が居並び、高く掲げられて煌々《こうこう》と灯っている。懐具合を考えれば、とても薗とご一緒できるような状況ではなかった。ファミレスですらちょっと高いんだよなあ。夜風の中をうら寂しい気分になりながら陽一郎は歩き、コンビニに入れば、時間のせいか棚にはろくな弁当がない。

総菜やサラダを詰め込んだケージが門口に置いてはあるが、これから陳列されるのか、それとも廃棄されるのか、見慣れた風景もいつになく違ったものに見えてくる。これらも、あの無数の運動の中の一つが運んできて、そのうちどれかが運び去ってしまうんだろうか。

もう牛丼でいいか、そう考えながら心当たりの路地に入って陽一郎は愕然とする。これまでに何度となく使ってきた牛丼屋が、雑居ビルごと跡形もない。業績悪化なんて話はネットにも流れていたけれど、いよいよ店舗も縮小に入ったのだろうか、それともテナントの都合か。なにか巨大な手が、いっさいがっさいを浚《さら》い尽くしてしまったかのような更地を後にして、途方に暮れて駅の裏手に回ったとたん、まばゆい光が陽一郎の目を捉えた。こちらは最近権勢拡大の著しい「シャングリラカレー」とやらいうチェーン店、先日池袋で入ったのと寸分違わぬ店舗が和光市の駅裏にもできあがっていた。店内には若いとも中年とも言いがたい男ばかりが五、六人、どんよりとカウンターに居並び、リノリウムとガラスと合板でこしらえられた店内はぴかぴかに清潔で、カレーのにおいすらほとんど漂ってこない。なにもかもが、同じだった。カウンターに座って注文すると、たちどころに大盛りチキンカレーセットが運ばれてくる。空腹のままにがっついて食べつつ、あらためてメニューを眺めれば、それはシャングリラカレーの料理がいかに安全な食材で組み立てられているかを熱心に弁じ立てている。なんとかいう機関の認証を得てブラジルから運ばれてきたチキン、オーストラリアから運ばれてきたビーフ、インド政府公認のスパイス、北海道から運ばれてきたコメ。書かれてはいないが、塩だってラードだってそうなのだろう。それだって、ことによってはSoysoyaの手で大いなる流れに乗せられ、夜更けの和光市の片隅で俺の胃袋に流れ落ちるところまでの道筋が付けられてきたのではないか。

陽一郎は手にしたスプーンを見つめる。半分かじったジャガイモ、黄土色のルウ、骨付きチキンのかけら、そしてたくさんの米粒。これらはどれもどこかのデータベースにその来歴が保存されているのだろう。まさか、目をこらせばこの中の一つ一つに、もれなく淡い黄色のYY（イグリエガ・ドブレ）の紋章が刻まれているんじゃないだろうな？

　ばかげた空想であるはずだった。生涯におよそ十万回とも言われる食事のうちの、取るに足りない一回、そのひとくち。それであるはずだった。しかし、スプーンを口に運ぼうとしたとき、陽一郎は不意に得体の知れない嘔気《おうき》を感じたのである。胸のつかえ、せり上がってきそうな胃袋を自覚して、陽一郎は慌てて水を飲んだ。なぜか、それを体内に招き入れてはいけないというような、生理的な拒絶感。どうした？　疲れてるのか、俺は？　考えながら、陽一郎は心身をすり減らした短い会社員生活の終末期を思い出していた。絶えまないストレスによって身体が食を拒絶していた、あの異常な感覚。

　そんなはずはあるまい、陽一郎はまた水を飲んだ。深く息をつき、額の汗を拭った。そしてスプーンを取り、では、次のひとくちを……。

第六部

崩壊と再構築

31

筑波《つくば》、筑波嶺《つくばね》、筑波根《つくばね》、筑波祢《つくばね》、築羽乃山《つくばのやま》。その名は千三百年を遡り、常陸国風土記《ひたちのくにふどき》や万葉集にすでにとどめられている。標高は千メートルに満たないながら、坂東の広大な平野にひとり聳《そび》えるその姿は、確かに古代人たちの心にも迫ったに違いない。富士と対比される名山であり、霊峰であり、歌枕であり、行楽地であり、合コンの場ですらあった。実際に東下りなどをすることもなかった都《みやこ》の貴人たちにも知られていた、東国ではもっとも由緒ある地名の一つである。ところがその古く長い来歴とはまったく対照的に、筑波山の足下に拓かれたのは、日本列島でもっとも若い都市なのである。

田畑が広がり雑木林が散在するばかりだった農村地帯に膨れ上がった都市人口や諸機関を移入する

計画が持ち上がったのは、二十世紀も後半になってからのことである。北海道に開拓の鍬《すき》が入ったときよりも、ハワイや北米への移民が日本人街を作ったときよりも、満州という壮大な計画が勃興してから瓦解するまでよりも、南米パラグアイに送り込まれた日本人たちが密林を切り開いてラ・コルメナやイグアスといった慎ましやかな小邑《しょうゆう》を拓いたときよりも、さらに、あとのことだった。書類の上に定められたとおりに東西南北に大路が引かれ、大学や小中学校が開校し、研究所や官公庁が開所し、幼稚園が開園し、スーパーマーケットや古書店やパチンコ屋やスナックが開店し、半世紀が過ぎて今なおこの街は日本でもっとも新しい。日本国は、新たなる都市を一から生成させてしまうような壮大な胆力をもはや持ち合わせてはいないのかも知れない。それでいて、この土地への「植民」は、第一世代がようやく現役を退こうかというところ。その子々孫々が根を張って、この人工都市が他の町と同じように自律的な繁茂を続けてゆくのかどうかは、まだ、分からないのだが。

たとえばこの都市の一隅、大学にほど近い街道筋のファミレスで窓際のボックス席に座り、ノートパソコンを開いている阿木燿汰《あぎようた》青年もそんな一人だった。渋面を浮かべつつキーを叩き、我がことながらうかつな間違いに満ちている英文の冗長なフレーズをばっさり削った。生まれも育ちも埼玉県熊谷市、ほんらい茨城県南部などとは縁もゆかりもないのだが、彼がこの土地で刻んだ年月は学部に修士課程に博士課程を経て延長を続け、数えればもう九年目、人生の三分の一を超えようとしている。二年ほど前から付き合っている彼女は生まれも育ちも隣町の土浦市だから、このまま結婚ということになれば近隣に就職先を探して筑波山の麓に根を下ろし、奇妙な来歴を持つこの都市が自分の第二の故郷となってしまうのかも知れない。

「なぁギヨタ。原、いつごろ来んの？」

対面でシーフードドリアを頬張りながらそう訊ねてきたのは大嶋昌幸《おおしままさゆき》、二つ名はシママ。彼もまた、この街で大多数を占める外来種である。生まれも育ちも横浜ながら筑波の私立高校の教員となって、ギヨタと同じだけの年月が過ぎた。

「そろそろだと思うんだけどなぁ」

すっかり暗くなった外を眺め、ギヨタは大きくのびをした。終わんねえなーと愚痴り、ぬるくなったカプチーノをすすった。

「メシ食わないの？」

「昼メシ遅かったしさ。食うと眠くなる」

「忙しいんか」

「それほどでもねえけど。自分ちだと集中できないんだよな」

「分かる」

苦笑しながら顔を上げたシママは、こちらへと歩いてくる肉付きのいい青年を認める。

「おー、タブセ」

「なんだよ、原まだ来てねえんけ」

タブセと呼ばれた青年、田伏竜一《たぶせりゆういち》は自転車用のヘルメットを脱いで、ギヨタの脇にどっかり腰を下ろした。何百年も前から霞ヶ浦のほとりで半農半漁の生活を営んできたのが田伏の一統であり、当人も律儀に地元の学校を選び続けて就職先も地元の銀行という根っからの地元民だが、それはこの人工都市にあってはむしろ少数派に属した。肌寒い外からやってきたにもかかわらずたっぷり汗をかき、タブセの頭からはもうもうと湯気が立ち昇らんばかりである。

えらいナリだな、どっから来たんだよ。職場だべ、水海道《みつかいどう》支店。え、じゃあ水海道からチャリできたん？　すげえなおい。たいしたことねえよ、登りも緩いしよ。あれ、タブセ異動したんじゃないの。

いや、まぁだ水海道。すぐ上の先輩が病気療養でよ、先延ばしだわ。石岡だと実家から近くていいんだけどよお、まあ、しゃあねえなあ。シママは学校、相変わらずか。うん、まあ。今年からは担任持ちだけどね。いいなあ、かわいい娘とかいないのか。いや、もうなんかそういうレベルの余裕はねーわ、シーフードドリアの残りを口に運びながら、シママは深刻な目をする。弓道部の顧問もやってんだけどさあ、やたら熱心な連中で、むしろしんどいわ。ギヨタはどうよ卒業。来年だべ？　いや、もう一年ある。まあ一応論文は二つ出てっけどさ、アカポス狙いもしんどいしなあ。どうすっかな、就職すっかなあ……。

学生時代には同じサークルに属し、夜も昼もなくつるんだ間柄ではあったが、それぞれに違った道を歩きはじめてすでに数年が経つ。他愛のない言葉のやりとりは、いつしか経過していた歳月を補正しあう作業でもあった。タブセは運ばれてきたハンバーグにがぶりとかじりつき、ギヨタは論文の直しをあきらめてノートパソコンの電源を落とした。

「ギヨタよ、原はなんの用事があったんだべ」

一枚目のハンバーグを咀嚼しながらタブセが訊いてきた。

「用事っていうか、大学の図書館だよ。読みたい本があるからカード貸してくれって」

「なんだそりゃ。仕事け」

「違うだろ。あいつとっくに辞めたじゃん。就職先がブラックで鬱入ったたって」

「聞いてねえよ。マジか」

タブセは顔をしかめる。宮原もそうだろ？　伊藤も事実上そんなんだべ？　ったくよう、多すぎるべや……。じゃあ原は、今はなにやってんの？　シママは首をかしげるが、そこまではギヨタも把握していない。この日の昼、原陽一郎《よういちろう》を学園都市の駅まで迎えに行き、カードを貸したのは確かなのだが、そこまで立ち入った話はしていない。じゃあ、なんだべ。まあ、昔から突拍子もねえからな、あいつ。ちょっとメッセージ流しとけよ。いつも遅れるからさあ。

【@Guyotat to @yo-1hara: いまどこ?…もうみんな来てる　東大通りファミレス】

だいぶ会ってないよな、とシママ。去年のOB会以来か? いや、来てねえだろ。その前……、高澤先輩の結婚式は。いや、あれ、地震で延びたやつだべ? やっぱ来てねえだろ。そのへんで仕事辞めたんじゃねえんけ? じゃあ、へたすっと卒業以来か。早いなあ……。まだ十分に若いはずの彼らは、不相応にもため息をついた。シーフードドリアを食べきったシママはメニューを眺めてなにか甘いものを頼むかどうか思案を始め、ギヨタはタブセと討議のうえで赤ワインのハーフボトルを頼んだ、ちょうどそのあたりのことだった。

ふと振り返ったタブセが手を振った。よし、アプリコットソースのジェラートで! ピントのずれた決意を固めて顔を上げたシママが、小さくつぶやいた。……あれ? 原? あいつ痩せたか? いや、むしろ肥ってねえか、とタブセ。ギヨタはどちらにも与《くみ》しないかわり、そっと眉をひそめた。どこがどう変わったとも言い当てられない、不思議な違和感を感じて。

「や、久しぶり」

足早に歩いてきてシママのかたわらに座ったのは、まぎれもなく原陽一郎ではあった。いやあ、お待たせ。悪いね、遅くなって。ギヨタ、カードサンキュウ。陽一郎は、快活な早口でそう言った。その表情は見るからに高揚していて、軋轢《あつれき》の果てに社会から弾き出された、そんな鬱屈はかけらも感じられなかった。そんな潑剌とした陽一郎のすがたを見たことがあったか、一同記憶の中を探ってみても、心もとない。

メニューをほとんど眺めもせず、陽一郎はコーヒーを頼んだ。メシ食ったの? とシママ。いや、まあ。なんだよ、ダイエットか？　いいからワイン飲もうぜ？　ワイングラスを掲げたギヨタの問いかけにも、陽一郎はあいまいにほほえむばかり。運ばれてきたコーヒーにもほとんど口をつけなかった。

「カネねえの？　いいよ、メシぐらいおごってやっから」

漠然と漂う違和感にはお構いなしに、タブセは言いづらいことをあっさり口にする。

「うっへへ」

陽一郎は含みのある笑い方をする。ま、そんぐらいは大丈夫だわ。あれか、やっぱ無職なんか。まあなあ、このところは魂の自由人というか。もういいわ、しばらくはのんびりやるよ。本心からか虚勢なのかは分からないが、原陽一郎の口調はへんに悠揚《ゆうよう》としていた。

「それによ、なにかと忙しいんだわ、最近。やることも増えてさあ」

「なんだよ。女か」

「……それも、ないとは言わない」

「ほんとかよ。今日、筑波くんだりまで来たのもそれかぁ？」

「それはまた別でさ」

なぜか、陽一郎は照れたようにうつむいた。まあ、調べもんっつーかさ。そうだなぁ、なんつったらいいかなぁ……。陽一郎の口調は回りくどく、それでいて奇妙な喜ばしさに満ちていて、それは楽しげな隠しごとの存在を思わせた。たとえば、内緒にしていたガールフレンドのことを打ち明けようかどうか、迷っているときみたいに。なんだよ、隠すようなことか？　言えよ。言っちまえよ。図書館のカードも貸してやったじゃねえかよう。遠慮のないギヨタに絡まれながら、陽一郎は意を決したように顔を上げた。運ばれてきたコーヒーにちょっと口をつけ、大きく息をついた。

「実はさ。大学図書館に、見たい本があったんだわ」

陽一郎はナップザックを開けた。中から摑み出してきたものは、ホチキス留めされたコピー紙の束である。しかも、三束も。

「ちゃんと蔵書があってラッキーだったよ。閲覧できるかどうか心配してたんだけどな」

一同がきょとんとするような量だった。しかも、紙を埋めるのは今どきの本よりもはるかに色濃くみっしりと組まれた旧字旧仮名遣いの活字で、昭和の末年に生まれた青年たちの目にはほとんど外国語のように映る。

「おいおい、なにごとだよ原ぁ。もう一回卒論でも書くつもりか？」

ギヨタが呆れたような声を上げたが、陽一郎はまったく意に介さない。

「実に興味深い内容なんだ。筑波まで来た甲斐があった」

「そんなにか」

「ここんとこずっとやってきたことが、裏付けられた。分からなかったことが、分かったんだよ」

その声はいささか深刻すぎて、稀覯本を見つけたにしちゃ大袈裟すぎるんじゃないか？ ふとギヨタはそんなことを思う。タブセはほとんど興味も示さないままコピーの束を回し、ギヨタは困惑したように訊ねる。なあ、なんなんだよ、これ？ 昔の文芸雑誌でさ、と陽一郎は言う。「文藝大連《だいれん》」って、中国の大連か？ うん、まあ。当時は満州って言ってたけどな。

「満州……」

その名は、不意にギヨタの耳を捉えた。詳しいわけではないが、それはギヨタの人生とも決して無縁ではなかったからだ。熊谷市内から車でおよそ二時間、浅間山の麓にある酪農家がギヨタの母の実家である。満州から引き上げてきた曾祖父が入植し、開墾してきた土地であった。曾祖父はギヨタが中学校のときに物故したが、その後も、マンシュウという響きはときおりギヨタの耳をかすめた。老人たちの、何度も繰り返される昔語りの中に。一族の時間を遡るとき、その背景には中国大陸の広大な一角が立ち上がる。曾祖父が耕し、曾祖母が祖父や大叔母を育てた土地である。その満州に、いったい原はなんの関係があるのだろう？

ギヨタはシマママからコピーの束を受け取り、目を落とした。

「小説 『黄文徳君《こうぶんとくくん》』 萩原泰世《はぎわらたいせい》」

この一作を探し当てて読み耽《ふけ》るために、陽一郎はこの日の丸ごとを費やしたらしい。戦前の師範学校に源流を持つ彼らの母校は、そののちの学制改革や移転や校名変更にもかかわらず、幸運にも八十年も前の雑誌を保持し続けていた。その中に、この萩原泰世の小説はずっと息を潜めていたのである。紙幅の都合か、それは前中後編に分けて三つの号に掲載されていた。

「お前さあ、そもそも、なんでその小説読んだんだ？」

「うーん……」

陽一郎は押し黙った。軽口に返答するにしては、深刻すぎる表情だった。どっちかっていうと、この作者のことが知りたかったんだけどな。なんだよ、そいつ、有名人け？　タブセの問いかけには答えず、コピーの束を陽一郎はテーブルの真ん中に置く。さあ、読んでくれと言わんばかりに。

面白いの？　ギヨタが訊くと、陽一郎は苦笑する。ぶっちゃけ出来映えはシロウトなんだけどさ。私小説っぽい感じで、脈絡なく身の上を綴ってる感じでさ。ただ、内容的には実に興味深い。ワインにだいぶ顔を赤らめたタブセは、めんどくさそうに言う。そういう細けえこたぁいいからよ。どういう話なん。三行ぐらいで説明してや。不躾な態度に対しても、陽一郎は鷹揚《おうよう》だった。むしろその言葉を待ち構えていたかのように口を開いた。つまりさ、満州を舞台にした、大豆ビジネスの小説なんだ。

へえ、そのころからそんなのがあったんか、とタブセ。どうだろうね、もう中国じゃ茅盾《マオトン》の『子夜』みたいな大規模な経済小説も書かれてた時期だしなあ、とシママが生真面目に答える。へえ、さすがだな、国語のセンセ。まあ、大学んときにゼミでかじっただけだけどさ。

舞台は昭和初期の大連なんだ、と原陽一郎は語りはじめた。主人公の「私」ってのは俺らみたいな若造でさ。「内地」の学校を出たはいいが不況で就職は決まらない、故郷にも帰りにくい。本意じゃないって鬱屈した気分のまま仕方なく大連にやってきて、商社に勤めるんだな。商社の主な仕事は大豆の貿易なんだけど、それもあんまり身が入らない感じで。ふうん、ギヨタは曖昧にうなずきながら、手元のコピーの束に目を落とす。それは確かに就職が決まりそうもないのを見越して大学院に進学してしまった自分の姿や、東京・神奈川・埼玉・千葉のいずれの教員採用試験にも受からずようやく筑波の私立校に教職を得たシママの姿とも重なり合う。なによりもそれは、当の原の境遇によく似ているのではなかろうか？

「……大連の濱風《はまかぜ》は烈しく吹き荒《すさ》び外套の裾を亂《みだ》した、偶《たま》さか仕事の早仕舞で家路を急ぐ折私は寂寞《せきばく》めいた感情の湧き起るのを認めぬ譯《わ》けにはゆかなかつた。其《そ》れは忙中に痲痺したる憂鬱症《メランコリヤ》が執念深く頭を擡《もた》げて來る瞬間であつた、私は其れを根治的に癒《いや》す術を知らなかつた。我が心中を子細に観察すれば存するは他愛ないものであつたかも知れない……過去の悔悟と未来の漠たる不安……併《しか》し他人事ならば精々冷水浴で治めて終《しま》へと云ひ捨ておける様《やう》な不安に私は終始付き纏《まと》はれてゐた」

ものがたりはのっけからこんな具合に主人公「私」の独白で埋まっていて、ギヨタの酔った目は文章を上滑りする。それは昨今まるで流行らない、くだくだしい心理描写である。まあこんな具合で、前編は正直かったるいんだわ、と陽一郎自身も認める。ただ、そのラストらへんになって、黄文徳って中国人の若者が出てくるんだ。こいつが主人公の勤める商社の、まあ契約社員みたいなアレでさ、日本語も上手いし仕事もできるし、だけどあんまり腹割って話す感じのキャラでもないのね。これが前編で。はあ、強キャラ登場だね、とシママがおざなりな相槌を打つ。

で、中編だ。陽一郎は次のコピーの束を指す。「私」は満州の田舎に大豆の買い付けに派遣される。このときの相棒になるのが例の黄文徳で、まだ中国語が不得手な主人公の通訳を兼ねるわけだ。で、汽車や馬で田舎を回って、仲買人と買い付けの交渉をして回るんだけど、それは、中国人の仲買人や、他の商社の連中との見えざるバトルでもあるわけだ。

「北満では來夏の兇作が根深く噂されてゐた。興易や鳴澤商店等資力に勝る連中はいち早く買附に奔走してゐるらしかつた、本當《ほんたう》に買附合戰となつたら我社は競《せ》り負けてしまうだらうト私は氣が氣ではなかつた」

「私は震へる指で封筒を開いた、、果して電報はかう傳《つた》へてゐた『アリツタケ　カヘダイシ　キフ（有りつたけ買へ大至急）』」

「もはや萬策《ばんさく》盡きたと思はれたとき黄君が徐《おもむろ》に云つた『他の糧棧《リヤンザン》を訪れてみませう。僕に心積りが有ります、奴らには、蓄《たくわ》へが、有る筈です』」

陽一郎が言うには、中盤に入って物語はがぜん精彩を帯びる。大豆を商う描写は詳細で、おそらく作者の実体験に基づくのだろうと言う。ここでファインプレーをするのは、黄文徳であった。それまではあくまでも補佐役の立場を崩さなかった黄が、初めて率先して「私」を先導し、趙ナニガシという富農と引き合わせる。そして、「私」と黄とを交えた交渉の結果、仲買人を通さないで大豆を買い付けることに成功するのである。これは当時の商慣習としては常識外れのことだったらしい。最初はけんもほろろであった趙ナニガシが首を縦に振るまでには長い時間を要したが、最後には「満州の発展のために」売約を承知する。「私」と黄は成功を大いに喜び、大連への帰路につく。

タブセは眠たげな顔を頬杖の上に乗せ、大あくびをかました。シママは溶けつつあるジェラートを匙で捏《こ》ねて、ひと舐め。律儀に話を聞いているのはギヨタだけだったが、陽一郎の語気はさらに勢いを増した。

　ここからが後編なんだ、と陽一郎は言う。どういう事情があってのことか、中編から後編の掲載までは十四ヶ月もの間があいていたらしい。場面は「私」と黄文徳が大連に帰る汽車の中から始まる。凱旋と言っていい状況だが、ここで描かれる二人の雰囲気は対照的だ。「私」は高揚した気分のままに率直に商談の成立を喜び、黄への感謝を述べる。祖国日本の食を支えているのは我らなのだ！　と「私」は言うが、当時は日本向け大豆の輸出はほとんど満州の商社が請け負っていたのだから、それはあながち言葉の綾でもない。今後ともよろしく頼む、我らが満州の発展のため、手を携えて尽力していこうではないか……、そんなことまで「私」は口にする。それは、冒頭の厭世的な雰囲気を脱し、一つ成長を遂げた青年の姿であるとも読める。

　ふぅん、タブセがつぶやいた。よく知らねえけどよ、ま、順当な流れじゃねえか。実際よ、日本が満州を発展させたってのは端的に事実だんべ？　まあいろんな見方があるけどな、とシママが留保をつけるが、ギヨタは深くうなずく。それは、彼が幼いころから漠然と身辺にあった一族の来歴とも確かに重なり合う。決して多くを語らなかった曾祖父のかわりに、ものがたりは話し好きな祖母や大伯母の口から多く語られたのだ。満州の過酷な寒さや虫害、わざわざ「内地」から呼び寄せた花嫁、疫痢とあっけない死、老人たちの断片的で曖昧な言葉は、むしろ、ギヨタが大きくなってから求めた書誌や映像、テレビ番組などによって裏打ちされた。満州という巨大な土地を拓くために、われらが、どれほどの努力を注いだかについて。

　ところがだ、と陽一郎は言った。ここでの黄文徳のリアクションが妙なんだよな。相槌は打つんだけど、話がかみ合ってない感じ。で、語るんだよ、それまで「私」には決して打ち明けなかった身の上について。いわく、黄文徳の父親は蒙古系であり、ほんとうの母語はモンゴル語なのだとか。斉斉《チチ》哈爾《ハル》市郊外の故郷は大連とは比べるべくもない貧しい地域であるとか。もともと日本に留学したくて日本語を勉強したが、経済的事情で学業を中断せざるを得ず、職を求めて今の会社に雇われたのだとか。一種の高等遊民であった「私」の立場とは全然違うキャラなんだけど、妙だろう、いったいどうして唐突に、そんな話が持ち出されてきたんだ？

そりゃ、当時の満州の状況を重ねたんじゃねえのか？　ギヨタは言った。ほら、五族協和ってやつだ。知ってるだろ、日漢満蒙露の五民族が手を取り合って満州を発展させていこうっていうスローガンだ。そういう状況を敢えて描こうとしたんじゃないのかなあ。

「俺も、最初はそう思った。でも、そうじゃないんだ」

そう陽一郎は断じた。黄文徳の立場は複雑だ。中国的なものとその他の異民族的なものが混じり合って、だけど日本にすり寄らざるを得ない、満州の知識階級なわけだ。ただの経済小説に仕立てるのならば、これは過剰だ。話の終盤に唐突に出してくるような内容じゃない。かたや、趙ナニガシは典型的な満州の農民だ。最後になっていきなり「私」の商談に応じて、満州発展のために協力を惜しみませんなんつってるけど、これこそは見え見えのプロパガンダだよな。趙ナニガシが象徴する満州から「私」が象徴する日本は奪い、その間で黄文徳が象徴するかの地の知識人はアイデンティティを分裂させざるを得ない。つまり、黄文徳は、満州そのものの象徴なんだ。帰りの汽車での、唐突な長い独白は、黄文徳の精一杯の抵抗であったと読める。結局、「私」がやろうとしてたことは、満州農民からの体のいい搾取で、この構造は維持されたまま満州国は建国され、満州開拓という歪んだ施策に繋がっていくわけだ。これは、そういう時代の小説なんだ……。

一同はほとんど呆気にとられて原を見ていた。確かにこういう男ではあった、昔から小理屈を捏ねるのが好きで、「この演出が意図するものは視聴者のパラダイムを」だとか、「あのキャラの哄笑は戦争のメタファーで」だとか、小難しい言葉をちりばめたご高説はしょっちゅう飲み会で披露され、ウェブ上で書き散らされ、サークルの会報にも掲載されたものではあったのだが。でも、しかし。それはおおむね、アニメや漫画に限られた興味ではなかっただろうか？

陽一郎は話し続ける。おそらく著者の萩原泰世は、この小説と同じ風景を見てたはずだ。大豆の商売もした、日本人も中国人も相手にした、田舎も回った。いろいろ思うところはあっただろうけど、満州っていう新天地に希望を持っていたことは間違いないと思う。それこそ、王道楽土が築けるんじゃないかって。だけど、現実はそうじゃなかった。貧しい連中から奪うだけの、欺瞞的な構造が見えちゃったんじゃないかと思うんだ。俺、やっと分かったわ。萩原泰世が追い求めていた理想は、結局、満州にはなかったんだ。

「いや、おい。原さあ、ちょっと待てよ」

ほとんど熱に浮かされたように話し続ける陽一郎を、ギヨタが遮った。

「俺、なんかお前の言ってることがよく分かんないんだけどさ。要するにこの小説書いたやつが、満州に失望してたってこと？」

「うん。絶望と言ってもいいと思うな。あの土地が本質的に孕んでいた欺瞞に気付けば、誰だってそう思ったはずだ」

「いや、なんつーか。それは一般論にしちゃダメだろ」

自分でも意外なことだが、ギヨタははっきりと苛立っていた。違うだろ、そうじゃねえ。満州ってのはさ、日本人が開拓しに行って、ものすごい苦労して、ああいう先進的な国を築いてきたんだろ？

そのへん、俺は、率直にすげえと思うぜ。タブセも当然といった口調で同調した。ぶっちゃけ当時の満州ってよ、中国よりもよっぽど進んでたんだべ？　テレビとかでも最近よくやるべな、まあ、常識だなぁ。それやったのはよ、要するによ、日本人じゃねえんけ。

「いや。残念だけど、歴史はそうじゃないことを証明している」

「お前さあ。そりゃちょっと失礼じゃねえか？」

ギヨタが語気を強めた。シママが困惑した顔でギヨタを見上げた。

「俺のじいちゃんもひいじいちゃんも、満州に開拓に行ってたんだよ」

「え、そうなのか！」

陽一郎が興奮した声を上げた。ギヨタの苛立ちに気付いてか気付かずか、なぜか喜ばしげに見えるまなざしで。そっか、ギヨタのおじいさんも満州にいたのかあ。すげえ偶然だなあ！　じゃあやっぱり、こういう風景を見ていたんじゃないか？

「俺のじいちゃんはきっちり開拓してたんだよ。それを略奪したみたいに言われるのは、納得できねえ」

話しながら、ギヨタの意識は晩秋の夜のファミレスから離れ、二年前の夏の盛りに遡っていた。この日、ギヨタは筑波から上野駅まで車を飛ばした。母からのたっての頼みで、ほとんど地元を離れることのない祖父を迎えに行くためである。祖父や曾祖父が満州時代に世話になった人の葬儀ということだった。八十歳をとうに超えた祖父はきちんと喪服に身を包み、汗一つかいていなかった。祖父を車に招き入れると、ギヨタはふたたび茨城までとって返す。ただし、筑波まで行かずに、利根川を渡ったところですぐに高速道路を降りた。

「近いもんだな」

「茨城の中でもいちばん東京寄りですから」

ギヨタは言った。確かにここは都心から四十キロも離れておらず、直線距離で言えば八王子よりも近いのである。つくばエクスプレスが開通したことも利便性に拍車をかけ、あたりにはみっしりと住宅街が広がっている。しかし、故人がこの土地を開拓しはじめたときには、ここが東京のベッドタウンになることなど想像もできなかったことだろう。満州開拓の夢破れたのち、ギヨタの一族は浅間山麓を、故人の一族は利根川流域を第二の人生の場と定めて新たな農地を拓いた。その間、半世紀以上にわたって音信の途切れることはなかったらしい。住宅街を抜ければ、とたんに盛夏の田園風景が広がった。ボンネットの上には陽炎が揺らめき、その先、利根川の広大な河川敷の向こうに積乱雲が立ち上がっていた。茨城にすっかり馴染んだギヨタにも、ため息の出そうな雄大な眺めだった。道を間違えそうになりながら農道に入り、いくつかの集落を抜け、ギヨタはようやく鯨幕《くじらまく》の貼られた建物を発見した。ああここだ、祖父が言った。建物に、「大敷島開拓農業協同組合」の看板。茨城県の一隅に付すにはいささか大仰《おおぎょう》で大時代な名前が、この土地の来歴をそっと物語っていた。これ、酒井さんが立ち上げたんだなあ……。車から降りた祖父は目を細めてつぶやいた。

「守谷《もりや》のあたりか？　うちの職場の目と鼻の先じゃねえか」

タブセがつぶやいた。ああ、水海道ならすぐだな。びっくりしたよ、こんな近くにじいちゃんの知り合いが暮らしてたなんてさ、とギヨタは言った。それは、幼いころから耳をかすめてきたマンシュウなる言葉が、初めて具体的に像を結んだ瞬間のように思われたのである。

「じいちゃんの付き添いでさ、俺も精進落としに招かれてさ」

ギヨタは陽一郎に向き直った。田舎の葬式だからいろいろ食わされて、いろんな話も聞いたんだけどさ。じいちゃんとか、亡くなった酒井さんって人とか、そのご家族とか。そっちの家では、満州を経験してるのは酒井さんが最後だったらしいんだけど。俺、ようやくそこで、じいちゃんたちの開拓話とかあらためて聞いた感じだったんだよ。やっぱ大人になってからだと、聞く部分も違うじゃん。みんないろいろ苦労したけどさ、日本と満州を共に発展させようって気持ちにはウソはなかったと思うんだよな。そういう部分まで含めて否定されると、俺、ちょっとムカつくぜ。長い付き合いだけどさ、そのへんはやっぱ節度ってもんがあるんじゃねえのか？

努めて口調を抑えようとしながらも、言葉が熱を帯びるとギヨタは感じていた。満州をくさされることがこれほど自分を苛立たせるとは、我ながら意外だった。酔いのせいなのか、それとも自分の身内を否定された怒りか、あるいはもっと大きななにごとかへの愛着か。そんなふうに考えたことなどなかったのに、陽一郎の奇異な行動は、自分の中の思いがけず鋭敏な部分を探り当てて刺激したのかも知れない。

「残念ながら、事実はそうじゃない」

「そうじゃねえだろ。総論でどうこう言ったってしょうがないだろ。大事なのは各論だろ。俺は、俺のじいちゃんとか酒井さんみたいな、一人一人の気持ちって言うかさ、『思い』みたいなものも大事にしろって言ってんだよ。そんな上から目線で一人一人の人生を否定しようとしたら、俺、キレるぜ？」

滅多にないことだが、ギヨタは摑みかからんばかりの顔色で陽一郎を直視した。まあまあ、落ち着けよ、気弱くシママが宥《なだ》めた。タブセはあきれかえった顔で二人を眺めた。そのとき陽一郎はまったく奇妙なことに、ひどく穏やかに笑ったのである。

「ま、そんなに気にするな。俺だって、今日、やっと分かったことなんだから」

口元は笑っていたが、鈍い光を帯びた目元は和らいでおらず、ギヨタは思わず陽一郎を見つめた。

「最後の鎖《リンク》がつながった。あの小説は、満州の虚構性を予言していたんだ」

「知ったことかよ、小説の話なんか」

「いいから聞け。それが、鍵なんだ」

　ギヨタは黙った。語気に押されてのことではなかった。なんだか得体の知れないものに対面している、そんな予感がした。夜になって客は増える一方、ざわめきに満ちたファミレスの中で、陽一郎は揚々《ようよう》と言葉を放つ。陽一郎以外には誰もその真偽を知らない、ほぼ百年も前のものがたりのことを。

　黄文徳の複雑な出自を聞きながら、しかし「私」は楽天的に彼の働きを讃える。君のような漢蒙の血を引く人士の活躍がひいては満州の発展につながるのだというそれは、確かに、五族協和という当時の政治的スローガンを忠実になぞるものだ。見え透いた賛辞に黄文徳は薄い微笑で応じたのち、不意に告げるのである。近く僕は満州を離れるつもりです、知己を頼って行くあてがあるのです、と。その行き先は作中では明らかにされない。「私」も訊ねようとはせず、しかし奇妙にも、その行き先をすでに了解しているかのような口ぶりで黄文徳を惜しむのである。君、それは本当なのかね。大連にとどまってはくれないのか？　ご厚情まことに痛み入りますが、と、正確な日本語を駆使して黄文徳は答える。残念ですが、ここにいる限り、僕たちは、二番手じゃないですか？

　長旅を終えて、汽車は大連駅に滑り込んで停車する。新天地でも頑張ってくれ給えよ、そう言う「私」に、黄文徳は初めて見せるかのような剛胆な笑みを浮かべ、手の中に隠し持った一握りの大豆を見せるのだ。

「なァに、僕は世界の何處《どこ》へ行つても大豆を實《みの》らせて御覽《ごらん》に入れますよ」

　はたして、それからしばらくして黄文徳はひっそりと商社を去る。それからさらに一年近くが経ったある日のこと、ロンドン市場の大豆相場が大暴落する。何者かによる大量の売り浴びせが行われたらしい。「私」以下商社の人間は、暴落を告げる外電を次々と受けながら、呆然と立ち尽くす……。

ここで、物語は結ばれている。

　異常な終わりかただ、いかにもとってつけたようなカタストロフだ、ほとんど叫ぶように陽一郎は言った。モラトリアム青年のビルドゥングス・ロマンかと思いきや、このありさまだ。

「あんまり深く考えないで書きはじめただけじゃないの？　アマチュアの小説なんでしょ」

　至極もっともなシママの突っ込みを、陽一郎は拒絶する。

「違う。これこそが、黄文徳の復讐だったんだ」

「復讐？　なににだよ」

「満州そのものに対してだ」

　陽一郎はきっぱりと言った。黄文徳の言う「二番手」ってのが、カギだ。「私」と黄文徳が勤めている商社のことのように書かれてはいるけど、これはダブルミーニングで、満州における漢人や蒙古人のことを暗示しているのは明らかだ。そしてもう一つ、ここには満州そのもの、つまり中国における東北、そして日本における東北のことまでもが重ね合わせられているんだ。どちらもその国においては後進の、貧しい地域だ。権力に蹂躙され続けてきた土地だ。そんな理不尽がまかり通る土地から、黄文徳は失踪した。おそらく行った先は、アメリカだ。そして、復讐したんだ。世界のいかなるものよりも強力な、カネという武器によって。どれだけ兵隊や鉄砲を並べたところで、カネに勝る攻撃はないからな。それこそは、作者の萩原泰世が腹中に抱く願望であり、もくろみだったんだろう。

「断言するのか」

　ギヨタの苛立った問いかけに、陽一郎は重々しくうなずいた。

「そうだ。萩原泰世は、この俺、原陽一郎の曾祖父の弟、原四《し》郎《ろう》の変名なんだ」

一同はぎょっとした顔で黙り込んだ。

「これが原四郎の筆跡だ。こっちが原世志彦《よしひこ》の筆跡。萩原泰世が最後に辿り着いた名前だ。見てみろ、ぴったり一致するだろう」

陽一郎は携帯端末の液晶画面を指す。浮かび上がる写真は、かたや古い葉書の墨書された筆跡。かたやおびただしい書き込みが施された印刷物である。そこになにか一致するものがあるのかなど、誰の目にも明らかではなかった。ただ一人、陽一郎を除いては。

「俺は、この男の足跡を追いかけてきたんだ。満州をも逃げ出して、南米に渡った。大豆農家の親玉に始まって、巨大な食糧流通会社を築き上げた」

「マジかよ。すげえじゃん。なんて会社?」

「どうしてそんなことをしたのか? その野心はどこから来たのか? やっと、分かった」

シママの問いかけにも答えず、陽一郎はおもむろに口を開いた。

「男は、王になったんだ」

困惑する一同にはおかまいなしに、陽一郎は厳粛な表情を浮かべる。王は民の生を統べる存在だよ。つまりそれは、食らうことだ。土地を自分の版図へと塗り替えてゆくのが、王だ。寒さきわまる岩手県の山中で長い歴史を紡いでいた我が原一族に対して雑穀ではなくコメを強いた古い時代の王のように、王は民の餓《かつ》えを軽々と操るんだ。

「おい。原よ。おめえ、なに言ってんだ?」

「まあ聞け、タブセ。お前んちの実家だって農家だ。分かってることだろう」

苛立ちをあらわにしたタブセを意にも介さず、陽一郎は滔々《とうとう》と話し続ける。俺たちの食べるものは、すでに、大きな流れに組み込まれちゃったんだ。あらゆる食はカネと交換されるものになってしまっていて、俺たちが自分の手で生み出せる食い物なんて言ったらせいぜい台所の隅っこでカイワレ大根育てるのが関の山だ。見ろ、この中に、YY（イグリエガ・ドブレ）の刻印を免れている食糧がどれだけあると思う？　そう言って陽一郎が開くファミレスのメニューは、大きく広がってテーブルの半分を覆わんばかり。多種多様な食の中に刻みつけられた、その、イグリエガ・ドブレとやらいうなにかの存在は、陽一郎以外の誰の目にも映らない。

それだけじゃない、土地そのものも、そうなる。たとえばだ、今、南シベリアやウクライナや東アフリカでは、農地の再収奪が起こっているんだ。巨大な農業会社が農地を買い占めて商品作物を作らせるからだ。合法的な、札ビラにモノを言わせた新たなる植民地主義《コロニアリスム》だ。かつてのバナナ共和国が、いまや、独裁政権と大地主の存在なしでも世界中におっ立つありさまだ。この流れは止められないだろう。いずれ日本だってそうなるだろう。ギヨタのおじいさんとかが苦労してきた、分かる、そのことはよぉく理解できる。しかし、それもまた、大きな流れに飲み込まれてしまうんだ。耕すんじゃない、耕させるんだ。収穫するんじゃない、買い占めるんだ。それこそが、地球の裏側に創始された新たなる原一族の最終到達点だ。偉大なる回帰、壮大なる復讐だ。

「復讐？」

「そうだ。大豆による復讐なんだ。この偉大な豆は日本の食の半分を支えながら、自給率は一割に満たない。かつて黄文徳がそうやったように、Soysoyaの指先が確信を持って振り下ろされた瞬間、日本の食は崩壊する」

一同の沈黙を意にも介さず、陽一郎の脳裏で思考は巡り続ける。そうだ、すべては連鎖しているんだ、俺が辿ってきたのはそのいくつもの手がかりだったのだから。故郷を追われた原四郎が大陸に渡ったのも、結局のところ東北の千年にわたる敗北の歴史があってのことで、しかしふたたび絶望したのだろう、原四郎あるいは萩原泰世は、王道楽土などではなかった満州という土地に。またも土地から逃げあるいは追われ、最後に確かにパラグアイに到達したのだ、あの移民たちを満載した船、その甲板に原四郎が佇んでいた様子はいまや確固たる映像《ヴィジョン》として陽一郎の脳裏に描き出されている。長くパラグアイ川を航行してきた移民船が接岸し、移民たちにとっての処女地である柔らかい川泥の上に原四郎が最初の一歩を下ろしたその瞬間すら、ズーム・アップされて浮かび上がってきた。この瞬間に、幾度も転変を重ねた原四郎の名もまた、世志彦という最後の名前へと辿り着いたのだ。ヨークがニューヨークに、オルレアンがヌーヴェルオルレアーンに、エスパーニャがヌエボエスパーニャになったごとく、新大陸ではすべてものごとは新しい名をまとう。新たなるハラ氏はここに創出され、湧き出る泉のごとき源流になった。原世志彦は新しき土地に降り立ち、樹木を切り倒し灌木を薙ぎ払い下草を刈り取り地下茎を掘り起こし、しかるのちに鍬《くわ》を入れ鋤を入れて種子を撒き、苦難のはてに大豆を実らせたのだ。一度も目にしたことのないパラグアイの大地の映像《ヴィジョン》は脳裏に流れ続ける、あたかも新しいウェブページにアクセスしたときのように、DVDの再生を始めたときのように。それこそは、新たなるハラの氏族による世界の再構築だったのだ。黄文徳の復讐が暗示していたように、世界は革袋に鋏《はさみ》を入れるように切り開かれ、断ち揃えられ、縫い閉じられるのだ。土地は併呑《へいどん》され実りは収奪され、食という内燃に手綱を付けられた人間たちは、YY（イグリエガ・ドブレ）の旗印にひれ伏すしかないのではないか？

……では、この俺は、どうなるのだ？　取るに足りない、この俺たちは、原世志彦、コウイチロウ・ハラ、かの旗印を掲げた二人の巨人の野望に、ひとたまりもなく踏みにじられてしまうのではなかろうか……？

一同、もうなにも言わなかった。諧謔《かいぎゃく》にしては晦渋《かいじゅう》すぎた、おふざけなのだとすれば長すぎた。できることなら、今の顚末を聞かなかったことにしたいと思うぐらいだった。まあいったんファミレスで落ち合って、そのあと飲みに行くべ、そんな計画はどこかに霧散してしまっていた。シママがそっと立ち上がり、勘定を払いに行った。タブセは顔をしかめて残りの赤ワインを一息にあおり、席を立って店を出て行った。

ギヨタはちらりと陽一郎の顔を見て、慄然とした。それまでに見た陽一郎のいかなる顔とも、ギヨタの知るあらゆるたぐいの顔とも、そのときの陽一郎の面差しは異なっていた。笑顔を浮かべるでもなく腹を立てるでもなく、確信に裏打ちされて揺るぎなく、いっぺんの曇りもなく澄み渡っていながら、今ここにあるもののいかなるものにも焦点を定めていない、はるかかなたばかりを強く見据えた、浄化の極のような瞳……。

32

十一月半ばに襲来した季節はずれの温帯低気圧のためである。首都圏は丸一日の混乱にみまわれた。東京だけで一千万人、周辺人口を合わせれば三千万人という世界最多の人口を擁する都市圏は、自然災害に対してはまことに脆弱だった。秒単位で構築されている交通網や通信網は至るところで寸断され、人々は風雨を避ける部屋に引きこもり、なにが起こっているかを共有することすらできなかった。豪雨がひとところにに莫大な水を流し込んだため、思わぬ出水や路盤の崩落がそこここで見られた。それは、無数の河川の貫流によってかたちをなしてきた関東平野が、五百年にわたる人類からの馴致《じゅんち》の手を突如として振り切り、ほんのいっとき本来の野生を取り戻したありさまを思わせた。滅多にないことだが、地元の川が氾濫したため、地方公務員であるマシュダもまたレインコートを着て雨の中を走り回ることとなった。

世界の終焉は、あらしのさなかには容易に信じられて、あらしが去ってしまえばたちどころに忘却される。暴風雨のあとには、抜けるような青空と澄んだ大気が残された。冷えた水のような風を肺腑《はいふ》いっぱいに吸い込み、連日の勤務にくたびれきった体を伸ばしながら、マシュダは秋が終わりつつあることに初めて気付いたように思った。普段ならばおおむね、マシュダは自分の人生を俯瞰しているという自覚がある。いま自分がどこにいてどこを目指しているのか、そのためには短期・中期・長期的になにをすべきなのかを、大雑把に把握しているという自覚である。そのような工程表《アジェンダ》が多忙な一週間のあいだに乱れてしまい、気付いてみればすでに師走が間近い。もう、時間がないぞ！　マシュダは思った。来年三月を目標に件のTAKAMAGAHARAのゲームをリリースするならば、遅くとも一月にはひとまず完成に持っていかなければならない。動作チェックを入念にするならば、それだって遅いぐらいなのである。

カッチャンはなかなかいい仕事をしてくれていた。気まぐれの針がいい方向に振れたのだと思われた。彼のペンが産み落とした新たな美少女たちは、すでにモニターの上にその姿を現している。タイトルバックに使うイラストも下絵が完成していて、これはマシュダの知人のＤＴＰデザイナーによってロゴを添えられ、年明けには光学ディスクのジャケットへとかたちを整えることだろう。

問題は、プログラムだ。もともと陽一郎は口ではぐだぐだ言いながらも手を動かす男ではあった、マシュダの知る限りでは。陽一郎の屈折した感情はしょっちゅうインターネット上に流れ出てきたし、ときには電話でとりとめのない愚痴に付き合うこともあったが、それでも陽一郎自身は、嘆きつつも土地を耕し続けるタイプの人間だったのである。その陽一郎からの応答がめっきり悪くなっていることにマシュダは気付いていた。あのやろう、まさか、例の女かよ？　そう想像してマシュダは意外の念に打たれる。高校まで遡れば干支を一回りする長さの付き合いがありながら、ついぞ陽一郎から浮いた話を聞いた記憶がなかったからだ。最後に顔を合わせたのはほんの二ヶ月前、まだ暑さの残る彼岸のころだったが、寒さが厳しさを増す今となってはほとんど歴史のかなたのように感じられた。あのときに陽一郎がやに下がりながらほのめかした、なんだかという農業団体の女子学生、まさか本当に彼女と付き合いだしたりしてるんじゃないだろうな？

そのことを確認するのは、十二月最初の金曜日まで待たなければならなかった。成増駅近くの居酒屋である。忘年会の季節にさしかかりつつあり、店内は混み合っていた。驚いたのは、陽一郎が時間通りに店に入ってきたことだった。奥まった席に座っていたマシュダは、遠目にすぐに陽一郎だと見定められなかったのだが、それはいつも時間にルーズな陽一郎が意外な行動をとったからだけではない。長身の陽一郎は確かに目立っていたのだが、そのシルエットは記憶の中の姿とほんのわずかに異なっていた。本来のもっさりした雰囲気が影を潜め、どことなく痩せた、奇妙に鋭い風貌。陽一郎の方はマシュダを認めるなり、すぐに片手を挙げた。

「や、お疲れ」

一般的にはごく当たり前のふるまいだが、マシュダはむしろ奇妙な違和感を抱く。気さくさが、どこか他人行儀に感じられる。ど－も益田《ますだ》様平素よりお世話になっておりましてとバカ丁寧な挨拶をぶつけてくる、あるいはこちらを見つけるとさっと物陰に隠れてしまう、久しぶりに顔を合わせればいつも陽一郎はそんなひねくれた態度をとってきたからだ。

遅れて入ってきたカッチャンも、奇異な印象は感じ取っていたに違いない。とまどった顔で陽一郎を眺め、椅子にかけ、しばらくしてから口を開いた。原さあ、最近ダイエットしてんの？　イヤ、そういうんじゃなく。ちょっと食うもんには気を使ってるかな。はあ、ふーん。カッチャンは興味なさげな目をビールのジョッキに落とした。そりゃ、結構なこった。いやな予感が的中したかなとマシュダは思った。このわざとらしい健康志向は、あのなんとやらいう女に感化されたか、もしくは気を引こうとしてのことじゃないのだろうか？　もちろん彼女ができてよろしくやってくれても、一向にかまいはしない。ただ、こいつみたいに女慣れしてねえのが変に溺れると厄介なんだよ、マシュダは陽一郎を眺めながら思う。世間のあらゆるものがピンク色に染まって見えて、すべきことをほったらかしにしてしまう、そんな事例をマシュダはTAKAMAGAHARAの防人《サキモリ》の活動で幾度となく目にしてきたからだ。

時刻は七時を回っていた、大いに腹の減ってくる頃合いだった。座席の一隅には液晶のタッチパネルが据えられ、ここで供されるすべてのメニューを選ぶことができる。マシュダとカッチャンは旺盛に注文を重ねたが、陽一郎はほとんど口を挟まなかった。ども、お疲れ。ジョッキが中空で打ち合わされたが、陽一郎はほとんど口をつける様子がなかった。立派な体格と腹回り相応に、鯨飲馬食という言葉がよく似合ったかつての陽一郎の姿からは遠い。マシュダは嘆息したくなったが、敢えて口には出さなかった。飲酒を無理強いするような年齢でもないだろうし、自分の役回りは差配と調整なのだと心得ているからである。

どうよ、カッチャン、最近は。編集プロダクションって年末忙しいんじゃねえの？　まー、そうなんだけどさ。今年は例年ほど忙しくないんだよねえ、むしろヤバいわあ。そっか、不況なんかね。他愛のない、お互いの親しさがあればこそだらだらと続けられる近況の交わし合いにも、陽一郎はほとんど口を挟んでこない。人見知りをするわりには親しい相手にはざっくばらんにも厚かましくもなり、普段ならば身辺のあれこれをむしろ積極的に語りたがる陽一郎は、珍しくも、「物静か」という雰囲気を身に帯びて座っていた。まれに手にしたジョッキが口に運ばれたが、ほとんど量が減っているようには見えなかった。

陽一郎の目には、テーブルのかたわらにある注文用の液晶タッチパネルが映っていた。先ほど選んだ料理は五皿。オーダーはたちどころに厨房に届いたばかりではなく、今まさに文字通りこの地上を走り回っていることだろう。晩秋のあらしから二週間が経過し、東京の情報通信網はなにごともなかったかのように恢復していた。「成増駅南口店」「二十~三十代男性三名」「金曜日、十七時~十九時入店」、俺たちはそんな具合に見積もられて、その情報付きで注文は記録されて回線に乗り、調理場だけではなくこの居酒屋チェーンを統括する東京西地区本部にも届くだろう。目前に迫っている忘年会と新年会シーズンに対応するための基礎データとなるに違いない。そのデータはまた、フライヤーで揚げるばかりの冷凍食品の唐揚げ製造工場にも届くだろう。そうすればどれだけの鶏肉、どれだけの片栗粉、どれだけの食用油を新たに発注すべきなのかが算出され、食品流通会社へと届き、鶏肉はブラジルへ、片栗粉は中国へ、食用油は千葉県の企業へと発注がかけられる。ブロイラーを肥育するための飼料や鶏舎を暖めるための電気や重油もまたどこかへ発注しなきゃならない、運搬のための船舶やトラックや鉄道や航空機の手配だって必要だ、そしてそれぞれの費用は支払われて莫大な量のカネが移動し、株式が売られたり買われたり、どっかの投資家がボロ儲けしたり破産したり、労働者が雇われたりクビになったりして回り続ける世界を巨大な網《ネットワーク》の目は覆い、大宇宙の静寂《しじま》に浮かぶ地球の表面を無数の輝線となって埋《うず》め尽くしてゆくかのような圧倒的なヴィジョンが脳裏一杯に広がり、こちらを睥睨《へいげい》してきて、恐怖と恍惚がない交ぜになったような感情に襲われてかろうじて踏みとどまる、溺れてはならぬ、搦《から》め取られてもならぬ、目を見開け、見よ、ネットワークの結節点のそここには淡い黄色の光を放つ🆈（イグリエガ・ドブレ）の刻印が記されていやしないか？

「おい、原よ。聞いてんのか」

マシュダは声をかけた。二度目のことだった。

「原さあ。はっきり言えばさ、俺は今日、お前に小言を言いに来たんだよ」

陽一郎はきょとんとした目でマシュダを見つめる。

「最近、お前、レスポンス悪いじゃねえか。お互いペースはあるだろうけどさ、共同作業なんだから、そのへんあんまりいい加減にして欲しくねえんだよ、俺としては」

仲のいい間柄であればこそ、気を使う物言いだった。本当ならばもう少し酒が進んでからの方が持ち出しやすい話題なのだろうが、なにしろ今日の陽一郎はちっとも飲もうとしない。マシュダとカッチャンが早くも二杯目のジョッキを注文したというのに、陽一郎はほとんど減っていないジョッキを前に、静かに座ってじっと虚空を見据えているばかりだ。

「うん、ごめんな」

珍しくも素直に陽一郎は謝る。

「ちょっと忙しくてさ。悪いね、気ィ使わせちゃって」

カッチャンがそっと陽一郎を盗み見た。ごく当たり前の、自然で淡々とした受け答えだが、普段の陽一郎からすれば明らかに珍しいふるまいだった。くどくどと作業の遅れた言い訳をする、自分に大きな非がないことを取り繕ってみせる、あるいは全然関係のないアサッテの方向に話を逸らしてみせる、そんな迂遠さはどこにも見当たらない。こういうこと、前にもあったよな、こいつが仕事辞めてなんかひでえ肥りかたしてたころで、ハイって言うかローって言うか、なんかの瞬間に針が右から左にびゅっと振れちゃうような危なっかしい感じ。なんつーか、へんだ。原、お前、なにがあった？

「途中までは進めてるから、とりあえず送るわ。まずいところがあったら指摘して」

携帯端末を取り出して操作すれば、陽一郎が保存していたプログラムの一部はたちどころにマシュダの端末へと移ってくる。あ、うん。これか。端末を確認しながら、マシュダもまたひっそりと訝《いぶか》しんでいた。すべて滞りはないのに、ざらついた違和感が拭えない。きわめて真っ当な陽一郎のふるまいが、実は全然普通ではないかのように感じられる、なにか。必要なことだけを口にし、背筋はまっすぐに伸び、騒がしさに満ちる一方の居酒屋で陽一郎の姿だけが冷めきっているように見える。

「お待たせいたしましたー！」

わざとらしい快活な声とともに、店員が料理を運んできた。

「ナスとキュウリの浅漬け、びっくりサイズの鶏唐揚げ、開きホッケの炙り焼き、静岡風串おでんの盛り合わせ、半熟卵添えエビとアボカドのサラダでございます。ご注文お間違えございませんか」

皿を並べながら、店員は一言一句たりとも間違えなかった。絶望的な回数を繰り返して舌に馴染ませてきたフレーズなのだろう。マシュダとカッチャンは遠慮なく箸を伸ばす。二杯目のジョッキもすでに底が見えかけていて、そろそろサワーを見繕うか、あるいは焼酎をボトルで頼むか思案する頃合いである。陽一郎もごく控えめに箸を伸ばした。ナスをつまみビールをするが、それが素直に胃袋へと滑り落ちていかないように感じられた。この季節外れのナス、いったいどこからやってきたんだ？　重油を燃やして作り出した人工的な「夏」の中で育てられたのか、それともフィリピンやベトナムあたりの契約農場のものか。グローバルな食、リージョナルな食、薗はそんなことを言っていたけれど、どっちであるにせよ、の刻印から逃れることなんてできるんだろうか？

「なあ、原。腹減ってないの？」

不意に、カッチャンが口を開いた。

「うん、まあ」

「ダイエット？」

「いや……」

そう言ったきり、陽一郎は押し黙る。言うべきことがないのではない、いや、言うべきことは頭の中いっぱいに満ちていて今にも零《こぼ》れ落ちそうなほどなのだが、膨大な情報、複雑きわまりない相互の連関、これを言葉に置き換えて伝えるのは、なんだかとんでもない徒労のような気がする。そんなことを、こいつらに分かってもらえるんだろうか？　長い付き合いだから気心は知れてる、頭は悪くない、感性もいいものを持ってる、でも、それでも、どんなふうに言葉を尽くしても、俺の抱く複雑な畏怖を伝えきることはできないんじゃないか。同じ星空を見上げたところで、そこからどういうメッセージを読み取るのかは結局のところそれぞれの人間の眼球なんだから。だいたい数ヶ月前の俺だってそうだったじゃないか、興味のあることと言えばゲームとアニメ、知っていることと言えばインターネットから得られる無限のようでいて実はごく限られた情報、そういうもんに没入して自家中毒みたいな感じになってるところから半身を起こしてこの途方もなく複雑な世界を統べている原理を読みほどくところにまで辿り着くには、長い道のりを歩かなければならないんじゃないだろうか？

「原よぉ、ズバリ訊くけどさ」

マシュダは陽一郎に向き直った。

「ぶっちゃけお前、こないだ言ってた農業がどうやらいうアレに感化されてんじゃねえのか？」

陽一郎は首をかしげる。肯定とも否定ともつかない曖昧な表情のまま。マシュダは顔をしかめる。おいおいマジかよ原ぁ、大概にしてくれよ。要するにアレだろ、ああいう連中ってよお、無農薬野菜とかありがたがるんだろ？　有機肥料とか言ってウンコかけて畑耕してんだろ？　おでんの串を頬張りながら、カッチャンはニヤニヤ笑う。あー、前いた編プロにもそういうのが好きなおばちゃんいたわ。たいして給料よくもないのにさ、たっかい野菜買ってたなあ。ああいうのってさあ、潔癖症っていうか、宗教っぽいっていうかさ、僕はちょっと苦手だなぁ。要するにバカなんだよ、そうマシュダは断じる。ぜんぜん科学的じゃねえんだよな。ケミカルなもんは根拠レスで理不尽に怖がるくせにょお、ウンコ付き野菜の寄生虫なんかは平気なんだろ。おめでてえ連中だよ、ッたく。まあ、なんだって極端なのは良くないよねえ、とカッチャンも言う。人工的なもんはなんでも悪とか言ってもさあ、酒だって醤油だって工業製品なのにねえ。

ま、言わんとするところは分からなくもねえけどな、そんなふうにもマシュダは言う。俺んとこの実家も酒の卸《おろし》だからな。やっぱ外国産の食いもんとかやべえだろ？　あいつら倫理観のカケラもねえからさあ、頭にあるのカネのことばっかだからさあ、日本じゃ考えられないような量の農薬とかホルモン剤とかぶっ込んで野菜作るんだよ。ああ、ネットで見たわぁ、とカッチャン。畑に一匹も害虫がいないとかさあ、肉に着色料注射するとかさあ、やばいよねえ。モラルなさそうだもん。あ、あれな、俺も見たわ。家畜が奇形になったりするんだろ？　自分らは食わないくせによお、日本にはそういうゴミみたいな食いもんを平気で輸出するんだよな。やっぱ腐ってるわ、あいつら。

陽一郎は黙って二人の話を聞いていた。前なら俺だってこんなことを言っただろうな、そう思いながら。とはいえそれはほんの数ヶ月前のことだけど、遠い過去のような気さえする。「あいつら」への無条件の敵意と「俺たち」への無邪気な信頼。ズサンな現実の解釈。奇妙なことだが、もはやそうとしか感じられない。こういう大雑把な言葉に寄りかかって安堵していることが、俺には、もう、できそうにない。

「おい、原よぉ。なに固い顔してんだよ。食えよ。飲めよ」

「全然進んでないじゃん」

かたわらに座るカッチャンが陽一郎の脇腹を肘でつついた。

「ぶっちゃけガラじゃないじゃん、エコロジーとか自然食品とかさあ。原、そういうの、むしろ鼻で笑ってた側でしょ?」

「あのなんとか言う女のせいかぁ? おめーにダイエットなんざ、似合わねえんだよ」

酔いに頬を赤らめながら、マシュダとカッチャンが絡んでくる。陽一郎は曖昧な笑顔を浮かべる。長い付き合いの大切な同志。なのに今の自分には、おそらくなんの助けにもならない二人。

「どうする次? またビール行くか?」

「僕はサワーにしようかな」

カッチャンは液晶パネルを操作しはじめる、「ドリンク」から「サワー・カクテル」を選んで「生搾りグレープフルーツサワー」四百二十円、ついでに厚揚げ豆腐とアサリのバター炒めを選び、最後に「注文確定」をタッチする。キラリ、そんなふうに聞こえる合成音とともに、画面上には星が一瞬煌《きら》めいて消える。注文《オーダー》は流星のごとくに飛んでゆき、厨房で追い回されているスタッフへの指令《オーダー》となって降り注ぎ、そしてまた星雲のごとき無数のデータの中に繰り込まれてものごとに序列《オーダー》をつけ続けているに違いない。だからこそ、半分に切られたグレープフルーツも業務用の焼酎も、すでに用意されてカッチャンの指の一振りを待ち構えていたのだ。金曜日の十九時に成増の居酒屋に連れ立って来店する二十代後半の男三人組がどのように飲みどのように食い、なにを欲するかは、すでに、分かられているに違いない。まずはビール。しかるのちに枝豆。砂肝よりは唐揚げ。シシャモよりは焼きホッケ……。それどころではない、俺たちがここに来ることすら、すでに、分かられていたことなのだ。

十二月上旬の金曜日、年末が近いが忘年会シーズンにはちょっとだけ間のある時期に、和光市に住むフリーター男性と川越市に住む市役所職員男性と練馬区に住む編集プロダクション勤務の男性が連れだって成増駅近くの居酒屋を利用する可能性を、これまでに集積されてきた膨大なデータは弾き出してくる。ひとたびネットワークの流れに浸した片足は、どれほど拭っても乾くことはない。俺たちはそうやって、監視され、把握され、連結され、予想され、まったくの自由意思で選び取っていたつもりの一挙手一投足にはすでに先手が打たれている。巨大な、膨大な、怪物めいた量のデータは俺たちの過去を溜め込み、現在を吸い上げ、未来を見透すのだ。それはこの世に顕現したもっとも新しい全能者の姿なのだが、鎮座するご神体などではなく、情報の相互関係性が無数の糸となって編み上げる神なき神域であり、有機物にも似て自律的な増殖を続け、決して留まらず、夜のあいだに人類の歴史が紡がれるように今こうしているあいだにもこの居酒屋のらんちき騒ぎは新たなる情報を産み出し、結びつけられ、さらに稠密な網《ネットワーク》の目はいっそうわれらの手足に絡みつき……。

がたん！　音を立てて椅子が動いた。

「そうなんだ。でも、そうじゃない」

三人の中でいちばんの長身が天井の低い居酒屋にゆらりと立ち上がった。マシュダとカッチャンは同時に怪訝《けげん》な目を向けた。

「悪い。ちょっとションベン」

マシュダとカッチャンの視線が背中を追ってきたような気がするが、定かではない。陽一郎は振り返らずに歩いた。夜が進んで店内は更に酔客で満ち、多忙を極めた店員はほとんど死人のような無表情で通路を行き交い、そのあいだを縫って進めばトイレの前で三人も酔客が待っている。

「おい、いつまで待たせせんだよ！」

怒声が聞こえた。陽一郎はびくりと身を震わせた。

「客舐めてんのか！　店長呼べよ店長！」

おそるおそる振り返ってみれば、レジの前で酔っ払いがわめいていた。若いようにも歳を食っているようにも見える男で、この季節なのに日焼けした胸元が開襟シャツの襟のあいだに覗いていた。どうやらレジがトラブルを起こしたらしく、客の一万円を飲み込んだまま、レシートも釣り銭も吐き出さないのだ。

「二千七百円なんだから七千三百円払や済むことだろうが！」

外国人らしい店員はおろおろと佇み、怒りに怯えているのか、事態が飲み込めていないのかもよく分からない。ショショオマチクダサイー、カカリノモノガマイリマスノデー、どんなにこの店員をぶったところで出てくる言葉はこの二つだけだろう。本当だったらたちどころに飲み代を計算して釣り銭を吐き出してくるばかりか、飲み食いした内容に日時や客の性別や推定年齢を添えたデータを遠いどこかに送り届ける有能なレジスターは、頑固な貝のように固く口を閉じて沈黙したきりである。異常だ、陽一郎は思った。この酔っ払いは正しい、たったこれしきのことで釣り銭すら出てこないのだから。しかもこれはこの場にいる誰も解決できない、どうやって解決するかの見当すらつかない問題なのだ。

「いい加減にしろよこの野郎！　いいから釣りよこせよ！　帰れねぇだろうがよ！」

酔っ払いはがんがんカウンターを蹴飛ばし、陽一郎は薄く開いていた入り口のドアから逃げるように外に出た。もともと罵声や雑言《ぞうごん》は大の苦手だったのだが、不運だった会社勤めのあいだにその傾向には拍車がかかり、今ではああいった憤怒に向き合っているだけで動悸は激しくなり、掌にはじっとりと汗がにじみはじめる。歩きながら、陽一郎は落ち着きを取り戻そうとしていた。

「あいつらも、被害者なんだ」

陽一郎はつぶやいた。あの開襟シャツの客も死人のような顔をした店員も、またどこかで安酒を飲み、安っぽい罵声を吐くのかも知れない。そのことすら、すでに、分かられていることなのだろう。

　ほとんど酒を飲んでいないにもかかわらず、陽一郎は酩酊しているかのようだった。年の瀬も近く、夜更けの成増駅前は人混みでざわついていた。学生、勤め帰りのサラリーマン、酔っ払い、ぽん引き、得体の知れない有象無象《うぞうむぞう》、暗い水槽の底に回遊する熱帯魚のような人混みのあいだを陽一郎は歩いた。駅前にトイレがあったような気がしたが、なかったかも知れない。陽一郎は闇雲に歩き続ける。寝ぼけた足取りの若造にタクシーが苛立ったクラクションを鳴らすが、陽一郎は意に介さなかった。迷えばそれだけ街路灯や店の看板の光は目に飛び込んできた。この無数の光もまた相互に連結し合っていて、結節点のそこここに目をこらせばYY（イグリエガ・ドブレ）が淡い黄色の光を放っているんじゃないか。二度までも祖国に裏切られた俺の同胞、ハラ一族の末裔が築き上げた不可視の帝国の刻印。大豆は偉大な遍歴を導き、おそるべき新世界への扉を開いたのだ。日本の食糧自給率はカロリーベースでわずか四割、農業従事者の八割は還暦過ぎ。耕す人も、耕さぬ人々をもまた網《ネットワーク》の目は覆い、Soyysoyaに託された原世志彦そしてコウイチロウ・ハラの遺志のままに、このちっぽけな日本国をいともたやすく崩壊させてしまうんじゃないのか……。

　寒風吹きすさぶ師走の夜をゆらゆらと陽一郎は歩き、またもタクシーがクラクションを鳴らす。脳裏に伸び上がって天を覆うかのごときSoyysoyaの巨大な影、それから免れるために陽一郎が選んだ手段は、やつらの影響を我が身から取り除こうとすることだった。あらゆるところに記された刻印から逃れるために、陽一郎はほとんどの食を拒絶しつつあった。容易なことではなかった、食は大気のように障気のように汚れた水のように知らずあたりを取り巻いて、我が身を侵そうとするからだ。かたちの見定められない不安に囚われているのは、実は陽一郎一人に限ったことではなかった。四年前のあの大地震のあと、地上には新たな不安の種がいくつも生まれた。なにかよくないものがそここに拡散し、あるいは濃縮して我が身に害をなすという恐怖は、今もなお多くの人たちを悩ませている。かつては陽一郎もそうした苦悩を非科学的だと嗤《わら》い、病的な神経過敏ていどに考えていたものだが、もはやそのような気分にはなれなかった。自分に迫る不可視の運命から逃れるすべが分からない点、彼らと陽一郎はよく似た恐怖を抱いているに違いなかった。

　肉体に絡みつく不安と恐怖は、生存の根底にある食欲をも凌駕しつつあった。二十八歳男性の一日あたり必要摂取カロリーは二千三百キロカロリー、生命の維持に最低限必要な基礎代謝量は千五百キロカロリー、しかしこの時点で陽一郎の摂取熱量は八百キロカロリーを下回っていた。飽食の都のただ中で、陽一郎は痩せゆく。かたちの定まらない、しかし揺るがしがたい信念が陽一郎の全身に命じる、力強き拒食。

　足元を木枯らしが走り抜けてゆき、陽一郎は身震いした。ひどく寒かった。低血糖のせいでもあっただろう。雑居ビルと雑居ビルとのあいだの窪みによりかかり、ずるずるとしゃがみ込んで風を避ければかすかな安寧が生まれた。見上げれば四角く切り取られた夜空と冬の星々が見えたが、ネオンの狭間にかすむ輝きから、なにかの啓示を読み取ることができようとは思えなかった。

【どうしたらいいのか】

　陽一郎はつぶやいた。掌の中の携帯端末を通じ、虚空へと放った言葉である。

【われらはどこへゆくのか】

　ケレン味に溢れた苦悩の言葉も誰も聞き取りはしなかった、いかなる谺《こだま》も返っては来なかった。若造の月並みな告白にまともな返答を返す人間はどこにもおらず、回線の中に存在する無数のテキストの中へと埋もれていくばかりだった。

【遠くへ行きたい、ここではないどこかへ】

そうつぶやいてもみたが、本当は、旅なんかしたくなかった。できるなら、あらゆる不安から解放されて窖《あなぐら》のような暖かく安全なところで心穏やかに生きていきたいだけだった。だけど、そんな場所はこの地上のどこにもない、そんなことは分かってる、じゃあ、俺はどうすればいい？　どれほど情報を集めたところで、いちばん知りたいそのことだけはどこにも書き込まれておらず、分かるのは選択肢は無限に存在するってことだけだ。誰か、誰でもいいから、俺を助けてくれ、そんなことさえも俺は期待しちゃいけないっていうのか？

【@yo-1hara: こんばんは、お元気ですか】

陽一郎はつぶやいた、虚空へと向けて、たった一つの希望へと向けて。陽一郎は雑居ビルの間の隙間にうずくまってかなたからの声を待った。

言葉は返ってきた。ひどく長いと感じられる時間のあとのことだった。

【@MOMO100: あ、携帯端末のお兄さん！おひさしぶりです！】

33

世界の終焉とは、あんがい頻繁に訪れるものなのかも知れない。実のところ、階段を軋ませて上ってきてドアのすぐ外に立っている世界の終焉の足音を、人類は何度も耳にしてきたのだ。

原陽一郎の父である原一史《かずふみ》はシベリアからの引き揚げ者である原肇《はじめ》の遅い長子として生まれ、その短い生涯は二十世紀という混沌の時代の後半にぴたりと重なっていた。四歳のときにキューバ危機が起き、八歳のときにベトナムで大規模な空爆と陸戦が始まった。十二歳のときには中ソが国境で小競り合い、十六歳の時には中東が三度目の戦争を始め、二十歳を迎えたときにはエチオピアでもアンゴラでもモザンビークでも果ての見えない戦争が続いていた。二十四歳のときにはイランでもイラクでもアフガニスタンでもフォークランドでもグラナダでも戦争は続き、二十八歳のときにはチェルノブイリで原子力発電所が凄惨な事故を起こした。驚くべきことだ、かつて原一史は思ったものだ。これほどの諍いと過ちを繰り返しているというのに、どういったことか人類は滅びる気配を見せず、あらゆるたぐいの悪徳を振りまきつつも執念深いかさぶたのように地上にしがみついているではないか。新しかし三十二歳のとき、もはや原一史はそういったことがらについて嘆いている余裕がなかった。新たなる生命が新妻の腹中に呼び出され、結婚という転変が身の上を襲い、生まれ出た生命は陽一郎と名付けられて地の上を歩きつつあったからだ。おのれが人生があと九年しか残されていないことを知るはずもなく、自分と家族のために生き続けなければならなかったのである。育ちゆく陽一郎のかたわらで、世界はかき回され続けた。ソヴィエトが崩壊し、ザカフカスやバルカンやルワンダでは果てしのない民族浄化が繰り返され、ムルロア環礁でもラジャスターンでもバローチスターンでも核爆弾が炸裂し、日本の上空を何度かミサイルが飛行し、巨大な震災が日本を襲い、宗教団体がテロルに走った。そうまでしたにもかかわらず、なお、人類はくたばりなどしなかったのである。

では、歴史のバトンを引き継いだ陽一郎は、どうか。顧《かえり》みて思うことは、気付いたときには、世界の終焉などはとっくに通り過ぎていたということであった。なにしろ、軍事とファシズムが世界を滅ぼしゆく「光る風」は、陽一郎が生まれるより二十年も前の漫画だった。おそらくは公害が人類を滅亡させた「漂流教室」は十五年も前、巨大地震が文明を壊滅させた「サバイバル」は十年前、地球を核の炎が包んだ「北斗の拳」は五年前のものがたりだった。陽一郎が生まれた年にはたった一人の少年の莫大な力が現代社会を崩壊させるアニメ映画「ＡＫＩＲＡ」が公開され、陽一郎が五歳のときには人類の緩やかな衰亡が暗示される「ヨコハマ買い出し紀行」の連載が始まっていたが、興味深いことには、ここに至っては人類が滅びゆく理由はどこにも説明されていなかったのだ。言ってみれば、人類の滅亡などは言わずと知れた既定路線に過ぎないのであって、陽一郎もまた世界の終焉などにはとっくに慣れっこになっていたのである。一九九九年、背が高く目の賢《さと》い少年へと育ちつつあった原陽一郎は、同輩たちが面白半分かつおそるおそる語る世界滅亡の大予言をほとんど本気にしていなかった。なにが滅ぼすってんだよ？　核戦争か？　隕石か？　大地震か？　それとも、宇宙人が攻めてくるとでも言うつもりか？　運命は陽一郎の冷笑の肩を持った。一九九九年七月はなにごともなく通り過ぎた。あのころは社会学者だか思想家だかの肩書きを持った有象無象がやたらにメディアに露出していた時代でもあって、だらしない肥満体のメガネ野郎が、テレビや週刊誌で得意げに言い立てていたものだ。

「ボクたちの黙示録は終わった。ボクたちは日常の永遠を引き受けなければならない。」

バカ言ってやがる！　陽一郎たちは笑い合ったものだ。いつまで若いつもりだよ、オッサンがよう！　四十ヅラ下げて、ボクだってよ！　ときに陽一郎が中学校に上がった年だった。似通った性向を持つ悪友どもが群がりつつあり、携帯電話とインターネットが若造どもの全能感を裏打ちする頃合いだった。自分の父親よりも年上の中年男にご託宣をたれられなくとも、陽一郎たちはそういうことをとっくの昔に分かっていたつもりになっていたのである。十三歳の秋には、「レヴェレイターズ２０５０」の放送が始まった。「新二千年紀の創世神話」と大仰なコピーの付されたこのアニメは、ほんの半年深夜枠で放送されただけだったにもかかわらず、そののちも再放送が繰り返され新作が継ぎ足され、十五年後の今に至るまで金を稼ぎ続けるドル箱コンテンツである。陽一郎のような少年たちにとっては当然の基礎教養、血肉の一部と言っていいほどだが、それは「レヴェレイターズ」がいかにも思わせぶりに謎めいた終末論をにおわせているからなどではなく、率直に言ってヒロインの美作《みまさか》アイリスや副ヒロインの山城カンナがかわいらしいからであった。十四、五歳の美少女たちがコケティッシュな微笑をテレビの画面上に浮かび上がらせてから十五年が経過し、ほぼ同世代であった陽一郎が三十路を前にした若無職に成長してしまってからも、彼女たちの時はとどまって動かないままだ。そう、言われずとも、陽一郎たちはとっくの昔に日常の永遠を引き受けていたのだ。しまりのない反復、果ての見えない循環。世界など毎日のように滅亡している、だからといってなんら俺の人生に揺らぎはない、陽一郎は言葉にせずとも、どこかでそう思っていたに違いない。

あの途方もない災厄、日本の東半分を襲った激震と海嘯《かいしょう》を経てさえもそうだったのだ。死者は蘇らず、流されたものは還らず、なによりも汚染は大地と大気と大洋へと拡散したきり、今なお収束に至っていない。そうであるにもかかわらず、日常など揺らぎはしない、なお陽一郎はそう信じていたのである。正確には、昨日の夜七時までは。それは世界の崩壊などよりもはるかに矮小な平手打ちであったのに、初めて心の底から陽一郎をうろたえさせ、狼狽させ、へたり込ませることになる。

運命は偶然をごく無造作に用意するものだ。ときにそれは奇蹟めいて感じられるが、実のところはただの骰子《さいころ》の出目に過ぎない。陽一郎が世界の崩壊というものを心の底から味わっていたのと同じ夜、マシュダもまた、ある世界の終焉に立ち会っていたのだった。そのことをお互いが知るのは夜も更けてからのことだったのだが。

二〇一五年もあと二週間ほどで終わろうとしている週末のことだった。ひどく寒い夜だった。シベリアからの寒気団は軽々と越後山脈を越えて山間部に大雪をもたらし、冷えた強い風を太平洋にまで吹き流して広大な関東平野を震え上がらせたが、都心にほど近いビルの一フロアには人の熱気がこもり、窓ガラスには水蒸気が結露していた。

駅からの道が入り組んでいたせいで、会場を探り当てるまでには少々時間がかかった。市ヶ谷から坂を上ってまた下り、「農林労連会館」という時代がかったレリーフを打ち付けた建物の七階にある「多目的ホール　なろうど」。陽一郎が到着したときには会場はとっくにざわついており、安藤百《あんどうもも》さんの紹介で……と来意を告げた声もかき消されそうになったが、受付の若い女性は特に気にもとめなかった。こんばんはー、会費五千円でーす。名札に記名してお付けくださーい。

中のホールでは、立食パーティーが始まっていた。参加者は陽一郎が想像していたよりもはるかに多く、二百人近いのではなかろうか。そして少々ユニークなのは、このパーティーは食べる人間よりも饗応する人間の方が多いのである。

【@MOMO100: 市ヶ谷でクリスマスパーティーやりますから来てください！持ち寄りでやります！】

先だって安藤百と交わしたごく短い言葉のやりとりを、ほとんどお守りのように陽一郎は大切にしていた。ありふれたご招待の文言だが、携帯端末を開いて見るたび、陽一郎は幸福な気持ちになった。

YY（イグリエガ・ドブレ）？　なんですか、それ？　彼女ならば、そう言って笑い飛ばしてくれるのではないか、そんな気さえしていた。せっかくのお招きにもせいぜいスーツを着てワイン一本を携えていくのが関の山だったが、いざ会場を見渡して、陽一郎は度肝を抜かれた。参加者たちがふるまう百花繚乱《ひゃっかりょうらん》は、東京という都会のど真ん中での水準をはるかに超えていた。

目玉は、なんと言っても会場の中央に身を横たえるイノシシの丸焼き、会津の山中で狩られたらしい正真正銘の野生肉《ジビエ》である。地鶏の丸焼きが無造作に十羽ほども並べられ、クリスマスらしい彩りを添えていた。桜のチップで燻されたハムが切り分けられた。あらゆる野菜やキノコがあちこちの皿を飾っていた。焼き上げたクルマエビがあれば手焼きのケーキがあり、スモモのシロップ漬けもカリン酒もザクロのジャムもあった。つまりこれは、かねてから交流のあった農林水産業の従事者たちが、都内であったバザーの打ち上げにこの豪勢なディナーを仕立てたものだったのである。惜しみない、意地の張り合いと言っていいぐらいの大盤ぶるまいだった。よその土地なにするものぞと言いたげに、各地の海山の恵みは所狭しと皿の上で覇を競っていた。東京近辺で小規模に商品作物を育てる青年もいれば新潟で大規模に水田を経営する若社長もいて、雑穀や山菜や木の実を器用に販路に乗せている農業者団体もある。高度成長期からこちら、とかくないがしろにされてきた第一次産業の人間たちは、世の中の複雑さがきわまった二十一世紀に至って多様に知恵を絞りはじめていた。このパーティー会場はそのささやかな、そして豪奢《ごうしゃ》なショウ・ウィンドウなのかも知れなかった。

知らない人間だらけではあったが、会場を一回りすれば気分が落ち着いてきた。なにしろ人数が多すぎるので、よそ者なのはお互いさまらしい。それに加えて、この会場に満ちている多彩な食が、陽一郎を安堵させていた。日本の各地から集ってきた人間たちが用意した食はまったくローカルなもので、だからこそ、大きな流れに絡め取られてはいないだろう、そう陽一郎は考える。

久しぶりに陽一郎は空腹を覚えていた。そもそも陽一郎はこのところ、ろくすっぽ食べ物を口にしていない。得体の知れないかたくなな信念が空腹を上回ってあらゆる食から遠ざかり、このときの体重は百八十一センチメートルの身長に対して六十一キログラムまで低下していた。二十四時間営業のスーパー、コンビニにファストフード、駅前の居酒屋に街道筋に並ぶファミレス、食は身辺に無数に存在するのに、それを口に運び体内に招き入れることがためらわれた。膨大な物質の連鎖の果てに俺の目の前に置かれたハンバーガー一つ、それを食べるということは、この食物を作りだした理屈に屈することではないのだろうか？　俺の身体もまた、ⓎⓎ（イグリエガ・ドブレ）の千年帝国を築く、無数の積み石に組み込まれてしまうのではないだろうか？

恐怖は、空腹のもたらす苦痛を凌駕する。飢餓は、苦痛から倦怠へと変じ、麻痺へと至り、澄み切った境地が心身を包んだかのように感じられる。肌の上を冷気が流れ、冷気は呼吸と共に肺臓を満たし、腹腔を覆い、頭蓋にまで至って汚泥と脂のこびりついた大脳皮質の脳溝のひとすじひとすじを濯《すす》いでゆく。視覚が、聴覚が、嗅覚が研ぎ上げられて、今まで感知できていなかった微細な変化を拾い上げる。地の上を覆う網の目、不可視のネットワークをも、大気を走る磁力線や大地を貫く電流のかすかな変化に応じて捕捉し得るかのような感覚。世界全体を捕捉する巨大な鳥の目のように、それはあるいは、神の目にすら近いものなのではあるまいか？

「原さん！」

不意に声をかけられて陽一郎は振り返った。

「お久しぶりです、なめがたグリーンワークスの比良井《ひらい》です」

比良井はスーツを着てめかし込み、先だってアグリマルシェで顔を合わせたときとはうってかわった出で立ちで、上機嫌に陽一郎を遇した。や、うれしいなあ、わざわざ来てくれたんですか！　人のよさげな表情でにこにこ笑いながら、比良井は陽一郎に泡立つ酒を注いだ。また仕込みましてね、まだ味が若いかなぁ。ま、お粗末ですが、どうぞどうぞ。そう言ってペットボトルから注いでくれるのは、またも、白く泡立つ濁酒《どぶろく》である。アルコールとしてはごく軽いのだろうが、先だってのマシュダやカッチャンとの飲み会ですらほとんど酒を口にしなかった陽一郎の胃袋を直撃して、ぐらりと頭を揺らがせるほどだった。

「原さん、痩せました？」

比良井が訊ねてきた。ちょっとすっきりしましたかねえ。え、まあ、そうですね、陽一郎はゆるゆるとうなずく。ダイエットねえ、俺もそろそろなあ、アハハ。ま、今日ぐらいは遠慮なく飲み食いしてってくださいよ。うちは野菜がメインなんで、と比良井は言った。寸胴でポトフ作りましてね。これは糠漬け。ベーコンも去年から試してるんですけど、まだ手すさびだなあ。試作品をお出しするのも恐縮ですが。どうぞどうぞ、召し上がってってください。話しながら比良井は皿の上にちょいちょいと料理を取り分けていった。陽一郎は素直に比良井の饗応を受けた。しっかりと煮込まれたカブ、にんじん、たまねぎ、えんどうまめ、ベーコン、いずれも無類の味がした。慢性的な飢餓状態にある陽一郎の身体にじわりと浸透してゆくかのようだった。落ち着くな……、そう陽一郎は思った。実に久しぶりに、心の底から安心できるという気分だった。

「えぇ、皆さんご注目！」

振り返ればステージの上にスポットライトが当たった。マイクを握る中年男の顔は陽一郎も覚えている。

「ご歓談中のところ失礼いたします。なめがたグリーンワークス理事なんぞを拝命させられております神向寺《じんこうじ》でございます。え、まずは朗報一つ。先ごろのニュース速報で今期国会は閉会。関税撤廃の審議は次期国会に持ち越されることになりました」

神向寺は携帯端末を振りかざしながら叫んだ。おおぉ、どよめきのような声が起こり、拍手が続いた。比良井は苦笑しながら声を潜める。今回のパーティーの幹事なんですよ。張り切ってるんです。あの、関税撤廃っていうのは？　ええ、まあ、たぶん今日お集まりの八割がたは反対派でしょうからね。結論の先延ばしでしょうけど、ひとまずは安心って人が多いんじゃないかなあ。比良井はしだいに声量を上げなければいけなかった。神向寺の挨拶に続いて、クラリネットにチューバにヴァイオリンにチャンチキ太鼓、さらにトランペットとトロンボーンも加えた六人組がステージに上がり、賑やかしのファンファーレを奏でたからである。ま、そういうわけで、今日は楽しんでってください！ ちょっと僕はこのへんで！ 比良井が立ち去り、一人取り残された陽一郎は混雑する会場をふらふらと歩きながら、一人の人間を捜した。ステージ上のバンドはひどく東洋風味な、醬油で煮染めたビング・クロスビーのようなクリスマスソングを奏で、会場の騒がしさを後押ししていた。

会場を二回りしても見つけるべき相手は見当たらなかったかわり、陽一郎は意外な人物に行き当たる。

「あ」

「どうも」

屋内原《やないばる》である。相変わらずニコリともせず、むしろ露骨に不機嫌と言っていいような顔だ。以前お会いしましたよね、どうもその節は……、珍しく陽一郎がお愛想を言うと、前回のアグリマルシェでしたかね、と屋内原は正確に記憶しており、手にしたグラスをすいすいと口に運ぶ。どうです一杯、屋内原は陽一郎にもグラスを勧めてくる。ラベルも貼られていない一升瓶で、地元の蔵元が屋内原の作ったコメから醸した試作品なのだそうだ。ま、商品として一本立ちできるかどうかはこれからですけどね。やりますよ、と屋内原は言う。日本酒だってシャンパンやスコッチみたいに、世界に打って出るだけのポテンシャルは備えていますからね。実際、一部はそうなってる。僕の田んぼがボルドーやシャンパーニュのブドウ畑と肩を並べたっていいはずだ。屋内原は例によってつまらなげな口調で、さらりと気宇壮大なことを言う。お聞きになったでしょう、関税撤廃は残念なことになりましたけどね、ま、これからだ。結局のところ、カネの流れは止められないんですよ。政治的な障壁は、いずれ、壊れます。それは所詮自治体や国家の、一部の人間の合意に過ぎない。つまりは、フェアだと見なされないんだ。でも、世界人類が合意するものが一つだけあって、それは、カネです。お互いのカネを信任し合って、世界の経済は流れている。いくら小役人が水門を閉めようとしたって、水は濁るだけです。どんどん押し流すべきなんだ。いろいろなものを。

屋内原の言葉もまた、ひとたび流れ出れば奔流のごとくとめどがなかった。圧倒されながら、陽一郎は、この屋内原が関税撤廃賛成の論客だったことを思い出す。するとここは、いわば、敵地みたいなもんじゃないんだろうか？　あの、今日は、わざわざおいでになったんですか？　そう陽一郎は訊ねてみる。ええ、浮世の義理でね。雪で新幹線が遅れましたけど、ま、お招きに預かれば、来ざるを得ないでしょ。お祝いするの、やぶさかじゃありませんし。原さんも、ご招待じゃないんですか？

え？　お祝い？

そうですよ、屋内原は言う。ご存知ないですか、そろそろじゃないかな、たぶんあのへんで。屋内原がグラスを持った手でステージの方を指した、そのときである。突然、会場の照明が落ちた。ざわめきとにおいはそのままに、不意に視覚だけが遮断された。事故か？　停電か？　陽一郎と同じように慌てた人間は、他にどれほどいただろう。屋内原は平然としていた。ここからは見えないが、神向寺もそうだっただろう。そしてどこかに去ってしまった比良井も、いまだ会うことのできていない安藤百も、驚くことなどなかったに違いない。

暗闇の中に、トランペットが響き渡った。三連符、長い吹き伸ばし、そしてまた三連符。トロンボーンが、そしてチューバがトランペットに重なり、ド、ミ、ソ、ドというハ長調の主和音を軽やかに駆け上ってゆく。そして高らかに鳴り渡るファンファーレと、打ち鳴らされるチャンチキ。ものすごいアレンジを施してはいるが、世界でもっとも有名な、あの結婚行進曲だ。ステージにさっと明かりが落ちた。あちこちでクラッカーが打ち鳴らされ、拍手が続いた。事態が飲み込めないまま、周囲に合わせて手を叩いていた陽一郎は、不意を打たれる。ステージに現れた、タキシードをまとった青年、彼こそはついさっきまでここで話をしていた比良井紳一《しんいち》だったからだ。

「えぇお集まりの皆様」

神向寺がマイクを握った。

「突然ではございますが、私どもの仲間の慶事を謹んでお知らせいたします。サプライズとしてプランニングさせていただきましたが、皆様、もうご存知ですかね」

知ってるぞぉ！　と誰かが叫ぶ。視界を遮る人の波を避けるように伸び上がった陽一郎は、そして、信じがたい、信じたくもないものを目にするのである。比良井が手を引く、白いドレスに身を包んだ女性、彼女こそは……。

「ご存知のかたもいらっしゃるでしょう、私どもの仲間の比良井紳一くんが、安藤百さんと、このたびめでたく入籍いたしました」

またクラッカーがあちこちで打ち鳴らされ、野次が飛んだ。おめでとーう！　いよぉ、色男！

「ま、振り返れば、僭越ながら我らがなめがたグリーンワークスがお二人の縁をつないだっちゅうことになりますな。五年前、期待のルーキーだった比良井君のところに、安藤さんが農業体験に来ておりましたのが、そもそもの馴れ初めであったようです」

比良井の片腕にそっと寄り添う安藤百の頰は上気し、こみ上げる喜びを隠しきれないようだった。目元に光るのは、マスカラでもアイシャドウでもなく、一粒の涙だったのかもしれない。神向寺は上機嫌で、グラスを片手に語り続ける。いわく、大学に進学してからも安藤百は熱心に農場に通い、活動的な学生スタッフに成長しているということ。比良井は独立を視野に入れて研鑽を積み、いまや農場の重鎮であるということ。本来ならば百さんの卒業を待つ予定だったのですが、ええその、比良井農場の着果《ちゃっか》は少々予想を上回る速度でして……。またも場がざわついた。おいおい、収穫が早すぎるんじゃねえの？　もうちっと肥育したほうがいがッぺなあ、そんな野次が飛んで、会場がどっと沸いた。まあ、無事独立を果たすまでは正式の挙式はお預けというのが若いお二人の意思でありまして、この場をお借りして皆様に祝福いただければと思います。ええではその、あらためまして乾杯を！

幸福の絶頂にある二人を、人々が取り囲んだ。若さと美しさと賢さを兼ね備えた花嫁を迎えた花婿に、次々に杯が回った。バンドがふたたび演奏を始める。チンドン風のアレンジが施してある、快速のハッピー・チューン。プリンセス・プリンセスだったかＪＵＤＹ　ＡＮＤ　ＭＡＲＹだったかモーニング娘。だったか、そんなことはどうでもよかった。たぶんそのすべてなのだろう。地の上に幾度でも繰り返された、すっぽ抜けたかのように騒々しい幸福の押し売り。ここは祝福すべきなのだ、それが大人の態度だ、それはあとになってから未練がましく考えたことであって、陽一郎はそのときなにを考えていたか、まったく記憶がない。やったことは、目の前にあったラベルも貼られていない一升瓶を摑み、無言で会場を抜け出ることだった。来るときには大いに迷った道をどうやって通り抜けたか、それもまったく記憶がない。人影の少ないホームで、一息に一升瓶をあおった。まるで水のように、ぐびりぐびりと喉を鳴らして飲み、胃袋に収まりきれずに一部が口から吐き戻されたが、それでもなお一升瓶の中には半分以上も酒が残っていた。

年の瀬の迫る土曜日の夜である。郊外へと走る地下鉄の車内にはそれなりの乗客がいるが、一升瓶を片手に酒臭い息を吐く図体の大きな若者には、誰も近寄ろうとしなかった。深い地面の底から走り出て、地下鉄が埼玉県の大地にその姿を現したとき、陽一郎の携帯電話は中空を飛び交う電波を拾い上げたらしい。数度にわたって電話は震動し、四度の着信、三通のメッセージが届いていることを訴えてきた。機械的にリダイヤルした陽一郎の耳に、罵声が飛び込んできた。

「原よう！　おめえなにやってたんだよ今まで！」

マシュダの声だった。そのときの陽一郎には的確な判断などできなかったが、できたなら、普段ならばあり得ないぐらいにマシュダが取り乱していたことが分かったはずだ。

「……あぁ？」

陽一郎は叫んだ。水のようにあおった度数十八度の原酒が胃壁と腸から吸収され、血中のアルコール濃度を急上昇させていた。おめえこそいきなり電話してきてそれかぁ？　何様のつもりだよこのやろう！　うるせえ、この腐れ無職！　ヒマもてあましてるくせに偉ぶるんじゃねえよ！　んだとこの野郎！　酒屋風情のボンボンが、てめえの手足で稼いだゼニがどんだけあるってんだよ！

「お客様！」

そう耳元で怒鳴ったのは、車掌の中年男だった。恐縮ですが他のお客様のご迷惑となりますので！　つまみ出されるようにホームへと出され、少々頭が冷えた。どこの駅とも分からなかった。通話はとっくに切れていたが、性懲りもなく陽一郎は更に先へと進む次の電車を待った。無礼なマシュダになにか言ってやらなければ、気が済まなかったからだ。

和光市からおよそ三十分で、各駅停車の郊外電車は川越市へと到着する。駅から徒歩十分ほどの旧街道筋に面して威容を誇るマシュダの実家、あるいは酒のマスダ本社があった。社屋を兼ねる店舗の、鉄筋コンクリート四階建てのビルを回り込み、誰に断ることなく庭に出る。長い付き合いであればこそ許されているぶしつけさである。広い敷地の一隅に建てられた離れのまるごとが、十年前から変わらないマシュダの自室だった。

「おい、マシュダよう！　なんだよてめえ、あの口のききかたは！」

ドアを開けるなり陽一郎は叫んだ。手にした一升瓶の中身は、残り四分の一程度にまで減少していた。返事を待たずに中に上がり、足音も高らかに廊下を歩いてドアを開けた。

陽一郎は戸惑った。なにかを自分が間違えたのではないだろうかと思った。それとも、なにかやってはいけないしくじりをしてしまったのではなかろうか、と。いつものようにマシュダはパソコンの前の肘掛け椅子にどっしりと座っていた。革張りの椅子の玉座から睥睨《へいげい》するかのごときまなざしをこちらへと向けてきたはずだった、いつもならば。

今日は、そうではなかった。信じがたいことだが、マシュダは涙に濡れた真っ赤な目を大きく見開き、顔面からこぼれ落ちるかのような大きく丸い眼球から、一筋の涙が頬を伝って流れたのである。なにかが損なわれている、陽一郎が感じたのはそのことだ。ぐったりと椅子にもたれかかるマシュダは、正常さのほとんどを失っているかのように見えた。思わず目を背けそうになったが、マシュダの目はこちらを捉えて離さなかった。

「裏切られた」

マシュダは呻《うめ》いた。ありえねえ、ちくしょう。ありえねえ、ありえねえよぉ！

マシュダのかたわらにはウイスキーの角瓶が置かれていた。これまでにもこの男は傷物になった高級ウイスキーを店からちょくちょくくすねてきていて、ときにはそのお相伴にあずかったものだが、この晩、マシュダは一人で半分ほども瓶を干してしまっていたらしい。決して酒が強いとは言えないことを考えれば、痛ましいふるまいだった。陽一郎はふたたび目を背けそうになった。そのときに視界の隅をかすめたディスプレイ、そこに踊る文言が、かろうじてマシュダの錯乱の理由を解き明かしていた。

ありふれたネットニュースの短信である。ヘッドラインが一行に本文はたったの五行。文面はどことなくピントのぼけたもので、世間的にはさほどの価値もなかろうという扱いであったに違いない。

しかしその素っ気ない記事は、途方もなく重要なことを伝えていた。陽一郎にとっては。マシュダにとってはなおのこと。彼らに連なる、数限りない眷属《けんぞく》たちにとっても。

「ザリスキ・ブラザーズ社、日本のアマチュア作のゲームを買収
米大手メディア系総合企業のザリスキ・ブラザーズ・カンパニーは、十二日、若者たちを中心に人気を集めるコンピューターゲーム、TAKAMAGAHARAシリーズの全著作権を共同管理することで合意に至ったと発表した。TAKAMAGAHARAシリーズは、アマチュアゲーム制作者の岡田《おかだ》茂男《しげお》さん（三七）が独力で作成し、口コミで人気を博してきたゲームであり、ザリスキ社としては異例の提携となる。」

添えられた写真の左側に写るのはザリスキ・ブラザーズ・カンパニーのCEO、スコット・マーギュリスなるスーツ姿の白人男性。彼の握手の相手こそは、オオクニヌシの名で知られてきたTAKAMAGAHARA世界の造物主なのだろう。謎めいた仮面に包んできたわりには、その素顔は拍子抜けするほどありふれていた。やや面長な小太りの顔には、満面の笑みが浮かんでいた。身一つでこつこつとゲームを作りはじめてから十年以上、ディズニーやユニバーサルにも並び称される娯楽産業の世界的企業に実力を認められたこの瞬間は、まぎれもなく、彼の人生がもっとも輝いた瞬間であるに違いない。
滂沱《ぼうだ》の涙を流すマシュダには目もくれず、陽一郎はウェブ上の情報を手繰り続けた。公式な情報はせいぜいこのていどだが、その数千倍、数万倍の文言が膨れ上がって、海嘯《かいしょう》のようにネットの海へと押し寄せていた。

たとえばＩＴジャーナリストとやらいう肩書きのライターは、ネットニュース上のコラムで得々とこのニュースを解説していた。

「このたび発表されたTAKAMAGAHARAシリーズ買収のニュースには筆者もいささかの驚きを禁じ得なかった。しかし、こういった記事に興味を示す読者には先刻承知のことかも知れないが、TAKAMAGAHARAシリーズを単なるアマチュアが作った格闘ゲームと理解しては本質を見誤ることになるだろう。

本シリーズは、約十年前に第一作がリリースされて以来、（その正体はこのたび初めて明らかになったのだが）岡田茂男氏が一貫して作成を続けてきたゲームである。しかし、プログラムからサウンド、グラフィックに至るまで、あらゆる面での改良はインターネットを介した無数の人間たちによって行われてきた。いわばネット上の集合知《ミーム》が育て上げてきたのであり、まさしくウェブ時代ならではのコンテンツと言えるだろう。もはやTAKAMAGAHARAは、単なるゲームに留まらない。キャラクターやストーリーやサウンドや世界観までを包含した、一大コンテンツなのである。

意外にも、と言っては失礼になろうが、ザリスキ社はこの特性を正確に見抜いていたようだ。ただのゲーム扱いであるならばザリスキ社傘下のザリスキ・マグノリア・ゲームズが買収に乗り出したであろうところが、映画・アニメ・ゲーム・テーマパークその他の知的コンテンツを包括的に管理し、版権ビジネスを大々的に展開するザリスキ本社が直接の交渉に乗り出してきたところが、そのなによりの証拠なのである。」云々。

ビジネス誌のウェブサイトでは、「スポーツ・エンターテイメント関連」のコラムでこのニュースを取り上げていた。

「ザリスキ・ブラザーズ・カンパニーが日本市場の開拓に出遅れたという憾《うら》みは長く残っていたに違

いない。エンターテインメントにおける日本市場の特殊性と有望性は常に表裏一体である。九〇年代、日本において自社コンテンツのアニメとゲームの販売を試験的に行ったザリスキ社は数年で撤退の判断を下しているが、それから二十年の間にエンタメ業界の勢力地図は一変した。コンテンツの発信者は、少数のプロフェッショナルからクラウド化しシームレス化した個々人へと移りつつある。十年前ならば、素人の手による……つまりプレゼンテーションや企画会議、経営陣の決裁などを経ることなく作り出されてきた……キャラクターが大手自動車会社のコマーシャルフィルムに採用されることなど、誰が想像できたであろうか？　その観点に立てば、岡田茂男氏は最初のシンデレラ・ボーイなどではない。ザ社広報では、多彩な魅力とコンテンツにより既に広い人気を勝ち得ているTAKAMAGAHARAシリーズを日本市場の再開拓の起爆剤にしたいと述べている。」云々。

アニメやゲーム関連の膨大な記事を書くアルファブロガー氏は、こんな記事を書いていた。

「今年も余すところあと二週間になってこれだけ笑えるモトイ興味深いニュースが飛び込んでくるとは、アルファブロガー（苦笑）冥利に尽きると思う所存でございます。もちろん、アノ大人気ゲームがアノ超大手エンタメ産業に札ビラで横面ひっぱたかれた……モトイ合議の末に身売りしたという話でございますよ。

ボクたちの応援していたご当地アイドルが突如ハリウッドに見初められて羽ばたいてくかのような嬉しさと寂しさ、そして胸によぎる一抹の不安。清純派アイドルが、勘違いした芸能事務所のマーケティング（苦笑）とやらのオトナの事情で身の丈に合わぬセクシー路線を強いられやしないか。所詮は超高校生級の投手がおだて上げられた末に無謀にメジャーに挑戦し、冷や飯食うことにはならないのか。小生、TAKAMAGAHARAシリーズにつきましては一般教養程度の嗜みしかございませぬゆえ、これ以上の論評は控え置きますが、世界に羽ばたくTAKAMAGAHARAシリーズの新展開が旧来からのファンを裏切ることになりませぬよう、ニヤニヤしつつ見守って……モトイ真摯な気持ちで祈っているのでありますよ。ニヤニヤ。」云々。

ウェブ上にはさらに、有象無象の文言がはちきれんばかりだった。そのほとんどはどこの誰とも分からず、一人なのか複数なのかも分からず、本当に実在する人間の紡ぎ出した言葉であるのかどうかすらも分からなかった。

【オオクニヌシがカネに目をくらまされた件について。信者ざまあｗｗｗｗｗ】【なんなの？どういうことなの？今後TAKAMAGAHARAの同人誌作ったら逮捕されんの？】【つかTAKAMAGAHARAも肥大しすぎだろ。潮時だ。】【バカでも分かるザリスキ騒動のまとめ　［旧］信者↓（金）↓オオクニヌシ　［新］信者↓（金）↓ザリスキ】【ザリスキだかザリガニだか知らねーがまーた毛唐が日本人の成果をカネでかっさらってくって話でよろしいか。】【俺が知りたいことは一つだけだ。TAKAMAGAHARAのエロはもうダメなのか。】【重要なお知らせ　２０１６年１月１日よりTAKAMAGAHARAにはアメリカの著作権ビジネスが実装されますのでご了承下さい。←New!】【今更騒いでる時点で素人丸出しなわけだが。ザリスキはとっくに水面下で動いてたから今年中に北米コンシューマー向けのヴァージョンがリリースされるし、ＣＳのカートゥーン枠でアニメ化もされる。ちょっと業界にいれば聞く話。】【脳内業界人気取る前に部屋から出て就職して母ちゃん安心させてやれｗｗｗ】【まあお前らちょっと待て、踊らされんな。ザリスキはあくまでも共同管理なんだろ？TAKAMAGAHARAも大きくなりすぎたから企業の手も借りようっていうオオクニヌシさんの判断だろこれは。】【防人歴７年の古参なんだけど俺たち排除されちゃうの？おかしい、オオクニヌシさんのやりたいことがよくわからない　いっぱい信じてただけにすごい悲しい…】【つーかTAKAMAGAHARAも充分ビッグになったしさあ、俺たちみたいなバカのクズのニートぶら下げといたら今後まともな商売できねーって判断だろ。今後はミッキーマウスのように世界中で愛されるTAKAMAGAHARAにご期待下さい！（死）】【まあザリスキの著作権ビジネスのえげつなさは某ネ〇ミーも真っ青なんですけどね（苦笑）無知なボクちゃんたちは訴えられて涙目になるよ（失笑）まあ今後はザリスキにお金を払ってTAKAMAGAHARAを楽しんでね！（哄笑）】

文字の群れが陽一郎の目から飛び込み、脳が意味を捉えきるよりも先に、新しい文字は生まれ続ける。なんら目新しいことがあるわけではなかった。大元の情報源はたった五行きりのネットニュースの短信でしかない。その他の文言は結局のところ、予断や憶測や過信や盲信や私憤や侮蔑や怨嗟や嫉妬がない交ぜになってぶちまけられる言葉の堂々巡りであり、複写《コピー・アンド・ペースト》と貼付が無駄に情報を水ぶくれさせているだけであるにもかかわらず、陽一郎はウェブ上のテキストを辿り続けた。目が乾き、疲労が臍の下から湯気のように立ち上り、腕が痺れたと感じたころになって陽一郎は床の上にひっくり返った。

「終わりだ」

マシュダがつぶやいた。

「なにがだよ」

「全部だよ。全部」

「なんの全部だ」

「TAKAMAGAHARAの丸ごとが崩壊した」

マシュダは語った。確かにそれは、一つの世界の終焉だった。これまでの長きにわたり、TAKAMAGAHARAという広大な箱庭では無数の人間たちが遊んできた。類似のゲームをこしらえ、絵を描き同人誌を作り、たくさんの派生するストーリーを作り出してきた。それは、すべて、著作者という名の造物主であるオオクニヌシの鷹揚《おうよう》なお目こぼしによるものだったのである。しかし、これからは

TAKAMAGAHARA世界に付随するゲームを作ることも、キャラクターを使ってコケティッシュな絵を描くことも、不可能になるだろう。著作権者が可否を口にしなければこそグレーゾーンの行為で済んでいたことが、これからは明確に違法行為となるのだ。

「従来TAKAMAGAHARAが世界中のファンによって支えられてきた事情を最大限に尊重したい」とザリスキ社はプレスリリースで述べているという。んなことアテになるもんかよ、とマシュダは言った。そのあとには「TAKAMAGAHARAの作品世界を損ねることなく関与を続けていただきたい」って続いてるんだ。オオクニヌシ「とザリスキ社の」合意の元でファン活動は大いに奨励される、そんなことになるだろうさ。無難で当たり障りのない、そうじゃなきゃプロ雇うよりも安く上がるレベルの技術を持ってる連中の作る作品だけが「公認」されて「許可」されるんだろうよ。

マシュダの言葉は正しいに違いない。その分析も、十年以上もTAKAMAGAHARAに関わり、手弁当のボランティア集団である防人《サキモリ》たちの中で取りまとめの役割をはたしてきたマシュダであればこそ、大きく外れることはないのだろう。これがもし半年前のことであれば、陽一郎もまた悲憤慷慨《ひふんこうがい》、マシュダと口を揃えてオオクニヌシの「変節」「裏切り」を罵っていたに違いなかった。しかし、マシュダの言葉を、陽一郎は驚くほど醒めた気持ちで聞いていた。自分でも不思議なことだった、このたび出来した事態への憤りや怒りは、もっと強い感情によって上書きされていた。これほどにあっけなく、世界が崩壊するという驚愕。

「そりゃ、そうだろ」

言葉が陽一郎の口をついて出た。

「いずれ、そうなる。どうせ、そうなる」

マシュダがきょとんとした顔で陽一郎を見つめた。なに言ってんだ、お前？　そう言いたげな顔だった。TAKAMAGAHARAも大きくなりすぎたんだろ、と陽一郎は言った。あれだけ稼げるコンテンツなんだから、ほっとかれるはずがない。金持ってる奴は、もっと金持ってる奴に買われるんだ。当たり前のことだ。そう言って陽一郎は一升瓶をあおった。瓶の中にはもうほとんど酒が残っていなかった。あ？　なに言ってんだよ原よォ、おめえ、悔しくねえのかよ！　そう言いながら、マシュダは本当に目から涙を流していた。

もちろん、陽一郎にはマシュダの憤りがよく分かっていた。この男は、TAKAMAGAHARAとの関わりでもその老獪《ろうかい》さを如才なく発揮してきたのだから。発展途上にあるゲームの難点を拾い上げ、改善方法を議論し、手分けして、まとめ上げてゆく役回り。それは、とかく視野が狭くなりがちな若い人間の集団にとっては得がたい個性だっただろう。オオクニヌシ、いまや岡田茂男というありふれた一人の人間としてその素顔を現した青年にも、そう思われていたに違いない。もっと行けるはずだったんだ、とマシュダはつぶやいた。俺たちのゲームだって評判よかっただろ？　売れ行きよかっただろ？　俺たちの名前だって知られるようになってきたじゃねえかよ。もうちょっとだったんだよ、もう少し行ってよぉ、きっちり商売できるとこまで持ってきたかったんだよ、俺は。マシュダはとりとめもなくつぶやき続ける。まったくよく理解できることだった、陽一郎にとっても。それは長く、裏方に回ってものごとを取りまとめることになによりの才覚を発揮してきたマシュダが実のところは胸中に秘めていた、表舞台に出て脚光を浴びたいという欲求の、臆面もない吐露だったのかも知れない。こんなことがなければ、おそらくは、生涯にわたって秘匿されるような感情であったのかも知れないが。

TAKAMAGAHARAってのはもうオオクニヌシさん一人のもんじゃねえだろ、マシュダは叫んだ。俺たちが力を合わせて作ってきたもんだろ。そういう表現の自由があったからこそ、TAKAMA

GAHARAは発展してきたんじゃねーか。俺なんか大学からもう十年もこれに付き合ってきたんだよ。

それがなんの断りもなしによお、切り捨てかよ！こんなの、言論の弾圧じゃねえか！　ほとんど叫ぶように言ってマシュダは角瓶を生《き》のままあおった。

いや……、つってもさぁ……。陽一郎はつぶやく。表現の自由？　言論の弾圧？　マシュダの叫びを、どこか冷笑的に陽一郎は聞いていた。どこか醒めた脳裏に浮かんだのは、原四郎の名前である。彼が被《こうむ》ったような筆禍と、いま俺たちが直面している面倒ごとは、はたして並べて語れるようなものなのだろうか？　青くさく性急な理想論のため、具体的な人物として思い描けるような一枚の写真すら残さず、この世の表舞台から遁走してしまった百年前の俺の縁者。その反動は百年を経て、Soysoyaという新たな帝国となってこの地上に降臨したのかも知れないのだが……。

「もう終わりだ、TAKAMAGAHARAは」

マシュダはまたつぶやき、酒臭いゲップをかました。

「おしまいだ」

「終わりじゃないよ」

「終わりだよ、畜生。なにもかも、台無しだ！」

マシュダはそう言って、駄々っ子のように床の上にのたうち回った。陽一郎はマシュダの姿を見ていた。彼の痛み、苦しみがすべて分かっていながら、共振できないことを心から申し訳なく思っていた。しかし、どうだ、実のところ、こうなることはもう分かってたんじゃないのか？　そもそも、崩壊の種子を孕んでいない世界なんて存在するんだろうか？　今どき、世界なんてしょっちゅうそこらじゅうで組み立てられている、完璧に磨き上げられた世界で、俺たちは不自由なく楽しんでいることができる。だけどそれが永遠じゃないってことぐらい、分かってたことじゃないのか。ゲームだってエンディングがあるだろ、アニメだって最終回が来るだろ？　俺たちを放し飼いにしといてくれた気前のいい支配者の気まぐれ一つで、見ろ、これほどあっけなく世界は崩壊してしまった。そして、そうであるにもかかわらず、これほどあちらこちらで世界が終焉を迎えているにもかかわらず、この世界そのものはかすり傷一つ負わない！

　マシュダは床に寝転がったまま、終わりだ、もうおしまいだ、と一定の間隔でつぶやき続けていた。そうすることを命じられでもしたかのように。陽一郎は一升瓶が空になったことに気付き、マシュダから角瓶を奪ってあおった。俺の世界だって崩壊したのだ、と陽一郎は思った。ほんの数時間前の、あの幸福に満ち満ちたパーティーからの遁走劇を思い返すと、頭をかきむしりたいような気分になった。あそこは俺のアジールなんかじゃなかった、安藤百は聖女なんかじゃなかった。俺が幼稚な恋心にのぼせ上がってたころには、とっくの昔に乳繰り合うことを覚えていて、男にケツの穴まで見せて、比良井の野郎の胤《たね》を孕んでたって訳だ。

「くっだらねえ、ばかばかしい」

　言葉が唇から漏れ出た。

「ばかばかしいって、どういうこったよ!?」

　ほとんど人事不省の手前にいたマシュダが体を起こしてわめいた。違う、そうじゃない、そう説明するのも面倒だった。

「おめえ、いつだってそうだろ、なんでも他人事みたいな顔しやがって」

　またマシュダがわめいた。

「おめえは、どんなときでも自分が当事者じゃないと思ってやがんだ。それでこれまでやってこれたんだろ。頭もいい、如才ない、ものごとに深入りしなくたってやってけるぐらいの能力があるからな」

ほとんど驚愕しながら、陽一郎はマシュダの言葉を聞いていた。え、それ、俺のことなのか？　とてもとても、俺はそんなタマじゃない。それはマシュダ、お前自身のことなんじゃないのか？

「だけど、もう、そうはいかないからな。俺たちもいつまでも若かねえんだよ。世界は狭くなってく一方だ、できることはなくなってく一方だ。体力が失せてゼニが尽きて、いずれ居場所なんかなくなるぜ。他人がすっころぶの見て笑ってられるのも今のうちだ。よぉ、無職の原陽一郎よぉ。次に崩れ落ちるのは、お前の足下だぜ」

陽一郎はうなだれて聞いていた。うなだれながら、またもウイスキーを奪って飲んだ。悪かったよ、そうつぶやいてみたが、なにを悪いと思っているのかは自分自身でも説明できないに違いなかった。

「もういい。帰れ」

「そうするよ」

陽一郎はよろよろと立ち上がった。もらってくよ、そう言って角瓶を手にしたが、マシュダはもうなにも言わなかった。混乱した脳がアルコールに浸されきって、深い昏睡に落ちてゆく寸前のような顔をしていた。もう終電が近いな、一時だからな、と考える陽一郎もまた、正常な認知を欠いていたのだろう。外はひどく寒かった。陽一郎は角瓶から直接ウイスキーをラッパ飲みした。駅にはとっくにシャッターが降りていて、駅前の広場に面したコンビニの前では、寒そうな格好をした娘たちが寝袋みたいなダウンジャケットを着た若衆たちにからかわれていた。ダメだこりゃ、歩こう。そう考えた陽一郎は、確かに正常な判断力を失っていたに違いない。

陽一郎は線路沿いの道をよろよろと歩きはじめた。まっすぐ辿ればいずれ和光市に着くだろうというアイディアは、間違ってはいないが、明らかに歪んでいた。自転車なら二時間の距離だから歩けば四倍ぐらいで着くかなあ、という判断は確かに誤っていた。十二月も半ば、深夜一時、関東地方内陸の大気も大地もおそろしいほどに冷え込み、アスファルトの上にはうっすらと霜が降り、顔を上げれば満天の星がどこまでも輝き渡っていた。それは日ごろ見慣れている星空よりもはるかに濃く、深く、星はまたたきの数を増すばかりで、その奇《くす》しき光をどのように選びどのように結び、いかなる啓示を読み取るべきなのか、もはや陽一郎には分からなかった。

信号灯が青から赤へと色を変じた。光の群れはレールの上に落ちてきらきらと輝かし、星々の光と混じり合って倍加し、陽一郎の行く手を指すようにも、意思に反して陽一郎を望まぬところへと連れ去ってしまうようにも見えた。川越市と和光市を、池袋と寄居《よりい》を結び、さらにレールは続く。新木場へ、千葉へ、本庄へ、高崎へ、その先へ。ああ、そうだった、そうやってレールはいつだって移動と輸送のために大地に彫りつけられてきたのだ、この二世紀のあいだ、かつての東北地方でも、満州でも、パラグアイでも、ロシア人が、日本人が、中国人が、鉄道会社が、自治体が、政府が、宗教団体が、軍人が、独裁者が、ヒトとモノとを運び来て運び去るために。

やがてレールは大きな街道筋に沿って伸びる。このあいだ薗《その》と車で走った街道は、この時間というのにいっこうに眠りに落ちることなく、高く掲げられた看板は煌々《こうこう》と明かりを灯し続け、牛丼、ラーメン、コンビニにファミレスに居酒屋、商いはとどまることなく、世界は崩壊し続けながらかすり傷一つ負わず、ネットワークは地の上に隙間なく、金、食、そして情報は巡り続けて、気が付けばその一端は我が脳髄、我が胃袋、我が心臓をも貫いているのではなかろうか。輝き続ける店々の光は陽一郎の瞳孔から飛び込み、網膜を刺激して大脳後頭葉の視覚野へと投射され、またもや信号灯が赤から青へと色を変じ、レールは響き、どこかから貨車が走り来て機関車も運転手もいない無人の貨車の扉が開き、満載の大豆が貨車から流れ出て街路にぶちまけられ、濁流のごとくに商店を街道筋を埋め尽くし、お待たせいたしました豆腐に厚揚げにがんもどきに油揚げに湯葉に味噌汁の大豆づくし定食でございます、大豆の大波に襲いかかられ、飲み込まれ、のしかかられながら、それら一粒一粒の中に輝くYY（イグリエガ・ドブレ）の刻印を、圧殺される直前の陽一郎のまなざしは確かに捉えていた。

34

折から猛威をふるっている感染性胃腸炎と、流行の兆しを見せているA型インフルエンザのせいに違いない。待合室はずいぶん混雑していた。具合の悪い顔をマスクに覆った病人たちに並んで座り、陽一郎もまた問診票に名前や性別や体温を書き込んでいった。「どうなさいました？」の欄の「発熱」「せき」「のどの痛み」「倦怠感」などに丸をつけてゆくと、自分がずいぶんな病人のように感じられた。長い待ち時間のあいだ、陽一郎はソファに寄りかかり、ほとんど動くこともないまま視線を虚空に漂わせていた。よく知っている場所だった。懐かしい場所でもあった。体が弱かった子供のころは足しげく通い、そののちいつのまにか足が遠のいた場所。あたりのようすは記憶に残るものとほとんど変わっていない、古びた個人病院の待合室である。

「原さん、原陽一郎さん」

陽一郎は立ち上がった。診察室に座るドクターの姿も記憶の中のまま、十年前もこんな具合に老人であったような気がした。その言葉の響きもまた、確かに何度も耳にしたことがあったはずだ。

「はい、どうぞ。今日はどうしたね」

「ちょっと熱っぽくて、だるくて……」

ありふれたやりとりだったが、実際に陽一郎と対面した鴨志田《かもしだ》医師はなにか奇妙な印象を受けた。医業に携わっていればときおり働く、職業的な勘どころである。三日目に及ぶ発熱と咳漱《がいそう》という経過は珍しくもないし、百八十一センチに五十九キロという体型は少々痩せぎみというていどだが、張りに乏しいかさついた皮膚は、なにか急速な体調の変化を物語っていた。他に病院にはかかっているかね？　なにか薬は飲んでいるかい？　型どおりの問診からは、目立った話は聞き出せなかった。ちょっと夜中、出歩いちゃいまして。言葉少なくそう言うだけだった。

採血と尿検査とレントゲン撮影を看護師に命じてから、鴨志田は表紙が変色しかかったカルテをめくり、古い記憶を辿った。確かに、子供のころに何度もこの医院に通ってきていた青年である。早くに父親を亡くしていて、一人で、あるいは弟を連れて受診しに来ていたはずだ。このあたりではいちばんの出来の秀才少年という噂で、じっさい大人びた利発な受け答えをしたものだ。グレもせずにいい高校に進み、いずれうちの息子の練《れん》のように医者にでもなってくれれば嬉しいものだなと他人ながら思っていたものだが、大学受験の年、インフルエンザの予防接種を受けに来たのが最後の来院である。もう、十年近くも前のことだ。

やがて出揃った検査の所見も、鴨志田の見立てを裏付けていた。血液中の炎症反応と白血球数の軽度の増加、肺門部の気管支影の増強。どれも気管支炎の診断を裏付けていたが、それは予想の範囲内だった。問題は、それ以外のところにあった。血液中のタンパクも脂肪も糖も、おしなべて低い。尿素窒素の増加は軽度の脱水を暗示している。不足するエネルギーを補うべく身体に蓄えられていた脂肪が分解されて、ケトン体が尿に現れ出ている。どれも、二十七歳の男にしては異様な数値だった。要するにこの青年は、緩やかな飢餓状態にあるのだ。

「メシは食ってるのかね」

看護師に点滴の準備を指示しながら、鴨志田は訊ねた。

「いえ、まあ」

「吐いてるわけじゃないんだろ？」

「ええ」

たかが数日食わなかったところでこうはなるまいよ、と鴨志田は思った。長い時間をかけた、人為的な飢餓。しかしそれは、実は決して珍しいことではないのである。この飽食の都のただ中で、今どき、拒食症《アノレキシア》はさまざまな理由に爪を立てて人間に襲いかかる。ダイエットのためか、醜貌恐怖のためか、あるいは心理的なストレスか。十年のあいだに、かつての秀才少年の人生にいったいどういったことが起こっていたのか、鴨志田には分からない。そこに分け入ることまでが自分の職分だとも思わないが、痛ましいという気持ちにはなった。人を襲うのは老病死ばかりではなく、生そのもの、これがまことに厄介なしろものなのだ。面倒くさい現実と折り合いをつけながらはてしなく続く人生に、実のところ、介入できることなどたいしてありはしない。それでも、せめて糖質とビタミンを混ぜたこの点滴が病んだ身体を回復させるささやかな手助けになれば、そう鴨志田は考える。

「明日も来なさいよ」

点滴につながれてベッドに横たわった陽一郎のかたわらで、鴨志田は言った。

「若いからってね、あまり無茶しちゃいかん」

「はい」

「よく食べてよく休む。それに勝る養生はないんだからね」

「はい」

陽一郎は素直に返事をした。点滴が終わるまで淡く長い眠りの中を漂い、寒風の吹きすさぶ街路に瘦せた体を支えつつ、老医師の言うとおりに三日連続で病院に通った。ようやく小康状態を得て、陽一郎はふたたび家に閉じこもった。

世間が不思議な高揚感に包まれて暦に新たな楔《くさび》が打ち込まれる年の瀬から新年にかけての時期を、陽一郎はほとんど玄関から出ずに過ごした。本当だったらTAKAMAGAHARAのゲーム製作に没頭するはずだった時間は、丸ごと空白になっていた。

事態はおおむねマシュダが予想したとおりに動いていた。TAKAMAGAHARAに関わる二次創作物は、すべて、ガイドラインを制定するまで無期限に発表を控えるようにとザリスキ社から通達が出ていた。ウェブ上には暴風雨のように罵詈雑言が吹き荒れた。オオクニヌシなんぞとご大層な名を名乗っていた岡田茂男という男をぶち殺してザリスキ社に爆弾テロを仕掛けてやる、そんな物騒な文言までが複写と貼付《コピー・アンド・ペースト》を繰り返されていた。しかし、そんなものは、これっぽっちも現実に影響を与えなどしなかったのである。通信回線の転送量を無駄に膨れ上がらせただけのことだろう。陽一郎が予想したとおり、あちらの世界があっさり潰えたところで、こちらの世界は微動だにしていない。陽一郎は半ば惰性でその騒動に付き合い、やがて、飽きた。

陽一郎はひとりぼっちだった。母親からはクリスマスカードが届いたきりだった。同居するパートナーの男性とシンガポール旅行を楽しんできたらしく、そのあとは少なくとも旧正月まで忙しい日々を送る腹づもりのようだ。弟にも、仙台から帰省する理由などなかっただろう。不景気な面構えの兄貴と顔を突き合わせて年を越すよりも、冬期講習のアルバイトで懐を暖め、サークル仲間とスノーボードに繰り出す年末年始の方が充実していることは明らかだ。数年ぶりの寒波が伝えられる冬のさなか、自宅二階の自室から動かないまま、陽一郎の放つ熱は驚くほど狭く慎ましやかな範囲にとどまっていた。摂食は極度に切り詰められ、ほとんど熱を生まず、排泄を生まなかった。パソコンに向かい合うこともおっくうになってしまえば、陽一郎は携帯端末をあてどなくいじり、バッテリーが切れたときにあらためて充電する気力すら湧き上がってこないことに気付いた。驚いてしかるべき事態なのだろうが、どうしてか、驚愕も焦燥も感じなかった。

かつて社会人生活からドロップアウトしたときに似ているようでいて、まるで異なっていた。あのときは、起きねばならぬ、歩かねばならぬ、着替えて髭を剃ってネクタイを締めて部屋から出ねばならぬ、そのように駆り立てられる気持ちばかりが強く、ぎしぎしと肉体との間に摩擦を生んで至るところがひりひりと痛んだものだが、今の陽一郎の心理は驚くほど平安だった。情動をはらまない肉体はほとんど動くことがなかった。百八十センチを超える堂々たる体軀にしがみつく肉はいまや五十キログラムを割り込もうとしていた。起き上がらなかったし、そうする必要も感じなかった。それがなにかの平衡状態なのか、それとも消耗の果ての衰弱なのか判断ができないまま、陽一郎は自室のベッドにひたすら横たわっていた。小学校に上がって初めて与えられてからおよそ二十年、大学の四年間を除いて、ここは変わらぬ陽一郎の城である。文字通りの揺籃《ようらん》であり、二つ目の子宮だった。世界の誰よりも自分が詳しく知っているこの場所でならば、陽一郎は心安らいでいることができた。偉大なるSoysoyaのYY（イグリエガ・ドブレ）の幻影、原世志彦・コウイチロウ親子の長く大きな影、そして黒い瞳を潜ませた薗の切れ長の目。自分を怯えさせてきた数々のものが、ここでならば、すべてが曖昧に感じられた。いまや陽一郎には安藤百の顔立ちすらおぼろげだった。現実の大地にまっすぐに立ち、自分をまっすぐに見つめて手をさしのべてくれたかと思われた一人のリアルな女の子は、いともたやすく手中をすり抜けて、地平線のかなたへと走り去っていってしまった。ほんの数週間前のことが歴史上のできごとのように感じられた。あらゆるもののかわりに、淡い眠気がいつまでも晴れない霧のように陽一郎を包んでいた。ベッドに横たわりながら、ときに陽一郎は自らの来し方を思い返していたが、ことによるとそれは夢の中のできごとだったのかも知れない。

今となっては遠い昔のことのように感じられるが、あの晩夏の、あの暑い宵の汐留《しおどめ》。まばゆいばかりに光を灯すオフィスビルに囲まれた最上階のレストランで口にした、金色に泡立つ酒と料理。大豆を初めて口にしてからおそらく三十年近くが経ち、それが大豆であると意識して口に運んだ、あれは初めての食卓ではなかっただろうか。俺をあそこに招き奇怪な依頼をしてきたのはSoysoyaという名の巨人、ゴーレム、オートマトンであって、その原初には二人のハラ、世志彦とコウイチロウという父子がいたらしい。この俺と同じ姓を持った地球の裏側の日系人。彼らが本当はどういう人物なのか、俺は知らない。なにを思いどうふるまっていたのかも、知らない。二度と知るすべもないだろう。すべてのものはもはや土の下に眠っているし、そうでなかったとしても、結局のところ他者の抱える深淵を本当に覗き込むことなどできないのだから。できることは、目に見えるものや書き付けられたこと、耳で聞いたことを丹念に拾い集めて汚れを落とし、整序をつけて並べ替え、浮かび上がってくる影に目を凝らすことだけだ。

原四郎、この本州でもっとも酷薄な風土に生まれた、目の賢い俊才。才気を漲《みなぎ》らせた少年は、その才気のままに岩手の寒村を走り出て、その才気のために身を滅ぼした。その名は過去帳にすら残らず、一世紀近い時を隔ててしまえばその姿は淡く、ときに浮かび上がるうたかたが仄《ほの》めかしてきたものは本当に原四郎のそののちであったのかどうか。四戸、仙台、東京、月島、横浜、門司、大連、満州、ラ・プラタ、ラ・コルメナ、サンパウロ。彼の辿った足跡はどこまでが真実なのか。原四郎、大原泰《おおはらたい》南《なん》、萩原泰世、黄文徳、和藤内《わとうない》あるいは南洋国性爺《なんようこくせんや》、セガワシン、そして原世志彦。幾通りにも語られるこれらの名は、単なる変名なのか、それとも異名《ヘテロニム》か、赤の他人なのか、はたまた地の上に存在しない架空の名乗りなのか？　すべての手がかりは霧のかなたの閃光のように鋭いが儚《はかな》く、視界の端をかすめたものを凝視しようとすればその姿はたちどころにおぼろになってしまう。情報と証拠とが結ばれたように感じ、いくつもの線が絡み合い編み上げられて確かに原四郎という人物の転変が浮かび上がったかに思われたのは、錯覚でしかなかったのかも知れない。結び上げ編み上げてきたのは、実は奴の方で、絡め取られたのはこの俺だったのかも知れない。気が付いてみれば、W（イグリエガ・ドブレ）の刻印が施された食のネットワークは地の上を覆い尽くしていて、逃げようとしてじたばたともがいたところで手足に絡まるいっぽう、俺たちは食べて生存してゆくことにすら手綱をつけられている。その無数の手綱の一端を握り、神話の世界の大いなる存在にも似て黒々と立ち上がって天に至る巨大な立像に、陽一郎は原世志彦とコウイチロウ・ハラの不遜《ふそん》なまなざしを認めていた。

「そうなんだ。でも、そうじゃない」

そんな声が聞こえた。誰の声かは分からなかった、知らずおのれが発した声か、他の誰かか、あるいは夢のかなたから響いてきた主《あるじ》なき声か、判断がつけられなかった。もしかしたら、俺は嘲られているんじゃないか。試すようにからかうように顔を覗かせるWの紋章は、この間抜けな俺が奴らの跡を追おうとしたとき、一世紀の時間を遡ってすでに奴らが刻みつけていた徴《しるし》だったのではなかろうか。実のところは一切合切が虚構、二〇一五年という時代になって初めて組み立てられた、新しき過去だったのではないだろうか？

確かに時は過ぎ去ってしまえば二度と流れ戻りはしないが、過去は決して不変のものなどではない。生者たちにとっては過去などおもちゃでしかない。死者のふるまいなど、生者がぶら下げたがる勲章のためにどんなふうにだって作り替えられる。生きなかったはずの人生が生きられ、築かれなかったはずの伽藍が築かれ、そうやって実際に俺たちは過去を作り替えてきたじゃないか、したことはしなかったことにして、しなかったことはしたことにして、美しく傷のないものへと磨き上げてしまったじゃないか。過去を偽ったところで誰も咎め立てもせず、確かめるすべもないのだから。

　では、Soysoya はどうか？　コウイチロウ・ハラの過去は？　パラグアイへの移民、イタプア県での大豆出荷組合、移民たちを満載した移民船ですらひょっとすると虚構だったのかも知れない。たった一枚の写真で過去はたやすく偽ることができるからだ。実体なきものの姿を作り上げることなど簡単だ、あの南星凜太郎一座が舞台の上にこしらえたのは壮大な夢物語だったじゃないか。インターネットを介して呼び出される無数の情報に至ってはさらに甚《はなは》だしい、あそこに現れ出てくる森羅万象は結局のところ電子情報の影に過ぎず、影もまたどんなふうにだって作り出すことができる。少年期のとっかかりから十五年以上、この俺が組み付いてきたウェブの世界はそれ自体はどこにも実体を持たず、俺は電子情報のもつれ合いに淫していたばかりで、ドンと書割を突き飛ばせばその後ろにざわめいていたはずの人影、鳴り響いていたはずの楽隊はどこにも存在せず、ただ地の果てまで続く荒野に寒風が吹き荒《すさ》んでいるばかりではないのか。今まさに TAKAMAGAHARA の世界で起こっていることは、そういうことではないか。

　ザリスキ・ブラザーズ社との提携が発表されて一ヶ月足らず、ウェブ世界に無数に存在していたはずの TAKAMAGAHARA にまつわるコンテンツはすさまじい勢いで消失し続けていた。かつて確かにあったはずのキャラクターのイラストが、テキストが、ゲームが、動画が、音楽が。中には十年になんなんとする時を刻み、本家に匹敵するとも劣らないほどの人気を集めたウェブサイトすらあったが、彼らは一言の挨拶も遺さないままに唐突に姿を消してしまった。現実世界ならば、数十万の人口規模を誇る都市が消失してゆく有様に喩えられたことだろうが、その跡地には瓦礫一つ残ることはなかったのである。“404 error the requested site is not found” 素っ気ないメッセージが不在を告げるばかりであり、それは現実世界のいかなる不在よりも強い。では、どうなのだ、俺が対峙していたはずのもう一つのものは？　ハラ一族、そしてYY（イグリエガ・ドブレ）の紋章を掲げた大会社が築いたものは、不可視の帝国なのだろうか、それともまったくの虚構であって、実のところは存在すらしていないのだろうか？

陽一郎は目を開けた。いつのまにかヒーターは切れていて、部屋は冷え、窓の外には冬の性急な夕暮れが訪れかけていた。長い眠りから醒めたのか、それとも眠りを忘れたまま長くここに横たわっていたのか、判然としなかった。いつからこうやっていたのかも記憶にはなく、指先に痺れを感じた。起き上がれるだろうか？　不安だったが、やってみれば簡単だった。めまいを感じ、頭の後ろが鈍く痛んだが、それだけのことだった。陽一郎はよろよろと立ち上がると部屋の電気をつけ、電話を探した。あ、あぁ、あー、こんにちは、そう声を出してみた。正月が明けてからこちら、実際に声を出したのはこれが初めてではないだろうか？

逡巡したが、結局陽一郎は電話をかけた。迷惑になることも承知の上だった。この乱れきった思惟を聞いてもらえる人物は、今となってはもうたった一人しか思いつかなかったからだ。

「は、はのう」

案の定声はかすれ、うわずった。

「わたくし、とうきょうのはらともうしますが」

電話の向こうからは若い声が聞こえてきた。マニュアル通りの対応をしたあと、ぴたりと言葉を切った。彼の記憶が蘇ってきたようだった。

「ああ！　昨年の秋口においでになりましたか。ええ、ええ、そうでしたね」

青年の声は高く張り、生気が漲《みなぎ》っていた。そののちに青年は声の調子を落とし、ためらうように言った。

「その……、所長、入院しておりまして」

「は」

「いただいたお電話で申し上げるのもなんですが。脳溢血って言うんですか、あの、頭の血管が」

事態を理解しきれないでいる陽一郎に、青年は丁寧に伝えた。私も身内じゃないんでそれ以上のことは……、連絡先を申し上げます、よろしいでしょうか。ええ、ありがとうございます、ごていねいに。

簡素に礼を述べたのち、電話を切り、陽一郎は立ちつくした。窓を見れば冬の短い夕暮れはすっかり暮れきり、暗い窓ガラスの上に呆然とした自分の顔が映った。机の上に走り書きしたメモには、岩手県岩手郡四戸《しのへ》町、原恵三《けいぞう》の住所と電話番号が残されていた。

35

車内は閑散としていたが、盛岡駅からはずいぶん人が乗り込んできた。仙台駅からはさらに乗客が増え、八割がたの座席が埋まった。六百キロメートルに及ぶ距離をほんの三時間で疾走し、地下深い上野駅に停車したところで原千榮子《ちえこ》は新幹線を降りた。改札を出れば、休日だというのにすでに駅前の喧噪はかまびすしく、東京は大変ねえといまさらのように千榮子は思った。朝方あとにしてきた岩手県山中の小邑、四戸町は眠ったように静かで、除雪のされた街道筋を手ぬぐいでほっかむりした老婆老爺が行き交わし、マァズ……おはようござんす、転ばねぇように足元《あしもと》お気《ぎ》を付げゃんせ、つぶやくような土地の言葉の挨拶が聞こえてくるばかりだったが、そこから数時間で世界はこれほどに変貌を遂げていた。これは東京だからなのかしらね？　それとも私が若いころ、もう少し世の中はのんびりしていたかしら？　今から三十年前に短大に通っていたころの盛岡市、菜園《さいえん》の川徳デパートや肴町《さかなちょう》のアーケードは、いったいどんな具合だったかしら？

　昔のことを思い出しながら、原千榮子は颯爽とアメ横の人混みの中を歩いた。馴染みの乾物屋に顔を出し、今年初めての挨拶かたがた急ぎで頼まれていた雑穀のパックを納めた。御徒町から地下鉄に乗って東新宿まで出て、自然食レストランのシェフと打ち合わせ。雑穀を用いた低アレルギーメニューの開発に乗り出したいとのことで、ノウハウのある奥州ミレットに打診があったのだった。小麦除去やトウモロコシ除去メニューについて説明をし、商品サンプルを渡し、新大久保まで回って取引のあるネパール料理レストランに顔を出し、昼食がてら雑穀メニューの打ち合わせ。生まれも育ちも岩手県の山中だった原千榮子が、首都圏の雑踏こそが商いの戦地であると思い定めたときにはとうに不惑を過ぎていたが、以来、彼女は物怖《ものお》じすることなくこの巨大都市を縦横に歩いている。この日も原千榮子は精力的に歩いて五つの店を回り、取り急ぎの納品を済ませ、新規契約を含めて二つの商談をこなした。引きずる大ぶりのキャリーバッグもすっかり軽くなっていた。最後に彼女は池袋から東武東上線に乗り、和光市駅で降りた。冬の夕暮れが迫る頃合いだった。時間を確かめ、携帯電話をかけた。

「どうも、ごぶさたですー。岩手の原ですけどぉ」

　原千榮子は回線の向こうへと呼びかけた。

「ごめんなさいね、遅くなって。いま和光市に着いたのよ」

　常日頃とまったく変わりのない快活さを添えて、原千榮子は話し続ける。きっかけは三日前に遡った。それまでに数回しか顔を合わせたことのない義理の甥から、不意に電話がかかってきたのである。彼女にとっては義理の伯父にあたる、原徳吾の容態についての問い合わせであった。そうなのよ、急なことでねえ。驚いちゃったんだけど、もしよかったら今度の連休お暇かしら、私東京に出る用事があるんで、ちょっとお茶でも。少しお話できるかと思って。そうね、じゃあ夕方に。

手際よく約束を取り付けると、千榮子は電話を切った。本当は和光市まで足を伸ばす必要などなかったのだが、いったいどういう理由でか、このところ恵三が執拗に気にかけている陽一郎という義理の甥に、彼女自身にも好奇心が芽生えていた。さらにそれは、嫁いで三十年も経つというのになお不可解なものを潜めた、四戸原家に対する好奇心とも重ねられていたのである。

原家にまつわるさまざまな噂は四戸という小さな町のそここで折に触れて語られてきたから、千榮子はその奇異なものがたりを空気のようにまとって成長してきた。祖父の世代までは神話のように語られ、父の世代で地に落ちて泥にまみれ、さて自分の同世代となれば一史と嗣治《つぐはる》という二人の麒麟《きりん》児《じ》がかすかに往時の栄華を伝えるばかりである。三男としてひっそりと生まれ出ていた恵三少年の姿を、気の毒にも千榮子はほとんど記憶していなかった。ましてや十数年後に自分がその妻として原家に嫁ごうなどとは予想だにしていなかった。千榮子はきわめて即物的な才気に満ちた少女だった。その気質は歳を重ねても大きく変わることはなく、恵三がおびえたように執念深く原陽一郎という甥の名をつぶやき続けたときにも、意気地《ずくたれ》なしの目玉に成り代わってやろうじゃないかというぐらいの気持ちが彼女を駆り立てていたのである。

駅を出れば、待ち合わせの喫茶店はすぐに見つかった。先に入って席を確保し、ときおりコーヒーカップから顔を上げて入り口の方に気を配っていたが、それでも自分の席の横に陽一郎が音もなく立ったとき、彼がいつ店内に入ってきたか思い出すことができなかった。

「あら！　どうも、お久しぶり！」

原千榮子は少々大きな声を上げた。陽一郎のふるまいというよりは、たたずまいに不意を打たれたためである。記憶を辿れば、義兄の十三回忌の時に顔を合わせたとき以来だから、六年、あるいは七年？　ちょっと痩せたかしら？　なにか病気をしたのかしら？　あのときの利発そうな少年の面影がいま眼前に立つ青年に残っているのかどうか、どうにも自信がない。

陽一郎は大柄な体を折りたたむようにして椅子に座った。どうもとか、こんにちはとか、何年も顔を合わせていなかった人間に向けるにしては素っ気なさすぎる言葉をつぶやいたような気がする。陽一郎の大きな体格に、千榮子は既視感を覚える。太い骨と頑丈な肉体は、舅の原肇はもちろんのこと、長じるまでは背骨がシャンとしていないと揶揄されてきた恵三や、すっかり今どきの若者になってしまった大輔《だいすけ》にさえも見て取れる一族の刻印のようなもので、それは遠い昔から山深い四戸の土地に生を紡いできた記憶が練り上げられて肉体に顕現してきたのではあるまいかと千榮子は思っていた。

しかし、今の陽一郎の骨には、薄く貧しい肉がかろうじてしがみついているかのように見えた。単に痩せただけではなく、生きるために必須の部分までも削ぎ落としつつあるかのような、危うい肉体。

「最近いかがかしら、お元気だった？」

千榮子は明るく訊ねた。ええ、まあ、その、つぶやくように陽一郎は答えた。確かにこの体からではそれぐらいの声しか出ないでしょうねと千榮子は思った。

「年末に体調を崩しまして」

「あらぁ、大変ねえ。今お一人なんでしたっけ」

「ええ」

「しっかり食べなきゃ駄目よ。いちばん大事なのは、結局、健康よね」

「ええ」

紅茶が運ばれてきた。陽一郎はお湯にティーバッグを浸さないかわりに、テーブルに置いてあるスティックシュガーを摑み、十五本まとめて口を切った。一本あたり五グラム、合計七十五グラムのショ糖。熱量にしておよそ三百キロカロリー。そのすべてをお湯に入れ、丹念にかき混ぜた。無色透明の湯がどろりと濁るのではないかと思われた。それを陽一郎は、薬湯かなにかのように、ゆっくりと飲み下していった。

千榮子は一部始終を見ていた。空になったティーカップを、厳かと言いたくなるような手つきでソーサーの上に置くところまでを見届けた。この義理の甥がなにかよく分からない事態に陥っている、そのことは察せられた。昨秋の彼岸、自分が不在のあいだにふらりと四戸原家を訪れたと聞いている陽一郎青年がなにを考えていたのか、彼女は知らない。しかしそのことは、夫である恵三を過剰なほどに不安がらせていて、考えすぎじゃないのと笑い飛ばしていた千榮子は今になって初めて夫の過敏さに同意する気分になった。その不安が正当だと言いたいのではなく、この青年がまとう得体の知れなさに直面したからであり、それはまたうまく説明できないままに得体の知れないものに翻弄されている夫の姿そのものとも似通っていると感じたからである。

「お母様はお元気？」

「母はいま中国です」

まともとは思えないものを垣間見せたにもかかわらず、陽一郎の返答はとても丁寧だった。中国のどちら？　上海です。広州だの南京だの、あちこち飛び回っているみたいです。ときどき帰ってらっしゃるの？　いえ、なかなか……。旧正月の休みにも、結局戻ってこないみたいで。あら、そうなの。アパレル業界も大変なのねえ。そういえば、弟さんはどうなさってるのかしら。一緒に暮らしてるの？　いえ、光次朗《こうじろう》は仙台で学生やってます。あら、もう大学生だったの！　歯医者さんになるのね。どちらもお忙しいのねえ。

原千榮子はひっそりと感嘆する。義兄の葬儀の日には泣きの涙でろくな受け答えもできなかった、いかにもお嬢様然としたあの義理の姉がいまやひとかどのキャリアウーマンとなっていて、そのスカートにしがみつくばかりだった幼児が歯学生だとは。では、この陽一郎青年はどうなのだろう？　受け答えはまともだけど、しかしなにか偏奇なものを感じさせるこの青年は。

「あの、それで」

不意に陽一郎は口を開いた。

「徳吾《とくご》おじさんのことなんですけれど……」

「ああ、ええ、そうね」

千榮子は答えた。接点があったとは思えない遠縁の身の上を、いったい、急に、どうして、気にかけたのかしら？　そう訊いてみたかったが、止した。この青年からおのずと語られるかも知れないと思ったからだ。

「去年の暮れだったのよね」

そう千榮子は言った。やもめ暮らしの徳吾は、週に三回ほど家政婦を入れていた。その曜日であったことが幸いした。いつもきっかり午前六時に起床しているのが常であった徳吾が起きていないことから、家政婦はすぐに異変を察したらしい。発見は早かったと言っていいだろうし、暮れであったにもかかわらず救急病院は手際よく急患を受け入れてくれたらしい。しかし、不運にも、出血は脳の奥深い部位の血管の破綻によって起こっていた。根本的な回復は難しいと思われます、というのが、子供もいない徳吾の近親者として恵三と千榮子が受けた告知である。

「難しいところみたいね」

「そうですか」

陽一郎はつぶやいた。

「無理に先延ばしはしないって方針になったわ」

「そうですか」

ふたたび陽一郎はつぶやいた。

「陽一郎さん、会ったことあったの？」

「ええ、あります」

陽一郎は答えた。

「一度だけですけど」

「そうなの」

「たった数時間だったんです」

「万一のときは、お知らせしようかしら」

「お願いします」

奇妙なことではあった。たったそれだけの邂逅《かいこう》でなにがあったのかは分からず、陽一郎の青白くやつれた表情に潜むものは窺いにくかったが、それでも、この義理の甥が社交辞令などではない衝撃を受けているらしいことは察せられた。

言葉数の少ない陽一郎を相手に、千榮子はしばらく雑談に興じた。長く商売をやってくれば人から話を引き出す手管は自然に身についていたし、意外にも、陽一郎は問われればよく会話について来た。引き出そうとした以上のことを陽一郎は話した。俺、今、無職ですから。時間はあるんです。陽一郎は訥々《とつとつ》と語った。友人たちとゲームを作っていたこと、それがなにかややこしい事情によって中断せざるを得なくなったことを少しずつ説明していった。その口調は、かつて息子の大輔が仙台のコンピューター会社に勤めていたときのものを彷彿とさせた。

「四戸の皆さんはお元気ですか」

あまつさえ、陽一郎はそんな気遣いまで見せた。

「そうね、お陰様で。みんな変わりないわねえ」

「祖父は元気ですか」

陽一郎は重ねて訊ねてきた。元気よ、まあ、歳が歳だからそれなりだけど。そっか、こないだお彼岸でいらしたときには入院してたのよね。今は自宅よ、お義母《かあ》さんがよーく面倒見てるわ。ごはんも食べるし、体調いいときは外にも出るし。答えながら千榮子は、自分の……というよりも恵三の聞きたかったことに、向こうから踏み込んできてくれたかなと思った。そうそう、あのときは私も出てたからお会いできなかったのよね。なにかご用事だったのかしら？

「僕も長いことご無沙汰してましたので、その、ご迷惑かとは思ったんですが……」

陽一郎はそう言って、しばらく沈黙があった。

「ちょっと調べておきたいことがあったんです」

「あら。うちのことで？」

「僕の遠い親戚について、興味が」

相変わらずの小さな声ではあったが、陽一郎の言葉は意を決したように響いた。ご存知でしょうか、僕の曾祖父の弟に当たる人で、原四郎という名の。千榮子は首をかしげたが、思い当たるところはあった。四戸という小さな町のどこかで千榮子の耳をもかすめていた話だったのかも知れない。なにかおぞましい咎《とが》のために、存在そのものを抹殺されてしまった不可触《アンタッチャブル》の人物。それは土地の名家にまつわればこそ興味をそそり、つまびらかにならなければこそ禍々《まがまが》しく感じられた噂であった。千榮子が若いころに流行った、山村での猟奇殺人や怪奇現象の映画に重ね合わせたくなるような噂だったが、なにしろそれはあまりにも古い時代の話だった。それ以上は話を広げようもなかったし、千榮子が当の原家に嫁いだところで見えてくるものもなかったのである。それが、まったく予想もしなかった瞬間、この奇妙な義理の甥の口から漏れてきたことに、珍しくも千榮子は身を乗り出しそうになった。

「なにか、分かったの?」

ええ、つまり、そう言ってから陽一郎がふたたび口を開くまでに、ずいぶん間があった。優秀な若者だったようなんです、と陽一郎は言った。仙台に出て帝大に入って、法律を学びはじめたんですが……。

「大学で政治運動に関わって勘当されたとか」

「あら、まあ」

「それで、地元にもいられなくなって」

陽一郎は、少しずつ話した。言葉と言葉のあいだの空白は長く、そのつど次の言葉を探るような慎重な口ぶりだったが、しだいにその表情には辛そうな色が浮かんできた。東京に出てきたようなんです、それで、しばらくは働いていたようなんですが。どうも姿を消してしまって、おそらくは満州に渡って、貿易の仕事を……。そこからも、さらに、新しい土地を求めたようでして……、最終的には大きい会社を……。

陽一郎はふたたび言い淀んだ。気を持たせるというよりは本当に困惑しているような様子で、陽一郎は長身を折りたたんでテーブルに突っ伏しそうなほどにうつむき、小さな声で言った。

「すいません、その」

　ほとんど泣き出しそうな目だった。頭の中に組み立てられていて、ごく当たり前のことだと思い込んでいたことがらを実際に言葉に乗せて世界に放つことがいかに困難であるか、そのことを初めて自覚したかのような顔つきだった。そもそもそのように込み入ったものごとというのは、無理を押し通せるほどの頑健な肉体がなければ支えられないものなのかも知れないわねえ、と千棠子は思った。

「いいのよ、無理に聞きたいってわけじゃないんだから」

「お話ししたいんですが……、どうにも僕も、まだ、整理が」

「いずれ、聞かせてちょうだい。話せるときになったらでいいから」

「はい。必ず」

　そうね、それなら、そうねえ、千棠子はつぶやいてキャリーバッグを引き寄せた。

「疑うわけじゃないけど、空手形は好きじゃないの」

　千棠子はキャリーバッグを開けた。中に入っているのは、もともと手土産のつもりであったり、渡すべき人物に会えなかったり、そういった事情で手元に残った奥州ミレットの製品の残りである。

「余りもので悪いんだけど。お話聞かせていただくお代金、先に物納しておこうかしら」

　陽一郎を見つめて千棠子はいたずらっぽく言った。これは雑穀のシリアルなのよ。盛岡の食品会社と共同でね、牛乳かけるだけでいいの。こっちはヌガーバー。これは雑穀粥のレトルトパウチでね、これはミネストローネ風、これは中華粥風の味付けで。お好みに合うかどうかは分からないけど、できるだけね、今風にしてみたのよ。雑穀なんてそのままじゃねえ、なかなか食べにくいからねえ。お料理はするかしら、これは雑穀のオートミールで、牛乳とお砂糖で煮るだけなんだけど、おなか壊したときなんかにもいいのよ。眼前に並べられた食品に、陽一郎は目を見張った。それは、岩手の山中に実る雑穀がまとった、もっとも今風の装いだった。米の実らぬがゆえに貧困を強いられていた土地が生み出した、新しい食の姿だった。

すばらしいですね、陽一郎はつぶやいた。ありがとうございます、助かります。これ、みんな、四戸町の雑穀ですか？　そうねえ、最近はお陰様で評判がよくてね、葛巻《くずまき》や岩泉《いわいずみ》とか、九戸《くのへ》のあたりの農家でも作ってもらうようにしてるのよ。元はこんなふうなんだけどね、お料理はするのかしら、そのままあげても困るかしらね。千榮子はそう言って、小袋に詰めたヒエとキビと黒豆を並べる。

「これ、蒔けば芽が出ますか？」

「あら。育ててみる？」

陽一郎は困ったように笑う。まあ、蒔くようにだったら種を送るわよ。そうですか、それは嬉しいです。陽一郎の住所を千榮子がメモしたところで、陽一郎はおずおずと言い添える。

「あの、ついでですけど。……その、大豆の種もあれば、送っていただけないでしょうか？」

最後の最後に、陽一郎はそんな奇妙なことまで言った。その痩せ細った肉体は大量の砂糖を放り込んだ紅茶をすするとき以外にはほとんど動かなかったが、そのかわり、たくさんの言葉が流れ出ていた。千榮子が予想していたよりもよほど豊かで、よほどまっとうな。さて、この会談の中身をあの人にどう伝えようかしらね、千榮子は考えた。少なくとも、この青年が伝えようとして果たせなかったことは黙っておくことに決めた。要らぬ不安をかき立てるだけであることは目に見えていたし、必要なことは、時が来れば当人の口から語られるものだと思ったからだ。それはなにか心の奥をくすぐられるような期待と面白みに満ちていた。この義理の甥と、目に見えない共犯関係を結んでいるような気分だった。

せいぜい三十分ていどの雑談だった。陽一郎は千榮子と駅前で別れを告げ、ゆっくりと家への道を歩いた。かつての二倍も時間がかかるかと思われた。冬の太陽は、急速に陰る。風は鋭く、日陰に入れば首筋から寒さが入り込んできた。途中、スーパーに寄って牛乳を買った。数ヶ月ぶりのことだった。一キロの手荷物が増えるのは今の陽一郎には苦痛だったが、それでも陽一郎は牛乳を買って帰った。

外に出るのも久しぶりならば、人と長く話すのも久しぶりのことだった。なにより、千榮子が分けてくれた雑穀のさまざまを、陽一郎は食べてみる気になった。長い時間をかけ、アワとキビを牛乳で煮込み、砂糖と塩を混ぜてゆっくりと口に運んだ。うまいかどうかの判断もつかなくなっていたが、温かく、胃壁をふるわせるようだと陽一郎は思った。ほんの百年ほども遡らない時代の東北の山中では人々をかろうじて長らえさせる手段だった雑穀が、二〇一六年の初頭、飽食の極みにある世界のただ中で飢餓に陥っていた原陽一郎に染み込んでゆく貴重な熱量となっていた。

およそ一週間後、奥州ミレットの社名入りの段ボールが届いた。袋詰めの雑穀、シリアルやヌガーバー、レトルトパウチの食品がたっぷり詰め込まれた中に混じり、小分けにされた種が入っていた。陽一郎はその一つ一つの名を確かめ、携帯端末を立ち上げた。実に久しぶりのことだった、陽一郎自身も驚いたことだが、これは、この年初めてウェブに接続した瞬間だったのである。陽一郎は各雑穀ごとに検索をかけ、その蒔き時と栽培の仕方を調べていった。ブックマークをつけ、必要に応じてプリントアウトもした。この一戸建て住宅の東側には小さな庭がある。かつての花壇はいまや誰も手を入れないまま雑草が茂り放題となり、この季節には夏草が枯れきって根に霜が下りていることだろう。刈り払う必要があるなと陽一郎は思った。土も入れ替える必要があるらしいことを学んだ。今の身体には結構な重労働に感じられたが、なんとかしなければならないのだろうなあと陽一郎は思った。そのためには食べることであり、ふたたびこの肉体に熱量を招き入れることだ。陽一郎は立ち上がった。

牛乳を温め、雑穀を煮込むために。

その翌日のことである。原千棠子から電話がかかってきた。予想されていたことではあったが、通話を終えて陽一郎はしばし虚空を仰ぎ、瞑目《めいもく》した。未明のことであったらしい。喧噪に満ちたこの地上から、原徳吾は静かに立ち去っていったのである。

36

原陽一郎は飛翔していた。高度三千メートルの天の高みを、時速二百五十キロメートルで、北へ。携帯端末のVistaviaは、ほぼ半年ぶりに、東北の大地を三次元に描出していた。今まさに車窓に広がる仙台平野、仙台の街並み、広瀬川の流れ、蔵王連峰から太平洋までの景観《ランドスケープ》。半年前の完璧な反復だった。当たり前のことだ、コンピュータープログラムは無限回の再生に耐えるのだから。一方、指の一振りで画面を思うままに操っている陽一郎は、半年前と同じ経路を辿りながらも、肉体にも精神にも半年分の変質は確かに刻みつけられていた。

なによりこの日の朝、久しぶりに袖を通すことになったダークスーツを着込もうとしたとき、陽一郎はあらためて衝撃を受けた。以前は太り気味の腹回りを無理矢理押し込んでベルトで締め上げていたズボンが、今は前のホックを留めても指が何本も入る。ベルト穴は三つも後退している。社会人になって仕事を辞めて、不健康な肥満の極みにあったときには九十三キロまで増加した体重が、このところの拒食によって四十九キロまで下落した。そこからわずかに戻して、今は五十八キロ。よく煮込まれた雑穀が、かろうじて陽一郎の肉体をふたたび支えつつあった。

仙台で新幹線はしばらく停車し、たくさんの人を降ろし、ほどほどに人を乗せ、ふたたび走り出した。あの昨秋の彼岸、ここで、天高く飛翔する架空の目を通して俺は初めて北東北の土地を捉えたのだ、そう陽一郎は思い出す。三陸から奥羽《おうう》山脈まで、仙台湾から八戸まで山塊が隙間なく満ちる、我が故地のことを。広大な仙台平野が北上川に沿って細長く北上し、山に阻まれてついに尽きるところの盆地に盛岡市がある。新幹線が速度を落として大きくカーブし、雫石《しずくいし》川に中津川に北上《きたかみ》川、三条の流れが合流するところに位置する盛岡駅に入ってゆく、その瞬間、視界が開けた。

陽一郎は声を上げそうになった。眼前に、白銀の山嶺が想像を超える大きさで鎮座していたからだ。だだっ広い関東平野に慣れきった目には、大きすぎる姿だった。頂《いただき》は蒼天に伸び上がり、雪に覆われた山肌にはごつごつと刻まれた沢筋の影が色濃く落ち、白銀はなだらかな裾野にまで及んでいた。山を見て心打たれる瞬間があろうとは、陽一郎自身想像していなかったことだった。カイラスやアララトのように、カンチェンジュンガやマッターホルンのように、土地そのもの、風土そのものを丸ごと象徴するような山嶺というものがこの地上には存在していて、いま目の前に迫る南部の片富士はまさしくそういった山であるに違いない。原家の人間たちにとっても水のように大気のように身近な山だっただろうと考えると、陽一郎は感慨を覚えた。もちろん、自分がここまで出かけてくる理由となった原徳吾にとっても。そういえば、若いころに生家を勘当されて半世紀、原徳吾は岩手山をふたたび眺める機会があったのだろうか。そう想像すると陽一郎は感傷的な気分になった。

盛岡を過ぎてほどなく、山塊に阻まれて進みどころを見失ったかのように東北新幹線は地の底へと潜り込んでゆく。長いトンネルを抜けてふたたび光の中へと現れ出たときには、あたりには慎ましやかな小邑が広がっていて、新幹線はいわて沼宮内《ぬまくない》の駅に停車した。降りたとたん顔を撫でる冷えた大気に陽一郎は身をすくめた。見れば、周囲の人たちもまた暗色の衣に身を包んでいることに気付く。こんな小さな駅で降りるにしては多すぎるように思われた。親しげな挨拶を交わす人も少なくない。お互いにお互いを慈しむような、なにかを懐かしんでいるような、遠慮深い口調で。彼らは、陽一郎と同じように駅前のロータリーに参集し、エンジンを吹かして待ち構えていたバスに続々と乗り込んでいった。

後部座席に目立たないように座りながら、陽一郎は驚いていた。こんなにも多くの人が！　恵三叔父の差し向けてきたバスに乗り込むのだから、そういうことなのだろう。バスは半年前と同じ道を走った。かつて盛岡と八戸を結んだ古い脇街道である。あのときは峠付近で木々が色づきはじめる季節だったが、今は枯れきった山野にまだ存分に雪が残り、北方の遅い春はまだどこにも萌《きざ》していない。バスは峠を越え、陽一郎にとっては半年ぶりの四戸の町へと陽一郎たちを運んでいった。

「まァずどおも、このたびは」

バスが寺の駐車場に停まって陽一郎が降り立ったとたん、聞き覚えのある声が聞こえて陽一郎は振り返った。恵三叔父である。バス一台を埋めるほどの弔問客たちに愛想よく挨拶する様子は、弔いの日にしてはいささか張り切りすぎているように思われた。受付に香典を預け、陽一郎は寺の本堂へと入っていった。

「こんにちは、遠いところをわざわざ」

上がりかまちで声をかけてきたのは千榮子叔母である。このあいだはどうもお世話様でしたね、いえいえたくさん商品送っていただきまして……、そんな通りいっぺんの挨拶に継がれる世間話で、陽一郎はまたもささやかな世界の秘密を覗き見ることとなった。恵三叔父がこのたびの喪主となっているのは、奥方を亡くして以来の男やもめ、子供もなかった徳吾の数少ない縁者だったからというだけのことではなかったらしい。遠い昔、徳吾が実父と長兄である肇《はじめ》の逆鱗《げきりん》に触れ、四戸原家の敷居を跨《また》げなくなったことは確かである。法曹の世界に生きる覚悟を固めた徳吾にも、山深い田舎町にさほどの未練はなかったことだろう。ところが四戸原家の方にしてみれば、一統の出世頭、一族唯一の弁護士先生を放逐したままにしておく理由もなかったようだ。ことに恵三叔父などはおのれの能力を上回る野心に満ち満ちている人間であったから、父の肇へは面従腹背《めんじゆうふくはい》、こっそり徳吾を頼ってなにかと相談を持ちかけていたらしい。土地のこと、会社のこと、町議への出馬のこと、倅《せがれ》の大輔青年の独立のこと。生ぐさく精力的に生きればそれだけ人間の生活は法理の壁にぶつかるようだ。だから、お葬式の世話ぐらいやって当然なのよ。徳吾さんも本当に人が良かったから、お父さんのわがままにも辛抱強く付き合ってくれてねえ、そう言って千榮子叔母は笑った。三十路に近い陽一郎ですらしみじみと思わずにはいられなかった。まったく、大人の世界ときたら……!

その恵三叔父は取り澄ました顔で、陽一郎のななめ前に正座している。坊さんが二人出てきて、おもむろに読経が始まったところである。めったに葬儀になど出る機会もないはずなのに、なぜか既視感のある風景だった。読経の声と木魚の音は静かに長く続き、足が痺れてきたなと陽一郎は感じ、顔を上げれば恵三叔父の向こうに坊さんの青々とした剃髪頭が見え、さらにその向こうに遺影が見える。生前の徳吾と話す唯一の機会となったあの九月のことを思い出すと、遺影の顔はそれよりもずっと若い。髪はまだ黒々としていて、黒縁の眼鏡をかけ、固く結ばれた口元でこちらを凝視してくる。確かに見たことのある風景だった! 陽一郎は思わず目を見開いた。まだ八つ九つ、事情も飲み込めていないまま、防虫剤のにおいの残る紺のブレザーを着せられ、新幹線に乗せられ、唐突に父の実家へと連れて行かれ……。

「おうおう、ホニホニ、まあまあまあ、ナンタラマンツ……」

あのとき、ほとんど母に取りすがらんばかりにして号泣していた祖母は、いま陽一郎の斜め後ろに座ってもぐもぐと口を動かしながら数珠を指先に転がしている。いくつものものごとが、二十年近い時間を超えて重なり合った。父の死と、大叔父徳吾の死と。あのときの自分はまだ死というものにピンと来ていなかったが、今ではそれが誰も逃れることのできない終焉であることが分かっていて、どれほど強い思いを馳せたところで二度と覆ることはないということも理解していて、ふたたび徳吾の遺影を見上げたとき、突然視界がぼやけた。うろたえるほどに唐突なことだった。いくらなんでもそれはおかしい、ほとんど接点もなかった縁戚の死に対するふるまいとしては奇矯すぎる、そう思ったが、涙は湧き上がってとどまろうとしなかった。

　陽一郎が落ち着きを取り戻したのは、読経と法話が終わり、バスに乗り込んだころになってのことである。ぼんやりと車窓を眺めながら、陽一郎は大叔父徳吾の思い出に耽《ふけ》っていた。どれほど記憶をたぐったところで、それはあの遠い九月の数時間のできごとでしかない。しかしそれは、陽一郎が世界に向けるまなざしを変じるまぎれもないきっかけであったはずだ。……お待ち申し上げておりました、話しましょう。この日のために、私はこれを用意しておったのです。……東北とは、方角ではないのですよ。東北なる名がいかなる汚辱にまみれているか。東北とは、東夷《とうい》北狄《ほくてき》を約《つづ》めた名であります。……東北はヤマトの中にありながらヤマトに蔑まれ、されど独自の道を歩もうとしてきたのですよ。……東北独立。それこそが、原四郎が抱いていた理想でありました。……あなた、四年前の三月、どちらにいらっしゃいました？　私は、あの三月、なおも東北が負《フ》の歴史を抱えていることを、あたかも立ち上る黒い影のごとくに見たものです。……現代日本の繁栄を支えるための、犠牲は、東北が負うていたのですよ。人を収奪され、資源を収奪され、食料を収奪された。そして、さらには、電気を生み出すモノ、そのためのケガレはまた、東北が負わされていたのです。……さればこそ、私は、百年前の理想を嗤う気にはなれんのですよ。原四郎という我らが父祖が、東北独立を唱えたこと、私は密かに私の誇りとしています。それは、今なお、否、今だからこそ、一種の現実味を帯びる思想ではありませんかな？　……今日はお話しできてよかった。是非、また、おいでなさい。……

　徳吾の言葉が断片的に耳の奥に蘇っては消えていった。あのようなやり方で語る人間にそれまで出会ったことがなかったと、陽一郎は気付く。率直に言って、今どき流行らない作法ではあった。固く信じるモノを掲げて口角泡を飛ばすようなあからさまなやりかたは賢いとは思われず、隙あらば言葉尻を捉えて足下をすくおうとするいやみったらしい視線ばかりが眈々《たんたん》と投げられ、せいぜい賢《さか》しら顔に、キミ、そんな○○《モニヨモニヨ》なことを言っていると××《チヨメチヨメ》だと思われてしまうよ、そんな苦笑半分の揶揄《やゆ》が投げられるのが関の山だ。誰もが何にも責任を負わないかわりに、この世に存在するものに相対する言論が一つも生まれ出ない、そんな事態が二十一世紀に入ってこのかた、十五年も続いているのではないだろうか。

　原徳吾は、そんな風潮、一顧だにしなかったに違いない。ひどく勢いがあり、精力に満ち、独断にも満ちた言葉をおのれが武器として、大叔父徳吾は、この複雑きわまりない世界に分け入ろうとしていたのだろう。突然の死の運命が我が身を襲う、その瞬間まで。すべてが肯《がえ》んじられるわけではなかった、むしろ反論したくなるところも反発したくなるような言葉も多々あった。それでも、徳吾の言葉は、それまで考えたこともなかった東北という土地、陽一郎自身が意識もしなかった故地について思いを馳せるよすがになった。そのことは確かだ。それまでは首都圏の平坦地を漠然と「地元」と感じ、その平坦地は日本列島に連なっていて、そこにいつしか組み立てられていた日本という国家への帰属と忠義立てを信じて疑うことのなかった陽一郎の、世界を眺める目に、いつのまにか変化が生じていた。それも確かなことだっただろう。

マイクロバスは除雪された雪の残る街道を走り、四戸の慎ましやかな市街地を抜けて、町の一隅の高台に建つ四戸原家の敷地へと入っていった。驚いたことには、敷地の入り口に「原徳吾先生告別式」の看板が仰々《ぎょうぎょう》しく掲げられ、弔問客でごった返している。都会ではもっぱら商業施設で執り行われる葬送の儀式が、ここでは自宅で行われているのだ。並ぶ花輪には法曹や政党の関係者、企業や労働組合の名前が連なり、周囲には鯨幕《くじらまく》が張られ、幾人もの人間たちが忙しく立ち働いていた。それが親族なのかはたまた近隣の人々なのかは分からないが、半年前に訪れたときには眠ったように静かだった四戸原家が、皮肉にも人一人の死を契機に往時の活気を取り戻しているかのように思えた。寒空の下にテントを建てて弔問客の相手をしている男たちにはどことなく見覚えがあって、それは、北仙台法律事務所でちらりと顔を合わせた若手弁護士たちではなかっただろうか。

先日訪れたときには居間に上がってお茶を飲んだだけだったが、今回案内されたのは別の入り口の別の広間だった。上がって陽一郎は目を見張った。曲《まが》り家《や》の名で広く知られるこの地方の特徴的な屋構えはそのままに近代建築の装いを施され、L字型をした家屋の一辺の丸ごとが大広間へと作り替えられていたのである。かつて土間と厩舎《きゅうしゃ》があったあたりは部屋となっていて、間仕切りを抜けば大広間ができあがる。そのいちばん奥にしつらえられた祭壇は、先ほどの慎ましい葬儀とは打って変わって威容と言っていいぐらいに大きく、菊花が遺影を取り巻いていた。手を合わせ、焼香し、花を手向ける人は限りなく、多くは涙を隠しもしなかった。ほとんど棺に取りすがらんばかりに号泣する老女を目撃し、陽一郎は胸に迫るものがあった。

弁護士事務所の重鎮であるらしい中年男が巧みに場を仕切り、幾人かが前に立って弔辞を述べた。法曹関係者もいれば政党の関係者もいたが、なんといっても数多かったのは生前の原徳吾に世話になったという人間たちである。不遇を託《かこ》つことばかりの多かった彼らの人生に、どうやら徳吾は確かな手助けをしたものらしい。不法な手続きによる馘首《かくしゅ》であるとか、賃金の不払いであるとか、土地からの追い立てであるとか、そういったような。

それからもう一つ、首都圏に暮らしていれば記憶は薄れがちになるが、二〇一六年初春の現在からすればあの未曾有の災害はたった五年前のことでしかない。あの惨劇が残した爪痕に寄り添うことが、結果として法曹人としての徳吾の最後の仕事となった。あの大禍による傷跡はまだとても回復しきってなどいない。切々と徳吾への感謝と哀悼を述べる人間たちの口調は、そのことを痛ましくも証し立てていた。彼らは、おそらく人前に立つことに慣れていない不器用で率直な作法で話すものだから、その口から漏れるのはどう好意的に縫い合わせたところで一貫した意味など追うことのできない、ただ哀悼だけは溢れんばかりに満ちている言葉の群れであった。慟哭のあいだに挟まれる切れ切れの言葉を拾い集めれば、先生がいなかったら今ごろは……、本当にどう報いてよいものやら……、そういう切々とした心情が浮かび上がってくる。それは図らずも、原徳吾という人物が七十七年の生涯のあいだにこの世に残したものを描き出していた。いささか愚直な心情のまま徳吾は市井の弁護士として生き、確かに、四戸原家を出奔するときの「我は民草《たみくさ》とともに生きていぎぁんすから」の大見得を切り通したのだ。

最後に、恵三叔父が挨拶に立った。どぉも皆々様、本日はマァズ遠路はるばるお運びくださいまして衷心より感謝申し上げます、喪主を務めさせていただいております原恵三でございます。マイクを握ってそんなふうに恵三叔父は言った。職業的に鍛えられた弁舌であり、このような場では滑らかすぎるのではないかと思われた。型どおりに参列者に感謝を申し述べたのち、恵三叔父は全力で徳吾の足跡を褒め称えた。まずは村いちばんの神童であったこと、優秀な成績で東北大学の法科を出たのち司法試験に合格して、多種多様な問題を抱えていた戦後の日本社会で法曹の徒となったこと。

「人権、平等、民主主義。さような戦後日本の価値観にそぐわしい活躍をした、そのように私は聞き及んでおる次第でございます」

そんなふうにすら言ったので、思わず陽一郎は顔を上げた。この叔父が口にしようとも思えない言葉だった。その徳吾がいかなる理由で故郷を出奔することとなったのか、もちろんそんなことには一言も触れなかった。

「東北の大地が未曾有の災害に見舞われたことはまだ記憶に新しいことでございますが、徳吾がその復興にも助力しておりましたこと、私の密かな誇りとしているところでもございます。今後とも日本国民が一丸となって、強い絆のもと、さらなる復興を、国土の強靭化を図ることが我ら残されたものの使命である、さようなバトンを徳吾から受け継いだように思っている次第でございます」

ふたたび陽一郎は顔を上げた。近くに座っている若い弁護士がうつむいて忍び笑いを隠しているのが見えた。意図を読みかねるまま、スレスレのところを危うく漂って恵三叔父の弔辞は終わったが、彼の不思議な高揚感は告別式が終わり、大広間に机が並べられて仕出しのお膳が運び込まれてからも続いたのである。

万事が簡潔な首都圏近郊の葬儀とは異なり、この土地では、火葬ののちに葬儀、葬儀ののちに告別式、さらにはお逮夜《だや》という一席が設けられ、長い時間をかけて故人を悼《いた》む。きわめて交通の便が悪かった土地ならではだろうか、古い時代の作法を残す悠長な野辺送りである。隅っこに所在なく座りつつ、陽一郎はあたりを見回した。知った顔も少ないうえ、まだ目の前のお膳に旺盛に箸を付ける気にはなれなかったが、あたりの人たちはすでに酒を酌み交わし、言葉数は嵩を増しつつあった。東北の人間は無口であるというステロタイプが偏見に過ぎないことに、陽一郎はあらためて気付く。彼らは、近しい人間たちのあいだでならば、豊かな、巧みな、機知に富んだ言葉を次から次へと弾き出していた。

「陽ちゃん、今日はどうもぉ、大変だったねぇ」

　祖母が寄ってきて横に座った。

「だいぶお集まりですね」

「徳吾さんが立派だったからねぇ」

　祖母は深くうなずいた。義理の弟のことを語る口調に、誇らしげな響きが混じった。オラだづもずいーぶん世話になっだんだわ、ホレ、恵三も会社作るだのなんだのでねぇ、シャンどしだ人が支えねばわがんねかったから。周囲を見回す陽一郎に、祖母はそっと言葉を添えてくれた。あれは恵三のとごろの大輔ど、その下の紗英香《さえか》。あの赤ら顔のオンツサンはお父《ど》さんのすぐ下の誠二《せいじ》さん。葛巻《くずまき》で土建やってたんだわ、今は長男の和夫《かずお》さんに跡《あど》継がせでるけど。アレはハ、和夫さんの夫婦。アレはオラの妹で、昔は二升内《にじょうない》にいだったけど、今は一戸《いちのへ》のホームにいるのす。陽一郎ははっとした。どこかで聞いたはずの土地の名前が、ふたたび耳をかすめたからだ。二升内、ですか？　ンだ、あのあだりの農家に嫁いだったんだけんど、今はハァあのあだりでは誰《だーれ》も跡《あど》さ取らねぇもんだから、旦那さん亡ぐしてからは一戸のホームにいるのす。そうですか、陽一郎はつぶやいた。原徳吾が勘当も辞さず取り組み、熱を込めて語った二升内の名を、四戸原家の大広間で聞くことになるとは、奇妙な符合だった。徳吾が全力を賭して民衆の生活を守ろうとした土地が、二十一世紀初頭の今では、どうやら厳しい現実にさらされているらしいという皮肉な状況をも含めて。

　肇、誠二、三喜夫《みきお》、そう言って祖母は指を折った。四番目の正志《まさし》さんはたいした出来た人だったけんどぉ、早ぐに亡ぐなってしまって、そしで今度は、徳吾さん。兵隊と同じで、いい方から亡ぐなるんだわ。思わず陽一郎が顔を見ると、祖母は声を潜めたまま密やかに笑った。陽ちゃん、昔からそう言ったったんだよぉ、馬鹿コは兵隊でも役に立だないからいい方から取られで早ぐ亡ぐなるんだわ。三喜夫さんはマァズ来ないわ、ひむつたがり《へそまがり》だがら。あれは三喜夫さんの奥さんだっけよ、こんな時によーく気のきぐ人でねぇ、奥さんは当だり籤《クジ》だったんだわ。本当なら三喜夫さんも来で線香の一本ぐらいあげでも罰は当だらないのす、マァズ揉めで揉めで。はあ、なにかあったんですか？　陽一郎が聞くと、祖母はいっそう声を潜め、秘密を打ち明けるときのような含み笑いを浮かべた。陽ちゃんももう大人だがら聞がせて呉《け》るけど、盛岡に女コさ拵《こしら》えてたのす。不動産で羽振りよがった時期あったったからぁ、八幡《はちまん》のそのスジに、ハァ揉めで揉めで。徳吾さんがいなげれば大変だったんだわ、竈《かまど》返《け》してしまうところだったんだ。

静かな囁《ささや》くような声で語られるものがたりにはまとまりがなく、唐突に出てくる人名のほとんどに心当たりはなく、しかしそれは確かに原一族の歴史だった。流れ出てとどまらない祖母の言葉に、陽一郎は思わず聞き惚れた。自分自身では操ることができないものの、耳のどこかにかすかに引っかかっているその言葉は、一度だけ会って話した徳吾の言葉にも不意に混じったこの土地のものである。そうだ、それはまた、父親の言葉の端々にまれに閃《ひらめ》いたものだった。いつも穏やかな口調で話す父親が、上機嫌が極まったとき、電話口で誰かと話しているとき、なにか不意に怒りの発作に襲われたとき、言葉は不意に北方の抑揚を取り戻したのだ。

陽一郎は顔を上げた。気付いたのだ。この半年のあいだに幾度となく翻弄されてきた、姿かたちの曖昧な啓示などとはまったく違った、はっきりとした実体を伴った気付きである。

そうだ、もしも仮にこの俺がパラグアイに行って原世志彦と、あるいはコウイチロウ・ハラと対面して言葉を交わしていたら、そこに刻印されていた北方の響きを、俺は確かに聞き取ったのではあるまいか。今となっては二度とかなわないことではあるけれど。アカディア地方の移民が古風なフランス語を保ち続けているように、パラグアイ共和国イタプア県の移民たちが五十年前の広島弁をなお保ち続けているように、パラグアイに新たに創出されたハラ家に「東北」が残っているとすれば、それは、言葉なのではないだろうか。岩手県の山間部でひそひそと囁き交わされていたこの言葉だけは、いかに原四郎が名を変えて歴史の狭間に身を隠そうとも、地の果てまでも彼の身体に付き従っていったのではないだろうか。陽一郎は、腹の奥に火が熾《お》きたと感じた。本当に、久しぶりのことだった。

闇雲《やみくも》な熱に煽られて陽一郎が立ち上がろうとしたまさにそのとき、恵三叔父のでかい声が響いた。

「マァズどおも、陽一郎さんわざわざ」

そういって恵三叔父はなみなみとビールを注いでくる。酒はおろかこのところろくな食事をしてこなかったが、陽一郎は意を決したようにグラスに口をつけた。陽一郎さんも遠くからマァズお疲れさまでゃんした、そんなことを恵三叔父は言った。急なごどでしたけんど、これだけ皆さんお集まりで、徳吾さんもまぁ幸せな人生でしたなゃ。恵三叔父はすでにずいぶん聞こし召しているようだった。顔はいつに増して赤く、なによりもこのような場にはそぐわないほどに機嫌よく見えた。わだしだづもずいぶん世話になっだのす、そう恵三叔父は言った。酔いのせいか、告別式での挨拶をもう一度繰り返しているかのようである。まるで一族の誉れであったかのような、まるで我がことのような自慢話を聞いていると、陽一郎はだんだんいたたまれない気分になってくる。原徳吾が勘当の身の上であったことなど、まるでなかったかのようではないか。なによりも、あの古びた北仙台法律事務所の所長室、段ボール箱に詰まった何冊ものノートと資料、そういったものを恵三叔父は知るまい。知ったところで、あの大叔父が熱を込めていた歴史への逍遥《しょうよう》、今ここにないものへの探求を、恵三叔父はおそらくなにも共有してはいないだろう。あれもまた、途切れ、時間の中に失われてしまうのだろうか。俺が足跡を追い続けてきた原四郎のように、人の営為は寸断されて継承されず、ただ時間の流れだけがすべてを押し流して顧みることを許さないのだろうか。陽一郎はふたたびいたたまれない気持ちになった。

「あの、おじいさんはどうなさったんですか」

陽一郎は聞いた。泉下の客となった徳吾に思いを馳せるならば、長兄である肇《はじめ》のことは避けて通れない名であるはずだからだ。

「ああ、ああ、親父でゃんすか」

恵三叔父は複雑な顔をした。深刻な顔をしなければならぬと努めているのが分かるような表情だった。

「まぁだ年始から塩梅《あんべ》悪がったったから、何度が病院さ行って、今は入院してるのす」

「そうなんですか」

「万一のときは無理さしねぇでって先生も言ってらしたっけ、俺だぢも苦しまねぇほうがいいんだって話してだどころなんですゃ。まぁ親父も歳が歳でゃんすから……」

恵三叔父は沈痛と思われる表情を崩さないまま、しかしその言葉には不思議な張りがあった。酒に赤らむ額には蛍光灯の光が落ちててらてらと光り、長い時間をかけて使い込まれた鞣《なめ》し革を連想させ、その瞬間、あ、ああ、そうか、そうだったのか！　陽一郎に閃くものがあった。その理由が分かったのだ。

ある王朝の、長きにわたる治世の終焉が近づいているのだ。崩御と王位の継承が間近いのだ。恵三叔父はここに至ってようやく、長く頭上を覆っていた天の重しが取れたような心持ちなのだろう。これは人の死を好機とした一種の儀式《セレモニー》でありお披露目なのだ、正確には、本興業を前にしての予行演習《バジェント》なのだ。遠からず訪れるそのときには、四戸原家の中興の祖として、恵三叔父は憚ることなく次代の冠を戴くに違いない。感嘆したくなるほど世慣れたやりかただった。そうして、歴史の次章は始まるのだろう。つい半年前の晩夏の宵、Soysoya日本支社のレストランで初めて聞かされた、暗闇に浮かび上がる輝線のような原家の系譜がふたたび脳裏に蘇ってきた。原一太郎、肇、一史、恵三、そして輝線の先端にぼんやりと浮かび上がる我が名、陽一郎。ここから枝分かれしたのかも知れないラ・プラタのほとりのハラ家もまた、当主コウイチロウの死をきっかけとして、新たなるページに新たなる歴史を書きはじめているに違いない。原世志彦、コウイチロウ・ハラ、マウリシオ・ハラ。それは、この俺が、ここにいる四戸原家の俺たちがどうしようと、なにも関係なく続いてゆく歴史だ。

ここで陽一郎はふたたび気付いた、それは家名や家督なんぞと言ったけちくさい概念からは遠く、なんのことはない、地の上に生きる人間たちの連関が編み続ける生の連鎖なのだ。人が人であることを始め、人が言葉と言葉でお互いの生を連関づけて凶暴な自然から脆弱な肉体を守り合うことに端を発した、数万年にわたって続く連鎖なのだ。そういったものと無縁であると信じていたはずの俺ですら、あの秋の日に大叔父徳吾と接触した数時間で、かろうじてお互いの生は縁を結んだ。上機嫌の恵三叔父には好きにさせておけばいい、彼には彼の人生があって彼の信じるところを歩くだろう。あの如才ない千榮子叔母も、いけ好かない従兄弟の大輔も、相応に有能な恵三の後押しとなることだろう。

では、どうしよう？　この俺は？　歴史の末端にぶら下がり、時間の虚空を漂っているがごときありさまのこの俺は。決して短くはないこれからの人生、俺は、どのように生きていけばいいんだ？

「で、どうでゃんすか、陽一郎さんは」

「えっ」

不意に訊ねられたように思って陽一郎はうろたえたが、実際は、恵三叔父はずっと話をしていたのかも知れない。

「まだ、お伺いしでながっだでしょう。どうするんでゃんす、陽一郎さん」

あとになって思えば、あれは単に、当日の宿泊や帰路の算段や、そういったことを聞いていたに過ぎなかったのかも知れない。しかし、陽一郎にはそうは聞こえなかった。我が来し方と行く末、そのことを不意にこの叔父から質《ただ》されているように感じられた。

「その、あのう、僕は」

陽一郎は声を出した。久しぶりのことのように感じられた。腹の底から声を出すには、まだ貫目と熱量が不足しているかと感じられたが、それでも陽一郎は話し続けた。

「この半年、いろんなことがあったんですが」

それは陽一郎が思っていたよりも、はっきりした声であったのかも知れない。周囲の注目が集まった。昔ならばそれだけで口ごもったであろう陽一郎は、しかし、不思議なぐらいに言葉をつなぐことができた。

「一度だけ徳吾おじさんとお話しする機会があったんです。今になってみれば幸運なことだったんです、最初で最後の機会になってしまいましたけれど、いろんなお話を聞くことができましたから」

かたわらで、祖母が穏やかに笑いながらうなずいた。

「僕、あんまり四戸にも足が向くことなくて、東京で気ままに生きてたんですけど、お陰様でいろいろこちらに来る機会もできて、皆さんとのご縁を再確認したように思うんです」

恵三叔父が怪訝《けげん》な顔をした。この図体の大きな甥がなにを言い出したのか、訝《いぶか》しんでいる顔だった。

しかし、周囲の視線を気にせず、陽一郎の言葉はとめどなく流れ続ける。ぶっちゃけ僕、今、無職なんですけど、ちょっとゲーム製作とかにも関わってたんだけど、それも事情があってもう続けられなくなって。でも、僕は、やっぱなにかやらなきゃいけない。人生長いですから。プログラムやってたんですけど、ああいうのはもうごめんですし、そこで本当にひょんなきっかけがあって、自分の人生に関わるいろんなことを調べたのは、よかったんだと思います。原家のこと、満州のこと、パラグアイのこと、農業のこと、そして大豆のこと。いろんな意見を聞きました。それは要するにこの百年のあいだに起こったものごとのさまざまであって、それらがお互いにつながり合って歴史を紡いできたこともなんとなく分かってきました。そしてまず思ったのは、世の中は複雑になりゆく一方だということです。エントロピーは増大し続ける、二十一世紀にもなって手垢の付いたポストモダニストみたいなことを言って恐縮ですけれど、これは事実だから仕方がない。

ただ、これは遠近法の問題でもあるはずです、というのも過去の出来事はもう分からないんです。現在に生きる僕たちは過去を勝手におもちゃにしますから。時間の向こうに消えてしまったものを探り出そうとすれば、それは充分に整理され尽くしたものを読み直すだけになるか、あるいは虫食いだらけになった不確かな情報を読み直して隙間を都合のいい空想で埋めるほかない。そうやっていれば過去は綺麗なものになっていく一方で、いま僕たちが抱いているような複雑怪奇は当然過去にだって存在していたことを忘れがちになるんですが、でも、それは仕方ない。時間は二度と遡りませんから。

確かなことは、今ここにいっぱいいっぱいに積み上がる情報の有象無象に向き合わなければいけないってことです、あらゆる情報にはヒモが付けられているものだから僕たちの生活はお互いにお互いを縛り合って不自由になるばかり、メシを食うことすらままならないんじゃないかと思いたくなりますが、でも、人間、生きなきゃいけない。ネットワークは確かに地の上をくまなく覆っていますが、そういったものから、できるだけ、自由であるように生きなきゃいけない。だから僕、考えたんですが、なんかしなきゃいけないと思ったんです、ずっと、このところ、年末年始とか、考えてたんですけど。

夜は更けつつあった、お逮夜の雰囲気はだいぶほどけかけていた。話題がひと通り出尽くした頃合いになってから不意に長広舌をぶち始めた図体の大きい若者の姿は、ひどく目立ったに違いない。いまや、場の耳目は陽一郎一人に集まっていた。

恵三は呆気にとられて陽一郎の姿を見ていた。還暦近い恵三の人生の中でも、このような言葉を操ってこんなふうに話す人間を、ただの一人も見たことがなかったからである。一方で、恵三の母でもある陽一郎の祖母は泰然としたものだった。どうにもバランスの悪いこの孫息子に、穏やかな笑みを送るだけだった。もう一人、千榮子夫人はまた鷹揚な笑顔で陽一郎に向き合った。

「そうね、それで陽一郎さん、あなたはどうするつもりなのかしら？」

陽一郎はどきりとした。また、あの珍妙な断食を繰り返すおつもり？　そう問いかけてくるかのようであった。ええ、まあ、その……、熱気に水をかけられたかのように、陽一郎はうろたえた。

「その、僕、考えてるんですが」

「ええ」

「なにか、土を耕すような生活を……」

「まあ！」

千榮子夫人は笑った。恵三叔父はぎょっとして陽一郎を見た。まさかこの期に及んで、王位の簒奪《さんだつ》者《しゃ》が我が王国に攻め入ってきたのではあるまいな？　もっとも陽一郎は、そんな怯《おび》えにまるで気付いていない。

「たとえばどこかで土地を借りてですね、自分の食べるものを、自分で作るみたいな、……そういう、自給自足と言いますか」

「立派なお覚悟ね。コメを作るの？」

「できればコメじゃないなにか……、大豆ですとか、雑穀ですとか、そういったものを」

ほおぉ、あたりから息の漏れるような声が聞こえてきた。千榮子は穏やかな笑みを崩さないまま、そうねえ、それは、いろいろと大変よねえ、そうつぶやいた。陽一郎に向けて言っているのだとも独り言だともつかないような口調で。作るだけならばいいんだけれど、実ったものをお金に換えるっていうとなると、なかなか、ねえ。難しいものねえ。うちなんかも、ようやく雑穀の名前も浸透してきて、お得意様もできて、十年が経ったっていう感じだったのよね。その矢先にああいうとんでもない大地震があって、いろんなものが壊れて、いろんなものがダメになっちゃったでしょう。目に見えるところばかりが修繕されたから、すっかり元通りになったみたいに見えるんだけど、いちばんやっかいでいちばん重大な問題だけはいつまでも解決しないままなの。目に見えないけれど、あちこちに残って、その影響はまだ続いているのよ。そう言いながら千榮子はそっと声音を抑え、淡々とした言葉は、かすかに憂いの色を帯びた。

東北って土地はいつまでたっても難しいのよ、そう千榮子は言った。もともと貧しい土地だったでしょう、寒くて、水も風も冷たくて。そこにいろんなものを持ってきて、時間をかけていろんなものを調整して、少しずつ良くなってはきたんだけれど、いつでも最終的には、他所《よそ》の事情でいろんなところが変えられてしまう、肝心なところが切り捨てられてしまう。東北ってそんなところがあるの。私はそう思ってる。なかなかね、東北で土を耕すってのはゆるぐ（簡単じゃ）ないのよ。

陽一郎はまじまじと千榮子の顔を見ていた。あくまで穏やかな口調で、東北における深刻な問題が語られていた。それは、語り口はまったく異なるのに、いま見送ろうとしている原徳吾の熱い言葉を想起させるところがあった。端正な標準語に、不意に土地の言葉の響きが混じったところも含めて。

うろたえるような気分で口を開きかねていると、祖母がにこにこと笑いながら陽一郎に訊ねてきた。

「ナァニ陽ちゃん、百姓《ひやぐしょう》やるのすが？」

かさかさと落ち葉が地の上に踊るような声で、あたりにかすかな笑い声が起こった。見れば、祖母に並び、祖母と同じように年を経た老女たちが、老いたまぶたの下でなお衰えぬまなざしで、陽一郎を見つめているのである。この土地に生まれ、この土地に生き、飢えと貧困を身をもって経験した最後の世代だろうと思われた。手ずから雑穀を育て、今は奥州ミレットの良き稼ぎ手ともなっている老婆たちである。

「わがんねぇべ、百姓はゆるぐねえから」

一人の老婆がそう言った。

「東京さいるなら百姓さやらねぇでも良《い》がぇ」

もう一人の老婆がそう言った。

「わがんねぇんだホニ、腰さ曲がるし、神経痛《しんけーづー》さ障るし」

さらにもう一人の老婆がそう言い、一同はどっと笑った。

「ええ、その……、大変だとは思うのですが、これからなんとか……」

おどおどと言葉をつなぐ陽一郎を、一同は楽しげに眺めた。ヤヤヤ……、ジャジャジャ……、ホニホニホニ、ナンタラマンツ……、そう言った言葉が漏れ聞こえてきた。それは、ほとんど百年に近い時間を生きてきた彼女たちが折に触れて漏らしてきた言葉である。ありとあらゆる理不尽に向き合ってきた人間たちが、心の器から漏れ出た感情を言葉に置き換えたかのような、吐息に似た言葉である。

「ナンタラマンツ、原さんどごの孫コは」

一人の老婆がそう叫んだ。

「なんたら大ぎぐおがった（育った）もんだべ！」

一同はどっと笑った。剽軽者《ひょうきんもの》の老婆の言葉が正鵠を射たのである。陽一郎は、さっと顔が赤らむのを感じた。自分が熱に浮かされたように重ね、宙を漂っていた言葉が、たったの一言で冷え、着地した。陽一郎は恥じ入り、うつむいた。

それでも陽一郎は思っていた、かなうならば、俺はやはり土地を耕してみようと。確かに、簡単なことではないのかも知れない。東北という土地がなお困難を抱えていることは確かで、それが千年にわたる歴史の結果として積み上げられてきたことも、陽一郎は今ならばよく理解している。

しかし、それならば、どこだっていいのだ！　そんなふうにも陽一郎は考えていた。確かにこの四戸という土地は原家の故地だが、しかし、俺にはこの土地に執心する理由はない。そしてまた、この土地にも俺をつなぎ止めておく理由などないのだ。あのマシュダみたいに、地縁と血縁と資力と社会的地位とが絡まり合って人を土地へとつなぎ止める強力な錨《アンカー》を、俺は持ち合わせていない。俺は根無し《デラシネ》草であり、だから、根を張る土地は自らが選ばなければならないのだ。動き続けて新しい土地を求め、そののちに土地を耕さなければならないのだ。たとえ、それが地の果てにあるのだとしても。

まず、手始めに、春の日がもう少し黒土を温めたら、千榮子叔母に送ってもらった大豆を撒いてみよう。それがどのように育つのか、いつごろ実りをもたらすのか、そもそも芽を出すのか、見当もつかない。勢い込んだ気持ちとは裏腹に、生命はあらゆるマニュアルを裏切り、あっけなく潰えてしまうのかも知れない。しかしそれは、かつてパラグアイで大豆の実りに人生を賭していた移民たちに比べれば、はるかにたやすい試練であるはずだ。なァに、僕は世界の何處《どこ》へ行つても大豆を實《みの》らせて御覧に入れますよ、遠い昔に萩原泰世なる人物が生み出した黄文徳の言葉が蘇ってきた。

「マァズ陽ちゃん、難しいごどは、ゆっぐり考えればいいんだ」

祖母の声が聞こえた。祖母はいたわるように陽一郎の肩を叩き、言った。

「ホレ、おあげんせ」

そう言って祖母は、手元の一皿を差し出した。陽一郎は、もうそれがなんだか分かっていた。緑色の餡をまとった丸餅。北東北の大地で広く食される、コメと大豆の幸福なる和合。

エピローグ

冬が尽きた。しかし、季節はそう簡単には変わろうとしない。肌を刺すような乾いた寒気のかわりにやってきたものは長く静かな雨であり、めまぐるしく変わる気圧であり、黄砂や花粉を交えた大風だった。吹き飛ばされた看板が架線を切断し、電車が止まった。停電の影響でサーバーが不具合を起こした。例によって人の手の組み上げたネットワークはあっけなく音《ね》を上げ、そののち速やかに回復した。混乱のさなかにも花は一つ一つ咲き、一つが散れば一つが開き、おのれが時期をあやまたず、順繰りに時の巡りを告げていった。紅梅、白梅、ミツマタ、ユキヤナギ、ハナミズキ、シダレザクラ。春が仕上がるまでにはずいぶん時間がかかるものだ。長い混乱を抜け出て地の上を靄《もや》と霞《かすみ》が覆い、大気も大地も日の光に暖められて穏やかに落ちついたとある宵のこと。かつての巣鴨プリズン跡に黒々と聳《そび》える巨大なオフィスビルとその足下に広がる繁華街の一隅、「特盛居酒屋　ハッスルジャパン全品280円均一！」の派手な看板を掲げた居酒屋のいちばん奥のボックス席に、薗大路《そのたいじ》と原陽一郎《はらよういちろう》が向かい合って座っていた。薗ならばまずは選ばない店だったが、これは陽一郎たっての希望だったのである。

運ばれてきたビールをうまそうに飲み下してから、おもむろに薗は言った。

「本来ならば一言文句を申し上げてもよろしいかと思うのですが」

含むところのある笑顔を作る薗に、陽一郎は恐縮した。晩秋のころから、陽一郎は薗のあらゆるコンタクトから逃げ回っていたのである。メールやメッセージはもちろんのこと、電話も、封書も、陽一郎は黙殺した。もっともそれは薗に対してだけではなく、陽一郎は外界のあらゆるものから自分を遮断していたのだが。

「まあ、過ぎたことです。ようやくお目にかかれたんですから」

安堵からか、薗は鷹揚《おうよう》に言った。

「すみません。本当にご迷惑をおかけしました」

陽一郎は頭を下げた。率直な謝罪を、薗は意外に感じた。この青年のこれまでの姿からは想像しにくいふるまいだった。その印象も、最後に対面した川越市からの帰り道とは少々違って見えた。肥満ぎみだった陽一郎は、そののちにひどく痩せ、現在は緩やかな回復の途上にあった。五十六キロ、六十三キロ、六十九キロ。百八十センチを超える身長に見合う目方がようやく戻りつつあった。この奇妙な往還を薗は目撃していないが、以前よりも引き締まった風貌に、心身の変化は確かに刻みつけられていたに違いない。

「少々ご負担でしたでしょうかね？」

「いえ、なかなか、こんなことでもなければ」

語りかけて陽一郎は口ごもる。こんなことでもなければ、どうだというのだ？　それで、俺はいったいなにを得たんだろうか？

「まあ、なんというか……、父方の実家とも縁遠くなってましたんで。いい機会でした。僕は生まれてからずっと東京近辺で、自然に縁が切れちゃうんだろうなと思ってたんですけど、本当に、不思議なもんです」

ひとたび動きはじめれば、言葉は滑らかに転がる。紋切型と感じなくもないが、おおかたは陽一郎の本心である。この半年の経験は、二十年近く前の父の死によって消滅しつつあったさまざまな縁を、緩やかに回復させた。それは、確かなことだ。

自分のルーツは東北だとあらためて感じたんです、と陽一郎は言った。僕の一族はずっと昔からあの広くて山深い土地で生きてきたんです。必ずしも理想郷なんかじゃない、寒くてコメも実りにくい、苦労も多かったところでしたが、それをなんとかしたいという理想に燃えていたのがあの原四郎《しろう》だった。そんなことも分かりました。すべての出発点は、あの北の大地だったんです。

なるほどねえ、と薗はつぶやく。珍しくも、少々砕けた口調である。

「私と正反対だ」

「正反対？」

「原さんの一族が北の民だとするなら、私はいわば南の民なんですよ。私の父は沖縄の生まれでしたから」

「へえ……」

陽一郎はあらためて薗の顔を眺める。これまでの人生で関わりのあった南方の人間のことを思い返してみる。大学に九州出身の教官がいたっけか、職場の先輩は父方が宮古島だと言ってたな、そのていどのものではあるが。薗の切れ長な目を持つ色白の細面からは、いわゆる南方のステロタイプを感じ取ることはできないが、それは自分も似たようなものだろうと陽一郎は思う。さほどハンサムでもないと自認している平板で淡泊な顔立ちは、蝦夷《エミシ》と言われた異族の面影をどこにも宿していないはずだ。いずれにせよ、日本列島に琉球列島といったあまたの島々からできあがる日本という枠組みの中で、北から走り出て東京に来たのが陽一郎の父であるならば、薗の父親は南から泳ぎ出て東京に至った。どちらも都から見れば辺縁ではあるが、かたや日本と北東アジアを連結する、かたや日本と中華文化圏とをつなぐ位置にあり、日本の歴史の中でもそれぞれは独特の地位を占めてきた経緯が確かにあったのである。

「今でもそちらとのご縁はあるんですか」

蘭は苦笑する。

「いやいや」

「それどころか。実を言うと、笑いたくなるほどの虚偽《フェイク》だったんですよ。脇道にそれますが、お話しいたしましょうか?」

陽一郎はうなずく。この謎めいた男が、ここにきてようやく自分のことを語ろうとしているな、そう考えながら。

「私、子供のころ、外国にいたんですよ。サンティアゴ」

キューバでしたっけか、と首をかしげる陽一郎に蘭は言う。そちらじゃなくて、チリ共和国の首都の方です。いわゆる帰国子女ってやつでして。¡Pero no podia entender mi situacion extrana cuando era un nino! 不意に流れ出るスペイン語に陽一郎はぎょっとし、蘭はいたずらっぽく笑う。まあガキのころのことだったんで、自分が少々へんてこな境遇にいるってことなんか分からなかったんですよ。本当にそのあたりのことが見えてきたのは、あとになってからです。そういう事情が分かってくれば、自分の来歴も見えてくるんです。

蘭いわく、きっかけは魚であった。父親は魚の買い付けを担う個人会社を経営していたからである。社長であり、従業員であり、労務者であり、仲買人であり、ネゴシエイターであり、ときにこぶしにものを言わせさえする荒くれものを、一人で兼ねた立場である。聞きながら、陽一郎は、あの晩秋に見た和藤内《わとうない》の芝居のことを思い出していた。折しも八〇年代の初頭、広大な海に線が引かれた時代であった。簡単にはオラが海と公海との切り分け、しかつめらしく言えば二百カイリ問題などとも呼ばれた排他的経済水域の設定である。それまでは思うまま四海に船を出して魚影を求め、わたつみの恵みを疑うことのなかった人間たちに、漁獲の制限が課せられたのである。つまり、水産資源がかつてのような野放図な取り放題から各国の囲い込む財産となったこの時代、薗の父親はおそらく羽振りがよかったのだろう。奇妙な境遇ながら、いつでもいい靴を履き、甘いものを食べることができたのが、のちに薗が思い返す幼いころの姿である。

もっとも、父の前半生は滅多に語られることがなかった。身一つ一本独鈷《どっこ》で生きてゆくことこそが男の本懐と父は常々口にしていたし、つまびらかにしようとすれば、ものがたりはそのたびに書き換わった。いわく、生家は琉球王朝の貴族、あるいは明朝の高級官吏の末裔《まつえい》であった。いわく、所有していた金《きん》武湾に面する広大な地所は、敗戦によって米軍に召し上げられた。いわく、高い倍率の選考をくぐり抜けてガリオア奨学金を勝ち取り、米国のハイスクールに留学していた。いわく、ニクソン・ショックを予見して秘匿《ひとく》資金の闇ドルをさばき、勤めていた商社に厚遇された。いわく、鈴木善幸の秘書を通じて、日本の水産業界に幅広いコネを保持していた。云々。

ことごとくが、デタラメだった。裸一貫東京に出てきてからは、本牧《ほんもく》や横須賀の夜の底で働きながら夜学に通い、磨き上げた英語を武器に大手商社に潜り込んだのが唯一の勲章であったらしい。頭の回る一兵卒としてはそれなりに重宝されていたのかも知れないが、なにか不幸な事態、社内の出世レースどころではない、政財界を巻き込んだスキャンダルの煽りを食らうかたちで、薗の父親は競り負けたのだ。幼い薗を伴い、放逐されるように地球の裏側に渡った。亡くなったときに遺されていた琉球政府発行のパスポートで、薗は初めて父の生地が琉球列島の中のごく小さな離島であったことを知り、本当の生年が一九四四年であったことを知る。父親は、みまかるまで、自分の年齢すら偽っていたのである。

「なんとも……」

陽一郎は絶句する。またも歴史が、軽々と語られている。幻惑されそうになるのを堪《こら》え、ビールをひとくち飲み下す。温まりかけた炭酸が口蓋の粘膜をくすぐり、なにかの護符であるかのように陽一郎を現世につなぎ止める。

「それでは、もう沖縄にご縁もないですか」

「そうですね」

薗は首を振る。父方の祖父母がどういう人物であったのかさえ、分からないですからね。沖縄戦を生き延びたのかどうか、長い米軍統治時代にどんな具合に生きていたか、本土復帰後の沖縄でどんな余生を送ったか。今となっては想像するしかないことです。残念ですね、と陽一郎が言うと、薗は穏やかに笑う。まあ、そんなもんだと思ってます。血脈なんて言うといかにも濃密で揺るがないものみたいですが、実際はもっとずっと淡くて、不確かなものなんじゃないですかね。

お願いしておいてこんなことを申し上げるのもなんですが、と前置きして薗は口を開く。薗の白い肌はほんのりと赤らみ、上機嫌な笑顔が浮かんでいる。この老獪《ろうかい》な青年の顔にときおり過《よ》ぎる、油断のならない笑みである。

「本当のところは、血縁を確かめることなんてできるんでしょうかね？」

意図を図りかねて陽一郎は首をかしげる。

「血脈なんてたった一晩で簡単に断ち切られてしまうでしょうから」

「なるほど」

陽一郎は納得する。確かに、閨《ねや》の中では、あらゆる奇蹟が起こり得るのだろう。思えば、世の救い主が宿ったのだって、処女《おとめ》の腹中だったではないか。昼の光の下ではあり得ないような事態が、夜の底では、軽々と顕現する。そこから生まれ出てきたあらゆるものがたりが、人類の長い歴史を紡いできたのだ。

「ゲノムだのDNAだのってものが血縁を証明するなんていうのも、せいぜいここ数十年の話ですしね。なんというか、後知恵というか」

「確かに実感には乏しいですね」

「ま、本当に血縁なんてものが大切なら、Y染色体とミトコンドリアDNAの配列を地上の人類と比較してみればいいんですよ」

そんなことを薗は言う。かたや父方の、かたや母方の「生物学的」血縁者を片っ端からリストアップしてくれるでしょうからね。まあ、なんていうか、ナンセンスな空想ですけれど。

過激ですね、と陽一郎は苦笑する。家系図なんぞをありがたがるよりはよっぽど健康的じゃないでしょうかね、と薗はすました顔である。確かに、陽一郎が目を閉じれば、まぶたの裏にはもう何度も幻視してきた原家の系譜が輝線となって浮かび上がる。原一太郎《いちたろう》、肇《はじめ》、一史《かずふみ》、そして陽一郎。そのような幻影に依って、人は人の世界を編み上げてきた、それは確かだろう。しかし、その輝線は、現実の世界を太々と連ねるものなどではないのだ。ヒトは、血縁を見透すことなどできない。人間どうしの縁を結び合わせるものは、ただ、ヒトの記憶と認識に尽きる。

「しかし、まあ、でも、それだけでは……、なんと言いますか、僕は、尻が落ち着かない気分になるな」

いささか自信なさげに陽一郎はつぶやく。

ない顔である。

「それもおっしゃるとおりでしょうね」

ここから先はおとぎ話に類する話ですが、と思わせぶりに薗は前置きする。本気とも冗談ともつか

「私の父親のことですが、結局のところ、因果みたいなものを感じるんですよ」

「因果、ですか」

「狭ッこい離島から逐電した漁民の末裔が、結局のところは地球の裏側にまで渡って、やっぱり魚を買い付けていたんですよ。死ぬまでただの一度も地元に帰らなかった男が、よりにもよって」

一種の先祖返りみたいですよね、と薗はつぶやく。琉球は漁労と交易の国でしたから。そしてその後は、移民を送り出すところでもありました。パラグアイにはさほどでもないですが、ブラジルやボリビアの日系人でいちばん多いのは沖縄移民です。私の父親のやってたことってのは、それらすべての体現みたいなものなんです、あとから思えば。ヒトの縁が切れたところで、もっと大きな枠組みが父の運命に容喙《ようかい》してきたような気分でしてね。歴史の総体が受肉して人間の格好をしたんじゃないか、最近は、そんなふうにまで思っていますよ。

そうなんですか？　陽一郎は訊く。付け焼き刃の知識ですけれど、と薗は謙遜するが、自分のルーツをあえて遡ろうとすれば、そこには人と風土をめぐる無数の情報が付随してくる。薗が学んだところによれば、琉球という土地の先史は、長く漁労と交易と多少の畑作によって維持されてきた。保水性の悪い珊瑚礁の土地に、稲作はもとより適さなかったからだ。あの泡盛ですら、原料のコメは近世のころにはすでに東南アジアからの輸入に頼っていたほどだ。そのような土地にコメを中心とした石高制が移入されるのは、島津藩の侵入後のことである。コメを作り得る土地こそが価値のある土地である、そのような教義《ドグマ》とともに。

「同じだ」

思わず陽一郎は大声を上げた。

「同じだ、それは、僕の故郷と同じだ」

薗の言葉は不思議なほど、陽一郎がこの半年をかけて見聞きしてきた東北という土地の来歴に符合していた。もっとも、四戸《しのへ》は父の故郷ではあるものの、自分の故郷だと胸を張れるかというと心もとない。自分がこれまでに滞在した日をすべて足したところで一ヶ月にもならず、今後もかの地との関わりが濃密になるとも思えない。そうであるにもかかわらず、もはや自分はあの土地と無関係ではいられないだろう、そう陽一郎は思う。自分がどこにあろうとも、かなたの磁場のように、自分の意識に微弱な力を及ぼし続けるだろう。東京というもっとも匿名性の高い大都会で匿名性の高い生き方をしてきた自分もまた、なにかがなにかと関わりを持っているということ、縁《えにし》とも絆《きずな》とも軛《くびき》とも柵《しがらみ》とも言われるような無数の連関と無縁でないことに気付かされたからだ。

おのれがいかなる存在なのかを問い直す、それは図らずも、かつて原四郎が突き当たった問いかけとよく似ていたのではないだろうか。東北とはなにか。日本とはなにか。されば、この俺は、どうあるべきなのか？　歴史の波間に消えた青年の逡巡は、図らずもおよそ百年の時を隔てて、原陽一郎なる末裔の腹中に遷移したのである。

陽一郎はしみじみと嘆じる。

「コメという『文明』の、言わば化外《けがい》の民だったんですね、僕たちは」

「そうですね。でも」

薗は付け加える。コメには、それに加えて必要なものが二つありました。お分かりですか。分かりますとも、陽一郎はうなずく。僕には、もう、分かるんです。

「魚と、大豆でしょう」

「ご明察です」

蘭は陽一郎を見てほほえんだ。コメに加えて味噌に豆腐、そして煮干し。これで一汁一菜ができあがる。豊葦原瑞穂国《とよあしはらみずほのくに》なんぞと称する人間たちの下支えをしてきたのは、北の民・豆の民であり、南の民・魚の民なんですよ。そうは思いませんか？　そう言って蘭は枝豆を口に放り込む。なるほど、陽一郎はうなずいて潤目鰯《うるめいわし》をひとくちかじり取る。まったく、それは、魅力的な話だ。今ここに、新たに生まれたものがたりだ。でも、だからこそ俺は慎重にならないと、と陽一郎は思う。

「もう一度、乾杯しましょうか」

そう陽一郎は申し出る。

「いいですね」

蘭が応じる。新たなジョッキが中空で打ち合わされる。


「蘭さんは、いつまで南米にいらしたんですか？」

少々顔を赤くした陽一郎が訊いた。

「中学までですね。向こうの坊ちゃん連中が行くような学校に行って、金持ちの倅《せがれ》たちとつるんでたんです」

「はあ……、すごいですね」

陽一郎はつぶやく。僕なんかそこらの公立中だったからなあ。それが普通ですよ、と蘭は笑う。こっちに来てみて分かったんですけど、向こうの悪ガキの遊び方ってのはちょっとタチが悪いんです。女の子に悪さするにせよ、酒やクスリに走るにせよ。陽一郎はため息をつく。今なお交流の続く悪友連中とつるみはじめたのがその時期の自分だが、耽《ふけ》っていた悪徳と言えば、せいぜいがインターネットからエロ画像を探し出して盛り上がり、ヘンテコなホームページにからかいの書き込みを残していく、そのていどのことだ。比較にもならないほどのいじましさだった。

だけどまあ、ボンクラだろうがアホンダラだろうが親の後ろ盾さえあれば人生がどうにかなる土地ですけどね、と薗は言う。こっちは小金持ちってだけの外国人です。父みたいに大陸浪人を続ける気もなかったですから、帰国して、なんとか日本の私立高校に潜り込んだんですよ。陽一郎は感嘆する。その校名は高校受験の際に、偏差値と合わせて確かに記憶していたものだった。

「すごいですね」

「いえいえ、帰国子女の推薦枠でして」

そう言って薗は笑った。でも、そこで調子に乗って、少々遊びが過ぎました。なにしろ帰国子女でしょ。いじめられる素養は充分にある。舐められるもんかよってわけでね。男子校だったから、女の子とわたりをつければ一目置かれるでしょう。バイリンガルってだけで判断が甘くなる子っていますから、語学学校に出入りしたり、ガイジンがたむろしてるようなクラブに行ってナンパしたりしてね、尻の軽い娘とのコネを作るわけです。それに、ちょっとマズい方向に手を突っ込んじゃった。ネットが出回りはじめた時期って、いろいろ規制が緩かったじゃないですか。英語もスペイン語もできるもんだから海外のサイトにあちこちアクセスしてね、メキシコからリーガル・ドラッグの錠剤なんか仕入れてたんですよ。クラブなんかで配れば、マ、いい顔できました。そのあたりがマメだと、嫌われることはないですよ。尊敬もされないですけどね。薗の頬にふと自嘲めいた微笑が浮かんだが、陽一郎は呆気にとられるばかりである。

「なんか、もう、この世のものとは思われませんよ」

その言葉は皮肉っぽく響いたのかも知れない。ま、ツケはいろいろ払ったんです。大学受かったあたりで足抜けしときゃ、ガキのお遊びで済んだんでしょうけどね。

「まさか。今もまだ……」

「いやいや。もうとっくに止めました」

薗は苦笑する。目が醒めたきっかけは、単純なことだったという。要するに、怖くなったんですよ。一度はクスリの支払いで揉めて、六本木の路地裏でケンカになりました。お互いさまみたいな話だったんだけど、まだ私も突っ張ってましてね、そんなのが勲章になると思ってたわけです。次のは本当にきつかった。大学の友人と渋谷で騒いでいたら、チンピラに因縁つけられて、一人だけ連れ出されてね。ワンボックスカーに連れ込まれて、中にヤバげなお兄さんが揃ってて、あ、こりゃヤバいなと思った。首都高の環状線入って、回ってるあいだ、ずっといたぶられてるんですよ。しんどかったですよ、あいつら緩急つけて殴りますからね、いったんボコボコにして、間隔開けてホッとしたところでまた殴るんですよ。アマチュアと違って、人の痛めつけ方を心得ているんです。爪も三枚ぐらいやられたかな。指がまだちょっと曲がったままですしね。そう言って薗が開いた左手の中指は、確かに第一関節のちょっと上あたりで歪んでいた。陽一郎は腹の奥に氷の塊でも突っ込まれたような気分になった。最後、ゲロとションベンまみれになって、大井あたりの埠頭に放り出されました。クロウトからの警告だったんでしょう。ガキが余計な商売するな、そういう話だったんだと思いますけれど、ママ、いいクスリでしたね。クスリ絡みのトラブルだけにね、そう言って薗は笑ったが、陽一郎にはまるで笑えない冗談だった。

「白状しますと、ぶん殴られて初めて、肉体のリアリズムに気付いたんですよ」

恥じ入るような顔で、薗は打ち明ける。あんなの、童貞捨てて以来、初めての驚きでした。小賢しいって言うんでしょうかね、振り返って思うんですが、若いころってのはちょっと小器用で頭が回れば、世の中が自分の思い通りに回るような錯覚を抱いちまうもんなんですよね。でも、そんなんじゃなかった。自分の自信なんかナイフ一本閃《ひらめ》いたらあっさり瓦解するていどのもんだった。情けなかったですね。

陽一郎は思わずほほえんだ。互いの来歴はまるで違っていたが、薗の感じるところは、このところ自分が感じていたところとよく似通っている。物心ついてからこのかた無数の情報の中に漂い、あたかも全能者のごとくに世界を睥睨《へいげい》している気分でいたが、実のところはそこでなにをしようとも現実にはかすり傷一つつかず、薗の言うように、たかがナイフの一閃《いっせん》で覆されてしまうものではなかったか。

今ではすっかり身持ちの固い生活してますよ、と薗は言う。日本の大学を出たあとアメリカの大学で勉強をし直し、経営修士号を取って、いくつかの職を渡り歩いたのちにSoysoyaに流れ着いたわけです。もう六年、いや、七年になるかな。面白い仕事ですよ、と薗は言う。ご承知の通り、莫大な食べ物と莫大なお金の調整役ですからね。徹頭徹尾数字のくせに、生ぐさいんです。整然としているくせに、目を凝らせばぼやけちゃうんだ。薗は多弁だった。顧客に相対する会社員が必ず身にまとう慇懃な従順さは、いつのまにか霧散してしまっていた。それが酒が進みすぎての無礼講なのか、それとも本来の資質なのか、陽一郎には分からない。

「リアリズムですね」

陽一郎がつぶやくと、そう、そうです、リアリズムです。そう言って薗は嬉しそうにうなずき、手羽先の唐揚げを逞しく骨ごと嚙み砕く。

「どんな人間も、食うことからは逃れられませんからね。絶望的なまでのリアルなんだ。食い物ばかりは執念深く人間の生にしがみついて、世界を食のネットワークで覆うんです」

陽一郎はどきりとする。なにか核心的なこと、飢餓に陥るほどに自分を悩ませていたものごとが、その当事者の口から語られたのではないかと身構えるが、薗は屈託のない様子で残るビールを飲み干しておかわりを頼む。

「そのネットワークを、コントロールする仕事ということですか？」

「いやいや、そんなご大層なものじゃない。以前に申し上げたとおりです。神の手なんてこの地上には存在しないんですよ」

薗が自分の経験から感じ取ったことは、未来を決定する骰子《さいころ》の途方もない数の多さだった。無数に存在する骰子、つまり無数の事象の無数の相互作用によって、未来はどうやら非線形的に決定されてゆくものらしい。蓋然性の高い推理はできるかも知れないし、メガデータがそれらしいご託宣を述べるかも知れないが、それはしょせん未来のひとかけらに過ぎない。我々が生きているのは、それほどの複雑さのさなかである。善きものと悪しきものとを二分し、なにかの原理主義に逃げ込めるほど、世界は単純ではない。

「そんなふうであれば、本当に、楽ちんなんですけどね」

薗はつぶやく。

「同感です」

陽一郎はうなずく。それもまた、この半年以上にわたる自分の見聞に重なる認識である。垣間見てきたさまざまなものの中には情報や物流のネットワークがあり、絶えまない人間の移動があり、国や地域や土地どうしのやりとりがあり、記憶と情報の堆積があった。そういった莫大な情報から、さまざまな「ほのめかし」を感じることは可能だ。いくつかの情報をつまみ食いして、よりそれらしく信頼性のありそうなメッセージを読みとることだって可能だ。しかし、実のところは、世界はどんなふうにだって解釈できるのである。ものがたりはどんなふうにだって読み出すことが可能だ。そして、そのものがたりをどこまで信じるのかも、それぞれのお好みのままなのだ。

では、この俺は、どうすべきなのか？　陽一郎はふと思い淀む。結局のところは冴えない若無職に過ぎない俺は、どんなものがたりを信じるべきか、それともそういったものがたりから自由であるべきなのか？

答えなど、出ないのだろう。にもかかわらず、これからも俺は迷い続け、考え続け、判断し続けるんだろうな。

「さて、原陽一郎様」

薗は陽一郎に向き直る。空けたジョッキが四つ、平らげた皿は手羽先の唐揚げにポテトサラダに枝豆に潤目鰯にその他もろもろ。小一時間の雑談ののちに金曜夜の店内はいっそう混雑を深め、紫煙とざわつきと人の熱気は店内のエントロピーを増大させる一方である。

「そろそろ、大切なお話をお伺いしたいのですが」

陽一郎はうなずく。ええ、そうですね、そうは言うものの、そのあとが続かない。なにか耽《ふけ》っていた考えから醒めきらないような顔に、さて、なにから話すべきか……、そんな逡巡が過《よ》ぎったのち、おもむろに陽一郎は口を開いた。

「実はこないだ、大豆を手に入れたんです」

「召し上がるためでしょうか」

「いえ、蒔くためにです」

菌は首をかしげる。初めてだったんですよ、と陽一郎は言った。土いじりなんか好きじゃなかったですしね、むしろ大嫌い。生きものとか、ああいう生ぐさくて予想のつきにくいものって、なんかイヤだったんですよ。なんだか曖昧じゃないですか。小学校のころにヒマワリ育てたのがせいいっぱい。ぜんぜん勝手が分からないもんですから、いちいちネットで調べて、腐葉土と種苗用のポットを買いました。苗を育てる黒いカップです。シャベルとジョウロも。すごいですね、今はそんなのまでネットで通販で買えるんですよ。菌は小さくうなずいた。今さらこの奇矯な男がなにを言い出しても驚きなどしない、そんな顔で。

一つのポットに何粒か蒔いて、芽が出るまで室内で育てました。まだときどき、急に冷え込んだりしてましたからね。知らなかったんですけど、大豆って窒素固定ができるから、あんまり肥料は多すぎない方がいいみたいです。水もやりすぎちゃいけないということなんですが、土が乾いてくるとどうにも落ちつかない気分になりまして。そう言って陽一郎は満面の笑みを浮かべた。それは菌が驚くほどの、つまりそれまでに一度も見せたことのないような屈託のない笑みだった。鏡に映して眺めたら、なにより当の陽一郎自身が驚いたのではないだろうか。そこには、彼自身が執念深くそう思い込んでいる冴えない容色などではない、かつて母が惚れ込んだ父の美丈夫の面影がかすかに現れ出ていたはずだ。陽一郎は携帯端末の画面を菌にかざして見せた。日なたの窓辺に並べられたポットがいくつも映っていた。その黒土の中からそっと身を起こしつつある、はかなげな新芽も。

「深く埋めすぎなかっただろうかとか、寒すぎやしないかとか、いろいろ心配したんですけど。すごいですよね、きちんと芽が出るんです」

「そりゃ、そうでしょう」

「ええ、あたりまえなんです。あたりまえなんですけど」

そう言いながらも、陽一郎はほとんど慈しむようなまなざしを携帯端末の液晶に落とした。もう一度薗が見せてくれと言いやしないか、そんな期待を込めたような目で一瞬薗を見て、惜しむように携帯端末を卓上に置いた。

「それ、どうなさるんです？」

「もう少したったら庭に植え付ける予定です。本当だったら露地に直蒔きでかまわないらしいんですけど、最初なんで、ちょっと慎重にやってみたんです。庭にはぜんぜん手を入れてなかったですから、雑草抜いたり肥料入れたり、いろいろやらなきゃいけないんですけど」

面倒なことばかりですよ、そう言う陽一郎の表情は、にじみ出る感情にあっさり上書きされていた。

「ほぉ……」

薗はつぶやいた。短いあいだに、目の前の青年に、目を見張りたくなるような変化が起こっていた。それまでには決してそんな姿を見せなかったと断言できる、素朴な、喜ばしげな姿。その道の専門家と自負している薗自身まったく思いがけないことだったが、大豆には、こんな効能までもが備わっていたのか！

「どうしてそんなことをなさっているか、お訊ねしてもいいんでしょうか？」

陽一郎は戸惑ったような表情を浮かべる。自分が絶対に経験しておかなければならないことだという漠然とした確信はあった。だからこそ、陽一郎は手間暇と金銭を惜しまずして、一粒の大豆を蒔いたのだ。それが、うまく説明できるとも思えないのだが。

では、この経験の先に行き着くところがどこかと言うと、それも分からない。どこか新しい土地を選び取ってその土地を耕すために、そんなことは言える。しかしそれがどこのことなのか、そもそもそんな土地がこの世に存在しているのか。そのことも、陽一郎には分からない。

「ええ、それでも、やるんです」

不意に陽一郎は口を開いた。蘭はそっと首をかしげた。

「にもかかわらず、ということですか」

「そうです。にもかかわらず、やるんです」

陽一郎は言った。そう言ってから、おや、俺は今なにを言った？　そう思った。すでに用意されていた言葉が、自分の意思にかかわらず喉から放たれたような気分だった。

「僕、パラグアイに行ってみようと思うんです」

「なんと」

蘭は目をむいた。

「それこそは、私どもがこの半年ものあいだ待ち焦がれていたお答えですよ！」

陽一郎は苦笑する。

「ありがたいお申し出です、ただちに手配させていただきますよ。マウリシオ・ハラ以下、ハラ家ならびに弊社の関係者も、どれほど喜ぶことか！」

まったくそのとおりなのだろう。結局のところ、これこそが、この半年の遍歴を経て自分が下した最終的な決断なのだ。遠大な遠回りをしてきた気もするが、事態は思ったより単純なのかも知れない。

およそ一年前の春のこと、遠く南米はパラグアイの空の下で、一人の老人が泉下の客となった。彼は陽一郎の遠い血縁に当たるのかも知れない、そうでないのかも知れない。彼が生前なにを考えていたのかは分からない。なにを思ってこんな奇妙な遺言を残したのか、それも定かではない。かつてコウイチロウ・ハラという人物の肉体を構成していた元素はとっくの昔に分解されてしまっており、意識や記憶や思惟は揮発し、あらゆるものはもっと大きな潮流、つまりは世界を構成する無数の連関に還元されてしまったからだ。それは決して恢復できない、不可逆的な拡散である。しかし、それでもなにか、爪痕は残っているのではないだろうか。コウイチロウ・ハラという人物がパラグアイに残していた、なにかの爪痕が。

「行って話をしてみたいと思うんです」

「話を、ですか」

そうは言ってみたものの、陽一郎は少々心もとない。確固たる証拠などないからだ。

しかし、それでも陽一郎は半ば確信を持って考える、言葉こそ最後の手がかりなのだと。言葉は、食と同様にいかなる人間も逃れることのできないものであり、あらゆる人間の生にしがみついて人間と人間とを結合し、世界を連結してきたものなのだから。原世志彦《よしひこ》がいかにその前歴を歴史の波間に隠そうとしても、言葉には彼の来歴が刻みつけられていたに違いない。大豆が地に蒔かれるように、言葉もまたパラグアイ共和国イタプア県サンイシドロの入植地に播種されたに違いない。ことによってはそこに、陽一郎が父の言葉の中に聞き取ったものと同じ響きが残っているのかも知れない。そうであるならば、それは謎解きの最後の鍵となり、遍歴の終止符になるはずだ。

「しかしまあ、驚いたな」

薗は大仰《おおぎょう》な仕草をつけてそう言ってみせる。いったい、急にどうしてそうお思いになったんです？差し支えなければ、聞かせていただけないでしょうか？

陽一郎はうなずく。ナップザックを開けて、ファイルを一つ取り出す。薗は陽一郎の手元を凝視した。出てきた紙束が、予想を超えて分厚かったからだ。

大雑把なまとめなんですが、と陽一郎は言う。分かる範囲でまとめてみたんです。薗はぱらぱらとページをめくり、嘆息した。この青年の知性や生真面目さが最良の方向に現れ出たものだと思われた。

文章は整い、文書はいくつかのセクションに分けられ、順を追って読めば陽一郎の半年を追走できるようになっているらしかった。

すばらしいな、と薗はつぶやく。もちろんきちんと拝読させていただきますが、と前置きして薗は言う。

「かいつまんでご説明していただければありがたいですね」

ええ、ええ、分かっています、そう言いたげに陽一郎は深くうなずく。

「それは長くもなりますし、短くもなるんです」

「なるほど」

「結論を最初に言ってもいいけれど、それですべてが伝わるわけではないと思います。その結論がどんな背景を背負っているかで、ものごとの理解はがらりと変わりますから」

「なるほど、なるほど」

薗は笑う。

「ご意見が合いますね。私もそう思っています。紙に書き付けられた文字を読めば事足りるのかも知れないけれど、それは語られることで、意味合いが息づいてくると思いませんか」

「息づいてくるとは？」

「言葉の持つ意味が幅を持ちます。その幅がどのようなものかを探ることもできますよ」

「なるほど」

陽一郎は笑う。確かにご意見が合うようですね。では、そのことについてこれからお話ししようと思います、と陽一郎は言った。それはありがたい、と薗は応じた。幸い、時は春です。朝ぼらけというわけにはまいりませんが、時間はたっぷりある。そうですね、陽一郎はうなずく。長い話をするには、うってつけの時間です。

陽一郎は居住まいを正した。そして、話しはじめた。

まず、僕の父親のことです。ご承知の通り、名は原一史。この父が、僕とあの東北の地との縁でした……。

本書は書き下ろしです。

瀬川深（せがわ・しん）
一九七四年岩手県生まれ。小説家・小児科医。二〇一四年よりイェール大学医学部研究員（神経生物学）。二〇〇七年、「mit Tuba」で第二十三回太宰治賞を受賞。翌年『チューバはうたう』（同作を改題、筑摩書房）でデビューし、注目される。他の著書に『ミサキラヂオ』（早川書房、二〇〇九年）『我らが祖母は歌う』（朝日新聞出版、二〇一〇年）、『ゲノムの国の恋人』（小学館、二〇一三年）など。

SOY！ 大《おお》いなる豆《まめ》の物語

二〇一五年三月二十日　初版第一刷発行

著者　瀬川深
発行者　熊沢敏之
発行所　株式会社筑摩書房
東京都台東区蔵前二―五―三　〒一一一―八七五五
振替〇〇一六〇―八―四一二三
装幀　鈴木成一デザイン室
印刷・製本　中央精版印刷株式会社

ISBN978-4-480-80456-3 C0093

乱丁・落丁本の場合は左記宛にご送付ください。送料小社負担にてお取替えいたします。ご注文、お問い合わせも左記へお願いいたします。
筑摩書房サービスセンター
さいたま市北区櫛引町二―六〇四　〒三三一―八五〇七
電話　〇四八―六五一―〇〇五三